RUTH RENDELL

Schuld verjährt nicht
Phantom in Rot

Schuld verjährt nicht

Für den Chefreporter des *Courier* ist Kingsmarkham ein geruhsamer Alterssitz: keine aufregenden Neuigkeiten, keine Skandale, keine spektakulären Verbrechen. Doch dann verschwinden innerhalb kurzer Zeit zwei Kinder. Zuerst kommt Stella Rivers nicht mehr nach Hause; dann erstattet die Mutter von John Lawrence eine Vermißtenanzeige. Nachdem Suchaktionen erfolglos bleiben und auch keine Lösegeldforderungen bei den Eltern eingehen, rechnet die Polizei mit dem Schlimmsten. Die Ahnungen bestätigen sich, als Inspector Wexford einen Brief mit der blonden Locke des vermißten Jungen erhält. Und alles deutet darauf hin, daß es weitere Opfer geben wird ...

Phantom in Rot

Gegen den Widerstand der Anwohner findet in einem privaten Park ein Popfestival statt. Amüsiert verfolgt Chief Inspector Wexford, wie die begeisterte Menge den großen Star Zeno Vedast feiert. Doch dann wird die Leiche einer jungen Frau im nahe gelegenen Steinbruch entdeckt. Wexford findet schnell heraus, daß die Frau bereits einige Tage vor dem Konzert ermordet wurde, und anscheinend war sie kurz vor ihrem Tod mit jemandem verabredet gewesen – aber mit wem? Erst die Großmutter kann aufklären, wer der ominöse Jemand ist: Harold Goodbody, ein alter Schulfreund der Toten, der inzwischen als Zeno Vedast Furore macht. Aber Zeno hat ein hieb- und stichfestes Alibi ...

Autorin

Ruth Rendell wurde 1930 in London geboren. Nach der Schule arbeitete sie zunächst als Journalistin, bevor sie sich ganz dem Schreiben widmete. Seitdem hat sie an die dreißig Romane veröffentlicht. Dreimal schon hat sie den Edgar-Allan-Poe-Preis erhalten; außerdem wurde sie zweifach mit dem »Goldenen Dolch« der Crime Writers' Association für den besten Kriminalroman ausgezeichnet. Ruth Rendell lebt in London.

Ruth Rendell

Schuld verjährt nicht

Phantom in Rot

Zwei Romane in einem Band

GOLDMANN

Von Ruth Rendell außerdem im Goldmann Verlag erschienen:
Leben mit doppeltem Boden. Roman (44590) · Der Herr des Moors. Roman (44566) · Die Herzensgabe. Roman (44363) · Die Werbung. Roman (42015) · Die Tote im falschen Grab. Roman (43580) · Alles Liebe vom Tod. Roman (43813) · Das geheime Haus des Todes. Roman (42582) · Der Krokodilwächter. Roman (43201) · Der Liebe böser Engel. Roman (42454) · Mord ist ein schweres Erbe. Roman (42583) · Der Kuß der Schlange. Roman (43717) · Der Mord am Polterabend. Roman (42581) · Der Tod fällt aus dem Rahmen. Roman (43814) · Die Besucherin. Roman (43962) · Die Brautjungfer. Roman (41240) · Die Verblendeten. Roman (43812) · Mord ist des Rätsels Lösung. Roman (43718) · Eine entwaffnende Frau. Roman (42805) · Phantom in Rot. Roman (43610) · Schuld verjährt nicht. Roman (43482) · Urteil in Stein. Roman (44225) · Lizzies Liebhaber. Stories (43308) · See der Dunkelheit. Roman (44910) · Mancher Traum hat kein Erwachen. Roman (44664) · Durch Gewalt und List. Roman (44978) · Das Verderben. Roman (45129) · Der Sonderling. Roman (45004) · Die Wege des Bösen. Stories (44980)

Umwelthinweis:
Alle bedruckten Materialien dieses Taschenbuches
sind chlorfrei und umweltschonend.

Einmalige Sonderausgabe Juni 2004
»Schuld verjährt nicht«

»Phantom in Rot«

Umschlaggestaltung: Design Team München
Umschlagfoto: Wolf Huber
Druck: GGP Media, Pößneck
Titelnummer: 13413
Made in Germany
ISBN 3-442-13413-7
www.goldmann-verlag.de

Schuld verjährt nicht

Roman

Aus dem Englischen von
Monika Elwenspoek

Die englische Originalausgabe erschien 1971 unter dem Titel
»No more Dying Then« bei Hutchinson & Co. Ltd., London

So zehrst am Tod du, der am Menschen zehrt;
und ist Tod tot, hat Sterben aufgehört.

Shakespeare, Sonett 146

I

»Die Schönwetterperiode, die wir oft Mitte Oktober haben, ist allgemein als St. Lukas Little Summer bekannt. Das mit dem ›kleinen Sommer‹ bedarf keiner Erklärung; und St. Lukas hat sich durch den 18. ergeben, der zufälligerweise der Tag dieses Heiligen ist.« Station Sergeant Camb bedachte Harry Wild mit dieser ebenso interessanten wie nutzlosen Information, streckte sich genießerisch in der warmen Herbstsonne und lächelte sein Gegenüber salbungsvoll an.

»Ach, wirklich? Vielleicht schreibe ich was in meiner Kolumne ›Gehört, Notiert‹ darüber.« Wild zog an seiner übelriechenden alten Pfeife und stützte mit Lederflicken besetzte Ellbogen auf den Tresen. Er gähnte. »Haben Sie nicht ein bißchen was Aufregenderes für mich?«

Camb ließ sich durch das Gähnen anstecken und gähnte seinerseits. Zum drittenmal machte er eine Bemerkung über das schwüle Wetter, dann schlug er sein Buch auf.

»Zusammenstoß zweier Fahrzeuge an der Kreuzung Kingsmarkham High und Queen Street«, las er. »Keine Verletzten. Das war Sonntag. Kein Thema für den *Courier*, oder? Siebzehnjähriges Mädchen vermißt, aber wir wissen schon, wo sie ist. Ach, und ein Pavian ist aus der Tierhandlung entlaufen...« Wild sah mit mildem Interesse auf. »...Nur haben sie ihn auf ihrem eigenen Balkon gefunden, wo er sich in der Mülltonne verkrochen hatte.«

»Welch ein langweiliges Nest«, sagte Wild. Er steckte

sein Notizbuch weg. »Aber ich habe mich ja fürs ruhige Leben entschieden. Ich könnte morgen in Fleet Street anfangen, wenn ich Lust hätte. Ich müßte nur einen Ton sagen, und schon wäre ich da, wo sich wirklich was tut.«

»Klar.« Camb wußte sehr wohl, daß Wild als Chefreporter beim *Kingsmarkham Courier* blieb, weil Bequemlichkeit und allgemeine Unfähigkeit, wie auch sein inzwischen fortgeschrittenes Alter, ihn für eine bedeutendere Zeitung kaum geeignet erscheinen ließen. Wild kam regelmäßig aufs Revier, länger als es Cambs Erinnerung lieb war, und jedesmal redete er über Fleet Street, als habe er abgelehnt, und nicht umgekehrt. Doch um des lieben Friedens und der angenehmen Atmosphäre willen erhielten sie das Märchen aufrecht. »Bei mir ist es genau dasselbe«, sagte er. »Wie oft hat Mr. Wexford mich im Lauf der Jahre nicht schon angefleht, zu überlegen, ob ich zum C.I.D. gehen will, aber ich wollte nie. Ich bin nicht ehrgeizig. Was natürlich nicht heißt, daß mir die Befähigung gefehlt hätte.«

»Sicher hätten Sie die gehabt.« Als fairer Mitspieler gab Wild das Lob zurück. »Aber wohin führt dieser Ehrgeiz denn? Sehen Sie sich Inspektor Burden an, um ein Beispiel zu nehmen. Noch keine vierzig und total ausgelaugt, wenn ich das mal sagen darf.«

»Na, er hat ja auch viel durchgemacht, oder? Auf die Weise seine Frau zu verlieren, und das mit zwei unmündigen Kindern.«

Wild gab einen tiefen, kummervollen Seufzer von sich. »Das«, meinte er,»war eine tragische Geschichte. Krebs, wenn ich mich recht erinnere.«

»Stimmt. Letztes Jahr um diese Zeit munter wie ein Fisch im Wasser, und Weihnachten tot. Erst fünfunddreißig. Macht einen irgendwie nachdenklich.«

»Mitten aus dem Leben. Kommt mir vor, als hätt's ihn

hart getroffen. Die beiden haben wohl sehr aneinander gehangen?«

»Mehr Liebes- als Ehepaar.« Camp räusperte sich und stand strammer, als die Fahrstuhltür aufging und Chief Inspector Wexford heraustrat.

»Na, Sergeant, wieder mal beim Tratschen? Tag, Harry.« Wexford warf nur einen kurzen Blick auf die beiden leeren Teetassen auf dem Tresen. »Das erinnert mich hier von Woche zu Woche mehr an Kaffeeklatsch beim Müttergenesungswerk.«

»Ich war gerade dabei«, sagte Camb würdevoll, »Mr. Wild von unserem entsprungenen Pavian zu erzählen.«

»Liebe Güte, eine heiße Neuigkeit. Da läßt sich doch was draus machen, Harry. Terrorisiert die Bevölkerung, Mütter wagen Kinder nicht aus den Augen zu lassen. Kann eine Frau sich sicher fühlen, solange diese wilde Bestie unsere Gefilde durchstreift?«

»Er ist gefunden worden, Sir. In einer Mülltonne.«

»Sergeant, wenn ich nicht wüßte, daß Sie dazu gar nicht fähig sind, würde ich sagen, Sie machen sich über mich lustig.« Wexford bebte vor verhaltenem Lachen. »Wenn Inspector Burden kommt, sagen Sie ihm, daß ich gegangen bin, ja? Ich möchte gern für ein paar Stunden unseren Altweibersommer genießen.«

»St. Lukas Little Summer, Sir.«

»Tatsächlich? Ich lasse mich belehren. Wünschte, ich hätte die Zeit, solch faszinierende Einzelheiten meteorologischen Wissens auszugraben. Sie können mitfahren, Harry, falls Sie mit Ihrem Affenzirkus hier fertig sind.«

Camb feixte. »Die Firma dankt«, sagte Wild.

Es war schon nach fünf, aber immer noch sehr warm. Der Sergeant reckte sich und wünschte, Constable Peach käme, damit er ihn in die Kantine schicken konnte, frischen Tee zu holen. Noch eine halbe Stunde, dann hatte er Feierabend.

Kurz darauf klingelte das Telefon.

Eine Frauenstimme, tief und wohltönend. Schauspielerin, dachte Camb. »Entschuldigen Sie, wenn ich störe, aber mein kleiner Sohn... Er ist – also, er hat draußen gespielt, und jetzt ist er – er ist verschwunden. Ich weiß nicht... mache ich vielleicht zuviel Aufhebens?«

»Nicht im mindesten, gnädige Frau«, sagte Camb beruhigend. »Dazu sind wir ja da, daß man uns stört. Wie war der Name?«

»Lawrence. Ich wohne Fontaine Road 61, in Stowerton.«

Camb zögerte einen Moment. Dann fiel ihm ein, daß Wexford angeordnet hatte, alle Fälle vermißter Kinder sollten ans C.I.D. gemeldet werden. Sie wollten keinen weiteren Fall Stella Rivers...

»Machen Sie sich keine Sorgen, Mrs. Lawrence, ich verbinde Sie mit jemandem, der Ihnen helfen wird.« Er stellte durch, hörte Sergeant Martins Stimme, legte auf.

Sergeant Camb seufzte. Schade, daß Harry ausgerechnet jetzt gegangen war, gerade wenn die einzige Neuigkeit seit Wochen kam. Er konnte den armen alten Harry anrufen... Morgen genügte auch noch. Das Kind würde man sowieso finden, wie den Affen. Verlorengegangene Menschen und Sachen fanden sich in Kingsmarkham normalerweise wieder, und das in mehr oder weniger gutem Zustand. Camb drehte den Kopf in der Sonne wie eine Scheibe Toast vor einem offenen Feuer. Es war zwanzig nach fünf. Um sechs würde er sich in Severn Court, Station Road an den Abendbrottisch setzen; danach ein kleiner Gang mit seiner Frau zum *Dragon*, dann fernsehen...

»Kleines Nickerchen, Sergeant?« ertönte eine eisige Stimme, scharf wie eine frisch ausgepackte Rasierklinge. Camb kippte vor Schreck beinah vom Stuhl.

»Oh, Entschuldigung, Mr. Burden. Das ist die Wärme,

sie macht einen schläfrig. St. Lukas Little Summer nennt man das, weil...«

»Sind Sie denn ganz und gar von der Rolle, verdammt noch mal?« Burden hatte früher nie geflucht. Sie hatten sich sogar über ihn lustig gemacht auf dem Revier, weil er den Namen des Herrn nie mißbräuchlich führte oder ›verdammt‹ sagte oder all die üblichen Dinge. Camb hatte es früher besser gefallen. Er fühlte, wie er rot wurde, und nicht von der Sonne. »Gibt's was für mich?« blaffte Burden.

Camb sah ihn traurig an. Inspector Burden tat ihm entsetzlich leid, sein Herz zog sich zusammen für den leidgeprüften Kollegen, und deshalb verzieh er ihm die Demütigung und Zurechtweisung vor Martin und Gates und sogar vor Peach. Camb konnte sich nicht vorstellen, wie es war, seine Frau zu verlieren, die Mutter seiner Kinder, und allein und verzweifelt zurückzubleiben. Burden war so dünn. Die Backenknochen zeichneten sich scharf unter der straff gespannten Haut ab, und seine Augen glitzerten bösartig, wenn man ihn flüchtig ansah, aber wenn man genauer hinschaute, war der Anblick fast nicht zu ertragen. Er war mal ein recht ansehnlicher Mann gewesen. Englischer Typ, blond und mit frischem Teint. Aber jetzt waren alle Farbe und alles Leben aus ihm gewichen, und er wirkte grau. Er trug noch immer eine schwarze Krawatte, so eng zusammengezogen, daß man meinte, sie müsse ihn erwürgen.

Damals, als es geschehen war, hatte der Sergeant wie alle anderen sein Beileid ausgedrückt, und das war in Ordnung, es wurde erwartet. Später dann hatte er versucht, etwas Herzlicheres, Persönlicheres zu sagen, und Burden hatte sich gegen ihn gewandt wie einer, der sein Schwert zieht. Er hatte schreckliche Dinge gesagt. Sie von diesem zurückhaltenden, beherrschten Mann zu hören war viel schlimmer als von den Kingsmarkhamer Rowdies, die immer so redeten. Wie wenn man ein hübsches Buch aufschlägt, von jemand geschrieben, dessen Bücher man schätzt und sich in der Bücherei extra zurücklegen läßt, und auf ein Wort stößt, das sonst immer nur durch Pünktchen ersetzt wird.

Obwohl Camb in diesem Augenblick eigentlich lieber etwas Freundlicheres gesagt hätte – war er nicht alt genug, um der Vater dieses Mannes zu sein? –, seufzte er nur und antwortete mit seiner ausdruckslosen, offiziellen Stimme: »Mr. Wexford ist nach Hause gegangen, Sir. Er sagt, er …«

»Das ist alles?«

»Nein, Sir. Da ist ein vermißtes Kind und …«

»Warum, zum Teufel, sagen Sie das nicht gleich?«

»Ist schon alles in die Wege geleitet«, stammelte Camb. »Martin weiß davon und hat bestimmt Mr. Wexford angerufen. Hören Sie, Sir, es steht mir nicht zu, mich da einzumischen, aber – also, warum gehen Sie nicht einfach nach Hause, Sir?«

»Wenn ich Ihren Rat brauche, Sergeant, frage ich Sie. Das letzte vermißte Kind ist nie gefunden worden. *Ich werde nicht nach Hause gehen.*« Wozu auch. Er sprach es nicht aus, aber die Worte waren da, und der Sergeant hatte sie gehört. »Geben Sie mir eine Leitung nach draußen, ja?«

Camb tat wie geheißen, und Burden sagte: »Meine Wohnung.« Als Grace Woodville am Apparat war, übergab Camb den Hörer an ihren Schwager. »Grace? Mike hier. Warte nicht mit dem Essen auf mich. Ein Kind wird vermißt. Ich komme wahrscheinlich gegen zehn.«

Burden knallte den Hörer auf und ging zum Fahrstuhl. Camb starrte zehn Minuten lang ausdruckslos auf die Türen, dann kam Sergeant Mathers herunter, um ihn abzulösen.

Der Bungalow in der Tabard Road sah genauso aus wie zu Jean Burdens Lebzeiten. Die Böden glänzten, die Fenster blitzten, und in den Steingutvasen standen Blumensträuße – um diese Jahreszeit waren es Chrysanthemen. Schlichtes englisches Essen wurde zur geregelten Zeit aufgetragen, und die Kinder wirkten gepflegt wie von einer liebevollen Mutter. Um halb neun waren die Betten gemacht, gegen neun hing die Wäsche auf der Leine, und eine wohlklingende, fröhliche Stimme begrüßte die Nachhausekommenden.

Grace Woodville hatte für all das gesorgt. Das Haus genauso zu führen wie zuvor ihre Schwester und mit den Kindern ebenso umzugehen, wie sie es getan hatte, war ihr als einzig möglicher Weg erschienen. Sie selbst sah ihr schon so ähnlich, wie ein Nichtzwilling seiner Schwester nur sehen kann. Und es hatte sich als richtig erwiesen. Manchmal schienen John und Pat es beinah zu vergessen. Sie kamen zu ihr, wenn sie verletzt oder in Schwierigkeiten waren oder etwas Interessantes zu erzählen hatten, genau wie sie es bei Jean getan hatten. Sie schienen glücklich zu sein, die Wunde vom vergangenen Jahr schien langsam zu verheilen. Für die Kinder und das Haus und die praktischen Alltagsdinge hatte es sich als richtig erwiesen, aber nicht für Mike. Natürlich nicht. Hatte sie das wirklich angenommen?

Sie legte den Telefonhörer auf und schaute in den Spiegel, aus dem Jeans Gesicht ihr entgegenblickte. Solange Jean noch lebte, hatte sie es nie so empfunden, ihr Gesicht war ihr ganz anders, kantiger und energischer und ausgefüllter und – ja, warum sollte man es nicht sagen? – intelligenter erschienen. Nun sah es aus wie Jeans. Die Lebhaftigkeit, der scharfe Witz waren daraus verschwunden, und das war nicht weiter verwunderlich, wenn sie überlegte, wie sie ihre Tage verbrachte, mit Kochen und Saubermachen und Trösten und dem Warten auf einen Mann, der alles als selbstverständlich ansah.

»John?« rief sie laut. »Das war dein Vater. Er kommt nicht vor zehn nach Hause, ich glaube, wir sollten schon mal essen, oder?« Seine Schwester suchte im Garten Raupen für ihre Sammlung, die sie in der Garage hatte. Grace hatte mehr Angst vor Raupen als die meisten Frauen vor Mäusen oder Spinnen, doch sie mußte vorgeben, sie zu mögen, ja sich sogar für sie zu begeistern, weil sie doch Pat die Mutter ersetzen mußte. »Pat! Essen, Schätzchen. Beeil dich.«

Das kleine Mädchen war elf. Sie kam herein und schob die Streichholzschachtel auf, die sie in der Hand hielt. Beim Anblick der fetten grünen Kreatur darin krampfte sich Grace alles zusammen. »Sehr hübsch«, meinte sie schwach. »Ein Lindenschwärmer?« Sie hatte ihre Hausaufgaben gemacht, und wie alle Kinder wußte Pat Erwachsene zu schätzen, die sich bemühten.

»Sieh dir bloß mal das niedliche Gesichtchen an.«

»Ja. Ich hoffe, sie kann sich noch verpuppen, bevor die Blätter fallen. Daddy kommt nicht zum Abendessen.«

Pat zuckte gleichmütig die Schultern. Sie hatte im Moment nicht sonderlich viel für ihren Vater übrig. Er hatte ihre Mutter mehr geliebt als sie, soviel wußte sie jetzt, und daß er sie eigentlich nun besonders liebhaben müßte, um ihren Verlust wiedergutzumachen. Ein Lehrer in der Schule hatte ihr gesagt, das täten alle Väter. Sie hatte gewartet, aber er hatte es nicht getan. Schon immer war er oft spät von der Arbeit nach Hause gekommen, aber jetzt blieb er fast die ganze Zeit weg. So hatte sie ihre schlichte, tierhafte Liebe auf Tante Grace übertragen. Es wäre nett, dachte sie bei sich, wenn John und ihr Vater fortgingen und sie und ihre Tante allein ließen. Dann könnten sie beide es wirklich schön haben und noch bessere und sogar seltenere Raupen sammeln und Bücher über Naturgeschichte und Naturwissenschaften und das Bolschoi-Ballett lesen.

Sie setzte sich neben ihre Tante an den Tisch und fing an von der Schinken-Geflügel-Pastete zu essen, die genauso schmeckte wie die von ihrer Mutter.

Ihr Bruder sagte: »Wir haben heute in der Schule über die Gleichheit der Geschlechter diskutiert.«

»Das ist ein interessantes Thema«, meinte Grace. »Was hast du dazu gesagt?«

»Ich habe das Reden den anderen überlassen. Eins habe ich aber gesagt, daß weibliche Gehirne weniger wiegen als männliche.«

»Tun sie gar nicht«, widersprach Pat.

»Doch, tun sie. Stimmt's, Tante Grace?«

»Stimmt leider«, sagte Grace, die Krankenschwester gewesen war. »Das heißt aber nicht, daß sie nicht genauso gut sind.«

»Ich wette«, meinte Pat mit einem rachsüchtigen Blick auf ihren Bruder, »ich wette, meins wiegt mehr als deins. Mein Kopf ist größer. Und überhaupt, das ist alles langweilig, Diskussionen und so 'n Zeug. Nur Gerede.«

»Komm, Schatz, iß deine Pastete.«

»Wenn ich groß bin«, sagte Pat und fing damit ein Dauerthema an, »dann werde ich nicht reden und diskutieren und all so öde Sachen. Ich mache meinen Abschluß – nein, vielleicht warte ich doch lieber, bis ich meinen Doktor habe – und dann gehe ich nach Schottland und erforsche die Lochs, alle ganz tiefen Seen, und dann entdecke ich die Monster, die da drin leben, und dann ...«

»Es gibt keine Monster. Sie haben gesucht und nie eins gefunden.«

Pat beachtete ihren Bruder nicht. »Ich werde Taucher haben und ein Spezialboot und eine ganze Mannschaft, und Tante Grace sorgt für uns alle und kocht für uns.«

Ein heftiger Streit entbrannte daraufhin zwischen den beiden. Es konnte durchaus so kommen, dachte Grace. Das war das Schreckliche, es konnte durchaus so kommen. Manchmal sah sie es vor sich, wie sie weiter hier lebte, bis die beiden erwachsen waren und sie alt und Pats Haushälterin. Wozu sonst würde sie dann sonst schon noch taugen? Und was spielte es für eine Rolle, ob ihr Gehirn weniger oder mehr oder genauso viel wog wie das eines Mannes, wenn es in einem kleinen Haus im tiefsten Sussex vor sich hin schrumpfte?

Bei Jeans Tod war sie als Schwester in einem großen Londoner Lehrkrankenhaus gewesen und hatte ihre sechs Wochen Jahresurlaub genommen, um herzukommen und sich um Mike und seine Kinder zu kümmern. Nur sechs Wochen wollte sie bleiben. Man verbrachte nicht Jahre seines Lebens mit Ausbildung, nahm Gehaltseinbußen in Kauf, um weitere Qualifikationen zu erwerben, ging zwei Jahre in die USA, um in einer Bostoner Klinik die neuesten Geburtshilfemethoden zu lernen, nur um dann alles aufzugeben. Im Krankenhaus hatte man ihr gesagt, sie solle nicht gehen, aber sie hatte nur gelacht. Doch aus den sechs Wochen waren sechs Monate geworden, dann neun, zehn, und nun war ihre Stelle im Krankenhaus besetzt.

Gedankenvoll betrachtete sie die Kinder. Wie konnte sie sie jetzt im Stich lassen? Wie konnte sie auch nur daran denken, sie in den nächsten fünf Jahren zu verlassen? Und selbst dann wäre Pat erst sechzehn.

Es war alles Mikes Fehler. Scheußlich, so zu denken, aber wahr. Andere Männer verloren auch ihre Frauen. Und andere Männer fanden sich damit ab. Mike konnte sich bei seinem Gehalt und seinen Beihilfen eine Haushälterin leisten. Und es war nicht nur das. Ein Mann von Mikes Intelligenz sollte sich klarmachen, was er ihr und den Kindern antat. Sie war auf seine Einladung hin gekommen, auf seine leidenschaftliche Bitte hin, und hatte geglaubt, er würde sie bei ihrer Aufgabe unterstützen; sie war sicher gewesen, daß er sich bemühen würde, die Abende zu Hause zu verbringen, an den Wochenenden etwas mit den Kindern zu unternehmen, sie bis zu einem gewissen Grade für den Verlust der

Mutter zu entschädigen. Nichts davon hatte er getan. Wann hatte er zuletzt einen Abend zu Hause verbracht? Vor drei Wochen? Vor vier? Und er arbeitete nicht immer. Eines Abends, als sie den Anblick von Johns verbittertem, rebellischem Gesicht nicht länger ertragen konnte, hatte sie Wexford angerufen, und der Chief Inspector hatte ihr gesagt, Mike sei um fünf Uhr gegangen. Später erzählte ihr eine Nachbarin, wohin Mike ging. Sie hatte ihn auf einem Waldweg in Cheriton Forest in seinem Wagen gesehen, wie er einfach nur dasaß und auf die geraden, gleichförmigen, endlosen Baumreihen starrte.

»Sollen wir ein bißchen fernsehen?« sagte sie, bemüht, sich die Erschöpfung nicht anhören zu lassen. »Ich glaube, es gibt heute einen ganz guten Film.«

»Zuviel Hausaufgaben«, sagte John. »Und ich kann Mathe nicht machen, ehe mein Vater nicht da ist. Hast du gesagt, er kommt um zehn?«

»Er hat gesagt, gegen zehn.«

»Dann gehe ich mal in mein Zimmer.«

Grace und Pat setzten sich aufs Sofa und sahen sich den Film an. Er handelte vom häuslichen Leben eines Polizisten und hatte nicht die geringste Ähnlichkeit mit der Wirklichkeit.

Burden fuhr nach Stowerton, durch das Neubauviertel und in die alte High Street. Fontaine Road lag parallel zur Wincanton Road, und da hatten er und Jean vor Jahren, als sie jung verheiratet waren, eine Wohnung gehabt. Wo auch immer er hinkam in Kingsmarkham und seiner Umgebung, stieß er auf Orte, wo er und Jean gewesen oder wo sie zu irgendeiner besonderen Gelegenheit hingefahren waren. Er konnte diese Plätze nicht vermeiden, aber der Anblick tat jedesmal aufs neue weh, und der Schmerz wollte nicht vergehen. Seit ihrem Tod hatte er um die Wincanton Road einen Bogen gemacht, denn dort waren sie ganz besonders glücklich gewesen; ein junges Liebespaar, das lernt, was Liebe ist. Heute war ein schlimmer Tag, schlimm, weil er aus irgendeinem Grund ganz besonders verletzlich und kribbelig war, und er hatte das Gefühl, der Anblick des Hauses, in dem sie gewohnt hatten, könnte das Faß zum Überlaufen bringen. Seine Selbstbeherrschung könnte völlig zusammenbrechen, und er würde am Tor stehen und weinen.

Er hielt den Blick starr geradeaus gerichtet und schaute nicht einmal auf das Straßenschild, als er vorbeifuhr. Dann bog er links in die Fontaine Road ein und hielt vor dem Haus Nummer 61 an.

Es war ein sehr häßliches Haus, vielleicht achtzig Jahre alt und umgeben von einem wilden, ungepflegten Garten voller alter Obstbäume, deren Blätter in Haufen im Gras lagen. Das Haus war aus khakifarbenem Backstein und hatte ein kaum ansteigendes, fast flaches Schieferdach. Die Schiebefenster waren sehr klein, die Eingangstür dafür enorm, beinah überproportional, ein großes, schweres Ungetüm von einer Tür mit roten und blauen Scheiben. Sie stand einen Spaltbreit offen.

Burden ging nicht sofort ins Haus. Wexfords Wagen stand zwischen anderen Polizeiautos am Zaun, der das Ende der Straße von dem angrenzenden Feld trennte, auf dem die Gemeinde Stowerton einen Spielplatz angelegt hatte. Dahinter weitere Felder, Wald, sanft gewellte Landschaft.

Wexford saß in seinem Wagen und studierte ein Meßtischblatt. Als Burden herantrat, sah er auf und sagte: »Nett, daß Sie so schnell da sind. Ich bin auch eben erst gekommen. Wollen Sie mit der Mutter reden, oder soll ich?«

»Ich werde es machen«, sagte Burden.

Ein schwerer Türklopfer in Form eines Löwenkopfes mit

einem Ring durchs Maul war an der Haustür von Nr. 61 angebracht. Burden klopfte leicht, dann stieß er die Tür auf.

2

Im Flur stand mit zusammengepreßten Händen eine junge Frau. Das erste, was Burden an ihr auffiel, war ihr Haar, es hatte die gleiche Farbe wie die herbstlichen Blätter der Apfelbäume, die der Wind von draußen auf die Fliesen des Durchgangs geweht hatte. Es war feurig-kupfernes Haar, weder glatt noch lockig, aber voll und glänzend wie feiner Draht oder auf dem Rocken gesponnener Faden; es stand um ihr kleines, weißes Gesicht und fiel ihr bis über die Schulterblätter.

»Mrs. Lawrence?«

Sie nickte.

»Ich bin Inspector Burden, C.I.D. Bevor wir uns unterhalten, hätte ich gern ein Foto Ihres Sohnes und irgendein Kleidungsstück, das er kürzlich getragen hat.«

Sie sah ihn mit aufgerissenen Augen an, als sei er ein Hellseher, der den Aufenthaltsort des vermißten Jungen durch Betasten seiner Kleider herausfinden konnte.

»Für die Hunde«, sagte er leise.

Sie ging nach oben, und er hörte sie fieberhaft Schubladen aufziehen und wieder zuschieben. Ja, genau, dachte er, dies war ziemlich sicher ein unordentliches Haus, wo nichts an seinem Platz lag, nichts zur Hand war, wenn man es brauchte. Sie kam im Laufschritt zurück, im Arm einen grünen Schulblazer und die Vergrößerung eines Schnappschusses. Burden sah sich das Foto an, während er die Straße entlangeilte. Es zeigte ein großes, kräftiges Kind, weder besonders sauber noch besonders ordentlich, doch unzweifelhaft schön mit dem vollen hellen Haarschopf und den großen dunklen Augen.

Die Männer, die gekommen waren, um nach ihm zu suchen, standen grüppchenweise herum, einige auf dem Schaukelplatz, einige um die Polizeiwagen. Es waren sechzig oder siebzig Leute, Nachbarn, Freunde und Verwandte von Nachbarn und andere, die von weiter her auf Fahrrädern gekommen waren. Die Geschwindigkeit, mit der sich solche Nachrichten verbreiten, verblüffte Burden immer wieder. Es war kaum sechs Uhr. Die Polizei war selbst erst vor einer guten halben Stunde benachrichtigt worden.

Er ging auf Sergeant Martin zu, der offenbar mit einem der Männer einen Disput hatte, und übergab ihm das Foto.

»Was war denn da los?« wollte Wexford wissen.

»Der Kerl hat gemeint, ich solle mich um meinen eigenen Kram kümmern, bloß weil ich ihm geraten habe, festere Schuhe anzuziehen. Das ist eben der Nachteil, wenn man die Öffentlichkeit beteiligt. Die denken immer, sie wissen alles am besten.«

»Wir kommen ohne sie nicht aus, Sergeant«, bellte Wexford. »Bei so was brauchen wir jeden verfügbaren Mann, ob Polizist oder Zivilist.«

Die beiden fähigsten und erfahrensten Mitglieder der Suchmannschaft gehörten genaugenommen in keine der beiden Kategorien. Sie saßen etwas abseits von den Männern und beäugten sie mit milder Herablassung. Das Fell der Labradorhündin glänzte in der sinkenden Sonne wie Satin, doch der dichte Pelz des Schäferhundes wirkte stumpf und rauh und wölfisch. Mit einer kurzen Warnung an die Adresse des Mannes, den Sergeant Martin eben wegen der Schuhe zurechtgewiesen hatte, den Hunden nicht zu nahe zu kommen – er schien drauf und dran, den Schäferhund zu streicheln –, reichte Wexford dem Führer des Labradors den Blazer.

Während die Hunde das Kleidungsstück mit geübten Nasen beschnüffelten, teilte Martin die Männer in Suchtrupps zu je etwa einem Dutzend ein und ordnete jedem einen Führer zu. Es gab zu wenige Taschenlampen für alle, und Wexford verfluchte die Jahreszeit mit der trügerischen Tageshitze und den kühlen Nächten, die so plötzlich hereinbrachen. Dunkle Wolkenfinger schoben sich bereits über den roten Abendhimmel, und scharfer Frost lag drohend in der Luft. Noch bevor die Suchtrupps den Wald erreichten, der wie ein schwarzer, haariger Bär über den Feldrändern hockte, würde die Dunkelheit hereingebrochen sein.

Burden beobachtete die kleine Heerschar, wie sie den Spielplatz betrat und ihre lange Suche begann, die sie bis Forby und noch weiter führen würde. Über dem Wald erschien ein kalter, ovaler Mond, der erst vor einigen Tagen voll gewesen war. Wenn er doch nur hell scheinen würde, unbehindert durch die blauschwarze, ziehende Wolke, das wäre eine größere Hilfe als all ihre Taschenlampen.

Die Frauen aus der Fontaine Road, die an ihren Gartentörchen gestanden hatten, um dem Abmarsch der Männer zuzusehen, gingen jetzt zögernden Schrittes zu ihren Häusern zurück. Jede von ihnen mußte befragt werden. Hatten sie etwas beobachtet? Jemanden gesehen? War heute irgend etwas Ungewöhnliches, etwas außer der Reihe geschehen? Auf Wexfords Anweisung begannen Loring und Gates eine Von-Haus-zu-Haus-Ermittlung. Burden ging zu Mrs. Lawrence zurück und folgte ihr ins Vorderzimmer voll häßlicher viktorianischer Möbel, passend zum Haus. Überall lagen Spielsachen, Bücher und Zeitschriften verstreut, und auch Kleidungsstücke, Schals und Tücher waren über den Möbeln verteilt. Ein langes Patchworkkleid auf einem Bügel hing von einer Bilderleiste.

Als sie die Stehlampe anknipste, wirkte der Raum noch schmuddeliger und unordentlicher und sie noch exotischer.

Sie trug Jeans, eine Satinbluse und um den Hals eine Reihe matter Ketten. Er brauchte sie ja nicht zu bewundern, aber er hätte gern Mitleid mit ihr gehabt. Diese Frau in ihrer wilden Haartracht und dem fremdartigen Aufzug erweckte in ihm jedoch sofort den Eindruck, daß sie ungeeignet sei, ein Kind zu beaufsichtigen, und sogar den Gedanken, daß ihre Erscheinung und alles, was er damit in Verbindung brachte, womöglich zum Verschwinden des Kindes beigetragen hatte. Doch er durfte keine voreiligen Schlüsse ziehen.

»Also, wie heißt der Junge, und wie alt ist er?«

»John. Er ist fünf.«

»Hatte er keine Schule heute?«

»Die Grundschulen haben frei«, sagte sie. »Soll ich Ihnen erzählen, wie der Nachmittag heute abgelaufen ist, ja?«

»Bitte.«

»Also, wir haben zu Mittag gegessen, John und ich, und danach, so um zwei, kam ein Freund von nebenan, um ihn zum Spielen abzuholen. Er heißt Gary Dean und ist auch fünf.« Sie war sehr gefaßt, aber jetzt schluckte sie und räusperte sich. »Sie wollten draußen auf der Straße mit ihren Dreirädern spielen. Es ist ziemlich ungefährlich. Sie wissen, daß sie auf dem Gehweg bleiben müssen.

Wenn John draußen spielt, dann gehe ich ungefähr alle halbe Stunde ans Fenster, um zu sehen, ob er okay ist, und das habe ich heute auch getan. Von meinem Flurfenster aus kann man die ganze Straße und den Spielplatz überblicken, wo die Schaukeln sind. Eine Weile haben sie mit den anderen Jungen, alle hier aus der Nachbarschaft, auf dem Gehweg gespielt, aber als ich um halb vier wieder rausschaute, waren sie ins Feld zu den Schaukeln gegangen.«

»Und auf die Entfernung konnten Sie Ihren Sohn erkennen?«

»Er hat einen dunkelblauen Pullover an und dazu das helle Haar.«

»Erzählen Sie weiter, Mrs. Lawrence.«

Sie holte tief Luft und umklammerte mit den Fingern ihrer einen Hand die andere.

»Die Dreiräder hatten sie in einem wilden Haufen auf dem Gehweg liegenlassen. Als ich das nächste Mal rausschaute, waren sie alle bei den Schaukeln, und ich konnte John durch seinen Pullover und das helle Haar ausmachen. Oder – oder zumindest dachte ich es. Es waren sechs Jungen, wissen Sie. Jedenfalls, als ich wieder nachsah, waren sie alle weg, und ich bin runter, um John die Tür aufzumachen. Ich dachte, er kommt zum Tee.«

»Aber er kam nicht.«

»Nein. Sein Dreirad lag ganz allein auf dem Weg.« Sie biß sich auf die Lippe, ihr Gesicht war jetzt sehr weiß. »Auf der Straße waren überhaupt keine Kinder. Ich dachte, John müsse wohl irgendwohin mitgegangen sein – das macht er manchmal, obwohl er es nicht soll, ohne mir vorher Bescheid zu sagen. Ich wartete also – höchstens fünf Minuten, nicht länger –, dann ging ich zu den Deans, um zu sehen, ob er dort war. Das war ein ganz schöner Schock«, sagte sie halb im Flüsterton. »Da bekam ich zum ersten Mal Angst. Gary saß beim Tee, und bei ihm ein blonder Junge mit einem blauen Pullover, aber es war nicht John. Es war sein Vetter, der heute nachmittag bei ihm zu Besuch war. Da wurde mir klar, daß der Junge, den ich seit halb vier für John gehalten hatte, dieser Vetter gewesen war, verstehen Sie?«

»Was haben Sie dann getan?«

»Ich habe Gary nach John gefragt, und er sagte, er wisse es nicht. Er sei vor ein paar Stunden gegangen, meinte er – so hat er es ausgedrückt, vor Stunden – und sie hätten alle gedacht, er sei bei mir. Ja, dann ging ich zu einem anderen Jungen in Nummer 59, er heißt Julian Crantock, und Mrs. Crantock und ich haben es dann aus Julian herausbekommen. Er sagte, Gary und sein Vetter hätten angefangen, John zu hänseln, nur so dummes Kindergerede, aber Sie wissen ja, wie sie sind, wie sie sich gegenseitig piesacken. Sie ärgerten John wegen seines Pullovers, sagten, es sei ein Mädchenpullover, wegen der Art, wie die Knöpfe am Kragen zugehen, und John – na ja, Julian sagte, er hätte eine Weile ganz allein auf dem Karussell gesessen, und dann sei er einfach Richtung Straße weggegangen.«

»Diese Straße hier? Fontaine Road?«

»Nein. Die zwischen dem Spielplatz und den Feldern. Sie führt von Stowerton nach Forby.«

»Ich kenne sie«, sagte Burden. »Mill Lane. Man kann sie von den Feldern aus durch einen Einschnitt erreichen, man muß eine baumbestandene Böschung runter.«

Sie nickte. »Aber warum sollte er dahin gehen? Warum? Ich habe ihm wieder und wieder gesagt, daß er nicht weiter gehen darf als bis zum Spielplatz.«

»Kleine Jungen tun nicht immer, was man ihnen sagt, Mrs. Lawrence. Haben Sie uns danach angerufen?«

»Nicht gleich«, erwiderte sie. Dabei sah sie auf, und ihre Blicke trafen sich. Ihre Augen waren graugrün, und es lag ein ungläubiges Entsetzen in ihnen, aber ihre Stimme blieb ruhig und leise. »Ich bin erst zu allen Jungen nach Hause gegangen. Mrs. Crantock kam mit, und als alle das gleiche gesagt hatten über den Streit und daß John allein weggegangen sei, hat Mrs. Crantock ihr Auto aus der Garage geholt, und wir sind die Mill Lane entlanggefahren bis ganz nach Forby und zurück. Wir haben einen Mann mit Kühen getroffen und ihn nach John gefragt, und einen Briefträger und einen Mann, der Gemüse lieferte, aber keiner hatte ihn gesehen. Da habe ich Sie angerufen.«

»Dann ist John also seit ungefähr halb vier verschwunden?«

Sie nickte. »Fast drei Stunden. Es wird langsam dunkel. Er hat Angst vor der Dunkelheit.«

Sie bewahrte ihre Haltung, doch Burden merkte, daß ein falsches Wort oder eine falsche Geste seinerseits, vielleicht sogar ein plötzliches Geräusch, sie aus dem Gleichgewicht bringen und einen Entsetzensschrei auslösen konnte. Er wußte nicht recht, was er von ihr halten sollte. Sie sah eigenartig aus, wie eine Frau aus der Welt, die er nur aus Zeitungen kannte. Er hatte Bilder von ihr gesehen, oder doch von Frauen, die ihr sehr ähnelten, wie sie aus Londoner Gerichtsverhandlungen kamen, nachdem sie des verbotenen Besitzes von Cannabis überführt waren. Solche wie sie wurden nach einer Überdosis von Barbituraten und Alkohol tot in möblierten Zimmern gefunden. Solche wie sie? Das Gesicht stimmte, abgehärmt und blaß, und die wilde Haartracht und die abstoßende Kleidung. Es war ihre Beherrschung, die ihn verwirrte, und die süße, sanfte Stimme, die nicht in das Bild exzentrischen Umgangs und ungesunder Lebensweise passen wollten, das er für sie entworfen hatte.

»Mrs. Lawrence«, begann er, »bei unserer Arbeit haben wir es mit Dutzenden von Fällen verschwundener Kinder zu tun, und mehr als neunzig Prozent von ihnen werden heil und gesund wiedergefunden.« Das Mädchen, das man überhaupt nicht gefunden hatte, würde er nicht erwähnen. Wahrscheinlich tat es jemand anders, irgendein klatschsüchtiger Nachbar, aber dann wäre der Junge vielleicht schon wieder bei seiner Mutter. »Wissen Sie, was mit den meisten von ihnen passiert? Sie reißen aus Trotz oder Abenteuerlust aus, verlaufen sich und werden müde, dann legen sie sich in eine warme Höhle und – schlafen.«

Ihre Augen bestürzten ihn. Sie waren so riesig und starr und schienen kaum einmal zu blinzeln. Jetzt sah er darin einen schwachen Hoffnungsschimmer aufkommen. »Sie sind sehr freundlich zu mir«, sagte sie ernsthaft. »Ich traue Ihnen.«

Verlegen erwiderte Burden: »Das ist gut. Sie vertrauen

uns und überlassen uns die Sorgen, ja? So, wann kommt Ihr Mann nach Hause?«

»Ich bin geschieden. Ich lebe allein.«

Es überraschte ihn nicht. Natürlich war sie geschieden. Sie konnte nicht älter als achtundzwanzig sein, und mit achtunddreißig war sie wahrscheinlich zwei weitere Male verheiratet und geschieden. Der Himmel mochte wissen, durch welche Verquickung von Umständen sie aus London, wohin sie gehörte, ins tiefste Sussex verschlagen worden war, um hier am Rande der Verwahrlosung zu leben und der Polizei unerbetenen Ärger durch ihre Nachlässigkeit zu machen.

Ihre leise Stimme, inzwischen ziemlich zittrig, drang in seine harschen und vielleicht ungerechten Gedanken. »John ist alles, was ich habe. Ich habe nichts auf der Welt außer John.«

Und wessen Schuld war das? »Wir werden ihn finden«, sagte Burden entschieden. »Ich werde sehen, daß ich eine Frau finde, die ein bißchen bei Ihnen bleibt. Vielleicht diese Mrs. Crantock?«

»Würden Sie das tun? Sie ist sehr nett. Die meisten Leute hier sind sehr nett, obwohl sie nicht...« Sie hielt inne und überlegte. »Sie sind so anders als meine früheren Bekannten.«

Darauf hätte ich wetten mögen, dachte Burden. Er warf einen kurzen Blick auf das Patchworkkleid. Zu welchem respektablen Anlaß würde eine Frau so ein Ding tragen wollen?

Sie kam nicht mit ihm zur Tür. Sie blieb, blicklos ins Leere starrend und abwesend mit einer ihrer langen Halsketten spielend, sitzen. Aber als er draußen war und zurückschaute, sah er ihr weißes Gesicht am Fenster, einem verschmierten, schmutzigen Fenster, das ihre schmalen Hände nie geputzt hatten. Einen Moment trafen sich ihre Blicke, und die Konvention zwang ihm ein unbehagliches Lächeln ab. Sie lächelte nicht zurück, starrte nur, ihr Gesicht wie ein bleicher, abnehmender Mond zwischen den Wolken von schwerem Haar.

Mrs. Crantock war eine adrette und fröhliche Frau, die ihr ergrauendes Haar in steife Löckchen frisiert und eine Zuchtperlenkette auf dem rosa Twinset trug. Auf Burdens Bitte hin ging sie sofort los, um Mrs. Lawrence Gesellschaft zu leisten. Ihr Mann war bereits mit den Suchmannschaften unterwegs, und nur Julian und seine vierzehnjährige Schwester blieben im Haus zurück.

»Julian, als du gesehen hast, wie John zur Mill Lane rübergegangen ist, hast du da noch irgendwas anderes beobachtet? Hat jemand mit ihm geredet?«

Der Junge schüttelte den Kopf. »Er ist einfach gegangen.«

»Und dann, was hat er dann gemacht? Ist er unter den Bäumen stehengeblieben oder die Straße runtergelaufen?«

»Weiß nich.« Julian fummelte herum und schaute nach unten. »Ich war auf der Schaukel.«

»Hast du mal rübergeschaut zur Straße? Hast du geguckt, wo er war?«

»Er war weg«, sagte Julian. »Gary hat gesagt, daß er weg is, und das war okay, weil wir keine Babies dabeihaben wollten.«

»Aha.«

»Er weiß es wirklich nicht«, sagte seine Schwester. »Wir haben ihn schon um und umgekrempelt, aber er weiß es wirklich nicht.«

Burden gab auf und ging weiter zu den Deans in Nummer 63. »Ich lasse nicht zu, daß Gary geängstigt wird«, sagte Mrs. Dean, eine junge Frau mit hartem Gesicht und aggressivem Auftreten. »Kinder streiten sich dauernd. Gary kann man keinen Vorwurf machen, nur weil John Lawrence so empfindlich ist, daß er bei einem bißchen Aufziehen gleich wegrennt. Das Kind ist verhaltensgestört. Das ist die Wurzel des Übels. Er kommt aus einer zerbrochenen Ehe, was kann man da auch schon erwarten?«

Das waren Burdens eigene Gedanken. »Ich will Gary keine Vorwürfe machen«, sagte er. »Ich möchte ihm nur ein paar Fragen stellen.«

»Ich lasse nicht zu, daß man ihn einschüchtert.«

Das kleinste bißchen Opposition genügte derzeit, um ihn auf die Palme zu bringen.

»Es steht Ihnen frei, meine Dame«, entgegnete er scharf, »sich bei meinen Vorgesetzten über mich zu beschweren, wenn ich etwas Derartiges tun sollte.«

Der Junge war schon im Bett, schlief aber noch nicht. Er kam im Bademantel herunter, der Blick trotzig und die Lippe vorgeschoben.

»Also, Gary. Erst mal, ich bin nicht böse auf dich. Keiner ist böse. Wir wollen nur John finden. Verstehst du das, ja?«

Der Junge antwortete nicht.

»Er ist müde«, sagte seine Mutter. »Er hat Ihnen gesagt, daß er niemand gesehen hat, und das sollte genügen.«

Burden ignorierte sie. Er beugte sich zu dem Jungen. »Sieh mich mal an, Gary.« Die Augen, in die er schaute, waren tränenerfüllt. »Wein nicht, Gary. Du könntest uns helfen. Fändest du es nicht toll, wenn alle Leute wüßten, daß du der Junge warst, der der Polizei geholfen hat, John zu finden? Alles, was ich gern von dir wissen möchte, ist, ob du irgend jemanden auf der Straße gesehen hast, als John weggegangen ist, einen Erwachsenen.«

»Heute hab ich niemand gesehn«, sagte Gary. Dann schrie er los und warf sich an seine Mutter. »Ich hab sie nich gesehn. Ich hab sie nich gesehn, nein!«

»Ich hoffe, Sie sind zufrieden«, sagte Mrs. Dean. »Ich warne Sie, ich werde es weitergeben.«

»Ich hab den Mensch nich gesehen«, schluchzte Gary.

»Na, Mike?« sagte Wexford.

»Sieht aus, als hätte sich ein Mann beim Spielplatz rumgetrieben. Ich dachte, ich könnte mir mal die Leute in den Endhäusern vornehmen, von wo aus man über den Platz sehen kann.«

»Gut. Und ich versuch es bei den beiden letzten Häusern in der Wincanton.«

Erinnerte sich Wexford etwa daran, daß er und Jean einmal dort gewohnt hatten? Burden fragte sich, ob er dem Chief Inspector übersteigerte Sensibilität unterstellte.

Wahrscheinlich. Ein Polizist hat kein Privatleben, wenn er an einem Fall arbeitet. Er ging zum Ende der Fontaine Road. Die Felder lagen inzwischen im Dunkel, doch in der Ferne konnte er gelegentlich den Strahl einer Taschenlampe ausmachen.

Die beiden letzten Häuser lagen einander gegenüber. Eines war ein Bungalow, Baujahr 1935, das andere ein großes, schmales viktorianisches Gebäude. Beide hatten Fenster zum Feld hin. Burden klopfte an dem Bungalow, und eine junge Frau kam an die Tür.

»Ich arbeite und bin den ganzen Tag außer Haus«, sagte sie. »Ich bin eben erst heimgekommen, und mein Mann ist noch nicht da. Was ist denn passiert? Ist etwas Schreckliches geschehen?«

Burden erzählte es ihr.

»Man kann von meinem Fenster aus das Feld überblikken, aber ich bin nie da.«

»Dann werde ich Ihre Zeit nicht weiter in Anspruch nehmen.«

»Ich hoffe, Sie finden ihn«, sagte sie.

Die Tür des viktorianischen Hauses wurde geöffnet, bevor er ganz da war. Sobald er das Gesicht der Frau sah, die ihn dort erwartete, wußte er, daß sie ihm etwas zu erzählen hatte. Sie war ältlich, scharfäugig und lebhaft.

»Es war doch nicht dieser Mann, oder? Ich könnte es mir nie verzeihen, wenn er es war, und ich...«

»Vielleicht könnte ich einen Moment reinkommen? Und dürfte ich um Ihren Namen bitten?«

»Mrs. Mitchell.« Sie führte ihn in einen ordentlichen, frisch tapezierten Raum. »Ich hätte schon längst zur Polizei gehen sollen, aber Sie wissen ja, wie das ist. Er hat nie etwas getan, er hat nie auch nur mit den Kindern geredet. Ich habe es der jungen Mrs. Rushworth gegenüber erwähnt, weil ihr Andrew da spielt, aber sie ist immer so beschäftigt, den ganzen Tag bei der Arbeit, und ich nehme an, sie hat vergessen, es den anderen Müttern zu sagen. Und dann, als er nicht mehr kam und die Kinder wieder in die Schule gingen...«

»Fangen wir am besten von vorn an, ja, Mrs. Mitchell? Sie haben also einen Mann am Spielplatz herumlungern sehen. Wann haben Sie ihn zum erstenmal beobachtet?«

Mrs. Mitchell setzte sich und holte tief Luft. »Es war im August, während der Ferien. Ich putze jeden Mittwochnachmittag meine Fenster im Obergeschoß, und eines Mittwochs, als ich das Fenster oben im Treppenhaus putzte, sah ich diesen Mann.«

»Wo haben Sie ihn gesehen?«

»Drüben an der Straße nach Forby, Mill Lane, unter den Bäumen. Er stand da und schaute zu den Kindern herüber. Warten Sie mal, da war Julian Crantock und Gary Dean und der arme kleine John Lawrence und Andrew Rushworth und die McDowell-Zwillinge, und alle spielten auf den Schaukeln, und dieser Mann sah ihnen zu. Oh, ich hätte zur Polizei gehen sollen!«

»Sie haben ja mit einer der Mütter gesprochen, Mrs. Mitchell. Sie dürfen sich keine Vorwürfe machen. Ich nehme an, Sie haben den Mann noch mal gesehen?«

»O ja, am nächsten Mittwoch, und ich habe extra am darauffolgenden Tag, am Donnerstag, geschaut, und er war wieder da, und daraufhin habe ich mit Mrs. Rushworth gesprochen.«

»Dann haben Sie ihn also im August während der großen Ferien öfter beobachtet?«

»Danach hatten wir eine Schlechtwetterperiode, und die Kinder konnten nicht auf den Spielplatz, und dann waren die Ferien zu Ende. Danach vergaß ich den Mann. Bis gestern.«

»Sie haben ihn *gestern* gesehen?«

Mrs. Mitchell nickte. »Es war Mittwoch, und ich hatte mir das Flurfenster oben vorgenommen. Ich sah die Kinder auf den Spielplatz kommen, und dann erschien dieser Mann. Es war ein richtiger Schock, ihn nach zwei Monaten wieder zu sehen. Ich werde an diesem Fenster hier stehenbleiben und sehen, was du vorhast, dachte ich bei mir. Aber er hat nichts gemacht. Er ging um den Spielplatz herum, und er hob Blätter auf, Äste mit Herbstlaub, wissen Sie, und dann stand er eine Weile still und beobachtete die Jungen. Er war vielleicht eine halbe Stunde lang da, und als ich gerade dachte, ich muß mir einen Stuhl holen, weil meine Beine bald nicht mehr mitmachen, verschwand er über die Böschung.«

»Hatte er ein Auto?« fragte Burden rasch. »Auf der Straße vielleicht?«

»Das konnte ich nicht sehen. Ich *glaube,* ich habe einen Wagen anfahren hören, aber es muß ja nicht seiner gewesen sein, nicht wahr?«

»Haben Sie ihn heute gesehen, Mrs. Mitchell?«

»Ich hätte rausschauen sollen. Aber ich *hatte* es Mrs. Rushworth erzählt, und es war ihre Verantwortung. Außerdem habe ich diesen Mann nie irgendwas machen sehen.« Sie seufzte. »Ich bin heute um zwei weggegangen«, fuhr sie dann fort. »Ich habe meine verheiratete Tochter in Kingsmarkham besucht.«

»Beschreiben Sie mir den Mann, Mrs. Mitchell.«

»Das kann ich«, meinte sie befriedigt. »Er war jung, selbst kaum mehr als ein Junge. Sehr schlank, wissen Sie, und ziemlich schmal. Nicht so groß wie Sie, nicht mal annähernd. Ungefähr einsfünfundsechzig. Er hatte immer die gleichen Sachen an, so einen – wie heißen sie noch? – Dufflecoat, schwarz oder dunkelgrau, und dazu diese Jeans, die sie alle tragen. Dunkles Haar, nicht sehr lang für heutige Verhältnisse, aber wesentlich länger als Ihres. Sein Gesicht konnte ich nicht erkennen, nicht auf die Entfernung, aber er hatte sehr kleine Hände. Und er hinkt.«

»Hinkt?«

»Als er um das Feld herumging«, sagte Mrs. Mitchell ernsthaft, »da ist mir aufgefallen, daß er einen Fuß etwas nachzog. Nur ganz wenig. Nur ein leichtes, kleines Hinken.«

3

Die nächste Parallelstraße hieß Chiltern Avenue, und der Zugang führte über einen Fußweg an Mrs. Mitchells Haus vorbei, zwischen ihrem Garten und dem Feld. Burden klapperte jedes Haus in der Chiltern Avenue ab. Die McDowells wohnten in Nummer 38, und die Zwillinge Stewart und Ian waren noch auf.

Stewart hatte den Mann nie gesehen, denn er hatte fast den ganzen August mit einer Mandelentzündung drin bleiben müssen, und heute war er mit seiner Mutter beim Zahnarzt gewesen. Aber Ian hatte ihn gesehen und sogar mit Gary Dean, seinem speziellen Freund, über ihn gesprochen.

»Er hat sich die ganze Zeit immer unter den Bäumen versteckt«, sagte Ian. »Gary hat gesagt, er ist ein Spion. Gary ist einmal hingegangen und wollte mit ihm reden, aber da ist er in die Mill Lane gerannt.«

Burden bat den Jungen um eine Beschreibung, doch Ian fehlte Mrs. Mitchells Beobachtungsgabe.

»Einfach ein Mann«, sagte er. »So groß wie mein Bruder vielleicht.« Der fragliche Bruder war fünfzehn. Burden fragte nach dem Hinken.

»Was is das, hinken?«

Burden erklärte es ihm. »Weiß ich nich«, meinte Ian.

Weiter die Straße runter, in einem Haus aus derselben Epoche wie das von Mrs. Lawrence, traf er die Rushworths an. Rushworth, wie sich herausstellte, Immobilienmakler in Kingsmarkham, war mit den Suchmannschaften unterwegs, aber seine Frau war mit ihren vier ungebärdigen Sprößlingen, die alle noch auf waren, zu Hause. Warum war sie nicht zur Polizei gegangen, als Mrs. Mitchell sie damals im August gewarnt hatte?

Mrs. Rushworth, eine zierliche Blondine, die mit ihren hochhackigen Schuhen, langen Fingernägeln und einem wippenden Haartuff wie ein zierlicher Beizvogel wirkte, brach in Tränen aus.

»Ich wollte ja«, schluchzte sie. »Ich hatte es fest vor. Aber ich arbeite dermaßen hart. Ich bin bei meinem Mann mit im Büro, wissen Sie. Es bleibt einfach nie ein Augenblick Zeit, um irgendwas zu erledigen!«

Es war inzwischen beinah acht Uhr geworden, und John Lawrence war jetzt seit viereinhalb Stunden verschwunden. Burden fröstelte, weniger von der kühlen Nachtluft als aus dem Gefühl einer unmittelbar bevorstehenden Tragödie heraus, die ihre langen, kalten Schatten vorausschickte. Er ging hinüber zum Dienstwagen und stieg neben Wexford ein.

Der Fahrer des Chief Inspector hatte ihn allein gelassen, und er saß im Fond des schwarzen Dienstwagens, machte keine Notizen, studierte nicht mehr die Karte, sondern war in tiefes Nachdenken versunken. Es war fast dunkel – er hatte die Innenbeleuchtung nicht eingeschaltet –, und im Schatten hätte er eine Figur aus Stein sein können. Von Kopf bis Fuß war er grau – schütteres graues Haar, alter grauer Regenmantel, Schuhe, die immer etwas staubig wirkten. Sein Gesicht war von tiefen Linien durchzogen und sah im Halbdunkel auch grau aus. Er drehte sich etwas, als Burden einstieg, und wandte ihm ein Paar graue Augen zu, das einzig Glänzende und Scharfe an ihm. Burden sagte nichts, und die beiden Männer schwiegen einige Sekunden. Dann meinte Wexford:

»Wenn ich jetzt wüßte, was Sie denken, Mike.«

»Ich hab an Stella Rivers gedacht.«

»Klar haben Sie das. Geht es uns nicht allen so?«

»Sie hatte auch schulfrei«, sagte Burden. »Sie war das einzige Kind geschiedener Eltern. Sie ist auch in der Mill Lane verschwunden. Es gibt ein Gutteil Ähnlichkeiten.«

»Und ein Gutteil Unähnlichkeiten. Zum einen war sie ein Mädchen und älter. Sie haben nicht so viel von dem Fall Stella Rivers mitbekommen. Sie waren krankgeschrieben, als es passierte.«

Sie hatten gedacht, er bekäme einen Nervenzusammenbruch. Das war im Februar gewesen, als der erste Schock über Jeans Tod langsam abebbte, und Trauer und Panik und das Grauen seiner Situation ihm voll zu Bewußtsein gekommen waren. Er hatte im Bett gelegen, geschlafen, wenn Dr. Crocker ihm Beruhigungsmittel gegeben hatte, und gebrüllt, es sei nur eine Grippe und er müsse aufstehen und zur Arbeit gehen, wenn er bei Bewußtsein war. Doch er war drei Wochen krank gewesen, und als es ihm schließlich besserging, hatte er beinah 7 Kilo abgenommen. Immerhin, er lebte, während Stella Rivers tot oder zumindest vom Antlitz ihrer kleinen Erde verschwunden war.

»Auch sie hat mit ihrer Mutter zusammengelebt«, sagte Wexford, »und ihrem Stiefvater. Am Donnerstag, den 25. Februar, hatte sie eine Reitstunde in der Reitschule ›Equita‹ in Mill Lane kurz vor Forby. Normalerweise ritt sie samstags, aber wegen der schulfreien Tage bekam sie eine Extrastunde. Ihr Stiefvater, Ivor Swan, fuhr sie von zu Hause, von Hall Farm in Kingsmarkham, zu ›Equita‹, aber es gab Zweifel, wie sie wieder nach Hause kommen sollte.«

»Was heißt das, Zweifel?«

»Nachdem sie verschwunden war, erklärten Ivor und Rosalind Swan beide, Stella habe ihnen gesagt, sie könne bis Kingsmarkham mit einer Freundin zurückfahren, wie sie es manchmal tat, aber offenbar hatte Stella nichts dergleichen im Sinn und erwartete, daß Swan sie abholte. Als es auf sechs Uhr zuging – die Reitstunde war um Viertel nach vier zu Ende –, rief Rosalind Swan uns an, nachdem sie sich bei der Freundin erkundigt hatte.

Wir fuhren erst zu ›Equita‹ und sprachen mit Miss Williams, der Leiterin der Reitschule, und ihrer Assistentin, einer Mrs. Fenn; wir erfuhren, daß Stella um halb fünf allein losgegangen sei. Inzwischen goß es wie aus Kübeln, und der Regen hatte gegen vier Uhr vierzig angefangen. Schließlich machten wir einen Mann ausfindig, der gegen vier Uhr vierzig an Stella vorbeigefahren war und ihr angeboten hatte, sie bis Stowerton mitzunehmen. Zu dem Zeitpunkt war sie die Mill Lane entlang unterwegs in Richtung Stowerton. Sie schlug das Angebot aus, woraus wir schlossen, daß sie ein vernünftiges Mädchen war, das nicht zu einem Fremden ins Auto steigen würde.«

»Sie war zwölf, nicht?« fragte Burden dazwischen.

»Zwölf, zierlich und blond. Der Mann, der ihr anbot, sie mitzunehmen, heißt Walter Hill und ist Leiter der kleinen

Filiale der Midland Bank in Forby. Er ist ein ganz seriöser Mann, der nichts mit ihrem Verschwinden zu tun hatte. Wir haben ihn auf Herz und Nieren überprüft. Sonst hat sich kein Mensch gemeldet, der Stella gesehen hat. Sie verließ ›Equita‹ offenbar in dem Glauben, sie würde ihren Stiefvater unterwegs treffen – und löste sich in Luft auf.

Ich kann jetzt nicht alle Details erzählen, aber natürlich haben wir Ivor Swan mit äußerster Sorgfalt unter die Lupe genommen. Abgesehen von der Tatsache, daß er kein vernünftiges Alibi für den Nachmittag hatte, gab es für uns keinen echten Grund zu glauben, daß er Stella Böses wollte. Sie mochte ihn offenbar, ja sie schien sogar irgendwie in ihn vernarrt zu sein. Keiner der Verwandten oder Freunde der Swans konnte uns etwas über Schwierigkeiten im häuslichen Zusammenleben der Familie berichten. Und doch...«

»Und doch was?«

Wexford zögerte. »Sie kennen diese Ahnungen, die ich gelegentlich habe, Mike, diese beinah übernatürlichen Ahnungen, daß etwas nicht ganz – nun, nicht ganz in Ordnung ist?«

Burden nickte. Das kannte er.

»Solch ein Gefühl hatte ich bei dieser Sache. Aber es war nur ein Gefühl. Leute brüsten sich mit ihren Ahnungen, weil sie sich nur der Fälle erinnern möchten, wo sie recht hatten damit. Ich bemühe mich, niemals die zahllosen Male zu vergessen, wo meine Vorahnungen falsch waren. Wir haben nie auch nur das Geringste gefunden, das wir Swan anhängen konnten. Wir werden den Fall morgen wieder aufleben lassen müssen. Wohin gehen Sie?«

»Zurück zu Mrs. Lawrence«, sagte Burden.

Eine besorgt aussehende Mrs. Crantock ließ ihn ein.

»Ich fürchte, ich war keine große Hilfe«, flüsterte sie ihm

in der Halle zu. »Wissen Sie, wir stehen uns nicht sehr nahe, wir sind nur Nachbarn, deren Jungen zusammen spielen. Ich wußte nicht, was ich mit ihr reden sollte. Ich meine, normalerweise würden wir über die Kinder sprechen, aber jetzt – nun ja, ich hatte das Gefühl, es sei nicht...« Sie zuckte hilflos die Achseln. »Und über gewöhnliche Sachen kann man mit ihr nicht reden, wissen Sie. Nie kann man das. Nicht über Haushalt, oder was in der Nachbarschaft passiert.« Die ungeheure Anstrengung, Unerklärbares erklären zu wollen, ließ ihre Stirn kraus werden. »Vielleicht, wenn ich über Bücher reden könnte oder – oder so was. Sie ist einfach anders als alle, die ich kenne.«

»Ich bin sicher, Sie haben Ihre Sache sehr gut gemacht«, sagte Burden, der glaubte sehr wohl zu wissen, worüber Mrs. Lawrence gern redete. Ihre Vorstellung von Konversation lief sicher auf eine endlose Analyse von Gefühlen hinaus.

»Also, versucht habe ich es.« Sie hob die Stimme. »Ich gehe jetzt, Gemma, aber wenn Sie wollen, komme ich später wieder.«

Gemma. Eigenartiger Name. Er glaubte nicht, ihn schon mal gehört zu haben. Natürlich, sie *mußte* einen fremdartigen Namen haben, entweder hatten ihre ebenso exzentrischen Eltern sie damit etikettiert, oder – wahrscheinlicher noch – sie hatte ihn selbst angenommen, weil er so ausgefallen war. Voll plötzlicher Ungeduld mit sich selbst, fragte er sich, weshalb er in dieser ärgerlichen Art und Weise Spekulationen über sie anstellte, weshalb jede neue Information über sie ihm Anlaß zu weiteren Fragen gab. Weil sie in einen Mordfall verwickelt ist oder es demnächst sein wird, sagte er sich. Erfüllt von diesem grellen, wilden und unerhörten Bild, das er sich von ihr zurechtgelegt hatte, stieß er die Tür zum Wohnzimmer auf und stand wie gebannt, verblüfft über das, was er sah. Und doch war es nichts anderes, als was er vorhin zurückgelassen hatte, ein totenblasses, verängstigtes Mädchen, in einem Sessel kauernd und wartend, wartend…

Sie hatte das elektrische Kaminfeuer angeschaltet, was jedoch wenig dazu beitrug, den Raum zu erwärmen, und sie saß in eines der Tücher gehüllt, die er hatte herumliegen sehen, ein schweres, schwarz-goldenes Ding mit langen Fransen. Es war ihm unmöglich, sie sich mit einem Kind vorzustellen, dem sie Gutenachtgeschichten vorlas oder Cornflakes in ein Schüsselchen schüttete. Singend in irgendeinem Club, ja, und dazu Gitarre spielend.

»Möchten Sie gern einen Tee?« fragte sie, ihm zugewandt. »Ein Sandwich? Geht ganz schnell.«

»Machen Sie sich für mich keine Mühe.«

»Hat Ihre Frau denn etwas für Sie, wenn Sie nach Hause kommen?«

»Meine Schwägerin«, sagte er. »Meine Frau ist tot.«

Er sagte das nicht gern. Die Leute waren sofort peinlich berührt, erröteten oder zogen sich sogar etwas zurück, als habe er eine ansteckende Krankheit. Und dann folgten die unbeholfenen, unaufrichtigen Teilnahmsbezeugungen, bedeutungslose Worthülsen, heruntergeplappert und gleich wieder vergessen. Nie hatte er den Eindruck, es berühre die Leute wirklich, nie, bis zu diesem Augenblick.

Mit leiser, verhaltener Stimme sagte Gemma Lawrence: »Das tut mir entsetzlich leid. Sie muß noch sehr jung gewesen sein. Das war ein großes Unglück für Sie. Jetzt verstehe ich auch, woher es kommt, daß Sie so gütig mit anderen Unglücklichen umgehen können.«

Er schämte sich, und die Scham ließ ihn stammeln. »Ich – also… ich glaube, ich hätte doch gern ein Sandwich, wenn es keine große Mühe macht.«

»Wie sollte es?« fragte sie verwundert, als sei ihr die höfliche Floskel neu. »Natürlich möchte ich gern etwas tun, als Dank für alles, was Sie für mich tun.«

Sie brachte die Sandwiches nach sehr kurzer Zeit herein. Man sah, daß sie hastig zubereitet waren. Schinkenscheiben rasch zwischen grob geschnittene Brotscheiben geklemmt, Tee in Bechern ohne Untertassen.

Burden war sein Leben lang von Frauen verwöhnt worden, die ihm sein Essen in zartem Porzellangeschirr auf Tabletts mit Spitzendeckchen serviert hatten, und er nahm ohne große Begeisterung ein Sandwich, doch als er hineinbiß, stellte er fest, daß der Schinken schmackhaft und nicht zu salzig und das Brot frisch war.

Sie setzte sich auf den Fußboden und lehnte sich mit dem Rücken an den Sessel ihm gegenüber. Er hatte Wexford gesagt, daß er noch viele Auskünfte von ihr brauchte, und er wagte nun einige Routinefragen, Johns erwachsene Bekannte betreffend, zum Beispiel Eltern von Schulkameraden oder ihre eigenen Freunde. Sie antwortete ruhig und klug, und der Polizistenteil seines Hirns registrierte ihre Antworten automatisch. Gleichzeitig aber widerfuhr ihm etwas Eigenartiges. Er wurde sich mit gewissem Unbehagen einer Tatsache bewußt, die jeder normale Mann schon beim ersten Blick erkannt hätte. Sie war schön. Er mußte wegsehen, als er das Wort dachte, dennoch hatte er dabei ihr Bild vor Augen, wie eingebrannt auf seiner Netzhaut, ein brillantes Bild dieses weißen, schöngeschnittenen Gesichts und, noch beunruhigender, der langen Beine und vollen, festen Brüste.

Ihr Haar sprühte im Feuerschein zinnoberrot, ihre Augen zeigten das klare Wassergrün von Juwelen, wie man sie auf dem Meeresgrund findet. Das Schultertuch gab ihr ein exotisches Aussehen, wie dem Rahmen eines präraffaelitischen Gemäldes entstiegen, verhalten, irreal, ungeeignet für gewöhnliche Alltäglichkeiten. Und doch umgab sie etwas völlig Natürliches und Impulsives. Zu natürlich, allzu real, dachte er, plötzlich alarmiert. Sie ist realer und natürlicher und bewußter, als es einer Frau überhaupt zusteht.

Rasch sagte er: »Mrs. Lawrence, Sie haben John doch sicher eingetrichtert, nie mit Fremden zu reden.«

Das Gesicht wurde ein Spur blasser. »O natürlich.«

»Hat er jemals etwas erzählt, daß ein Mann ihn angesprochen hätte?«

»Nein, nie. Ich bringe ihn zur Schule und hole ihn wieder ab. Er ist nur allein, wenn er zum Spielen rausgeht, und dann sind die anderen Jungen bei ihm.« Sie blickte auf, und jetzt waren alle Anzeichen von Alarm in ihrem Gesicht zu erkennen. »Was meinen Sie damit?«

Warum mußte sie so direkt fragen? »Keiner hat mir gesagt, er habe einen Fremden mit John reden sehen«, sagte er wahrheitsgetreu, »aber ich muß es trotzdem nachprüfen.«

Im gleichen entschiedenen, vernünftigen Tonfall sagte sie: »Mrs. Dean hat mir erzählt, letzten Februar sei ein Kind in Kingsmarkham verschwunden und nie gefunden worden. Sie kam vorbei, während Mrs. Crantock hier war.«

Burden vergaß, daß er Mrs. Dean je in Gedanken zugestimmt hatte. In wildem, wenig polizeineutralem Tonfall brach es aus ihm heraus, bevor er sich noch bremsen konnte. »Warum, zum Teufel, können diese Klatschtanten nicht den Mund halten?« Er biß sich auf die Lippe, verwundert darüber, weshalb ihre Worte solche Heftigkeit bei ihm auslösten, und über den Wunsch, nach nebenan zu gehen und dieser Deanschen eine runterzuhauen. »Das Kind war ein Mädchen«, sagte er dann, »und viel älter. Diese Sorte von – äh – Perversen, die den Drang haben, Mädchen anzugehen, interessieren sich normalerweise nicht für kleine Jungen.« Aber stimmte das auch? Wer konnte schon die Rätsel eines gesunden Hirns verstehen, ganz zu schweigen von denen eines kranken?

Sie zog das Tuch enger um sich und sagte: »Wie soll ich die Nacht überstehen?«

»Ich werde Ihnen einen Arzt holen.« Burden trank seinen Tee aus und stand auf. »War nicht in der Chiltern Avenue irgendwo ein Schild?«

»Ja, Dr. Lomax.«

»Also, wir werden diesem Lomax ein paar Schlaftabletten abschwatzen und eine der Frauen bitten, die Nacht über hierzubleiben. Ich sorge dafür, daß Sie nicht allein gelassen werden.«

»Ich weiß gar nicht, wie ich Ihnen danken soll.« Sie senkte den Kopf, und er sah, daß sie nun schließlich doch angefangen hatte zu weinen. »Sie werden sagen, es sei nur Ihr Beruf und Ihre Pflicht, aber es ist mehr als das. Ich – ich danke Ihnen so sehr. Wenn ich Sie ansehe, dann denke ich, wenn er da ist, kann John nichts zustoßen.«

Sie sah ihn an, wie ein Kind seinen Vater anschauen sollte, doch er konnte sich nicht erinnern, daß seine eigenen Kinder ihn je so angesehen hätten. Solches Vertrauen war eine schreckliche Verantwortung, und er wußte, daß er sie nicht nähren durfte. Die Chancen, daß der Junge tot war, standen inzwischen fünfzig zu fünfzig, und er war nicht Gott, der die Toten lebendig machen konnte. Er sollte vielleicht sagen, daß sie sich keine Sorgen machen, nicht daran denken dürfe – doch wie grausam, wie dumm und wenig einfühlsam! –, und alles, was er angesichts dieser Augen herausbrachte, war: »Ich gehe jetzt zum Arzt, er wird sich darum kümmern, daß Sie eine gute Nacht haben.« Dem war nichts hinzuzufügen, aber er sagte: »Schlafen Sie nicht zu lange, ich bin morgen früh um neun wieder bei Ihnen.«

Dann verabschiedete er sich. Er wollte eigentlich nicht zurückschauen. Irgend etwas drängte ihn. Sie stand in der Haustür, umrahmt von gelbem Licht, eine merkwürdige, fremdländische Gestalt in ihrem Zigeunertuch, ihr Haar so lebendig, daß es in Flammen zu stehen schien. Sie winkte ihm verhalten und etwas scheu zu, mit der anderen Hand wischte sie die Tränen von den Wangen. Er hatte Bilder von solchen Frauen gesehen, jedoch nie eine gekannt, nie mit einer gesprochen. Unwillkürlich fragte er sich, ob er deshalb so leidenschaftlich wünschte, daß das Kind gefunden wurde, weil das bedeutete, daß er sie dann nie mehr sehen mußte. Er wandte sich abrupt ab, der Straße zu, um Dr. Lomax zu verständigen.

Blaß und verschwommen, als treibe er in einem Teich, driftete ein riesiger Mond über die Felder. Burden wartete, bis die Suchmannschaften gegen Mitternacht zurückkamen. Sie hatten nichts gefunden.

Grace hatte ihm einen Zettel hingelegt: ›John hat bis elf auf Dich gewartet, weil Du ihm bei seinen Mathematikaufgaben helfen solltest. Könntest Du mal einen Blick darauf werfen? Er war ziemlich verzweifelt. G.‹

Es dauerte ein paar Sekunden, bis Burden sich die Tatsache klargemacht hatte, daß sein eigener Sohn ebenfalls John hieß. Er schaute sich die Hausaufgabe an, und soweit er sehen konnte, war die Algebra in Ordnung. Viel Lärm um nichts. Diese kleinen, nörgeligen Zettel von Grace wurden ein bißchen viel in letzter Zeit. Er öffnete die Tür zum Zimmer seines Sohnes und sah, daß er fest schlief. Grace und Pat schliefen in dem Zimmer, das seins und Jeans gewesen war – undenkbar als sein Schlafzimmer nach ihrem Tod –, und er konnte nicht gut hineinschauen. In seinem eigenen Bett, vorher Pats kleine Klause, wo Balletteusen über die Wände hüpften, wie es zu einer Elfjährigen gehörte, setzte er sich aufs Bett und merkte, wie die Müdigkeit von ihm abfiel und er so hellwach wurde, als sei es früh um acht. Er konnte erschöpft sein bis kurz vor dem Zusammenbruch, doch sobald er hier drin und mit sich allein war, überkam ihn unvermittelt dieser grauenerregende, demütigende Drang.

Er legte den Kopf in die Hände. Alle glaubten, er vermisse Jean als Kameraden, als jemanden zum Reden und Unannehmlichkeiten teilen. Das tat er auch, sehr sogar. Aber was ihn am allermeisten belastete, Tag und Nacht ohne Unterlaß, waren sexuelle Wünsche, die sich, seit zehn Monaten ohne Erfüllung, zu einem verkapselten, quälenden, sexuellen Wahn gesteigert hatten.

Er wußte sehr wohl, wie alle über ihn dachten. Für sie war er ein kalter Fisch, streng angesichts von Zügellosigkeit, der nur um Jean trauerte, weil er sich an die Ehe gewöhnt hatte und, wie Wexford es nannte, ›total verheiratet‹ war. Wahrscheinlich stellten sie sich vor, falls sie überhaupt je darüber nachgedacht hatten, er und Jean seien alle vierzehn Tage einmal im Dunkeln zusammen unter die Decke gekrochen. Genau so schätzten einen die Leute ein, wenn man vor schmutzigen Witzen zurückschreckte und diese tabufreie Gesellschaft als verrottet bezeichnete.

Es schien ihnen nicht im Traum einzufallen, daß man Freizügigkeit und Ehebruch womöglich einfach deswegen verabscheute, weil man wußte, was Verheiratetsein bedeuten konnte, und es zu solch einem Grad der Vollendung erfahren hatte, daß alles andere Hohn war, eine armselige Imitation. Es war ein Glück, ja, aber... Ach, Gott, es war auch ein Unglück! Ans Land geworfen wie ein Fisch und krank war man, wenn es vorüber war. Jean war unberührt gewesen, als er sie geheiratet hatte, und er ebenso. Die Leute sagten immer – dumme Leute, und die dummen Dinge, die sie behaupteten –, das erschwere es, wenn man heirate, aber für ihn und Jean war es nicht so gewesen. Geduldig und hingebungsvoll und voller Liebe waren sie miteinander umgegangen, und sie waren beide so reich belohnt worden, daß Burden jetzt, wo er wie aus einer öden Wüste darauf zurückblickte, kaum glauben konnte, daß es beinah von Anfang an so gut gewesen war, ohne Versagen, ohne Enttäuschungen. Und doch glaubte er es, denn er wußte es und erinnerte sich und litt.

Und wenn sie wüßten? Ihm war klar, was sie ihm dann raten würden. Nimm dir eine Freundin, Mike. Nichts Ernstes. Einfach ein nettes, unkompliziertes Mädchen, mit der man ein bißchen Spaß haben kann. Vielleicht konnte man das, wenn man gewohnt war, über die Stränge zu schlagen. Er war nie Liebhaber irgendeiner anderen Frau außer Jean gewesen. Sex war für ihn gleichbedeutend mit Jean. Sie machten sich nicht klar, daß ihr Ratschlag, sich eine andere Frau zu nehmen, das gleiche war, als würden sie Gemma Lawrence raten, sich ein anderes Kind anzuschaffen.

Er zog seine Sachen aus und legte sich bäuchlings aufs Bett, die Fäuste sorgsam geballt unter das Kissen geschoben. Er zweifelte nicht im geringsten daran, wie die Nacht vergehen würde. Alle Nächte waren gleich. Erst das Wachliegen und das Begehren, die tatsächliche, physische Pein, als sei sein Körper ein einziger Schrei ohne einen Auslaß für diesen Schrei; dann schließlich der Schlaf mit dem langen, schweren, orgiastischen Traum, der kurz vor dem Morgengrauen kommen würde.

4

Wenn Mike sich auch nur um die kleinste Entschuldigung bemühte, überlegte Grace, dann würde sie kein Wort verlieren. Natürlich mußte er arbeiten, und oft konnte er nicht weg, ohne seinen Job zu gefährden. Sie wußte, was das bedeutete. Bevor sie hierhergekommen war, um seinen Haushalt zu führen, hatte sie Freunde gehabt, einige, die einfach

Freunde waren, und einige wenige, die Liebhaber waren, und oft hatte sie eine Verabredung nicht einhalten können, weil es im Krankenhaus einen Notfall gab. Aber am nächsten Tag hatte sie immer angerufen oder kurz geschrieben, weshalb.

Mike war nicht ihr Liebhaber, sondern nur ihr Schwager. Hieß das, er schuldete ihr nichts, nicht mal normale Höflichkeit? Und hatte man das Recht, ohne weiteres seine Kinder zu versetzen, auch wenn der Sohn kurz vor Mitternacht vor Aufregung zitterte, weil er nicht glauben konnte, daß er seine Algebraaufgabe richtig hatte, und der alte Parminter, sein Mathematiklehrer, ihn andernfalls nachsitzen lassen würde?

Sie briet Eier und Schinken für alle und legte im Eßzimmer ein frisches Tischtuch auf. Nicht zum erstenmal wünschte sie, ihre Schwester wäre nicht so eine exzellente Hausfrau gewesen, so korrekt und beinah perfekt in allem, was sie tat, aber zumindest bequem genug, das Frühstück in der Küche zu servieren. Sich mit Jean messen zu müssen war nur eine der Bürden, die sie zu tragen hatte.

Ihr Gesicht wurde hart, als Mike herunterkam, so etwas wie einen Gruß in Richtung der Kinder grummelte und ohne ein Wort seinen Platz am Tisch einnahm. Er würde also nichts über gestern abend sagen. Nun, dann eben sie.

»Deine Algebra war völlig in Ordnung, John.«

Das Gesicht des Jungen hellte sich auf, wie immer, wenn Burden mit ihm sprach.

»Dachte ich mir. Ist mir eigentlich auch nicht so wichtig, aber der alte Minty läßt mich nachsitzen, wenn ich's nicht richtig habe. Du kannst mich wahrscheinlich nicht mit zur Schule nehmen.«

»Zu viel zu tun«, sagte Burden. »Der Fußweg tut dir gut.« Er lächelte, wenn auch nicht allzu freundlich, zu seiner Tochter hinüber. »Und dir auch, mein Fräulein«, fügte er hinzu. »Also, ab mit euch. Es ist beinah halb.«

Normalerweise ging Grace nicht mit ihnen bis zur Tür, aber heute tat sie es, um die Härte ihres Vaters wiedergutzumachen. Als sie zurückkam, war Burden bei seiner zweiten Tasse Tee, und bevor sie sich bremsen konnte, war sie in eine lange Tirade über Johns Nerven und Pats Befremdung und die Art und Weise, wie er sie alle allein ließ, ausgebrochen.

Er hörte sie bis zu Ende an, dann sagte er: »Weshalb können Frauen –«, er korrigierte sich, machte die unvermeidliche Ausnahme –, »die meisten Frauen nicht begreifen, daß Männer arbeiten müssen? Wenn ich nicht arbeiten würde, Gott weiß, was dann mit euch allen passieren würde.«

»Hast du auch gearbeitet, als Mrs. Finch dich im Cheriton Forest in deinem Auto sitzen sah?«

»Mrs. Finch«, brauste er auf, »soll sich um ihre eigenen verdammten Angelegenheiten kümmern!«

Grace drehte ihm den Rücken zu. Sie merkte, daß sie langsam bis zehn zählte. Dann sagte sie: »Mike, ich verstehe ja, ich kann mir vorstellen, was du empfinden mußt.«

»Das bezweifle ich.«

»Nun, ich denke, ich kann es. Aber John und Pat können es nicht. John braucht dich, und er braucht dich fröhlich und sachlich und – und wie du früher warst. Mike, könntest du nicht heute abend mal früh nach Hause kommen? Es gibt einen Film, den die beiden sehen wollen. Er fängt erst um halb acht an, so daß du nicht vor sieben hier sein müßtest. Wir könnten alle gemeinsam gehen. Es würde ihnen so viel bedeuten.«

»Also gut«, sagte er. »Ich werde tun, was ich kann. Schau nicht so, Grace. Ich werde um sieben dasein.«

Ihr Gesicht hellte sich auf. Sie tat etwas, was sie seit seiner Heirat nicht mehr getan hatte, sie beugte sich über ihn und küßte ihn auf die Wange. Dann fing sie rasch an, den Tisch abzuräumen. Ihr Rücken war ihm zugekehrt, so daß sie nicht sah, wie er erschauerte, und wie er die Hand ans Gesicht hob, als sei er gestochen worden.

Gemma Lawrence hatte saubere Jeans an und dazu einen sauberen, dicken Pullover. Ihr Haar war mit einem Band zusammengehalten, und sie roch nach Seife wie ein sauberes, artiges Kind.

»Ich habe die ganze Nacht geschlafen.«

Er lächelte sie an. »Ein Hoch auf Dr. Lomax«, sagte er.

»Suchen sie noch?«

»Aber sicher. Hab ich es Ihnen nicht versprochen? Wir haben eine ganze Armee von Polizisten aus den angrenzenden Bezirken ausgeliehen.«

»Dr. Lomax war sehr nett. Wissen Sie, was er mir erzählt hat? Als er noch in Schottland wohnte, bevor er hierherkam, war sein eigener Sohn mal verschwunden, und sie haben ihn in einer Schäferhütte schlafend gefunden, den Schäferhund im Arm. Er war meilenweit gelaufen, und dieser Hund hatte ihn gefunden und sich um ihn gekümmert wie um ein verlorenes Schaf. Die Geschichte hat mich an Romulus und Remus und die Wölfin erinnert.«

Burden wußte nicht, wer Romulus und Remus waren, aber er lachte und sagte: »Sehen Sie, hab ich's Ihnen nicht gesagt?« Er würde ihre Hoffnungen nicht zerstören, indem er ihr erklärte, daß dies hier nicht Schottland sei, mit einsamen Bergen und freundlichen Hunden. »Was haben Sie heute vor? Ich möchte nicht, daß Sie allein sind.«

»Mrs. Crantock hat mich zum Essen eingeladen, und die Nachbarn kommen ständig vorbei. Die Leute sind sehr lieb. Ich wünschte, ich hätte ein paar engere Freunde hier. All meine Freunde sind in London.«

»Das beste gegen Ängste ist Arbeit«, meinte er. »Das lenkt ab.«

»Unglücklicherweise habe ich keine Arbeit.«

Er hatte Hausarbeit gemeint, Saubermachen, Aufräumen, Nähen; Dinge, die er ganz natürlich als Frauenarbeit ansah, und davon gab es eine Menge. Doch das konnte er ihr kaum sagen.

»Ich denke, ich werde einfach hier sitzen und Platten hören«, sagte sie und stellte eine schmutzige Tasse vom Plattenspieler auf den Fußboden, »oder lesen oder so was.«

»Sobald wir etwas erfahren, komme ich her. Ich werde herkommen, nicht anrufen.«

Ihre Augen leuchteten. »Wenn ich Premierminister wäre«, sagte sie, »würde ich Sie befördern.«

Er fuhr zum Cheriton Forest, auf den sich die Suche inzwischen konzentrierte, und fand Wexford, auf einem Baumstamm sitzend. Es war ein dunstiger Morgen, und der Chief Inspector war in einen alten Regenmantel gehüllt, den alten Filzhut hatte er tief in die Stirn gezogen.

»Wir haben einen Hinweis auf das Auto, Mike.«

»Welches Auto?«

»Gestern abend, draußen in den Feldern, hat einer der Männer von den Suchtrupps Martin erzählt, er habe einen Wagen in der Mill Lane abgestellt gesehen. Er hatte offenbar im August eine Woche Urlaub und ist in der Zeit regelmäßig dort mit seinem Hund spazierengegangen. Dabei ist ihm dreimal ein Wagen aufgefallen, der in der Mill Lane geparkt war, in der Nähe der Stelle, wo Mrs. Mitchell den Mann beobachtet hat. Das Auto fiel ihm auf, weil es die Straße blokkierte, so daß die Fahrbahn nur einspurig benutzt werden konnte. Ein roter Jaguar. Die Nummer hat er sich natürlich nicht gemerkt.«

»Hat er den Mann gesehen?«

»Er hat überhaupt niemanden gesehen. Was wir jetzt

brauchen, ist jemand, der diese Straße regelmäßig befährt. Einen Bäcker vielleicht.«

»Ich kümmere mich drum«, sagte Burden.

Im Laufe des Vormittags machte er einen Bäckereifahrer ausfindig, der die Strecke täglich fuhr, sowie den Fahrer eines Getränkelieferwagens, der nur mittwochs und freitags vorbeikam. Der Bäcker hatte das Auto gesehen, denn eines Nachmittags, als er gerade um die Ecke bog, war er beinah damit kollidiert. Ein roter Jaguar, bestätigte er, doch die Nummer hatte er sich auch nicht gemerkt. Tags zuvor allerdings war er die Strecke gefahren und um zwei Uhr am Spielplatz vorbeigekommen, ohne jedoch dem Wagen zu begegnen. Um halb fünf hatten zwei Frauen in einem Auto ihn gefragt, ob er einen kleinen Jungen gesehen habe, aber zu dem Zeitpunkt war er schon beinah in Forby gewesen. Womöglich war der rote Jaguar an ihm vorbeigebraust, und womöglich hatte ein Kind dringesessen, aber er konnte sich nicht daran erinnern.

Der Getränkefahrer erwies sich als ein weniger aufmerksamer Beobachter. Er hatte nie etwas Außergewöhnliches auf dieser Straße bemerkt, weder kürzlich noch im August.

Burden fuhr zum Revier zurück und aß rasch etwas in Wexfords Büro. Den Nachmittag verbrachten sie damit, eine triste kleine Schar von Männern zu interviewen, allesamt verschlagen und fast alle unter Normalgröße, die irgendwann einmal Kinder belästigt hatten. Der zurückgebliebene Neunzehnjährige, dessen Spezialität es war, vor Schulen zu warten; der Volksschullehrer mittleren Alters, den die Schulbehörden schon vor Jahren suspendiert hatten; der Angestellte aus dem Textilgeschäft, der in Zugabteile stieg, in denen ein einzelnes Kind saß; der Schizophrene, der seine eigene kleine Tochter vergewaltigt hatte und inzwischen aus der Psychiatrie entlassen worden war.

»Reizender Beruf, den wir haben«, sagte Burden. »Mir ist zumute, als hätte ich ein Schleimbad genommen.«

»Durch Gottes Gnade nur bin es nicht ich…«, zitierte Wexford. »Sie könnten auch einer von denen sein, wenn Ihre Eltern Sie abgelehnt hätten. Oder ich, wenn ich auf die Angebote eingegangen wäre, die man mir im Umkleideraum der Schule gelegentlich gemacht hat. Sie stehen im Dunkel, sie sind, wie Blake oder irgend so ein Klugscheißer gesagt hat, geboren zu endloser Nacht. Mitleid kostet nichts, Mike, und es ist eine ganze Ecke erbaulicher als all das Geschrei nach Auspeitschen und Hängen und Kastrieren und all so was.«

»Ich schreie nicht, Sir. Ich glaube nur schlicht und einfach an die Kultivierung der Selbstdisziplin. Und mein Mitleid gilt der Mutter und diesem bedauernswerten Kind.«

»Gut, aber die Beschaffenheit von Mitleid hat nichts Undurchlässiges. Das Schlimme an Ihnen ist, daß Sie so ein verstopftes Sieb sind und Ihr Mitleid durch ein paar armselige kleine Löcher kleckert. Abgesehen davon, keiner dieser erbärmlichen Außenseiter war gestern in der Nähe von Mill Lane, und ich kann mir keinen von ihnen in einem roten Jaguar vorstellen.«

Wenn man zehn Monate kein einziges Mal abends aus gewesen ist, kann einem die Aussicht auf einen Kinobesuch in Begleitung seines Schwagers und zweier Kinder wie ein Ausflug ins süße Leben vorkommen. Grace Woodville ging um drei zum Friseur, und als sie herauskam, fühlte sie sich fröhlicher als an dem Tag, als Pat sie zum erstenmal von sich aus geküßt hatte. Im Schaufenster von *Morans* lag ein hübscher goldbrauner Pullover, und Grace, die sich seit Monaten nichts zum Anziehen gekauft hatte, beschloß spontan, ihn zu erstehen.

Mike sollte ein besonderes Essen bekommen heute, Curryhähnchen. Jean hatte es nie gekocht, weil sie es nicht mochte, aber Mike und die Kinder mochten es. Sie kaufte ein Hähnchen, und als John und Pat nach Hause kamen, war das Haus erfüllt vom würzigen Duft nach Curry und süß-saurer Ananas.

Um sechs hatte sie den Tisch gedeckt und den neuen Pullover angezogen. Kurz vor sieben saßen sie alle im Wohnzimmer, aufgeputzt und ziemlich unsicher, eher wie Leute, die darauf warten, zu einer Party abgeholt zu werden, als wie eine Familie kurz vor einem Gang ins örtliche Kino.

Die Telefonanrufe hatten eingesetzt. Sie erreichten das Polizeirevier von Kingsmarkham nicht nur aus der näheren Umgebung, nicht nur aus Sussex, sondern aus Birmingham und Newcastle und dem Norden Schottlands. Alle Anrufer behaupteten, John Lawrence allein oder mit einem Mann oder mit zwei Männern oder zwei Frauen gesehen zu haben. Eine Frau aus Carlisle hatte ihn, wie sie angab, zusammen mit Stella Rivers gesehen; ein Ladenbesitzer aus Cardiff hatte ihm ein Eis verkauft. Ein Lastwagenfahrer hatte ihn und seinen Begleiter, einen älteren Mann, nach Grantham mitgenommen. All diese Aussagen mußten überprüft werden, obwohl sie alle wenig fundiert schienen.

Die Leute strömten ins Revier mit Geschichten von verdächtigen Personen und Autos, die sie angeblich in Mill Lane beobachtet haben wollten. Inzwischen waren nicht nur rote Jaguars verdächtig, sondern schwarze und grüne ebenso wie schwarze und dreirädrige Lieferwagen. Und in der Zwischenzeit ging die mühselige Suche weiter. Ohne Pause im Einsatz setzte Wexfords Mannschaft ihre systematische Von-Haus-zu-Haus-Ermittlungsarbeit fort, wobei insbesondere jede männliche Person über sechzehn befragt wurde.

Fünf Minuten vor sieben stand Burden vor dem *Olive and Dove Hotel* in Kingsmarkham High Street, gegenüber dem Kino, und die Verabredung mit Grace und den Kindern fiel ihm ein. Gleichzeitig erinnerte er sich daran, daß er sich erkundigen mußte, wie es Gemma Lawrence ging, bevor er Feierabend machte.

Die Telefonzelle vor dem Hotel war besetzt, und eine kleine Schlange von Leuten stand noch davor. Bis die alle fertig waren, überlegte Burden, wären gut zehn Minuten vergangen. Er schaute noch einmal zum Kino hinüber und sah, daß zwar die Vorstellung um halb acht anfing, der Hauptfilm aber erst eine Stunde später. Also nicht nötig, Grace anzurufen, wo er doch ganz leicht eben nach Stowerton rüberfahren und sich erkundigen konnte, wie die Dinge bei Mrs. Lawrence standen, und dann Viertel vor acht zu Hause sein konnte. Grace würde nicht erwarten, daß er pünktlich war. Sie kannte das schon. Und bestimmt wollten nicht mal seine beiden sich einen Vorfilm über »Touring in East Anglia«, die Wochenschau und all die anderen Anhängsel ansehen.

Diesmal stand die Eingangstür nicht offen. Die Straße war leer, beinah jedes Haus hell erleuchtet. In jeder Hinsicht erschien es, als sei gestern nichts geschehen, was den Frieden dieser ruhigen, ländlichen Straße stören könnte. Das Leben ging weiter, Männer und Frauen lachten und unterhielten sich, arbeiteten und sahen fern und sagten: Was kann man machen? So ist eben das Leben.

In ihrem Haus brannte kein Licht. Er klopfte an die Tür, und keiner kam. Sie mußte ausgegangen sein. Wo ihr einziges Kind verschwunden, vielleicht ermordet war? Er mußte an ihren Aufzug denken und wie das Haus aussah. Ein Mädchen für Vergnügungen, dachte er, als Mutter nicht sonderlich geeignet. Wahrscheinlich war einer jener Freunde angetanzt, und sie waren zusammen ausgegangen.

Er klopfte noch einmal, und dann hörte er etwas, eine Art Schlurfen. Schritte schleppten sich zur Tür, verhielten.

»Mrs. Lawrence«, rief er, »ist alles in Ordnung?«

Ein leiser Ton kam als Antwort, halb Schluchzer, halb Stöhnen. Die Tür zitterte, dann schwang sie nach innen.

Ihr Gesicht sah verwüstet und verschwollen aus, aufgedunsen vom Weinen. Sie weinte auch jetzt, sie schluchzte, und Tränen strömten ihr über die Wangen. Er machte die Tür hinter sich zu und knipste das Licht an.

»Was ist geschehen?«

Sie wandte sich von ihm ab und warf sich gegen die Wand, hämmerte mit ihren Fäusten darauf herum. »O Gott, was soll ich nur tun?«

»Ich weiß, es ist hart«, sagte er hilflos, »aber wir tun alles Menschenmögliche. Wir...«

»Ihre Leute«, schluchzte sie, »den ganzen Tag sind sie rein und raus, haben gesucht – und – mich Sachen gefragt. Sie haben das Haus durchsucht! Und die Anrufe, entsetzliche Anrufe. Eine Frau – eine *Frau*... Oh, mein Gott! Sie hat gesagt, John ist tot, und sie hat beschrieben, wie er gestorben ist, und sie hat gesagt, es sei alles meine Schuld! Ich kann es nicht ertragen, ich kann es nicht ertragen, ich bringe mich um, ich stecke den Kopf in den Gasofen, ich schneide mir die Pulsadern auf...«

»Sie müssen sofort damit aufhören«, schrie er. Sie drehte sich zu ihm um und kreischte ihm ins Gesicht. Er hob die Hand und schlug sie scharf auf die Wange. Sie würgte, schluckte und brach zusammen, sank gegen ihn. Um sie vor dem Fallen zu bewahren, legte er beide Arme um sie, und einen Moment lang klammerte sie sich an ihn wie in einer Umarmung, ihr nasses Gesicht gegen seinen Hals gepreßt. Dann trat sie zurück, das rote Haar flog, als sie sich schüttelte.

»Verzeihen Sie mir«, sagte sie. Ihre Stimme war rauh vom Weinen. »Ich muß verrückt sein. Ich glaube, ich werde verrückt.«

»Kommen Sie hier herein und erzählen Sie. Sie waren doch so optimistisch.«

»Das war heute morgen.« Sie sprach jetzt leise, mit dünner, brüchiger Stimme. Nach und nach, und nicht sehr zusammenhängend, erzählte sie ihm, wie die Polizisten ihre Schränke durchsucht hatten und über ihren Dachboden getrampelt waren, wie sie das Unkraut weggerissen hatten, das die Wurzeln der alten Bäume in ihrem verwilderten Garten bedeckte. Atemlos berichtete sie von den obszönen Anrufen und den Briefen, die, angeregt durch die Geschichte in den Abendzeitungen, mit der zweiten Post gekommen waren.

»Sie sollten keinen Brief öffnen, dessen Handschrift Sie nicht erkennen«, sagte er. »Alles andere sehen erst wir uns an. Und die Telefonate...«

»Ihr Sergeant sagt, es gibt eine Möglichkeit, mein Telefon zu überwachen.« Sie seufzte tief auf, ruhiger jetzt, aber die Tränen flossen noch immer.

»Haben Sie so was wie Brandy in diesem – äh – dieser Behausung?«

»Im Eßzimmer.« Sie brachte ein tränennasses, schwaches Lächeln zustande. »Eine Großtante von mir lebte hier. Diese – hm – Behausung, wie Sie es nennen, gehörte ihr. Brandy hält sich doch Jahre, oder?«

»Die Jahre machen ihn sogar immer besser«, sagte Burden.

Das Eßzimmer glich einer Höhle, war kalt und roch staubig. Er fragte sich erneut, welche Verkettung merkwürdiger Umstände sie wohl hierher verschlagen hatte, und weshalb sie blieb. Der Brandy war in einem Sideboard, das eher einem hölzernen Herrenhaus glich als einem Möbel mit all den Ornamenten, geschnitzten Säulen und Bogen, Nischen und Balkönchen.

»Nehmen Sie sich auch einen«, sagte sie.

Er zögerte. »Na gut. Danke.« Er setzte sich wieder in den Lehnstuhl, in dem er zuvor gesessen hatte, aber sie hockte sich mit untergeschlagenen Beinen auf den Fußboden und blickte mit einem eigenartigen blinden Vertrauen zu ihm auf. Es brannte nur eine Lampe, die hinter ihrem Kopf einen sanften goldenen Schimmer verbreitete.

Sie trank ihren Brandy, und lange Zeit saßen sie schweigend. Schließlich, erwärmt und beruhigt, begann sie über den verschwundenen Jungen zu reden, was er gern tat, was er sagte, seine altklugen kleinen Bemerkungen. Sie sprach von London und davon, wie fremd ihr und ihrem Sohn Stowerton war. Endlich schwieg sie, den Blick auf sein Gesicht geheftet, doch das Unbehagen, das ihr kindlich vertrauter Blick zuerst bei ihm ausgelöst hatte, war von ihm abgefallen und kehrte auch nicht zurück, als sie mit einer raschen, impulsiven Geste seine Hand ergriff und sie festhielt.

Das Unbehagen war weg, aber die Berührung elektrisierte ihn. Sie versetzte ihm einen derartigen Schock und wühlte ihn so auf, daß statt der normalen Reaktion eines normalen Mannes, der die Hand einer hübschen Frau in der seinen hält, das Gefühl bei ihm aufkam, sein ganzer Körper hielte ihren. Er erschauerte. Er löste seine Finger und sagte, abrupt das inzwischen lastende und dumpfe Schweigen brechend: »Sie stammen aus London. Warum leben Sie hier?«

»Es ist ziemlich scheußlich, nicht?« Alles Rauhe und alles Grauen waren aus ihrer Stimme verschwunden, und einmal mehr klang sie sanft und wohltönend. Obwohl er gewußt hatte, daß sie auf seine Frage antworten und also sprechen mußte, erregte ihn ihre schöne Stimme, die sich jetzt ganz normal anhörte, beinah so wie die Berührung ihrer Hand. »Eine gräßliche Last von einem Haus«, sagte sie.

»Das geht mich nichts an«, murmelte er.

»Es ist aber auch kein Geheimnis. Ich wußte nicht mal, daß ich diese Tante habe. Sie ist vor drei Jahren hier gestorben und hat meinem Vater das Haus hinterlassen, aber der war selbst schwer krebskrank.« Mit einer eigenartig graziösen, doch gleichzeitig unprätentiösen Bewegung hob sie die Hand und strich sich die Haarfülle aus dem Gesicht. Der weite, bestickte Ärmel ihres fremdartigen Gewandes rutschte hoch, und die Haut ihres bloßen weißen Armes schimmerte wie blaßgoldene Daunen im Lampenlicht. »Ich habe versucht, das Haus für meinen Vater zu verkaufen, aber niemand wollte es haben, und dann starb er, und Matthew – mein Mann – hat mich verlassen. Wo hätte ich sonst hingehen sollen als hierher? Die Miete für unsere Wohnung konnte ich nicht mehr aufbringen, und Matthews Geld war alle.« Es schien Stunden, seit diese Augen begonnen hatten, ihn zu fixieren, jetzt endlich wandte sie den Blick ab. »Die Polizei dachte«, sagte sie sehr leise, »Matthew hätte John vielleicht mitgenommen.«

»Ich weiß. Das müssen wir immer überprüfen, wenn ein Kind von – äh – getrennt lebenden oder geschiedenen Eltern vermißt wird.«

»Sie sind zu ihm gegangen oder haben es zumindest versucht. Er liegt nämlich im Krankenhaus. Blinddarmoperation. Ich glaube, sie haben mit seiner Frau gesprochen. Er hat wieder geheiratet, wissen Sie.«

Burden nickte. Es war mehr als die normale Neugier des Polizisten, die ihn sich leidenschaftlich fragen ließ, ob dieser Matthew sich hatte von ihr scheiden lassen oder sie sich von ihm, was er beruflich machte und wie überhaupt alles zugegangen war. Er konnte sie nicht fragen. Seine Kehle war wie zugeschnürt.

Sie rückte näher an ihn heran, griff aber diesmal nicht nach seiner Hand. Ihr Haar verdeckte ihr Gesicht. »Ich möchte Ihnen sagen, wie sehr Sie mir geholfen haben. Was Sie mir für eine Stütze waren. Wenn Sie nicht gekommen wären, dann wäre ich heute abend völlig zusammengebrochen. Ich hätte wahrscheinlich etwas Entsetzliches getan.«

»Sie dürfen nicht allein bleiben.«

»Ich habe meine Schlaftabletten«, sagte sie. »Und Mrs. Crantock kommt um zehn.« Langsam stand sie auf und knipste die Stehlampe an. »Sie wird jeden Moment hiersein, es ist fünf vor.«

Ihre Worte und die plötzliche Helligkeit brachten Burden mit einem Ruck in die Wirklichkeit zurück. Er blinzelte und schüttelte sich.

»Fünf vor zehn? Mir fällt eben ein, daß ich mit meiner Familie heute ins Kino gehen sollte.«

»Und ich habe Sie davon abgehalten? Möchten Sie anrufen? Bitte tun Sie es. Rufen Sie von hier aus an.«

»Zu spät, fürchte ich.«

»Das tut mir furchtbar leid.«

»Ich glaube, mein Hiersein war wichtiger, meinen Sie nicht?«

»Es war wichtig für mich. Aber jetzt müssen Sie gehen. Kommen Sie morgen wieder? Ich meine, Sie selbst?«

Er stand in der Tür, während sie sprach. Sie legte ganz leicht die Hand auf seinen Arm, und sie standen dicht zusammen, ihre Gesichter höchstens dreißig Zentimeter voneinander entfernt. »Ich – ja... Ja, natürlich.« Er stammelte schlimm. »Natürlich komme ich.«

»Inspector Burden... Nein, ich kann Sie nicht weiter so nennen. Wie heißen Sie mit Vornamen?«

»Ich glaube, es wäre am besten, wenn Sie...«, fing er an, und dann, beinah verzweifelt: »Michael. Alle nennen mich Mike.«

»Mike«, sagte sie, und während sie noch über dem Namen sann und ihn leise wiederholte, klingelte Mrs. Crantock.

Grace saß in der Sofaecke zusammengeringelt, und er sah, daß sie geweint hatte. Die Ungeheuerlichkeit dessen, was er getan hatte, überragte einen Augenblick die andere Ungeheuerlichkeit, die Forderung seines Körpers.

»Es tut mir schrecklich leid«, sagte er und ging zu ihr hin. »Das Telefonhäuschen war besetzt, und späterhin...«

Sie hob den Kopf und sah ihn an. »Wir haben hier gesessen und auf dich gewartet. Als du um acht noch nicht da warst, haben wir gegessen, obwohl das Essen inzwischen verdorben war. Ich sagte: ›Kommt, wir gehen trotzdem‹, und John meinte: ›Ohne Dad können wir nicht gehen. Wir können doch nicht riskieren, daß er nach Hause kommt, und wir sind nicht da.‹ «

»Ich hab gesagt, daß es mir leid tut«, sagte Burden.

»Du hättest anrufen können!« sagte Grace wild. »Ich würde überhaupt nichts sagen, wenn du angerufen hättest. Ist dir denn nicht klar, daß du – wenn du so weitermachst, wirst du diesen Kindern unheilbaren Schaden zufügen.«

Sie ging hinaus, die Tür fiel hinter ihr zu, und Burden blieb seinen Gedanken überlassen, die weder um sie noch um seine Kinder kreisten.

5

Burden sah sich das Blatt Papier an, das Wexford ihm gegeben hatte. Darauf standen in einer deutlichen großen, aber kindlichen Handschrift die Namen aller Männer, Frauen und Kinder, die Gemma Lawrence während der letzten zehn Jahre gekannt hatte.

»Wann hat sie das alles aufgeschrieben?«

Wexford betrachtete ihn kurz und mit zusammengekniffenen Augen. »Heute morgen, mit Lorings Hilfe. Sie sind nicht ihr alleiniger Privatdetektiv, wissen Sie.«

Burden errötete. Wieviel Hunderte von Leuten sie kannte, und welch außergewöhnliche Namen sie hatten! Künstler und Modelle und Theaterleute, nahm er an und wurde plötzlich schlecht gelaunt. »Müssen wir uns diese ganze Bande vornehmen?«

»Die Londoner Kollegen werden uns da helfen. Ich habe Mrs. Lawrence gebeten, jeden Namen zu notieren, weil ich den Swans die Liste zeigen möchte.«

»Sie sehen demnach eine Verbindung zwischen den beiden Fällen?«

Wexford antwortete nicht sofort. Er nahm Burden die Liste aus der Hand, gab ihm ein anderes Stück Papier und sagte: »Das hier ist gekommen. Auf Fingerabdrücke ist es schon untersucht worden. Sie brauchen also beim Anfassen nicht aufzupassen. Natürlich waren keine Abdrücke drauf.«

›John Lawrence ist sicher und gut bei mir aufgehoben‹, las Burden. ›Er spielt so gern mit meinen Kaninchen auf der Farm. Als Beweis dafür, daß dies kein Schwindel ist, füge ich eine Locke von ihm bei.‹ Der Text war in Blockbuchstaben auf einem Blatt linierten Papiers geschrieben, und Orthographie und Interpunktion waren korrekt. ›Seine Mutter kann ihn Montag zurückhaben. Ich werde ihn um neun Uhr am Südende von Myfleet Ride in Cheriton Forest absetzen. Wenn jemand versucht, ihn vor neun Uhr dreißig abzuholen, werde ich es erfahren, und ich werde John totschießen. Dies ist eine ernsthafte Warnung. Wenn Sie sich kooperativ zeigen, werde ich mein Versprechen halten.‹

Burden ließ das Blatt voller Widerwillen fallen. Obgleich

er an solche Dinge gewöhnt war, konnte er sie doch nicht lesen, ohne daß es ihm kalt den Rücken hinunterlief. »War eine Locke dabei?« wollte er wissen.

»Hier.«

Das Haar war zu einem glatten, weichen Kringel gedreht wie das Zierlöckchen einer Dame. Burden nahm es mit einer Pinzette auf und registrierte dabei die Feinheit der rotgoldenen Strähne, und daß sie nicht so geknickt und spröde war wie Erwachsenenhaar.

»Es ist Menschenhaar«, sagte Wexford. »Ich habe Crocker gleich daraufgehetzt. Er sagt, es sei Kinderhaar, aber wir müssen natürlich noch eine Expertise einholen.«

»Weiß Mrs. Lawrence schon davon?«

»Gott sei Dank, er ist in Sicherheit«, sagte sie, als sie die ersten Zeilen gelesen hatte. Sie hielt den Brief einen Augenblick an ihre Brust gepreßt, aber sie weinte nicht. »Er ist irgendwo auf einer Farm, sicher und gesund. O mein Gott! Und was habe ich mir für Sorgen gemacht! Stellen Sie sich vor, alles umsonst, und am Montag habe ich ihn wieder.«

Burden verschlug es die Sprache. Er hatte ihr bereits erklärt, sie dürfe keine allzu großen Hoffnungen in den Brief setzen, und daß in neunundneunzig von hundert Fällen solche Briefe nichts als grausamer Schwindel seien. Und sie reagierte, als habe er nichts dergleichen gesagt.

»Lassen Sie mich das Haar sehen«, sagte sie.

Widerstrebend zog er den Umschlag mit der Locke aus seiner Brieftasche. Sie sog scharf die Luft ein, als sie die kleine goldene Locke sah. Bis jetzt war sie sorgsam mit Pinzetten angefaßt worden, aber sie nahm sie, streichelte sie und preßte sie an den Mund. »Kommen Sie mit rauf.«

Er folgte ihr nach oben in Johns Zimmer und bemerkte sofort, daß das Bett des Kindes seit seinem Verschwinden nicht gemacht worden war. Aber das Zimmer war sehr hübsch ausgestattet, voller Spielzeug und mit einer wunderschönen, teuren Tapete, auf der sich Dürersche Tiere tummelten. So sehr sie auch den Rest des Hauses vernachlässigen mochte, dieses Zimmer hatte sie liebevoll eingerichtet und wahrscheinlich selbst tapeziert. Burdens Meinung von ihr als Mutter stieg.

Sie ging zu einer kleinen blaugestrichenen Kommode hinüber und holte Johns Haarbürste. Ein paar feine blonde Härchen hatten sich zwischen den Borsten verfangen, und mit ernsthafter, konzentrierter Miene verglich sie sie mit der Locke in ihrer Hand. Dann wandte sie sich um und lächelte strahlend.

Burden hatte sie noch nie richtig lächeln sehen. Bisher war ihr Lächeln immer kurz und verwaschen gewesen, wie eine fahle Sonne, dachte er plötzlich, die nach einem Regen hervorkam. Solche Metaphern waren ihm normalerweise fremd, zu ausgefallen, und gar nicht seine Art. Doch das Bild kam ihm jetzt, als er die volle Macht ihres strahlenden, glücklichen Lächelns zu spüren bekam, und wieder sah er, wie schön sie war. »Es ist dasselbe, nicht wahr?« sagte sie, und das Lächeln verschwand, während sie fast flehend wiederholte: *»Nicht wahr?«*

»Ich weiß es nicht.« Es sah sicher sehr ähnlich aus, doch Burden war sich nicht sicher, ob er wollte, daß es dasselbe Haar war, oder nicht. Wenn dieser Mann John wirklich bei sich hatte, und wenn er ihm tatsächlich eine Locke abgeschnitten hatte, war es dann wahrscheinlich, daß er ihn gehen lassen würde, ohne ihm etwas anzutun? Würde er riskieren, daß der Junge ihn identifizieren konnte? Andererseits hatte er kein Geld verlangt... »Sie sind die Mutter«, murmelte er. »Ich würde mir nicht zutrauen, zu sagen...«

»Ich weiß, daß er in Sicherheit ist«, sagte sie. »Ich fühle es. Ich muß nur noch zwei Tage durchstehen.«

Er brachte es nicht übers Herz, danach noch etwas zu sagen. Nur ein Ungeheuer würde solch strahlendes Glück zerstören wollen. Damit sie die letzten Zeilen nicht lesen konnte, wollte er ihr den Brief aus der Hand nehmen, doch sie las zu Ende.

»Ich habe von solchen Fällen gehört«, sagte sie, und etwas von der früheren Furcht kehrte in ihre Stimme zurück, während sie ihn anblickte, »und was die Polizei dann macht. Sie würden nicht – ich meine, Sie würden doch nichts unternehmen, wovor er Sie warnt? Sie würden nicht versuchen, ihn in eine Falle zu locken? Weil er John dann…«

»Ich verspreche Ihnen«, sagte er, »daß wir nichts tun werden, was Johns Leben in irgendeiner Weise gefährden könnte.« Ihm war aufgefallen, daß sie keine haßerfüllte Bemerkung über den Briefschreiber gemacht hatte. Andere Frauen an ihrer Stelle hätten herumgewütet und nach Rache geschrien. Sie war nur von Freude erfüllt gewesen. »Wir werden am Montag früh um halb zehn hingehen, und wenn er da ist, werden wir ihn zurückbringen.«

»Er wird dasein«, sagte sie. »Ich traue diesem Mann. Ich habe das Gefühl, er ist aufrichtig. Wirklich, Mike, das habe ich.« Sein Vorname aus ihrem Mund trieb ihm das Blut ins Gesicht. Er merkte, daß seine Wangen brannten. »Wahrscheinlich ist er furchtbar einsam«, meinte sie sanft. »Ich weiß, was es heißt, einsam zu sein. Wenn John ihn ein paar Tage aus dieser Einsamkeit herausgerissen hat, so gönne ich ihm John.«

Es war unglaublich, und Burden konnte es nicht begreifen. Wäre es sein Sohn, sein John, er hätte den Mann am liebsten umgebracht, ihn langsam und qualvoll sterben sehen. Ja, seine Empfindungen dem Briefschreiber gegenüber waren derart heftig, daß es ihn selbst erschreckte. Wenn ich den zwischen die Finger bekäme, dachte er, nur ein paar Minuten allein in der Zelle mit ihm, bei Gott, und wenn es mich den Job kostete ... Er riß sich aus seinen Gedanken und sah, daß ihr Blick auf ihm ruhte, gütig, sanft und mitfühlend.

In seiner Hast, zu Gemma zu kommen, hatte Burden die Swans ganz vergessen, doch nun fiel ihm ein, daß Wexford gesagt hatte, der Brief könne helfen, eine Verbindung zwischen den beiden Fällen herzustellen. Der Chief Inspector war noch in seinem Büro.

»Swan bewohnt einen Bauernhof«, sagte er. »Ich habe angerufen, aber er ist bis drei Uhr unterwegs.«

»Hält er Kaninchen?«

»Lassen Sie mich bloß mit Karnickeln in Ruhe. Ich habe gerade eine Stunde mit dem Sekretär des örtlichen Kaninchenzüchtervereins hinter mir. Kaninchen! Es wimmelt nur so von ihnen hier in der Gegend, Old English, Blue Beverens, alles, was das Herz begehrt. Ich sage Ihnen, Mike, es ist wie in den Sprüchen Salomos: ›Kaninchen, ein schwach Volk, dennoch legt's sein Haus in den Felsen!‹«

»Und alle Züchter sind überprüft?« fragte Burden unbewegt.

Wexford nickte. »Und bei alledem weiß ich genau, daß der ganze verdammte Zirkus Schwindel ist«, sagte er. »Ich – und mit mir Dutzende von Kollegen – werde den besten Teil des Wochenendes auf der Jagd nach Karnickeln und Bauern und mit der Überprüfung von Waffenscheinen zubringen, und ich werde Haarexperten Honig ums Maul schmieren, obwohl ich weiß, daß es sich um blinden Alarm handelt und ich nichts tue, als Zeit zu verschwenden.«

»Aber es muß sein.«

»Natürlich muß es sein. Gehen wir essen.«

Im *Carousel Café* war vom Angebot auf der Karte nur noch Schinken und Salat übrig. Wexford stocherte ohne große Begeisterung auf seinem Teller herum, auf dem Kopfsalatblätter sparsam mit Kohl und Möhrenstreifen umlegt waren. »Karnickel verfolgen mich ja geradezu«, brummelte er. »Soll ich Ihnen etwas über Swan und seine Frau erzählen?«

»Ein paar Hintergrundinformationen sollte ich wohl haben.«

»Normalerweise«, begann Wexford, »empfindet man mit den Eltern eines vermißten Kindes zu viel Mitleid. Die eigenen Gefühle kommen mit ins Spiel.« Er ließ den Blick von seinem Teller zu Burdens Gesicht gleiten und spitzte die Lippen. »Was keine Hilfe ist«, fuhr er fort. »Also, ich hatte nicht sonderlich viel Mitleid mit ihnen. Warum, werden Sie gleich verstehen.« Er räusperte sich und sprach weiter. »Nach Stellas Verschwinden haben wir uns intensiver mit dem Leben und der Geschichte Ivor Swans beschäftigt, als es mir jemals bei einem Fall in Erinnerung ist. Ich könnte seine Biographie schreiben.

Er wurde als Sohn eines gewissen General Sir Rodney Swan in Indien geboren, zum Schulbesuch nach England und anschließend nach Oxford geschickt. Im Besitz dessen, was er mit geringem Privatvermögen bezeichnet, hat er nie direkt eine berufliche Laufbahn eingeschlagen, sondern in verschiedenen Berufen herumgestümpert. Eine Zeitlang hat er für jemand Ländereien verwaltet, aber da ist er bald rausgeflogen. Er hat einen Roman geschrieben, von dem dreihundert Stück verkauft wurden, so daß er das Experiment nie wiederholte. Statt dessen versuchte er sich in Public Relations, und seine Firma verlor in einem Jahr durch ihn zwanzigtausend Pfund. Totale und tief in seinem Wesen verwurzelte Faulheit kennzeichnet Ivor Swan. Er ist die fleischgewordene Trägheit. Ach, und gut aussehen tut er auch noch, überwältigend gut sogar, warten Sie, bis Sie ihn kennenlernen.«

Burden goß sich ein Glas Wasser ein und schwieg. Er beobachtete, wie sich Wexfords Gesichtsausdruck belebte und erwärmte, während er sein Thema verfolgte. Früher war auch er in der Lage gewesen, sich so begeistert in die Charaktere von Verdächtigen hineinzuversetzen.

»Swan hatte selten ein geregeltes häusliches Leben«, erzählte Wexford weiter. »Manchmal lebte er eine Weile bei seiner verwitweten Mutter in ihrem Haus in Bedfordshire, dann wieder bei einem Onkel, der irgendein hohes Tier bei der Luftwaffe war. Und, jetzt komme ich zu einem interessanten Punkt, wo immer er hinkommt, scheint er irgendwelche Katastrophen auszulösen. Nicht der Dinge wegen, die er tut, sondern der Dinge wegen, die er *nicht* tut. Ein böses Feuer brach im Haus seiner Mutter aus, während er dort wohnte. Swan war mit einer brennenden Zigarette eingeschlafen. Dann war da der Verlust in der PR-Firma, weil er nichts tat; der Rausschmiß bei dem Verwaltungsjob – da hat er ein ganz schönes Chaos hinterlassen –, alles seiner Bequemlichkeit wegen.

Vor ungefähr zwei Jahren landete er in Karachi. Damals nannte er sich freiberuflicher Journalist, und der Zweck seines Besuchs dort war die Untersuchung des angeblichen Goldschmuggels durch Angehörige der Luftfahrtgesellschaften. Jede Story, die er zusammengebraut hätte, wäre wahrscheinlich verleumderisch gewesen, aber – wie es sich ergab – sie wurde nie geschrieben, jedenfalls hat keine Zeitung sie je veröffentlicht. Peter Rivers war bei einer Fluggesellschaft in Karachi angestellt, nicht als Pilot, sondern beim Bodenpersonal, Gepäckabfertigung und dergleichen, und er lebte mit Frau und Tochter in einem unternehmenseigenen Haus. Im Laufe seiner Ermittlungen freundete Swan sich mit Rivers an. Genauer gesagt, mit dessen Frau.«

»Sie meinen, er hat sie ihm abspenstig gemacht?« warf Burden auf gut Glück ein.

»Wenn man sich vorstellen kann, daß Swan so aktiv wird, jemandem etwas abspenstig zu machen, ja. Ich würde eher sagen, die schöne Rosalind – ›Von Ost bis Nord bis nach Westind ist kein Juwel wie Rosalind‹ – heftete sich an Swan und hielt fest. Das Ergebnis war schließlich, daß Swan plus Rosalind plus Stella nach England zurückkehrten, ein Jahr später bekam Rivers sein Scheidungsurteil.

Die drei wohnten zusammen in einer schäbigen Mietwohnung, die Swan in Maida Vale nahm, aber nach der Heirat entschied Swan, oder wahrscheinlicher Rosalind, daß die Bude zu klein war, und sie zogen hier heraus auf die Hall Farm.«

»Woher hatte er denn das Geld dafür?«

»Na ja, einmal ist es keine Farm, eher ein aufgeputztes Bauernhaus, dessen gesamte Ländereien verpachtet sind. Zweitens hat er es nicht gekauft. Es gehört zum Familienbesitz. Swan streckte Fühler bei seinem Onkel aus, und der überließ ihm Hall Farm für eine Nominalmiete.«

»Für manche Leute ist das Leben sehr einfach, nicht?« sagte Burden und dachte dabei an Hypotheken und Abzahlungen und widerwillig gewährte Bankkredite. »Keine Geldnöte, keine Wohnprobleme.«

»Sie sind letztes Jahr im Oktober hergezogen. Stella wurde nach Sewingsbury auf die Klosterschule geschickt – Schulgeld bezahlte der Onkel –, und Swan ließ sie diese Reitstunden nehmen. Er reitet selbst und jagt ein bißchen. Nichts weiter Ernsthaftes, aber er betreibt ja sowieso nichts sonderlich ernsthaft.

Was Rivers angeht, er hatte sowieso schon lange eine heimliche Beziehung zu einer Stewardeß gehabt und heiratete ebenfalls wieder. Swan, Rosalind und Stella plus ein Au-pair-Mädchen machten es sich also auf Hall Farm bequem, und dann, peng, inmitten all dieser Zuckerseligkeit verschwindet Stella. Kein Zweifel, daß Stella tot ist, ermordet.«

»Es scheint klar«, sagte Burden, »daß Swan nichts damit zu tun haben kann.«

Eigensinnig meinte Wexford: »Er hatte kein Alibi. Und da ist noch etwas, etwas weniger Greifbares, etwas in der Persönlichkeit des Mannes.«

»Er scheint mir zu faul, um je aggressiv zu werden.«

»Ich weiß, ich weiß.« Wexford stöhnte die Worte beinah heraus. »Und mit den Augen des Gesetzes betrachtet, hatte er ein makelloses Vorleben. Nirgends etwas von Gewalttätigkeit, geistiger Störung oder gar Hitzköpfigkeit. Er hatte nicht mal den Ruf, ein Schürzenjäger zu sein. Gelegentliche Freundinnen, ja, aber bis er Rosalind traf, war er nie verheiratet oder verlobt oder hatte mit einer Frau zusammengelebt. Aber einen Ruf hatte er doch, den, Katastrophen anzuziehen. Es gibt da eine Zeile in einem ziemlich düsteren Sonett: ›Wer, wo er Macht hat, keine Streiche führt...‹ Ich glaube nicht, daß damit gemeint ist, nichts Böses tun, sondern *gar nichts* tun. Das ist Swan. Wenn er diesen Mord nicht auf dem Gewissen hat, so ist er doch seinetwegen passiert oder durch ihn oder weil er so ist, wie er ist. Glauben Sie, das ist alles aus der Luft gegriffene Einbildung?«

»Ja«, erwiderte Burden bestimmt.

St. Lukas Little Summer blieb in seinem Glanz bestehen, zumindest tagsüber. Die Hecken leuchteten in feinstem Grüngold, und der Frost hatte die Chrysanthemen und späten Astern in den Gärten noch nicht schwarz gefärbt. Das Jahr neigte sich in Würde dem Ende entgegen.

Die Zufahrt zu dem Anwesen führte über eine schmale Straße, die voller welker Blätter lag und von Ranken der Waldrebenhecke mit ihren flaumigen Fruchtständen überwuchert wurde; hier und dort hinter den wolligen Massen erhoben sich Kiefern, ihre Stämme vom Sonnenlicht in ein kräftiges Korallenrosa getaucht. Am Ende der Zufahrt stand ein langes, niedriges Haus aus Stein und Schiefer, doch der größte Teil des Gemäuers wurde von dem flammendroten Laub des wilden Weins verdeckt, der es berankte.

»Du côté de chez Swan«, sagte Wexford leise.

Anspielungen auf Proust gingen bei Burden ins Leere. Er betrachtete den Mann, der gerade mit einem großen braunen Wallach am Halfter hinter dem Haus hervorgekommen war.

Wexford stieg aus und ging zu ihm hinüber. »Wir kommen ein bißchen früh, Mr. Swan. Ich hoffe, nicht ungelegen.«

»Nein«, erwiderte Swan. »Wir sind eher wieder hier gewesen als erwartet. Ich wollte gerade Sherry ein bißchen bewegen, aber das hat Zeit.«

»Das ist Inspector Burden.«

»Angenehm«, sagte Swan und streckte die Hand aus. »Erfreulich, dies sonnige Wetter, nicht? Macht es Ihnen etwas aus, mit hintenherum zu kommen?«

Er war ganz sicher ein äußerst gut aussehender Mann. Burden entschied es, ohne direkt sagen zu können, worin dieses gute Aussehen eigentlich bestand, denn Ivor Swan war weder groß noch klein, weder dunkel noch hell, und seine Augen hatten jene undefinierbare Farbe, die man in Ermangelung einer genaueren Bezeichnung grau nennt. Seine Gesichtszüge waren nicht von besonderer Regelmäßigkeit, seine Figur zeigte, obgleich sie drahtig wirkte, keinerlei athletische Muskelentwicklung. Doch er bewegte sich mit einer eindeutig männlichen Grazie, strahlte einen vagen, lässigen Charme aus und verbreitete rundum eine Aura von Attraktivität, die ihn sofort auffallen ließ.

Seine Stimme klang sanft und wohltönend, und er sprach seine Worte langsam und wohlartikuliert. Er schien alle

Zeit der Welt zu haben, ein Zauderer, der immer auf morgen verschob, wozu er sich heute nicht aufraffen konnte. So um die zweiunddreißig, dreiunddreißig, schätzte Burden, aber er konnte bei einem oberflächlichen Betrachter leicht für fünfundzwanzig durchgehen.

Die beiden Polizisten folgten ihm in eine Art Kammer hinter der Küche, wo einige Gewehre und verschiedenes Angelgerät über ordentlichen Reihen von Reit- und Gummistiefeln hingen.

»Sie halten keine Kaninchen, Mr. Swan, oder?« fragte Wexford.

Swan schüttelte den Kopf. »Ich schieße sie höchstens oder versuche es, wenn ich sie auf meinem Land erwische.«

In der eigentlichen Küche waren zwei Frauen mit Hausarbeit beschäftigt. Die jüngere, ein plumpes, dunkelhaariges Mädchen, war dabei, ein ›kontinentales Durcheinander‹ vorzubereiten – so bezeichnete Burden bei sich chauvinistisch die Berge von Gemüse, Dosen mit Trockenkräutern, Eier und das Hackfleisch auf dem Küchentisch. In gebührendem Abstand von all dem Schneiden und Spritzen bügelte eine winzige, puppengleiche Blondine Hemden. Fünf oder sechs waren schon fertig. Und mindestens noch mal so viele lagen noch ungebügelt. Burden fiel auf, daß sie sich besondere Mühe gab, keine horizontalen Falten unter der Passe des Hemdes zu verursachen, das sie gerade vor sich hatte, ein Fehler, den hastige oder unachtsame Frauen oft machen, und der das Ausziehen des Jacketts für den Träger peinlich werden läßt.

»Guten Tag, Mrs. Swan. Können wir Sic ein paar Minuten stören?«

Rosalind Swan hatte ein mädchenhaftes Gebaren, sie trug das Haar in einem fedrigen ›Bovverschnitt‹, und nichts in ihrem Gesicht oder Verhalten deutete daraufhin, daß sie vor acht Monaten ihr einziges Kind verloren hatte. Sie trug eine weiße, lange Hose und knallrosa Schnallenschuhe, aber Burden schätzte, sie war in seinem Alter.

»Ich kümmere mich gern selbst um die Wäsche meines Mannes«, erklärte sie in einer Art, die Burden nur als fröhlich bezeichnen konnte, »und von Gudrun kann man kaum erwarten, daß sie seinen Hemden dieses kleine Extra der liebevollen Ehefrau gibt, nicht wahr?«

Aus langer Erfahrung wußte Burden, daß ein Mann, wenn er ein Verhältnis mit einer anderen Frau hat und seine eigene Frau in deren Beisein eine ungewöhnlich kokette und absurde Bemerkung macht, meist unwillkürlich einen abfälligen Blick mit seiner Mätresse tauscht. Er hatte keinen Grund anzunehmen, Gudrun sei mehr als nur eine Angestellte für Swan – eine Schönheit war sie sicher nicht –, aber er beobachtete die beiden trotzdem bei Mrs. Swans Worten. Gudrun sah nicht hoch, und Swans Blick war auf seine Frau gerichtet. Es war ein bewundernder, liebevoller Blick, und er schien nichts Lächerliches an ihren Worten zu finden.

»Du kannst meine Hemden später bügeln, Rozzy.«

Burden hatte den Eindruck, daß Swan solche Bemerkungen öfter machte. Alles konnte auf einen anderen Tag oder eine andere Zeit verschoben werden. Bequemlichkeit oder ein Gespräch hatten immer Vorrang vor irgendwelchen Aktivitäten. Er dachte, er höre nicht ganz richtig, als Mrs. Swan munter sagte:

»Sollen wir in den Salon gehen, Herzliebster?«

Wexford sah ihn nur an, sein Gesicht zeigte keinerlei Ausdruck.

Der ›Salon‹ war mit billigen Stühlen und dubiosen Antiquitäten angefüllt, und hier und dort hingen Messingutensilien, deren praktischer Nutzen in einem modernen Haushalt, und wenn man recht überlegte, auch in einem von früher, zweifelhaft erschien. Er spiegelte keine definitive Geschmacksrichtung wider, strahlte keine Individualität aus, und Burden fiel auf, daß Hall Farm wahrscheinlich mitsamt der Einrichtung an Swan übergeben worden war, da er sonst nirgendwo ein Zuhause hatte.

Mrs. Swan hakte ihren Mann unter und führte ihn zu einem Sofa, wo sie, dicht neben ihm sitzend, ihren Arm wegzog und seinen Arm nahm. Swan ließ all das mit sich geschehen und schien seine Frau dabei zu bewundern.

»Keiner dieser Namen kommt mir bekannt vor, Chief Inspector«, sagte er, als er sich die Liste angesehen hatte. »Und dir, Roz?«

»Ich glaube nicht, Herzliebster.«

Ihr Herzliebster sagte: »Ich habe in der Zeitung von dem vermißten Jungen gelesen. Glauben Sie, es besteht eine Verbindung zwischen den beiden Fällen?«

»Sehr wahrscheinlich, Mr. Swan. Sie sagen, keiner der Namen auf der Liste sei Ihnen bekannt. Kennen Sie denn Mrs. Gemma Lawrence?«

»Wir kennen kaum jemanden hier in der Gegend«, erklärte Rosalind Swan. »Man könnte sagen, wir leben noch in den Flitterwochen.«

Burden fand das eine geschmacklose Äußerung. Die Frau war mindestens achtunddreißig und ein Jahr verheiratet. Er wartete, ob sie etwas über das Kind sagen würde, das Kind, das nie gefunden worden war, irgendeine Gefühlsäußerung, doch Mrs. Swan blickte mit unermüdlichem Stolz auf ihren Mann. Burden fand es an der Zeit, seine eigenen Überlegungen einzubringen, und sagte ausdruckslos:

»Können Sie belegen, was Sie Donnerstag nachmittag gemacht haben, Sir?«

Der Mann war nicht besonders groß, hatte kleine Hände, und ein Hinken konnte jeder simulieren. Außerdem hatte Wexford gesagt, er habe auch für jenen anderen Donnerstag kein Alibi gehabt...

»Sie haben mich also für die Rolle des Kidnappers ausersehen, ja?« sagte Swan zu Wexford.

»Mr. Burden hat Sie gefragt«, meinte Wexford gelassen.

»Ich werde nie vergessen, wie Sie mich gehetzt haben, als unsere arme kleine Stella verschwand.«

»Arme kleine Stella«, echote Mrs. Swan friedlich.

»Reg dich nicht auf, Rozzy. Du weißt, ich mag es nicht, wenn du unglücklich bist. Also, was habe ich am Donnerstag gemacht? Ich muß wohl jetzt jedesmal, wenn Sie ein neues Opfer auf Ihre Vermißtenliste setzen, mit dieser Art von Befragung rechnen. Ich war hier am letzten Donnerstag. Meine Frau war in London, und Gudrun hatte den Nachmittag frei. Ich war ganz allein. Ich habe ein bißchen gelesen und mich dann aufs Ohr gelegt.« Ein Anflug von Zorn erschien auf seinem Gesicht. »Ach, und so gegen vier bin ich nach Stowerton rübergeritten und habe ein paar Kinder umgebracht, die die Straße verunzierten.«

»Oh, Ivor, Liebster!«

»So etwas ist nicht komisch, Mr. Swan.«

»Nein, und der Verdacht, ich hätte zwei Kinder umgebracht, eins davon auch noch das meiner eigenen Frau, ist ebenfalls nicht komisch.«

Mehr war aus ihm nicht herauszubekommen. »Ich wollte fragen«, sagte Burden auf der Rückfahrt, »hieß sie eigentlich weiter Rivers, nachdem ihre Mutter wieder geheiratet hatte?«

»Mal so, mal so, soweit ich mitbekommen habe. Als sie vermißt wurde, war sie Stella Rivers für uns, weil das ihr richtiger Name war. Swan sagte, er habe vorgehabt, den Namen urkundlich ändern zu lassen, aber unternommen hatte er nichts in der Richtung. Typisch für ihn.«

»Erzählen Sie mir von dem nicht existierenden Alibi«, sagte Burden.

6

Martin, Loring und ihre Helfer waren immer noch dabei, Kaninchenhalter zu befragen, während Bryant, Gates und ein halbes Dutzend andere die Von-Haus-zu-Haus-Suche in Stowerton fortsetzten. Constable Peach hatte in Wexfords Abwesenheit einen Kinderturnschuh mitgebracht, den er in einem Feld bei Flagstone gefunden hatte, aber es war die falsche Größe, und überhaupt, John Lawrence hatte keine Turnschuhe angehabt.

Wexford las die Notizzettel auf seinem Schreibtisch, aber die meisten waren negativ, keinem mußte man sofortige Aufmerksamkeit widmen. Er ging noch einmal den anonymen Brief durch und steckte ihn mit einem Seufzer in den Umschlag zurück.

»Im Stella-Rivers-Fall hätten wir mit den Briefen die Wände dieses Büros tapezieren können«, sagte er, »und wir sind allen nachgegangen. Es kamen fünfhundertdreiundzwanzig Anrufe. Was da bloß alles in den Köpfen der Leute vorgeht, Mike, die Macht ihrer Einbildung! Fast alle haben sich in bester Absicht gemeldet. Neunzig Prozent dachten wirklich, sie hätten Stella gesehen, und...«

Burden unterbrach ihn. »Ich wollte das mit Swans Alibi wissen.«

»Swan hat Stella nach ›Equita‹ gefahren. Das war um halb drei. Blöder Name, nicht? Ob das nun was mit Pferden auf lateinisch oder mit Equivalent zu tun haben soll, könnte ich auch nicht sagen.«

Burden reagierte immer ungeduldig auf solche Abschweifungen. »Was für einen Wagen fährt er?«

»Keinen roten Jaguar. Einen ältlichen Ford-Kombi. Er hat sich am Tor von Stella verabschiedet in dem Glauben, Freunde würden sie mit zurücknehmen, wie er sagte, und fuhr wieder nach Hause. Um halb vier ist er selber ausgeritten, mit diesem Sherry-Untier, und zwar nach Myfleet, um dort, glauben Sie's oder nicht, einen Mann wegen eines Hundes aufzusuchen.«

»Sie machen Witze.«

»Würde ich das tun? Über so eine Sache? Da wohnt ein gewisser Blain in Myfleet, der Pointer züchtet. Swan sah sich ein paar Welpen an mit dem Hintergedanken, eventuell einen für Stella zu kaufen. Natürlich hat er keinen gekauft, genausowenig, wie er je das Pony gekauft hat, das er ihr versprochen hatte, oder ihren Namen ändern ließ. Swan ist der Typ, der immer ›gerade auf dem Weg ist, etwas zu tun‹. Ein großer Planer vor dem Herrn, das ist er.«

»Aber er hat diesen Mann aufgesucht?«

»Blain sagte uns, Swan sei von zehn vor vier bis Viertel nach vier bei ihm gewesen, aber er kam erst um halb sechs nach Hall Farm zurück.«

»Und wo war er seinen Angaben nach in diesen eineinviertel Stunden?«

»Einfach herumgeritten, sagt er. Das Pferd hat Auslauf gebraucht. Vielleicht mußte es auch gewaschen werden, denn beide, Reiter und Pferd, waren offenbar bis auf die Haut durchnäßt, als sie nach Hause kamen. Aber so merkwürdig das auch klingt, es paßt zu Swan. Er *würde* tatsächlich hoch zu Roß im Regen herumtraben. Sein Weg führte ihn, wie er sagt, durch Cheriton Forest, doch er konnte keine einzige Person nennen, die das bestätigte. Andererseits hätte er Zeit genug gehabt, zur Mill Lane zu reiten und Stella zu töten. Aber wenn er das getan hat, warum hat er es getan? Und was hat er mit der Leiche gemacht? Seine Frau hat ebenfalls kein Alibi. Sie behauptet, in Hall Farm gewesen zu sein, und sie kann nicht Auto fahren. Zumindest hat sie keinen Führerschein.«

Burden verarbeitete all das sorgfältig. Dann entschied er,

daß er mehr über Stellas Weggang von ›Equita‹ wissen wollte. Er wollte die Einzelheiten wissen, die Wexford ihm aus Zeitmangel nicht hatte geben können, als sie zusammen im Auto in der Fontaine Road gesessen hatten.

»Die Kinder«, erklärte Wexford, »hatten eine Stunde Reiten, und dann haben sie sich noch eine Stunde mit den Pferden beschäftigt. Miss Williams, die Besitzerin von ›Equita‹, die in einem an die Ställe angrenzenden Haus wohnt, sah Stella zwar an jenem Nachmittag, sprach aber ihren Angaben nach nicht mit ihr, und wir haben keinen Grund, ihre Aussage anzuzweifeln. Mrs. Margaret Fenn hat die Kinder an dem Tag unterrichtet. Sie ist Witwe, so um die Vierzig, und sie wohnt in dem Häuschen, das als Pförtnerhaus zu Saltram House gehörte. Kennen Sie es?«

Burden kannte es. Die Ruine von Saltram House und sein Park, inzwischen zur Wildnis geworden, hatten zu seinen und Jeans Lieblingsplätzchen gehört. Für sie war es ein romantischer Ort gewesen, eine verlassene Domäne, wo sie als jungverheiratetes Paar oft Abendspaziergänge gemacht hatten, und wohin sie später oft mit ihren Kindern zum Picknick zurückgekehrt waren.

Den ganzen Tag über hatte er kaum an Jean und seine glückliche Vergangenheit mit ihr gedacht. Sein Elend war durch die gegenwärtigen aufregenden Ereignisse zurückgedrängt. Doch jetzt sah er wieder ihr Gesicht vor sich und hörte sie seinen Namen rufen, als sie die Gärten erkundeten, welche die Zeit in Brachland verwandelt hatte, und dann Hand in Hand die dunkle, kalte Hausruine betraten. Ihn fröstelte.

»Sind Sie okay, Mike?« Wexford sah ihn kurz und besorgt an, dann fuhr er fort: »Stella verabschiedete sich von Mrs. Fenn und sagte, da ihr Stiefvater – übrigens nannte sie ihn immer ihren Vater – noch nicht da sei, wolle sie ihm auf der Mill Lane entgegengehen. Mrs. Fenn ließ das Mädchen nicht gern allein losziehen, aber es war noch hell, und sie konnte sie nicht begleiten, da sie noch anderthalb Stunden bleiben mußte, um aufzuräumen. Sie beobachtete, wie Stella durch das Tor von ›Equita‹ ging und wurde so zum letzten Menschen, der sie sah, bevor sie verschwand – bis auf einen.«

»Bis auf einen?«

»Vergessen Sie nicht den Mann, der ihr anbot, sie mitzunehmen. Und nun die Häuser entlang der Mill Lane. Es gibt nur drei zwischen ›Equita‹ und Stowerton, alle weit voneinander entfernt: Saltram Lodge und zwei Cottages. Bevor Hill ihr die Mitfahrgelegenheit anbot, hatte sie schon eins der Cottages hinter sich gelassen, das eine, das nur an Wochenenden bewohnt ist – und in dem an diesem Donnerstag deshalb niemand war. Nachdem Hill sie gesehen hatte, wissen wir nicht, was mit ihr passiert ist, aber wenn sie unbehelligt weitergegangen wäre, so wäre sie als nächstes am zweiten Cottage vorbeigekommen, das vermietet ist. Der Mieter, ein alleinstehender Mann, war zur Arbeit und kam nicht vor sechs nach Hause. Auch dies ist sorgfältig nachgeprüft worden, denn sowohl dieses Cottage als auch Saltram Lodge haben Telefon, und eine der Möglichkeiten, die mir einfielen, war, daß Stella womöglich zu einem Haus gegangen sein könnte, um dort zu fragen, ob sie telefonieren könne. Das dritte und letzte Haus ist Saltram Lodge. Auch dort war niemand, bis Mrs. Fenn um sechs nach Hause kam. Sie hatte Verwandtenbesuch aus London gehabt, aber der war mit dem Dreiuhrfünfundvierzigzug von Stowerton nach London abgefahren. Ein Taxifahrer bestätigte, er habe die Leute zwanzig nach drei abgeholt.«

»Und das war alles?« fragte Burden. »Keine weiteren Hinweise?«

Wexford schüttelte den Kopf. »Nicht das, was man Hinweise nennen könnte. Die übliche Herde Leute mit den wenig hilfreichen Beweisen. Eine Frau hatte vor einem der Cottages einen Kinderhandschuh gefunden, aber es war nicht Stellas. Dann war da noch ein Anbieter von Mitfahrgelegenheiten, der erklärte, gegen halb sechs in der Nähe von Saltram Lodge einen älteren Mann aufgegabelt und nach Stowerton mitgenommen zu haben, doch dieser Fahrer war ein etwas undurchsichtiger Kerl, der mir den Eindruck machte, eher vom Typ sensationslüstern zu sein als einer, auf dessen Wort man sich verlassen kann.

Ein Lastwagenfahrer behauptete, er habe einen Jungen aus der Hintertür eines der Häuser kommen sehen, und vielleicht stimmte das auch. Alle lassen in diesem Teil der Welt ihre Hintertüren offen. Sie glauben, auf dem Lande gäbe es keine Kriminalität. Aber der Fahrer sagte auch aus, er habe Schreie hinter der Hecke gleich bei ›Equita‹ gehört, und wir *wissen*, daß Stella lebte und unversehrt war bis zu dem Augenblick, wo sie Hills Mitfahrangebot ausschlug. Ich bezweifle, ob wir je mehr herausfinden werden.«

Wexford sah müde aus, das schwammige Gesicht schwerer und schlaffer als gewöhnlich. »Ich werde morgen ein paar Stunden freinehmen, Mike, und ich rate Ihnen, das auch zu tun. Wir sind beide total ausgepumpt. Schlafen Sie einfach mal aus.«

Burden nickte abwesend. Er sagte nicht, daß Schlafen keinen Sinn hat, wenn niemand da ist, mit dem man schlafen kann, aber er dachte es. Während er erschöpft zu seinem Wagen ging, kamen ihm jene seltenen, wunderbaren Sonntagvormittage in den Sinn, wenn Jean, die sonst Frühaufsteherin war, einwilligte, bis neun mit ihm im Bett zu bleiben. Eng umschlungen hatten sie dann den Geräuschen gelauscht, die Pat beim Teezubereiten machte, waren auseinandergefahren und hatten kerzengerade im Bett gesessen, wenn sie mit dem Tablett hereinkam. Was waren das für Tage gewesen, doch er hatte es damals nicht geahnt, nicht zu würdigen gewußt, nicht jeden Augenblick genossen, wie er es hätte tun sollen. Und jetzt hätte er zehn Jahre seines Lebens für einen einzigen solchen Morgen gegeben.

Seine Erinnerungen stürzten ihn in ein dumpfes Elendsgefühl; sein einziger Trost dabei war, daß er bald in Gesellschaft eines Menschen sein würde, dem es ebenso schlecht ging wie ihm, doch als er auf die stets offene Tür zuging, hörte er sie so fröhlich und vertraut rufen, als seien sie alte Freunde. »Ich bin am Telefon, Mike. Gehen Sie rein und setzen Sie sich. Machen Sie sich's gemütlich.«

Das Telefon war offenbar im Eßzimmer. Er setzte sich in den anderen Raum, ihm war unbehaglich zumute, denn Unordnung rief immer Unbehagen bei ihm hervor. Verwundert fragte er sich, wie ein so schönes und charmantes Wesen es in solch einem Chaos aushalten konnte; und er war noch mehr verwundert, als sie hereinkam, denn sie wirkte völlig verändert, fast elegant und mit einem strahlenden Lächeln auf dem Gesicht.

»Sie hätten meinetwegen nicht aufzulegen brauchen«, sagte er und bemühte sich, nicht allzu auffällig auf ihr kurzes, königsblaues Kleid zu stieren, auf die langen Silberketten um ihren Hals und den silbernen Kamm in ihrem hochaufgetürmten Haar.

»Das war Matthew«, sagte sie. »Man hat ihm ein Telefon gebracht, und er hat mich von seinem Krankenbett aus angerufen. Er ist sehr beunruhigt wegen John, aber ich habe ihm gesagt, es sei schon gut. Am Montag sei alles wieder in Ordnung. Er hat so viele Sorgen, der arme Junge. Er liegt im Krankenhaus, und seine Frau erwartet ein Baby, und er ist arbeitslos, und jetzt auch noch das.«

»Arbeitslos? Was macht er denn beruflich?«

Sie setzte sich ihm gegenüber und schlug die attraktivsten Beine übereinander, die Burden je meinte gesehen zu haben. Er schaute intensiv auf einen Punkt am Fußboden neben ihren Füßen.

»Er ist Fernsehschauspieler, jedenfalls, wenn er Arbeit kriegen kann. Er wünscht sich so sehr, ein fester Begriff bei den Leuten zu werden. Das Dumme ist nur, sein Gesicht ist nicht richtig dafür. Oh, ich meine nicht, daß er nicht gut aussieht. Er ist nur zu spät geboren. Er sieht genau aus wie Valentino, und das ist heutzutage nicht gefragt. John wird mal ebenso aussehen wie er, er sieht ihm jetzt schon sehr ähnlich.«

Matthew Lawrence... Irgendwie klingelte es entfernt bei dem Namen. »Ich glaube, ich habe sein Bild mal in der Zeitung gesehen«, sagte Burden.

Sie nickte ernsthaft. »Als Begleiter von Leonie West, nehme ich an. Sie wurde ja fotografiert, wo sie ging und stand.«

»Ich kenne sie. Eine Ballettänzerin. Meine Tochter ist ganz verrückt auf Ballett. Ja, ich glaube, genau da habe ich Ihren Exmann schon gesehen, auf Bildern mit Leonie West.«

»Matthew und Leonie waren jahrelang liiert. Dann lernte er mich kennen. Ich war damals auf der Schauspielschule und hatte eine kleine Rolle in einer Fernsehserie, in der er spielte. Bei unserer Heirat hat er mir versprochen, den Kontakt zu Leonie abzubrechen, aber er hat mich nur geheiratet, weil er ein Kind wollte. Leonie konnte keine Kinder bekommen, sonst hätte er sie geheiratet.«

All das hatte sie mit sehr kühler, sachlicher Stimme gesagt, doch nun seufzte sie und schwieg. Burden wartete, er war gar nicht mehr müde, ja sogar interessierter als gewöhnlich an fremden Lebensgeschichten, obgleich diese ihn auf seltsame Weise verwirrte.

Nach einer Weile fuhr sie fort. »Ich habe versucht, unsere Ehe in Gang zu halten, und als John geboren war, dachte ich, wir hätten eine Chance. Dann fand ich heraus, daß Matthew

Leonie immer noch traf. Schließlich bat er mich um die Scheidung, und ich habe eingewilligt. Der Richter beschleunigte das Scheidungsurteil, weil ein Kind unterwegs war.«

»Aber Sie sagten doch, Leonie West konnte keine...«

»Oh, nicht Leonie. Er hat sie nicht geheiratet. Sie ist Jahre älter als er. Sie muß inzwischen Mitte Vierzig sein. Er hat eine Neunzehnjährige geheiratet, die er auf einer Party kennengelernt hatte.«

»Liebe Güte«, sagte Burden.

»Sie bekam das Baby, aber es lebte nur zwei Tage. Deshalb drücke ich ihnen jetzt die Daumen. Diesmal muß es einfach klappen.«

Burden konnte seine Gefühle nicht länger für sich behalten. »Hegen Sie denn gar keinen Groll?« fragte er. »Ich hätte angenommen, daß Sie ihn und seine Frau und diese West hassen?«

Sie zuckte die Achseln. »Arme Leonie. Man könnte sie inzwischen eher bedauern als hassen. Außerdem mochte ich sie eigentlich immer ganz gern. Ich hasse auch Matthew nicht oder seine Frau. Sie konnten nichts dafür. Man konnte ja nicht erwarten, daß sie alle meinetwegen ihr Leben ruinieren.«

»Es tut mir leid, aber ich bin in solchen Dingen ziemlich altmodisch«, sagte Burden. »Ich glaube an Selbstdisziplin. Die haben Ihr Leben ruiniert, oder etwa nicht?«

»Oh, *nein*! Ich habe John, und er macht mich sehr glücklich.«

»Mrs. Lawrence...«

»Gemma!«

»Gemma«, sagte er unbeholfen. »Ich muß Sie warnen, sich nicht allzuviel von Montag zu versprechen. Ich glaube, Sie sollten sich am besten gar nichts davon versprechen. Mein Chef – Chief Inspector Wexford – hat absolut kein Vertrauen in die Glaubwürdigkeit dieses Briefes. Er ist sicher, daß es sich um einen Schwindel handelt.«

Sie wurde etwas blaß und verschränkte ihre Hände ineinander. »Niemand würde solch einen Brief schreiben«, meinte sie unschuldig, »wenn es nicht wahr wäre. Niemand könnte so grausam sein.«

»Aber die Menschen sind grausam. Das sollten Sie doch wissen.«

»Ich glaube es nicht. Ich weiß, John wird am Montag dasein. Bitte – bitte verderben Sie es mir nicht. Ich halte daran fest, es hat mich so glücklich gemacht.«

Er schüttelte hilflos den Kopf. Ihr Blick flehte, bat ihn um ein ermutigendes Wort. Und dann, zu seinem Entsetzen, fiel sie vor ihm auf die Knie und umklammerte seine Hände.

»Bitte, Mike, sagen Sie, daß Sie glauben, es geht alles in Ordnung. Sagen Sie nur, daß es eine Chance gibt. Es könnte doch sein, oder? Bitte, Mike!«

Ihre Nägel gruben sich in seine Handgelenke. »Es gibt immer eine Chance...«

»Mehr als das, mehr als das! Lächeln Sie, zeigen Sie mir, daß es eine Chance gibt.« Er lächelte beinah verzweifelt. Sie sprang auf. »Bleiben Sie hier. Ich mache Kaffee.«

Der Abend brach herein. Bald würde es ganz dunkel sein. Er wußte, er sollte eigentlich jetzt gehen, ihr hinaus folgen und energisch sagen: ›Also, wenn Sie okay sind, ich muß gehen.‹ Hierbleiben war falsch, überschritt völlig die Grenzen seiner Pflicht. Wenn sie Gesellschaft brauchte, dann sollte es Mrs. Crantock sein oder einer ihrer seltsamen Freunde.

Er konnte nicht gehen. Es war unmöglich. Was für ein Heuchler er doch war mit all seinem Gerede von Selbstdisziplin. »Jean?« sagte er und ließ ihren Namen prüfend über seine Lippen. Würde Jean zu Hause auf ihn warten, gäbe es kein Bleiben, wäre Kontrolle unnötig.

Sie kam mit dem Kaffee, und sie tranken ihn im schwachen Licht der Dämmerung. Bald konnte er sie kaum noch erkennen, dennoch war ihre Gegenwart stärker fühlbar. Einerseits wünschte er, sie würde Licht machen, doch andererseits auch wieder nicht. Denn damit würde sie die Atmosphäre zerstören: warm, dunkel und erfüllt von ihrem Duft, gleichzeitig erregend und doch friedvoll.

Sie goß ihm Kaffee nach, und ihre Hände berührten sich. »Erzählen Sie mir von Ihrer Frau«, sagte sie.

Er hatte nie mit jemandem darüber gesprochen. Er gehörte nicht zu den Männern, die jedem ihr Herz öffnen. Grace hatte versucht, ihn aus der Reserve zu locken. Dieser Idiot Camb hatte es versucht, und auf taktvollere Weise auch Wexford. Dabei hätte er gern mit jemandem darüber geredet, wenn sich nur der rechte Zuhörer gefunden hätte. Diese schöne, gütige Frau war nicht der geeignete Zuhörer. Was verstand sie mit ihrer seltsamen Vergangenheit, ihrer eigenartigen Freizügigkeit von seiner Vorstellung von Monogamie, seinem auf eine Frau bezogenen Leben? Wie konnte er ihr von seiner einfachen, sanften Jean erzählen, ihrem friedlichen Leben und ihrem schrecklichen Tod?

»Das ist jetzt alles vorbei«, sagte er kurz. »Am besten vergesse ich es.« Zu spät wurde ihm klar, welch einen Eindruck seine Worte hinterlassen mußten.

»Auch wenn Sie nicht besonders glücklich waren«, sagte sie, »es ist nicht die Person, die Ihnen fehlt, Ihnen fehlt Liebe.«

Er sah die Wahrheit darin. Sogar für ihn stimmte das. Aber Liebe war nicht ganz das Wort. In diesen Träumen, die er hatte, war keine Liebe, und Jean kam nie darin vor. Wie um seine eigenen Gedanken zu leugnen, sagte er schroff: »Es heißt, man könne einen Ersatz finden, aber es geht nicht. Ich kann es nicht.«

»Keinen Ersatz. Das ist das falsche Wort. Aber jemand anders für eine andere Art von Liebe vielleicht.«

»Ich weiß es nicht. Ich muß jetzt gehen. Machen Sie kein Licht.« Die grelle Helligkeit würde zu sehr enthüllen, was sich nach dem unterdrückten Schmerz auf seinem Gesicht abspielte und, schlimmer noch, den Hunger nach ihr, den er nicht länger verbergen konnte. »Machen Sie kein Licht!«

»Das wollte ich auch nicht«, sagte sie sanft. »Kommen Sie her.«

Es war ein flüchtiger, kleiner Kuß auf die Wange, den sie ihm gab, wie eine Frau ihn einem Mann gibt, den sie seit Jahren kennt, dem Mann einer Freundin vielleicht, und er wollte ihn eigentlich in derselben Weise erwidern, indem er ihre Wange berührte, kameradschaftlich, beruhigend. Doch er fühlte sein Herz klopfen und ihres daneben, als habe er zwei eigene Herzen. Ihre Lippen trafen sich, und seine lang aufrechterhaltene Kontrolle brach zusammen.

Er küßte sie mit seiner ganzen Kraft, preßte sie in seinen Armen und drängte sie gegen die Wand, während seine Zunge in ihren Mund fuhr.

Als er sie losließ und zitternd zurücktrat, stand sie mit gesenktem Kopf still da und sagte nichts. Er machte die Tür auf und rannte, ohne sich noch einmal umzusehen.

7

Sonntag, der Morgen, an dem er ausschlafen sollte. Er hatte eine entsetzliche Nacht hinter sich, erfüllt von so widerwärtigen Träumen, daß er sie – hätte er in einem der psychologischen Werke darüber gelesen, die Sorte, von denen Grace ständig faselte – ohne weiteres als Produkt eines kranken, pervertierten Gehirns anerkannt hätte. Schon der Gedanke daran ließ ihn vor Scham schaudern.

Wenn man in der Morgendämmerung schlaflos im Bett

liegt, muß man denken. Aber woran? An Jean, die für immer fort war? An die Träume, die Fragen aufwarfen, ob man in seinem Inneren genauso schlecht war wie jene örtlichen Abartigen? Gemma Lawrence? Was war er doch für ein Idiot gewesen, sie zu küssen, überhaupt da im Dunkel mit ihr sitzen zu bleiben, sich hineinverwickeln zu lassen!

Rasch stand er auf. Es war erst halb acht, als er in die Küche kam, und niemand sonst war auf den Beinen. Er brühte eine Kanne Tee und brachte jedem eine Tasse ans Bett. Wieder ein schöner, klarer Tag.

Grace setzte sich im Bett auf und nahm ihm die Teetasse ab. Ihr Nachthemd sah genau aus wie das von Jean. Ihr Morgengesicht war ein bißchen verquollen vom Schlaf, verträumt und vage, genau wie es Jeans immer gewesen war. Er haßte sie.

»Ich muß weg«, sagte er. »Arbeit.«

»Ich habe das Telefon gar nicht gehört«, sagte Grace.

»Du hast noch geschlafen.«

Seine Kinder rührten sich nicht, als er die Teetassen neben ihre Betten stellte. Beide hatten einen festen Schlaf, und es war nur natürlich. Burden wußte all das, aber es kam ihm vor, als liebten sie ihn nicht mehr. Ihre Mutter war tot, doch sie hatten einen Mutterersatz, ein Mutterfaksimile. Ihnen war es ganz gleich, ob ihr Vater da war oder nicht.

Er holte seinen Wagen heraus und fuhr los, doch er hatte keine klare Vorstellung, wohin er eigentlich wollte. Vielleicht in den Cheriton Forest, um irgendwo zu sitzen und zu grübeln und sich selbst zu quälen. Doch statt die Pomfret Road zu fahren, fand er sich plötzlich auf dem Weg nach Stowerton. Alles, was er an Selbstdisziplin übrig hatte, brauchte er, um nicht zur Fontaine Road zu fahren, aber er beherrschte sich und bog statt dessen in die Mill Lane ein.

Hier war der rote Jaguar gesehen worden. Hinter diesen Bäumen war der junge Mann mit den zierlichen Händen blättersammelnd herumgeschlendert. Bestand eine Verbindung zwischen dem Auto und dem Jugendlichen? Und war es möglich in dieser zynischen und grausamen Welt, daß der Blättersammler Kaninchen hielt – vielleicht hatte er die Blätter für seine Kaninchen gesammelt – und ein Kind nur aus Freude an der Gesellschaft brauchte, aus Freude am Anblick eines kleinen, glücklichen Gesichts, wenn eine begeisterte kleine Hand über dickes, weiches Fell streichelte?

An solch einem Morgen erschien selbst eine so unwahrscheinliche, märchenhafte Vorstellung denkbar. In der Ferne hörte er die Glocken von St. Jude in Forby zur Frühmesse läuten. Er wußte jetzt, wo er hinwollte. Er durchfuhr eine Biegung der Straße, und unvermittelt und prächtig kam Saltram House in Sicht.

Wenn man es aus dieser Entfernung betrachtete, wie es stolz auf dem Hügel stand, wäre man wohl nie auf die Idee gekommen, daß die Fenster dort nicht verglast und die Räume nicht bewohnt waren, sondern daß dieses große Steingebäude nur eine leere Hülle war, das Skelett des früheren Hauses, wenn man so wollte. In der Morgensonne sah es grau-golden aus, ein palastähnlicher Bau aus dem späten achtzehnten Jahrhundert, und in seinen herrlichen Proportionen schien es das darunterliegende Tal gleichzeitig lächelnd und mißbilligend zu betrachten.

Die Geschichte seiner Zerstörung vor nunmehr fünfzig Jahren kannte jeder in Kingsmarkham. Es war während des ersten Weltkrieges passiert. Der damalige Besitzer des Hauses, dessen Name inzwischen vergessen war, hatte ein Fest gegeben, und seine Gäste waren auf ein flaches Stück des Daches hinausgegangen, um einen Zeppelin vorbeiziehen zu sehen. Einer hatte einen Zigarrenstummel über den Rand des Daches geworfen, und der hatte die Büsche darunter in Brand gesetzt. Nichts war mehr hinter diesen exquisit proportionierten kahlen Fensteröffnungen, nichts außer Bäumen und Büschen, die in dem ausgebrannten Gemäuer hochgewachsen waren und nun ihre Zweige ausbreiteten, wo einst Damen in Pariser Roben wandelten, sich die Gemälde anschauten und mit ihren Fächern fächelten. Er ließ den Wagen wieder an und fuhr langsam zu dem schmiedeeisernen Tor hinauf, wo die Auffahrt zu Saltram House begann. Links drüben stand ein kleines weißes, eingeschossiges Haus mit Strohdach. Im Garten sammelte eine Frau Pilze vom Rasen. Mrs. Fenn, mutmaßte er. Damals, als er und Jean zu Picknicks herkamen, hatte sie nicht hier gewohnt. Das Häuschen hatte jahrelang leergestanden.

Natürlich war das gesamte Anwesen hier im Februar gründlich abgesucht worden, und auch wieder am Donnerstag abend und Freitag. Aber kannten die Suchmannschaften das Gelände so gut wie er? Kannten sie die geheimen Plätzchen ebenso wie er?

Burden öffnete die Torflügel, und sie quietschten dumpf in ihren Angeln.

Wexford und sein Freund Dr. Crocker, der Polizeiarzt, spielten gelegentlich am Sonntag vormittag zusammen Golf. Die beiden waren seit ihrer Kindheit befreundet, obgleich Wexford sieben Jahre älter war. Der Doktor, ein drahtiger, lebhafter Mann, wirkte von weitem ziemlich jung, wohingegen Wexford, ein Riese von einem Mann mit gefährlich hohem Blutdruck, vierschrötig und ungesund aussah.

Aufgrund dieser Hypertonie hatte Crocker die sonntäglichen Golfvormittage vorgeschlagen und eine rigorose Diät verordnet. Seiner Diät wurde Wexford durchschnittlich zweimal die Woche untreu, doch gegen Golf hatte er grundsätzlich nichts einzuwenden, obwohl er ein schändliches Handicap von um die 36 hatte. Doch er kam auf diese Weise um den Kirchgang mit seiner Frau herum.

»Du würdest nicht zufällig einen kleinen Schluck mit trinken?« fragte er sehnsüchtig in der Bar des Clubhauses.

»Um diese Zeit?« sagte Crocker, der Disziplinierte.

»Auf die Wirkung kommt es an, nicht auf die Stunde.«

»Wenn ich nicht den besten Blutdruckmesser der Welt hätte«, sagte der Doktor, »dann wäre er letztes Mal geplatzt, als ich deinen Blutdruck gemessen habe. Ohne Flachs, der wäre aus lauter Verzweiflung übergeschnappt. Du würdest ja auch kein Thermometer unter heißes Wasser halten, oder? Du brauchst keinen Alkohol, sondern ein paar kräftige Schwünge unter dem Adlerauge des Profis.«

»Das bitte nicht«, flehte Wexford. »Alles, nur das nicht.«

Sie gingen zum ersten Abschlag. Mit undurchdringlicher Miene sah Crocker zu, wie sein Freund in seiner Golftasche herumfummelte, und reichte ihm dann wortlos ein Fünfereisen.

Wexford schlug. Der Ball verschwand, doch ganz und gar nicht in Richtung aufs erste Loch. »Es ist wirklich verdammt unfair«, meinte er. »Du hast dieser lächerlichen Freizeitbeschäftigung zeit deines Lebens gefrönt, und ich bin nur ein Anfänger. Ich kriege einen ganz schönen Minderwertigkeitskomplex dabei. Wie wär's, wenn wir noch jemanden dazuholten, Mike Burden zum Beispiel...«

»Würde ihm guttun, meiner Ansicht nach.«

»Ich mache mir Sorgen um ihn«, sagte Wexford, froh über die Unterbrechung, bevor er zusehen mußte, wie der Doktor einen seiner perfekten Schläge landete. »Manchmal frage ich mich, ob er nicht auf einen Nervenzusammenbruch zusteuert.«

»Andere Männer verlieren auch ihre Frauen. Sie kommen drüber weg. Weißt du was? Mike wird seine Schwägerin heiraten. Es liegt doch auf der Hand. Sie sieht aus wie Jean, sie ist wie Jean. Mike kann sie heiraten und beinah monogam bleiben dabei. Aber genug davon. Wir waren gekommen, um Golf zu spielen, erinnerst du dich?«

»Ich darf nicht zu weit vom Clubhaus weggehen. Kann sein, daß man mich jeden Moment erreichen muß, wenn sich irgendwas mit diesem vermißten Jungen ergibt.«

Wexford meinte das nicht als Entschuldigung, sondern es war echte Besorgnis seinerseits, doch er hatte beim Golf schon zu oft solche Ausflüchte benutzt. Der Doktor grinste teuflisch. »Dann sollen sie kommen und dich holen. Einige Mitglieder dieses Clubs können tatsächlich *rennen,* weißt du. Jetzt, paß gut auf.« Er nahm seinen eigenen schlagerfahrenen Fünfer und schlug mit wunderbarer Präzision. »Auf dem Grün, nehme ich an«, meinte er befriedigt.

Wexford nahm seine Tasche auf, seufzte und schlenderte dann tapfer den Fairway hinauf. Inbrünstig, doch verhalten murmelte er hinter dem Rücken des Doktors: »Du sollst nicht töten, nein, doch mühen sollst dich nicht, lebend zu lassen einen solchen Wicht.«

Die Seite des Hauses, die der Straße zugewandt war und vor der Burden jetzt seinen Wagen parkte, war eigentlich die Rückseite oder genauer gesagt die Gartenseite. Aus dieser Nähe gab es keinen Zweifel, daß Saltram House nur noch eine leere Hülse war. Er ging zu einem der Fenster hin und starrte in die stille, dämmrige und schweigende Tiefe. Holunder und junge Eichen – denn wie alt ist eine ausgewachsene Eiche? – hoben ihr Geäst aus Sand und Trümmern. Die Narben des Feuers waren längst verheilt, die Schwärze weggewaschen in fünfzig regnerischen Wintern. Die Blätter leuchteten goldfarben und grellgelb, sie lagen zu Tausenden auf zerborstenem Stein und Schutt. Das Haus hatte schon so ausgesehen, als Jean und er zuerst hergekommen waren, mit dem einzigen Unterschied, daß die Bäume höher und die Natur zügelloser und arroganter in ihrer Vereinnahmung geworden war, und doch schien es ihm, als sei die Zerstörung persönlicher Natur, Symbol seiner eigenen.

Er las nie Gedichte. Er las überhaupt selten. Aber wie viele Leute, die nicht lesen, hatte er ein gutes Gedächtnis, und manchmal fiel ihm unvermittelt eines von Wexfords Zitaten ein. Unsicher und verwundert flüsterte er:

»Wenn ich dies Wandelleben überseh
Ja, Leben selbst zum Untergang getrieben
Kam unter Trümmern mir dies Grübeln nah:
Einst kommt auch Zeit und fordert deinen Lieben...«

Er wußte nicht, wer das gesagt hatte, doch auf jeden Fall war es einer, der Bescheid wußte. Er wandte sich ab. Hier kam man nicht hinein. Man ging durch den Vordereingang, nachdem man zuerst das, was einmal ein ›Italienischer Garten‹ gewesen war, durchklettert hatte.

Rechts und links von ihm erstreckte sich ein sanft abfallender, vernachlässigter Park. Wem wohl das Land gehörte? Weshalb bearbeitete es niemand? Er wußte die Antworten nicht, nur, daß dies hier ein ruhiger und schöner Dschungel war, wo das Gras hoch und wild wuchs und die Bäume von der Natur, nicht vom Menschen, gepflanzt waren, Zedern und Ilex, und der hohe, schlanke Gingkobaum der chinesischen Einwanderer hob stolze Stämme und noch stolzere Äste aus einer fremden Erde. Es war eine Wildnis von verzweifelter Traurigkeit, denn sie mußte gepflegt werden, war dazu ausersehen, gepflegt zu werden, doch diejenigen, die sie gern gepflegt hätten, waren von der zerstörerischen Zeit hinweggerafft worden. Er bog Zweige beiseite und Äste und Unterholz und kam zu dem unvergleichlich viel schöneren Vordereingang von Saltram House.

Gekrönt wurde er von einem hohen Giebel mit einem

Fries klassischer Figuren, und darunter, über der Eingangstür, einer vertikalen Sonnenuhr, blauer Himmel mit goldenen Figuren, an denen Wind und Regen zwar ihre Spuren hinterlassen, die sie jedoch nicht hatten zerstören können. Von seinem Standort aus konnte Burden den Himmel durch das Gerippe sehen, so blau wie der auf der Sonnenuhr.

Es war nicht mehr möglich, schon seit Jahren nicht mehr, ohne Kletterei in den ›Italienischen Garten‹ oder ins Haus zu gelangen. Burden krabbelte über eine einsfünfzig hohe Mauer bröckeligen Gesteins, durch deren Risse Brombeerranken und Zaunwinden ihre Fühler streckten.

Er hatte die Brunnen nie plätschern sehen, doch er wußte, daß früher welche dagewesen waren. Vor zwölf Jahren, als er und Jean zum erstenmal so weit vorgedrungen waren, hatten zwei Bronzefiguren mit Vasen in den hocherhobenen Händen zu beiden Seiten der überwucherten Auffahrt gestanden. Doch in der Zwischenzeit hatten Vandalen die Statuen von ihren Sockeln gerissen, gierig vielleicht auf das Blei der Rohre.

Eine war eine Knabenfigur gewesen, die andere ein Mädchen im fein gefältelten Gewand. Der Knabe war verschwunden, aber das Mädchen lag zwischen dem Unkraut, und langblättriges Geißblatt mit seinen gelben Blüten trieb seine Stengel zwischen ihrem Arm und der Biegung ihres Körpers hindurch. Burden bückte sich und hob die Statue hoch. Sie war zerbrochen und halb von Grünspan zerfressen, und der Boden darunter war ganz kahl, ein Stück blanker Erde, das merkwürdiger- und makabrerweise die Form eines kleinen menschlichen Körpers hatte.

Er legte den Metallklumpen, der einst ein Brunnen gewesen war, zurück und stieg die brüchigen Stufen hinauf zur Tür. Aber sobald er auf der Schwelle stand, wo einst Gäste angekommen waren und ihre Mäntel einem Bediensteten in die Hand gedrückt hatten, sah er, daß man hier keine Leiche verstecken konnte, nicht einmal den kleinen Körper eines Fünfjährigen.

Denn alles in Saltram House, Schränke, Türen, Treppen, sogar größtenteils die Trennwände waren verschwunden. Kaum etwas von Menschenhand Gefertigtes war geblieben. Sicher, die hohen und etwas bedrohlichen Mauern des Hauses erhoben sich über ihm, aber selbst diese, einst gestrichen und mit Fresken verziert, waren jetzt über und über mit Efeu bewachsen und boten einem jungen Wald von reichem Wuchs Windschutz. Holunder und Eichen, Birken und Buchenschößlinge hatten sich ihren Weg aus der fruchtbaren Aschenerde emporgekämpft, und einige machten den Mauern in der Höhe Konkurrenz. Burden schaute auf ein Gebüsch hinunter, das durch die Brise vom Fenster her sacht bewegt wurde. Er konnte die Wurzeln des Baumes erkennen und sehen, daß nichts dort zwischen ihnen lag.

Einen Moment stand er versonnen, dann wandte er sich ab. Zurück, die Treppen hinunter in den ›Italienischen Garten‹, wobei ihm plötzlich schlagartig einfiel, wie sie an eben diesem Platz einmal gepicknickt hatten, und Pat, damals ein kleines Mädchen von höchstens sechs Jahren, ihn gefragt hatte, warum er die Brunnen nicht in Gang setzen könne. Weil sie kaputt seien, weil kein Wasser da sei, hatte er gesagt. Er hatte nie mehr daran gedacht, sich keine Gedanken darüber gemacht – bis eben.

Aber diese Brunnen hatten einmal geplätschert. Wo war das Wasser hergekommen? Ganz sicher nicht direkt von der Hauptleitung, auch wenn Saltram House angeschlossen sein sollte. Für Dinge wie Brunnen und andere Wasserspielereien hatte man immer Tanks. Und ob das Haus nun zur Zeit des Brandes an die allgemeine Wasserversorgung angeschlossen war oder nicht, so doch sicher nicht zur Zeit, als die Brunnen gebaut worden waren, siebzehnhundertirgendwas.

Also mußte das Wasser irgendwo gespeichert worden sein. Ein winziger Schauder durchrieselte Burden. Eine idiotische Idee, sagte er sich. Verstiegen. Die Suchtrupps hatten das Gelände zweimal abgegrast. Ganz sicher war einem von ihnen dieser Gedanke auch gekommen? Aber nicht, wenn sie das Anwesen nicht so gut kannten wie ich, dachte er, nicht, wenn sie nicht wußten, daß diese Statue früher ein Brunnen war.

Er wußte genau, er würde keine Ruhe finden, keinen Augenblick Frieden haben, wenn er jetzt ging. Er ließ sich von der letzten Stufe herunter und stand bis zu den Knien in Unkraut und Brombeerranken. Die Zisternen, wenn es welche gab, waren wahrscheinlich oben beim Haus, aber so nah wie möglich bei den Brunnensockeln.

Zuerst einmal waren diese Sockel schwer auszumachen. Burden schnitt sich mit seinem Taschenmesser einen Holunderast und streifte die kleinen Zweige ab. Dann fing er an, damit die abgestorbenen und welken Pflanzenteile beiseite zu schieben. An manchen Stellen schien das Gewirr undurchdringlich, und er hatte fast entschieden, daß dies ein unmögliches Unterfangen war, als sein Stock auf etwas Metallenes stieß und ein dumpfes Klingen verursachte. Mit bloßen Händen machte er sich nun daran, das Efeugeranke und darunter andere zähe, heidekrautähnliche Pflanzen wegzureißen, bis er auf eine schwere bronzene Platte mit einem Loch in der Mitte stieß. Er schloß die Augen, dachte zurück, und ihm fiel ein, daß hier der Knabe gestanden hatte, das Mädchen an der gleichen Stelle auf der anderen Seite der Auffahrt.

Wo also konnte die Zisterne sein? Sicher nicht zwischen dem Sockel und der Auffahrt, sondern auf der anderen Seite. Wieder benutzte er seinen Stock. Es hatte zwei oder drei Wochen lang nicht geregnet, und der unkrautüberwucherte Boden war hart wie Stein. Nutzlos, mit dem Stock zu tasten, höchstens mit den Füßen. Also schlurfte er langsam den Pfad entlang, den sein Stock schaffte.

Er schaute die ganze Zeit über nach unten, trotzdem stolperte er, als sein linker Zeh an eine steinerne Umrandung oder Stufe stieß. Mit dem Stock herumstochernd, fand er die Kante und konnte eine rechteckige Umrandung verfolgen. Er hockte sich hin und arbeitete mit den Händen, bis er das ganze Dickicht beseitigt und eine Steinplatte, etwa in Form eines Grabsteins, zum Vorschein kam. Genau wie er vermutet hatte, die Zisterne für die Brunnen. Ob er wohl die Platte hochheben konnte? Er versuchte es, und sie gab so leicht nach, daß ihm keine Zeit mehr blieb, sich gegen den Schock zu wappnen, was er womöglich drinnen finden würde.

Die Zisterne war so gut wie leer. Trocken, dachte er, seit einem halben Jahrhundert. Nicht mal eine Spinne oder eine Assel hatte das steinerne Gefüge durchbrochen.

Aber da war ja noch eine, oder? Eine zweite Zisterne für den Brunnen auf der anderen Seite? Immerhin hatte er keine Schwierigkeiten, sie zu finden. Er maß mit Schritten die Entfernung, und bald hatte er die zweite Platte freigelegt. Bildete er es sich nur ein, oder sah der Bewuchs hier frischer aus? Jedenfalls gab es hier keine Brombeerranken, nur die weichen, saftigen Unkräuter, die im Winter völlig absterben. Die Schieferplatte sah genau aus wie ihr Pendant, silbrigschwarz, hie und da grün bemoost.

Burdens Finger waren zerschunden und bluteten. Er wischte sie an seinem Taschentuch ab, hob die Platte hoch und sah mit einem röchelnden Luftholen auf die Leiche in der Zisterne hinunter.

8

Harry Wild klopfte seine Pfeife in dem Ascher auf Cambs Tresen aus. »Also, sagen Sie's mir nun?«

»Ich weiß überhaupt nichts, Harry, wirklich. Man hat Mr. Wexford direkt vom Golfplatz geholt, und er ist buchstäblich hier hereingestürmt. Sie müssen schon warten, bis er einen Moment Zeit hat. Wir wissen ja gar nicht, wo uns der Kopf steht. Seit ich bei der Polizei bin, hat es so einen Sonntag nicht gegeben.«

Das Telefon klingelte. Camb nahm den Hörer ab und sagte: »Sie haben John Lawrence in Brighton gesehen, meine Dame? Einen Moment bitte, ich verbinde Sie mit dem zuständigen Beamten.« Er seufzte. »Das«, sagte er zu Wild, »ist jetzt der zweiunddreißigste Anruf heute, in dem jemand behauptet, den Jungen gesehen zu haben.«

»Er ist tot. Mein Informant, der sehr zuverlässig ist, sagt, er ist tot. Burden hat heute morgen die Leiche gefunden, und deshalb habe ich Sonntagsdienst.« Wild beobachtete, wie Camb hierauf reagierte, und fügte dann hinzu: »Ich will nur eine Bestätigung von Wexford, dann bin ich weg, um die Mutter zu interviewen.«

»Besser Sie als ich«, meinte Camb. »Heiliger Strohsack! Nicht für Chinas gesamte Tee-Ernte möchte ich Ihren Job.«

Nicht im mindesten beschämt, zündete Wild seine Pfeife wieder an. »Da wir gerade von Tee sprechen, es ist nicht zufällig welcher da?«

Camb antwortete nicht. Sein Telefon klingelte wieder. Als er mit einem Mann fertig war, der angab, genau so einen blauen Pullover gefunden zu haben, wie ihn John Lawrence der Beschreibung nach getragen hatte, schaute er hoch und sah die Fahrstuhltür aufgehen. »Hier kommen Mr. Wexford«, sagte er, »und Mr. Burden. Auf dem Weg ins Leichenschauhaus, würde ich sagen, zu sehen, was Dr. Crocker inzwischen herausgefunden hat.«

»Ah, Mr. Burden«, sagte Wild, »genau der Mann, den ich sprechen wollte. Was hat es denn nun auf sich mit dem Fund der Leiche des vermißten Kindes?«

Burden verpaßte ihm einen eisigen Blick und drehte sich auf dem Absatz um, aber Wexford bellte: »Warum wollen Sie das überhaupt wissen? Ihr Revolverblatt erscheint doch nicht vor Dienstag.«

»Entschuldigen Sie, Sir«, mischte sich Camb ein, »aber Mr. Wild möchte die Geschichte an die Londoner Blätter schicken.«

»Ah, Zeilenhonorare, ich verstehe. Nun, es liegt mir fern, einen Journalisten daran hindern zu wollen, am Sabbat ehrlich sein Geld zu verdienen. Also, Mr. Burden hat heute morgen eine Leiche gefunden, in einer der Zisternen im Park von Saltram House. Sie können schreiben, daß ein Verbrechen angenommen wird. Die Leiche ist die...« Er hielt kurz inne, »...die eines Kindes weiblichen Geschlechts, ungefähr zwölf Jahre alt, bisher nicht identifiziert.«

»Es ist Stella Rivers, nicht wahr?« sagte Wild gierig. »Kommen Sie schon, lassen Sie einen schwerarbeitenden Mann nicht hängen. Das könnte die größte Geschichte meiner Karriere sein. Vermißtes Kind tot in Ruine gefunden. Bisher kein Hinweis auf verschwundenen Jungen. Ist Kingsmarkham ein neues Cannock Chase? Ich sehe es schon vor mir, ich...«

Wexford besaß große Selbstbeherrschung. Aber er hatte auch zwei Töchter und einen Enkel. Er liebte Kinder mit einer leidenschaftlichen Zärtlichkeit, und seine Beherrschung brach zusammen. »Verschwinden Sie!« röhrte er. »Sie Hintertreppenleichenfledderer, Sie! Sie ekelhafter, widerlicher Schreiberling! Raus hier!«

Wild sah zu, daß er rauskam.

Wenn die Leiche eines Kindes gefunden wird, macht sich bei Polizisten und in ihrem Revier stets eine bedrückte Stimmung breit.

Späterhin jagen sie voller Eifer den Mörder des Kindes, doch zuerst, wenn das Verbrechen eben entdeckt wurde, sind sie fassungslos und krank bis ins Innerste. Denn dieses Verbrechen geht am meisten wider die Natur, es ist das lebensverachtendste und unverzeihlichste.

Nicht im geringsten von seiner scharfen Reaktion Harry Wild gegenüber beschämt, ging Wexford zum Leichenschauhaus, wo Dr. Crocker und Burden rechts und links des zugedeckten Leichnams standen.

»Ich habe Loring geschickt, Ivor Swan zu holen, Sir«, sagte Burden. »Besser er macht es, als die Mutter.«

Wexford nickte. »Wie ist sie gestorben?«

»Die Leiche hat da seit Gott weiß wie vielen Monaten gelegen«, sagte Crocker. »Die Experten müssen sich das genauer ansehen. Ich würde sagen: Asphyxie. Gewalttätiger Druck auf die Luftröhre. Es sind keine Wunden oder so etwas feststellbar, und sie wurde auch nicht erwürgt. Kein sexueller Mißbrauch.«

»Wir wußten ja«, sagte Wexford leise, »daß sie aller Wahrscheinlichkeit nach tot ist. Da dürfte es doch nicht mehr so schrecklich sein. Dürfte kein so großer Schock mehr sein. Ich hoffe nur, sie hatte nicht allzugroße Angst, das ist alles.« Er wandte sich ab. »Ich hoffe, es ist schnell gegangen«, sagte er.

»So was«, meinte Crocker, »würde man von den Eltern erwarten, nicht von einem abgebrühten alten Kerl wie dir, Reg.«

»Ach, halt den Mund. Vielleicht kommt es, weil ich weiß, daß diese Eltern es nicht sagen werden. Sieh dich mal an, du verdammter, halbgarer Quacksalber, es macht dir nicht mal was aus.«

»Also, jetzt hör aber mal...«

»Da ist Mr. Swan«, unterbrach Burden.

Er kam mit Loring zusammen herein. Dr. Crocker hob das Laken hoch.

Swan schaute hin und wurde bleich. »Das ist Stella«, sagte er. »Das Haar, die Kleider... Mein Gott, wie entsetzlich!«

»Sind Sie sicher?«

»Oh, ja. Kann ich mich hinsetzen? Ich habe noch nie einen toten Menschen gesehen.«

Wexford ging mit ihm in einen der Interviewräume im Erdgeschoß.

Swan bat um ein Glas Wasser und schwieg, bis er es ausgetrunken hatte.

»Welch grauenvoller Anblick! Ich bin froh, daß Roz das nicht gesehen hat. Ich dachte, ich werde ohnmächtig da drin.« Er wischte sich mit dem Taschentuch übers Gesicht und starrte blicklos vor sich hin, als sähe er immer noch die Leiche des Kindes vor sich.

Wexford hatte den Eindruck, sein Grausen wurde nur durch das hervorgerufen, was die acht Monate in der Zisterne aus Stella Rivers gemacht hatten, und nicht durch persönliche Trauer, ein Eindruck, der nicht wesentlich abgeschwächt wurde, als Swan sagte: »Ich mochte sie, wissen Sie. Ich meine, sie war nicht wie mein eigenes Kind, aber ich habe ziemlich an ihr gehangen.«

»Das hatten wir ja alles schon, Mr. Swan. Wie gut kennen Sie das Gelände um Saltram House?«

»Dort ist sie also gefunden worden, ja? Ich weiß nicht mal, wo das ist.«

»Und doch müssen Sie jedesmal vorbeigekommen sein, wenn Sie Stella nach ›Equita‹ gefahren haben.«

»Meinen Sie diese Ruine, die man von der Straße aus sieht?«

Wexford nickte, wobei er den anderen genau beobachtete. Swan schaute die Wände an, den Boden, alles, nur nicht den Inspector. Dann sagte er im gleichen Tonfall, in dem man sich äußern würde, wenn einem das Auto immer wieder Ärger macht: »Ich weiß nicht, warum so was ausgerechnet mir passieren muß.«

»Was meinen Sie mit: ›so was‹?«

»Ach, nichts. Kann ich jetzt gehen?«

»Niemand hält Sie, Mr. Swan«, sagte Wexford.

Eine halbe Stunde später saßen er und Burden auf der bröckeligen Mauer und sahen einem halben Dutzend Männern bei ihrer Arbeit in der Zisterne zu, beim Fotografieren, Abmessen und Prüfen. Die Sonne schien noch immer warm, und ihr Strahlen gab dem Ort einen Anstrich von klassischem Altertum. Zerbrochene Säulen waren hier und da im hohen Gras zu sehen, und die Suche hatte Tonscherben zutage gefördert.

Es sah eher nach einer archäologischen Ausgrabung aus als nach der Jagd auf Hinweise in einem Mordfall. Es war nicht gelungen, Spuren der Knabenstatue zu finden, doch die des Mädchens lag, wie Burden sie hatte liegenlassen, lag da wie ein totes Ding, das Gesicht in Efeu vergraben, das metallene Haar goldfarben in der Sonne wie das Haar von Stella Rivers im Leben.

»Sie werden mich für einen wirklichkeitsfremden alten Trottel halten«, sagte Wexford nachdenklich, »aber ich kann nicht anders, als die Analogie zu sehen. Es ist wie ein Omen.« Er wies auf die Statue und schaute Burden dabei fragend an. »Das Mädchen ist tot, der Knabe ist verschwunden, jemand hat ihn mitgenommen.« Er zuckte die Achseln. »Im Leben«, sagte er. »Und in Bronze. Und der Dieb hat den Knaben womöglich irgendwo in einer angenehmen Umgebung untergebracht. Kümmert sich um ihn. Die Statue meine ich natürlich.«

»Na sicher, was sonst? Wahrscheinlich eher das noch Verwertbare genommen und den Rest weggeschmissen.«

»Gütiger Himmel...« Wexford merkte, daß der Inspector überhaupt nicht verstand, was er gemeint hatte, und gab auf. Er hätte wissen müssen, überlegte er, daß es keinen Sinn hatte, mit Mike irgendwelche Phantasiereisen unternehmen zu wollen. »Der sie da reingebracht hat«, fuhr er praktischer fort, »hat sich hier besser ausgekannt als Sie. Sie wußten nicht mal, daß es diese Zisternen überhaupt gab.«

»Ich bin immer nur im Sommer hiergewesen. Im Winter sind die Platten nicht so überwuchert.«

»Mal sehen.« Wexford rief Peach herüber. »Sie waren im Februar mit den Suchtrupps unterwegs, Peach. Haben Sie die Zisternen gesehen?«

»Wir haben das Anwesen hier am Tag nach Stellas Verschwinden durchsucht, Sir. Freitag war's. Die ganze Nacht vorher hat es gegossen wie aus Eimern, und auch als wir hier waren, hat's schlimm geregnet. Die ganze Gegend war ein Schlammsee. Ich würde sagen, man kam gar nicht auf die Idee, daß da Deckel waren.«

»Ich meine, wir sollten uns mal mit Mrs. Fenn unterhalten.«

Sie war eine kleine, hellhaarige Person, hilfsbereit und entsetzt über den Fund, den man keinen halben Kilometer von ihrem Haus entfernt gemacht hatte.

»Sie war meine begabteste Schülerin«, sagte sie mit ruhiger Stimme, in der eine Spur Grauen mitschwang. »Ich habe immer vor meinen Freunden mit ihr angegeben. Stella Rivers, sagte ich – oder Stella Swan, man wußte nie, welches nun ihr richtiger Name war – Stella Rivers wird eines Tages eine erstklassige Springreiterin. Nun wird sie es doch nicht. Mein Gott, es ist so *furchtbar.* Ich werde mir nie verzeihen, daß ich sie an dem Tag allein losgehen ließ. Ich hätte Mr. Swan anrufen sollen. Ich wußte, er war ein bißchen vergeßlich. Es war nicht das erste Mal, daß er sie versetzt hat und vergaß, sie abzuholen.«

»Sie dürfen sich keine Vorwürfe machen«, sagte Wexford. »Aber sagen Sie, haben Sie gewußt, daß diese Brunnen Zisternen hatten? Denn, wenn Sie es wußten, so heißt das, andere Einheimische haben es auch gewußt.«

»Natürlich habe ich das gewußt«, Mrs. Fenn sah verwirrt aus. »Ach, Sie meinen, weil sie im Sommer zuwachsen?« Ihre Stirn glättete sich. »Ich reite oft rüber, wenn es trocken ist, oder ich nehme meine Gäste zum Picknick oder zu einem Spaziergang mit hin. Ich bin sicher, daß ich auf die Brunnen hingewiesen habe, weil die Statuen so hübsch sind, nicht wahr?« Mit einem kleinen Zittern in der Stimme fügte sie hinzu: »Ich glaube, ich kann nie mehr hingehen.« Sie schüttelte schaudernd den Kopf. »Nach schweren Regenfällen könnte es schon passieren, daß die Deckel zugeschwemmt werden, wenn viel Erde vom Abhang des Gartens heruntergespült wird.«

Draußen waren die Männer dabei, die Steinplatte zu einem wartenden Lastwagen zu tragen. Im Labor würde sie ausgedehnten Tests unterzogen werden.

»Wenn er Fingerabdrücke hinterlassen hat«, meinte Wexford, »dann sind sie von all dem Schlamm und Wasser weggewaschen. Er hatte das Wetter auf seiner Seite, nicht? Was ist los? Ist Ihnen was eingefallen?«

»Leider nein.« Burden blickte nachdenklich über die ruhige Straße und die umliegenden Wiesen. Er schaute nicht zum Haus zurück, aber er fühlte die blinden, leeren Augen auf sich gerichtet. »Ich dachte nur an Mrs. Lawrence«, sagte er dann. »Ich meine, sollte ich nicht zu ihr gehen und …«

Wexford schnitt ihm den Satz mit seiner Scherenstimme ab. »Martin war da. Ich habe ihn hingeschickt, sobald wir von Ihrem Fund erfuhren. Es wäre nicht schön für sie gewesen zu hören, wir haben eine Leiche gefunden, und nicht zu wissen, wessen.«

»Daran hatte ich gedacht.«

»Sie brauchen sich also heute abend nicht mit ihr abzugeben. Sie will sicher auch nicht ständig Polizisten bei sich herumhängen haben. Lassen Sie ihr ein bißchen Ruhe und Frieden. Abgesehen davon hat sie was von Besuch aus London erwähnt.«

Er brauchte sich nicht mit ihr abzugeben heute abend... Burden fragte sich, wer dieser Besuch wohl sein mochte. Mann oder Frau? Schauspieler? Künstler? Vielleicht jemand, der gierig zuhörte, wenn Gemma über den Kuß erzählte, den sie von einem sexhungrigen Polizisten bekommen hatte. Nein, er brauchte heute abend nicht hinzugehen, und auch an keinem anderen Abend mehr, so gesehen. Der Fall Stella Rivers würde seine ganze Zeit in Anspruch nehmen, und das war auch besser so. Viel besser, sagte sich Burden energisch.

Am Sonntag abend waren die Vertreter der nationalen Presse in großer Zahl angereist, und Wexford hatte höchst widerwillig eine Pressekonferenz abgehalten. Er mochte Reporter nicht, aber sie hatten ihren Nutzen. Im großen und ganzen bewirkte die Publicity, die sie dem Grauen und dem Schmerz verschafften, wohl mehr Gutes als Schlechtes. Ihre Artikel würden ungenau sein, die meisten Namen falsch geschrieben – eine überregionale Tageszeitung hatte einst mehrfach von ihm als Polizeichef Waterford gesprochen – doch die Öffentlichkeit würde aufgerüttelt, jemand kam vielleicht mit etwas Hilfreichem. Bestimmt konnten sie mit Hunderten von Anrufen rechnen und zweifellos mit weiteren anonymen Briefen wie dem, der heute morgen

Martin, Gates und Loring zu einem Termin in Cheriton Forest veranlaßt hatte.

Wexford war von zu Hause weggegangen, bevor die Zeitung kam, und jetzt, um neun, betrat er *Braddon's*, um die Tageszeitungen zu kaufen. Der Laden hatte eben erst aufgemacht, aber es war jemand vor ihm. Wexford seufzte. Er kannte diesen grauen, runden Kopf, die kurze, ausgemergelte Gestalt. Sogar jetzt, wo er unschuldig sechzig *Number Six* erstand, hatte der Mann etwas Heimtückisches. »Guten Morgen, Monkey«, sagte Wexford sanft.

Monkey Matthews zuckte nicht zusammen. Er gefror kurz und drehte sich dann um. Wenn man ihn von vorn betrachtete, war leicht zu sehen, wie er zu seinem Spitznamen gekommen war. Er reckte sein vorspringendes Kinn, kräuselte die Nase und meinte düster: »Die Welt is doch 'n Dorf. Ich komm mit Rube, nur wegen der Busfahrt, nichts Böses im Sinn, und 'vor ich noch die erste Lulle brennen hab, sind mir die Bullen auf den Fersen.«

»Nimm's nicht so schwer«, sagte Wexford friedfertig. Er kaufte seine Zeitungen und geleitete Monkey hinaus auf den Bürgersteig.

»Ich hab nix nich gemacht.«

Das war Monkeys stehende Redewendung, wenn er einen Polizisten traf, sogar wenn es zufällig war wie jetzt. Burden hatte einmal erwidert: ›Zwei Verneinungen ergeben eine Bejahung, da wissen wir ja, woran wir sind, oder?‹

»Lange nicht gesehn.« Wexford verabscheute diese Redewendung, aber Monkey würde sie verstehen und ärgerlich finden.

Das tat er. Um eine leichte Verwirrung zu verbergen, zündete er sich eine Zigarette an und inhalierte gierig. »Norden gewesen«, sagte er unbestimmt. »Hab's mal im Teppichhandel versucht. Liverpool.«

Das würde er später nachprüfen, dachte Wexford bei sich.

Für den Moment begnügte er sich mit einem Schuß ins Blaue. »Du warst in Walton.«

Bei der Erwähnung des Gefängnisses nahm Monkey die Zigarette aus dem Mund und spuckte. »Ich und mein Partner«, sagte er, »'nen ehrlicheren Kerl findet man nich so leicht, wir hatten so was wie 'n Marktstand, und so 'n drekkiger kleiner Schweinehund dreht uns fünfzig Dutzend Paar Netzstrumpfhosen an. Zweite Wahl angeblich, aber die Hälfte davon hatte kein Zwickel. Verdammter, mieser Lockspitzel.«

»Solche Reden möchte ich aber nicht hören«, sagte Wexford, und etwas milder: »Also wieder bei Ruby, soso? Wird's nicht langsam Zeit, daß du eine anständige Frau aus ihr machst?«

»Me with a wife living?« Unbewußt echote Monkey den Lear Limerick. »Bigamie, Sir, ist ein Verbrechen«, sagte er. »Entschuldigen Sie, mein Bus kommt. Ich kann nicht den ganzen Tag hier rumstehen und klatschen.«

Mit breitem Grinsen beobachtete Wexford, wie er zur Bushaltestelle auf der Kingsbrook Brücke hastete. Er warf einen Blick auf die Titelseite der obersten Zeitung, sah, daß Stella von einem Sergeant Burton in einer Höhle unweit des winzigen Dörfchens Stowerton gefunden worden war, und aus seinem Grinsen wurde ein Grollen.

9

Monkey Matthews war während des Ersten Weltkrieges in Londons East End geboren worden und hatte seine Erziehung weitgehend in Besserungsanstalten erhalten. Seine Heirat mit einem Mädchen aus Kingsmarkham im Alter von zwanzig Jahren hatte ihn in ihre Heimatstadt geführt, wo er mit seiner Frau – wenn er nicht gerade im Gefängnis war – im Haus ihrer Eltern lebte. Gewalttätigkeit war ihm fremd, doch vielleicht nur deshalb, weil er ein Feigling war, nicht aus Prinzip. Meist stahl er. Er stahl aus Privathäusern, von seiner eigenen Frau und deren bejahrten Eltern und von den wenigen Leuten, die töricht genug waren, ihn einzustellen.

Im Zweiten Weltkrieg nahm ihn die Armee auf, wo er Vorräte stahl, Offiziersuniformen und elektrische Zubehörteile. Er kam mit der Besatzungsmacht nach Deutschland; er wurde Experte für den Schwarzmarkt und war bei seiner Rückkehr wahrscheinlich Kingsmarkhams erster Schwarzhändler. Geduldig nahm seine Frau ihn jedesmal, wenn er aus dem Gefängnis zurückkam, wieder auf.

Trotz seiner äußeren Erscheinung wirkte er auf Frauen anziehend. Er lernte Ruby Branch in Kingsmarkhams Gerichtsgebäude kennen, als sie, eben auf Bewährung entlassen, heraus- und er, flankiert von zwei Polizisten, hereinkam. Natürlich redeten sie nicht miteinander. Aber Monkey machte sie ausfindig, als er wieder auf freiem Fuß war, und wurde zum regelmäßigen Besucher ihres Hauses in der Charteris Road in Stowerton, besonders dann, wenn Mr. Branch Nachtschicht hatte. Er machte ihr klar, daß sie aus ihrem Job in der Trikotagenfabrik nicht das Optimale herausholte, und bald drückte sie die Stechuhr an den meisten Freitagen mit drei Büstenhaltern, sechs Slips und sechs Strumpfhaltern unter ihrem Kleid. Als leidenschaftlicher Liebhaber erwartete Monkey sie schon, wenn sie aus Holloway zurückkam.

Seit damals hatte Wexford Monkey wegen Ladendiebstahls verknackt, wegen Diebstahls als Bediensteter, wegen des Versuchs, einen Rivalen mit einer selbstgebastelten Bombe in die Luft zu jagen, und wegen Hehlerei. Monkey war beinah so alt wie Wexford, aber er war noch genauso lebendig wie der Chief Inspector, obwohl er sechzig Zigaretten pro Tag rauchte, kein regelmäßiges Einkommen hatte und, seit seine Frau ihn schließlich rausgeworfen hatte, auch keinen festen Wohnsitz.

Als Wexford in sein Büro zurückging, dachte er über ihn nach. Monkey schaffte es nie, lange auf freiem Fuß zu sein, ohne erneut in Schwierigkeiten zu geraten. Trotz der vielen Arbeit beschloß Wexford, die Nachforschungen, an die er vor dem Laden des Zeitschriftenhändlers gedacht hatte, gleich anzustellen.

Seine Mutmaßung, Monkey sei in Walton gewesen, wurde rasch bestätigt. Er war im September entlassen worden. Verurteilt worden war er wegen des Versuchs der Veräußerung gestohlener Waren, in dem Wissen, daß sie gestohlen waren. Es hatte sich um eine so ungeheure Menge von Strumpfhosen, Nylonslips, Bodystockings und anderem Putzkram gehandelt, daß die gesamte Teenagerbevölkerung Liverpools für Monate versorgt gewesen wäre, hätte das Zeug je verkauft werden können.

Kopfschüttelnd, doch mit einem wenn auch etwas schiefen Lächeln, entließ Wexford Monkey aus seinen Gedanken und konzentrierte sich auf den Stapel Berichte, der seine Aufmerksamkeit erwartete. Er hatte drei davon durchgelesen, als Sergeant Martin hereinkam.

»Natürlich ist niemand aufgekreuzt«, sagte er aufblikkend.

»Leider nicht, Sir. Den Anweisungen folgend, haben wir uns getrennt. Ausgeschlossen, daß uns jemand entdeckt haben könnte, der Wald ist viel zu dicht an der Stelle. Der einzige Mensch, der vorbeikam, war der Empfangschef des Cheriton Forest Hotels. Niemand sonst. Wir haben bis zehn gewartet.«

»Ich wußte, daß es völlig verlorene Zeit wäre«, sagte Wexford.

Burden teilte zwar die Abneigung seines Chefs gegen Ivor und Rosalind Swan, doch er fand es unmöglich, sie mit Wexfords Zynismus zu sehen. Sie hatten etwas, diese beiden, jene besondere Ausstrahlung zweier Menschen, die sich beinah ausschließlich lieben und die vorhaben, ihre Liebe fortzusetzen, bis daß der Tod sie scheidet. Würde er für sich je wieder solch eine Liebe finden? Oder konnte man, wohl wissend, daß es den wenigsten überhaupt jemals zuteil wurde, nicht erwarten, ein solches Wunder mehr als einmal zu erleben? Rosalind Swan hatte auf entsetzliche Weise ihr einziges Kind verloren, doch solange sie ihren Mann hatte, konnte sie den Verlust ohne allzu große Schmerzen ertragen. Er hatte das Gefühl, sie hätte ein Dutzend Kinder geopfert, um Swan zu behalten. Wie hatte Stella in dieses Flitterwochenleben gepaßt? Hatte einer der beiden oder gar beide sie als Hindernis empfunden, als schattenhaften, unerwünschten Dritten?

Wexford war seit einer halben Stunde dabei, die Swans zu befragen, und Mrs. Swan sah müde und blaß aus, aber die Ungeheuerlichkeit dieses Verhörs für ihren Mann schien ihr mehr zu schaffen zu machen als seine Ursache. »Ivor hat Stella geliebt«, sagte sie immer wieder. »Und Stella liebte ihn.«

»Kommen Sie, Mr. Swan«, sagte Wexford, ihre Einwürfe ignorierend, »Sie müssen seit damals oft über Ihren Ausritt nachgedacht haben, und trotzdem können Sie mir, bis auf Mr. Blain, keinen einzigen Menschen nennen, der Sie gesehen haben könnte.«

»Ich habe nicht viel darüber nachgedacht«, sagte Swan, der die Hand seiner Frau fest mit seinen beiden umschlossen hielt. »Ich wollte es vergessen. Abgesehen davon, ich erinnere mich schon an Leute, nur nicht an ihre Gesichter oder ihre Autonummern. Warum sollte ich auch? Ich wußte ja nicht, daß ich jemals ein Alibi brauchen würde.«

»Ich hole dir was zu trinken, Herzliebster.« Sie machte so viel Tamtam darum wie andere Frauen um die Vorbereitung des Essens für ihr Baby. Das Glas wurde mit einer Serviette poliert. Gudrun wurde nach Eis geschickt. »Hier. Habe ich zu viel Soda reingetan?«

»Du bist so lieb zu mir, Rozzy. Eigentlich sollte ich mich um dich kümmern.«

Burden sah, wie sie vor Freude errötete. Sie nahm Swans Hand und küßte sie, als seien sie allein. »Wir fahren irgendwohin«, sagte sie. »Morgen fahren wir weg und vergessen all diese Abscheulichkeiten.«

Die kleine Szene, die Burden einen Stich der Eifersucht versetzt hatte, wirkte auf Wexford gar nicht besänftigend. »Es wäre mir lieber, Sie führen nirgendwohin, bevor wir nicht ein wesentlich klareres Bild von diesem Fall haben«, sagte er. »Außerdem wird es eine Verhandlung geben, bei der Sie anwesend sein müssen, und voraussichtlich«, fügte er mit beißendem Sarkasmus hinzu, »eine Beerdigung.«

»Eine Verhandlung?« Swan schaute völlig verblüfft drein.

»Sicher. Was dachten Sie denn?«

»Eine Verhandlung«, wiederholte Swan. »Muß ich da hin?«

Wexford zuckte die Achseln. »Das hängt vom Untersuchungsrichter ab, aber ich würde sagen, ja, sicher müssen Sie hin.«

»Trink, mein Liebster. Solange wir zusammen sind, kann uns nichts etwas anhaben, stimmt's?«

»Eine Mutter, wie sie im Buche steht«, explodierte Wexford.

Burden schwieg. Er fragte sich, ob womöglich alle gängigen Vorstellungen von Mutterliebe trügerisch waren. Bisher hatte er immer geglaubt, der Tod ihres Kindes sei für eine Frau ein unerträglicher Schmerz. Aber vielleicht war es ja gar nicht so. Menschen sind äußerst flexible Wesen. Sie erholen sich rasch von Tragödien, besonders wenn sie jemanden haben, den sie lieben, besonders wenn sie jung sind. Rosalind Swan hatte ihren Mann. Wen würde Gemma Lawrence haben, wenn man sie holte, um einen Leichnam im Leichenschauhaus zu identifizieren?

Vor drei Tagen hatte er sie zuletzt gesehen, doch kaum eine Stunde war seitdem vergangen, da er nicht an sie gedacht hatte. Er durchlebte jenen Kuß wieder und wieder, und jedesmal durchschauerte ihn die Erregung. Sinnlos, sich zu sagen, daß er aufhören mußte, daran und an sie zu denken, und ebenso sinnlos die Redewendung: Aus den Augen, aus dem Sinn. Ihre Abwesenheit ließ sie ihm fast noch lebendiger erscheinen als ihre Anwesenheit, ihren Körper weicher und voller, ihr Haar dichter und glänzender, ihre kindhafte Süße noch süßer. Doch solange er wegblieb, war er sicher. Die Zeit würde die Erinnerung verblassen lassen, wenn er nur die Kraft hatte, sie nicht aufzusuchen.

Im Auto spürte er Wexfords forschenden Blick. Er mußte etwas sagen.

»Was ist mit dem Vater, diesem Rivers?« brachte er schließlich heraus. »Sie haben sich damals im Februar bestimmt mit ihm befaßt.«

»Allerdings. Er hat gleich nach der Scheidung wieder geheiratet, und seine Fluggesellschaft hat ihn nach San Francisco versetzt. Wir haben uns nicht nur mit ihm befaßt, wir haben ihn sehr genau unter die Lupe genommen. Es bestand ja die Möglichkeit, daß er heimlich hergekommen war und das Kind in die Staaten geschmuggelt hatte.«

»Was, einfach so? In ein Flugzeug gehüpft, sie gegriffen und wieder ab? So reich kann er doch auch nicht sein.«

»Natürlich nicht«, erwiderte Wexford. »Aber er hätte es ebenso leicht tun können wie ein Millionär mit eigenem Flugzeug. Vergessen Sie nicht, er ist bei einer Fluggesellschaft angestellt und fliegt, wie alle Bediensteten von Fluggesellschaften, für ungefähr ein Zehntel des normalen Preises. Das gleiche gilt, innerhalb bestimmter Grenzen, für jeden Familienangehörigen. Außerdem kann er jede Maschine benutzen, in der ein Platz frei ist. Gatwick liegt nur zirka dreißig Meilen von hier, Mike. Wenn er über die Gewohnheiten des Mädchens informiert war und einen Paß und ein Ticket gefälscht hat, dann hätte er es bewerkstelligen können.«

»Hat er aber nicht.«

»Nein. Am 25. Februar hat er den ganzen Tag über in San Francisco gearbeitet. Natürlich ist er rübergekommen, als er von Stellas Verschwinden erfuhr, und er wird zweifellos auch jetzt wieder kommen.«

In Wexfords Abwesenheit waren detaillierte Berichte der gerichtsmedizinischen Untersuchung eingetroffen. Sie bestätigten Dr. Crockers Diagnose und ergaben, trotz all der Sachverständigkeit derer, die sie erstellt hatten, wenig Neues. Acht Monate waren seit dem Tod des Kindes vergangen, doch das Ergebnis hieß: Tod als Folge manuellen Drucks auf Kehle und Mund. Ihre angeschimmelten und zerfetzten Kleidungsstücke lieferten keine weiteren Anhaltspunkte, ebensowenig wie die Steinplatte auf der Zisterne.

Weitere Anrufe von Leuten, die John angeblich gesehen hatten, waren inzwischen eingegangen, andere hatten Stella im September lebend und wohlauf gesehen, wieder andere beide zusammen, gesund und munter. Eine Frau, die auf der Insel Mull Urlaub machte, schrieb, sie sei am Strand von einem Mädchen, auf das Stellas Beschreibung paßte, angesprochen und nach dem Weg nach Tobermory gefragt worden. Der kleine Junge in ihrer Begleitung sei blond gewesen, und das Mädchen habe gesagt, er heiße John.

»Ich wünschte, sie würden unsere Zeit nicht derart verschwenden«, sagte Wexford in dem Wissen, daß sie alle Spuren aufnehmen und verfolgen mußten. Er nahm den nächsten Umschlag. »Was haben wir denn hier? Ein neues Lebenszeichen von unserem Kaninchenfreund, scheint mir.« Er las laut vor:

»Ich habe Sie gewarnt, mir nicht aufzulauern. Dachten Sie, ich wüßte nicht, was in Ihrem Hirn vorgeht? Ich weiß alles. Ihre Leute sind nicht sehr geschickt im Verstecken. John war enttäuscht, daß er Montag nicht nach Hause konnte. Er hat die ganze Nacht geweint. Ich werde ihn nur seiner Mutter übergeben. Sie muß *allein* am Freitag mittag, zwölf Uhr, an derselben Stelle warten. Vergessen Sie nicht, was ich mit Stella Rivers gemacht habe, und versuchen Sie keine weiteren Tricks. Eine Kopie dieses Schreibens schicke ich an Johns Mutter.«

»Ein Segen, sie wird es nicht zu Gesicht bekommen. Martin sammelt all ihre Post ungeöffnet ein. Wenn wir diesen Witzbold nicht vor Freitag kriegen, müssen wir eine Polizistin mit roter Perücke losschicken.«

Der Gedanke an diese verkleidete Frau Gemma, die auf einen Jungen warten würde, der nicht kam, ließ Übelkeit in Burden aufsteigen. »Das mit Stella Rivers gefällt mir nicht«, murmelte er.

»Es bedeutet gar nichts. Der hat nur die Zeitungen gelesen, das ist alles. Meine Güte, sagen Sie bloß nicht, daß Sie darauf reinfallen. Er ist nur ein Schwindler. Da kommt Martin mit Mrs. Lawrences Post. Ich nehme sie, danke, Sergeant. Aha, da haben wir ja das Doppel des Ergusses von unserem Komiker.«

Burden konnte nicht anders. »Wie geht es ihr?« fragte er rasch.

»Mrs. Lawrence, Sir? Sie sah ein bißchen arg mitgenommen aus.«

Burden stieg das Blut ins Gesicht. »Was heißt das, arg mitgenommen?«

»Na ja, sie hatte getrunken, Sir.« Martin zögerte, ließ sich so viel von seiner Verärgerung anmerken, wie er eben wagte. Die Augen des Inspectors blickten kalt, sein Gesicht war beherrscht, auf seinen Wangen lag eine prüde Röte. Weshalb mußte er nur immer so verdammt spießig sein? Wenn man halb wahnsinnig vor Sorge war, dann war doch wohl ein bißchen Kummerwegspülen erlaubt. »Irgendwie ist es ja verständlich, ich meine…«

»Ich frage mich oft, was Sie eigentlich meinen, Martin«, schnauzte Burden. »Glauben Sie mir, aus Ihren Worten geht es nicht hervor.«

»Tut mir leid, Sir.«

»Aber es ist doch jemand bei ihr?« Wexford sah von dem Brief und seiner Kopie hoch, die er sorgfältig verglichen hatte.

»Die Freundin ist nicht gekommen«, sagte Martin. »Sie hat es offenbar übelgenommen, daß die Londoner Kollegen sie sich vorgenommen haben und wissen wollten, ob sie oder ihr Freund John kürzlich gesehen hatten. Ich nehme an, sie waren dabei nicht allzu taktvoll, Sir. Der Freund ist schon mal aktenkundig geworden und außerdem arbeitslos. Diese Frau, die Mrs. Lawrence besuchen wollte, ist Lehrerin an der Schauspielschule und spielt selbst hie und da Theater. Sie hat gesagt, wenn bekannt würde, daß die Polizei bei ihr war, würde ihr das womöglich beruflich schaden. Ich habe angeboten, eine Nachbarin zu holen, aber Mrs. Lawrence wollte nichts davon wissen. Soll ich noch mal eben hinfahren und…«

»Fahren Sie sonstwohin, solangc Sie hier verschwinden!«

»Lassen Sie's gut sein«, sagte Wexford milde. »Danke, Sergeant.« Als Martin draußen war, wandte er sich an Burden. »Sie sind ganz schön kribbelig, Mike, seit wir von Hall Farm abgefahren sind. Warum wollten Sie ihm unbedingt den Kopf abreißen? Was hat er denn getan?«

Wäre Burden bewußt gewesen, wie ausgemergelt sein eigenes Gesicht wirkte, wie sehr es all seine Qual und seine turbulenten Gefühle widerspiegelte, er hätte nicht den Kopf gehoben, um den Chief Inspector stumpf anzustarren. Nachdenklich erwiderte Wexford den Blick, und einen Moment lang sagte keiner der beiden Männer ein Wort. Warum nimmst du dir keine Frau? dachte Wexford. Willst du dich selbst in einen Nervenzusammenbruch treiben? Er konnte diese Dinge nicht laut sagen, nicht zu Mike Burden.

»Ich gehe«, murmelte Burden. »Mal sehen, ob sie bei der Suche im Wald Hilfe brauchen.«

Wexford ließ ihn gehen. Düster schüttelte er den Kopf. Burden wußte ebenso gut wie er, daß sie die Suche in Cheriton Forest am Montag nachmittag abgeschlossen hatten.

10

Die Verhandlung über Stella Rivers wurde eröffnet und dann vertagt, bis weitere Beweise ans Licht kämen. Swan und seine Frau waren anwesend, und Swan quälte sich mit Mühe durch seine Aussagen und beeindruckte den Untersuchungsrichter als gebrochener Elternteil. Dies war das erste Anzeichen wirklicher Trauer, das Wexford an Stellas Stiefvater bemerkte, und er fragte sich, weshalb erst diese Verhandlung hatte kommen müssen, um sie sichtbar zu machen. Swan hatte die Nachricht von Burdens Entdeckung stoisch aufgenommen und Stellas Leichnam mit kaum mehr als physischem Übelsein identifiziert. Warum dann jetzt zusammenbrechen? Denn er war zusammengebrochen. Beim Verlassen des Gerichts sah Wexford, daß Swan weinte, eine verlorene Seele, an den Arm seiner Frau geklammert.

Jetzt oder nie war die Gelegenheit, Rosalind Swans Aussage, sie könne nicht Auto fahren, zu überprüfen. Wexford beobachtete gespannt, wie sie in den Kombi stiegen. Und sie war es, die den Fahrersitz einnahm. Doch nach einem Weilchen, als sie miteinander geflüstert hatten und Rosalind kurz ihre Wange an die ihres Mannes gelegt hatte, wechselten sie die Plätze. Merkwürdig, dachte Wexford.

Swan übernahm müde das Steuer, und sie fuhren in Richtung Myfleet Road davon.

Sie würde ihn nach Hause dirigieren, ihn mit ihren Drinks und ihren Küssen und ihrer Liebe trösten, dachte Wexford. ›Komm, komm, komm, komm, gib mir die Hand‹, sagte er zu sich. ›Was geschehen ist, kann man nicht ungeschehen machen. Zu Bett, zu Bett, zu Bett.‹ Doch Rosalind Swan war keine Lady Macbeth, die zum Mord raten oder ihm stillschweigend Vorschub leisten würde. Soweit er wußte jedenfalls. Wohl aber würde sie sicher jedes Verbrechen Swans decken, sogar den Mord an ihrem eigenen Kind, nur um ihn bei sich zu behalten.

Das schöne Wetter war vorbei. Es regnete, ein feines Nieseln, das den Nebel unterbrach, der sich seit dem frühen Morgen über Kingsmarkham gelegt hatte. Wexford schlug den Kragen seines Regenmantels hoch und ging die paar Schritte, die das Gerichtsgebäude vom Polizeirevier trennten, zu Fuß. Bei der Verhandlung war der Name John Lawrence nicht gefallen, doch das Wissen, daß ein zweites Kind vermißt wurde, war allgegenwärtig gewesen, das hatte er deutlich gespürt. Nicht eine Seele in Kingsmarkham oder Stowerton, die nicht beide Fälle miteinander in Verbindung brachte, kein Elternteil, der daran zweifelte, daß ein Kindermörder ihre Gegend heimsuchte. Sogar die Polizisten an den Eingängen des Gerichtssaales hatten den ernsten Gesichtsausdruck von Männern, die glauben, ein Irrer sei unterwegs, ein pathologischer Krimineller, der Kinder umbringt, nur weil sie Kinder sind, und er könne jederzeit wieder zuschlagen. Er konnte sich keiner Verhandlung entsinnen, bei der diese hartgesottenen Männer so grimmig und so niedergeschlagen ausgesehen hatten.

Er hielt inne und schaute die High Street hinunter. Die Herbstferien der Grundschulen waren vorüber, und alle jüngeren Kinder lernten wieder. Die älteren hatten noch Schule. Aber war es Einbildung oder Tatsache, daß er heute morgen kaum ein Vierjähriges mit seiner Mutter sah, so gut wie kein Kleinkind oder Baby im Kinderwagen? Schließlich entdeckte er einen Kinderwagen, den seine Besitzerin gerade vor dem Supermarkt abstellte. Er sah zu, wie sie das Baby und ein älteres Schwesterchen aus dem Wagen hob, eins auf den Arm nahm und das ältere Kind, das gerade laufen konnte, vor sich her in den Laden dirigierte. Daß solche Vorsichtsmaßnahmen in einer Stadt nötig wurden, deren Hüter er war, deprimierte ihn zutiefst.

Warum nicht Ivor Swan? Warum nicht? Daß der Mann keine Vorstrafen hatte, hieß überhaupt nichts. Vielleicht hatte er nur keine, weil keiner je etwas herausgefunden hatte. Wexford beschloß, Swans Leben noch einmal durchzugehen, mit besonderer Berücksichtigung der Gegenden, in denen er seit Oxford gelebt hatte. Er würde herausfinden, ob Kinder verschwunden waren, solange Swan sich in ihrem Umkreis aufgehalten hatte. Wenn Swan es gewesen war, dann würde er Swan auch kriegen, das schwor er sich.

Aber bevor er weitere Nachforschungen nach dem Vorleben von Stellas Stiefvater anstellte, mußte er mit Stellas Vater sprechen. Sie hatten sich für zwölf verabredet, und als Wexford in seinem Büro ankam, war Peter Rivers schon da.

Frauen werden oft vom gleichen Typ Mann immer wieder angezogen, und Rivers war seinem Nachfolger nicht unähnlich. Hier war die gleiche Gewandtheit zu bemerken, das gleiche glatte Aussehen, der ordentliche, kleine Kopf mit den fein ziselierten, beinah wie poliert wirkenden Zügen und die fast weiblichen, schmal zulaufenden Hände. Doch Rivers strahlte nicht Swans Lässigkeit aus, ließ den Eindruck vermissen, daß er sexuell alles andere als träge war. Etwas Geschäftiges ging von ihm aus, eine pingelige Rastlosigkeit, kombiniert mit einer Nervosität, die eine oberflächliche Romantikerin wie Rosalind Swan auf die Dauer irritieren mußte.

Er sprang auf, als Wexford eintrat, und erging sich in einer langen Erklärung, weshalb er nicht an der Verhandlung hatte teilnehmen können, gefolgt von dem Bericht der lästigen Reise von Amerika hierher. Wexford fiel ihm ins Wort.

»Werden Sie Ihre ehemalige Frau besuchen, solange Sie hier sind?«

»Schätze, ja.« Obwohl er noch kein Jahr in Amerika war, hatte Rivers sich bereits sprachlich angepaßt. Wie ein Schwamm. »Schätze, ich muß. Daß ich diesen Swan nicht ausstehen kann, brauche ich wohl nicht erst zu sagen. Ich hätte Stella nie zu ihm lassen sollen.«

»Sicher hatten Sie gar keine andere Wahl, Mr. Rivers?«

»Wie kommen Sie denn darauf? Ich habe einfach nie dem Antrag der Mutter auf Sorgerecht widersprochen, das ist alles. Hauptsächlich wegen Lois – das ist die derzeitige Mrs. Rivers –, die sich mit einem so großen Kind nicht belasten wollte. Rosie war auch gar nicht so wild auf das Sorgerecht, abgesehen davon, Swan hat sie angetrieben. Ich kann Ihnen auch sagen, warum, wenn Sie's wissen wollen.«

Wexford, der all das ziemlich ekelhaft fand, nickte nur.

»Swan hat genau gewußt, daß er keinen roten Heller mehr übrig hätte, nachdem er alle Kosten bezahlt hatte, kein Heim, nichts. Die drei haben ja zuerst in einer verwahrlosten, möblierten Wohnung in Paddington gehaust. Sein Onkel hat ihm dann gesagt, er würde ihm Hall Farm überlassen, wenn Rosie Stella behielte. Das ist Tatsache, Rosie hat mir's erzählt.«

»Aber warum? Warum sollte es diesem Onkel wichtig sein?«

»Er wollte, daß Swan endlich seßhaft wird, er sollte eine Familie gründen und etwas für sich tun. Schöne Hoffnungen! Swan sollte am College hier einen Kurs in Landwirtschaft machen, damit er das Land bestellen konnte. Sobald er hier war, hat er das gesamte Land an einen Bauern verpachtet, der schon lange ein Auge darauf geworfen hatte. Ich verstehe nicht, weshalb dieser Onkel sie nicht beide rausschmeißt. Er hat tonnenweise Geld und außer Swan keinen, dem er's hinterlassen kann.«

»Sie scheinen eine Menge darüber zu wissen, Mr. Rivers.«

»Das habe ich mir zur Aufgabe gemacht, ja, Sir! Rosie und ich haben seit Stellas Verschwinden regelmäßig korrespondiert. Und ich sage Ihnen noch was. Bevor er nach Karachi kam und meine Ehe zerstört hat, hat Mr. Ivor Swan bei seinem Onkel *und* seiner Tante gelebt. Nur ist sie während seines Aufenthalts gestorben. Sie werden wissen, was ich meine, wenn ich sage, daß sie sehr plötzlich gestorben ist.«

»So?«

»Sie sind doch Detektiv. Ich hätte gedacht, das würde Sie aufhorchen lassen. Swan hat geglaubt, jetzt käme er zu Geld, aber alles ging an Onkelchen.«

»Ich glaube, ich brauche Sie nicht länger aufzuhalten, Mr. Rivers«, sagte Wexford, der langsam zu dem Schluß kam, daß Rosalind Swan einen entschieden schlechten Geschmack bei Männern hatte. Die Abneigung, die er gegen Swan empfand, war gar nichts gegen den Widerwillen, den dieser Mann in ihm hervorrief. Er sah zu, wie Rivers seinen Regenmantel zuknöpfte, und wartete, daß er so etwas wie

Trauer über den Verlust des Kindes äußerte, das offenbar keiner hatte haben wollen. Schließlich kamen die Worte, und in einer eigenartigen Form.

»Es war 'n bißchen ein Schock zu hören, daß sie tot ist«, sagte Rivers munter, »aber für mich war sie in gewisser Weise sowieso schon seit ein paar Jahren tot. Schätze, ich hätte sie nie mehr wiedergesehen.« Er ging zur Tür, nicht im geringsten beeinträchtigt durch Wexfords Grimasse. »Eine Zeitung hat mir zweitausend für meinen Exklusivbericht geboten.«

»Oh, ich würde es machen«, sagte Wexford mit eiskalter Stimme. »Das wird Ihren tragischen Verlust etwas mildern.«

Er trat ans Fenster. Es regnete noch immer. Die Kinder, die zum Mittagessen nach Hause gingen, trotteten durch die Queen Street, wo die Grundschule war. Sonst machten sie bei Regen ihren Weg, so gut sie konnten, allein. Heute, am ersten Tag nach den Ferien, war keines von ihnen ohne Begleitung, keines ohne einen schützenden Schirm, was Wexford eine tiefere Bedeutung zu haben schien als nur die, kleine Köpfe vor dem Nieselregen zu bewahren.

Burdens Nachmittag war mit Routinenachforschungen ausgefüllt. Es war erst kurz nach sechs, als er nach Hause kam. Beinah zum erstenmal seit Jeans Tod hatte er es eilig, nach Hause zu kommen und bei seinen Kindern zu sein. Besonders bei seiner Tochter. Den ganzen Tag über hatte er an sie gedacht, ihr Bild hatte das von Gemma verdrängt, und je mehr er sich mit den Umständen von Stellas Tod vertraut machte, desto intensiver sah er Pat vor sich, allein, verängstigt und grausam überwältigt und – tot.

Sie war es, die herbeigerannt kam, um ihn einzulassen, beinah noch bevor er den Schlüssel ins Schloß gesteckt hatte. Und Burden, der meinte, in ihren Augen eine besondere Art von Alarm zu sehen, bückte sich schnell und nahm sie in die Arme. Hätte er es nur gewußt: Pat hatte sich mit ihrer Tante und natürlichen Verbündeten überworfen und wandte sich um Unterstützung an den einzigen anderen Erwachsenen in Reichweite.

»Was ist los, mein Schätzchen?« Er sah im Geiste einen Wagen anhalten, eine Hand winken, eine Gestalt in die feuchte Dämmerung treten. »Erzähl mir, was passiert ist.«

»Du mußt Tante Grace sagen, daß sie mich nicht von der Schule abholen darf. Ich bin in der Oberschule, ich bin kein Baby mehr. Das war *demütigend*.«

»Ach, ist das alles?« Mit der Erleichterung kam Dankbarkeit auf. Er lachte auf Pats rebellisch vorgestreckte Unterlippe herunter, zog an ihrem Pferdeschwanz und ging in die Küche, um Grace für ihre Umsicht zu danken. Welch ein Dummkopf war er doch gewesen, sich zu sorgen, wo er solch einen Behüter hatte!

Trotzdem hatte er heute abend das Bedürfnis, nah bei seiner Tochter zu sein. Während des ganzen Essens und hinterher, als er John bei seiner Geometrieaufgabe half – Satz des Pythagoras, wobei ›Old Minty‹ darauf bestand, daß die dritte Klasse es bis zum nächsten Tag konnte –, waren seine Gedanken und seine Blicke immer wieder bei Pat. Er hatte in seiner Pflicht ihr gegenüber versagt, durch sein Schweigen in selbstsüchtigem Kummer hatte er es versäumt, über sie zu wachen, sich für ihre Aktivitäten zu interessieren, wie er es eigentlich hätte tun sollen. Angenommen, sie wurde ihm weggenommen, wie es mit ihrer Altersgenossin Stella Rivers passiert war?

»In einem rechtwinkligen Dreieck«, sagte er mechanisch, »ist die Summe der Quadrate über den Katheten gleich dem Hypothenusenquadrat.«

Grace hatte nicht versagt. Er beobachtete sie verstohlen,

während John seine Zeichnung machte. Sie saß in einer dunklen Ecke des Raumes, und eine Tischlampe warf einen kleinen Lichtkreis auf den Brief, den sie gerade schrieb. Plötzlich wurde ihm bewußt, daß sie Tausende von Malen in eben dieser Haltung im Schein der Schreibtischlampe in einer stillen Station im Krankenhaus gesessen haben mußte, um den Nachtbericht zu schreiben, dabei ständig gewahr, daß die Menschen um sie herum von ihr abhängig waren, losgelöst von ihnen und gleichzeitig mit ihnen verbunden. Sie schrieb – wie sie genaugenommen alles tat – mit wunderbar sparsamen Bewegungen, denen Manieriertheit oder Hektik völlig fremd waren. Ihre Ausbildung hatte sie diese Effizienz, diese beinah ehrfurchteinflößende Zuverlässigkeit gelehrt. All das hatte jedoch ihre feine Weiblichkeit nicht verdorben, sondern unterstrich sie eher noch. Weise waren sie gewesen und weitblickend, seine Schwiegereltern, als sie ihr den Namen Grace gaben.

Sein Blick schloß nun beide ein, Tochter und Schwägerin, das Kind war zu seiner Tante getreten und stand neben ihr im selben Lichtkreis. Sie sahen sich sehr ähnlich, stellte er fest, mit den gleichen klaren, sanften Zügen und dem hellen, krausen Haar. Sie waren beide wie Jean. Das Bild von Gemma Lawrence wurde daneben grob, grellfarbig, rot und weiß und unnatürlich. Dann verflüchtigte es sich und ließ einen leeren Platz für seine Tochter und ihre Tante, den sie mit der normalen Schönheit ausfüllten, die er begreifen konnte.

Grace war genau der Typ Frau, den er am meisten bewunderte. Sie besaß die zarte Schönheit, die er liebte, kombiniert mit der Kompetenz, die er brauchte. Konnte sie nicht, so fragte er sich, eine neue Jean sein? Warum nicht? Konnte sie nicht seine Rosalind Swan sein, so liebevoll und anhänglich, so rundum für ihn da, ohne die dümmlichen Affektiertheiten der anderen? Normalerweise stand Grace am Ende des Abends einfach auf, nahm ihr Buch und sagte: »Also dann, gute Nacht, Mike. Schlaf gut.« Und er sagte: »Gute Nacht, Grace. Ich sehe zu, daß alles abgeschlossen ist.« Das war alles. Sie berührten sich nie auch nur mit den Händen, standen nie nah beisammen oder ließen ihre Blicke zusammentreffen.

Aber warum sollte er heute abend, wenn die Schlafenszeit kam, nicht ihre Hand nehmen und sie, während er ihr sagte, wieviel ihm ihr Hiersein bedeutete, sanft in die Arme schließen und küssen? Wieder warf er einen Blick zu ihr hinüber, und diesmal drehten sich beide, Pat und Grace, um und lächelten ihn an. Das Herz ging ihm auf mit einem warmen, leichten Glücksgefühl, sehr unterschiedlich zu den Stürmen, die Gemma Lawrence in ihm hervorrief. Das war eine Art Wahnsinn gewesen, nichts weiter als Begierde, herbeigeführt durch Frustration. Wie unwichtig es jetzt erschien!

Pat liebte ihre Tante. Wenn er Grace heiratete, dann würde sie ganz zu ihm zurückkehren. Er streckte die Hand nach seiner Tochter aus, und sie kam – ihr vorheriger Ärger über ihn vergessen – zu ihm aufs Sofa gesaust und kuschelte sich eng an ihn, die Arme fest um seinen Hals geschlungen.

»Soll ich dir mein Sammelalbum zeigen?«

»Was hast du denn da drin?« sagte John, den Blick auf den Beweis seines Lehrsatzes geheftet. »Bilder von Raupen?«

»Raupen sind mein Sommerhobby.« Pat sprach mit heiligem Ernst. »Du bist so ungebildet, du würdest das nicht wissen, aber den Winter verbringen sie in der Verpuppung.«

»Und nicht mal du könntest Bilder von Verpuppungen sammeln. Da, laß mal sehen.«

»Das wirst du nicht! Du darfst es nicht! Es ist meins.«

»Laß sie in Ruhe, John. Leg das Buch hin.«

Voller Abscheu sagte John: »Es sind bloß Tänzerinnen, blöde Ballettänzerinnen.«

»Komm her und zeig es mir, Schätzchen.«

Pat nahm den Erstickungsversuch an ihrem Vater wieder auf. »Kann ich nicht Ballettstunden haben, Daddy? Ich möchte so gern. Es ist der große Ehrgeiz meines Lebens.«

»Warum nicht?«

Grace, die ihren Brief inzwischen beendet hatte, lächelte zu ihm herüber. Sie lächelten einander zu wie glückliche Eltern, fröhlich in ihrer Verschwörung und im Gedanken daran, was sie für ihre Kinder alles tun würden.

»Weißt du«, sagte Pat, »wenn ich jetzt nicht anfange, dann wird es zu spät. Ich weiß, daß ich arbeiten und arbeiten muß, aber es macht mir nichts aus, weil es mein großer Ehrgeiz ist, und ich könnte ein Stipendium kriegen und im Bolschoi-Ballet sein und eine Primaballerina assoluta werden wie Leonie West.«

»Ich dachte«, warf ihr Bruder ein, »du wolltest wissenschaftliche Forschungen machen.«

»Ach, *das*. Das war vor Jahren, als ich ein Kind war.«

Ein kalter Schatten hatte Burden gestreift. »Wie wer hast du gesagt?«

»Leonie West. Sie hat sich *total* zurückgezogen in ihre Wohnung und ihr Haus am Meer. Sie hat sich beim Skifahren ein Bein gebrochen und konnte nicht mehr tanzen, aber sie war die wunderbarste Tänzerin von der *ganzen Welt*.« Pat überlegte. »Jedenfalls finde ich das«, fuhr sie fort. »Ich habe ganz viele Bilder von ihr. Soll ich sie dir zeigen?«

»Ja, mein Schatz, wenn du magst.«

Sie besaß tatsächlich Unmengen Bilder. Pat hatte sie aus Zeitungen und Zeitschriften ausgeschnitten. Nicht alle zeigten Leonie West, aber die meisten.

Dic aus der Entfernung aufgenommenen Fotos zeigten eine schöne Frau, doch die Zeit und vielleicht auch die Anforderungen des ständigen, anstrengenden Tanzens hatten ihren Tribut gefordert, wie auf den Nahaufnahmen zu sehen war. Für Burden hatte das stark geschminkte, herzförmige Gesicht mit dem glatt geteilten schwarzen Haar keinen Reiz, aber er machte seiner Tochter zuliebe ein paar anerkennende Bemerkungen, während er die Seiten umblätterte.

Es gab Szenenfotos aus Ballettfilmen, Schnappschüsse des Stars bei sich zu Hause oder bei gesellschaftlichen Auftritten, Bilder, auf denen sie die großen, klassischen Rollen tanzte. Er war jetzt beinah durch.

»Du hast sie wirklich hübsch eingeklebt, Liebes«, sagte er zu Pat und drehte die letzte Seite um.

Ein Leonie-West-Fan hätte nur sie gesehen, eine großartige Erscheinung in einem bodenlangen, vor Goldstickerei starren Umhang. Burden bemerkte sie kaum. Er blickte auf die Menge von Freunden, aus der sie hervorgetreten war, und sein Herz klopfte dumpf. Genau hinter der Tänzerin, am Arm eines Mannes und teilnahmslos mit scheuer Ängstlichkeit lächelnd, stand, in ein schwarz-goldenes Tuch gehüllt, eine rothaarige Frau.

Er mußte die Überschrift nicht lesen, aber er las sie. »Aufgenommen bei der Premiere von ›La Fille Mal Gardee‹ im Convent Garden, Miss Leonie West mit (rechts) dem Schauspieler Matthew Lawrence und seiner Frau Gemma, 23.« Er sagte nichts, sondern klappte das Buch rasch zu und lehnte sich zurück. Dabei schloß er die Augen wie bei einem plötzlichen Schmerz.

Keiner nahm Notiz von ihm. John wiederholte den Beweis seines Lehrsatzes, lernte ihn auswendig, und Pat hatte ihr Buch genommen, um es wieder in einer geheimen Schatztruhe zu verstauen. Es war neun Uhr.

Grace sagte: »Kommt, ihr beiden, ins Bett.«

Die üblichen Proteste folgten. Burden sagte die nachdrücklichen Worte, die man von ihm erwartete, aber er sagte sie ohne Überzeugung, es war ihm nicht so wichtig, ob seine Kinder den nötigen Schlaf bekamen oder nicht. Er nahm sich die Abendzeitung, die er noch nicht gelesen hatte. Die Worte waren nur schwarzweiße Muster, Hieroglyphen, so bedeutungslos, wie sie es für jemanden gewesen wären, der nie lesen gelernt hatte.

Grace kam von ihrem Gutenachtkuß bei Pat zurück. Sie hatte ihr Haar gekämmt und die Lippen nachgezogen. Er sah es, und Widerwille ergriff ihn. Das war dieselbe Frau, die er noch vor einer halben Stunden hatte umwerben wollen, um sie eventuell zu seiner zweiten zu machen. Er mußte verrückt gewesen sein. Plötzlich sah er ganz klar, daß seine Vorstellungen den Abend über Irrsinn gewesen waren, von ihm selbst heraufbeschworene Phantastereien, und seine Realität war das, was ihm als Irrsinn erschienen war.

Er konnte Grace niemals heiraten, denn bei all seinem Betrachten, Studieren und Bewundern hatte er vergessen, was in jeder glücklichen Ehe vorhanden sein muß, was bei Rosalind Swan so augenscheinlich war. Er mochte Grace, er fühlte sich wohl in ihrer Gegenwart, sie entsprach seiner Vorstellung einer idealen Frau, doch er fühlte nicht eine Spur von Begehren für sie. Der Gedanke, sie zu küssen oder sogar weiterzugehen, trieb ihm eine Gänsehaut über den Rücken.

Sie hatte ihren Stuhl näher ans Sofa gerückt, wo er saß, legte ihr Buch beiseite und sah ihn erwartungsvoll an, wartete auf das Gespräch unter Erwachsenen, den Austausch von Gedanken, der ihr den ganzen Tag über verwehrt blieb. Doch sein Einfühlungsvermögen ihr gegenüber war so kümmerlich, er nahm so selbstverständlich an, sie sei mit der Welt, die er ihr bot, zufrieden, daß ihm gar nicht in den Sinn kam, sie könne sich durch seine Handlungsweise womöglich gekränkt fühlen.

»Ich gehe noch mal weg«, sagte er.

»Was, *jetzt?*«

»Ich muß gehen, Grace.«

Nun merkte er es. Bin ich so langweilig? fragte ihr Blick. Ich tue alles für dich, halte dein Haus in Ordnung, kümmere mich um deine Kinder, ertrage deine Launen. Bin ich wirklich so langweilig, daß du nicht einen einzigen Abend mal ruhig mit mir zusammensitzen kannst?

»Tu dir keinen Zwang an«, sagte sie laut.

II

Der Regen hatte aufgehört, und dichter Dunst lag über der Landschaft. Schwere Tropfen fielen regelmäßig und dumpf von den Ästen, so daß man den Eindruck hatte, es regnete noch immer. Burden bog in die Fontaine Road ein und wendete sofort wieder. Daß man seinen Wagen nachts vor ihrem Haus sehen könnte, war ihm plötzlich gar nicht recht. Die ganze Straße würde auf Beobachtungsposten sein, bereit, Gerüchte zu verbreiten und Klatschgeschichten zu erzählen.

Schließlich parkte er am Ende der Chiltern Avenue. Ein Fußweg entlang des Spielplatzes verband die Sackgasse mit der benachbarten Fontaine Road. Burden ließ das Auto unter einer Straßenlaterne stehen, deren Lichtschein vom Nebel zu einem schwachen Strahlenkranz gedämpft wurde, und ging langsam auf den Weg zu. Heute abend sah der Eingang wie die Öffnung zu einem dunklen Tunnel aus. In den umliegenden Häusern brannte nirgends Licht, und kein Laut war in der Dunkelheit zu hören, nur das Tropfen des Wassers.

Er ging zwischen Büschen weiter, deren nasse Zweige

ihm übers Gesicht streiften und sanft an seinen Kleidern zerrten. Auf halbem Weg fand er die Taschenlampe, die er immer bei sich hatte, und knipste sie an. Und dann, als er gerade an der Stelle angelangt war, wo ein Törchen von Mrs. Mitchells Grundstück auf den Weg führte, hörte er hinter sich jemanden rennen. Er fuhr herum, und der Strahl seiner Taschenlampe erfaßte ein weißes Gesicht, umrahmt von fliegenden, nassen Haaren.

»Was ist denn los? Was ist passiert?«

Das Mädchen mußte ihn erkannt haben, denn sie warf sich ihm fast in die Arme. Er erkannte sie auch. Es war Mrs. Crantocks Tochter, ein Mädchen von vielleicht vierzehn.

»Hat dich was erschreckt?« fragte er.

»Ein Mann«, keuchte sie. »An einem Auto. Er hat mich angesprochen. Ich hab die Panik gekriegt.«

»Du solltest nachts nicht allein draußen rumlaufen.« Er geleitete sie bis zu Fontaine Road, dann überlegte er es sich anders. »Komm mit«, sagte er. Sie zögerte. »Wenn ich dabei bin, passiert dir nichts.«

Zurück durch den schwarzen Tunnel. Ihre Zähne schlugen aufeinander. Er hob seine Taschenlampe und richtete den Strahl wie einen Suchscheinwerfer auf die Gestalt eines Mannes, der neben der Kühlerhaube von Burdens geparktem Wagen stand. Der Dufflecoat mit hochgeschlagener Kapuze ließ ihn unheimlich genug aussehen, um jedes Kind in Angst und Schrecken zu versetzen.

»Oh, es ist Mr. Rushworth.« Sie klang beschämt.

Burden hatte den Mann bereits erkannt und merkte, daß auch er erkannt worden war. Mit zusammengezogenen Brauen ging er auf den Ehemann der Frau zu, die Mrs. Mitchells Warnung nicht an die Polizei weitergegeben hatte.

»Sie haben der jungen Dame hier einen ganz schönen Schrecken eingejagt.«

Rushworth blinzelte im Schein der Taschenlampe. »Ich

habe ›Hallo‹ zu ihr gesagt und noch etwas über das gräßliche Wetter. Sie ist davongesaust, als seien alle Teufel der Hölle hinter ihr her. Der Himmel weiß, warum. Sie kennt mich zumindest vom Sehen.«

»Jeder hier ist zur Zeit ein bißchen nervös, Sir«, sagte Burden. »Es ist klüger, Leute, die man nicht richtig kennt, gar nicht anzusprechen. Gute Nacht.«

»Wahrscheinlich hat er seinen Hund ausgeführt«, sagte das Mädchen, als sie wieder in der Fontaine Road standen. »Ich habe seinen Hund aber nicht gesehen. Sie?«

Burden hatte keinen Hund bemerkt. »Du solltest um diese Zeit abends nicht mehr allein rausgehen.«

»Ich war drüben bei Freunden. Wir haben Platten gehört. Der Vater meiner Freundin wollte mich nach Hause bringen, aber ich hab ihn nicht gelassen. Es sind nur ein paar Minuten zu Fuß. Mir konnte gar nichts passieren.«

»Ist aber doch. Zumindest dachtest du es.«

Sie grübelte schweigend darüber. Dann sagte sie: »Gehen Sie zu Mrs. Lawrence?«

Burden nickte, und als ihm bewußt wurde, daß sie es ja nicht sehen konnte, sagte er kurz: »Ja.«

»Sie ist in einem schrecklichen Zustand. Mein Vater sagt, es würde ihn nicht wundern, wenn sie was Dummes macht.«

»Was soll das heißen?«

»Na, Sie wissen schon, Selbstmord. Ich habe sie nach der Schule im Supermarkt gesehen. Sie hat einfach mitten im Laden gestanden und geweint.« Und als eine echte Tochter der Bourgeoisie fügte sie mit mißbilligendem Unterton hinzu: »Alle haben sie angestarrt.«

Burden öffnete das Gartentor der Crantocks. »Gute Nacht«, sagte er. »Und geh nicht mehr allein im Dunkeln aus.«

In Gemmas Haus brannte kein Licht, und die Eingangstür

war ausnahmsweise nicht offen. Höchstwahrscheinlich hatte sie eine von Dr. Lomax' Schlaftabletten genommen und war zu Bett gegangen. Angestrengt starrte er durch die Buntglasscheiben und machte einen schwachen Lichtschimmer aus, der von der Küche kommen mußte. Sie war also noch auf. Er klingelte.

Als der Lichtschein nicht heller wurde und sie nicht kam, klingelte er wieder und klopfte dann mit dem Löwenkopf. Hinter ihm tropfte es unablässig von den vernachlässigten Bäumen. Ihm fiel ein, was Martin über ihr Trinken gesagt hatte, dann die Äußerungen der Crantock-Tochter, und nach einem weiteren vergeblichen Klingeln ging er zum Hintereingang. Der Pfad war beinah so verwuchert wie die Wege in den Gärten von Saltram House. Er stieß nasse Holunderzweige und glitschige Schlingpflanzen beiseite, die sein Haar und seinen Regenmantel durchnäßten. Seine Hände waren so naß, daß er kaum den Griff der Hintertür drehen konnte, aber die Tür war nicht abgeschlossen, und schließlich bekam er sie auf. Sie lag halb auf dem Küchentisch, den Kopf auf die ausgestreckten Arme gelegt, vor ihr stand eine ungeöffnete Flasche mit der Aufschrift: ›Chianti-type wine, Produce of Spain. Angebot der Woche, 30% reduziert.‹ Er ging langsam zu ihr hin und legte ihr die Hand auf die Schulter.

»Gemma ...«

Sie sagte nichts. Sie bewegte sich nicht. Er zog einen Stuhl heran, ganz dicht an ihren, und nahm sie sanft in die Arme. Sie lehnte sich widerstandslos gegen ihn, ihr Atem ging flach und rasch, und Burden vergaß all seine Leiden der vergangenen Woche, seinen Kampf gegen die Versuchung, in einem überwältigenden, egoistischen Glücksgefühl. So könnte er sie für immer halten, dachte er, warm und wortlos, ohne Leidenschaft oder Begierde, und ohne daß sich etwas ändern müßte.

Sie hob den Kopf. Ihr Gesicht war fast nicht wiederzuerkennen, so verschwollen war es vom Weinen. »Du bist nicht gekommen«, sagte sie. »Tag für Tag habe ich auf dich gewartet, und du bist nicht gekommen.« Ihre Stimme klang erstickt und fremd. »Warum nicht?«

»Ich weiß es nicht.« Das stimmte. Er wußte es wirklich nicht, denn jetzt erschien ihm sein Widerstand wie der Gipfel grundloser Torheit.

»Dein Haar ist ganz naß.« Sie berührte sein Haar und die Regentropfen auf seinem Gesicht. »Ich bin nicht betrunken«, sagte sie, »aber ich war's. Dies Zeug ist ziemlich eklig, aber es betäubt einen für ein Weilchen. Heute nachmittag wollte ich was zu essen kaufen – ich habe seit Tagen nichts gegessen –, aber ich habe nichts gekauft, ich konnte einfach nicht. Als ich zum Süßigkeitenregal kam, mußte ich immerzu an John denken, wie er bettelte, ich sollte ihm Schokolade kaufen, und ich hab's nicht getan, weil es schlecht für die Zähne ist. Und ich wünschte, ich hätte ihm alles gekauft, was er wollte, denn jetzt wäre es ja sowieso egal, oder?«

Sie starrte ihn mit leerem Gesicht an, und die Tränen liefen ihr über die Wangen.

»So was darfst du nicht sagen.«

»Warum nicht? Er ist tot. Du weißt, daß er tot ist. Ich muß immer daran denken, wie ich manchmal böse auf ihn war und ihn geschlagen habe und ihm nicht die Leckereien gekauft habe, die er wollte… O Mike! Was soll ich nur tun? Soll ich diesen Wein trinken und den Rest von Dr. Lomax' Tabletten nehmen? Oder soll ich in den Regen rausgehen und einfach laufen und laufen, bis ich sterbe? Was hat das Leben noch für einen Sinn? Ich habe niemanden, niemanden.«

»Du hast mich«, sagte Burden.

Statt einer Antwort klammerte sie sich erneut an ihn,

doch diesmal heftiger. »Verlaß mich nicht. Versprich mir, daß du mich nicht verläßt.«

»Du solltest ins Bett gehen«, sagte er und wurde sich dabei der traurigen Ironie seiner Worte bewußt. Hatte er nicht genau das vorgehabt, als er seinen Wagen in der nächsten Straße abstellte? Daß er und sie zusammen ins Bett gehen sollten? Er hatte sich tatsächlich vorgestellt, daß diese halbwahnsinnige, leiderfüllte Frau sein Liebesangebot willkommen heißen würde. Du Idiot, flüsterte er sich scharf an. Doch es gelang ihm, ruhig zu sagen: »Geh ins Bett. Ich mache dir was Heißes zu trinken, du kannst eine Tablette nehmen, und ich bleibe bei dir sitzen, bis du einschläfst.«

Sie nickte. Er trocknete ihr das Gesicht mit einem Taschentuch, das Grace ebenso sorgsam gebügelt hatte wie Rosalind Swan die Hemden ihres Mannes. »Verlaß mich nicht«, sagte sie noch einmal, dann ging sie mit schleppenden Schritten nach oben.

Die Küche war in einer grauenvollen Unordnung. Seit Tagen war nichts abgewaschen oder weggeräumt worden, und es roch süßlich und abgestanden. Er fand Kakao und Trokkenmilch, und mit diesen unzulänglichen Zutaten versuchte er sein Bestes, mixte sie zusammen und erhitzte sie auf einer Herdplatte, die schwarz von eingebranntem Fett war.

Sie saß aufrecht im Bett, das schwarz-goldene Tuch um die Schultern, und jene magische, exotische Ausstrahlung, zusammengesetzt aus Farbe und Fremdartigkeit und Unbefangenheit, war bis zu einem gewissen Grad zurückgekehrt. Ihr Gesicht war wieder gefaßt, die riesigen, stillen Augen weit aufgerissen. Das Zimmer war unaufgeräumt, sogar chaotisch, doch es war ein überwältigend weibliches Chaos, die verstreuten Kleidungsstücke strömten vermischte, süße Düfte aus.

Er schüttelte eine Schlaftablette aus der Flasche und gab

sie ihr mit dem Getränk. Sie lächelte ihn schwach an, nahm seine Hand, hob sie erst an ihre Lippen und hielt sie dann fest.

»Du wirst dich nie mehr so von mir fernhalten?«

»Ich bin ein armseliger Ersatz, Gemma«, sagte er.

»Ich brauche«, sagte sie leise, »eine andere Art von Liebe, um vergessen zu können.«

Er ahnte, was sie meinte, wußte aber nicht, was er antworten sollte, so saß er schweigend bei ihr und hielt ihre Hand, bis sie endlich erschlaffte und ihr Oberkörper in die Kissen sank. Er löschte die Nachttischlampe und streckte sich neben ihr aus, aber auf der Decke. Kurz darauf merkte er an ihren regelmäßigen Atemzügen, daß sie schlief.

Das Leuchtzifferblatt seiner Armbanduhr zeigte halb elf. Es kam ihm viel später vor, als sei ein ganzes Leben vergangen, seit er Grace zu Hause hatte sitzenlassen und durch den feuchten, regenerfüllten Dunst hierher gefahren war. Es war kühl im Zimmer, die Luft parfümgeschwängert, muffig und kalt. Ihre Hand lag lose in der seinen. Er zog die Hand weg und schob sich übers Bett, um aufzustehen und zu gehen.

Wachsam, selbst im Schlaf, murmelte sie: »Verlaß mich nicht, Mike.« Obgleich völlig schlaftrunken, lag in ihrer Stimme ein Unterton von Entsetzen, von Grauen, sie könnte erneut allein gelassen werden.

»Ich lasse dich nicht allein.« Er faßte seinen Entschluß rasch und entschieden. »Ich bleibe die ganze Nacht.«

Zitternd entledigte er sich seiner Kleider und legte sich neben sie ins Bett. Es schien ganz natürlich, so zu liegen, wie er mit Jean gelegen hatte, sein Körper an ihren geschmiegt, sein linker Arm um ihre Taille, seine Hand auf der ihren, die wiederum besitzergreifend und fordernd zufaßte. Obwohl sein Körper ihm selbst so kalt vorkam, erschien er ihr offenbar warm, denn sie seufzte zufrieden auf und ließ sich entspannt gegen ihn sinken.

Er dachte, er würde überhaupt nicht einschlafen, oder wenn doch, sofort einen seiner schrecklichen Träume haben. Aber so, wie sie da Seite an Seite lagen, war er es in seinen glücklichen Jahren gewohnt gewesen, und eben das hatte er im vergangenen, unglücklichen so bitter vermißt. Es weckte Begierde, doch gleichzeitig lullte es ihn ein. Und während er sich noch fragte, wie er diese andauernde Enthaltsamkeit ertragen konnte, schlief er ein.

Es begann eben hell zu werden, als er erwachte und die andere Hälfte des Bettes leer, aber noch warm, vorfand. Sie saß in ihr Tuch gewickelt am Fenster, auf dem Schoß ein aufgeschlagenes Album mit Messingverschlüssen. Wahrscheinlich sah sie sich im ersten Licht der Morgendämmerung Bilder ihres Sohnes an. Mächtige, schwarze Eifersucht überkam ihn.

Er beobachtete sie, lange, wie ihm vorkam, und haßte dabei beinah das Kind, das zwischen sie trat und seine Mutter mit gespenstisch zarter Hand wegzog. Langsam blätterte sie die Seiten um, hielt manchmal inne, um mit leidenschaftlicher Inbrunst darauf zu starren. Ein, wie er wußte, völlig ungerechter Unmut ließ ihn wünschen, sie möge herüberschauen, das Kind vergessen und an den Mann denken, der sich danach sehnte, ihr Liebhaber zu sein.

Endlich hob sie den Kopf, und ihre Blicke trafen sich. Sie sagte nichts, und Burden schwieg ebenfalls, denn er wußte, daß er nur grausame, unverzeihliche Dinge hervorstoßen würde, wenn er etwas sagte. Sie schauten einander in dem blassen grauen Licht des Morgens an, dann stand sie leise auf und zog die Vorhänge zu. Sie waren aus Brokat, und obgleich alt und fadenscheinig, hatten sie ihr tiefes Pflaumenblau bewahrt; so gefiltert, nahm das Licht im Raum eine purpurne Färbung an. Sie ließ ihr Tuch fallen und stand still im farbigen Schattenlicht, damit er sie anschauen konnte.

Ihr rotes Haar schien die Purpurfarbe ebenfalls angenommen zu haben, doch ihr Körper wurde davon kaum berührt, er war von blendendem Weiß. So etwas wie Staunen erfüllte ihn bei ihrem Anblick, und für den Moment war er damit zufrieden, nichts weiter zu tun, als zu schauen. Diese elfenbeinerne Frau, still und nun lächelnd, war alles andere als das laszive Geschöpf aus seinen Träumen, noch ähnelte sie der verzweifelten und erschöpften Kreatur, die er in den Schlaf getröstet hatte. Seine eifersüchtigen Gedanken um das Kind waren fast verflogen, und auch sie, so glaubte er, dachte nicht mehr daran. Kaum vorstellbar, daß dieser exquisite, straffe Körper überhaupt je ein Kind geboren hatte.

Nur ein kleiner, bohrender Zweifel blieb.

»Nicht aus Dankbarkeit, Gemma«, sagte er. »Nicht, um mich zu belohnen.«

Da bewegte sie sich und kam zu ihm. »Daran habe ich überhaupt nie gedacht. Das wäre Betrug.«

»Um zu vergessen dann? Ist es das, was du möchtest?«

»Hat nicht jede Liebe mit Vergessen zu tun?« sagte sie. »Ist es nicht immer eine wunderbare Flucht aus dem – dem Hassenswerten?«

»Ich weiß es nicht.« Er streckte die Arme nach ihr aus. »Es ist mir egal.« Scharf sog er die Luft ein, als er sie an sich fühlte, Schlankheit hier und dort die schwellende Fülle, und atemlos sagte er: »Ich werde dir weh tun. Ich kann nichts dafür, es ist so lange her für mich.«

»Und für mich«, sagte sie, »wird es wie das erste Mal sein. Oh, Mike, küß mich, mach mich glücklich. Mach mich für ein kleines Weilchen glücklich...«

12

»Keine schlechten Nachrichten?« fragte Dr. Crocker. »Über den kleinen John Lawrence, meine ich?«

Verdrießlich beäugte Wexford die Papierstapel auf seinem Tisch und sagte: »Ich weiß gar nicht, worauf du hinauswillst.«

»Ihr habt also keine Hinweise? Ich war sicher, daß sich etwas getan hat, als ich Mike heute morgen um halb acht aus der Chiltern Avenue kommen sah.« Er hauchte kräftig an Wexfords Fensterscheiben und fing an, eine seiner ewigen Skizzen zu zeichnen. »Ich frage mich, was er da gemacht hat«, sagte er nachdenklich.

»Warum erzählst du mir das? Ich bin nicht sein Hüter.« Wexford funkelte den Doktor samt seiner Skizze einer menschlichen Bauchspeicheldrüse wild an. »Und überhaupt, ich könnte dich ja genausogut fragen, was du da gemacht hast.«

»Ein Patient. Ärzte haben immer eine Entschuldigung.«

»Polizisten auch«, entgegnete Wexford.

»Ich bezweifle, ob Mike seinen Dienst bei einem Schlaganfall ausgeübt hat. Übrigens der schlimmste Fall, der mir seit damals im Februar untergekommen ist, als ich zu diesem armen alten Knaben gerufen wurde, der auf dem Bahnsteig von Stowerton zusammengebrochen war. Hab ich dir das eigentlich mal erzählt? Der Mann hatte hier Urlaub gemacht, und als er zum Bahnhof kam, merkte er, daß er einen Koffer im Hotel, oder wo immer er gewohnt hatte, vergessen hatte. Er ist zurückgelaufen, um ihn zu holen, hat sich dabei wohl fürchterlich aufgeregt, und als nächstes…«

Wexford ließ ein ärgerliches Bellen los. »Na und? Warum erzählst du mir das? Ich dachte, es gibt so was wie ärztliche Schweigepflicht. Ich werde auch bald einen Schlaganfall kriegen, wenn du so weitermachst.«

»Eben diese Möglichkeit«, erwiderte Crocker liebenswürdig, »veranlaßt mich, meine kleine Geschichte zu erwähnen.« Er tupfte mit dem kleinen Finger die Langerhansschen Inseln hin. »Möchtest du ein neues Rezept für deine Tabletten?«

»Nein. Möchte ich nicht. Ich habe Hunderte von den verdammten Dingern übrig.«

»Also, das dürfte aber nicht sein«, sagte Crocker und richtete seinen feuchten Finger auf ihn. »Dann kannst du sie nicht regelmäßig genommen haben.«

»Hau bloß ab. Verkrümel dich. Hast du nichts Besseres zu tun, als meine Fenster mit deinen garstigen anatomischen Studien zu verunzieren?«

»Bin schon weg.« Der Doktor tänzelte davon, hielt in der Tür inne und beglückte den Chief Inspector mit einem, nach Wexfords Ansicht, absolut unsinnigen Augenzwinkern.

»Dummerjan«, bemerkte Wexford in den leeren Raum. Doch Crockers Besuch hinterließ ein unbehagliches Gefühl. Um es loszuwerden, fing er an, die Berichte der Kollegen von der Metropolitan Police durchzulesen, die Gemma Lawrences Freunde befragt hatten.

Größtenteils schienen sie beim Theater zu sein oder damit zu tun zu haben, doch kaum ein Name war ihm bekannt. Seine jüngere Tochter hatte eben die Schauspielschule absolviert, und durch sie hatte Wexford viele Schauspielernamen gehört, die noch nie irgendwo in Leuchtschrift erschienen oder in der *Radio Times* aufgetaucht waren. Keiner davon kam in der Liste vor, und er konnte ihre Berufe nur aus den Bezeichnungen ›Schauspieler‹ oder ›Regieassistent‹ oder ›Modell‹ ersehen, die hinter fast jedem Namen standen.

Es war eine unstete Gesellschaft, meist – in Wexfords offizieller Terminologie – ohne festen Wohnsitz. Ein halbes Dutzend von ihnen war wegen Drogenbesitzes oder der Duldung von Drogenmißbrauch in ihren Wohnungen vorbestraft; zwei oder drei weitere waren wegen Anstiftung zum Landfriedensbruch zu Geldstrafen verurteilt worden. Teilnahme an Demonstrationen oder Strip-Aktionen in der Albert Hall, vermutete Wexford. Keiner hielt John Lawrence fest; keiner gab durch seine Vorgeschichte oder durch gegenwärtiges Verhalten Anlaß zu der Annahme, er neige zu Gewalttätigkeit oder Perversion. Zwischen den Zeilen las er, daß diese Leute eher fast alles tun würden, um kein Kind in die Welt zu setzen, als die Gesellschaft eines Kindes herbeizusehnen.

Lediglich zwei Namen auf der Liste sagten ihm etwas. Der eine gehörte zu einer Ballettänzerin und war einmal in aller Munde gewesen, der andere einem Fernsehstar, dessen Gesicht mit so regelmäßiger Monotonie auf Wexfords Bildschirm erschien, daß er es nicht mehr sehen konnte. Er hieß Gregory Devaux und war mit den Eltern von Gemma Lawrence befreundet gewesen. Man hatte ihm besondere Aufmerksamkeit gewidmet, denn vor ungefähr fünf Jahren hatte er versucht, seinen sechsjährigen Sohn der Obhut seiner Exfrau zu entziehen und ihn außer Landes zu schmuggeln. In dem Bericht hieß es, man werde Gregory Devaux im Auge behalten.

Der Portier des Appartementhauses in Kensington, wo Leonie West eine Wohnung besaß, hatte ausgesagt, sie halte sich seit August in Südfrankreich auf.

Nichts also. Kein Hinweis darauf, daß einer von ihnen mehr als ein gelegentliches, freundliches Interesse an Mrs. Lawrence oder ihrem Sohn hatte; kein Hinweis darauf, daß zwischen irgendeinem dieser Leute und Ivor Swan eine Verbindung bestand.

Um zehn kam Martin mit der Polizistin Polly Davies, die Wexford unter der roten Perücke kaum wiedererkannte.

»Sie sehen grauenhaft aus«, sagte er. »Wo um Himmels willen haben Sie denn das ausgegraben? Bei einem Ramschbazar?«

»Woolworth, Sir«, erwiderte Martin etwas beleidigt. »Sie sagen doch immer, wir sollen die Ausgaben niedrig halten.«

»Zweifellos würde es echter aussehen, wenn Polly keine dunklen Augen und nicht so einen – na ja – walisischen Teint hätte. Aber macht nichts, Sie müssen sowieso was drüberziehen. Es gießt ja.«

Sergeant Martin nahm stets in altweiberhafter Weise Anteil am Wetter und dessen Launen. Nachdem er erst Dr. Crockers Bauchspeicheldrüsen-Zeichnung weggewischt hatte, öffnete er das Fenster und streckte eine Hand nach draußen. »Ich glaube, es hört auf, Sir, ich sehe einen hellen Streifen am Horizont.«

»Wenn Sie nur recht hätten«, sagte Wexford. »Und jetzt verbergen Sie bitte Ihr Entsetzen, so gut es geht. Ich habe nämlich beschlossen mitzukommen. All dies Leben aus zweiter Hand macht mich krank.«

Im Gänsemarsch gingen sie den Korridor entlang, gebremst von Burden, der eben die Tür seines eigenen Büros aufmachte. Wexford betrachtete ihn eingehend von oben bis unten.

»Was ist denn in Sie gefahren? Sind Sie am Aktienmarkt groß rausgekommen?«

Burden lächelte.

»Ich bin froh«, meinte Wexford sarkastisch, »daß wenigstens einer sich in der Lage sieht, in dieser Sintflut ein bißchen Sonnenschein zu verbreiten, in dieser – äh – Stadt des Terrors. Was wollten Sie denn überhaupt?«

»Ich dachte, Sie haben die heutige Zeitung vielleicht noch nicht gesehen. Da ist eine interessante Geschichte auf der ersten Seite.«

Wexford nahm ihm die Zeitung aus der Hand und las die Geschichte, während sie im Fahrstuhl nach unten fuhren. *»Landbesitzer bietet 2000 Pfund Belohnung. Neue Entwicklung im Fall Stella Rivers«*, las er, »Group Captain Percival Swan, wohlhabender Landbesitzer und Onkel von Mr. Ivor Swan, Stella Rivers Stiefvater, erzählte mir gestern abend, er habe eine Belohnung in Höhe von 2000 Pfund für Informationen bereitgestellt, die zur Entdeckung von Stellas Mörder führen. ›Das Ganze ist eine teuflische Sache‹, sagte er, als wir uns im Wohnraum seines jahrhundertealten Anwesens bei Tunbridge Wells unterhielten. ›Ich hatte Stella gern, obwohl ich sie selten sah. Zweitausend Pfund sind eine große Summe, doch kein zu großes Opfer, um dem Recht zum Recht zu verhelfen.‹ «

Im selben Tenor ging es noch ein Weilchen weiter. Auch wieder nicht so interessant, dachte Wexford, als er in seinen Wagen stieg.

Getreu Sergeant Martins Vorhersage hörte der Regen bald auf. Cheriton Forest lag in dichten, weißen Dunst gehüllt.

»Sie können das Ding ebensogut abnehmen«, sagte Wexford zu Polly Davies. »Er wird Sie sowieso nicht sehen, falls er überhaupt kommt.«

Doch es kam niemand. Kein Auto fuhr auf der Straße vorbei, und niemand kam die *Myfleet Ride* entlang, die in sie einmündete. Nur der Dunst wallte träge, und das Wasser tropfte ununterbrochen von den Ästen der eng gepflanzten Fichten. Wexford saß auf einem feuchten Stamm zwischen den Bäumen und dachte an Ivor Swan, der in diesem Wald herumritt und sich hier gut auskannte, der an dem Tag hier geritten war, als seine Stieftochter sterben mußte. Nahm er wirklich an, Swan würde auf dem nassen Sandweg erscheinen, oder hoch zu Roß? Das Kind vor sich im Sattel oder an der Hand? Ein Schwindel, ein Schwindel, ein grausamer Unsinn, sagte er sich immer wieder, und gegen eins, als die verabredete Zeit eine Stunde überschritten war und er selbst vor Kälte zitterte, trat er aus seinem Versteck und pfiff die anderen beiden herbei.

Wenn Burdens morgendliche gute Laune anhielt, konnte er immerhin mit einem fröhlichen Tischgenossen rechnen. Der Empfangstresen des Polizeireviers war verwaist, eine bislang nicht dagewesene Pflichtvergessenheit. Mit wachsendem Zorn betrachtete Wexford den leeren Hocker, auf dem eigentlich Sergeant Camb sitzen sollte; er wollte gerade die Klingel drücken, die niemals zuvor in all den Jahren ihrer Existenz hatte betätigt werden müssen, als der Sergeant auftauchte, vom Fahrstuhl herübertrippelnd, in der Hand die unvermeidliche Teetasse.

»Tut mir leid, Sir. Wir sind so unterbesetzt durch all die verrückten Anrufe, die ständig kommen, daß ich mir meinen Tee selber holen mußte. Ich war keine zwei Sekunden weg. Sie kennen mich, Sir. Ohne meinen Tee gehe ich ein.«

»Nächstes Mal gehen Sie tatsächlich ein«, sagte Wexford. »Denken Sie dran, Sergeant, die Wache fällt, doch sie ergibt sich nie.«

Er stapfte nach oben und suchte nach Burden.

»Mr. Burden ist vor zehn Minuten zum Essen gegangen, Sir«, sagte Loring.

Wexford fluchte. Er sehnte sich nach einem jener bissigen, doch lohnenden Streitgespräche mit Burden, die sowohl ihre Freundschaft festigten, als auch ihrer Arbeit dienlich waren. Mittagessen allein im *Carousel* würde eine trostlose Angelegenheit. Er öffnete die Tür zu seinem eigenen Büro und blieb wie angewurzelt auf der Schwelle stehen.

Auf dem Drehstuhl des Chief Inspector, an seinem Rosenholzschreibtisch saß, Zigarettenasche über den zitronenfarbenen Teppich verstreuend, Monkey Matthews.

»Das hätte man mir aber auch sagen können«, meinte Wexford schwach, »daß man mich des Amtes enthoben hat. Das ist ja wie jenseits des Eisernen Vorhangs. Was soll ich nun machen? Ein Kraftwerk leiten?«

Monkey grinste. Gnädig erhob er sich aus Wexfords Stuhl. »Ich hätt nie geglaubt, daß es so einfach is, in euern Bunker reinzukommen. Wahrscheinlich is dieser alte Kauz Camb endlich tot umgefallen, hab ich mir gedacht, und sie sind alle weg, zu seiner Beerdigung. Bin durch, ohne daß 'ne einzige Seele was gemerkt hat, jawohl. Verdammt viel leichter«, fügte er hinzu, »in diesen Kasten hier reinzukommen als wieder raus.«

»Heute wirst du es nicht so schwer finden. Du kannst sofort gehen. Und schnell, bevor ich dir was anhänge wegen des Aufenthalts in Amtsräumen zu ungesetzlichen Zwekken.«

»Aber mein Zweck *ist* gesetzlich.« Monkey betrachtete den Raum mit einem zufriedenen Gesichtsausdruck. »'s erste Mal, daß ich aus eigenem Antrieb in einem Polizeirevier bin.« Ein Lächeln breitete sich auf seinem Gesicht aus und wurde abrupt durch einen Hustenanfall verdrängt.

Wexford stand halb im Büro, halb auf dem Korridor und wartete mitleidlos.

»Sie könn genausogut die Tür zumachen«, sagte Monkey, als er sich erholt hatte. »Wir wolln doch nich, daß alle mithören, oder? Ich habe Info. Im Lawrence-Fall.«

Wexford schloß die Tür, zeigte aber ansonsten keinerlei Anzeichen dafür, daß Monkeys Bemerkung ihn interessierte. »Hast *du?*« meinte er schließlich.

»Freund von mir.«

»Ich habe gar nicht gewußt, daß du Freunde hast, Monkey, außer der armen alten Ruby.«

»Sie müssen ja nich immer von sich ausgehen«, meinte Monkey beleidigt. Er hustete und drückte seine Zigarette aus, zündete sich sofort eine neue an und betrachtete unmutig den weggeworfenen Stummel, als sei irgendeine eigenartige Mißkonstruktion oder ein Fehler in der Machart für seinen Erstickungsanfall verantwortlich, und nicht der Tabak darin. »Ich hab 'ne Menge Freunde, hab ich bei meinen Reisen kennengelernt.«

»In diversen Zellen kennengelernt, meinst du wohl«, korrigierte Wexford.

Monkey hatte schon längst vergessen, wie man errötet, doch der wachsame Ausdruck, der über sein Gesicht huschte, zeigte Wexford, daß er ins Schwarze getroffen hatte. »Mein Freund«, sagte er, »is gestern hier angekommen. Kleiner Urlaub bei mir und Rube. Bißchen ausruhen, so was. Er's ein alter Mann, und seine Gesundheit is nich mehr, was sie mal war.«

»Wegen der zugigen Gefängnishöfe, nehme ich an.«

»Ach, hörn Sie auf, ja? Mein Freund hat Infos, die Ihnen die Augen ein bißchen öffnen werden, betreffend die Vorgeschichte von Mr. Ivor Schweinehund Swan.«

Falls Wexford überrascht war, so zeigte er es nicht. »Er hat keine Vorgeschichte«, sagte er kalt, »oder jedenfalls nicht das, was du darunter verstehst.«

»Nich schriftlich, das glaub ich gern. Nich all unsre Vergehen sind in den Akten, Mr. Wexford, noch lange nich. Ich hab sagen hören, daß mehr Mörder frei rumlaufen, als je 'nen Kopf kürzer gemacht worden sind, weil man nämlich denkt, die Ermordeten wärn auf natürliche Weise gestorben.«

Wexford rieb sich das Kinn und betrachtete Monkey nachdenklich. »Also, gehen wir zu deinem Freund«, schlug er vor, »und hören wir uns an, was er zu sagen hat. Könnte vielleicht ein paar Piepen wert sein.«

»Er würde auf Bezahlung bestehen.«

»Da bin ich ganz sicher.«

»Er hat's extra gesagt«, meinte Monkey im Konversationston.

Wexford stand auf und öffnete ein Fenster, um etwas Rauch rauszulassen. »Ich bin ein vielbeschäftigter Mann, Monkey. Ich kann nicht den ganzen Tag hier rumhängen und mit dir verhandeln. Wieviel?«

»Einen halben Riesen«, verkündete Monkey lakonisch.

Mit freundlicher, doch distanzierter Stimme, in der ungläubige Rage mitschwang, sagte Wexford: »Du mußt ja völlig verrückt geworden sein, wenn du ernsthaft annimmst, die Regierung würde an einen abgehalfterten alten Knastbruder fünfhundert Pfund für Informationen zahlen, die sie umsonst aus einer Akte haben kann.«

»Fünfhundert«, wiederholte Monkey, »und wenn alles gutgeht, die zwei Tausender Belohnung vom Onkel.« Er hustete schleimig, doch ohne Anzeichen von Unbehagen. »Wenn Sie nix damit zu tun ham wolln«, fuhr er liebenswürdig fort, »kann mein Freund immer noch zum Chief Constable gehen. Griswold heißt er, oder?«

»Willst du mir, verdammt noch mal, drohen?«

»Drohen? Wer redet von drohen? Diese Informationen sind im öffentlichen Interesse, das isses.«

Entschieden sagte Wexford: »Du kannst deinen Freund mit hierherbringen, und dann sehen wir weiter. Vielleicht ist die Sache ja ein paar Pfund wert.«

»Er kommt nich hierher. Der geht nicht freiwillig in so 'n Bau. Anders als ich is der. Aber wir beide sind heute abend Punkt sechs im *Pony*, und ich möcht behaupten, er würd 'nen freundlichen Auftakt in Form von Alkohol zu schätzen wissen.«

War es möglich, daß an dieser Geschichte etwas dran war, fragte sich Wexford, nachdem Monkey gegangen war. Und sofort fielen ihm Rivers Andeutungen zum Tod von Swans Tante ein. Angenommen, Swan hatte *doch* dazu beigetragen, den Tod der alten Dame zu beschleunigen? Gift womöglich. Das würde zu Swan passen, eine bequeme, langsame Art des Tötens. Und angenommen, dieser Freund von Monkey war im Hause angestellt gewesen, als Mädchen für alles vielleicht, oder sogar als Butler? Er konnte etwas gesehen haben, sich etwas zusammengereimt und es jahrelang für sich behalten haben...

Wexford kam wieder auf den Boden der Tatsachen und zitierte lachend eine seiner Lieblingspassagen von Jane Austen: »Ziehe stets deinen eigenen Verstand zu Rate, deine eigene Erkenntnis des Wahrscheinlichen, deine eigenen Beobachtungen dessen, was um dich herum vorgeht. Bereitet unsere Erziehung uns auf solche Ungeheuerlichkeiten vor? Leisten unsere Gesetze ihnen stillschweigend Vorschub? Könnten sie heimlich verübt werden in einem Land wie diesem, wo soziale und literarische Verbindungen auf solch einer Grundlage stehen; wo jedermann von freiwilligen Spionen umgeben ist, und wo Straßen und Zeitungen alles bloßlegen?«

Vor langer Zeit hatte er diese Zeilen auswendig gelernt. Sie waren ihm stets nützlich gewesen und hatten dafür gesorgt, daß er immer mit beiden Beinen fest auf dem Boden blieb, wenn er Gefahr lief, auf den Flügeln des Zorns davonzusegeln.

Es war inzwischen viel zu spät geworden, noch zum Essen zu gehen. Das Personal im *Carousel* sah einen schief an, wenn man nach ein Uhr dreißig zum Essen erschien. Wexford ließ sich aus der Kantine Sandwiches bringen und hatte gerade die Hälfte davon gegessen, als der Bericht über die Haarlocke aus dem Labor kam. Das Haar, so las Wexford, stammte von einem Kind, aber nicht von John Lawrence. Es war mit den Haaren aus Johns Bürste verglichen worden. Obgleich er nur ungefähr fünfundzwanzig Prozent des Fachjargons verstand, versuchte Wexford, so gut er eben konnte, zu begreifen, weshalb sie so sicher waren, daß die Haare aus der Bürste sich von denen der Locke unterschieden, und mußte sich schließlich damit zufriedengeben, daß es so war.

Sein Telefon klingelte. Es war Loring aus dem Raum, wo alle Anrufe zusammenliefen, die mit den Fällen Lawrence und Rivers zu tun hatten.

»Ich glaube, den hier werden Sie übernehmen wollen, Sir.«

Sofort dachte Wexford an Monkey Matthews, verwarf den Gedanken aber ebenso rasch wieder. Monkey würde nicht telefonieren.

»Schneiden Sie's mit, Loring«, sagte er, und dann: »Kommt der Anruf aus einer Zelle?«

»Leider nein, Sir. Wir können ihn nicht verfolgen.«

»Stellen Sie ihn durch«, sagte Wexford.

Sobald er die Stimme hörte, wußte er, daß der Anrufer versuchte, sie zu verstellen. Ein paar Kügelchen im Mund wahrscheinlich. Doch irgend etwas konnte er nicht verändern, die Stimmlage vielleicht. Wexford kannte die Stimme. Nicht den Besitzer, noch konnte er sich erinnern, wo er ihn schon gesehen hatte, was er gesagt hatte, oder sonst irgend etwas über ihn. Aber er war sicher, daß er diese Stimme schon gehört hatte.

»Ich werde Ihnen meinen Namen nicht nennen«, sagte die Stimme. »Ich habe Ihnen zweimal geschrieben.«

»Die Briefe sind angekommen«, Wexford war beim Klingeln aufgestanden und konnte von seinem Platz aus die High Street überblicken, wo eine Frau eben liebevoll ihr Baby aus dem Kinderwagen hob, um es mit sich in einen

Laden zu nehmen. Sein Ärger war ungeheuer, und er fühlte das Blut gefährlich in seinen Schläfen klopfen.

»Sie haben heute Spielchen mit mir gespielt. Das wird morgen nicht passieren.«

»Morgen«, sagte Wexford ausdruckslos.

»Ich werde morgen auf dem Gelände von Saltram House sein, bei den Brunnen. Ich werde um sechs Uhr da sein, mit John. Und ich möchte, daß seine Mutter ihn abholt. *Allein.*«

»Von wo aus rufen Sie an?«

»Von meiner Farm«, sagte die Stimme und wurde dabei schrill. »Ich habe eine Hundertzwanzighektarfarm nicht weit von hier. Pelzfarm, Nerze, Kaninchen, Chinchillas, alles. John weiß nicht, daß ich sie der Pelze wegen halte. Das würde ihn nur unglücklich machen, oder?«

Wexford hörte den authentischen Unterton der Geistesgestörtheit heraus. Er wußte nicht, ob er das beruhigend oder alarmierend finden sollte. Er grübelte über dieser Stimme, die er schon gehört hatte, eine dünne, hohe Stimme, deren Besitzer sich schnell angegriffen fühlte und Kränkung heraushörte, wo keine war.

»Sie haben John nicht«, sagte er. »Die Haare, die Sie uns geschickt haben, waren nicht Johns.« Verachtung und Wut ließen ihn alle Vorsicht vergessen. »Sie sind ein dummer, unwissender Bursche. Haare kann man heutzutage ebenso genau identifizieren wie Blut.«

Dieser Erklärung folgte schweres Atmen am anderen Ende der Leitung. Wexford merkte, daß er getroffen hatte. Er holte tief Luft, um Beschimpfungen loszulassen, doch bevor er noch reden konnte, sagte die Stimme kalt:

»Glauben Sie, das wüßte ich nicht? Die Locke habe ich Stella Rivers abgeschnitten.«

13

The Piebald Pony gehört nicht zu den Pubs, die Englandkenner normalerweise mit derartigen Einrichtungen in ländlichen Gegenden in Verbindung bringen würden. Wenn man von Sparta Grove her kommt und den Blick gesenkt hält, so daß man die umliegenden Hügel nicht sehen kann, käme man tatsächlich nicht auf die Idee, überhaupt auf dem Land zu sein. Sparta Grove und Charteris Road, die rechtwinklig aufeinandertreffen – und genau an der Ecke liegt *The Piebald Pony* – ähneln eher Nebenstraßen in einer Industriestadt. Einige Häuser haben schmale Vorgärten, aber die meisten Türen führen direkt auf den Bürgersteig, genau wie die Eingänge zur Public Bar und zur Saloon Bar des *Pony*.

Einer der Räume liegt zur Sparta Grove, der andere zur Charteris Road. Beide sind gleich groß und gleich geschnitten, und die *Saloon Bar* unterscheidet sich von der *Public Bar* nur dadurch, daß die Getränke hier teurer sind, brauner Axminster-Teppich ungefähr ein Drittel des Steinbodens bedeckt, und zu den Sitzgelegenheiten ein paar schäbige schwarze Polsterbänke gehören, wie sie früher in den Wartesälen der Eisenbahn standen.

Auf einer dieser Bänke, unter einem Werbeplakat für Ferien an der Costa del Sol, auf dem ein Mädchen im Wetlook-Bikini nach einem Stier im Todeskampf schielte, saß Monkey Matthews mit einem alten Mann. Die grausame Hand der Zeit hatte ihn ziemlich entstellt, fand Wexford, und sein Zustand unterschied sich von dem des Stiers nur unwesentlich. Nicht, daß er dünn oder bleich ausgesehen hätte – im Gegenteil, sein kantiges Gesicht war puterrot –, aber er verbreitete die Aura eines, den Jahre schlechter Ernährung, feuchter Behausungen und scheußlicher Leidenschaften, über deren Natur Wexford lieber nicht nachdenken wollte, körperlich ruiniert haben.

Vor jedem der beiden stand ein fast leeres Glas des billigsten Bitterbiers im Ausschank, und Monkey rauchte eine winzige Zigarette.

»'n Abend«, sagte Wexford.

Monkey stand nicht auf, stellte aber seinen Begleiter mit einer lässigen Handbewegung vor. »Das ist Mr. Casaubon.«

Wexford ließ einen winzigen Seufzer los, äußeres und hörbares Zeichen eines inneren und empörten Aufschreis. »Ich kann's nicht fassen«, meinte er schwach. »Sagt mir bloß, wer von euch beiden Intellektuellen George Eliot kennt.«

Weit entfernt, Monkeys Bild des von der Polizei eingeschüchterten Mannes zu entsprechen, hatte sich Mr. Casaubons Miene bei Wexfords Worten erhellt, und jetzt kam es in dickstem, grausigstem Cockney: »Ich hab ihn ma gesehn. Strangeways war's, 1929. Da ham sie ihn für 'ne riesige Goldbarrenkiste drangekriegt.«

»Ich fürchte«, meinte Wexford vage, »wir denken da nicht an dieselbe Person. Aber was trinken die Herren?«

»Port und Brandy«, antwortete Mr. Casaubon, noch bevor Wexford geendet hatte, Monkey jedoch, bei dem Rauchbares stets Priorität vor Trinkbarem hatte, schob sein Glas vor und bemerkte, daß er zwanzig Dunhill International zu schätzen wüßte.

Wexford holte die Getränke und warf Monkey die dunkelrot-goldene Packung in den Schoß. »Dann kann ich ja das Verfahren eröffnen«, sagte er, »indem ich euch zwei Witzbolden sage, daß ihr euch die fünfhundert Pfund oder ähnliches aus dem Kopf schlagen könnt. Ist das klar?«

Mr. Casaubon nahm diese Mitteilung auf wie einer, der an ständige Enttäuschungen gewöhnt ist. Die Lebhaftigkeit, die kurz in seinen wäßrigen Augen aufgekommen war, erstarb, und mit einem tiefen Summton, der ein langgezogenes Murmeln der Zustimmung sein mochte oder nur der Versuch, eine Melodie zu summen, griff er nach seinem Port und Brandy. Monkey meinte: »Nach allem würden mein Freund und ich uns mit der Belohnung begnügen.«

»Das ist ja reizend von euch«, erwiderte Wexford sarkastisch. »Ich nehme an, euch ist klar, daß es Geld nur für Informationen gibt, die direkt zur Festnahme des Mörders von Stella Rivers führen?«

»Wir sind nich erst seit gestern auf der Welt«, sagte Monkey. Diese Bemerkung war so offensichtlich richtig, besonders im Falle Mr. Casaubons, der aussah, als sei er ungefähr seit 1890 auf der Welt, daß der alte Mann sein Summen abbrach, um ein keckerndes Lachen von sich zu geben, wobei er Wexford das abscheulichste, heruntergekommenste und verrottetste Gebiß zeigte, das dieser je in einer menschlichen Mundhöhle gesehen hatte. »Wir können die Zeitungen genauso gut lesen wie Sie«, fuhr Monkey fort. »Also dann, die Karten auf den Tisch. Wenn mein Freund Ihnen sagt, was er weiß, und wofür er schriftliche *Beweise* hat, werden Sie uns dann fair behandeln und dafür sorgen, daß wir kriegen, was uns rechtmäßig zusteht, sobald Swan hinter Schloß und Riegel ist?«

»Ich kann einen Zeugen holen, wenn ihr das wollt. Mr. Burden vielleicht?«

Monkey ließ Rauch durch seine Nasenlöcher entweichen. »Ich kann diesen sarkastischen Teufel nich verknusen«, sagte er. »Nein, Ihr Wort ist gut genug für mich. Wenn die Leute schlecht über die Polente reden, sag ich immer, Mr. Wexford hat mich weiß Gott genug gejagt, aber er...«

»Monkey«, unterbrach Wexford, »krieg ich's nun zu hören oder nicht?«

»Doch nicht hier«, sagte Monkey schockiert. »Informationen, die ein Mann lebenslänglich hinter Gitter bringen, und das hier, sozusagen mitten aufm Markplatz?«

»Dann nehme ich euch eben mit aufs Revier«

»Mr. Casaubon würde das nicht mögen.« Monkey starrte den alten Mann an, vielleicht wollte er ihm suggerieren, daß er Anzeichen von Horror zeigen sollte, doch Mr. Casaubon saß einfach mit halbgeschlossenen Lidern und summte weiter monoton vor sich hin. »Wir gehen zu Rube, sie is zum Babysitten weg.«

Wexford hob zustimmend die Schultern. Befriedigt stupste Monkey Mr. Casaubon in die Seite. »Komm, Genosse, aufwachen, aufwachen.«

Mr. Casaubon brauchte eine Weile, um auf die Beine zu kommen. Wexford ging schon zur Tür, aber Monkey, sonst nicht gerade berühmt für rücksichtsvolle Manieren, blieb geduldig in der Nähe seines Freundes stehen, lieh ihm den Arm und geleitete ihn sorgsam auf die Straße.

Burden hatte sie noch nie angerufen. Sein Herz schlug leicht und schnell, während er dem Wahlton lauschte und sich vorstellte, wie sie mit ebenfalls rasch klopfendem Herzen zum Telefon rannte, weil sie ahnte, wer es war.

Die Ruhe in ihrer Stimme ließ seine Erregung abflauen. Sanft und fragend nannte er ihren Namen.

»Ja, am Apparat«, sagte sie. »Wer spricht?«

»Mike.« Sie hatte seine Stimme nicht erkannt, und seine Enttäuschung war abgrundtief.

Doch sobald er sich zu erkennen gab, holte sie hörbar Atem und sagte rasch: »Du hast Neuigkeiten für mich? Es hat sich endlich etwas getan?«

Er schloß einen Moment die Augen. Sie konnte an nichts anderes als an dieses Kind denken. Sogar seine Stimme, die Stimme ihres Geliebten, war für sie nur die Stimme eines, der vielleicht ihr Kind gefunden hatte. »Nein, Gemma, es gibt nichts Neues.«

»Es war das erste Mal, daß du mich angerufen hast«, sagte sie leise.

»Heute nacht war auch das erste Mal.«

Sie schwieg. Burden meinte, noch nie ein so langes Schweigen erlebt zu haben, Äonen von Schweigen, Zeit für zwanzig Autos, an der Telefonzelle vorbeizudonnern, Zeit für die Ampel, auf Grün und wieder auf Rot umzuspringen, Zeit für ein Dutzend Leute, ins *Olive* zu gehen und die Tür zum Schwingen zu bringen, hinter sich schwingen zu lassen, bis sie wieder in Ruhestellung fiel. Dann endlich sagte sie: »Komm zu mir, Mike. Jetzt. Ich brauche dich so.«

Da war eine andere Frau, mit der er sich erst würde auseinandersetzen müssen.

»Ich muß heute abend noch mal weg, Grace, Arbeit«, sagte Burden, allzu geradlinig, allzu unschuldig vielleicht, um eine Doppeldeutigkeit darin zu sehen, die Wexford auf die Palme gebracht hätte. »Es kann Stunden dauern.«

Sie waren Anhängerinnen langen, bedeutungsvollen Schweigens, seine Frauen. Grace brach ihres im scharfen, knappen Stationsschwesternton. »Lüg mich nicht an, Mike, ich habe eben auf dem Revier angerufen, und da sagte man mir, daß du heute abend frei hast.«

»Du hattest kein Recht, das zu tun«, brauste Burden auf. »Selbst Jean hat das nie getan, und sie hatte ein Recht dazu, sie war meine Frau.«

»Es tut mir leid, aber die Kinder haben gefragt, und ich dachte... Um ehrlich zu sein, ich wollte mit dir etwas bereden.«

»Hat das nicht bis morgen Zeit?« Burden meinte, diese Gespräche zu kennen. Es ging immer um die Kinder, genauer, um die psychologischen Probleme der Kinder oder das, was Grace für diese Probleme hielt: Pats angebliche Flatterhaftigkeit und Johns Abblocken bei seiner Mathematik. Als hätten nicht alle Kinder solche Schwierigkeiten; sie waren ein Teil des Erwachsenwerdens, er hatte sie zu seiner Zeit, und sicher auch Grace zu ihrer, ohne tägliche Analyse zufriedenstellend gemeistert. »Ich werde versuchen, morgen abend dazusein«, erklärte er schwach.

»Das«, erwiderte Grace, »sagst du jedesmal.«

Sein schlechtes Gewissen hielt ungefähr fünf Minuten an. Es war längst vergessen, als er die Außenbezirke von Stowerton erreichte. Burden mußte noch lernen, daß die Vorfreude auf sexuelle Genüsse die mächtigste Zerstörerin des Gewissens ist. Er fragte sich, weshalb er so wenig schuldbewußt war, weshalb Graces Vorwurf ihn nur momentan getroffen hatte. Ihre Worte – oder das, woran er sich erinnern konnte – waren zu bedeutungslosen und automatischen Ermahnungen geworden, wie sie ein Lehrer vielleicht früher mal ausgesprochen haben könnte. Grace bedeutete für ihn nicht mehr als eine Behinderung, eine ärgerliche Macht, die sich mit Arbeit und anderen nutzlosen, zeitraubenden Dingen verbündete, um ihn von Gemma fernzuhalten.

Heute abend kam sie ihm an der Tür entgegen. Er war darauf vorbereitet, daß sie von dem Kind und ihren Ängsten und ihrer Einsamkeit sprechen würde und hatte sanfte Worte parat und die Zärtlichkeiten, die nach einer Stunde im Bett mit ihr so leicht kamen, die durch seine Erregung jedoch jetzt angestrengt und abrupt erscheinen mußten. Sie sagte nichts. Er küßte sie versuchsweise, unfähig, aus diesen großen, ausdruckslosen Augen ihre Stimmung herauszulesen.

Sie nahm seine Hände und legte sie unter dem Oberhemd, das sie trug, an ihre nackte Taille. Ihre Haut fühlte sich heiß und trocken an, vibrierte unter seinen zitternden Fingern. Da wußte er, daß sie ihn nicht der Worte oder der Beruhigung oder der Erforschung des Herzens wegen brauchte, sondern die gleichen Bedürfnisse hatte wie er.

Hätte Mr. Casaubon auch nur die geringsten mitfühlenden Regungen auslösen können, dachte Wexford bei sich, wäre es unmöglich gewesen, Monkeys übermäßige Besorgtheit ohne Widerwillen mitanzusehen. Aber der alte Mann – seinen richtigen Namen mußte man aus irgendwelchen Akten heraustüfteln – war so offenkundig ein Gauner und Parasit, der jeden Vorteil aus seinem Alter und seiner, wahrscheinlich gespielten, Hinfälligkeit zog, daß Wexford nur zynisch vor sich hin lachen konnte, während er zusah, wie Monkey ihn in einen von Rubys Sesseln bugsierte und ihm ein Kissen hinter den Kopf schob. Zweifellos war es dem Nutznießer dieser Aufmerksamkeiten, ebenso wie dem Chief Inspector, völlig klar, daß Monkey lediglich die Gans päppelte, die das goldene Ei legen sollte. Vermutlich hatte Mr. Casaubon mit seinem Partner oder Impresario bereits eine finanzielle Übereinkunft getroffen und wußte, daß hinter all diesem Getue mit Kissen keinerlei Zuneigung oder Ehrfurcht vor dem Alter stand. Wie eine alte, schnurrende Katze summte er weiter zufrieden vor sich hin und erlaubte Monkey, ihm einen dreifachen Whisky einzugießen, aber als die Wasserkaraffe in Sicht kam, erhöhte sich das Summen um einen halben Ton, und eine purpurrote, knorrige Hand legte sich über das Glas.

Monkey zog die Vorhänge vor und stellte eine Tischlampe so auf den Kaminsims, daß ihr Licht wie ein Scheinwerfer auf die gekrümmte Vogelscheuchengestalt Mr. Casaubons fiel. Wexford nahm den dramatischen Effekt wahr. Es wirkte fast, als sei Monkeys Protegé einer dieser Charakterdarsteller, die es genießen, solo auf einer Londoner Bühne zu erscheinen und ihr Publikum zwei oder mehr Stunden mit Monologen oder Lesungen aus berühmten Romanen oder Tagebüchern zu unterhalten. Und Mr. Casaubons wiederholtes Nicken und Summen trug durchaus dazu bei, diesen Eindruck noch zu verstärken. Wexford spürte, das Spiel würde jeden Augenblick beginnen, eine Witzelei würde von diesen weinroten Lippen kommen, oder das Summen würde einer Passage aus *Our mutual friend* Platz machen. Doch weil er wußte, daß all das Show war, bewußt von diesem geschickten kleinen Schwindler Monkey Matthews inszeniert, sagte er scharf: »Kommen wir zur Sache, ja?«

Mr. Casaubon brach das Schweigen, in das er sich seit dem *Piebald Pony* gehüllt hatte. »Monk kann das Reden übernehmen«, sagte er. »Er hat mehr die Gabe dazu als ich.«

Monkey lächelte geschmeichelt und zündet sich eine Zigarette an. »Ich und Mr. Casaubon«, begann er, »haben uns vor, sagen wir, zwölf Monaten oben im Norden kennengelernt.« Im Gefängnis von Walton, dachte Wexford, aber er sagte es nicht laut. »Und als Mr. Casaubon neulich seine Morgenzeitung liest und das von Mr. Ivor Swan und daß er in Kingsmarkham lebt und das alles, da fliegen seine Gedanken natürlich zu mir.«

»Ja, ja. Das verstehe ich ja alles. Mit anderen Worten, er sah die Chance, sich was zu verdienen und dachte, du könntest ihm dabei helfen. Der Himmel weiß, weshalb er nicht direkt zu uns gekommen ist, statt sich mit einem Hai wie dir einzulassen. Deine Wortgewandtheit, nehme ich an.« Wexford fiel plötzlich etwas ein. »Da ich dich kenne, frage ich mich, ob du nicht erst versucht hast, Swan zu erpressen.«

»Wenn Sie mich beleidigen wollen«, sagte Monkey und stieß entrüstet Rauch aus. »Dann können wir ja gleich aufhören, und ich und mein Freund könn immer noch zu Mr. Griswold gehn. Ich mach das als Gefallen für Sie, damit Sie in Ihrm Beruf weiterkommen.«

Mr. Casaubon nickte verständig und gab ein Geräusch von sich wie eine Schmeißfliege über einem Beefsteak. Doch Monkey war ernsthaft böse. Er vergaß vorübergehend den Respekt vor Alter und goldenen Gänsen und blaffte in einem Ton, der gewöhnlich für Mrs. Branch reserviert blieb: »Hör auf mit dem Gesumme, ja? Du wirst langsam senil. Da könn Sie sehen«, meinte er, zu Wexford gewandt, »warum der dumme alte Grützkopf mich als Stütze braucht.«

»Red weiter, Monkey. Ich unterbreche dich nicht wieder.«

»Um zum Wesentlichen zu kommen«, sagte Monkey, »Mr. Casaubon hat mir erzählt – und er hat mir sein schriftlichen Beweis gezeigt –, daß Ihr Ivor Swan vor vierzehn Jahren – Sie hören doch zu, oder? Vorbereitet auf den Schock? – also, Ihr Ivor Swan hat ein kleines Mädchen umgebracht. Oder genauer gesagt, hat ihren Tod verursacht, indem er sie in einem See ertränkt hat. Da, ich hab doch gewußt, daß Sie das aus dem Sessel schmeißen würde.«

Statt aus dem Sessel zu fallen, sank Wexford nach hinten. »Tut mir leid, Monkey«, sagte er, »aber das ist unmöglich. Mr. Swan hat nicht den kleinsten Flecken auf der Weste.«

»Hat nich dafür bezahlt, meinen Sie. Ich sag Ihnen, das sind Fakten, die reine Wahrheit. Mr. Casaubons eigene Nichte, Tochter seiner Schwester, war Zeugin. Swan hat das Kind ertränkt und hat vor Gericht gestanden, aber der Richter hat ihn wegen Mangel an Beweisen laufenlassen.«

»Da kann er höchstens neunzehn oder zwanzig gewesen sein«, meinte Wexford nachdenklich. »Paß auf, ich muß mehr wissen als das. Was ist das für ein Papier, wovon du immer redest?«

»Gib mal her, Genosse«, sagte Monkey.

Mr. Casaubon fummelte zwischen den diversen Lagen seiner Kleidung und förderte schließlich aus einem tiefen Einschnitt zwischen Regenmantel und verfilzter Wolle einen sehr schmutzigen Umschlag zutage, in dem ein einzelnes Blatt Papier steckte. Er hielt es einen Augenblick liebevoll und händigte es dann seinem Zwischenträger aus, der es an Wexford weitergab.

Das Papier war ein Brief ohne Anschrift oder Datum.

»Bevor Sie's lesen«, sagte Monkey, »sollten Sie wissen, daß diese junge Dame, wo das geschrieben hat, als Zimmermädchen in diesem Hotel im Lake District gearbeitet hat. Gute Stellung hatte sie, Menge Mädchen unter sich. Ich weiß nich genau, was sie war, aber sie war die Oberste.«

»Das klingt ja, als sei sie die Madame eines Puffs gewesen«, sagte Wexford bösartig und schnitt Monkeys Proteste mit einem raschen: »Halt mal den Mund und laß mich lesen!« ab.

Der Brief war von einer des Schreibens und Lesens offenbar nur halbwegs kundigen Person geschrieben. Die Rechtschreibung ließ zu wünschen übrig, und Interpunktion war so gut wie nicht vorhanden. Während Mr. Casaubon so befriedigt vor sich hin summte wie einer, der vor Bekannten mit dem preisgekrönten Aufsatz einer jungen Verwandten angibt, las Wexford folgendes:

»Lieber Onkel Charly.

Wir haben hier einen ganz schön Aufstand gehabt der dich sicher intresieren wird da wohnt ein junger Colledge Schtudent hier im Hotel und was meinst du was der gemacht hat der hat ein kleins mädchen erträngt als sie morgens im See schwimm war vor ihre eltern aufwaren und man hat ihn vor Gericht gestellt deswegen und Lily von der ich schon manchmal erzählt hab hat auch vor Gericht erschein müsen und sagen was sie weis und sie hat mir erzählt der Richter hat ihm gans schön die Höle heißgemacht aber er konnt ihm nix anhaben weil nämlich Niemand geseen hat wie ers getan hat der junge Mann heißt IVOR LIONEL FAIRFAX

SWAN ich habs mir gleich aufgeschrieben von Lily und die hats vom Richter weil ich mir gedacht hab das du das sicher genau wissen wills. Also Onkel dass alles für heute und ich werd in Ferbindung bleiben mit dir und hofe wie immer meine Miteilunk ist für dich vieleicht nützlich und das dein Bein besser is

Deine liebende Nichte
Elsie«

Die beiden starrten ihn jetzt erwartungsvoll an. Wexford las den Brief noch einmal – das Fehlen von Punkt und Komma machte es schwierig, dem Inhalt zu folgen – und sagte dann zu Mr. Casaubon: »Weshalb haben Sie das hier vierzehn Jahre lang aufgehoben? Sie kannten Swan doch gar nicht, oder? Weshalb gerade diesen Brief?«

Mr. Casaubon gab keine Antwort. Er lächelte vage, wie es Leute tun, wenn sie in einer fremden Sprache angesprochen werden, dann hielt er Monkey sein Glas hin, und der füllte es prompt nach, übernahm dann wieder die Rolle des Übersetzers und sagte: »Er hat alle Briefe von ihr aufgehoben. Sehr verbunden is er Elsie, Mr. Casaubon; hat ja nie keine eigenen Kinderchen gehabt.«

»Aha, ich verstehe«, sagte Wexford, und plötzlich verstand er. Er merkte, wie sich auf seinem Gesicht der finstere Ausdruck der Wut breitmachte, als ihm das Komplott richtig klar wurde, das Mr. Casaubon und seine Nichte da geschmiedet hatten. Ohne sich den Brief noch einmal ansehen zu müssen, fielen ihm bestimmte, bedeutsame Sätze wieder ein. ›Ein schöner Aufstand, der dich sicher interessieren wird‹ und ›hoffe, meine Mitteilung ist vielleicht für dich nützlich‹ sprangen ihm ins Gedächtnis. Ein Zimmermädchen, dachte er, eine Maus mit Riesenohren… Wie viele ehebrecherische Frauen hatte Elsie wohl ausgemacht? In wie viele Schlafzimmer war sie ganz aus Versehen gestolpert? Wie viele homosexuelle Liebschaften hatte sie entdeckt, als Homosexualität noch strafbar war? Gar nicht zu reden von all den anderen Geheimnissen, zu denen sie Zugang hatte, Papieren und Briefen in Schubladen, geflüsterten Heimlichkeiten zwischen Frauen, die nach einem Gin zuviel nachts freizügig ausgetauscht wurden. Die Information über Swan, da war Wexford sicher, war nur eine unter vielen solchen Neuigkeiten, die Onkel Charly in dem Wissen zugespielt worden waren, daß er sie zu Geld machte, von dem Elsie zur rechten Zeit ihren Anteil verlangen würde. Ein schlaues Gaunerstück, doch eines das, sah man sich Mr. Casaubon jetzt an, letztendlich nicht zu seinem Vorteil gediehen war.

»Wo hat diese Elsie zu der Zeit gearbeitet?« bellte er.

»Weiß er nicht mehr«, sagte Monkey. »Irgendwo im Lake District. Sie hatte viele Jobs auf die eine oder andere Art und Weise.«

»O nein. Es war alles ein und dieselbe Weise, und eine sehr schmutzige dazu. Wo ist sie jetzt?«

»Südafrika«, murmelte Mr. Casaubon mit dem ersten Anzeichen von Nervosität. »Hat einen reichen Juden geheiratet und ist mit ihm zum Kap.«

»Den Brief können Sie behalten.« Monkey lächelte gewinnend. »Sie werden sicher bißchen nachhaken wollen. Ich mein, alles in allem sind wir ja nur zwei unwissende Typen, wenn man's mal recht betrachtet, und wir wüßten nicht, wie man an den Richter rankommt und all das.« Er rückte seinen Stuhl näher an Wexfords. »Wir wolln nur unsre rechtmäßige Belohnung dafür, daß wir Sie auf die Spur gebracht haben. Wir verlangen nich mehr als das, wir wolln kein Dank oder so was...« Seine Stimme schwankte, und Wexfords unheilvolle Miene brachte ihn schließlich zum Schweigen. Er inhalierte tief und schien endlich zu dem

Schluß zu kommen, daß es an der Zeit war, seinem zweiten Gast auch etwas anzubieten. »Nehm Sie 'nen Schluck Whisky, 'vor Sie gehn?«

»Nicht im Traum«, sagte Wexford freundlich. Er beäugte Mr. Casaubon. »Wenn ich etwas trinke, dann bin ich sehr wählerisch mit meinen Kumpanen.«

14

Nervöser Glückszustand, entschied Wexford, damit war Burdens derzeitige Verfassung wohl am besten umschrieben. Er war geistesabwesend, oft untätig, und man konnte beobachten, wie er blicklos ins Leere starrte und wegen nichts und wieder nichts aus der Haut fuhr, doch immerhin war es eine Abwechslung nach der trüben, überempfindlichen Leidensgestalt, als die ihn alle zunehmend empfunden hatten. Höchstwahrscheinlich war der Grund für diesen Wandel eine Frau, und Wexford fielen Dr. Crockers Worte ein, als er seinen Freund und Assistenten am nächsten Morgen im Fahrstuhl traf.

»Wie geht es denn Miss Woodville so?«

Fleckige, brennende Röte, die sich daraufhin über Burdens Gesicht ausbreitete, war sein Lohn und befriedigte ihn irgendwie. Es bestätigte seine Vermutung, daß in letzter Zeit zwischen den beiden etwas vorgefallen war, etwas wesentlich Aufregenderes als die Diskussion darüber, ob die kleine Pat fürs Herbstschuljahr einen neuen Blazer brauchte.

»Meine Frau«, fuhr er unnachgiebig fort, »hat erst gestern gesagt, welch ein Turm an Stärke Miss Woodville für Sie gewesen sein muß.« Und als dies keine Reaktion hervorrief, fügte er hinzu: »Noch besser, wenn dieser Turm an

Stärke auch noch ungewöhnlich hübsch anzusehen ist, was?«

Burden sah mit solcher Intensität durch ihn hindurch, daß Wexford sich plötzlich ziemlich durchsichtig vorkam. Der Fahrstuhl hielt. »Wenn Sie mich brauchen, ich bin in meinem Büro.«

Wexford zuckte die Achseln. Das kann ich auch, dachte er. Von mir kriegst du keine freundlichen Angebote mehr, mein Junge. Halsstarriger Prüdling. Was machte er sich überhaupt Gedanken über Burdens tristes Liebesleben? Er hatte andere Dinge im Kopf, deretwegen er auch noch schlecht geschlafen hatte. Die halbe Nacht hatte er wachgelegen und über diesen Brief und Monkey Matthews und den alten Schlawiner, der bei ihm zu Gast war, nachgedacht und sich den Kopf zerbrochen, was all das zu bedeuten hatte.

Elsie war offenbar ein aufgewecktes Früchtchen, aber völlig ungebildet. Für eine Frau wie sie war jeder Friedensrichter ein Richter, und den Unterschied zwischen Assisengericht und einem Friedensgericht kannte sie sicher auch nicht. War es denkbar, daß der junge Swan damals wegen Mordes oder Totschlags vor einem Friedensgericht gestanden hatte und die Klage abgewiesen worden war? Und wenn ja, konnte es sein, daß die Information über jene Verhandlung aus irgendeinem Grunde in Wexfords Dossier über Swan nicht enthalten war?

Die Nacht ist die Zeit der Mutmaßungen, der Träume und verrückten Schlüsse; der Morgen ist die Zeit des Handelns. Das Hotel lag irgendwo im Lake District, und sobald er in seinem Büro war, setzte Wexford sich mit der Polizei in Westmorland und Cumberland in Verbindung. Anschließend wühlte er, ausgehend von der Vermutung, daß er gleichzeitig mit Monkey in Walton gewesen war, ein bißchen in der Vergangenheit von Mr. Casaubon, und diese

Folgerung erwies sich, ebenso wie seine Nachforschungen, als fruchtbar.

Der Name war Charles Albert Catch, und er war 1897 in Limehouse geboren. Zufrieden, daß all seine Vermutungen zutrafen, erfuhr Wexford, daß Catch drei Gefängnisstrafen wegen erpresserischer Betätigung abgesessen hatte, seit seinem fünfundsechzigsten Lebensjahr jedoch auf dem absteigenden Ast war. Zuletzt war er verurteilt worden, weil er einen Backstein durchs Fenster eines Polizeireviers geworfen hatte – ein Trick, um dem Erpresser, der inzwischen zum ärmlichen Landstreicher verkommen war, Bett und Dach überm Kopf zu sichern – was er auch bewirkt hatte.

Wexford verschwendete kein Mitleid an Charly Catch, doch er fragte sich ernsthaft, weshalb Elsies Information ihren Onkel damals nicht zu Schritten gegenüber Swan veranlaßt hatte. Weil tatsächlich keine Beweise da waren? Weil Swan unschuldig war und es nichts gab, was er verbergen oder dessen er sich schämen mußte? Die Zeit würde es zeigen. Es hatte keinen Sinn, weiter zu spekulieren, keinen Sinn, irgend etwas in der Sache zu unternehmen, bevor er weitere Informationen bekam.

Mit dem Auftrag, die Sache aus diskreter Entfernung im Auge zu behalten, schickte er Martin und Bryant als Begleiter von Polly Davies mit ihrer roten Perücke nach Saltram House. Es regnete wieder, und Polly wurde naß bis auf die Haut, aber niemand brachte John Lawrence in den Park von Saltram House oder den Italienischen Garten. Mit dem festen Vorsatz, nicht weiter über Swan zu grübeln, zerbrach sich Wexford statt dessen den Kopf über den Anrufer mit der schrillen Stimme, konnte aber nach wie vor diese Stimme keiner Person zuordnen oder sich an weitere Einzelheiten erinnern, außer, daß er sie schon irgendwo gehört hatte.

Burden hielt sie im Dunkeln in seinen Armen. »Sag mir, daß ich dich glücklicher gemacht habe, daß alles nicht mehr so schlimm ist, weil ich dich liebe.«

Vielleicht lächelte sie eines ihrer winzigen Lächeln. Er konnte ihr Gesicht nur als schwachen hellen Fleck ausmachen. Das Zimmer roch nach dem Parfüm, das sie benutzt hatte, als sie verheiratet war und zumindest ein bißchen Geld gehabt hatte. Ihre Kleider waren damit durchtränkt, eine schale, moschusartige Süße. Er beschloß, ihr morgen eine Flasche Parfüm zu kaufen.

»Gemma, du weißt, daß ich nicht über Nacht bleiben kann, so sehr ich es mir auch wünschte, aber ich habe es versprochen, und...«

»Natürlich mußt du gehen«, sagte sie. »Wenn ich zu meinen – meinen Kindern wollte, könnte mich nichts zurückhalten. Lieber, gütiger Mike, ich werde dich doch nicht von deinen Kindern fernhalten.«

»Wirst du schlafen können?«

»Ich werde ein paar von Dr. Lomax' Pillen nehmen.«

Ein kühler Hauch traf seinen warmen Körper. War nicht befriedigte Liebe das beste Schlafmittel? Wie glücklich hätte es ihn gemacht, zu hören, daß allein der Sex mit ihm ihr süßen Schlummer schenken, daß die Gedanken an ihn alles Grauen vertreiben konnten. Immer das Kind, dachte er, immer dieser Junge, der die ganze Fürsorge und Leidenschaft seiner Mutter für sich in Anspruch nahm. Und er stellte sich das Wunder vor, der vermißte, tote Junge sei wieder lebendig und käme nach Hause ins dunkle Schlafzimmer gerannt, wo er sich mit seinem ureigenen Licht in die Arme seiner Mutter warf. Er sah es vor sich, wie sie ihren Liebhaber vergaß, ja vergessen würde, daß er je existiert hatte in ihrer kleinen Welt, die nur für eine Frau und ihr Kind gemacht war.

Er stand auf und zog sich an. Dann küßte er sie, es sollte

nur ein zärtlicher Kuß sein, doch er wurde leidenschaftlich, weil er nicht anders konnte. Und er wurde von ihr mit einem ebenso langen und leidenschaftlichen Kuß belohnt. Damit mußte er zufrieden sein; damit und mit dem zerknüllten Chiffontuch, das er aufhob, als er das Zimmer verließ.

Wenn sein Haus nur leer wäre, überlegte er auf der Heimfahrt. Nur heute nacht, sagte er sich schuldbewußt. Wenn er nur in Leere und Sorge versinken könnte, frei von Graces sanften, energischen Anforderungen und Pats Luftschlössern und Johns Mathematik. Aber wenn er in ein leeres Haus führe, dann würde er gar nicht fahren.

Grace hatte gesagt, sie wolle etwas mit ihm besprechen. Die Aussicht darauf war so trübe und so langweilig, daß er sich verbot, Mutmaßungen darüber anzustellen. Warum sollte er ein Leiden zweimal ertragen? Er hielt sich zum Trost das duftende Tuch ans Gesicht, bevor er das Haus betrat, doch statt Trost bewirkte es nur Sehnsucht.

Sein Sohn saß über den Tisch gebeugt, unbeholfen mit einem Kompaß hantierend. »Old Minty«, sagte er, als er seinen Vater sah, »hat uns erzählt, daß ›mathema‹ Wissen heißt und ›pathema‹ Leiden, da hab ich vorgeschlagen, man könnte das Fach doch ›Pathematik‹ nennen.«

Grace lachte ein bißchen zu schrill. Sie hatte hektische Flecken auf den Wangen, fiel Burden auf, als sei sie aufgeregt oder ängstlich. Er setzte sich an den Tisch, zeichnete ordentlich Johns Diagramm und schickte ihn ins Bett. »Ich könnte auch mal früh schlafen gehen«, meinte er hoffnungsvoll.

»Nur zehn Minuten, Mike. Ich möchte – da ist etwas, was ich dir sagen möchte. Eine Freundin hat mir geschrieben, wir waren zusammen in der Ausbildung.« Grace klang jetzt extrem nervös, so ganz entgegen ihrer sonstigen Art, daß Burden etwas unbehaglich zumute wurde. Sie hielt den

Brief und schien ihn ihm zeigen zu wollen, änderte jedoch ihr Ansinnen und behielt ihn fest in der Hand. »Sie hat plötzlich Geld bekommen und möchte ein Pflegeheim aufmachen, und sie...« Die Worte kamen in einem sich überstürzenden Schwall heraus. »... sie möchte gern, daß ich mitmache.«

Burden wollte gerade ein gelangweiltes: »Oh, das ist aber nett« einwerfen, als ihm plötzlich die tatsächliche Bedeutung ihrer Worte bewußt wurde. Der Schock war zu groß, um noch höflich oder vorsichtig sein zu können. »Was wird aus den Kindern?« sagte er.

Sie antwortete nicht unmittelbar. Sie ließ sich schwer auf einen Stuhl fallen wie eine müde alte Frau. »Wie lange dachtest du denn, daß ich bleiben würde?«

»Ich weiß nicht.« Er hob hilflos die Hände. »Bis sie für sich selber sorgen können, nehme ich an.«

»Und wann wird das sein?« Sie glühte jetzt und war ärgerlich, ihre Nervosität wurde von Empörung weggewischt. »Wenn Pat siebzehn ist, oder achtzehn? Dann bin ich vierzig.«

»Vierzig ist nicht alt«, meinte ihr Schwager matt.

»Vielleicht nicht für eine berufstätige Frau, eine Frau mit einer Karriere, an der sie immer gearbeitet hat. Wenn ich hier noch weitere sechs Jahre bleibe, dann kann ich jede Karriere vergessen, dann kann ich froh sein, wenn ich als Schwester irgendwo in einem Landkrankenhaus angestellt werde.«

»Aber die Kinder?« sagte er wieder.

»Schick sie aufs Internat«, sagte sie mit harter Stimme. »Physisch kümmert man sich dort genauso gut um sie wie hier, und was die andere Seite ihres Lebens angeht, was kann ich da schon allein ausrichten? Pat kommt langsam in ein Alter, wo sie sich gegen ihre Mutter oder jeden Muttterersatz wenden wird. John hat mich nie sonderlich gemocht.

Wenn dir der Gedanke ans Internat nicht gefällt, dann bewirb dich um eine Versetzung nach Eastbourne, da könnt ihr alle bei Mutter wohnen.«

»Da hast du mir ja ganz schön eins vor den Bug gegeben, Grace, nicht wahr?«

Sie war den Tränen nah. »Marys Brief ist gestern erst gekommen. Ich wollte gestern mit dir reden, ich habe dich gebeten heimzukommen.«

»Mein Gott«, sagte er, »das darf doch nicht wahr sein. Ich dachte, es gefällt dir hier. Ich dachte, du liebst die Kinder.«

»Nein«, erwiderte sie wild und sah plötzlich so leidenschaftlich und empört aus wie Jean bei einer ihrer seltenen Streitereien. »Du hast niemals auch nur im mindesten an mich gedacht. Du – du hast mich gebeten, herzukommen und zu helfen, und als ich gekommen bin, hast du mich zu einer Art Hausmütterchen gemacht, und du warst der lässige Kriminalinspektor, der sich dazu herabläßt, die armen Waisen ein paarmal die Woche zu besuchen.«

Darauf wollte er nicht antworten. Er wußte, daß es stimmte. »Du mußt natürlich tun, was du für richtig hältst«, sagte er.

»Es geht nicht darum, was ich für richtig halte, es geht darum, wozu du mich getrieben hast. O Mike, es hätte alles so anders sein können! Siehst du das denn nicht? Wenn du bei uns gewesen wärst und deinen Teil beigetragen hättest und mir das Gefühl gegeben hättest, daß wir *gemeinsam* etwas Sinnvolles tun. Sogar jetzt noch, wenn du... Was ich sagen will... Mike, willst du mir nicht helfen?«

Sie hatte sich ihm zugewandt und streckte die Hände aus, nicht impulsiv und sehnsüchtig wie Gemma, sondern mit einer Art bescheidener Schüchternheit, als schäme sie sich. Er erinnerte sich an Wexfords Worte vom Morgen im Fahrstuhl und wich vor ihr zurück. Daß es beinah Jeans Gesicht war, das ihn da ansah, Jeans Stimme, die bittend auf ihn einredete – Dinge auf der Zunge, die seiner altmodischen Auffassung nach keine Frau je zu einem Mann sagen sollte –, machte alles nur noch schlimmer.

»Nein, nein, nein!« stieß er hervor, nicht laut, sondern indem er die Wörter in einer Art Zischton flüsterte.

Nie hatte er eine Frau so heftig erröten sehen. Ihr Gesicht war blutrot, dann wich die Farbe einem kalkigen Weiß. Sie stand auf und ging, oder besser flüchtete, denn plötzlich hatte sie all ihre präzise und kontrollierte Grazie verloren. Sie ließ ihn allein und machte ohne ein weiteres Wort die Tür zu.

Er schlief sehr schlecht in dieser Nacht. Dreihundert Nächte hatten nicht ausgereicht, ihn zu lehren, wie man ohne eine Frau schläft, und die beiden voller Glückseligkeit danach machten ihm mit aller Vehemenz die ganze Einsamkeit des Einzelbettes deutlich. Wie ein grüner Junge hielt er sich das Halstuch der Frau, die er liebte, gegen das Gesicht. Stunden lag er so und lauschte durch die Wand dem gedämpften Weinen der Frau, die er verschmäht hatte.

15

Die Haarlocke stammte auch nicht von Stella Rivers. Es waren genügend von ihren eigenen blonden Locken übrig, um den Vergleichstest durchzuführen. »Ein Band aus hellen Haaren am Gebein«, dachte Wexford schaudernd.

Das bewies natürlich gar nichts. Es war zu erwarten gewesen, es war ja erwiesen, daß der Pelz-Mann – Wexford nannte seinen Briefschreiber und Anrufer inzwischen den ›Pelz-Mann‹ – ein Lügner war. Es blieb ihm nichts weiter übrig, als auf Informationen aus dem Lake District zu warten, und seine Laune wurde immer mieser. Burden war die letzten Tage unerträglich gewesen, kaum ansprechbar, wenn man etwas von ihm wollte, und nicht auffindbar, wenn man ihn am meisten brauchte. Dazu regnete es auch noch ununterbrochen. Alle auf dem Revier waren überempfindlich, und die Männer, durch das Wetter zusätzlich irritiert, blafften einander an wie schlechtgelaunte, nasse Hunde. Der schwarzweiße Fußboden in der Halle war den ganzen Tag über von schlammigen Fußtapsern und Wasserlachen von tropfnassen Regencapes befleckt.

Als er entschlossen am Empfangstresen vorbeimarschierte, um einem Zusammentreffen mit Harry Wild zu entgehen, prallte Wexford beinah mit einem rotgesichtigen Sergeant Martin zusammen, der auf den Fahrstuhl wartete.

»Ich weiß nicht, was aus dieser Welt noch werden soll, Sir, wirklich. Unser junger Peach, der normalerweise keine Fliege verscheuchen würde, springt mir beinah ins Gesicht, nur weil ich ihm sage, er müßte ein Paar festere Stiefel tragen. Erklärt mir doch frech, ich solle mich um meine eigenen Angelegenheiten kümmern. Was ist bloß los, Sir? Was habe ich denn gesagt?«

»Sie haben eben etwas für mich gelöst«, sagte Wexford, und dann etwas nüchterner, da dies nur der Beginn einer Untersuchung war und noch keine Lösung: »Sergeant, an dem Abend, als wir nach John Lawrence gesucht haben, erzählten Sie mir, in Ihrer Gruppe sei ein Mann, dem Sie empfohlen hätten, festere Schuhe anzuziehen – das liegt Ihnen offenbar wirklich am Herzen – und er hat Ihnen auch geantwortet, Sie sollten sich um Ihre eigenen Angelegenheiten kümmern. Erinnern Sie sich?«

»Ich fürchte, nein, Sir.«

»Ich habe auch mit ihm gesprochen«, sagte Wexford nachdenklich. »Er wollte die Hunde streicheln.« Fell, ging es ihm durch den Kopf, Fell und Kaninchen. Er hatte versucht, den Schäferhund zu streicheln, seine Hand offenbar angezogen von dem dicken, weichen Fell. »Guter Gott, ich kann mich nicht an sein Gesicht erinnern! Aber an die Stimme. Diese Stimme! Sergeant, der Mann, mit dem Sie gesprochen haben, der Mann, der versucht hat, die Hunde zu streicheln, ist der Schreiber dieser Briefe.«

»Ich kann mich einfach nicht an ihn erinnern, Sir.«

»Macht nichts, es müßte ein leichtes sein, ihn jetzt ausfindig zu machen.«

Aber das war es nicht.

Wexford ging erst zu Mr. Crantock, dem Mann von Gemma Lawrences Nachbarin, der Hauptkassierer in der Kingsmarkhamer Filiale von Lloyds Bank war. Er war sicher, daß dieser Mann jedes Mitglied der Suchtrupps vom Sehen, wenn nicht gar beim Namen kannte. Doch Wexford mußte enttäuscht zur Kenntnis nehmen, daß nicht alle Männer sich aus den drei Straßen Fontaine Road, Wincanton Road und Chiltern Avenue rekrutiert hatten.

»Da waren einige dabei, die ich nie vorher gesehen hatte«, sagte Crantock. »Der Himmel weiß, wo sie herkamen, oder wie sie zu dem frühen Zeitpunkt überhaupt wußten, daß das Kind vermißt wurde. Aber wir waren froh über jeden, der mitging, oder? Ich erinnere mich, daß sogar einer mit dem Fahrrad da war.«

»Nachrichten solcher Art verbreiten sich rasch«, sagte Wexford. »Wie das vonstatten geht, ist mir rätselhaft, aber die Leute erfahren davon, bevor es noch über Rundfunk oder Fernsehen geht.«

»Sie könnten es mal bei Dr. Lomax versuchen. Er hat eine der Gruppen geführt, bis er zu einem Patienten gerufen wurde und zurück mußte. Ärzte kennen doch immer alle Welt, nicht?«

Der Mann, der Gemma Lawrence die Schlaftabletten gegeben hatte, praktizierte im eigenen Haus, einem in viktorianischer Gotik erbauten Gebäude von erheblichen Ausmaßen, das seine Nachbarn in der Chiltern Avenue überragte. Wexford kam gerade rechtzeitig zum Ende der Nachmittagssprechstunde.

Lomax war ein geschäftiger, abgehetzter, kleiner Mann mit schriller Stimme, aber es war nicht die Art von schrill, nach der Wexford suchte, und außerdem hatte der Doktor einen ganz leichten schottischen Akzent. Es sah aus, als könne auch er nicht viel weiterhelfen.

»Mr. Crantock, Mr. Rushworth, Mr. Dean...« Er nannte eine lange Reihe von Namen, zählte sie an den Fingern ab, obgleich Wexford nicht wußte, was das für einen Sinn haben sollte, da keiner die Suchtrupps gezählt hatte. Lomax schien jedoch, als er das Ende seiner Liste erreicht hatte, sicher zu sein, daß drei Fremde dabeigewesen waren, einer davon der Mann auf dem Fahrrad.

»Wie sie überhaupt davon wissen konnten, verblüfft mich«, sagte er genau wie Crantock. »Ich selbst wußte es nur, weil meine Frau mir während der Sprechstunde davon erzählte. Sie arbeitet als meine Sprechstundenhilfe, wissen Sie, und hörte jemanden auf der Straße eine Bemerkung machen, als sie draußen einer älteren Patientin aus dem Auto half. Sie kam gleich zu mir und sagte es mir, und als mein letzter Patient gegangen war, bin ich raus, um zu sehen, was ich tun konnte, und sah all Ihre Wagen stehen.«

»Wann war das ungefähr?«

»Als meine Frau es mir erzählt hat oder als ich rausgegangen bin? Letzteres war kurz nach sechs, aber erfahren habe ich es zwanzig nach fünf. Ich bin da so sicher, weil die alte Dame, der meine Frau aus dem Auto geholfen hat, jeden Donnerstag Punkt zwanzig nach fünf erscheint. Wieso?«

»Waren Sie allein, als Ihre Frau es Ihnen sagte?«

»Nein, natürlich nicht, ein Patient war bei mir.«

Wexfords Interesse wuchs. »Hat Ihre Frau es Ihnen ins Ohr geflüstert? Oder konnte Ihr Patient mithören?«

»Sie hat es laut gesagt«, erwiderte Lomax ziemlich steif. »Warum auch nicht? Ich sagte ja, daß sie als meine Sprechstundenhilfe fungiert.«

»Sie werden sich natürlich erinnern, wer der Patient war, Doktor?«

»So natürlich ist das nicht. Ich habe sehr viele Patienten.« Lomax überlegte schweigend ein paar Sekunden. »Es war nicht Mrs. Ross, die alte Dame, sie saß noch im Wartezimmer. Es muß entweder Mrs. Foster oder Miss Garrett gewesen sein. Meine Frau wird es wissen, sie hat ein besseres Gedächtnis als ich.«

Mrs. Lomax wurde hereingerufen.

»Es war Mrs. Foster. Sie hat selbst vier Kinder, und ich weiß noch, daß sie sehr betroffen war.«

»Aber ihr Mann war nicht bei dem Suchtrupp«, sagte Lomax, der jetzt in der gleichen Richtung zu überlegen schien wie Wexford. »Ich kenne ihn nicht, er gehört nicht zu meinen Patienten, aber er hätte auch gar nicht mitgehen können. Mrs. Foster hatte mir gerade erzählt, er habe sich einen großen Zeh gebrochen.«

Bis auf ein verlegenes, leises: »Natürlich werde ich hierbleiben, bis du andere Vorkehrungen getroffen hast«, hatte Grace, seit sie ihm von ihren Plänen erzählt hatte, kaum ein Wort mit Burden gewechselt. Bei Tisch – die einzige Gelegenheit, bei der sie zusammen waren – erhielten sie eine dünne, höfliche Scheinkonversation aufrecht, der Kinder wegen. Burden verbrachte seine Abende und Nächte mit Gemma.

Er hatte ihr, aber keinem sonst, erzählt, daß Grace ihn verlassen würde, und sich gewundert und es überhaupt nicht verstanden, als ihre großen, wehmütigen Augen sich weiteten und sie sagte, wie glücklich er sich schätzen könne, seine Kinder ganz für sich zu haben, ohne ihre Liebe mit jemandem teilen zu müssen. Danach war sie in einen ihrer schrecklichen Weinkrämpfe ausgebrochen, hatte mit beiden Fäusten auf die staubigen, alten Möbelstücke eingeschlagen und geschluchzt, bis ihre Augen verschwollen und halb geschlossen waren.

Danach hatte sie sich von ihm lieben lassen, doch ›lassen‹ war nicht das richtige Wort. Im Bett mit ihm schien sie für kurze Zeit zu vergessen, daß sie Mutter war und einen schmerzlichen Verlust erlitten hatte, und wurde zur sinnlichen, jungen Frau. Er wußte, daß Sex für sie eine Flucht ins Vergessen war, eine Therapie – sie hatte es ihm gesagt –, doch er sagte sich, daß keine Frau so viel Leidenschaft zeigen konnte, wenn ihr Engagement rein physisch war. Frauen, so hatte er immer geglaubt, waren nicht so. Und als sie ihm sanft und fast scheu erklärte, sie liebe ihn, nachdem sie John zwei Stunden nicht erwähnt hatte, war seine Seligkeit grenzenlos, all seine Sorgen zerstoben.

Er hatte eine wunderbare Idee. Er glaubte, die Lösung für ihrer beider Nöte gefunden zu haben. Sie wollte ein Kind und er eine Mutter für seine Kinder. Warum sollte er sie nicht heiraten? Er konnte ihr ein neues Kind geben, dachte er, stolz in seiner Virilität, in der Manneskraft, die ihr so viel Lust bereitete. Sie konnte sogar schon schwanger sein, er hatte nichts getan, um es zu verhüten. Hatte sie? Er hatte Angst, sie zu fragen, Angst, über solche Dinge schon jetzt mit ihr zu sprechen. Aber er wandte sich ihr zu, stark und fordernd durch seine Träumereien und gierig nach raschem Besitz. Sie konnten sogar jetzt ein Kind zeugen, sie beide. Er hoffte es, denn dann würde sie ihn heiraten müssen...

Die Fosters wohnten in Sparta Grove, einen Steinwurf vom *Piebald Pony* entfernt, in einem kleinen Haus, das mit zwölf anderen in einer Reihe stand.

»Ich hab keinem Menschen was von dem armen Jungen erzählt«, sagte Mrs. Foster zu Wexford, »nur meinem Mann. Er saß in einem Liegestuhl mit seinem armen Zeh, und ich bin gleich mit der guten Nachricht zu ihm rausgelaufen.«

»*Guten* Nachricht?«

»Oje, was müssen Sie nur von mir denken! Ich meine nicht den armen kleinen Jungen. Das habe ich bloß so nebenbei erwähnt. Nein, ich wollte ihm sagen, was der Doktor festgestellt hatte. Armer Mann, er wäre wahnsinnig geworden, und ich auch. Mein Mann, meine ich, nicht der Doktor. Wir dachten nämlich, wir hätten wieder eins zu erwarten, wissen Sie, dachten, mich hätt's wieder erwischt, und das, wo ich doch schon vier habe. Aber der Doktor hat gesagt, es sind die Wechseljahre. Das war vielleicht eine Erleichterung! Sie glauben es gar nicht. Ich habe den Kindern ihren Tee gemacht, und dann hat mich mein Mann ins *Pony* ausgeführt, zum Feiern. Da drin habe ich von dem armen kleinen Jungen gesprochen. Ich meine, man quasselt doch ganz gern ein bißchen, besonders, wenn man obenauf ist. Aber es war schon nach sieben, bevor wir hinkamen, das weiß ich genau.«

Es hatte nach einer so viel versprechenden Fährte ausgesehen und – sich als Sackgasse erwiesen.

Es war noch fast hell, und Sparta Grove wimmelte von Kindern, die auf dem Gehweg spielten. Niemand schien sie zu beaufsichtigen, keiner schien hinter Gardinen zu stehen, um den kleinen Engel mit dem goldenen Lockenschopf im Auge zu behalten, oder das milchkaffeefarbene, dunkeläugige Mädchen auf dem Dreirad. Kein Zweifel jedoch, die Mütter waren da, paßten auf, während sie selbst unsichtbar blieben.

Das *Pony* öffnete gerade, und so sicher wie die Sonne aufgeht, tauchte aus Richtung Charteris Road Monkey Matthews am Horizont auf, am Arm Charly Catch, alias Mr. Casaubon. Wexford beeilte sich davonzukommen, bevor sie ihn sichteten.

Findet die drei Fremden aus den Suchtrupps, hieß die Devise am nächsten Morgen, und die Dringlichkeit wurde noch durch den Brief unterstrichen, den Wexford bei seiner Post gefunden hatte. Der Inhalt bestand aus Wiederholungen, und Wexford sah ihn nur flüchtig an, denn zugleich war ein Bericht des Polizeibezirks Westmorland, zusammengestellt und unterzeichnet von einem Inspector Daneforth, eingegangen.

Nachdem er strikte Order erteilt hatte, ihn nicht zu stören, las er:

»Am 5. August 1957 wurde aus dem Fieldenwater See, Westmorland, die Leiche eines Kindes, Bridget Melinda Scott, 11, geborgen. Als Todesursache wurde Ertrinken festgestellt, und für den 9. August wurde eine Verhandlung unter Vorsitz des amtlichen Leichenbeschauers und Untersuchungsrichters für Mid-Westmorland, Dr. Augustine Forbes, anberaumt.«

Eine Vorverhandlung zur Feststellung der Todesursache. Natürlich! Warum war er darauf bloß nicht gekommen? Für Elsie war das ein Gericht und der Verhandlungsführer ein Richter. Nicht sonderlich ermutigt, las Wexford weiter.

»Als Zeugen sagten aus:

1) Lilian Potts, Zimmermädchen im Lakeside Hotel, wo Bridget Scott mit ihren Eltern, Mr. und Mrs. Ralph Scott, Gast war. Miss Potts sagte aus, sie habe Bridget am Morgen des 5. August gegen 8 Uhr im Flur des Hotels getroffen. Bridget habe gesagt, sie ginge schwimmen, und sie habe einen

Badeanzug unter einem Bademantel getragen. Sie sei allein gewesen. Miss Potts riet ihr, nicht zu weit hinauszuschwimmen. Bridget antwortete nicht, und Miss Potts sah sie die Treppe hinuntergehen.

2) Ralph Edward Scott, Installateur, wohnhaft 28, Barington Gardens, Colchester, Essex. Mr. Scott sagte, er sei der Vater von Bridget Scott. Er sei mit Frau und Tochter zu einem 14tägigen Urlaub ins Lakeside Hotel, Fieldenwater gekommen. Der 5. August sei ihr 10. Tag gewesen. Bridget sei eine begeisterte Schwimmerin und schwimme jeden Tag vor dem Frühstück. Am 5. August sei Bridget, noch bevor sie selber aufgestanden waren, in ihr Zimmer gekommen, um ihnen zu sagen, sie ginge schwimmen. Er habe sie noch gebeten, in der Nähe des Ufers zu bleiben. Er habe sie nicht mehr lebend wiedergesehen.

3) Ada Margaret Patten, Witwe, 72, wohnhaft 4, Blenheim Cottages, Water Street, Fieldenwater Village. Sie sagte, sie sei gegen 8 Uhr 15, wie jeden Tag, am Nordufer des Sees, gegenüber dem Hotel, mit ihrem Hund spazierengegangen. Sie habe einen Hilfeschrei gehört und gesehen, daß ein Schwimmer offenbar in Not sei. Mrs. Patten, die selbst Nichtschwimmerin ist, bemerkte zwei badende Männer am östlichen Seeufer und einen weiteren Mann, der von einem Ruderboot ganz in der Nähe des Schwimmers, der um Hilfe gerufen hatte, angelte. Vom Untersuchungsrichter gebeten, zu erklären, was sie unter Nähe verstehe, erklärte Mrs. Patten, ihrer Einschätzung nach sei die Entfernung ungefähr 20 Meter gewesen. Mrs. Patten hatte einen Spazierstock bei sich und winkte damit dem Mann im Boot. Sie versuchte gleichfalls, die Aufmerksamkeit der beiden anderen Schwimmer zu erregen. Die Männer am Ostende des Sees hörten sie schließlich und begannen nordwärts zu schwimmen. Auf den Angler im Boot machten ihre Rufe keinen sichtbaren Eindruck. Endlich sah sie, wie sich das Boot auf

den Schwimmer in Not zubewegte, doch als es die Stelle des Sees erreicht hatte, war der Schwimmer verschwunden. Sie erklärte, sie habe nicht verstanden, weshalb der Angler ihr Rufen nicht gehört habe, da Wasser Schall gut trägt. Sie selbst sei oft in Booten auf dem See gewesen und wisse, daß man Geräusche vom Ufer in der Mitte gut hören könne.

4) George Baleham, Landarbeiter, wohnhaft 7, Bulmer Way, New Estate, Fieldenwater Village. Mr. Baleham sagte dem Untersuchungsrichter, er und sein Bruder seien am 5. August gegen 7 Uhr 30 zum Schwimmen im Fieldenwater See gegangen. Gegen 8 Uhr 10 habe er ein Kind vom Lakeside Hotel aus ins Wasser gehen sehen. Fünf Minuten später habe er Schreie übers Wasser gehört und Mrs. Patten rufen hören. Sofort seien er und sein Bruder auf das Kind zugeschwommen, das etwa 160–180 Meter von ihnen entfernt gewesen sei. In der Nähe des Kindes habe er ein Boot mit einem Angler gesehen. Er habe dem Mann im Boot zugerufen: ›Da ertrinkt ein Kind. Sie sind näher dran als wir.‹ Doch das Boot habe sich nicht von der Stelle bewegt. Mr. Baleham sagte, das Boot sei liegengeblieben, bis er auf ungefähr 10 Meter herangeschwommen sei. Zu dem Zeitpunkt war das Kind untergegangen. Seiner Meinung nach habe der Mann im Boot das Kind leicht erreichen können, bevor es sank. Von seinem Standort aus habe er das Kind weder übersehen noch seine Rufe überhören können.

5) Ivor Lionel Fairfax Swan…«

Hier kam es also, worauf er gewartet hatte. Der Name in sachlicher Schreibmaschinenschrift versetzte Wexford einen seltsamen, kalten kleinen Stich. Er kam sich vor wie ein Mann, der monatelang einen ganz bestimmten Hirsch verfolgt hat und ihn nun, nachdem er sich durch Wildnis und Unterholz einer tristen Moorlandschaft gearbeitet hat, vor sich sieht, aufmerksam, doch nichtsahnend, direkt vor sich, nahe, o so nah! auf einem Felsen. Und leise und verstohlen greift er nach der Flinte...

»5) Ivor Lionel Fairfax Swan, Student, 19, wohnhaft Carien Hall, Carien Magna, Bedfordshire, und Christ's College, Oxford. Mr. Swan sagte, er habe mit zwei Freunden im Lakeside Hotel Ferien gemacht. Bridget Scott habe gelegentlich in der Hotelhalle und am Strand mit ihm geredet. Abgesehen davon kenne er sie nicht und habe nie mit ihren Eltern gesprochen. Er angle gern und leihe sich dafür manchmal ein Boot, um am frühen Morgen auf den See hinauszurudern.

Am 5. August habe er das Boot um sieben Uhr losgemacht. Er sei allein auf dem See gewesen. Er habe gegen 7 Uhr 40 die beiden Männer am Ostufer des Sees schwimmen sehen, kurz nach acht sei Bridget Scott die Stufen vom Hotel heruntergekommen und ins Wasser gegangen. Er habe nicht gewußt, ob sie eine gute Schwimmerin sei oder nicht. Er habe sehr wenig von ihr gewußt.

Sie habe ihm etwas zugerufen, doch er habe nicht weiter darauf geachtet. Er habe befürchtet, sie würde nur lästig werden und die Fische stören. Einige Minuten später habe er sie erneut rufen hören und wieder nicht geantwortet. In der vergangenen Woche habe sie mehrmals versucht, seine Aufmerksamkeit auf sich zu ziehen, und er habe gemeint, es sei besser, sie nicht zu ermutigen. Er habe Mrs. Patten rufen hören, doch angenommen, sie meine ihren Hund.

Kurz darauf habe er zwei Schwimmer bemerkt und gesehen, daß Bridget tatsächlich in Not war. Er habe unverzüglich seine Leine eingezogen und sei zu der Stelle gerudert, wo er sie zuletzt gesehen habe. Doch da sei sie schon verschwunden gewesen.

Auf die Frage des Untersuchungsrichters erwiderte Mr. Swan, er sei nicht auf die Idee gekommen, über Bord zu springen und hinzuschwimmen. Seine Angelschnur sei teuer gewesen, und er habe sie nicht verderben wollen. Er könne nicht tauchen und sei kein sonderlich guter Schwimmer. Bis zu dem Augenblick, als sie unterging, habe er nicht geglaubt, daß sie ernsthaft in Gefahr gewesen sei. Nein, er könne nicht sagen, daß er das Kind nicht gemocht habe. Er habe sie kaum gekannt. Es sei richtig, daß er es lästig gefunden habe, wie sie sich ihm und seinen Freunden aufzudrängen versuchte. Es tue ihm leid, daß sie tot sei, und er wünsche sich jetzt, er hätte sich bemüht, sie zu retten. Er sei jedoch sicher, nicht anders gehandelt zu haben, als es unter diesen Umständen jeder getan hätte.

6) Bernard Varney Frensham, 19, Student, wohnhaft 16, Paisley Court, London S. W. 7 und Christ's College, Oxford. Mr. Frensham sagte, er sei ein Freund von Mr. Swan und mache mit ihm und seiner (Mr. Frenshams) Verlobten Ferien im Lakeside Hotel. Bridget Scott habe eine spontane Zuneigung zu Mr. Swan gefaßt, sei auf ihn geflogen, nenne man das wohl, und sie habe dazu geneigt, sich ihm aufzudrängen. Er sagte, er sei nie in einem Boot auf dem Fieldenwater See gewesen. Angeln interessiere ihn nicht. Vom Untersuchungsrichter gefragt, ob Mr. Swan ein guter Schwimmer sei, fragte er: ›Muß ich das beantworten?‹ Dr. Forbes bestand darauf, und Mr. Frensham sagte, er könne nichts über Swans Schwimmstil aussagen. Er sei nie für ihr College gestartet. Auf weitere nachdrückliche Fragen sagte Mr. Frensham, er habe einmal ein Lebensrettungszeugnis mit Mr. Swans Namen gesehen.«

An dieser Stelle folgte ein Hinweis, medizinische und polizeiliche Beweise seien ausgelassen. Der Bericht endete folgendermaßen:

»Der Untersuchungsrichter belobigte Mr. George Baleham und Mr. Arthur Baleham für ihren sofortigen Einsatz zur Rettung des Mädchens.

Dann rügte er Mr. Swans Verhalten. Er sagte, dies sei der

schlimmste Fall von Gefühllosigkeit einem Kind gegenüber, das offensichtlich im Begriff stand zu ertrinken, der ihm je untergekommen sei. Er wandte sich scharf gegen das, was er nur mit bewußtem und feigem Lügen von Mr. Swans Seite bezeichnen könne. Weit entfernt davon, ein leidlicher Schwimmer zu sein, habe er ein Lebensrettungszeugnis. Er hege keinen Zweifel daran, daß Mr. Swan sich geweigert habe, auf die Hilferufe des Kindes zu hören, weil er glaubte oder behauptete, er habe geglaubt, sie wolle ihn nur wieder belästigen. Wäre er über Bord gesprungen, als er den ersten Ruf hörte, so wäre Bridget Scott noch am Leben. Der Untersuchungsrichter gab seinem Bedauern Ausdruck, daß das Gesetz ihm keine Handhabe gebe, weitere Schritte gegen Mr. Swan zu unternehmen. Anschließend sprach er Mr. und Mrs. Scott sein Beileid aus.

Das Urteil lautete: Tod durch Unfall.«

16

Wexford hatte Burden, als er ihm Swans Lebenslauf schilderte, schon auf die Reihe von Katastrophen in dessen Kielwasser hingewiesen. Hier also war ein neues Exempel für dieses sein unheilstiftendes Talent, jene Veranlagung oder Neigung, einen Schweif von Kummer, Not und Sorgen hinter sich herzuziehen. Der perfekte Katalysator, dachte Wexford, einer, der die Macht besaß zu verletzen, und dabei – gar nichts tat.

Es war nicht schwer, sich jenen Morgen auf dem See vorzustellen, Swans Angelschnur ausgeworfen, die Sonne auf dem dunklen Wasser, und Swan in einen seiner Tagträume versunken, die durch nichts gestört werden durften. Hatte er überhaupt einen Fisch gefangen? Wurde er denn jemals überhaupt *aktiv*? Schoß er Kaninchen? Wählte er einen Hund aus? Kaufte er ein Pony?

Und das war der springende Punkt bei der Sache. Ganz offensichtlich hatte Swan ein Kind sterben lassen. Aber das entscheidende Wort war ›lassen‹. Würde er aktiv den Tod eines Kindes herbeiführen? Hatte er die Nerven, die Spontaneität, die *Energie*?

Wexford hätte die ganze Sache gern mit Burden durchgekaut. Denn erhellend und fruchtbar waren sie, ihre langen Diskussionen, in denen sie Motive durchleuchteten und Charaktere analysierten. Doch Burden war nicht mehr in der Lage, sich an solchen Gesprächen zu beteiligen. Da konnte er ebensogut Scharfsinn und intelligente Mutmaßungen von Martin erwarten. Jeden Tag schien er etwas weiter abzugleiten, reizbarer und zerstreuter zu sein, bis Wexford sich fragte, wie lange das noch so weitergehen konnte. Im Moment deckte er Burden tagtäglich, machte seine Arbeit für ihn, ebnete ihm den Weg. Doch es gab Grenzen, und irgendwann demnächst würde es zum Zusammenbruch kommen, ein unübersehbarer Fehler, ein hysterischer Ausbruch in aller Öffentlichkeit. Und was dann? Die peinliche Bitte um Burdens Rücktritt, bevor man ihn hinauswarf?

Wexford schüttelte diese bedrückenden Gedanken von sich ab und wandte seine Konzentration dem Bericht zu. Jedenfalls war ein Rätsel geklärt. Er brauchte sich nicht länger zu fragen, weshalb Swan sich gegen eine Verhandlung gewehrt hatte, insbesondere eine, in der es um ein weiteres totes kleines Mädchen ging.

Der nächste Schritt war, Frensham zu finden, und das erwies sich als einfach. Vierzehn Jahre hatten aus dem Studenten einen Börsenmakler gemacht, ihn aus der Wohnung seiner Eltern, jedoch nicht aus Kensington weggeführt und ihn in seinem Status als Junggeselle belassen. Was war aus der Verlobten geworden, die ihn damals in die Ferien am See begleitet hatte?

Eine Frage, die ihn kaum zu interessieren brauchte, entschied Wexford. Er führte das entsprechende, höfliche Telefonat mit den Kollegen von der Metropolitan Police und machte sich dann auf den Weg nach London. In der Halle traf er Burden.

»Irgendeinen Hinweis auf den Mann aus dem Suchtrupp?«

Burden hob besorgt den Blick und murmelte: »Das hat doch Martin übernommen, oder?«

Wexford ging, ohne sich noch einmal umzusehen, in den Regen hinaus.

Er stieg an der Gloucester Road aus der U-Bahn, verlief sich und mußte einen Polizisten nach dem Weg fragen. Schließlich fand er Veronica Grove, eine kleine, baumgesäumte Straße, die bei Stanhope Gardens hinter Queens Gate verlief. Wasser tropfte sanft von den Zweigen über ihm, und bis auf die Tatsache, daß diese Bäume hier Platanen und keine Eichen waren, hätte er auch in Kingsmarkham sein können. Die Umgebung des *Piebald Pony* entsprach viel eher seiner Vorstellung von London.

Während er über solche Ungereimtheiten nachdachte, erreichte er innerhalb weniger Minuten Bernard Frenshams Haus. Es war winzig, ein Vogelnest mit ordentlichen, aber leeren Blumenkästen, und sehr bescheiden, es sei denn, man wußte, daß solche Objekte für fünfundzwanzigtausend Pfund gehandelt wurden.

Ein Bediensteter, klein, drahtig, dunkler Teint, ließ ihn ein und führte ihn in den einzigen Wohnraum des Hauses. Dieser war allerdings sehr groß, auf drei Ebenen angelegt, und die Einrichtung wußte mit Seidenglanzoberflächen, weichem Samt, zarten Filigranarbeiten und glänzendem Porzellan eher den Eindruck der Leichtigkeit zu vermitteln als den solider Massivität. Viel Geld war hier hineingesteckt worden. Die Jahre, die Swan vergeudet hatte, waren von seinem Freund offensichtlich nutzbringend verwandt worden.

Frensham, der sich bei Wexfords Eintritt aus seinem Sessel am anderen Ende des Raumes erhoben hatte, war von seinem Kommen unterrichtet oder besser: vorgewarnt worden, denn er hatte ganz offensichtlich getrunken. Weil das zu erwartende Gespräch ihn beunruhigte? Wexford mußte es zwangsläufig annehmen. Ein Börsenmakler konnte kaum so erfolgreich sein, wie Frensham es ganz offensichtlich war, wenn sein Alkoholpegel jeden Abend um sieben so hoch stand wie heute.

Nicht, daß er sich nicht ganz gut hielt. Lediglich der Geruch nach Brandy und der merkwürdige Augenausdruck setzten Wexford über seinen Zustand ins Bild.

Er war dreiunddreißig und sah aus wie vierzig, das dunkle Haar war schütter, und sein Gesicht war fleckig. Daneben sah sein Altersgenosse Swan aus wie siebenundzwanzig. Faulheit und Bequemlichkeit halten jung; harte Arbeit und Sorgen beschleunigen den Alterungsprozeß.

Frensham trug einen eleganten schwarzgrauen Anzug mit kupfernem Glanz, eine schwarz-kupfer gemusterte Krawatte und einen Opalring am linken kleinen Finger. Welch einen Eindruck zivilisierter Vornehmheit der Mann gemacht hätte, dachte Wexford, wäre einem nicht sein alkoholgeschwängerter Atem voll ins Gesicht geschlagen.

»Lassen Sie sich einen Drink eingießen, Chief Inspector.«

Wexford hätte abgelehnt, wollte es gerade tun, wenn nicht so viel unterdrückte Eindringlichkeit in Frenshams hinzugefügtem »Bitte« gelegen hätte, daß er sich bemüßigt fühlte anzunehmen.

Frensham öffnete die Tür und rief einen Namen, der wie ›Cheissus‹ klang. Brandy wurde gebracht, sowie verschiedene andere Flaschen und Karaffen. Als der Mann wieder gegangen war, sagte Frensham: »Eigenartig, diese Spanier, nicht? Einen Jungen Jesus zu nennen.« Er kicherte kurz und verwirrt. »Höchst unpassend, das kann ich Ihnen versichern. Seine Eltern sind Maria und Joseph, sagt er wenigstens.«

Er nahm einen Schluck aus seinem Glas und ließ sich weiter über das Thema aus, doch Wexford beschloß, sich durch iberische Nomenklatur nicht auf Nebengleise führen zu lassen. Man konnte unmöglich übersehen, daß Frensham ihr eigentliches Gespräch so lange wie möglich hinausschieben wollte.

»Könnten wir vielleicht über Ivor Swan reden, Sir?«

Abrupt verließ Frensham das Thema spanischer Vornamen und sagte in knappem Ton: »Ich habe Ivor seit Jahren nicht gesehen, genaugenommen nicht, seit wir beide aus Oxford weggegangen sind.«

»Das macht nichts. Ich habe ihn gesehen. Vielleicht können Sie sich nicht mehr gut an ihn erinnern?«

»Ich erinnere mich sehr genau«, sagte Frensham. »Ich werde es nie vergessen.« Er stand auf und ging quer durchs Zimmer. Erst dachte Wexford, er wolle ein Foto oder irgendein Dokument holen, doch dann merkte er, daß Frensham unter dem Einfluß einer starken emotionalen Erregung stand. Er hatte Wexford den Rücken zugewandt und blieb einige Minuten regungslos stehen. Wexford betrachtete ihn schweigend. Er war nicht so leicht aus der Fassung zu bringen, aber auf Frenshams nächste Worte war er nicht vorbereitet. Er wirbelte plötzlich herum, starrte Wexford eigenartig an und sagte: »Hat er Weinlaub im Haar?«

»Wie bitte?«

»Sie haben nie ›Hedda Gabler‹ gesehen oder gelesen?

Macht nichts. Es ist eine Frage, die mir bei Ivor automatisch einfällt.« Der Mann war wirklich sehr betrunken, hatte jenes Stadium des Rausches ereicht, das die Zunge löst, ohne die Worte unverständlich zu verzerren. Er kam zu seinem Stuhl zurück und legte die Ellbogen auf die Rückenlehne. »Ivor war damals ein bemerkenswert gut aussehender Mann, ein blaß-gold-brauner Antinous. Ich mochte ihn sehr. Nein, das stimmt nicht. Ich liebte ihn von – von ganzem Herzen. Er war sehr faul und – nun – vielleicht gelassen. Er schien nie zu wissen, wie spät es war, oder überhaupt Notiz von der Zeit zu nehmen.« Frensham redete, als habe er Wexfords Anwesenheit vergessen oder zumindest vergessen, wer er war. Er griff nach seinem Glas und richtete sich auf. »Diese Art von Indifferenz der Zeit gegenüber, diese sublime Faulheit ist sehr anziehend. Ich denke oft, daß es viel eher diese Eigenschaft war als ihre Religiosität, die Christus Maria preisen und Martha, die geschäftige und eifrige Arbeiterin, zurechtweisen ließ.«

Wexford war nicht gekommen, um mehr über Ivor Swans Wesen zu erfahren, das er hinreichend zu kennen glaubte, doch er mochte auch Frensham nicht mitten in seinem Diskurs unterbrechen. Ebensowenig wie ein Spiritist die Eröffnungen seines Mediums in Trance unterbrochen hätte. Wie wahrscheinlich auch der Spiritist hatte Wexford das Gefühl, so etwas könne gefährlich sein.

»Schwärme von Mädchen verfolgten ihn ständig«, fuhr Frensham fort. »Einige waren schön, alle waren intelligent. Ich spreche natürlich von Mädchen in Oxford. Mit manchen ging er ins Bett, aber er führte sie nie aus, nicht mal auf einen Drink. Das kümmerte ihn einfach nicht. Er sagte immer, kluge Frauen möge er nicht, sie würden ständig versuchen, ihn zum Reden zu bringen.

Ich habe ihm mal gesagt, was für eine Frau er heiraten würde: eine hirnlose, idiotische Puppe, die ihn anbeten und

Aufhebens um ihn machen und nichts anderes verlangen würde als seine Anwesenheit. Er würde nicht sie heiraten, sondern umgekehrt, sie würde ihn allen Widrigkeiten zum Trotz zum Altar schleifen. Ich habe in der Zeitung gelesen, daß er verheiratet ist. Hat er so eine Frau?«

»Ja«, sagte Wexford, »ganz genau so.«

Frensham ließ sich schwer in den Sessel fallen. Er sah jetzt ziemlich mitgenommen aus, überkommen von qualvollen Erinnerungen. Wexford fragte sich, ob er und Swan tatsächlich Liebende gewesen waren, entschied jedoch dagegen. Die Bereitschaft auf Frenshams Seite war sicherlich dagewesen, doch Swan hatte das wahrscheinlich einfach nicht gekümmert.

»Ich habe nie geheiratet«, sagte Frensham. »Ich war mit diesem Mädchen, Adelaide Turner, verlobt, aber es ist nichts daraus geworden. Ich erinnere mich, daß Ivor nicht sehr begeistert war, daß sie mit uns in Ferien fuhr, und ich auch nicht, nicht wirklich, zu dem Zeitpunkt nicht mehr. Er meinte, sie würde stören.« Er goß sich nach und sagte: »Ich kann nicht aufhören zu trinken, tut mir leid. Normalerweise trinke ich nicht viel, aber wenn ich erst mal angefangen habe, kann ich nicht mehr aufhören. Ich verspreche Ihnen, ich werde mich nicht lächerlich machen.«

Man hätte sagen können, daß er das bereits tat. Wexford war weniger harsch. Frensham tat ihm leid, und das Gefühl verstärkte sich noch, als er plötzlich sagte:

»Ich weiß nicht, ob ich Ihnen ein richtiges Bild von Ivors Charakter gebe oder nicht. Wissen Sie, obwohl ich ihn seit zwölf Jahren nicht gesehen habe, träume ich oft von ihm, manchmal dreimal in der Woche. Es muß Ihnen idiotisch vorkommen, ich habe es bisher noch nie jemandem erzählt. Ich erwähne es jetzt, weil ich nicht mehr recht zwischen dem wirklichen Ivor und dem aus meinen Träumen unterscheiden kann. Die beiden Bilder sind derart vermengt, daß sie ineinander übergehen und eins geworden sind.«

»Erzählen Sie mir über diesen Urlaub«, sagte Wexford sanft. »Erzählen Sie mir von Bridget Scott.«

»Sie war erst elf«, sagte Frensham, und seine Stimme klang normaler und gelassener, wenn er nicht von Swan redete. »Aber sie sah viel älter aus, mindestens wie vierzehn. Es klingt vielleicht absurd, wenn ich sage, daß sie sich auf den ersten Blick in ihn verliebte, aber so ist es. Und natürlicherweise hatte sie in ihrem Alter noch nicht gelernt, ihre Gefühle zu verbergen. Sie belästigte Ivor unablässig, er sollte mit ihr schwimmen gehen, er sollte im Aufenthaltsraum neben ihr sitzen. Sie fragte sogar ihre Mutter in unserem Beisein, ob er nicht kommen dürfe, ihr gute Nacht zu sagen, wenn sie oben im Bett lag.«

»Und wie hat Swan sich zu all dem verhalten?«

»Er hat einfach keine Notiz davon genommen. Adelaide hat er genauso behandelt. Immerhin hat er geantwortet, wenn sie ihn ansprach, doch mit Bridget redete er meist überhaupt nicht. Sie sei im Wege, meinte er, und ich erinnere mich, daß er es ihr auch mal gesagt hat.«

Frensham lehnte sich zurück und seufzte tief auf. Er schloß kurz die Augen und öffnete sie dann wie unter großer Anstrengung wieder. »Der Untersuchungsrichter«, sagte er, »war ein alter Mann, wie ein Geier. Ich wollte Ivor nicht verraten. Aber sie brachten mich dazu, von seinem Schwimmzeugnis zu erzählen. Ich hatte keine andere Wahl.« Die schweren Lider klappten erneut herunter. »Ich kam mir vor wie Judas«, sagte er.

»Was geschah an dem Morgen, an dem Bridget ertrunken ist?«

Frensham hielt noch immer die Augen geschlossen, und seine Aussprache wurde undeutlich. »Ich bin nie mit Ivor zum Angeln gewesen. Ich bin kein Frühaufsteher. Aber Ivor.

Man sollte meinen, ein Mann wie – ein Mann wie er würde spät ins Bett gehen und morgens lange liegenbleiben. Aber Ivor war immer um sechs auf. Natürlich schlief er tagsüber, wenn er Gelegenheit hatte. Er konnte überall schlafen. Aber er mochte den frühen Morgen und das Ländliche, den Frieden ringsum und das Licht.« Frensham gab ein komisches kleines Geräusch von sich, es klang wie ein Schluchzer. »Er hat immer diese Zeilen von W. H. Davies zitiert: ›Was soll dies Leben, wenn wir nie verweilen, in Sorge rastlos immer weiter eilen?‹ «

»Erzählen Sie weiter von dem Morgen.«

Frensham setzte sich auf, sackte halb nach vorn und stützte die Ellbogen auf die Knie, das Kinn in die Hände. »Ich weiß nicht. Ich war nicht dabei. Ich wachte davon auf, daß Leute im Flur vor meinem Zimmer herumrannten und durcheinanderschrien. Sie können sich vorstellen, daß ich rauslief. Die Mutter war da, völlig außer sich, und dieser arme alte Mann, Scott.«

»Alt? Bridgets Vater?«

»Nicht richtig alt, nehme ich an. Vielleicht sechzig. Die Mutter war jünger. Sie hätten noch ältere Kinder, sagte jemand. Spielt es eine Rolle? Ich fand Ivor im Speisesaal, wo er Kaffee trank. Er sah weiß aus. Er sagte: ›Es hatte nichts mit mir zu tun. Warum zieht man mich da rein?‹ Und das war alles, was er je dazu geäußert hat.«

»Sie meinen, er hat nie mehr mit Ihnen über Bridget Scotts Tod gesprochen? Auch nicht, als Sie beide zur Verhandlung mußten?«

»Es ärgerte ihn, weil wir über das Ende unserer Ferien hinaus bleiben mußten«, erinnerte sich Frensham, und nun hatte sich ein Schleier über seine Augen gelegt. War es Erschöpfung? Tränen? Oder nur die Wirkung des Alkohols? »Nach – nach der Verhandlung wollte er mich nicht darüber reden lassen. Ich weiß nicht, was er empfunden hat.« Sehr leise fügte Frensahm hinzu: »Es war vielleicht Gefühlsarmut, oder er war unglücklich, oder er wollte es einfach nur vergessen. In den Tageszeitungen stand nicht viel darüber, und als wir heimkamen, wußte niemand etwas, bis – bis Adelaide es erzählt hat.«

»Was glauben Sie, weshalb hat er sie ertrinken lassen?« wollte Wexford wissen.

»Sie war ihm im Weg«, sagte Frensham, und dann fing er leise an zu weinen. »Wenn Leute ihn ärgerten oder anfingen ihn zu – zu langweilen, dann – dann hat er – sie – einfach – einfach...« Zwischen den Wörtern lagen Schluchzer. »... einfach ignoriert – vorgegeben – sie – seien – nicht – da – nicht gesprochen – nicht – gesehen – sie – waren – einfach – nicht – vorhanden – hat – es mit mir – so – gemacht – nach – späterhin...« Er machte eine abrupte Bewegung, und das Brandyglas fiel um. Ein Fleck breitete sich auf dem dicken, hellen Teppich aus.

Wexford öffnete die Tür und rief: »Hallo, Jesus, oder wie immer Sie heißen, Ihr Herr braucht Sie. Sie bringen ihn wohl besser ins Bett.«

Der Mann kam herein, verbeugte sich und lächelte. Er schob seine Arme unter Frenshams Achseln und flüsterte ihm etwas zu. Frensham hob den Kopf und sagte in normalem, klarem Ton zu Wexford: »Weinlaub im Haar...« Dann schloß er die Augen und glitt in die Bewußtlosigkeit.

17

In der Freitagsausgabe des *Kingsmarkham Courier* erschien auf der ersten Seite ein doppelspaltiger Aufruf an die drei fehlenden Männer aus dem Suchtrupp, sich zu melden. Schöne Hilfe würde das sein, dachte Wexford, als er es las.

War es Martin, als er Harry Wild um Publikation bat, denn nicht in den Sinn gekommen, daß ein solcher Appell nur die Unschuldigen ermuntern würde, sich zu melden? Und wo blieb Burden bei all dem, Burden, der Wexford in dessen Abwesenheit vertreten sollte, und der doch ebenso überrascht von diesem Zeitungsaufruf war wie er?

Als er aus London zurückkam, hatte er bei Burden zu Hause angerufen. Er mußte mit jemandem über sein Gespräch reden, außerdem dachte er, es sei vielleicht eine Möglichkeit, Burdens Interesse wieder zu wecken. Doch Grace Woodville hatte ihm gesagt, ihr Schwager sei außer Haus, und sie wisse nicht, wo.

»Ich könnte mir denken, daß er irgendwo in seinem Auto sitzt und über Jean nachdenkt und – und alles.«

»Er sollte immer eine Telefonnummer hinterlassen, unter der man ihn erreichen kann.«

»Cheriton Forest hat kein Telefon«, erwiderte Grace.

Am Samstag nachmittag kamen zwei Männer aufs Kingsmarkhamer Polizeirevier, die erklärten, sie hätten den *Courier* gelesen und sie seien wahrscheinlich zwei der drei Gesuchten. Es waren Brüder, Thomas und William Thetford, die in benachbarten Häusern in Bury Lane wohnten, einer Straße, halb Slum, halb Landstraße am anderen Ende von Stowerton, nicht weit von Sparta Grove. Vom Verschwinden des kleinen John Lawrence hatten sie durch Williams Frau erfahren, die bei Mrs. Dean putzte und gegen halb sechs nach Hause gekommen war. Die Thetford-Brüder arbeiteten beide Schicht und waren an jenem Tag schon fertig. Sie hatten sich gedacht, daß eine Suchmannschaft zusammengestellt würde – hatten wohl auf ein bißchen Aufregung gehofft, dachte Wexford bei sich, um etwas Abwechslung in ihren Tag zu bringen –, waren in Williams Wagen gestiegen und zur Foutaine Road gefahren.

Keiner der beiden Männer hatte eine schrille Stimme oder

auch nur eine, die Wexford bekannt vorkam. Sie sagten, sie hätten die Information nicht weitergegeben und nur untereinander darüber gesprochen. Die Routine erforderte wohl ein Gespräch mit Mrs. Thetford, überlegte Wexford. Aber Montag war früh genug dafür.

»Golf morgen vormittag?« fragte Dr. Crocker, der, unmittelbar nachdem die Thetfords weg waren, hereinschneite.

»Kann nicht. Ich fahre nach Colchester.«

»Wozu denn das, um Himmels willen?« fragte Crocker ärgerlich, und dann, ohne auf eine Antwort zu warten: »Ich wollte mal mit dir über Mike reden.«

»Ich fände es wirklich besser, das würdest du nicht tun. Warum redest du nicht selbst mit ihm? Du bist sein Arzt.«

»Ich glaube, er hat einen besseren Arzt gefunden, als ich es bin«, sagte Crocker hinterhältig. »Ich habe sein Auto letzte Nacht wieder gesehen.«

»Sag nichts weiter. Es war in Cheriton Forest geparkt, und er hat brütend dringesessen.«

»War es nicht, und hat er nicht. Es war um Mitternacht am Ende der Chiltern Avenue geparkt.«

»Du bist allgegenwärtig, was?« grummelte Wexford. »Du bist wie der Heilige Geist.«

»Es stand am Ende von *Chiltern Avenue* gleich bei *Fontaine Road* um *Mitternacht*. Komm schon, Reg, du bist doch sonst nicht so schwer von Begriff...«

»Das ist unmöglich«, sagte Wexford in scharfem Ton. Seine Stimme schwankte. »Ich meine... Mike würde niemals... Ich möchte nicht darüber reden.« Und er bedachte den Doktor mit einem wilden Blick. »Wenn ich nichts davon weiß«, brummte er ganz ohne seine sonstige Logik, »dann ist auch nichts.«

»Ich weiß, es wäre ein Wunder«, sagte Gemma, »aber wenn – wenn John je gefunden wird und zu mir zurückkommt, dann verkaufe ich dieses Haus, auch wenn ich nur den Grundstückswert dafür kriege, und gehe nach London zurück. Ich könnte in einem Zimmer wohnen, es würde mir nichts ausmachen. Ich hasse das hier. Ich hasse es, hier zu sein, und ich hasse es, rauszugehen und zu sehen, wie sie mich alle anstarren.«

»Du redest wie ein Kind«, sagte Burden. »Weshalb über Dinge reden, die, wie du ganz genau weißt, nicht passieren werden? Ich habe dich gebeten, mich zu heiraten.«

Sie stand auf, ohne zu antworten, und begann sich anzuziehen, aber nicht die Sachen, die sie ausgezogen hatte, als Burden und sie ins Schlafzimmer gekommen waren. Er beobachtete sie mit hungrigen Blicken, doch gleichzeitig verwirrt, wie bei fast all ihren Verhaltensweisen. Sie hatte sich ein schwarzes, langes Kleid über den Kopf gestreift, ganz glatt und eng. Burden wußte nicht, ob es alt war, ein Kleidungsstück ihrer Tante vielleicht, oder die neueste Mode. Man konnte das heutzutage kaum unterscheiden. Um Schultern und Taille drapierte sie einen langen Schal in Orange, Blau und Grün, mit Stickerei überladen und so steif, daß er unter ihren Händen knisterte.

»Wir haben uns oft verkleidet, John und ich«, sagte sie. »Wir haben uns verkleidet und Figuren aus dem Märchenbuch gespielt. Er wäre ein großer Schauspieler geworden.« Nun behängte sie sich über und über mit Schmuck, wand sich lange Perlenschnüre um Hals und Arme. »Das gibt es manchmal, wenn beide Eltern, oder auch nur ein Elternteil, zweitklassige Künstler waren. Mozarts Vater war ein unbedeutender Musiker.« Sie wiegte sich in dem sanften roten Licht und streckte die Arme aus. Ringe an jedem Finger zogen ihre dünnen Hände nach unten. Sie löste ihr Haar und schüttelte es aus; es sprühte eine Flut von Feuer, als das

Licht darauffiel und es mit den Steinen in ihren billigen Ringen aufleuchten ließ.

Burden war geblendet und fasziniert und abgestoßen. Sie tanzte durchs Zimmer, löste den Schal und hielt ihn hoch über ihren Kopf. Die Schmuckstücke klingelten wie kleine Glocken. Dann hielt sie inne, lachte abrupt auf, rannte zu ihm hin und kniete zu seinen Füßen nieder.

»Ich werde für dich tanzen, Tetrach«, sagte sie. »Ich warte nur auf meine Sklaven, daß sie mir Spezereien bringen und die sieben Schleier und mir meine Sandalen abnehmen.«

Wexford hätte die Worte der Salome erkannt. Für Burden waren sie lediglich ein weiteres Beispiel für ihre Überspanntheit. Verzweifelt und peinlich berührt, sagte er: »O Gemma...!«

Mit unveränderter Stimme fuhr sie fort: »Ich werde dich heiraten, wenn... wenn das Leben so weitergeht, so ohne Sinn, dann heirate ich dich.«

»Hör auf mit der Schauspielerei.«

Sie stand auf. »Das war keine Schauspielerei.«

»Zieh doch bitte diese Sachen aus«, sagte er.

»Zieh du sie mir aus.«

Ihre riesigen, aufgerissenen Augen ließen ihn frösteln. Er streckte beide Hände aus und nahm ihr die Ketten vom Hals, ohne zu sprechen, kaum atmend. Sie hob leicht den rechten Arm. Ganz langsam streifte er ihr die Armbänder übers Handgelenk, ließ sie fallen und zog ihr einen nach dem anderen die Ringe von den Fingern. Dabei blickten sie sich unablässig in die Augen. Noch nie in seinem Leben meinte er, etwas so Erregendes, so überwältigend Erotisches getan zu haben wie dies Entblößen einer Frau von billigem Glitzerschmuck, obwohl er ihre Haut dabei nicht einmal berührt hatte.

Nicht einmal... Er hätte sich überhaupt nie träumen lassen, daß er so etwas je erleben könnte. Sie streckte ihm den linken Arm hin, und er rührte sie nicht an, bis der letzte Ring bei dem Häufchen der anderen auf dem Fußboden lag.

Erst als er mitten in der Nacht aufwachte, wurde ihm klar, was geschehen war, daß er ihr einen Antrag gemacht und sie diesen Antrag angenommen hatte. Eigentlich mußte er doch außer sich sein, im siebten Himmel der Glückseligkeit; denn er hatte bekommen, was er wollte, und die Zeit der Qual, des Ringens mit sich selbst, der Einsamkeit und der täglichen kleinen Tode war vorbei.

Es war zu dunkel im Zimmer, um etwas zu sehen, aber er wußte genau, was ihm das erste Licht des Tages hier und unten enthüllen würde. Gestern hatte es keine große Rolle gespielt, das Durcheinander und der Schmutz, aber jetzt spielte es eine Rolle.

Er versuchte sie sich in seinem Haus als dessen Herrin vorzustellen, wie sie sich um seine Kinder kümmerte, Essen kochte, sie versorgte, wie Grace es jetzt tat, doch es war ihm unmöglich, ein solches Bild heraufzubeschwören, seine Vorstellungskraft reichte nicht aus. Was, wenn Wexford eines Abends auf einen Drink vorbeikäme, wie er es manchmal tat, und Gemma erschien in ihrem fremdartigen Kleid und dem Schal und den langen Ketten? Und würde sie von ihm erwarten, daß sie ihre Freunde einladen konnte, dieses fahrende Volk mit seinen Drogen? Und seine Kinder, seine Pat...!

Doch all das würde sich ändern, sagte er sich, wenn sie erst verheiratet waren. Sie würde sich umstellen und Hausfrau sein. Vielleicht konnte er sie überreden, sich ihre Haarmähne schneiden zu lassen, dieses Haar, das gleichzeitig so wunderschön und so provozierend war – und so unpassend an der Frau eines Polizisten. Sie würden ein gemeinsames Kind haben, sie würde neue, passende Freunde gewinnen, sie würde sich ändern...

Er gestattete sich nicht, den Gedanken weiterzuverfolgen, daß solche Veränderungen, wie er sie ins Auge faßte, ihre Persönlichkeit zerstören und all die Fremdartigkeit auslöschen würden, die ihn zuerst an ihr angezogen hatte, doch am Rande seines Bewußtseins tauchte er auf. Er schob ihn fast ärgerlich von sich. Warum Schwierigkeiten herbeidenken, wenn gar keine existierten? Warum immer nach Fehlern im perfekten Glück suchen?

Gemma und er würden die Liebe haben, eine nächtliche Orgie für zwei, endlose Flitterwochen. Er drehte sich zu ihr um und preßte seine Lippen auf die Haarfülle, derer er sie berauben wollte. Minuten später schlief er fest und träumte, er habe ihr Kind gefunden, es ihr zurückgebracht und sie durch dies Geschenk so verändert, wie er sie sich wünschte.

»Kingsmarkham?« sagte Mrs. Scott und lächelte Wexford freundlich an. »O ja, wir kennen Kingsmarkham, nicht wahr, Lieber?« Ihr Mann deutete mit ausdruckslosem Gesicht ein Nicken an. »Wir haben eine Nichte in der Nähe von Kingsmarkham wohnen, in einem so reizenden kleinen Haus aus dem siebzehnten Jahrhundert, und wir sind bis zu diesem Jahr regelmäßig in Urlaub hingefahren. Aber jetzt...«

Wexford, der sich, während sie sprach, im Zimmer umgesehen und besonders die gerahmten Fotos der älteren Scott-Kinder betrachtet hatte, die noch lebten – mittleren Alters inzwischen und mit eigenem Nachwuchs im Teenageralter –, folgte ihrem Blick auf deren Erzeuger.

Unnötig zu fragen, weshalb sie nicht mehr nach Kingsmarkham fuhren, oder zu ergründen versuchen, warum sie keine Urlaube mehr machten. Scott war ein eingefallener, kleiner Mann, der auf die Achtzig zuging. Sein Gesicht war bös entstellt, besonders um den Mund herum. An den Armlehnen seines Sessels hingen zwei Stöcke. Wexford nahm an, daß er ohne sie nicht laufen konnte, und aus seinem Schweigen schloß er allmählich, daß er auch die Sprache verloren hatte. Es kam wie ein Schock, als der verzerrte Mund sich öffnete und eine harsche Stimme sagte:

»Wie wär's mit einer Tasse Tee, Ena?«

»Gleich, Lieber.«

Mrs. Scott sprang auf und bedeutete Wexford, sie in die Küche zu begleiten. Ein etwas steril wirkender Ort voller Gerätschaften und so modern ausgestattet, daß das Herz jeder Superhausfrau höher schlagen mußte, doch Mrs. Scott schien zu glauben, sie müsse sich entschuldigen.

»Mr. Scott hatte Anfang des Jahres einen Schlaganfall«, erklärte sie, während sie den Elektrokessel füllte und einsteckte, »und er ist wirklich gealtert dadurch. Er ist überhaupt nicht mehr der, der er mal war. Deshalb sind wir von Colchester hierhergezogen. Aber wenn er noch er selbst wäre, dann hätte ich hier alles vollautomatisch, und er hätte alles selbst gemacht und es nicht den Handwerkern überlassen. Ich wünschte, Sie hätten mein Haus in der Stadt sehen können. Die Zentralheizung war zu heiß. Man mußte Tag und Nacht die Fenster auflassen. Mr. Scott hatte alles selbst gelegt. Natürlich, er war ja sein ganzes Leben lang in der Branche, da gibt es nichts, was er nicht weiß über Heizungen und Rohrleitungen und all so was.« Sie hielt inne und schaute auf den Kessel, der leise, wimmernde Töne von sich gab, dann fuhr sie mit einer Stimme fort, die etwas Explosives zu unterdrücken schien: »Wir haben in der Zeitung von diesem Mann, Swan, gelesen und daß Sie alles wieder aufrollen mit seiner kleinen Tochter. Es hat Mr. Scott ganz krank gemacht, nur den Namen zu sehen.«

»Das Kind ist letzten Winter gestorben.«

»Damals hat Mr. Scott die Zeitungen nicht gesehen. Er war zu krank. Wir wußten gar nicht, daß Swan in der Nähe unserer Nichte wohnte, sonst wären wir nicht hingefahren. Na ja, er hat dort gewohnt, als wir letztes Mal da waren, aber wir wußten es nicht.« Sie ließ sich auf der plastikbezogenen, modernen Ausgabe einer Küchenbank nieder und seufzte. »Es hat an Mr. Scott gezehrt all die Jahre hindurch, arme kleine Bridget. Ich könnte mir vorstellen, daß es ihn umgebracht hätte, wenn er diesem Swan plötzlich begegnet wäre.«

»Mrs. Scott, es tut mir leid, daß ich Sie das fragen muß, aber glauben Sie, er hat Ihre Tochter möglicherweise ertrinken lassen? Ich meine, halten Sie es für möglich, daß er wußte, daß sie drauf und dran war zu ertrinken, und es einfach geschehen ließ?«

Sie schwieg. Wexford sah altes Leid über ihr Gesicht gleiten, in die Augen steigen und wieder vergehen. Das Wasser kochte zischend auf, und der Kessel schaltete sich ab.

Mrs. Scott stand auf und fing an, den Tee zu machen. Sie war ziemlich gefaßt, wenn auch traurig, doch es war eine alte, ausgelaugte Trauer. Die Finger am Kesselgriff und die Hand an der Teekanne zitterten nicht. Ein großer Kummer hatte sie betroffen, der einzige, der laut Aristoteles unerträglich ist, doch sie hatte ihn getragen, hatte weiter Tee gebrüht, weiter über Zentralheizungen jubiliert. So würde es eines Tages für Mrs. Lawrence sein, überlegte Wexford. Aristoteles wußte nicht alles, wußte vielleicht nicht, daß die Zeit Wunden heilt, alles zu Staub zermahlt und nur gelegentliche Melancholie zurückläßt.

»Mr. Scott mochte sie am liebsten«, sagte Bridgets Mutter schließlich. »Für mich war es anders. Ich hatte meine Söhne. Sie wissen vielleicht, wie es für einen Mann ist mit seiner kleinen Tochter, seiner Jüngsten.«

Wexford nickte und dachte an Sheila, seinen kostbarsten Schatz, seinen Augapfel.

»Ich habe das alles nie so schwer genommen wie er. Frauen sind stärker, sage ich immer. Sie können Dinge akzeptieren. Aber damals war ich in einem schrecklichen Zustand. Sie war mein einziges Mädchen, wissen Sie, und ich hatte sie erst spät in meinem Leben bekommen. Eigentlich wollten wir kein Kind mehr, aber Mr. Scott war ganz wild auf ein Mädchen.« Sie sah aus, als versuche sie, sich zu erinnern, nicht an die Tatsachen, sondern an die Gefühle von damals – versuchte es, und es gelang ihr nicht. »Es war ein Fehler, überhaupt in dieses Hotel zu gehen«, fuhr sie fort. »Pensionen waren eher unsere Linie. Aber Mr. Scott verdiente so gut, und warum sollte ich etwas dagegen sagen, wenn er meinte, wir seien schließlich auch nicht schlechter als andere, warum also kein Hotel, wenn wir es uns leisten könnten? Mir war ziemlich unwohl, als ich sah, mit was für Leuten wir dort zusammen waren, das kann ich Ihnen sagen. Oxford-Studenten und ein Anwalt und ein Adliger. Natürlich hat Bridget es nicht anders gewußt, für sie waren es einfach Leute, und Swan hat ihr eben gefallen. Wie oft habe ich mir schon gewünscht, sie hätte ihn nie zu Gesicht bekommen.

Einmal waren wir in der Halle, und sie wuselte um ihn herum – ich konnte sie einfach nicht davon abhalten; ich habe es versucht, das können Sie mir glauben –, da hat er ihr einen Stoß versetzt, nichts gesagt, wissen Sie, nicht mit ihr geredet oder so, einfach so einen Stoß, daß sie hingefallen ist und sich am Arm verletzt hat. Mr. Scott ist sofort hingegangen und hat ihn zur Rede gestellt, sagte ihm, er sei ein Snob, und Bridget sei genauso gut wie er. Seine Antwort werde ich nie vergessen. ›Es ist mir gleichgültig, wessen Tochter sie ist‹, sagte er. ›Es kümmert mich nicht, ob ihr Vater Herzog oder Müllmann ist. Ich will sie nicht hierhaben. Sie ist mir im Weg.‹ Aber das konnte Bridget nicht bremsen. Sie ließ ihn einfach nicht in Ruhe. Seitdem ist mir oft durch den Kopf gegangen, daß Bridget zu dem Boot rausgeschwommen ist, damit sie mit ihm allein sein konnte und niemand sonst dabei war.«

Mrs. Scott nahm das Tablett, machte aber keine Anstalten, ins Wohnzimmer zurückzugehen. Sie schien zu lauschen, und dann sagte sie:

»Sie konnte nicht so gut schwimmen. Wir hatten ihr soundso oft gesagt, sie solle nicht so weit rausschwimmen. Swan wußte das, er hatte es mit angehört. Er hat sie ertrinken lassen, weil es ihm einfach *egal* war, und wenn das Mord ist, dann hat er sie ermordet. Sie war nur ein Kind. Natürlich hat er sie ermordet.«

»Das ist eine schwere Anschuldigung, Mrs. Scott.«

»Es ist nicht mehr, als der Untersuchungsrichter auch gesagt hat. Als ich in der Zeitung über seine eigene kleine Tochter las, hatte ich kein Mitleid mit ihm, ich habe nicht gedacht, daß er bekommen hat, was er verdiente, ich habe gedacht, er hat das gleiche mit ihr gemacht.«

»Die Umstände waren ganz anders«, meinte Wexford. »Stella Rivers ist erstickt worden.«

»Ich weiß, ich habe es gelesen. Ich sage nicht, daß er es mit Absicht getan hat, genausowenig wie ich sagen würde, er hat Bridget direkt unter Wasser gestoßen. Meiner Ansicht nach ist sie ihm im Weg gewesen – kann man sich ja auch vorstellen, eine Stieftochter, und er frisch verheiratet –, und vielleicht hat sie etwas gesagt, was ihm nicht gepaßt hat, oder sie mochte ihn zu sehr, wie Bridget, und da hat er sie eben geschnappt und ihr die Kehle zugedrückt oder irgendwas, und – und sie ist gestorben. Wir gehen jetzt besser zu Mr. Scott zurück.«

Er saß genauso, wie sie ihn zurückgelassen hatten, die beinah blicklosen Augen noch immer starr geradeaus gerichtet. Seine Frau gab ihm eine Teetasse in die Hand und rührte für ihn um.

»Da hast du deinen Tee, mein Lieber. Tut mir leid, daß es so lange gedauert hat. Möchtest du ein Stück Kuchen, wenn ich es kleinschneide?«

Mr. Scott antwortete nicht. Er konzentrierte sich auf Wexford, und dem Chief Inspector wurde klar, daß der alte Mann über seinen Besuch nicht näher aufgeklärt worden war. Sicher, im Gespräch war Kingsmarkham erwähnt worden und die Nichte, doch Wexford war weder mit Namen noch Beruf vorgestellt worden.

Vielleicht war es der Augenausdruck seiner Frau, oder er hatte etwas von dem Gespräch in der Küche mitbekommen, jedenfalls fragte er unvermittelt und in seinem harschen, monotonen Tonfall: »Sind Sie von der Polizei?«

Wexford zögerte. Scott war ein sehr hinfälliger Mann. Möglicherweise hatte er das einzige Mal beim Tod seiner geliebten Tochter direkten Kontakt mit der Polizei gehabt. Wäre es da weise oder auch nur nötig, Erinnerungen in diesem ausgelaugten, verwirrten Hirn heraufzubeschwören?

Bevor er noch entschieden hatte, sagte Mrs. Scott fröhlich: »Aber nein, Lieber. Wie kommst du denn darauf? Der Herr ist nur ein Freund von Eileen aus Kingsmarkham drüben.«

»So ist es«, sagte Wexford erleichtert.

Die Hand des alten Mannes zitterte, und die Tasse klapperte auf der Untertasse. »Da geh ich nicht mehr hin, nicht in meinem Zustand. Werd's nicht mehr lange machen.«

»Wie kannst du nur so reden!« Mrs. Scotts energische Haltung konnte ihren Kummer kaum verbergen. »Denk doch nur, du bist beinah wieder wie früher.« Sie machte unverständliche Mundbewegungen in Wexfords Richtung und sagte dann laut: »Sie hätten ihn sehen sollen, damals im März, ein paar Wochen nach dem Schlaganfall. Mehr tot als lebendig war er da, schlimmer als ein Neugeborenes. Und schauen Sie ihn sich jetzt an.«

Doch Wexford mochte kaum hinsehen. Als er ging, überlegte er, daß das Gespräch doch nicht völlig sinnlos gewesen war. Zumindest würde er jetzt wieder gewissenhaft Crokkers Tabletten schlucken.

18

Der Eindruck, den Swan bei anderen hinterließ, hatte auf subtile Weise Wexfords eigenes Bild von ihm verändert, ihn mit rücksichtsloser Kälte und magnetischer Schönheit ausgestattet, göttergleich in Erscheinung und Macht, so daß er, als der Mann ihm wieder gegenüberstand, Enttäuschung, ja beinah so etwas wie einen Schock verspürte. Denn Swan war einfach nur Swan, immer noch der lässige, gutaussehende junge Mann, der sein träges und zielloses Leben führte. Eigenartig, sich vorzustellen, daß die bloße Erwähnung seines Namens genügen sollte, Mr. Scott umzubringen, und daß er ein Eigenleben in Mr. Frenshams Träumen führte.

»Muß Roz das erfahren?« fragte er, und als Wexford ihn erstaunt ansah, fuhr er fort: »Ich hatte es selbst mehr oder weniger vergessen, nur als ich zu der Verhandlung ging, da fiel es mir wieder ein. Müssen wir darüber reden?«

»Ich fürchte, ja.«

Swan zuckte die Achseln. »Man wird uns nicht hören. Roz ist unterwegs, und Gudrun habe ich mir vom Hals geschafft.«

Wexfords Gesicht zeigte den absurden Effekt, den diese Äußerung auf ihn hatte, und Swan gab ein leises, ironisches Lachen von sich. »Ich habe sie entlassen, gefeuert, meine ich. Was hatten Sie denn gedacht? Daß ich sie um die Ecke gebracht habe? In Ihren Augen ist mein Weg mit Leichen gepflastert, nicht wahr? Roz und ich sind gern allein, und Gudrun war uns im Weg, das ist alles.«

Wieder diese Formulierung. ›Sie war im Weg...‹ Wexford fing langsam an, eine Gänsehaut zu bekommen, wenn er sie hörte.

»Möchten Sie was trinken? Allerdings müßten Sie sich mit etwas aus einer Flasche begnügen. Das Tee- und Kaffeekochen ist Rosalinds Domäne, und ich weiß sowieso nicht, wo sie die Sachen aufbewahrt.«

»Ich möchte nichts trinken, ich möchte etwas über Bridget Scott hören.«

»O Gott, es ist so verdammt lange her, schon beinah Geschichte. Ich nehme an, Sie haben bereits eine hervorragende Sammlung tendenziöser Darstellungen.« Swan setzte sich hin und legte sein Kinn in die Hände. »Ich weiß nicht, was Sie hören wollen. Ich bin mit einem anderen Mann und einem Mädchen in dieses Hotel gefahren. Wenn Sie einen Moment Geduld haben, fallen mir auch die Namen wieder ein.«

»Bernard Frensham und Adelaide Turner.« Armer Frensham, dachte Wexford. Swan lebte in seinen Träumen weiter, doch er hatte keinen entsprechenden Platz in Swans Erinnerung.

»Warum fragen Sie mich, wenn Sie schon mit ihnen geredet haben?«

»Ich möchte Ihre Version.«

»Über das, was auf dem See passiert ist? Also gut. Ich habe sie ertrinken lassen, aber ich wußte nicht, daß sie ertrinkt.« Swans Gesicht sah verdrießlich aus. In dem diffusen und matten Novemberlicht hätte er wieder neunzehn sein können, aber Wexford konnte keinen Schatten von Weinlaub in seinem Haar feststellen. »Sie hat mich mit ihren Belästigungen fast zur Verzweiflung getrieben«, sagte er, und der verdrossene Ausdruck vertiefte sich. »Sie hing in meiner Nähe herum und versuchte mich zum Schwimmen zu bewegen, wollte mit mir spazierengehen und hat Szenen gemacht, um meine Aufmerksamkeit zu erregen!«

»Was für Szenen?«

»Einmal war sie in einem Ruderboot draußen, und ich bin geschwommen, da fing sie an zu schreien, sie habe ihr Portemonnaie ins Wasser fallen lassen und ob ich danach tauchen würde. Ich hab's nicht getan, aber – wie hieß er noch? – Frensham ist getaucht, und nachdem wir alle ungefähr zehn Minuten lang herumgesucht hatten, holte sie das Portemonnaie aus dem Boot. Es war alles nur ein Trick. Dann ist sie einmal, als ich nachmittags versuchte, etwas zu schlafen, in mein Zimmer gekommen und hat gesagt, wenn ich nicht mit ihr rede, würde sie schreien, und wenn die Leute kämen, würde sie ihnen erzählen, ich hätte sie belästigt. Eine Elfjährige!«

»So daß Sie glaubten, es sei nur wieder eine neue Kriegslist, um Ihre Aufmerksamkeit auf sich zu lenken, als Sie sie um Hilfe rufen hörten?«

»Sicher habe ich das gedacht. Das andere Mal, als sie drohte, zu schreien, hatte ich zu ihr gesagt: ›Schrei nur los.‹ Ich lasse mich von so was nicht beeindrucken. Draußen im Boot, da *wußte* ich, daß sie eine Schau abzog. Ich konnte es nicht glauben, als man mir sagte, sie sei ertrunken.«

»Hat es Ihnen leid getan?«

»Ich war ein bißchen aus dem Gleichgewicht«, sagte Swan. »Es hat mich irgendwie beeindruckt, aber es war nicht meine Schuld. Ziemlich lange danach mochte ich Kinder in dem Alter nicht um mich haben. Wenn ich mir's recht überlege, auch jetzt nicht.«

Ob ihm wohl klar war, was er da gesagt hatte? »Stella

war genauso alt, als Sie sie kennenlernten, Mr. Swan«, sagte Wexford.

Doch Swan schien die Anspielung nicht zu bemerken. Er redete weiter und machte alles noch schlimmer. »Sie hat genaugenommen die gleichen Dinge getan, immer versucht, meine Aufmerksamkeit zu erregen.« Der verdrießliche Gesichtsausdruck kam wieder und machte ihn beinah häßlich. »Ob sie einen Hund haben könne? Ob sie ein Pferd haben könne? Immer diese Versuche, mich mit hineinzuziehen. Manchmal habe ich den Eindruck...« Er warf Wexford einen Blick voll wilder Abneigung zu. »Manchmal habe ich den Eindruck, die ganze Welt will sich nur zwischen mich und das, was ich möchte, drängen.«

»Und was möchten Sie?«

»Mit Rosalind allein gelassen werden«, erwiderte Swan schlicht. »Ich will keine Kinder. Nach diesen ganzen Sachen kann ich Kinder nicht ausstehen. Ich möchte hier auf dem Land mit Roz leben, nur wir beide, in Frieden. Sie ist der einzige Mensch, den ich je gekannt habe, der mich so mag, wie ich bin. Sie hat sich kein Bild von mir gemacht, dem ich entsprechen muß, sie möchte mich nicht aufmuntern und ermutigen. Sie liebt *mich*, sie kennt mich wirklich, und ich stehe bei ihr an erster Stelle, bin das Zentrum ihres Universums. Als sie mich kennengelernt hatte, da kümmerte sie nicht einmal mehr Stella. Wir haben sie nur bei uns behalten, weil ich fand, wir sollten es tun, ich habe Roz gesagt, sie könnte es womöglich sonst eines Tages bereuen. Und sie ist eifersüchtig. Manche Männer würden das nicht mögen, aber mir gefällt es. Es gibt mir ein wunderbares Gefühl von Glück und Sicherheit, wenn Roz mir erklärt, sobald ich eine andere Frau auch nur ansähe, würde sie ihr das Schlimmstmögliche antun. Sie können sich gar nicht vorstellen, was das für mich bedeutet.«

Ich frage mich eher, was es für mich bedeutet, dachte

Wexford. Er sagte nichts, sondern hielt seinen Blick weiterhin auf Swan gerichtet, der plötzlich errötete. »So viel habe ich seit Jahren nicht mit jemandem geredet«, sagte er, »außer mit Roz. Da kommt sie, glaube ich. Sie werden nichts sagen über…? Wenn ihr ein Verdacht käme, ich wüßte nicht, was ich machen sollte.«

Swan hatte das Geräusch eines Autos gehört, es war der Ford Kombi, dessen Reifen draußen auf dem Kies von Hall Farm knirschten.

»Ich hatte den Eindruck, Sie könnten nicht Auto fahren, Mrs. Swan«, sagte Wexford, als sie hereinkam.

»So? Mein Führerschein war abgelaufen, während ich in Karachi war, aber letzten Monat habe ich die Prüfung noch einmal gemacht.«

Sie war einkaufen gewesen. In London vielleicht, jedenfalls ein exquisiteres Pflaster als Kingsmarkham. Schwarzes Papier mit weißer Aufschrift war um ihre Päckchen, und scharlachrotes mit Gold. Aber sie hatte nicht für sich eingekauft.

»Eine Krawatte für dich, Herzliebster. Schau auf den Schriftzug.« Swan schaute hin und Wexford ebenso. *Jacques Fath* stand da. »Und russische Zigaretten und ein Buch und… Es sieht nicht sehr viel aus, jetzt, wo ich es hier rausnehme. Ach, ich wünschte, wir wären reich.«

»Damit du alles für mich ausgeben könntest?« sagte Swan.

»Für wen denn sonst? Hast du daran gedacht, den Elektriker anzurufen, Liebling?«

»Dazu bin ich gar nicht gekommen«, erwiderte Swan. »Es ist mir einfach entfallen.«

»Macht nichts, mein Herz. Ich kümmere mich darum. Und jetzt mache ich dir einen schönen Tee. Warst du einsam ohne mich?«

»Ja. Sehr.«

Sie hatte kaum von Wexford Notiz genommen. Er untersuchte den Mord an ihrem einzigen Kind, doch sie beachtete ihn kaum. Ihr Blick, ihre Aufmerksamkeit waren allein auf ihren Mann gerichtet. Und er war es, der jetzt, wo jemand, der ihn zubereitete, da war, ziemlich widerwillig vorschlug, Wexford könne ja mit ihnen Tee trinken.

»Nein danke«, sagte der Chief Inspector. »Ich möchte Ihnen nicht im Weg sein.«

Die Haarlocke stammte weder von John Lawrence noch von Stella Rivers, aber es war Kinderhaar. Jemand hatte sie vom Kopf eines Kindes abgeschnitten. Das hieß, der Briefschreiber hatte Zugang zu einem blonden Kind. Und mehr als das. Man konnte nicht einfach mitten auf der Straße zu einem Kind gehen und ihm eine Locke abschneiden, ohne Ärger zu kriegen. Technisch gesehen wäre das ein ›tätlicher Angriff‹. Der Briefschreiber, der ›Pelz-Mann‹, mußte also in so enger Verbindung zu einem Kind stehen, daß er ihm eine Locke abschneiden konnte, entweder während es schlief oder mit dessen Einverständnis.

Aber was fing er damit an, überlegte Wexford. Er konnte nicht jedes goldblonde Kind in Sussex ausfragen. Er konnte diese Kinder nicht mal bitten, sich zu melden, denn die Person, die ›in so enger Verbindung‹ stand – Vater? Onkel? –, würde das eine wichtige Kind daran hindern, sich zu melden.

Obwohl es nicht die verordnete Zeit war, schluckte Wexford zwei Blutdrucktabletten und spülte mit einigen Schlucken Kaffee nach. Er würde sie brauchen, wenn er den Rest des Tages damit verbringen mußte, in Stowerton herumzujagen. Mrs. Thetford zuerst, um zu erfahren, ob sie die Geschichte von Johns Verschwinden womöglich doch in der Stadt verbreitet hatte. Dann vielleicht Rushworth. Mit

Rushworth womöglich stundenlang herumsitzen, ihn wenn nötig dazu bringen, sich zu erinnern, ihn seine Mitsucher beschreiben lassen, der Sache *heute* auf den Grund gehen.

Das Klima, in dem Burden und seine Schwägerin inzwischen lebten, war kaum dazu angetan, Vertraulichkeiten auszutauschen. Es war beinah eine Woche her, seit sie ihn zuletzt angelächelt oder mehr gesagt hatte als »Kälter heute« oder »Gib mal bitte die Butter rüber«. Doch er würde ihr von seiner bevorstehenden Heirat erzählen müssen, auch den Kindern, vielleicht mußte er sogar um deren Erlaubnis bitten.

Er dachte, die Gelegenheit sei da, als Grace, etwas aufgetaut, fragte: »Hast du nicht nächstes Wochenende frei?«

Vorsichtig erwiderte er: »Eigentlich ja, aber wir haben sehr viel zu tun.«

»Mutter hat uns alle vier zum Wochenende eingeladen.«

»Ich glaube nicht…«, fing Burden an. »Ich meine, ich schaffe es nicht. Hör mal, Grace, ich muß dir etwas…«

Grace sprang auf. »Es ist immer etwas. Spar dir die Entschuldigungen. Ich werde allein mit den Kindern fahren, wenn du nichts dagegen hast.«

»Natürlich habe ich nichts dagegen«, sagte Burden, und dann ging er zur Arbeit, oder was man hätte Arbeit nennen können, wenn er in der Lage gewesen wäre, sich zu konzentrieren.

Er hatte halb versprochen, zum Lunch in die Fontaine Road zu kommen. Brot und Käse, nahm er an, in dieser abscheulichen Küche. Sosehr er sich auch danach sehnte, nachts mit Gemma zusammenzusein, ihre Mahlzeiten reizten ihn überhaupt nicht. Da war die Kantine des Reviers beinah vorzuziehen. Und plötzlich kam ihm der Gedanke, daß bald jede Mahlzeit, die er zu sich nahm, von Gemma zubereitet sein würde.

Wexford war unterwegs. Es hatte Zeiten gegeben, da war der Chief Inspektor nie weggegangen, ohne ihm eine Nachricht zu hinterlassen, doch all das hatte sich nun geändert. Er hatte sich geändert, und seine Veränderung hatte ihn Wexfords Wertschätzung gekostet.

Im Fahrstuhl nach unten hoffte er, er würde Wexford nicht begegnen, und als die Tür zur Seite glitt, war niemand im Foyer außer Camb und Harry Wild, der derzeit schon beinah zum Mobiliar gehörte, Teil des Bildes wie der Tresen und die kleinen roten Stühle. Burden behandelte ihn wie einen Stuhl, er akzeptierte seine Anwesenheit, ignorierte ihn aber ansonsten. Er war fast an der Schwingtür, als sie aufging und Wexford hereintrat.

Außer bei Gemma war das Murmeln zu Burdens normaler Ausdrucksform geworden. Er murmelte einen Gruß und wäre seiner Wege gegangen, hätte Wexford ihn nicht mit dem offiziellen »Mr. Burden!« zurückgehalten, das er gewöhnlich in Gegenwart von Leuten wie Camp und Wild benutzte.

»Sir?« erwiderte Burden gleichermaßen formell.

Leiser sagte Wexford: »Ich habe den Vormittag mit diesem Rushworth verbracht, aber ich konnte nichts aus ihm rauskriegen. Kommt mir ein bißchen dämlich vor, der Mann.«

Mit Mühe versuchte Burden sich auf Rushworth zu konzentrieren. »Ich weiß nicht«, meinte er. »Ich hätte ihn selbst auch nicht als möglichen Verdächtigen in Betracht gezogen, aber immerhin besitzt er einen Dufflecoat, und dann die Sache, als er die Tochter von Crantocks zu Tode erschreckt hat.«

»*Was* hat er?«

Wexfords Worte kamen als scharfes Zischen heraus. »Das

habe ich Ihnen doch erzählt«, sagte Burden. »Es stand in meinem Bericht.« Zögernd und erneut murmelnd, gab er dem Chief Inspector eine Zusammenfassung dessen, was in der Chiltern Avenue geschehen war. »Das muß ich Ihnen erzählt haben«, er stockte. »Ich bin sicher, ich...«

Wexford vergaß Camb und Wild. »Mitnichten haben Sie das!« schrie er. »Sie haben überhaupt keinen verdammten Bericht geschrieben. Und jetzt – *jetzt* – kriege ich zu hören, daß Rushworth ein Kind belästigt hat?«

Burden hatte keine Worte. Er merkte, wie er blutrot wurde. Es stimmte – er erinnerte sich jetzt –, er hatte keinen Bericht geschrieben, die ganze Sache war ihm entfallen. Liebe und Sehnsucht hatten alles aus seinem Gedächtnis ausgelöscht; denn jene Nacht, in der Stowerton in Nebel gehüllt gelegen hatte, war seine erste Nacht mit Gemma gewesen.

Es wäre wohl zu einem ernsthaften Zusammenstoß zwischen ihm und Wexford ausgeartet, hätte Harry Wild sich nicht eingemischt. Unsensibel für Atmosphärisches und unfähig, sich vorzustellen, daß er je überflüssig sein könnte, drehte Wild sich um und sagte laut:

»Wollen Sie damit sagen, Sie haben Bob Rushworth für diese Sache auf dem Kieker?«

»Ich will überhaupt nichts sagen, und Ihnen schon gar nicht«, fuhr Wexford ihn an.

»Sie brauchen nicht gleich so aufzubrausen. Wollen Sie denn keine Hilfe bei Ihrer Untersuchung?«

»Was wissen Sie denn darüber?«

»Na, ich kenne jedenfalls Rushworth«, sagte Wild und schob sich zwischen die beiden Polizisten. »Und ich weiß, daß er ein Ekelpaket ist. Freund von mir hat von ihm ein Cottage in Mill Lane gemietet, und Rushworth hat einen Schlüssel behalten und taucht da auf, wann immer es ihm Spaß macht. Er hat sogar mal alle privaten Papiere von meinem Freund durchgewühlt, ohne auch nur ein Wort der Erklärung, und sein Sohn geht hin und holt sich Äpfel aus dem Garten, einmal hat er eine Flasche Milch geklaut. Ich könnte Ihnen Sachen über Bob Rushworth erzählen, da würden Ihnen die…«

»Ich glaube, Sie haben mir genug erzählt, Harry«, unterbrach Wexford. Ohne die übliche Einladung zum Lunch, ohne auch nur einen Blick auf Burden, verließ er das Revier auf dem gleichen Weg, den er gekommen war.

Weil er sicher war, daß Burden, wenn er ins *Carousel* ging, hinterherkommen und ihm das Essen mit gewundenen Entschuldigungen verderben würde, fuhr Wexford nach Hause und überraschte seine Frau, die ihn sonst zwischen neun und sechs selten sah, mit dem Wunsch nach Eßbarem. Er konnte sich nicht erinnern, wann er zuletzt so schlechte Laune gehabt hatte. Übel aussehende, dunkle Venen standen an seinen Schläfen hervor und alarmierten ihn derart, daß er mit dem Bier, das Mrs. Wexford aus dem Kühlschrank zutage förderte, gleich zwei seiner Blutdrucktabletten hinunterspülte. Burden sollte klüger sein, als ihn so aufzuregen. Kein Wunder, wenn er noch endete wie der arme alte Scott.

Etwas ruhiger, fuhr er gegen drei los, um Mrs. Thetford aufzusuchen. Eine Nachbarin sagte ihm, sie sei noch zum Saubermachen bei Mrs. Dean. Wexford hing herum, bis sie zurückkam, und sah keinen Grund, ihre Einladung zu einer Tasse Tee und einem Stück Fruchtkuchen auszuschlagen. Die Rushworths waren beide den ganzen Tag außer Haus, und er wollte sie lieber gemeinsam befragen, statt ein erneutes Gespräch in Rushworths Büro über sich ergehen zu lassen, wo sie dauernd durch Anrufe von Kunden unterbrochen wurden.

Tee und Kuchen waren leider alles, was Mrs. Thetford ihm zu bieten hatte. Sie wiederholte nur die Geschichte, die er bereits von ihrem Mann kannte. Gegen fünf Uhr habe ihr Mrs. Dean von John Lawrences Verschwinden erzählt, erklärte sie, aber sie habe es niemandem weitererzählt, außer ihrem Mann und ihrem Schwager.

Langsam fuhr er die Straße hinauf und bog in die Sparta Grove. Lomax' Patientin, Mrs. Foster, war jetzt seine einzige Hoffnung. Sie mußte jemandem berichtet haben, was sie beim Arzt mit angehört hatte. Oder hatte jemand sie belauscht? Es war immerhin eine Möglichkeit, vielleicht die einzige noch verbleibende. Nummer 14 war ihr Haus. Wexford parkte vor der Tür, und dann sah er den Jungen. Er schaukelte auf dem Tor des Nachbarhauses, Nummer 16, und sein ziemlich langes Haar war leuchtend goldblond.

Inzwischen war die Schule aus, und Sparta Grove wimmelte von Kindern. Wexford winkte einem Mädchen von ungefähr zwölf, und sie kam mißtrauisch an seinen Wagen.

»Ich soll nicht mit fremden Männern reden.«

»Sehr vernünftig«, sagte Wexford. »Ich bin Polizist.«

»Sie sehen nicht wie einer aus. Zeigen Sie mir Ihren Ausweis.«

»Donnerwetter, du wirst es mal weit bringen, wenn du nicht vorher ausrutscht.« Er zog seinen Ausweis heraus, und das Kind studierte ihn mit riesigem Vergnügen. »Zufrieden?«

»Hmm.« Sie grinste. »Das hab ich im Fernsehen gelernt.«

»Sehr lehrreich, das Fernsehen. Ich frage mich, wozu sie die Schulen noch offenhalten. Siehst du den Jungen mit dem blonden Haar? Wo wohnt der?«

»Wo er is. In dem Haus, wo er auf dem Tor von sitzt.«

Grammatikalisch bedenklich, aber klar. »Du mußt ihm ja nicht sagen, daß ich gefragt habe.« Wexford fischte eine Münze heraus, die er garantiert nicht über Spesen zurückkriegen würde.

»Was soll ich denn sagen?«

»Na hör mal, du hast doch Phantasie. Sag einfach, ich war ein fremder Mann.«

Jetzt war nicht die geeignete Zeit. Er mußte warten, bis alle Kinder im Bett waren. Als das *Piebald Pony* öffnete, ging er hinein und bestellte sich Sandwiches und ein kleines Bitter. Jeden Moment würden Monkey und Mr. Casaubon auftauchen. Begeistert, ihn zu sehen, würden sie versuchen herauszufinden, wie nah sie ihren Zweitausend schon waren, und es würde ihm Spaß machen, ihnen zu sagen, daß sie nie weiter entfernt gewesen waren. Er würde sogar indiskret werden und seine innerste Überzeugung enthüllen, daß Swans einziges Verbrechen seine Indifferenz war.

Aber es kam keiner. Und um sieben Uhr machte Wexford sich auf den Weg und lief dreiviertel einer ruhigen und schlecht beleuchteten Sparta Grove entlang.

Er klopfte an die Haustür von Nummer 16. Nirgends ein Lichtschein. Alle Kinder mußten inzwischen wohlbehalten in ihren Betten liegen. In diesem Haus schlief der goldblonde Junge. Wie es von außen aussah – kein blauweißer Schein von einem Fernsehschirm flimmerte hinter den zugezogenen Vorhängen –, waren seine Eltern ausgegangen und hatten ihn allein gelassen. Wexford hatte keine sonderlich hohe Meinung von Eltern, die so etwas machten, besonders derzeit, besonders hier. Er klopfte noch einmal, diesmal energischer.

Für einen sensiblen, scharfsichtigen Menschen hat ein leeres Haus eine andere Ausstrahlung als ein Haus, das nur leer zu sein scheint, tatsächlich aber jemanden beherbergt, der nicht aufmachen will. Wexford fühlte, daß irgendwo in der Dunkelheit Leben war, bewußtes, vibrierendes Leben, nicht nur ein schlafendes Kind. Jemand war da, ein angespannter Jemand, der das Klopfen hörte und hoffte, das Klopfen würde aufhören und der Klopfende weggehen. Leise schlich er durch den Seiteneingang und zur Rückseite. Das Haus der Fosters nebenan war hell erleuchtet, aber alle Türen und Fenster waren zu. Ein gelber Lichtschein aus Mrs. Fosters Küche zeigte ihm, daß Nummer 16 ein wohlgepflegtes Haus war: gefegte Wege und rote, blankgeputzte Stufen zur Hintertür. Das Dreirad des kleinen Jungen und ein Herrenfahrrad lehnten an der Wand, beide waren mit einem durchsichtigen Plastiküberwurf zugedeckt.

Er hämmerte mit der Faust an die Hintertür. Schweigen. Dann probierte er ganz heimlich die Klinke aus, aber die Tür war zugeschlossen. Ohne Durchsuchungsbefehl war hier kein Hineinkommen, und mit seinen mageren Beweismitteln konnte er sich keinen erhoffen.

Leise und vorsichtig ging er – feuchten Torf unter den Schuhen – weiter ums Haus herum. Da überflutete ihn von hinten unvermittelt ein Lichtstrahl, und er hörte Mrs. Foster so deutlich, als stände sie neben ihm, sagen: »Vergiß bitte nicht, die Mülltonne rauszustellen, Lieber, ja? Wo die Müllabfuhr jetzt nur noch alle zwei Wochen kommt, wäre es ärgerlich, wenn wir sie verpassen würden.«

Genau, wie er es sich gedacht hatte. Jedes Wort, das im Garten von Nr. 14 gesprochen wurde, konnte man in diesem Garten hier hören. Mrs. Foster hatte ihn nicht gesehen. Er wartete, bis sie wieder in ihrer Küche verschwunden war, bevor er weiterging.

Dann sah er es: ein hauchdünner Lichtstreifen, feiner als der Strahl einer Bleistifttaschenlampe, der von einer Terrassentür aus quer übers Gras verlief. Auf Zehenspitzen ging er auf die Lichtquelle zu, einen winzigen Spalt zwischen vorgezogenen Vorhängen.

Es war schwierig, überhaupt etwas zu sehen. Dann merkte er, daß der Rand des Vorhangs direkt in der Mitte der Tür an einem Riegel hängengeblieben war. Er ging in die

Hocke, aber noch immer konnte er nichts sehen. Es blieb ihm nichts anderes übrig, als sich flach hinzulegen. Glücklicherweise war kein Beobachter in der Nähe, der mit ansah, wie schwer es ihm fiel, etwas zu tun, das eigentlich zu den natürlichsten Bewegungen eines Menschen gehören sollte.

Platt auf dem Bauch liegend, linste er mit einem Auge durch das vorhanglose Dreieck. Der Raum tat sich vor ihm auf. Er war klein, ordentlich und von einer putzwütigen Hausfrau konventionell möbliert, rote Couchgarnitur, dreiteilig, Beistelltische, Wachsgladiolen und Nelken, deren Blütenblätter täglich mit einem feuchten Tuch abgewischt wurden.

Der Mann, der schreibend an einem Sekretär saß, war jetzt ganz entspannt und voll auf seine Aufgabe konzentriert. Der unerwünschte Besucher war endlich weggegangen und hatte ihn dem ganz besonderen Frieden und der Intimität überlassen, die er brauchte. In seinem Gesicht war es wahrscheinlich zu sehen, dachte Wexford bei sich, dieser schreckliche, einsame Egoismus, diese Selbstvergessenheit, aber das Gesicht konnte er nicht sehen, nur die nackten Beine und Füße, und er ahnte die entrückte Versunkenheit des Mannes. Unter seinem Pelzmantel war er Wexfords Vermutung nach ganz nackt.

Wexford beobachtete ihn einige Minuten, sah zu, wie er gelegentlich innehielt und mit dem dicken, flauschigen Ärmel über Nase und Mund fuhr. Es ließ ihn erschauern, denn er wußte, daß er etwas Intimeres belauschte als ein heimliches Gespräch oder einen Liebesakt oder eine Beichte. Dieser Mann da war nicht allein mit sich, sondern mit seinem zweiten Ich, einer gesonderten Persönlichkeit, die womöglich bis jetzt noch nie jemand zu Gesicht bekommen hatte.

Zeuge dieses Phänomens zu sein, dieses intensiven, intimen Phantasierens in einem Raum, der so ausgesprochen die Normalität verkörperte, erschien Wexford eine ungeheuerliche Einmischung. Doch dann fielen ihm die ergebnislosen Verabredungen im Wald wieder ein und Gemma Lawrences Hoffnung und Verzweiflung. Ärger verdrängte die Scham. Er rappelte sich hoch und klopfte hart gegen die Glasscheibe.

19

In seiner Hast, zum Fahrstuhl zu gelangen, drängte Burden Harry Wild aus dem Weg.

»Manieren«, ereiferte sich der Reporter. »Man muß einen ja nicht gleich wegstoßen. Ich habe ein Recht, herzukommen und Fragen zu stellen, wenn ich...«

Die zugleitende Tür schnitt den Rest seiner Bemerkungen ab, die womöglich darauf hinausgelaufen wären, daß er, wäre er nicht so ein bescheidener Mensch und hätte er nicht diese Vorliebe fürs ruhige Leben, in ehrwürdigeren Hallen von seinen Rechten Gebrauch machen würde als denen des Polizeireviers von Kingsmarkham. Burden wollte davon nichts hören. Er wollte nur Bestätigung oder Verneinung von Harrys Aussage, daß man den Jungen gefunden habe.

»Es gibt eine Sondersitzung des Gerichts?« fragte er, als er in Wexfords Büro stürmte.

Der Chief Inspector sah müde aus heute morgen. Wenn er müde war, nahm seine Haut einen stumpfen Grauton an, und seine Augen waren kleiner denn je, aber immer noch stahlgrau unter den geschwollenen Lidern.

»Gestern abend«, sagte er, »habe ich unsern Briefschreiber gefunden, einen gewissen Arnold Charles Bishop.«

»Aber den Jungen nicht?« fragte Burden atemlos.

»Nein, natürlich nicht den Jungen.« Burden konnte es nicht leiden, wenn Wexford so feixte wie jetzt. Sein Blick schien zwei saubere Löcher in Burdens sowieso schon schmerzenden Kopf zu bohren. »Er kennt den Jungen nicht mal. Ich fand ihn in seinem Haus in Sparta Grove, wo er damit beschäftigt war, mir einen weiteren Brief zu schreiben. Seine Frau war zu einem Volkshochschulkurs, die Kinder im Bett. O ja, er hat Kinder, zwei Jungen. Einem von ihnen hat er die Haarlocke abgeschnitten, während der Junge schlief.«

»O Gott«, sagte Burden.

»Er ist ein Pelzfetischist. Soll ich Ihnen seine Aussage vorlesen?«

Burden nickte.

»Ich habe weder John Lawrence noch seine Mutter je gesehen. Ich habe ihn ihrer Obhut als seine rechtmäßige Hüterin nicht entrissen. Am 16. Oktober gegen sechs Uhr abends hörte ich meine Nachbarin, Mrs. Foster, ihrem Mann erzählen, daß John Lawrence vermißt werde und daß man Suchtrupps bilden wolle. Ich fuhr mit dem Fahrrad zur Fontaine Road und schloß mich einem dieser Suchtrupps an.

Bei drei aufeinanderfolgenden Gelegenheiten im Oktober und November habe ich drei Briefe an Chief Inspector Wexford geschrieben. Ich habe sie nicht unterschrieben. Ich habe ihn einmal angerufen. Ich kann nicht sagen, warum ich all das getan habe. Irgend etwas ist über mich gekommen, und ich mußte es tun. Ich bin glücklich verheiratet und habe selbst zwei Kinder. Ich würde niemals einem Kind etwas zuleide tun, und ich besitze kein Auto. Die Kaninchen habe ich erwähnt, weil ich Pelz liebe. Ich habe drei Pelzmäntel, aber davon weiß meine Frau nichts. Sie weiß überhaupt nicht, was ich getan habe. Wenn sie weggeht und die Kinder schlafen, ziehe ich oft einen meiner Pelzmäntel an, um das Fell zu spüren.

In der Zeitung habe ich gelesen, daß Mrs. Lawrence rothaarig und ihr Sohn John Lawrence blond ist. Ich habe meinem Sohn Raymond eine Haarsträhne abgeschnitten und sie an die Polizei geschickt. Ich kann nicht erklären, weshalb ich das oder überhaupt diese ganze Sache getan habe, außer, daß ich es tun mußte.«

Mit rauher Stimme meinte Burden: »Dafür kann er höchstens sechs Monate für Behinderung der Polizeiarbeit kriegen.«

»Tja, wessen würden Sie ihn anklagen? Psychoterror? Der Mann ist krank. Ich war gestern abend auch wütend, aber jetzt bin ich's nicht mehr. Wenn man nicht gerade ein Unmensch oder ein Idiot ist, kann man nicht wütend sein auf einen Mann, der mit einer so grotesken Krankheit leben muß wie Bishop.«

Burden murmelte etwas wie, es sei ja alles gut und schön, solange man nicht persönlich betroffen sei, doch Wexford ging darüber hinweg. »Kommen Sie in ungefähr einer halben Stunde mit rüber ins Gericht?«

»Den ganzen Mist noch mal um und um drehen?«

»Ein Großteil unserer Arbeit besteht nun mal aus Mist, wie Sie's nennen. Ausmisten, aufräumen, lernen, Mist von anderem Unrat zu unterscheiden, und lernen, damit umzugehen.« Wexford stand auf und stützte sich schwer auf seinen Schreibtisch. »Wenn Sie nicht mitkommen wollen, was machen Sie dann? Hier sitzen und Trübsal blasen, den ganzen Tag lang? Delegieren? Sich vor der Verantwortung drücken? Mike, ich muß das mal sagen, es ist Zeit, daß ich es endlich tue. Ich bin müde, ich versuche, diesen Fall ganz allein zu lösen, weil ich mich auf Sie nicht mehr verlassen kann. Ich kann nicht mit Ihnen reden. Wir haben die Dinge immer gemeinsam auseinanderklamüsert, den Mist gesiebt, wenn Sie so wollen. Aber wenn man jetzt mit Ihnen redet – also, das ist, als wolle man ein vernünftiges Gespräch mit einem Zombie führen.«

Burden sah zu ihm auf. Einen Augenblick dachte Wexford, er würde nicht antworten, sich nicht verteidigen. Er starrte ihn nur mit einem leeren, toten Blick an, so, als sei er viele Tage und viele schlaflose Nächte hindurch verhört worden und könne nicht länger die peinigenden, verwickelten Fäden auseinanderhalten, die zu seinem Unglücklichsein beitrugen. Doch er wußte, daß die Zeit längst vorbei war, wo er Wexford abwimmeln konnte, und in einer Folge abgehackter Sätze stieß er alles heraus.

»Grace geht weg, ich weiß nicht, was mit den Kindern werden soll. Mein Privatleben ist ein einziges Chaos. Ich kann meine Arbeit nicht machen.« Wie ein Aufschrei, den er gar nicht hatte hinauslassen wollen, brach es aus ihm hervor. »Warum mußte sie sterben?« Und dann, weil er nicht wußte, was er machen sollte, weil Tränen, die keiner sehen durfte, unter seinen Lidern brannten, begrub er das Gesicht in den Händen.

Es war sehr still im Zimmer. Bald muß ich den Kopf heben, dachte Burden, muß die Hände von den Augen nehmen und seiner Verachtung begegnen. Er machte keine Bewegung, preßte nur seine Finger noch fester gegen die Augen. Da fühlte er Wexfords schwere Hand auf seiner Schulter.

»Mike, mein guter alter Freund...«

Eine emotional geladene Szene zwischen zwei normalerweise wenig emotionalen Männern hat gewöhnlich einen Nachhall tiefer und kläglicher Verlegenheit. Als Burden sich wieder gefaßt hatte, war er in der Tat sehr verlegen, doch Wexford verfiel weder in munteres Herumgetöne, noch machte er einen jener ungeschickten Versuche, das Thema zu wechseln.

»Sie hätten eigentlich dies Wochenende frei, oder, Mike?«

»Wie kann ich denn jetzt auch noch freinehmen?«

»Seien Sie nicht albern. In diesem Zustand sind Sie sowieso mehr als nutzlos. Machen Sie ein langes Wochenende draus, beginnend mit Donnerstag.«

»Grace will mit den Kindern nach Eastbourne fahren…«

»Fahren Sie mit. Sehen Sie zu, ob sie nicht ihre Meinung ändert und vielleicht doch noch bleibt. Es gibt immer zwei Möglichkeiten, Mike, oder? Und jetzt – meine Güte, wie spät ist es? –, wenn ich nicht augenblicklich losgehe, komme ich noch zu spät zum Gericht.«

Burden öffnete das Fenster, stellte sich davor und ließ den feinen Morgendunst über sein Gesicht streichen. Ihm kam es vor, als sei mit der Festnahme Bishops ihre letzte Hoffnung – oder seine letzte Sorge –, John Lawrence zu finden, dahin. Er würde Gemma nicht damit verstören, und Lokalzeitungen las sie nie. Der weiße, durchsichtige Dunst trieb vorbei, wusch sanft über ihn und machte ihn ruhiger. Dunst an der See und lange, leere Strände, verlassen im November, kamen ihm in den Sinn. Wenn sie dort waren, dann wollte er den Kindern und Grace und seiner Schwiegermutter von Gemma erzählen und davon, daß er wieder heiraten würde.

Er wunderte sich, warum der Gedanke daran ihn frostiger berührte als die kühle Herbstluft. Weil sie die fremdartigste Nachfolgerin für Jean war, die er aus seiner Welt hätte herauspicken können? Früher hatte er manchmal über Männer gestaunt, die aus Selbstlosigkeit oder aus einer vorübergehenden Verliebtheit heraus eine verkrüppelte oder blinde Frau heirateten. War er nicht im Begriff, genau das zu tun, eine Frau zu heiraten, die in ihrem Herzen und ihrer Persönlichkeit verkrüppelt war? Und er kannte sie nur so. Wie würde sie sein, wenn ihre Deformationen abgeheilt waren?

Absurd, monströs, Gemma als deformiert zu bezeichnen. Voller Zärtlichkeit und mit sehnsüchtigem, schmerzhaftem Herzzucken rief er sich ihre Schönheit und die Liebesnächte mit ihr ins Gedächtnis. Dann schloß er abrupt das

Fenster; er wußte, er würde nicht mit Grace nach Eastbourne fahren.

Bishop wurde einem Arzt überstellt. Die Seelenknacker würden ihn sich schon vornehmen, dachte Wexford. Vielleicht würde es etwas bewirken, doch eher nicht. Wenn er nur das geringste Vertrauen zu Psychologen gehabt hätte, dann hätte er Burden empfohlen, zu einem zu gehen. Immerhin, ihre Aussprache vorhin hatte zur Reinigung der Luft beigetragen. Wexford fühlte sich besser danach, und er hoffte, Burden ging es ebenso. Jedenfalls war er jetzt auf sich allein gestellt. Ohne Hilfe mußte er den Mörder der Kinder finden – oder sich an den Yard wenden.

Die Ereignisse der letzten vierundzwanzig Stunden hatten ihn von Mr. und Mrs. Rushworth abgelenkt. Jetzt dachte er erneut über sie nach. Rushworth trug einen Dufflecoat, Rushworth stand im Verdacht, ein Kind belästigt zu haben, aber wenn er der Mann auf dem Spielplatz gewesen wäre, hätte Mrs. Mitchell ihn dann nicht als einen ihrer Nachbarn erkannt? Überdies war jeder Mann im Umkreis von Fontaine Road nach John Lawrences Verschwinden genauestens überprüft worden, auch Rushworth.

Wexford ging noch einmal sämtliche Berichte durch. Am Nachmittag des 16. Oktober hatte Rushworth angegeben, in Sewingbury gewesen zu sein, wo er einem Klienten ein Haus zeigen sollte. Der Klient war nicht aufgekreuzt, wie Wexford sah. Damals im Februar hatte man Rushworth gar nicht erst befragt. Warum auch? Nichts deutete auf eine Verbindung zwischen ihm und Stella Rivers, und niemand hatte gewußt, daß er der Besitzer des vermieteten Häuschens in Mill Lane war. Zu dem Zeitpunkt schien es unerheblich, wem das Cottage gehörte.

Er würde Rushworth noch nicht aufsuchen. Erst mußte er

sich über den Charakter und die Glaubwürdigkeit des Mannes informieren.

»Bloß hier wegkommen!« sagte Gemma. »Nur einfach für ein Weilchen aus diesem Haus weg.« Sie legte die Arme um Burdens Hals und hing an ihm. »Wohin wollen wir?«

»Entscheide du.«

»Ich würde gern nach London gehen. Da kann man sich so richtig verlieren, einfach in einer wunderbaren, riesigen Menschenmenge verlieren. Und die ganze Nacht über sind Lichter an, und es ist etwas los und...« Sie hielt inne und biß sich auf die Lippen, vielleicht, weil Burden so ein entsetztes Gesicht machte. »Nein, es würde dir nicht gefallen. Wir sind nicht sehr ähnlich, Mike, stimmt's?«

Er antwortete nicht. Er wollte es nicht laut zugeben. »Warum nicht irgendwo ans Meer?« sagte er.

»Ans Meer?« Sie war Schauspielerin gewesen, wenn auch keine sehr erfolgreiche, doch sie legte all die Einsamkeit und Tiefe und Weite der See in diese beiden Wörter. Er fragte sich, weshalb sie erschauerte. Dann sagte sie: »Es macht mir nichts aus, wenn du gern möchtest. Aber nicht in einen großen Ferienort, wo vielleicht – vielleicht Familien, Leute mit – mit Kindern sind.«

»Ich dachte an Eastover. Wir haben November, da sind keine Kinder dort.«

»Also gut.« Sie erwähnte nicht, daß er sie gebeten hatte zu entscheiden. »Fahren wir nach Eastover.« Ihre Lippen zitterten. »Es wird bestimmt lustig«, sagte sie.

»Alle werden glauben, ich bin mit Grace und den Kindern nach Eastbourne gefahren. Das ist mir gerade recht.«

»Damit man dich nicht erreichen kann?« Sie nickte mit der verständigen Unschuld eines Kindes. »Ich verstehe. Du erinnerst mich an Leonie. Sie sagt den Leuten immer, sie fährt da und da hin, und in Wirklichkeit fährt sie ganz woanders hin, damit man sie nicht mit Briefen und Anrufen belästigt.«

»Das ist es gar nicht«, sagte Burden. »Es ist nur – na ja –, ich möchte nicht, daß jemand... Nicht bevor wir nicht verheiratet sind, Gemma.«

Sie lächelte verständnislos, mit großen Augen. Er sah, daß sie überhaupt nicht verstand, die Notwendigkeit, respektabel zu sein, den Dingen ein anständiges Gesicht zu geben, nicht einsah. Sie sprachen nicht dieselbe Sprache.

Es war Mittwoch nachmittag, und Mrs. Mitchell, ein Gewohnheitstier, war dabei, ihr Flurfenster zu putzen. Während sie sich unterhielten, umklammerte sie mit der einen Hand ein pinkfarbenes Staubtuch, mit der anderen eine Flasche Fensterputzmittel, und da sie sich weigerte, sich hinzusetzen, mußte auch Wexford stehen bleiben.

»Natürlich hätte ich Mr. Rushworth erkannt«, sagte sie. »Sein eigener kleiner Sohn, Andrew, hat doch mit den anderen da gespielt. Außerdem ist Mr. Rushworth ziemlich groß, und der Mann, den ich gesehen habe, war klein, zierlich gebaut. Ich habe Ihrem Kollegen erzählt, was er für kleine Hände hatte. Mr. Rushworth würde auch keine Blätter aufheben.«

»Wie viele Kinder hat er?«

»Vier. Da ist Paul – er ist fünfzehn – und zwei kleine Mädchen und Andrew. Wohlgemerkt, ich würde nicht gerade sagen, daß sie meiner Vorstellung von guten Eltern entsprechen, die Rushworths. Diese Kinder können tun und lassen, was ihnen gefällt, und Mrs. Rushworth hat sich kein bißchen darum gekümmert, als ich ihr das mit dem Mann erzählt habe, aber so was...! Nein, da sind Sie ganz sicher auf der falschen Fährte.«

Vielleicht war er das. Wexford überließ Mrs. Mitchell ihrer Fensterputzerei und überquerte die Schaukelwiese. Das Jahr war nun schon zu weit fortgeschritten, als daß noch Kinder hier gespielt hätten, und mehr Möchtegernsommertage würde es auch nicht geben. Das Karussell sah aus, als habe es sich nie um seine feuerrote Achse gedreht, und auf der Wippe hatte sich Schimmel breitgemacht. Kaum noch ein Blatt hing an den Eichen und Eschen und Platanen, die zwischen dem Feld und Mill Lane wuchsen. Er berührte die unteren Äste und meinte hier und dort zu sehen, wo ein Zweig abgerissen worden war. Dann kletterte er, sicherlich wesentlich ungeschickter als der Blattklauber und sein jugendlicher Begleiter, die Böschung hinunter.

Energisch schritt er die Straße entlang, gleichermaßen aus gesundheitlichen wie aus Pflichtgründen, sagte er sich. Er hatte nicht erwartet, in dem Cottage jemanden anzutreffen, aber Harry Wilds Freund war einer Erkältung wegen nicht bei der Arbeit. Als er eine Viertelstunde später wieder ging, fürchtete Wexford, sein Besuch hatte lediglich dazu beigetragen, die Temperatur des Mannes in die Höhe zu treiben, so sehr hatte er sich über das Thema Rushworth ereifert – ein offenbar weit vom idealen Vermieter entfernter Zeitgenosse. Wenn der Bericht des Mieters nicht übertrieben war, so hatte die gesamte Familie Rushworth die Angewohnheit, bei ihm hereinzuschneien, wann immer es ihr paßte, sich aus dem Garten zu bedienen und gelegentlich sogar kleinere Möbelstücke mitzunehmen, für deren Fehlen dann erklärende Zettelchen dalagen. Rushworth hatte einen Schlüssel einbehalten, doch der Mann zahlte eine so geringe Miete, daß er nicht den Mut hatte, sich zu beschweren.

Immerhin wußte Wexford jetzt, wer der Junge war, der an jenem Nachmittag im Februar beim Verlassen des Cottage beobachtet worden war. Es war ganz ohne Zweifel Paul Rushworth gewesen.

Der Tag war trübe und bewölkt gewesen, und nun brach der Abend herein, obwohl es noch nicht fünf war. Wexford spürte die ersten Regentropfen. An ebensolch einem Tag und um ungefähr die gleiche Zeit war Stella die Straße entlanggegangen, der er jetzt folgte, vielleicht hatte sie ihre Schritte beschleunigt und gewünscht, sie hätte etwas mehr als nur das dünne Reitjackett zum Schutz. Oder war sie gar nicht so weit Richtung Stowerton gekommen? Hatte ihr Weg – und ihr Leben – womöglich bei dem Häuschen geendet, das er soeben verlassen hatte?

Er hatte sich so intensiv in Stella hineingedacht, seinen eigenen, alternden, kräftigen Männerkörper in Gedanken in die leichte Gestalt eines zwölfjährigen Mädchens verwandelt, daß er bei dem Geräusch auf den grasigen Rand der Straße trat und hoffnungsvoll lauschte.

Das Geräusch stammte von Pferdehufen. Ein Reiter kam um die Biegung getrabt. Es war Stella, nicht der alte Reg Wexford, allein und ein bißchen ängstlich, und es fing gerade an zu regnen, aber da kam Swan... Zu *Pferd?* Ein Pferd für zwei Leute? Warum nicht im Auto?

Pferd und Reiter kamen in Sicht. Wexford schüttelte sich und war wieder er selbst. Er rief: »Guten Abend, Mrs. Fenn.«

Die Reitlehrerin zügelte den großen Grauen. »Ist er nicht wunderschön?« sagte sie. »Ich wünschte, es wäre meiner, aber ich muß ihn Mrs. Williams ins ›Equita‹ zurückbringen. Wir hatten so einen schönen Nachmittag draußen, nicht wahr, Silver?« Sie klopfte den Hals des Tieres. »Sie haben noch niemanden – äh – festgenommen, oder? Den Mann, der die arme Stella Swan auf dem Gewissen hat?«

Wexford schüttelte den Kopf.

»Stella *Rivers,* meine ich. Ich weiß gar nicht, weshalb ich das immer durcheinanderbringe. Schließlich habe ich selbst zwei Namen. Ein Teil meiner Freunde nennt mich Margaret, die anderen beim zweiten Namen. Da sollte ich mir so was wirklich merken können. Muß am Alter liegen.«

Wexford war nicht nach Galanterie zumute, und so fragte er einfach nur, ob sie Rushworth je auf dem Gelände von Saltram House gesehen habe.

»Bob Rushworth? Jetzt, wo Sie mich fragen, fällt mir ein, daß seine Frau und er letzten Winter häufig hier oben waren, und sie hat mich tatsächlich gefragt, ob ich meine, jemand könne was dagegen haben, wenn sie eine der Statuen mitnehmen. Die eine, die im Gras lag, wissen Sie.«

»Darüber haben Sie vorher nie etwas gesagt.«

»Na, bestimmt nicht«, meinte Mrs. Fenn und beugte sich vor, um dem Pferd beruhigend ins Ohr zu flüstern. »Ich *kenne* doch die Rushworths seit Jahren. Paul sagt Tantchen zu mir. Ich nehme an, sie wollten die Statue für ihren Garten. ›Es steht mir nicht an, zu entscheiden, ob ihr sie haben könnt oder nicht‹, sagte ich ihnen.« Sie setzte sich bequemer im Sattel zurecht. »Wenn Sie mich entschuldigen wollen, ich muß weiter. Silver ist ein hochgezüchteter Vollblüter und wird nervös, wenn es dunkel wird.« Das Pferd hob den Kopf und ließ ein lautes, zustimmendes Wiehern hören. »Schon gut, mein Schatz«, sagte Mrs. Fenn. »Wir sind bald bei Muttern zu Haus.«

Wexford ging weiter. Der Regen fiel dünn, aber stetig. Er kam an Saltram Lodge vorbei und dann zu jenem Teil der Straße, wo die Bäume am dichtesten standen. Nach zwei- oder dreihundert Metern wurde es wieder lichter, und der vielgerühmte Blick auf das große Haus kam in Sicht.

Die Parklandschaft lag grau in grau, und das Haus selbst wirkte wie ein schwarzes Skelett mit leeren Augenhöhlen, wie es da aus dem Dunst ragte. Wexford war froh, daß er den Ort nie gekannt oder ihn häufig besucht hatte. Für ihn war es ein Friedhof geworden.

20

Er hatte sich nicht überwinden können, ein Doppelzimmer für Mr. und Mrs. Burden zu nehmen. Eines Tages würde Gemma Mrs. Burden sein, und dann war alles anders. Bis dahin gehörte der Name Jean. Jean hielt den Titel wie ein Meister, dem die Ehre auch durch den Tod nicht genommen werden kann.

Ihr Hotel war der ehemalige Dorf-Pub von Eastover, der nach dem Krieg ausgebaut und erweitert worden war und nun ein halbes Dutzend Gäste beherbergen konnte. Ihre Zimmer lagen nebeneinander, beide mit Blick aufs weite, graue Meer. Es war zu kalt zum Baden, doch an Stränden sind immer Kinder. Während Gemma auspackte, sah Burden ihnen zu, fünf waren es, die von den Eltern zum Spielen an den Strand gebracht worden waren. Es herrschte Ebbe, und der Strand leuchtete in einem silbrigen Ockerton, der Sand war zu fest, zu sehr zusammengepreßt, als daß man aus dieser Entfernung Fußspuren hätte erkennen können. Der Mann und die Frau gingen weit entfernt voneinander, sie schienen völlig getrennt. Schon viele Jahre verheiratet, nahm Burden an – das älteste Mädchen sah aus wie mindestens zwölf –, sie hatten Kontakt oder Rückversicherung nicht nötig. Die Kinder, wie sie dort von einem zum anderen rannten und dann wieder zum Wasser hinuntersausten, waren Beweis genug für ihre Liebe. Er sah die Eltern, inzwischen getrennt durch eine weite Drift aus Muscheln und Kies, gelegentlich zueinander hinsehen, und in diesen Blikken meinte er eine geheime Sprache aus gegenseitigem Vertrauen und Hoffnung und tiefem Verstehen zu erkennen.

Eines Tages würde es für Gemma und ihn ebenso sein. Sie würden ihre Kinder, seine und *ihre gemeinsamen,* zu solch einem Strand mitnehmen und mit ihnen zwischen Wasser und Himmel laufen und an ihre Tage und Nächte denken und sich auf die bevorstehende Nacht freuen. Er wandte sich eilig zu ihr um, um ihr zu erzählen, was ihm eben durch den Kopf gegangen war, doch plötzlich wurde ihm klar, daß er es ihr nicht erzählen durfte, er konnte es nicht, denn damit würde er ihre Aufmerksamkeit auf die Kinder lenken.

»Was ist, Mike?«

»Nichts. Ich wollte dir nur sagen, daß ich dich liebe.«

Er schloß das Fenster und zog die Vorhänge vor, aber im Halbdunkel sah er immer noch die Kinder. Er nahm sie in die Arme und schloß die Augen und sah sie immer noch. Dann liebte er sie wild und leidenschaftlich, um die Kinder auszutreiben, besonders den kleinen hellblonden Jungen, den er nie gesehen hatte, der aber für ihn realer war als die Kinder, die er am Strand beobachtet hatte.

Das Häuschen war sehr alt, vor dem Bürgerkrieg gebaut, vor dem Ablegen der *Mayflower*, vielleicht sogar vor den letzten Tudors. Rushworths Cottage war neueren Datums, obgleich immer noch alt, es stammte aus der gleichen Zeit wie *Saltram House* und sein Anhängsel, schätzte Wexford es so um 1750. Er verbrachte in Burdens Abwesenheit viel Zeit in Mill Lane, sah sich die drei kleinen Häuschen an, ging manchmal in die Gärten und wanderte gedankenvoll darin herum.

Einmal ging er zwischen Rushworths Cottage und den Brunnen im Park von Saltram House hin und her und stoppte dabei die Zeit. Er brauchte eine halbe Stunde dazu. Dann noch einmal, diesmal pausierend, um das Aufheben der Steinplatte über der Zisterne und das Deponieren der Leiche zu simulieren. Vierzig Minuten.

Danach fuhr er nach Sewingbury und suchte die Frau auf, die an jenem Oktobernachmittag mit Rushworth verabredet gewesen war. Von ihr erfuhr er, daß sie den Termin nicht habe einhalten können. Und was war mit dem anderen Nachmittag im Februar?

Eines Abends wollte er zu den Crantocks in der Fontaine Road und klopfte, einem Impuls folgend, erst an die Tür von Nummer 61. Er hatte Mrs. Lawrence nichts zu berichten, keine guten Nachrichten, aber er war neugierig, diese verlorene Frau kennenzulernen, von der die Leute sagten, sie sei schön; zudem wußte er aus Erfahrung, daß schon seine Anwesenheit, unerschütterlich und väterlich, manchmal tröstlich sein konnte. Auf sein Klopfen kam keine Antwort, und diesmal spürte er eine andere Atmosphäre als vor Bishops Haus. Es machte keiner auf, weil niemand da war, der ihn hörte.

Einen Augenblick stand er gedankenverloren in der stillen Straße, dann stapfte er, aus ganz persönlichen Gründen ziemlich fassungslos, ein Haus weiter zu den Crantocks.

»Wenn Sie zu Gemma wollten«, sagte Mrs. Crantock, »die ist übers Wochenende verreist, an die Südküste gefahren.«

»Eigentlich wollte ich mit Ihnen und Ihrem Mann reden. Über einen Mann namens Rushworth und Ihre Tochter.«

»Ach das? Ihr Inspektor hat sie ja netterweise nach Hause begleitet. Wir waren sehr dankbar. Obwohl, es war wirklich nichts weiter. Ich weiß zwar, daß die Leute behaupten, Rushworth sei ein Schürzenjäger, aber ich nehme an, das ist schlicht Klatsch, und es sind auch nicht *kleine* Mädchen gemeint. Meine Tochter ist erst vierzehn.«

Crantock kam in die Diele, um zu sehen, wer da war. Er erkannte Wexford sofort und schüttelte ihm die Hand. »Rushworth ist sogar am nächsten Tag rübergekommen, um sich zu entschuldigen«, erzählte er. »Sagte, er hätte Janet nur angesprochen, weil er gehört habe, daß wir ein Klavier loswerden wollten.« Crantock grinste und verdrehte die Augen. »Ich habe ihm gesagt *verkaufen*, nicht loswerden, da war er natürlich nicht mehr interessiert.«

»Wirklich töricht von Janet«, meinte seine Frau, »so in Panik zu geraten.«

»Ich weiß nicht.« Crantock lächelte nicht mehr. »Wir sind alle ein bißchen kribbelig, besonders die Kinder, die alt genug sind, um zu verstehen.« Er schaute Wexford eindringlich in die Augen. »Und Leute, die Kinder haben«, fügte er hinzu.

Wexford ging durch den von Buschwerk beschatteten Fußweg in die Chiltern Avenue. Er mußte seine Taschenlampe herausholen und dachte im Gehen, und das beileibe nicht zum erstenmal, welch großes Glück ihm doch zuteil geworden war, als Mann auf die Welt gekommen zu sein, und auch noch als recht stattlicher. Nur bei Tage und bei schönem Wetter konnte eine Frau hier ohne Angst, ohne sich umzusehen und ohne Herzklopfen entlanggehen. Kein Wunder, daß Janet Crantock sich gefürchtet hatte. Und dann mußte er an John Lawrence denken, dessen Jugend ihm die Verletzlichkeit einer Frau verliehen hatte und der niemals zum Mann heranwachsen würde.

Abends, wenn Ebbe war, liefen sie im Dunkeln am Strand entlang oder saßen auf den Felsen am Eingang einer Höhle, die sie entdeckt hatten. Es regnete nicht, aber es war November, und die Nächte waren kalt. Als sie das erste Mal hingingen, hatten sie dicke Mäntel an, aber die schwere Kleidung trennte und isolierte sie zu sehr voneinander, so nahm Burden beim nächstenmal die Decke aus dem Auto mit. Da hinein hüllten sie sich, ihre Körper fest aneinandergepreßt, die Hände eng verschränkt, und die dicken wollenen Falten umgaben sie wie ein Bollwerk gegen den salzigen Seewind. So mit ihr allein in der Dunkelheit am Strand war er sehr glücklich.

Selbst um diese Jahreszeit war Eastbourne sicher voller Menschen, und sie hatte Angst vor Menschen. Also mieden sie den großen Ferienort und auch das nächste Dorf, Chine Warren. Gemma war schon einmal dort gewesen und wollte gern da spazierengehen, doch Burden hielt sie davon ab. Von daher kamen seiner Vermutung nach die Kinder. Die ganze Zeit über versuchte er, Kinder aus ihrem Blickfeld fernzuhalten. Manchmal empfand er Mitleid ihres Kummers wegen, und doch war er eifersüchtig auf den Anlaß. Er wünschte sich einen modernen Rattenfänger herbei, der alle Kinder in Sussex mit seiner Flöte weglockte, damit ihre Existenz, ihr Spiel und ihr Lachen sie nicht peinigen und ihn nicht der Freude berauben konnten.

»Ob es wohl ein schneller Tod wäre, ins Meer zu gehen?« fragte sie.

Er schauderte und sah der Strömung zu. »Ich weiß es nicht. Niemand, der diesen Tod gestorben ist, hat es uns bisher sagen können.«

»Ich glaube, es wäre schnell.« Ihre Stimme klang ernsthaft überlegend wie die eines Kindes. »Kalt und sauber und schnell.«

An den Nachmittagen liebten sie sich – Burden war sich seiner Männlichkeit nie bewußter gewesen, nie war er befriedigter, als wenn er sah, wie seine Liebe sie tröstete –, und hinterher, solange sie schlief, lief er zum Strand hinunter oder über die Felsen nach Chine Warren. Die Sonne strahlte immer noch etwas Wärme aus, und die Kinder kamen, um Sandburgen zu bauen. Es war keine Familie, stellte er fest, das Paar nicht Frau und Mann, sondern vier der Kinder gehörten zu dem Mann und das fünfte zu der Frau. Wie irreführend doch erste Eindrücke sein konnten! Mit Widerwillen dachte er nun an seine Romantisiererei, seine sentimentale

Vorstellung, daß dies Paar, das sich womöglich nur vom Sehen kannte, eine idyllische Ehe führte. Illusion und Desillusion, ging es ihm durch den Sinn, was Leben ist und wofür wir es halten. Er konnte aus dieser Entfernung nicht einmal sehen, ob das einzelne Kind Mädchen oder Junge war, denn es hatte eine Hose an und eine Mütze auf wie alle anderen Kinder auch.

Die Frau bückte sich immer wieder, um Muscheln aufzuheben; einmal stolperte sie. Als sie wieder aufstand, sah er, daß sie ein Bein nachzog, und er überlegte, ob er die Stufen voller Seetang hinuntergehen, über den Sand laufen und ihr seine Hilfe anbieten sollte. Aber das hieße womöglich, sie zum Hotel bringen, während er sein Auto holte, und der Klang der Kinderstimme weckte Gemma...

Sie umrundeten den Fuß des Kliffs Richtung Chine Warren. Bei ihrem raschen Zurückweichen schien die Ebbe das Meer mitten ins Herz des roten Sonnenuntergangs zu saugen, eines Novembersonnenuntergangs, und dies sind die schönsten im ganzen Jahr.

Einsam lag jetzt der große, weite Bogen des Strandes, doch die jugendlichen Besucher hatten ihre Spuren hinterlassen. Sobald er sicher war, daß er unbeobachtet blieb, stieg Burden die Stufen hinunter, vorgeblich dahinschlendernd. Die beiden Sandburgen standen stolz und aufrecht, als seien sie sich ihrer Haltbarkeit sicher, bis die See sie besiegte, wenn sie um Mitternacht wiederkam und sie wegspülte. Er zögerte, der rationale, vernünftige Mann erhob Einspruch, dann zertrat er die Türmchen und stampfte auf den Wehrmauern herum, bis der Sand so flach war wie der umgebende Strand.

Einmal mehr gehörte der Strand ihm und Gemma. John oder seine Vertreter sollten sie ihm nicht wegnehmen. Er war ein Mann und allemal Ersatz für ein verlorenes, totes Kind.

Rushworth kam in seinem Dufflecoat an die Tür.

»Ach, Sie sind's«, sagte er. »Ich wollte gerade mit dem Hund rausgehen.«

»Verschieben Sie es um eine halbe Stunde, ja?«

Nicht sehr begeistert, zog Rushworth den Mantel aus, hängte die Leine auf und führte Wexford unter dem Jaulen eines enttäuschten Terriers ins Wohnzimmer. Zwei Teenager saßen vor dem Fernseher, ein Mädchen von ungefähr acht legte am Tisch ein Puzzle, und auf dem Fußboden lag bäuchlings der Jüngste der Familie, Andrew, der John Lawrences Freund gewesen war.

»Ich würde gern allein mit Ihnen reden«, sagte Wexford.

Das Haus war relativ groß und besaß, was Rushworth in einem seiner Immobilienangebote vielleicht als drei Empfangsräume bezeichnet hätte. Heute abend war keiner bereit für irgend jemandes Empfang, außer vielleicht den eines Gebrauchtmöbelhändlers. Die Rushworths waren offenbar einnehmende Wesen, die alles mitnahmen, was sie umsonst ergattern konnten, und Wexford erkannte, während er sich in dem Frühstücks-Arbeits-Lesezimmer niederließ, eine Dickens-Ausgabe, die er ganz sicher zuletzt in Pomfret Grange gesehen hatte, bevor die Rogers verkauft hatten, sowie zwei steinerne Urnen, die stilistisch sehr im Einklang mit dem übrigen Gartenzierrat von Saltram House standen.

»Ich habe mir den Kopf zerbrochen, aber ich kann Ihnen nichts weiter über die Leute aus dem Suchtrupp sagen.«

»Deshalb bin ich nicht hier«, sagte Wexford. »Haben Sie die Urnen aus Saltram House geklaut?«

»Geklaut ist wohl ein bißchen übertrieben«, erwiderte Rushworth und wurde rot. »Sie haben rumgelegen, und keiner wollte sie haben.«

»Auf eine der Statuen hatten Sie auch ein Auge geworfen, stimmt's?«

»Was hat das alles mit John Lawrence zu tun?«

Wexford zuckte die Achseln. »Ich weiß nicht. Es könnte was mit Stella Rivers zu tun haben. Kurz gesagt, ich bin hier, um in Erfahrung zu bringen, was Sie am 29. Februar gemacht haben.«

»Wie soll ich mich so weit zurückerinnern können? Jetzt weiß ich's, Margaret Fenn hat Sie auf diesen Gedanken gebracht. Nur weil ich mich beschwert habe, daß meine Tochter bei ihren Reitstunden nicht so gute Fortschritte macht, wie sie sollte.« Rushworth machte die Tür auf und rief: »Eileen!«

Wenn sie nicht im Büro saß und für ihren Mann tippte, schmiß Mrs. Rushworth mit der linken Hand ihren Haushalt, und das merkte man. Sie wirkte abgehetzt und nachlässig gekleidet, und ihr Rocksaum hing hinten herunter. Vielleicht war ja etwas Wahres an dem Gerede, ihr Mann sei ein Schürzenjäger.

»Wo warst du an dem Donnerstag?« Sie sah ihren Mann fragend an. »Im Büro, nehme ich an. Wo ich war, weiß ich. Ich habe es mir ins Gedächtnis zurückgerufen, als der ganze Aufstand wegen Stella Rivers' Verschwinden war. Die Kinder hatten schulfrei, und ich hatte Andrew mit zur Arbeit genommen. Er ist mitgefahren, um Linda von ›Equita‹ abzuholen, und – ach ja, Paul – das ist mein Ältester – war auch dabei und ist beim Cottage ausgestiegen. Da war ein kleiner Tisch, den wir gern hiergehabt hätten. Aber wir haben Stella nicht getroffen. Ich kannte sie nicht mal vom Sehen.«

»Ihr Mann war im Büro, als Sie zurückkamen?«

»Ja. Er hat gewartet, bis ich wieder da war, bevor er mit dem Wagen wegfuhr.«

»Mit was für einem Wagen, Mr. Rushworth?«

»Jaguar. Kastanienbraun. Ihre Leute haben ihn bereits von allen Seiten begutachtet, weil es ein Jaguar ist und die Farbe Richtung Rot geht. Hören Sie, wir kannten Stella Rivers nicht. Soweit ich weiß, haben wir sie nie gesehen. Bis zu ihrem Verschwinden hatte ich nur durch Margaret von ihr gehört, die ständig davon schwärmte, wie phantastisch sie beim Reiten war.«

Wexford bedachte die beiden mit einem harten, teilnahmslosen Blick. Er versank in tiefes Nachdenken, fügte Puzzleteilchen ein, sortierte Belangloses aus.

»Sie«, sagte er zu Rushworth, »waren arbeiten, als Stella verschwand. Als John verschwunden ist, waren Sie in Sewingbury und haben auf eine Klientin gewartet, die nicht erschienen ist.« Er wandte sich an Mrs. Rushworth. »Sie haben gearbeitet, als John verschwand. Als Stella verschwunden ist, fuhren Sie mit Ihrem Wagen von ›Equita‹ aus die Mill Lane entlang. Sind Sie an irgend jemandem vorbeigefahren?«

»Nein«, entgegnete Mrs. Rushworth entschieden. »Paul war noch im Cottage. Ich weiß es genau, denn er hatte Licht gemacht, und – nun, ich will lieber offen sein. Er ist auch bei Margaret Fenn gewesen. Ich bin ganz sicher, denn ihre Haustür stand offen, nur einen Spaltbreit. Ich weiß, er sollte es eigentlich nicht tun, obwohl sie ihre Hintertür immer offenläßt und ihn, als er kleiner war, ermuntert hat, er könne sie besuchen, wann immer er Lust dazu habe. Aber natürlich ist das jetzt anders, jetzt, wo er schon so groß ist, und ich habe es ihm auch immer wieder gesagt...«

»Lassen Sie nur«, sagte Wexford plötzlich. »Es spielt keine Rolle.«

»Wenn Sie mit Paul sprechen wollen... Ich meine, wenn es etwas klären würde...?«

»Ich möchte nicht mit ihm sprechen.« Wexford stand abrupt auf. Er wollte überhaupt niemanden sprechen oder sehen. Er wußte die Lösung. Sie war ihm ganz langsam gedämmert, als Rushworth seine Frau gerufen hatte, und nun blieb ihm nichts zu tun übrig, als sich irgendwo schweigend hinzusetzen und alles neu zusammenzufügen.

21

»Unser letzter Tag«, sagte Burden. »Wohin möchtest du? Sollen wir eine gemütliche Ausfahrt machen und in einem Pub essen?«

»Mir ist es gleich. Was du gern möchtest.« Sie nahm seine Hand, legte sie kurz an ihr Gesicht, und dann stürzte es aus ihr heraus, als habe sie die Worte viele Stunden in ihrem Innern zurückgehalten, wo sie brennen und ätzen konnten. »Ich habe ein ganz entsetzliches Gefühl, Mike, so eine Art Vorahnung, daß wir bei unserer Rückkehr erfahren, sie haben ihn gefunden.«

»John?«

»Und – und den Mann, der ihn umgebracht hat«, flüsterte sie.

»Das hätte man uns mitgeteilt.«

»Aber es weiß keiner, wo wir sind, Mike. Niemand weiß es.«

Langsam und ruhig erwiderte er: »Es ist besser für dich, wenn du Gewißheit hast. Schrecklicher Schmerz ist besser als schreckliche Ungewißheit.« Aber stimmte das? War für ihn die Gewißheit, daß Jean tot war, besser als die Befürchtung, sie könne sterben? Schreckliche Ungewißheit schließt immer auch schreckliche Hoffnung ein. »Besser für dich«, wiederholte er entschieden. »Und dann, wenn du es hinter dir hast, kannst du dein neues Leben beginnen.«

»Laß uns gehen«, sagte sie. »Laß uns rausgehen.«

Es war Samstag, und noch immer keine Festnahme.

»Dieser Ort strahlt eine unbehagliche Ruhe aus«, sagte Harry Wild zu Camb. »Ziemliches Kontrastprogramm zu all der Hektik von dunnemalen.«

»Was für 'n Mal?«

»Gar keins. Dunnemalen. Damals.«

»Da dürfen Sie mich nicht fragen. Mir sagt nie einer was.«

»Das Leben«, meinte Wild, »geht an uns vorbei, mein Lieber. Das Dumme ist, wir waren nicht ehrgeizig. Wir haben uns damit begnügt, mit Amaryllis im Schatten uns zu küssen.«

Camb sah schockiert drein. »Lassen Sie mich da aus dem Spiel«, sagte er, und dann etwas versöhnlicher: »Soll ich mal nachsehen, ob's Tee gibt?«

Am späten Nachmittag kam Dr. Crocker in Wexfords Büro geschneit. »Sehr friedlich hier, oder? Ich hoffe, das heißt, wir können morgen vormittag Golf spielen.«

»Mir ist nicht nach Golf«, sagte Wexford. »Ich kann sowieso nicht.«

»Du mußt doch wohl nicht *wieder* nach Colchester?«

»Ich war. Heute vormittag. Scott ist tot.«

Der Doktor tänzelte zum Fenster hinüber und riß es auf. »Du brauchst ein bißchen frische Luft hier drin. Wer ist Scott?«

»Das solltest du am besten wissen. Er war dein Patient. Hatte einen Schlaganfall, und jetzt einen zweiten. Willst du's hören?«

»Warum sollte ich? Ständig haben irgendwelche Leute Schlaganfälle. Ich komme eben von einem alten Knaben in der Charteris Road unten, der einen hat. Warum sollte ich mich für diesen Scott interessieren?« Er trat näher an Wexford heran und beugte sich kritisch über ihn. »Reg?« sagte er. »Bist du in Ordnung? Meine Güte, ich bin viel eher darum besorgt, daß du keinen *kriegst*. Du siehst wie ausgekotzt aus.«

»Es *ist* zum Kotzen. Aber nicht für mich. Für mich ist es

nur ein Problem.« Wexford stand unvermittelt auf. »Laß uns runter ins *Olive* gehen.«

In der luxuriösen, ziemlich überladen möblierten Cocktailbar waren sie die einzigen Gäste.

»Ich hätte gern einen doppelten Scotch.«

»Und den sollst du auch haben«, sagte Crocker. »Ausnahmsweise werde ich mal soweit gehen, ihn dir zu verordnen.«

Wexford mußte kurz an jene andere bescheidenere Gaststätte denken, in der Monkey und Mr. Casaubon ihn einerseits angewidert und ihm andererseits Appetit gemacht hatten. Er verdrängte sie aus seinen Gedanken, als der Doktor mit den Getränken zurückkam.

»Danke. Wenn nur deine Tabletten in solch angenehmer Konsistenz daherkämen. Cheers.«

»Auf deine Gesundheit«, sagte Crocker bedeutungsvoll.

Wexford lehnte sich gegen die samtrote Polsterung der Sitzbank. »Die ganze Zeit über«, fing er an, »dachte ich, Swan sei es gewesen, obwohl es kein Motiv zu geben schien. Und dann, als ich all das Zeug von Monkey und Mr. Casaubon hörte und die genauere Information über die Verhandlung hatte, dachte ich, ich sähe so was wie ein Motiv, einfach, daß Swan Leute loswerden wollte, die ihm im Weg waren. Das würde auf Wahnsinn hindeuten natürlich. Aber warum nicht? Die Welt ist voll von ganz normalen Menschen, bei denen der Irrsinn gleich unter der Normalität liegt. Denk nur mal an Bishop.«

»Was für eine Verhandlung?« wollte Crocker wissen.

Wexford erklärte es ihm. »Aber ich habe mir die Geschichte von der falschen Seite angesehen«, fuhr er fort, »und es hat lange gedauert, bis ich die richtige Seite sah.«

»Also, dann die richtige Seite.«

»Eins nach dem anderen. Wenn ein Kind verschwindet, überlegen wir zuerst mal meist, ob es in einem Auto mitgenommen worden ist. Ein weiterer Bärendienst, den der Erfinder des Verbrennungsmotors der Welt erwiesen hat, oder wurden Kinder früher in Kutschen entführt? Aber ich will nicht abschweifen. Wir wußten ja, es war höchst unwahrscheinlich, daß Stella sich im Auto hatte mitnehmen lassen, da sie *es abgelehnt hatte, als ihr ein Autofahrer ein solches Angebot machte.* Deshalb war es wahrscheinlicher, daß entweder jemand, den sie kannte, sie mitnahm und irgendwohin brachte, zum Beispiel ihre Mutter, ihr Stiefvater oder Mrs. Fenn, oder daß sie in eines der Häuser entlang Mill Lane gegangen war.«

Der Doktor schlürfte vorsichtig seinen Sherry. »Es gibt nur drei«, meinte er.

»Vier, wenn man Saltram House mitzählt. Swan hatte kein vernünftiges Alibi. Er hätte zur Mill Lane reiten, Stella unter einem Vorwand aufs Gelände von Saltram House bringen und sie töten können. Mrs. Swan hatte kein Alibi. Entgegen meiner bisherigen Annahme *kann* sie Auto fahren. Sie hätte zur Mill Lane fahren können. So monströs der Gedanke auch ist, daß eine Frau ihr eigenes Kind umbringen könnte, ich mußte Rosalind Swan in meine Überlegungen mit einbeziehen. Sie betet ihren Mann bis zur Selbstaufgabe an. War es denkbar, daß sie sich vorstellte, Stella, die Swan ebenfalls anbetete – kleine Mädchen scheinen dazu zu neigen –, könnte in ein paar Jahren zur Rivalin heranwachsen?«

»Und Mrs. Fenn?«

»Aufräumen in ›Equita‹, *sagt* sie. Wir hatten nur ihr Wort. Aber sogar meine lebhafte oder verdrehte Phantasie, wenn du so willst, reicht nicht aus, um da ein Motiv zu sehen. Schließlich verwarf ich all diese Theorien und wandte mich den vier Häusern zu.« Wexford senkte die Stimme um eine Spur, als ein Mann und ein Mädchen hereinkamen. »Stella ist fünfundzwanzig Minuten vor fünf in ›Equita‹ aufgebrochen. Das erste Haus, an dem sie vorbeikam, ist ein Wochenendcottage, aber es war Donnerstag, und das Haus war leer. Außerdem wurde es 1550 erbaut.«

Crocker sah ihn verblüfft an. »Was hat denn das damit zu tun?«

»Das wirst du gleich sehen. Sie ging also weiter, und es fing an zu regnen. Zwanzig vor fünf stoppte der Filialleiter der Bank aus Forby seinen Wagen und bot ihr an, sie mitzunehmen. Sie lehnte ab. Gerade, wo es ausnahmsweise mal vernünftig gewesen wäre, sich als Kind von einem fremden Mann im Auto mitnehmen zu lassen.« Die Neuankömmlinge hatten weit drüben am Fenster Platz genommen, und Wexford redete in normaler Lautstärke weiter. »Das nächste Cottage, zu dem sie kam, gehört einem Mann namens Rushworth, wenn er es auch nicht selbst bewohnt. Er wohnt in der Chiltern Avenue. Dieser Rushworth hat mich sehr beschäftigt. Er kannte John Lawrence, er besitzt einen Dufflecoat, er steht im Verdacht, vielleicht berechtigt, vielleicht auch nicht, ein Kind belästigt zu haben. Seine Frau hat, obwohl von Mrs. Mitchell aufmerksam gemacht, daß ein Mann die Kinder auf dem Spielplatz beobachtete, nicht die Polizei benachrichtigt. Am Nachmittag des 25. Februar hätte er in der Mill Lane sein können. Seine Frau und sein ältester Sohn waren jedenfalls da. Die ganze Familie ging je nach Lust und Laune in dem Cottage ein und aus – und Mrs. Rushworth heißt Eileen mit Vornamen.«

Der Doktor blickte verständnislos drein. »Ich kapiere überhaupt nichts. Was spielt denn der Vorname Eileen für eine Rolle?«

»Letzten Sonntag«, nahm Wexford seinen Faden wieder auf, »bin ich nach Colchester gefahren, um Mr. und Mrs. Scott aufzusuchen, das sind die Eltern von Bridget Scott. Zu dem Zeitpunkt hatte ich überhaupt keinen Verdacht in Richtung Rushworth. Ich hatte lediglich eine schwache Hoffnung, daß einer der Scotts, oder auch beide, mir womöglich etwas mehr Einblick in Ivor Swans Wesen geben könnten. Aber Scott ist, oder besser war – wie du weißt – ein schwerkranker Mann.«

»Wieso soll ich das wissen?«

»Natürlich solltest du«, meinte Wexford streng. »Du bist wirklich nicht gerade von der schnellen Truppe.« Es ergötzte Wexford, daß ausnahmsweise mal er die Oberhand hatte. Eine angenehme Abwechslung, Crocker im Hintertreffen zu sehen. »Ich hatte Angst, Scott zu befragen. Ich war mir nicht sicher, wozu eine Aufregung vielleicht führen würde. Nebenbei schien es mir für meinen Zweck ausreichend, mich an seine Frau zu halten. Sie konnte mir nicht helfen, Swan besser zu verstehen, aber unwissentlich gab sie mir vier Informationen, die mir bei der Lösung des Falles halfen.« Er räusperte sich. »Erstens erzählte sie mir, sie und ihr Mann seien oft in Ferien bei einer Verwandten in der Nähe von Kingsmarkham gewesen, das letzte Mal im vergangenen Winter; zweitens, daß diese Verwandte in einem Haus aus dem achtzehnten Jahrhundert wohnt; drittens: im März, *vierzehn Tage nachdem er krank geworden war,* habe ihr Mann sich in einem desolaten Zustand befunden; und viertens, daß der Name ihrer Verwandten Eileen sei. Also, irgendwann im März, das könnte durchaus vierzehn Tage nach dem 25. Februar gewesen sein.« Er machte eine inhaltsschwere Pause, um alles schön sacken zu lassen.

Der Doktor legte den Kopf schief. Schließlich sagte er: »Ich beginne zu verstehen. Mein Gott, es ist kaum zu glauben, aber die Menschen sind eine merkwürdige Spezies. Es waren die Rushworths, bei denen die Scotts immer zu Besuch waren. Eileen Rushworth war die Verwandte. Scott hat Rushworth irgendwie dazu gebracht, Stella aus Rache für das, was Swan seiner eigenen Tochter angetan hatte, umzubringen. Vielleicht hat er ihm Geld geboten. Was für eine abscheuliche Sache.«

Wexford seufzte. Bei solchen Gelegenheiten vermißte er Burden am meisten, oder Burden, wie er früher war. »Ich glaube, wir genehmigen uns noch einen«, sagte er. »Ich bin dran.«

»Du mußt nicht gleich so tun, als wäre ich ein völliger Trottel«, sagte der Doktor verärgert. »Ich bin für diese Art von Diagnose nicht ausgebildet.« Als Wexford aufstand, bellte er rachsüchtig: »Orangensaft für dich, das ist ein Befehl.«

Ein Glas Lager, nicht Orangensaft, vor sich, sagte Wexford: »Du bist ja schlimmer als Dr. Watson. Und wo wir schon dabei sind, obgleich ich den größten Respekt für Sir Arthur habe, das Leben ist nicht im mindesten so wie in seinen Geschichten von Sherlock Holmes, und ich glaube auch nicht, daß es je so war. Menschen nähren nicht jahrelang Rachegefühle, um dann mehr oder weniger respektable Immobilienmakler und Familienväter zu bestechen, für sie einen Mord zu begehen.«

»Aber du hast doch gesagt«, entgegnete Crocker, »daß die Scotts im Cottage der Rushworths waren.«

»Nein, habe ich nicht. Gebrauch deinen Verstand. Wie konnten sie in einem Haus wohnen, das an einen anderen vermietet ist? Was mich überhaupt darauf brachte, mich mit diesem Haus zu beschäftigen, war die Tatsache, daß es um 1750 erbaut wurde. Ich hatte alles über die Verwandte der Scotts und ihren Namen Eileen vergessen – er wurde nur nebenbei erwähnt –, aber als ich Rushworth seine Frau Eileen rufen hörte, wußte ich es. Danach mußte ich nur noch einige simple Dinge überprüfen.«

»Ich tappe dermaßen im dunkeln«, sagte Crocker, »daß ich nicht weiß, was ich sagen soll.«

Einen Augenblick genoß Wexford das Gefühl, den Doktor

im dunkeln tappen zu sehen. Dann sagte er: »Eileen ist ein relativ häufiger Name. Warum sollte Mrs. Rushworth die einzige hier in der Gegend sein, die so heißt? Da fiel mir ein, daß noch jemand mir erzählt hatte, er habe zwei Vornamen, die eine Hälfte der Freunde nenne sie beim einen, die andere beim zweiten. Ich hatte keine Lust, mich persönlich bei ihr zu erkundigen. Ich wandte mich auf dem Dienstweg ans Einwohnermeldeamt. Und da erfuhr ich, daß Mrs. Margaret *Eileen* Fenn Tochter des James Collins und seiner Frau Eileen Collins, *geborene* Scott, ist.

Zweifellos waren die Scotts im Februar bei ihr in Saltram Lodge, ebenfalls ein Haus aus dem achtzehnten Jahrhundert. Sie waren bei ihr zu Besuch, und am 25. Februar, nachdem sie sich von Mrs. Fenn, die nach ›Equita‹ zur Arbeit mußte, verabschiedet hatten, fuhren sie mit dem Taxi nach Stowerton, um den Dreiuhrfünfundvierzig nach Victoria zu erreichen.«

Crocker hob die Hand, um Wexford zu bremsen. »Jetzt erinnere ich mich. Natürlich. Es war der arme alte Scott, der den Schlaganfall auf dem Bahnsteig hatte. Ich war zufällig auf dem Bahnhof, eine Fahrkarte kaufen, und man schickte nach mir. Aber das war nicht Viertel vor vier, Reg. Eher gegen sechs.«

»Genau. Mr. und Mrs. Scott hatten den Dreiuhrfünfundvierzig nicht erreicht. Als sie zum Bahnhof kamen, merkten sie, daß sie einen Koffer bei Mrs. Fenn vergessen hatten. Du müßtest das wissen, denn du selbst hast es mir erzählt.«

»Hab ich.«

»Scott war damals ein kräftiger, rüstiger Mann. Dachte er jedenfalls. Ein Taxi war nicht greifbar – also, das ist jetzt reine Spekulation von mir –, und so beschloß er, zu Fuß zurück zur Mill Lane zu gehen. Dazu brauchte er ungefähr eine Dreiviertelstunde. Doch das kann ihn nicht weiter beunruhigt haben. Bis sechs Uhr sechsundzwanzig hielt kein weiterer Zug in Stowerton. Ins Haus zu gelangen war keine Schwierigkeit, denn Mrs. Fenn schließt ihre Hintertür nie ab. Vielleicht hat er sich noch eine Tasse Tee gemacht, vielleicht hat er sich auch nur ausgeruht. Das werden wir nie erfahren. Wir müssen uns jetzt wieder Stella Rivers zuwenden.«

»Sie ist nach Saltram Lodge gegangen?«

»Natürlich. Es war nur logisch. Auch sie wußte von der unverschlossenen Hintertür und daß ihre Freundin und Lehrerin, Mrs. Fenn, Telefon hatte. Es regnete, es wurde dunkel. Sie kam in die Küche und stieß dort auf Scott.«

»Und Scott hat sie erkannt?«

»Als Stella Rivers, ja. Da sie ihren wirklichen Namen nie wußte, sprach Mrs. Fenn manchmal als Rivers, manchmal als Swan von ihr. Und sie hatte sie Scott, ihrem Onkel, gegenüber sicher erwähnt, denn sie war stolz auf Stella.

Sobald sie sich von ihrer Überraschung, jemanden im Haus anzutreffen, erholt hatte, muß Stella gefragt haben, ob sie telefonieren dürfe. Was hat sie gesagt? Wahrscheinlich etwas wie: ›Ich würde gern meinen Vater anrufen‹ – sie pflegte Swan oft als ihren Vater zu bezeichnen –, ›Mr. Swan in Hall Farm. Wenn er kommt, dann kann er Sie nach Stowerton zurückfahren.‹ Nun haßte Scott schon allein Swans Namen. Er hatte nie vergessen, und die Möglichkeit eines zufälligen Zusammentreffens hatte ihn immer mit Entsetzen erfüllt. Er muß sich dann bei Stella vergewissert haben, daß sie Ivor Swan meinte, und ihm wurde klar, daß er sich Aug in Aug mit der Tochter – oder zumindest mußte er das annehmen – des Mannes befand, der sein eigenes Kind hatte sterben lassen, als es im gleichen Alter wie dies hier war.«

22

Als sie von ihrer Ausfahrt wieder nach Eastover zurückkamen, war die Sonne untergegangen, hatte mit langen feurigen Streifen die purpurfarbenen Wolken zerteilt und die See in kupfriges Gold getaucht. Burden lenkte den Wagen auf einen leeren Parkplatz oben auf den Felsen, und sie saßen schweigend und schauten aufs Wasser und den Himmel und einen einzelnen Kutter, ein winziger, wandernder Punkt am Horizont.

Gemma hatte sich während dieser Tage mehr und mehr in sich zurückgezogen, und manchmal konnte Burden sich des Gefühls nicht erwehren, daß ein Schatten neben ihm herging, mit ihm im Auto saß oder nachts neben ihm im Bett lag. Sie redete kaum. Es war, als sei sie die personifizierte Traurigkeit oder, noch schlimmer, eine Sterbende. Sie wollte sterben, das war ihm klar, wenn sie es ihm auch nicht direkt gesagt hatte. Am Abend zuvor hatte er sie in der Badewanne gefunden, in erkaltendem Wasser, die Augen geschlossen, den Kopf halb ins Wasser geglitten, und obwohl sie es abstritt, wußte er, daß sie eine halbe Stunde vorher Schlaftabletten genommen hatte. Und heute, als sie unterwegs waren, hatte er sie nur im letzten Moment davor bewahren können, direkt vor einem heranbrausenden Auto über die Straße zu laufen.

Morgen mußten sie nach Hause. In einem Monat waren sie verheiratet, und vorher würde er sich um die Versetzung zu einer der Einheiten der Metropolitan Police bemühen müssen. Das hieß neue Schulen für die Kinder finden, ein neues Haus. Was für ein Haus würde er in London für den Betrag bekommen, den ihm sein Bungalow in Sussex einbrachte? Doch es mußte sein. Der gemeine, unentschuldbare Gedanke, daß er jedenfalls nur zwei Kinder ernähren mußte und nicht drei, und daß seine zukünftige Frau in ihrem Zustand nicht wilde Parties feiern oder das Haus mit ihren Freunden bevölkern würde, trieb ihm die Schamröte ins Gesicht.

Er schaute vorsichtig zu Gemma hinüber, doch sie starrte aufs Meer hinaus. Dann folgte er ihrem Blick und sah, daß der Strand nicht länger einsam dalag. Rasch startete er den Wagen und fuhr rückwärts über den Platz zur Straße, landeinwärts. Er sah sie nicht wieder an, aber er wußte, daß sie weinte, daß die Tränen ungehemmt über ihre dünnen, blassen Wangen liefen.

»Scotts erster Gedanke«, sagte Wexford nach einer Pause, »war wahrscheinlich, sie einfach stehenzulassen, zu fliehen, den Weg zurück, den er gekommen war, weg von diesen Swans. Man sagt, Mordopfer – doch dies war kein wirklicher Mord – hätten ihr Schicksal selbst herausgefordert. Hat Stella ihn darauf hingewiesen, daß es draußen goß, daß er mit ihnen mitfahren könne? Hat sie womöglich gesagt: ›Ich rufe nur schnell an, dann ist er in einer Viertelstunde da‹? Jedenfalls ist in dem Moment wieder alles über Scott hereingebrochen. Er hatte es nie verwunden. Er mußte sie daran hindern, das Telefon zu benutzen, und dazu mußte er sie festhalten. Zweifelsohne hat sie geschrien. Wie er sie gehaßt haben muß, wenn er daran dachte, was sie dem Mann bedeutete, den er so verabscheute. Ich glaube, das war es, was ihm die Kraft gab, sie allzu fest zu halten, allzu fest mit seinen alten, kräftigen Händen ihren Hals zu packen...«

Der Doktor sagte gar nichts, er starrte Wexford nur noch gespannter an.

»Vom Cottage der Rushworths bis Saltram House braucht man zu Fuß hin und zurück eine halbe Stunde«, resümierte der Chief Inspector. »Von Saltram Lodge ist es näher. Und Scott wußte von den Brunnen und Zisternen. Das hatte ihn sicher interessiert. Er war ja Installateur. Er trug das tote Kind zum Italienischen Garten hinauf und legte es in die Zisterne. Dann ging er zurück zum Häuschen und holte seinen Koffer. Ein vorbeikommender Autofahrer nahm ihn mit zurück nach Stowerton. Sich seinen Zustand vorzustellen fällt einem nicht allzu schwer.«

»Wir wissen«, ergänzte Crocker leise, »daß er einen Schlaganfall bekam.«

»Mrs. Fenn wußte nichts davon, ebensowenig seine Frau. Letzten Mittwoch hatte er einen zweiten Schlaganfall, und der hat ihn umgebracht. Ich glaube – ich fürchte –, es war mein Besuch und die Vermutung, wer ich wirklich war, was ihn tatsächlich letzten Endes getötet hat. Seine Frau konnte sich keinen Reim auf das machen, was er sagte, bevor er starb. Sie glaubte, er phantasierte. Sie hat mir die Worte wiederholt. ›Ich habe sie zu fest gehalten. Ich mußte an meine Bridget denken.‹ «

»Aber was, zum Teufel, willst du jetzt machen? Du kannst einen Toten nicht anklagen.«

»Das liegt bei Griswold«, sagte Wexford. »Irgendein unverbindlicher Schmus für die Presse, nehme ich an. Die Swans sind informiert, ebenso Swans Onkel, Group Captain wie hieß er noch. Nicht, daß er die ausgesetzte Belohnung zahlen müßte. Wir werden keinen verhaften.«

Der Doktor sah nachdenklich aus. »Du hast kein Wort über John Lawrence verloren.«

»Weil ich dazu kein Wort zu sagen habe«, erwiderte Wexford.

Ihr Hotel hatte keinen Hintereingang, so war es schließlich doch nicht zu umgehen, daß sie über Eastovers kleine Promenade fuhren. Burden hatte inständig gehofft, daß in der

Zwischenzeit, in der Dämmerung, der Strand verlassen wäre, doch die beiden, die Gemma die Tränen in die Augen getrieben hatten, waren immer noch da; das Kind, das am Wasser auf und ab rannte, und die Frau bei ihm, die in der einen Hand ein langes Stück Seetang hinter sich herzog. Wäre nicht das leichte Hinken gewesen, Burden hätte sie in ihrer Hose und dem Kapuzenmantel nicht als die Frau wiedererkannt, die er zuvor gesehen hatte – oder überhaupt als Frau. Vergebens versuchte er, Gemmas Aufmerksamkeit landeinwärts auf ein Cottage zu lenken, das sie schon häufig bewundert hatten.

Sie gehorchte – stets fügsam, immer willens, ihn zufriedenzustellen –, doch kaum hatte sie hingeschaut, wandte sie den Blick wieder dem Strand zu. Ihr Arm berührte den seinen, und er merkte, daß sie zitterte.

»Halt an«, sagte sie.

»Aber es gibt nichts zu sehen...«

»Halt an!«

Sie kommandierte niemals. Er hatte sie noch nie so reden hören. »Was, hier?« entgegnete er. »Laß uns zurückfahren. Dir wird nur kalt werden.«

»Bitte halt an, Mike.«

Er konnte sie nicht blind machen, sie nicht ewig abschirmen. Er parkte den Wagen hinter einem roten Jaguar, dem einzigen anderen Auto an der Promenade. Bevor er noch die Zündung abgestellt hatte, öffnete sie die Tür, warf sie hinter sich zu und war auf und davon, die Treppen hinunter.

Absurd, daran zu denken, was sie über das Meer und über einen raschen Tod gesagt hatte, doch er erinnerte sich. Er sprang aus dem Wagen und folgte ihr, mit langen Schritten zuerst, dann rennend. Ihr leuchtendes Haar, sonnenuntergangsrot, wehte hinter ihr. Ihre Schritte machten harte, schmatzende Geräusche auf dem nassen Sand, und die Frau drehte sich um, stand stocksteif, die Seetangliane in ihrer

Hand wirbelte plötzlich im Wind wie das Tuch einer Tänzerin.

»Gemma! Gemma!« rief Burden, doch der Wind verwehte seine Worte, oder sie wollte sie nicht hören. Sie schien nur darauf aus zu sein, das Wasser zu erreichen, das zu Füßen des Kindes kräuselte und schäumte. Und nun drehte sich das Kind, das bis zum Rand seiner Gummistiefel in dem flachen Schaum herumgeplatscht hatte, ebenfalls um und starrte sie an, wie Kinder es tun, wenn Erwachsene sich beunruhigend benehmen.

Sie würde sich ins Meer stürzen. Ohne die Frau weiter zu beachten, raste Burden hinter ihr her und hielt plötzlich inne, als sei er blindlings gegen eine Mauer geprallt. Er war nicht mehr als höchstens zehn Meter von ihr entfernt. Mit weit aufgerissenen Augen kam das Kind auf sie zu. Ohne nur eine Sekunde innezuhalten, ohne Zögern, rannte sie ins Wasser und fiel auf die Knie.

Die kleinen Wellen schäumten über ihre Füße, ihre Beine, ihr Kleid. Er sah, wie es sich vollsog, sie bis zur Taille durchnäßte. Er hörte sie schreien – meilenweit konnte man diesen Aufschrei hören, dachte er –, und er wußte nicht, ob er ihm Glück oder Schmerz bedeutete.

»John, John, mein John!«

Sie breitete die Arme aus, und das Kind lief hinein. Immer noch im Wasser kniend, hielt sie ihn eng an sich gedrückt, den Mund fest auf seinen Goldschopf gepreßt.

Burden und die Frau sahen sich wortlos an. Er wußte sofort, wer sie war. Das Gesicht hatte ihm aus dem Album seiner Tochter entgegengeblickt. Aber es war inzwischen sehr mitgenommen, verwüstet und gealtert, das schwarze Haar unter der Kapuze war grob abgeschnitten, als habe sie mit der Zerstörung ihrer Karriere auch die Zerstörung ihrer äußeren Erscheinung annehmen und beschleunigen wollen.

Ihre Hände waren winzig. Sie schien Pflanzen aller Art zu sammeln, doch jetzt ließ sie das Stück Seetang fallen. Aus der Nähe konnte man sie nicht mit einem Mann verwechseln, fand Burden, doch aus der Entfernung? Aus der Entfernung konnte selbst eine Frau mittleren Alters wie ein Jugendlicher aussehen, wenn sie schlank war und die Geschmeidigkeit einer Tänzerin besaß.

Was war natürlicher, als daß sie John haben wollte, den Sohn ihres früheren Geliebten, mit dem sie selbst nie hatte ein Kind haben können? Und sie war krank gewesen, seelisch krank, erinnerte er sich. John war sicher ganz willig mit ihr gegangen, zweifellos hatte er sie als eine Freundin seines Vaters wiedererkannt, vielleicht hatte sie ihn mit der beruhigenden Erklärung überredet, seine Mutter habe ihn vorübergehend ihrer Pflege überantwortet. Und die Küste? Welches Kind will nicht gern ans Meer?

Doch jetzt würde etwas passieren. Sobald ihre erste Freude abgeklungen war, würde Gemma diese Frau in Stücke reißen. Es war schließlich nicht die erste Ungeheuerlichkeit, die ihr Leonie West antat. Hatte sie ihr nicht buchstäblich den Mann gestohlen, nachdem Gemma erst ein paar Monate verheiratet war? Und jetzt, noch schlimmerer Frevel, hatte sie ihr Kind gestohlen.

Er sah, wie sie langsam aus dem Wasser aufstand und, Johns Hand in der ihren, den Sandstreifen überquerte, der sie von Leonie West trennte.

Die Tänzerin hielt ihre Stellung, ja sie hob den Kopf mit einer pathetischen Trotzgebärde und ballte die kleinen Hände, die Mrs. Mitchell beim Blättersammeln beobachtet hatte, zu Fäusten. Burden trat einen Schritt vor und fand seine Stimme wieder.

»Hör mal, Gemma, das beste wäre...«

Was hatte er sagen wollen? Daß es das beste für alle war, ruhig zu bleiben, die Sache sachlich durchzusprechen? Er erstarrte. Nie hätte er für möglich gehalten – hatte er sie je wirklich gekannt? –, daß sie dies tun würde, das Allerbeste, was sie in seinen Augen beinah zur Heiligen machte.

Ihr Kleid war durchnäßt. Merkwürdigerweise mußte Burden an ein Bild denken, das er einmal gesehen hatte, Vorstellung eines Künstlers, wie die See ihre Toten hergibt. Mit einem sanften, zärtlichen Blick auf den Jungen ließ sie seine Hand los und hob die von Leonie West hoch. Sprachlos blickte die andere sie an, Gemma zögerte nur einen Lidschlag, dann nahm sie die Frau in die Arme.

23

»Es wäre nicht gutgegangen, Mike. Das weißt du so gut wie ich. Ich bin nicht konventionell genug für dich, nicht respektabel, nicht gut genug, wenn du so willst.«

»Ich glaube, du bist zu gut für mich«, sagte Burden.

»Ich habe mal gesagt, daß John – wenn man John je wiederfindet, würde ich dich nicht heiraten. Ich glaube, das hast du nicht richtig verstanden. Es ist besser für uns beide, wenn ich jetzt das tue, was wir vorhaben, nämlich bei Leonie zu leben. Sie ist so einsam, Mike, und sie tut mir so entsetzlich leid. Auf die Weise kann ich London und meine Freunde behalten, und sie kann einen Anteil an John haben.«

Sie saßen in der Halle Hotels, in dem sie zusammen gewohnt hatten. Burden fand, sie hatte nie so wunderschön ausgesehen, die helle Haut von ihrer inneren Freude wie erleuchtet, und das flammende Haar um die Schultern. Und auch nie so fremdartig wie in dem goldenen Kleid, das Leonie West ihr geliehen hatte, weil ihr eigenes vom Salzwasser verdorben war. Ihr Gesicht sah süßer und sanfter aus denn je.

»Aber ich liebe dich«, sagte er.

»Mein guter Mike, bist du sicher, daß du nicht nur die Nächte im Bett mit mir liebst? Bist du jetzt schockiert?«

Er war schockiert, aber nicht allzusehr, nicht im mindesten so, wie er es noch vor gar nicht allzu langer Zeit gewesen wäre. Sie hatte ihn eine Vielzahl von Dingen gelehrt. Sie hatte ihm seine *education sentimentale* gegeben.

»Wir können gute Freunde bleiben«, sagte sie. »Du kannst mich bei Leonie besuchen kommen. Du kannst all meine Freunde kennenlernen. Wir können auch mal zusammen wegfahren, und ich werde so anders sein, jetzt, wo ich glücklich bin. Du wirst sehen.«

Er sah es. Es ließ ihn beinah schaudern. Zu ihr gehen, wenn ihr Kind da war? Seinen eigenen Kindern erklären müssen, daß er eine – Geliebte hatte?

»Es würde nicht gutgehen«, sagte er klar und fest. »Ich weiß, daß es nicht gutgehen würde.«

Sie sah ihn sehr zärtlich an. »Du wirst noch um andere Frauen werben...«, zitierte sie halb singend, »und ich werde mit anderen Männern schlafen...«

Er kannte seinen Shakespeare nicht besser als seinen Proust. Sie gingen hinaus zur Promenade, wo Leonie West mit John in ihrem roten Wagen wartete.

»Komm und sag ihm guten Tag«, sagte Gemma.

Aber Burden schüttelte den Kopf. Zweifellos war es besser so, zweifellos würde er eines Tages dem Kind dankbar sein, das ihn seiner Liebe und seines Glücks beraubt hatte. Aber nicht jetzt, noch nicht. Einen Feind und Dieb begrüßt man nicht freundlich.

Sie blieb unter der Straßenlaterne stehen, wandte sich ihm zu, dann wieder dahin, wo John war. Zerrissen nannte man das wohl, dachte er bei sich, doch es gab wenig Zweifel, wer dies Tauziehen gewonnen hatte. Dieses Licht in ihren Augen war nie dagewesen, wenn sie ihn angesehen hatte, war auch jetzt nicht da, erstarb, sobald sie nicht mehr in Richtung auf das Auto blickte. Sie trennte sich von ihm nicht mit Bedauern, nicht mit Schmerzen, sondern mit *Höflichkeit.*

Stets umsichtig und bereit, die Konventionen anderer zu respektieren – denn sie befanden sich auf einem öffentlichen Platz, und Leute gingen vorbei –, streckte sie ihm die Hand hin. Er nahm sie, und dann, ohne sich weiter um die Vorbeigehenden zu kümmern, vergaß er seine sorgsam gehegte Ehrbarkeit, zog sie hier, auf offener Straße, an sich und küßte sie zum letztenmal.

Als das rote Auto abgefahren war, lehnte er sich auf das Geländer und schaute übers Meer und wußte, daß es so besser war, wußte auch, weil er Ähnliches schon durchgemacht hatte, daß er nicht länger sterben wollte.

Wexfords Verhalten war jovial, hinterhältig und beinah gottähnlich. »Welch ein glücklicher Zufall, daß Sie gerade mit Miss Woodville in Eastbourne waren und zufällig nach Eastover rübergefahren sind und zufällig – mein Gott, welch eine Fülle von Zufällen! – Mrs. Lawrence getroffen haben.« Ernster fügte er hinzu: »Im großen und ganzen haben Sie Ihre Sache gut gemacht, Mike.«

Burden sagte nichts dazu. Er hielt es nicht für nötig, klarzustellen, daß Gemma diejenige gewesen war, die den vermißten Jungen gefunden hatte, und nicht er.

Leise machte Wexford seine Bürotür zu und betrachtete Burden ein Weilchen schweigend. Dann sagte er: »Ich halte nicht so sehr viel von Zufällen oder von Melodramen, wenn ich mir's recht überlege. Ich finde, so was ist nicht ganz Ihre Linie, oder?«

»Vielleicht nicht, Sir.«

»Wollen Sie weiterhin Ihre Sache gut machen, Mike? Ich muß das fragen, ich muß es wissen. Ich muß wissen, wo ich Sie erreichen kann, wenn ich Sie brauche, und wenn ich Sie erreicht habe, dann muß ich sicher sein können, daß Sie wieder wie früher sind. Kommen Sie zurück, um wieder vernünftig mit mir zusammenzuarbeiten, und – um es klar auszudrücken – wollen Sie sich zusammenreißen?«

Burden fiel ein, was er einmal zu Gemma gesagt hatte, und er erwiderte langsam: »Arbeit ist das beste, oder?«

»Das glaube ich auch.«

»Aber es muß richtige Arbeit sein, mit Herz und Seele, nicht nur jeden Tag mehr oder weniger automatisch antanzen und hoffen, daß jeder einen bewundert, weil man so ein pflichtbewußter Märtyrer ist. Ich habe viel darüber nachgedacht, Sir, und ich habe beschlossen, dankbar zu sein für alles, was mir zuteil geworden ist, und...«

»Das ist hervorragend.« Wexford schnitt ihm das Wort ab. »Aber spielen Sie nicht allzusehr den reuigen Sünder, ja? Das ist nur schwer zu ertragen. Ich sehe, daß Sie sich geändert haben, und ich will gar nicht so genau wissen, wer oder was diesen Wandel bewirkt hat. Ein Gutes jedenfalls hat die Sache, ich bin ziemlich sicher, die Art Ihres Mitleids wird künftig weniger gezwungen sein als bisher. Und jetzt machen wir Feierabend.«

Auf halbem Weg nach unten im Fahrstuhl sagte er noch: »Sie sagen, Mrs. Lawrence möchte keine Klage gegen diese Frau erheben? Alles schön und gut, aber was ist mit all unserer Arbeit, all den Kosten? Griswold wird uns aufs Dach steigen. Er könnte darauf bestehen, sie anzuklagen. Aber wenn sie wirklich ein bißchen verrückt ist... Lieber Himmel, ein Angeklagter tot und der andere nicht zurechnungsfähig!«

Die Tür ging auf, und da stand der unvermeidliche Harry Wild.

»Ich habe nichts für Sie«, sagte Wexford kühl.

»Er hat nichts für mich!« wiederholte Wild grimmig zu Camb. »Ich weiß ganz genau, daß...«

»Wir hatten eine ganz schöne Aufregung in der Pump Lane«, sagte Camb und schlug sein Buch auf. »Ein Mannschaftswagen der Polizei und zwei Feuerwehren waren nötig, um gegen fünf Uhr gestern – Sonntag war das – eine Katze aus einer Ulme zu holen...« Wilds erboster Blick ließ ihn verstummen. Er räusperte sich und meinte versöhnlich: »Wollen wir mal nachsehen, ob es einen Tee gibt?«

Draußen auf dem Hof vor dem Revier sagte Wexford: »Ach, beinah hätt ich's vergessen zu erwähnen. Swans Onkel wird seine Belohnung trotzdem auszahlen.«

Burden starrte ihn an. »Ich dachte, sie war für den Fall einer Verhaftung gedacht.«

»War sie nicht. Ich hatte es auch angenommen, bis ich mir den Text noch mal genau durchgelesen habe. Sie war ausgesetzt für Informationen, die zu einer *Entdeckung* führen. Der Group Captain ist ein gerechter Mann und nicht die Sorte, die ich meine, wenn ich von seinem Neffen rede. Das sind also zweitausend Eierchen für Charly Catch, oder sagen wir, sie wären es, wenn er nicht ein sehr kranker Mann wäre.« Geistesabwesend tastete Wexford in der Manteltasche nach seinen Blutdrucktabletten. »Als Crocker gestern abend in der Charteris Road ankam, saß ein Notar neben dem Bett des guten Charly, und Monkey hielt sich schön im Hintergrund, denn ein Begünstigter kann nicht gleichzeitig Zeuge sein. Ich muß irgendwann mal nachrechnen«, meinte der Chief Inspector, »wie viele Kingsize-Lullen man tatsächlich mit all dem Zaster kaufen kann.«

»Geht's dir gut, Mike?« fragte Grace. »Ich meine, fühlst du dich wohl? Du bist diese Woche jeden Abend Punkt sechs zu Hause gewesen.«

Burden lächelte. »Sagen wir mal, ich bin wieder vernünftig geworden. Es fällt mir ein bißchen schwer, meine Gefühle in Worte zu fassen, aber ich nehme an, mir ist einfach klargeworden, wie glücklich ich sein kann, meine Kinder zu haben, und wie entsetzlich es wäre, sie zu verlieren.«

Sie antwortete nicht, sondern ging zum Fenster, um die Vorhänge zuzuziehen und die Nacht auszusperren. Mit dem Rücken zu ihm sagte sie plötzlich: »Ich werde nicht mit bei dem Pflegeheim einsteigen.«

»Also hör mal...« Er stand auf, ging zu ihr hin und faßte sie beinah grob am Arm. »Du sollst dich nicht um meinetwillen aufopfern. Das dulde ich nicht.«

»Mein lieber Mike!« Er sah plötzlich, daß sie weder von Sorge noch von schlechtem Gewissen geplagt, sondern glücklich war. »Ich opfere mich nicht, ich...« Sie zögerte, wahrscheinlich in Erinnerung daran, daß er nie mit ihr hatte reden wollen, nie über irgend etwas anderes hatte sprechen wollen als über die banalsten Haushaltsdinge.

»Erzähl«, bat er mit einer für sie völlig neuen, leidenschaftlichen Eindringlichkeit.

Sie sah verblüfft aus. »Also... tja, ich habe in Eastbourne einen Mann wiedergetroffen, einen Mann, den ich schon seit Jahren kenne. Wir – wir haben uns geliebt. Wir hatten uns zerstritten... Ach, es war alles so dumm! Und jetzt – jetzt möchte er einen Neuanfang wagen und hierherkommen und mit mir ausgehen und – und ich glaube, Mike, ich glaube...« Sie hielt inne und fügte dann mit der kalten Abwehr, die er sie gelehrt hatte, hinzu: »Es würde dich wohl kaum interessieren.«

»Oh, Grace, wenn du nur wüßtest!«

Sie starrte ihn an, als sei er ein völlig Fremder, aber ein

Fremder, den sie gerade anfing zu mögen und den sie gern besser kennenlernen wollte. »Wenn ich was wüßte?« fragte sie.

Einen Augenblick antwortete er nicht. Er dachte, wenn er es jetzt nur richtig anstellen könnte, dann hätte er seinen Zuhörer gefunden, seinen einzigen Freund, jemand, der Verständnis haben würde, weil er für so viele Facetten des Lebens Verständnis hatte, der die einfachen täglichen Freuden seiner Ehe verstehen würde, und auch den lodernden Glanz, den kleinen Sommer, den er bei Gemma gefunden hatte.

»Ich möchte auch reden«, sagte er schließlich. »Ich muß es jemandem erzählen. Wenn ich dir zuhöre, wirst du mir dann auch zuhören?« Sie nickte verwirrt. Er dachte, wie hübsch sie war, wie sehr sie Jean ähnelte, sie würde eine wunderbare Frau für diesen Mann abgeben, der sie liebte. Und weil es jetzt kein Mißverständnis mehr zwischen ihnen geben konnte, drückte er sie kurz an sich und legte seine Wange an die ihre.

Er spürte ihr Glück in der Herzlichkeit, mit der sie seine Umarmung erwiderte, und sie steckte ihn damit an, machte ihn selbst auch fast glücklich. Würde es andauern? Fand er endlich sein Gleichgewicht wieder? Er wußte es nicht, noch nicht. Aber sein eigener Sohn und seine Tochter waren sicher, sie schliefen hinter diesen geschlossenen Türen, er konnte wieder arbeiten, und er hatte einen Freund, der jetzt, wenn auch mit noch immer fest zusammengepreßten Händen, darauf wartete, was er ihm zu erzählen hatte.

Grace führte ihn zum Kamin, setzte sich neben ihn und sagte, als habe sie schon fast verstanden: »Es wird alles gut werden, Mike.« Mit ernsthaftem und erwartungsvollem Gesichtsausdruck wandte sie sich ihm zu. »Also, dann laß uns reden.«

Phantom in Rot

Roman

Aus dem Englischen
von Ute Tanner

Die englische Originalausgabe erschien 1973 unter dem Titel
»Some Lie and Some Die«
bei Hutchinson & Co. Ltd., London

*Meinem Sohn Simon Rendell, der auf Festivals geht,
und meinem Vetter Michael Richards,
der den Song schrieb,
ist dieses Buch in Liebe und Dankbarkeit zugeeignet.*

Wunschtraumbild

Ihr Haar im Wind, ihr Lächeln kann ich missen,
Fernsein und Warten stören mich nicht mehr,
Doch ach, der Wind hat Lippen nicht zum Küssen.
Ihr Kuß war heiß ...
Ich will sie, ich brauch sie so sehr.

Sei mir nah, komm zu mir
Und erklär mir, wofür
Die einen
Nur weinen,
Indes andren beschieden
Die Lüge, die Not,
Das Sterben, der Tod.

Denk doch, mein Liebling, an mein leeres Leben,
Das Licht nicht mehr, das Blüten nicht erfüllt.
Kann es für uns ein Wir denn nicht mehr geben?
O komm, web mit an meinem Wunschtraumbild.

Sei mir nah, komm zu mir ...

Fast ist's das Haus, das wir einst hatten,
Dem Liebe sie und Blumen schenkt.
Gemeinsam sitzen wir im Schatten,
Bis sanft mein Traum die Nacht umfängt.

Sei mir nah, komm zu mir ...

Der harsche Morgen hat sie fortgenommen,
Die Nacht mag nichts verraten, füg dich drein,
Mir blieb das Warten, Hoffen auf ihr Kommen
Und ihren Wunsch, erneut ganz mein zu sein.

Sei mir nah, komm zu mir ...

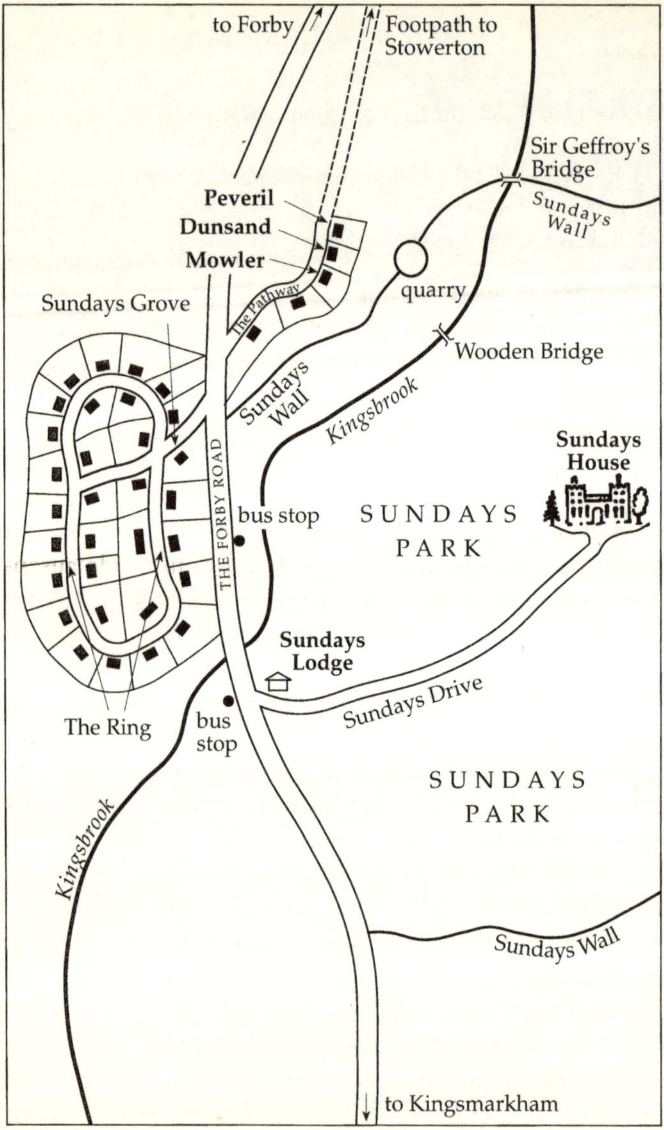
to Forby
Footpath to Stowerton
Sir Geffroy's Bridge
Sundays Wall
Peveril
Dunsand
Mowler
quarry
The Pathway
Sundays Grove
Wooden Bridge
Sundays Wall
Kingsbrook
Sundays House
THE FORBY ROAD
bus stop
SUNDAYS PARK
Sundays Lodge
Sundays Drive
The Ring
bus stop
SUNDAYS PARK
Kingsbrook
Sundays Wall
to Kingsmarkham

I

»Aber warum müssen sie zu uns kommen? Ausgerechnet zu uns? Es gibt doch weiß Gott genügend Gegenden, wo sie sich zusammenfinden können, ohne eine Menschenseele zu stören. Im schottischen Hochland zum Beispiel. Oder in Dartmoor. Wieso es ausgerechnet uns trifft, ist mir ein Rätsel. Ehrlich.«

Detective Inspector Michael Burden äußerte sich bereits seit Monaten tagtäglich in diesem oder ähnlichem Sinne. Diesmal aber schwang in seiner Stimme ein neuer Ton – ein Ton verbitterter Ratlosigkeit. Sich das Kommende auszumalen, war schlimm genug gewesen. Doch was sich jetzt zehn Meter unter ihm auf Kingsmarkhams Hauptstraße abspielte, war Realität, und er machte das Fenster auf, um sie besser – oder in deprimierenderen Details – beobachten zu können.

»Zu Tausenden kommen sie die Bahnhofsstraße herunter. Und das ist nur ein Bruchteil, wenn man bedenkt, daß viele ja auch andere Transportmöglichkeiten nutzen werden. Es ist eine regelrechte Invasion. Herrgott, da kommt der schwarze Riese persönlich. Sie sollten mal seinen Mantel sehen. Wie in der Geschichte vom Rattenfänger von Hameln, die hab ich mal in einem von Pams Schulbüchern gelesen.«

Sein Zimmergenosse hatte bisher auf diesen Erguß nicht reagiert. Er war groß und schwer und zwanzig Jahre älter als der Inspector und stand somit in einem Lebensabschnitt, in dem man nur noch zögernd von einem ›Mann mittleren Alters‹ spricht, weil einem die Bezeichnung ›älterer Herr‹ soviel passender erscheint. Ausgesprochen gut hatte er nie ausgesehen. Mit zunehmendem Alter und nachdem er fast alle Haare verloren hatte, war das Gesicht mit den Hängebacken nicht schöner geworden, aber sein Ausdruck, der nicht so sehr Gutmütigkeit als vielmehr Toleranz allem, nur nicht der Intoleranz gegenüber verriet, machte diese Äußerlichkeiten wieder wett und verlieh seinen Zügen etwas durchaus Anziehendes. Er saß an seinem Rosenholzschreibtisch und versuchte, eine Richtlinie über die Verhütung von Straftaten zu Papier zu bringen. Jetzt schüttelte er ungeduldig den Kopf und legte den Stift aus der Hand.

»Uneingeweihte«, sagte Chief Inspector Wexford, »könnten auf den Gedanken kommen, daß Sie von einer Rattenplage reden.« Er schob seinen Sessel zurück und stand auf. »Müssen Sie alles so eng sehen? Es sind junge Leute, die ein bißchen Spaß haben wollen, nicht mehr und nicht weniger.«

»Warten Sie nur ab, bis die ersten Autos in Flammen stehen, die Ladendiebstähle sich häufen, anständige Bürger zusammengeschlagen werden und... und die Hell's Angels anrücken. Dann sprechen wir uns wieder.«

»Vielleicht. Kommt Zeit, kommt Rat. Lassen Sie mich auch mal ran.«

Burden verlegte widerwillig seinen Beobachtungsposten und machte ein paar Zentimeter Fenster für Wexford frei. Man schrieb den 10. Juni, es war der frühe Nachmittag eines herrlichen Sommertages. Die High Street war belebt, wie stets am Freitag, Autos fuhren Parkplätze an und entfernten sich wieder, Frauen schoben Kinderwagen, gestreifte Markisen an den Ladenfronten schützten die Passanten vor einer fast südlichen Sonne, und auf den Bänken vor dem *Dragon* saßen Arbeiter und tranken Bier. Doch nicht diese Leute hatten Burdens Aufmerksamkeit erregt, sie verfolgten den Ansturm ebenso gespannt und manche ebenso feindselig wie er. Es war eine wahre Flut von Jugendlichen mit geschulterten Rucksäcken und schlenkernden Transistorradios in der Hand, die über die Straße zu der Bushaltestelle an der Baptistenkirche schwappte. Die am Zebrastreifen wartenden Wagen hupten protestierend, aber sie vermochten ebensowenig gegen den stetigen Strom, wie die Wellen des Roten Meers gegen die Kinder Israels. Es waren immer mehr, vielleicht nicht Tausende, aber ein paar Hundert, die lachend, drängelnd, singend näher kamen. Ein Junge, auf dessen T-Shirt ein aufgedruckter Che-Guevara-Kopf prangte, streckte einem zornigen Autofahrer die Zunge heraus und hob zwei Finger.

Jeans beherrschten das Bild. Die meisten dieser jungen Leute hatten ihre Schulzeit noch nicht lange hinter sich, manche gingen auch noch zur Schule, und Auflehnung gegen die Schuluniform gehörte bei ihnen gewissermaßen zum guten Ton. Hier aber präsentierten sie sich doch wieder in Uniform, allerdings in einer selbstgewählten: Blaue Baumwollhosen und Hemdblusen, langes Haar, nackte Füße. Hier und da aber gab es Versuche, sich völlig von konventionellen Bekleidungsnormen frei zu machen, wie bei dem Mädchen in dem roten Bikinioberteil und dem schmutzigen knöchellangen Satinrock und ihrem Begleiter, der schwitzend, aber glücklich, in schwarzem Leder herumlief. Sie alle überragte der junge Mann, der Burden vorhin aufgefallen war, ein gut gebauter, hochgewachsener Neger mit glänzendschwarzem Haarschopf, dessen bronzefarbener Körper vom Hals bis zu den Knöcheln in einen schwarz-weißen Mantel aus kurzgeschorenem Fell eingehüllt war.

»Und das ist erst der Anfang«, sagte Burden, als Wexford

seiner Meinung nach Zeit genug gehabt hatte, die Lage zu überschauen. »So geht es die ganze Nacht durch und morgen auch noch. Was machen Sie denn für ein Gesicht? Als ob... ja, als ob Sie was verloren hätten.«

»Hab ich auch. Meine Jugend. Ich würde gern zu denen da unten gehören und mit zum Popfestival ziehen. Sie nicht?«

»Nein, ehrlich nicht. Mein Fall wäre das nie gewesen. Diese jungen Leute werden eine Menge Ärger und einen Mordskrach machen und den Ärmsten, die das Pech haben, in der Sundays-Siedlung zu wohnen, das Wochenende verderben. Mehr will ich dazu gar nicht sagen.« Wie so mancher, der sich dieser Floskel bedient, sagte Burden noch sehr viel mehr dazu. »Meine Eltern haben mich gelehrt, Rücksicht auf meine Mitmenschen zu nehmen, und dafür bin ich ihnen sehr dankbar. Mal eine Tanzerei am Wochenende und ein paar Bierchen, dazu habe ich früher nicht nein gesagt, aber einen riesigen Park besetzen, bloß um sich auf Kosten anderer zu amüsieren – nein, das hätte ich nicht gewollt. Ich hätte mir immer gedacht, daß ich mir so was gar nicht verdient habe.«

Wexford schnaufte leicht gereizt. »Von dieser penetranten Tugendhaftigkeit wird die Welt auch nicht lustiger. Dann lassen Sie Ihren Jungen wohl auch nicht auf die Fete, was?«

»Morgen abend kann er zwei Stunden hingehen, um sich diesen Zeno Vedast anzuhören, aber bis elf muß er wieder zu Hause sein. Daß er im Park kampiert, kommt überhaupt nicht in Frage. Er ist schließlich erst fünfzehn. Zeno Vedast! Möchte wetten, daß ihm *den* Namen seine Paten bei der Taufe nicht gegeben haben. Wahrscheinlich heißt er Jim Bloggs oder so. Er soll hier aus der Gegend stammen. Ein Glück, daß wir ihn los sind. Diese Popmusikmode ist mir unbegreiflich. Warum kann John keine klassische Musik hören?«

»Wie sein Alter, der zu Hause sitzt und auf Gustav Mahler abfährt? Machen Sie's halblang, Mike.«

»Ich steh nun mal nicht auf Popmusik«, sagte Burden verdrossen. »Die ganze Richtung paßt mir nicht.«

»Macht mich nicht an, Mike. Bleiben wir im Jargon. Wenn wir für unsere Jugend schon die Bullen sind, brauchen wir nicht auch noch kleinkariert daherzureden. Jedenfalls habe ich es satt, nur den Zuschauer zu spielen. Wollen wir uns die Sache nicht mal aus der Nähe ansehen?«

»Jetzt gleich? Morgen, wenn sie anfangen zu raufen und zu zündeln, müssen wir doch sowieso antreten.«

»Ich fahr jedenfalls hin. Sie können das natürlich halten, wie Sie wollen, aber vielleicht lassen Sie sich das Wort eines Mannes durch den Kopf gehen, der auch Puritaner war: ›Bedenket in eurem Herzen, liebe Christenbrüder, daß ihr auch irren könnt.‹«

Dort, wo sich jetzt das Herrenhaus aus der Regency-Zeit erhebt, stand schon seit der normannischen Eroberung ein Haus, das sich Sundays nannte. Woher der Name kommt, weiß kein Mensch. Wahrscheinlich hat er nichts mit dem Tag des Herrn zu tun, sondern geht auf den ersten Bauherrn zurück, der Sir Geffroy Beauvoir de Saint Dieu hieß.

Früher erstreckten sich die Sundays-Ländereien von Kingsmarkham bis nach Forby und darüber hinaus, nach und nach aber wurden immer mehr Wald und Ackerland verkauft, bis nur noch ein kleiner Garten und ein mehrere Morgen großer Park übrigblieben. Nach Ansicht der Umweltschützer ist Sundays ein für allemal verschandelt. Die hohen Zedern und die Hainbuchenallee sind zwar noch da, der überwucherte Steinbruch ist bisher unberührt, aber der italienische Garten ist verschwunden, in der Orangerie hat

Martin Silk, der jetzige Besitzer, eine Champignonzucht angelegt, und die kürzlich entstandene Sundays-Siedlung verstellt den früher so herrlich weiten Blick.

Die Forbyer Straße zieht sich am Parkrand entlang und schneidet die Siedlung in zwei Teile. Viermal am Tag rollt über diese Straße der Bus nach Forby und hält vor dem Parktor von Sundays, wo sich eine Bedarfshaltestelle befindet. Wexford und Burden stellten den Wagen in einer Parkbucht ab und sahen zu, wie die ersten jungen Pilger aus dem Vierzehn-Uhr-dreißig-Bus kletterten und ihr Gepäck zu dem offenstehenden Tor hinüberschleppten. Am Pförtnerhaus standen Martin Silk und fünf, sechs Helfer, um die Eintrittskarten zu kontrollieren. Wexford stieg aus und las das Plakat, das an einem der Torflügel klebte: »Sundays-Scene, 11. und 12. Juni, Zeno Vedast, Betti Ho, The Verb to Be, Greatheart, The Acid, Emmanuel Ellerman.« Als die Busladung junger Leute in der Hainbuchenallee verschwunden war, trat er an Silk heran.

»Läuft alles, Mr. Silk?«

Silk, ein ziemlich kleingeratener Mann mittleren Alters, hatte schulterlanges graues Haar und – wenn man nicht so genau hinsah oder ihn nicht beim Gehen beobachtete – die Figur eines Zwanzigjährigen. Er war reich und exzentrisch und gehörte zu den Menschen, die sich einfach nicht von ihrer Jugend trennen können. »Natürlich läuft alles«, sagte er brüsk. Mit Gleichaltrigen konnte er nicht viel anfangen. »Es kann überhaupt nichts passieren, sofern Sie uns in Ruhe lassen.«

Er trat zur Seite und setzte ein breites Lächeln auf, während er die Eintrittskarten von fünf, sechs jungen Leuten entgegennahm, deren mit rosa-, orange- und purpurfarbenen Slogans geziertes Wohnmobil am Pförtnerhaus angehalten hatte.

»Willkommen auf Sundays, Freunde. Zelten könnt ihr, wo ihr wollt. Wer zuerst kommt, mahlt zuerst. Den Wagen stellt ihr am besten vor dem Haus ab.«

Burden, der inzwischen dazugekommen war, sah dem Wohnmobil nach, das heftig schwankend die Allee hinaufschaukelte. Aus den Fenstern dröhnte laute Musik.

»Hoffentlich wissen Sie, worauf Sie sich da einlassen«, sagte er brummig. »Können Sie mir mal verraten, wieso Sie das überhaupt machen?«

»Weil ich die Jugend liebe, Inspector. Die Jugend und ihre Musik. Von der Insel Wight hat man sie vertrieben, niemand will sie haben. Nur ich. Dieses Festival wird Tausende verschlingen, und den größten Teil des Geldes werde ich aus meiner eigenen Tasche zahlen. Um die ganze Sache finanzieren zu können, mußte ich noch ein Stück Land verkaufen, aber was soll's? Ich laß die Leute reden...«

»Die werden dazu wohl auch einiges zu sagen haben, besonders die Umweltschützer«, ereiferte sich Burden. »Die hiesige Bevölkerung ist in der Mehrzahl gegen Ihre Neubauten. Baugenehmigungen können auch rückgängig gemacht werden, so was soll's schon gegeben haben.«

Wexford sah, daß Silk vor Wut rot angelaufen war, und griff rasch ein.

»Wir hoffen alle, daß das Festival ein Erfolg wird, ich jedenfalls wünsche es Ihnen von Herzen. Ich habe gehört, daß Betti Ho morgen nachmittag im eigenen Hubschrauber einschweben soll. Stimmt das?« Silk nickte einigermaßen besänftigt, und Wexford fuhr fort: »Wichtig ist, daß die Hell's Angels nicht hereinkommen und daß es möglichst wenig Ärger gibt. Vor allem wollen wir keine Gewalttätigkeiten, verbrannte Fahrräder und dergleichen, wie wir es damals in Weely erlebt haben. Ich würde gern vor dem Konzert ein paar Worte an die Besucher richten, von Ihrer Bühne aus. Sagen wir morgen abend um sechs?«

»Meinetwegen, aber passen Sie auf, daß die Leute nicht sauer werden.« Strahlend begrüßte Silk eine Gruppe junger Mädchen, die Gitarren über der Schulter und knöchellange Oma-Kleider trugen, und machte ihnen Komplimente. Die Mädchen kicherten. Sie lachen ihn aus und nicht an, dachte Wexford bei sich, aber die kleine Szene hatte Silks Laune verbessert. Als die Mädchen im Park verschwunden waren, fragte er gnädig: »Möchten Sie sich mal ein bißchen umsehen?«

»Ja, gern«, sagte Wexford.

Das Gelände links von der Allee, wo sonst unter Linden und Zedern eine kleine Herde Schwarzbunter graste, war als Lagerplatz vorgesehen. Das Vieh hatte man auf eine Weide hinter dem Haus getrieben, und die ersten Zelte standen schon. Mitten im Park war eine von Bogenlampen umstandene Bühne aufgebaut worden. Wexford, der sonst eine ausgesprochene Abneigung gegen Zäune und befestigte Abgrenzungen hatte, war froh, daß den Park von Sundays eine stachelbewehrte Mauer umgab, die »unerwünschte Elemente«, wie Burden sich ausdrückte, abschrecken würde. Nur an einer Stelle war die Abgrenzung unterbrochen, nämlich am Steinbruch, der sich halbkreisförmig tief in die Kalksteinfelsen an der Forbyer Straße eingegraben hatte. Die beiden Polizeibeamten gingen zum Haus und peilten von der Terrasse aus die Lage.

Ein ambulanter Händler, bei dem man alkoholfreie Getränke, Kartoffelchips und Süßigkeiten erstehen konnte, hatte sich bereits auf der Allee postiert, und die hungrige Jugend stand bei ihm Schlange. Andere, denen es gelungen war, diesen Verlockungen zu widerstehen, steckten an reizvollen Stellen ihre Claims ab und klopften Zeltpflöcke fest. Ein dünner, aber stetiger Strom von Autos und Motorrädern passierte das Tor. Wexford nickte zum Steinbruch hinüber und setzte sich in Bewegung. Burden folgte ihm.

Wer das Glück gehabt hatte, sich einen Tag Urlaub nehmen oder eine Vorlesung schwänzen zu können, war schon frühmorgens angekommen und hatte sich im Park bereits häuslich eingerichtet. Ein junger Mann in marokkanischem Burnus briet Würste über einem Propangaskocher, seine Freunde saßen im Schneidersitz daneben und unterhielten ihn mit Witzen, Gesängen und einer Gitarre. Der Kingsbrook fließt durch den Park von Sundays, unterquert die Forbyer Straße und schlängelt sich dann dicht an der Mauer durch Weiden- und Erlengrund. Der seichte Flußlauf bot sich zum Baden förmlich an. Mehrere junge Leute planschten im Wasser herum, die Mädchen in BH und Höschen, die Jungen in den knapp bemessenen schwarzen Slips, die sich ebensogut als Unterhosen wie als Badebekleidung nutzen lassen. Als sie die kleine Holzbrücke überquerten, sah Burden so konsequent in die andere Richtung, daß er um ein Haar über ein Pärchen gefallen wäre, das engumschlungen im hohen Gras lag. Wexford lachte.

»O gib sie hin, die schwarzen Zelte deines Stammes, und zieh ins rote Lusthaus meines Herzens ein...« zitierte er. »So was bekommen wir in der nächsten Zeit hier häufiger zu sehen, Mike, daran müssen Sie sich schon gewöhnen. Letts wird zwei seiner Leute an den Steinbruch stellen müssen, damit wir keine uneingeladenen Gäste bekommen.«

»Meinen Sie wirklich?« fragte Burden. »Mit dem Motorrad kommt man da nicht durch. Im übrigen«, setzte er bösartig hinzu, »ist es mir völlig egal, wer sich gratis auf Silks dämlichem Festival vergnügt. Hauptsache, uns machen sie keinen Ärger.«

An der Seite des Sundays-Grundstücks war der Hang ungeschützt, auf der anderen Seite stand eine recht gebrechliche Einfriedung aus Latten und Stacheldraht. Jenseits des Stacheldrahts, hinter einem schmalen Grasstreifen, lagen die Gärten von drei Häusern einer kleinen Durchgangsstraße, die sich Pathway nannte. Jedes Grundstück hatte einen hohen Zaun und ein eigenes Gartentor. Wexford sah in den Steinbruch hinein. Er war etwa sieben Meter tief, die Hänge waren mit Brombeerbüschen, Geißblatt und Kletterrosen bewachsen. Die Rosen standen in voller Blüte, zu Tausenden leuchteten sie in sanftem Muschelrosa vor den dunklen Ranken und dem goldlodernden Ginster. Hier und da erhoben sich schlanke, silbrige Birkenstämme. Am Grund des Steinbruchs breitete sich eine kleine Rasenfläche aus, auf der Glockenblumen wippten. Als Wexford hinunterblickte, schien sich eine von ihnen in die Lüfte zu erheben, doch dann erkannte er, daß es keine Blume war, sondern ein Schmetterling, ein Geißklee-Bläuling, glockenblumenblau mit himmelblauen Schwingen.

»Schade, daß sie die Häuser da hingestellt haben. Schön sieht das wahrhaftig nicht aus.«

Burden nickte. »Eigentlich müßte man heutzutage ständig mit halbgeschlossenen Augen durch die Gegend laufen oder sich eine Genickstarre holen.«

»Abends ist es trotzdem hübsch hier, besonders wenn der Mond scheint. Ich freue mich auf Betti Ho. In ihren Liedern tritt sie für den Schutz der Umwelt ein, und wenn wir uns über eins einig sind, Mike, dann doch bestimmt darüber, daß die Umweltverschmutzung aufhören muß. Betti Ho wird Ihnen gefallen. Und ich muß zugeben, daß ich auch auf die Songs von diesem Zeno Vedast gespannt bin.«

»Den hör ich schon zu Hause mehr als genug«, sagte Burden grämlich. »Tag und Nacht dudelt John seine schnulzigen Liebeslieder.«

Sie machten kehrt und gingen unter den Weiden zurück. Einer der Badenden spritzte Wexfords Hosenbeine naß, und Burden brüllte ihn wütend an, aber Wexford lachte nur.

2

»Alles in allem benehmen sie sich ja sehr manierlich«, befand Inspector Burden im Ton ungläubigen Erstaunens, als er mit Wexford von einer kleinen Hügelkuppe aus die *jeunesse dorée* zu seinen Füßen betrachtete. Es war Samstag nacht oder vielmehr später Abend, der Himmel hing, einer umgestülpten purpurnen Schüssel gleich, über ihnen, in die, wie in eine Perle, der Mond eingelassen war, umgeben von funkelnden Galaxien. Die Sterne schienen hell, und doch reichte ihr Licht nicht aus, so daß man die Bühne, auf der Sterne anderer Art sich produzierten, mit Bogenlampen, Monden aus Menschenhand, angestrahlt hatte.

Die Zelte standen leer, denn ihre Bewohner saßen oder lagen in dem blauschimmernden, taubeperlten Gras, und ihre bizarrbunten Gewänder wirkten in dem natürlichen und künstlichen Mondlicht eher düster, saphir- und rauchfarben. Die Haare schimmerten silbern, nicht von der Zeit, sondern vom Licht der Nacht gebleicht. Die Propangasbrenner waren nicht mehr in Betrieb, aber hier und da brannte ein Feuerchen, von dem spiralförmig dünne blaue Fäden aufstiegen, die sich im Himmelsblau verloren. Der ganze Lagerplatz war in Blautöne getaucht, hier leuchtete es azurfarben, dort, wo Park und Himmel aneinanderstießen, schimmerte es jadeblau, an anderen Stellen wie Eisvogelgefieder, dazwischen erkannte man als dunkelblaue Schatten die hingelagerten *aficionados*.

»Wie viele mögen es sein, was schätzen Sie?« fragte Wexford.

»Siebzig-, achtzigtausend. Sehr laut sind sie ja nicht.«

»Der Taube Gurren in den alten Ulmen
und ungezählter Bienen Flüsterweisen...«
zitierte Wexford.

»Ja, vielleicht hätte ich sie nicht mit Ratten vergleichen sollen. Sie sind mehr wie Bienen, ein riesiger Bienenschwarm.«

Das Stimmengesumm hatte eingesetzt, nachdem Betti Ho von der Bühne gegangen war. Einzelne Worte ließen sich nicht unterscheiden, aber die konzentrierte, gespannte Atmosphäre, das Gefühl völliger Einmütigkeit und stiller Empörung, sagten Wexford, daß von den Liedern die Rede war, die sie gerade gehört hatten und mit deren Gesinnung sie einiggingen.

Die zierliche Chinesin, die so schön und zart und frisch war wie eine Blume, hatte von Schmutz- und Giftströmen, von einer Flut heranbrandenden Verderbens gesungen. Seltsam hatte ihn das berührt, da es von solchen Lippen kam, seltsam in dieser klaren, reinen Nacht, und doch wußte er – wußten sie alle –, daß es diesen Schmutz, dieses Gift gab, die häßlichen Müllberge, die schlimme Gleichgültigkeit. Der Applaus hatte die Sängerin zurückgerufen, und noch einmal hatte sie das Lieblingslied der Menge singen müssen, die Ballade von den sterbenden Schmetterlingen. Sacht war der Holzrauch aufgestiegen, und der Kingsbrook hatte eine leise Begleitmusik geplätschert.

Zu den Liedern hatte Burden in nachdrücklicher Zustimmung genickt, jetzt aber sah er sich unruhig in der murmelnden Menge der Lagernden um. Endlich entdeckte er seinen Sohn in einer Gruppe von Mitschülern und atmete sichtlich auf. Er sagte nichts, aber Wexford hatte bemerkt, daß John und seine Freunde gewisse Konzessionen in ihrer Kleidung gemacht und ein kleines Zelt aufgestellt hatten, um sich der Menge anzupassen, um nicht als Hinterwäldler und Außenseiter abgestempelt zu werden.

Burden schlug nach einer Schnake, die sich auf seinem Handgelenk niedergelassen hatte, und sah dabei auf die Armbanduhr. »Jetzt müßte Vedast bald dran sein«, sagte er. »Sobald er fertig ist, schnappe ich mir John und schicke ihn nach Hause.«

»Spielverderber.«

Der Inspector hatte wohl schon eine passende Antwort auf der Zunge, aber da steigerte sich plötzlich das Summen, wurde zu einem erregt-erwartungsvollen Brausen. Immer mehr Leute standen auf, sahen zur Bühne hinüber oder rückten noch ein Stück näher an sie heran. Jäh lag Spannung in der Luft.

»Da kommt er«, sagte Wexford.

Zeno Vedast wurde von dem Disc-Jockey, der als Conferencier des Popfestivals fungierte, als ein Star angekündigt, bei dem sich jede Vorstellung erübrigt, und als er aus dem Schatten auf die Bühne trat, erhob sich von den Lippen der Zuhörer ein einstimmiger Jubelschrei. Das war allerdings etwas anderes, dachte Wexford bekümmert, als das Gebrüll, mit dem die jungen Leute auf seine sorgsam vorbereitete Rede reagiert hatten. Er war stolz auf diese Rede gewesen, sie war, so fand er, getragen von Toleranz und Entgegenkommen. Es sei nicht daran gedacht, ihre Freiheit zu beschneiden, sofern sie nicht über die Stränge schlugen, hatte er gesagt, die Polizei wolle ihnen nicht ihr Fest verderben, hatte er versichert und einen kleinen Scherz eingeflochten, die Fans sollten sich wohl fühlen, zusammenhalten und weder den Anwohnern noch sich gegenseitig das Leben schwermachen. Aber sein Appell war nicht gut angekommen. Er war Polizist, und damit hatte er schon verloren. »Runter von der Bühne«, hatten sie gebrüllt und »Bullen raus!« Angst hatte er keinen Augenblick gehabt, aber er hatte sich doch gefragt, was als nächstes kommen würde. Aber es kam nichts. Brav und friedlich saßen sie da und machten ihr eigenes Ding, lauschten ihrer eigenen Musik in dieser blauen, opalisierenden Nacht.

Jetzt schrien sie nach Vedast, schrien ihm entgegen. Der Laut ihrer Stimmen, der rhythmisch klatschenden Hände, der trommelnden Füße schlug zu dem Künstler hoch und schien über ihn hinwegzuschwappen wie eine Flutwelle. Er stand ganz still in dem weißen Licht, mit gesenktem Kopf nahm er die Huldigung entgegen, das helle Haar verdeckte zur Hälfte sein Gesicht wie eine Kapuze aus Silberstoff.

Dann warf er plötzlich den Kopf zurück und hob eine Hand. Das Brausen verebbte, zerrann in Stille. Aus dem Schweigen erhob sich eine Mädchenstimme: »Zeno, wir lieben dich.« Er lächelte. Man reichte ihm ein wulstiges Saiteninstrument auf die Bühne. Er schlug einen einzigen leise schwingenden Ton an, einen Ton, der für die Menge eine geheime Bedeutung hatte, denn ein vielstimmiger Seufzer, ein zufriedenes Raunen wurde laut. Sie wußten, was er zuerst singen würde, dieser eine Ton hatte es ihnen verraten. Ein Glücksschauer schien über die achtzigtausend hinzugehen, und dann rückten sie sich zurecht, um sich anzuhören, was dieser eine Ton ihnen in Aussicht gestellt hatte.

»›Wunschtraumbild‹ heißt das Lied«, flüsterte Burden.

»John hat es auf einer LP.« Und grämlich fügte er an: »Bei uns zu Hause ist es bekannter als die Nationalhymne.«

»Ich kenne es nicht«, sagte Wexford.

Vedast schlug erneut jenen einsamen Ton an und begann zu singen. Es war ein Lied über die Liebe. Über eine Frau, soweit Wexford das ausmachen konnte, die in das Haus ihres Liebhabers oder ihres Ehemannes geht, über das Unvermögen zur Liebe, über Trauer und Versagen. Ein durchaus vertrautes Thema. Vedast sang klar und leise, mit unbewegtem Gesicht, aber er kam über die erste Zeile nicht hinaus. Seine Zuhörer brüllten und trommelten. Wieder blieb er mit gesenktem Kopf stehen, wieder sah er auf, schlug jene schwirrende Note an. Diesmal ließen sie ihn zu Ende singen, reagierten nur mit anerkennendem Summen, als er in der zweiten Strophe eine Oktave höher fortfuhr:

»Denk doch, mein Liebling, an mein leeres Leben,
Das Licht nicht mehr, das Blüten nicht erfüllt.
Kann es für uns ein Wir denn nicht mehr geben?
O komm, web mit an meinem Wunschtraumbild...«

Die Melodie war volksliedhaft, eingängig, klangvoll, von leiser Trauer erfüllt, wie es sich für den Text und für die zärtliche Schönheit der Nacht gehörte. Und es war genau die richtige Melodie für Vedasts Stimme, einen ungeschulten, reinen Tenor. Zeno Vedast schien das absolute Gehör zu haben. Sein Gesicht war hager, die Nase groß, der Mund breit und beweglich, die Haut schimmerte bleich im Mondlicht, die Augen waren sehr hell, hellbraun vielleicht oder graugrün. Die langen, fast skeletthaft knochigen Finger entlockten den Saiten keine richtige Begleitung, keine Melodie, sondern eine Reihe einzelner, vibrierender Töne, die in Wexfords Hirn schwirrten, bis ihm schwindlig wurde.

»Sei mir nah, komm zu mir
Und erklär mir, wofür
Die einen
Nur weinen,
Indes andren beschieden
Die Lüge, die Not,
Das Sterben, der Tod.«

Dann war es zu Ende, Vedast wartete auf ein erneutes Anbranden der Flut. Und da rollte sie schon heran, eine hochschlagende Woge der Begeisterung. Schlaff stand er da und badete im Beifall, bis drei Musiker zu ihm auf die Bühne traten und die ersten Akkorde ihrer Instrumente sich gegen den Tumult durchsetzten. Vedast sang noch eine Ballade, die von Kindern auf einem Rummelplatz handelte, und dann ein weiteres Liebeslied. Obgleich er während seines Auftritts nicht herumgezappelt war und keinerlei Verrenkungen gemacht hatte, war seine nackte, mit Perlenketten behängte Brust schweißnaß.

Als das dritte Lied verklungen war, blieb er wieder stehen, erschöpft, leidend, hingegeben, als lege er sein ganzes Herz, seine ganze Seele vor seinen Zuhörern bloß, als fühle er das Prasseln des Beifalls, das rasende Klatschen wie Peitschenhiebe.

Wie kommt es, überlegte Wexford, daß der Mann mich trotz seiner Intensität, seiner Schlichtheit, seines Ernstes nicht überzeugt? Vielleicht liegt es einfach daran, daß ich alt und zynisch werde und alle Entertainer im Verdacht habe, daß sie mit einem Auge auf die Publicity und mit dem anderen aufs Geld schielen.

Bei Betti Ho allerdings waren ihm solche Gedanken nicht gekommen. Ihr beinahe kindliches Geschrei, ihre gerechte Empörung waren ihm lieber gewesen. Aber da lag er wohl falsch. Nach dem Getöse zu urteilen, das die Menge veranstaltete, als ihr Idol die Bühne verließ, stand er mit seiner Meinung allein – von Burden abgesehen, der von Anfang an zu kompromißloser Ablehnung entschlossen gewesen war und der sich schon auf die Suche nach John begeben hatte.

»Gott, wenn ich da an meine Jugend denke«, sagte Wexford, als sie zu einem freien Platz hinüberschlenderten, auf dem gerade eine rollende Würstchenbude eingetroffen war. »Wenn ich denke, daß Jungsein damals absolut unpopulär war... Wir konnten es gar nicht erwarten, älter zu werden, um mit den Alten mithalten zu können, die damals allgemein das Sagen hatten. ›Das verstehst du noch nicht‹, hieß es ständig, ›dafür bist du noch zu jung.‹ Jetzt sind es die jungen Leute, die sich für allwissend halten, die in der Sprache, im Benehmen, in der Kleidung den Ton angeben, und es sind die Alten, die da nicht mehr mitkommen.«

»Hm«, sagte Burden.

»Jetzt sind wir wieder zwei Nationen, aber diesmal nicht die Reichen und die Armen, sondern die Jungen und die Alten. Mögen Sie ein Würstchen?«

»Warum nicht?« Burden reihte sich, ohne auf die feindseligen Blicke zu achten, die ihn trafen, in die Schlange ein und erstand bei einem Jungen in gestreifter Schürze zwei heiße Würstchen. »Besten Dank.«

»Danke gleichfalls, Daddy«, sagte der Junge.

Wexford lachte laut auf. »Sie armer Tattergreis! Hoffentlich werden Ihre Zähne mit dem Ding da noch fertig. Aber kommen Sie erst mal in mein Alter...« Er schob sich durch die Schlange hindurch, um an einen Stand mit alkoholfreien Getränken zu kommen. »Pardon.«

»He, gedrängelt wird hier nicht, Opa«, sagte ein Mädchen.

Jetzt hatte Burden gut lachen. »Da haben Sie's! Wir sind

drei Nationen – die Jungen, die Alten und das Mittelalter. Das war immer schon so, und das wird auch nicht anders. Sehen wir uns mal kurz am Steinbruch um?«

In der nächsten Stunde war keine Live-Musik angesagt. Die Festivalbesucher waren jetzt mit dem Einkauf oder der Zubereitung des Abendessens beschäftigt. Der Geruch von Gebratenem und kleine Rauchwolken stiegen in die Luft. Schon liefen Jungen und Mädchen in roten und gelben T-Shirts herum, die auf Brust und Ärmeln den Aufdruck *Scene Sundays* trugen. Das Licht der Bogenlampen reichte nicht bis zum Fluß, aber inzwischen schien der Mond sehr hell. Im Augenblick planschte niemand in dem klaren, seichten Wasser, aber Badehosen, BHs und Jeans, die zum Trocknen über dem Brückengeländer hingen, zeugten von nicht lange zurückliegenden Badefreuden.

Sie gingen am Rand des Steinbruchs entlang. Brombeerranken langten nach ihren Knöcheln, die winzigen Beerenansätze des Schneeballs streiften ihre Gesichter wie eisigkalte Glasperlen.

Kein Mensch war zu sehen, aber an der Seite der Siedlung war der Stacheldraht durchgeschnitten und heruntergetreten. Das verbogene Metall blinkte silbern im Mondlicht. Weder Wexford noch Burden konnten sich erinnern, ob der Draht gestern schon so ausgesehen hatte. Es schien nicht wichtig. Schweigend schlenderten sie weiter, freuten sich an der Schönheit der Nacht, dem Duft des Mädesüß, der sanften, klagenden Musik aus der Ferne.

Plötzlich öffnete sich die Gartentür des letzten Hauses, und ein Mann kam heraus. Er war hochgewachsen und hatte ein scharfgeschnittenes, durchaus attraktives Gesicht, das im Augenblick ausgesprochen böse wirkte. »Sagen Sie mal, sind Sie für diese…« – er suchte nach einem passenden Wort – »…für diese Wahnsinnsfete verantwortlich?«

»Wie meinen Sie?« fragte Wexford.

»Für Zuhörer sind Sie in meinen Augen nämlich reichlich vergreist«, sagte der Mann rüde.

»Wir sind Polizeibeamte. Stimmt etwas nicht?«

»Na, Sie sind gut! Mein Name ist Peveril. Ich wohne dort.« Er deutete auf das Haus hinter dem Gartenzaun. »Seit vierundzwanzig Stunden herrscht hier ein ohrenbetäubender Lärm, und in den letzten drei Stunden ist es immer schlimmer geworden. Ich habe versucht zu arbeiten, aber das ist ein Ding der Unmöglichkeit. Was gedenken Sie dagegen zu tun?«

»Nichts, Mr. Peveril, sofern keine strafbaren Handlungen vorliegen.« Wexford legte den Kopf schief. »Im Augenblick höre ich nichts, nur ein fernes Summen.«

»Dann sollten Sie mal zum Ohrenarzt gehen. Hier unten fangen die Bäume den Krach ein bißchen auf, wenn Sie hier rumlaufen, nützt uns das überhaupt nichts. Sitzen Sie mal in meinem Arbeitszimmer!«

»Sie sind rechtzeitig informiert worden. Morgen ist alles überstanden. Den Anwohnern, die Bedenken wegen des Festivals hatten, haben wir geraten, übers Wochenende zu verreisen und in unserer Polizeidienststelle Bescheid zu geben.«

»Ja, damit halbwüchsige Rowdies in die leeren Häuser einsteigen können, was? Aber ich hätte ja aus Erfahrung wissen müssen, daß ich von Ihresgleichen keinerlei Kooperation zu erwarten habe. Sie haben sich ja nicht mal richtig in den Trubel hineingetraut.« Peveril ging in den Garten zurück und knallte das Törchen zu.

Burden feixte. »Wir hätten ihn fragen sollen, ob er Eindringlinge gesehen hat.«

»Der betrachtet doch jeden als Eindringling.«

Wexford schnupperte genüßlich. Er lebte auf dem Land

und war an Landluft gewöhnt. Seit Jahren aber hatte er sich nicht die Zeit genommen, sie bewußt zu genießen. Wer weiß, wie lange man das noch kann, dachte er. Die Nacht brachte Feuchtigkeit, kleine Nebelfetzen, die dicht über dem Gras hingen, weiße Wölkchen, die an den Wänden des Steinbruchs vorüberzogen. Ein Hase fuhr erschrocken aus einem Hundsrosenbusch hoch, sah sie kurz an und floh in gestrecktem Galopp über die breite, silbrige Wiese.

»Hören Sie mal«, flüsterte Wexford. »Die Nachtigall...«

Aber Burden hörte nicht hin. Er war stehengeblieben, hatte einen Blick in das Dickicht geworfen, aus dem der Hase gekommen war, hatte den Blick weiter nach unten gehen lassen und sich jäh umgedreht. Er war puterrot geworden.

»Jetzt sehen Sie sich das an! So was geht denn doch zu weit. Es ist nicht nur – ja, widerwärtig, es ist auch nicht erlaubt. Schließlich ist das hier ein öffentlicher Weg.«

Von Sundays aus waren die beiden nicht zu sehen gewesen. Sie lagen in einer kleinen Mulde am Grund des Steinbruchs, einem grasbewachsenen Lager von der Größe eines Doppelbetts. Burden hatte in normaler Lautstärke gesprochen, doch die beiden hatte das nicht gestört, und Wexford erinnerte sich an eine Bemerkung Kinseys, man könne unter diesen Umständen in nächster Nähe eine Kanone abfeuern, und der Knall würde ungehört verhallen.

Sie liebten sich. Beide waren nackt, achtzehn oder neunzehn Jahre alt und körperlich vollendet. Über den langen, gewölbten Rücken des Jungen warfen die farnartigen Blätter der Eberesche, die sie beschirmten, ein sacht bewegtes Muster aus fedrigschwarzen Schatten. Sie gaben keinen Laut von sich, waren völlig ineinander versunken. Gleichzeitig aber schienen sie eins zu sein mit ihrer Umgebung, als habe dieses Lager ein gütiger Gott bereitet, der schon sehnlichst auf das Liebespaar gewartet hatte, um das Glück vollkommen zu machen.

Der Junge hatte lange, goldene Locken, das schwarze Haar des Mädchens war wie ein Fächer um sie gebreitet, ihr Gesicht wie ein geschliffener Kristall im Mondlicht. Wexford konnte den Blick nicht von ihnen wenden. Er war fasziniert, aber er verspürte keinen voyeuristischen Kitzel, keinerlei erotische Regung. Ein kalter, atavistischer Schauer überlief ihn, ein Anflug heiliger Scheu. In Mondlicht gebadet, von der purpurnen Nacht umhüllt, waren diese beiden jungen Menschen Adam und Eva, Venus und Adonis, Mann und Frau allein zu Anbeginn der Welt. Die ineinander verschlungenen silbrigen Körper, die ein Spitzentuch aus zitternden, flirrenden Blattschatten überspann, waren so schmerzhaft schön, daß Wexford plötzlich von jenem wahrhaft panischen Schrecken, jenem Ansturm der starken, lebenspendenden Natur erfüllt war, der die Nähe Gottes verrät.

Er fröstelte. Dann flüsterte er dem Kollegen zu – und es war wie ein ironisches Echo auf Burdens Worte –: »Kommen Sie. Schließlich ist das hier eine ganz private Angelegenheit.«

Sie hätten ihn nicht gehört, auch wenn er es herausgeschrien hätte, ebensowenig wie sie das plötzliche Hämmern hörten, das von der Bühne herüberwehte, das Stampfen, Kreischen und Brüllen, als The Verb to Be anfing zu singen.

3

Es hatte keinen Ärger gegeben. Eine kleine Rockergang war vor dem Tor von Sundays aufgetaucht und abgewiesen worden. Um die Rocker fernzuhalten, waren die Mauern nicht hoch genug, aber wenigstens gegen ihre heißen Öfen hatten sie sich als wirksamer Schutz erwiesen. Ein Zelt war in Flammen aufgegangen. Von Brandstiftung keine Rede – jemand hatte sich mit einem Feuerchen zu nah an die Zeltbahn gewagt. Silk hatte die heimatlos gewordenen Besitzer in einem seiner Gästezimmer untergebracht.

Fast die ganze Nacht hindurch sangen irgendwelche Gruppen, die klagenden Schwelltöne, das dröhnende Hämmern waren bis Forby zu hören, und die empörten Anwohner – unter ihnen auch Peveril – riefen mit schöner Regelmäßigkeit auf der Polizeiwache von Kingsmarkham an, um sich zu beschweren. Bis zum Tagesanbruch war es dann still geworden, die meisten jungen Leute schliefen. Die Feuer waren ausgetreten und die Bogenlampen ausgeschaltet worden, als die Sonne aufging und durch einen goldenen Dunstschleier hindurch Sundays beschien.

Der Tag versprach nicht ganz so heiß zu werden, aber es war noch immer so warm, daß die Badestellen im Fluß und die Eisbuden sich regen Zuspruchs erfreuten. Bis zum Mittag zog sich die Reihe der Verkaufswagen, die Eß- und Trinkbares und Souvenirs feilboten, die ganze Allee entlang. Die Musik vom Band und die Lieder kleiner Amateurgruppen verstummten, und Emmanuel Ellerman eröffnete den zweiten Tag des Popkonzerts mit seinem Hit »High Tide«. Der Morgennebel hatte sich gehoben und zu einer Wolkendecke verdichtet, durch die eine blasse Sonne drang. Es war schwül, und das Atmen fiel schwer.

Burdens Sohn John hatte sich wieder eingefunden, um sich Zeno Vedasts letzten Auftritt anzuhören. Seinem Vater ging er aus dem Weg. In dieser Umgebung war es ihm peinlich, einen Polizisten in der Familie zu haben. Burden schnupperte mißtrauisch, als er mit Wexford über den Lagerplatz ging.

»Ich rieche Hasch.«

»Wir haben genug um die Ohren, Mike. Eine Drogenrazzia können wir uns im Augenblick nicht leisten«, sagte Wexford. »Der Polizeipräsident hat gesagt, wir sollen ein Auge zudrücken, wenn wir nicht gerade jemanden sehen, der absolut vollgedröhnt ist und Randale macht oder in den Steinbruch fällt, weil er mit Acid vollgepumpt ist. Ich würde ja gern was Nettes über den Krawall sagen, den die Jungs dort auf der Bühne veranstalten, aber ich versteh das Zeug einfach nicht, ich bin wohl wirklich zu alt dazu. So, mit dem Stück ist offenbar jetzt Schluß. Wer kommt danach?«

»Für mich klingt von diesen Gruppen eine wie die andere.« Burden schaute sich unruhig nach seinem Sohn um, er sah ihn bei diesem schlechten Umgang wohl schon an der Nadel hängen, Liebe machen oder mit langen Haaren herumlaufen. »Und zum Verwechseln ähnlich sehen sie sich obendrein.«

»Jetzt hören Sie endlich auf, sich wegen John zu nerven. Das da drüben ist er übrigens gar nicht, ich habe ihn vorhin zu einer Imbißbude gehen sehen. Hören Sie den Lärm? Das wird der Hubschrauber sein, der Betti Ho abholt.«

Der knallgelbe Helikopter – einem Rieseninsekt aus einem Horrorfilm gleich – schwebte, kreiste und ließ sich schließlich auf dem Feld hinter dem Haus nieder. Die beiden Polizeibeamten warteten, bis er gelandet war, dann schlossen sie sich der Menge an, die durch das Tor nach draußen drängte. Die zierliche Chinesin trug ein gelbes Kleid – passend zu ihrem Transportmittel – und hatte das schwarze Haar zu einem Zopf geflochten.

»Was die für Geld bekommen muß«, meinte Burden. »Von ›verdienen‹ möchte ich in dem Zusammenhang gar nicht reden.«

»Sie bringt ihre Zuhörer zum Nachdenken, sie tut viel Gutes. Ihr gönne ich das Geld jedenfalls mehr als manchem Politiker. Da ist Ihr John, er will sich den Start ansehen. Nein, gehen Sie nicht hin, lassen Sie ihm den Spaß.«

»Hatte ich auch gar nicht vor. Denken Sie denn, ich hätte nicht gemerkt, daß er so tut, als ob er mich nicht kennt? Ich bin doch kein Trottel! Da ist Vedast. Herrje, das ist ja wie bei einem Staatsbesuch.«

Das fand Wexford nun nicht gerade. Etwa tausend Fans hatten sich um den Helikopter geschart, während Betti Ho, von Bewunderern umringt, mit Vedast sprach, der in schwarzen Jeans und noch immer mit nackter Brust herumlief. Eine weitere junge Frau stand dabei, Vedast hatte einen Arm um ihre Taille gelegt. Wexford trat näher heran, um sie genauer in Augenschein zu nehmen, denn von all den extravaganten, bizarren und seltsam gewandeten Erscheinungen, die er seit Freitag gesehen hatte, war sie entschieden die auffallendste.

Sie war fast so groß wie Vedast und sah, wenn auch grell und ziemlich künstlich hergerichtet wie für eine Mißwahl, durchaus gut aus. Wexford mochte kaum glauben, daß ein Mensch so viel Haar haben konnte. Die hochtoupierten, eisblonden Strähnen umstanden wie eine Wolke ihr Gesicht und reichten ihr fast bis zur Taille. Die Figur war makellos. Und das ist ihr Glück, überlegte er, sonst hätte sie in dem hautengen Hemdchen, den Hotpants im Häkellook und langen Goldlederstiefeln leicht lächerlich wirken können. Er erkannte, daß sie sich auf die Lider schillernde Glitzersteine geklebt hatte.

»Wer mag das wohl sein?« sagte er zu Burden.

»Sie heißt Nell Tate«, gab Burden zu Wexfords Überraschung prompt Bescheid, »und ist die Frau von Vedasts Roadmanager.«

»Man hat eher den Eindruck, als wäre sie mit Vedast verheiratet. Woher kennen Sie denn die Frau?«

»Na, woher wohl? John hat mir von ihr erzählt. Manchmal wünschte ich, er hätte Popmusik als Prüfungsfach, dann könnte ich ruhiger schlafen.«

Wexford lachte. Er konnte den Blick kaum von der Frau wenden. Nicht etwa, weil ihn ihr Aussehen gefesselt, ihre Schönheit verlockt hätte. Nein, was ihn an ihr faszinierte, war der Einblick in eine Welt, die ihm und der Mehrzahl der hier versammelten Fans fern und sehr fremd war. Vedast, so hieß es, sei ein Junge von hier, der es »geschafft« hatte. Woher kam sie wohl? Über welche mühsamen Stufen hatte sie sich hocharbeiten müssen, um jetzt hier oben zu stehen, im Mittelpunkt des Interesses, an der Seite eines Lieblings der Szene, der sie in aller Öffentlichkeit umarmte?

Vedast ließ sie los und küßte Betti Ho auf beide Wangen – die herkömmliche Begrüßung europäischer Staatsmänner, die für eine bestimmte Elite mittlerweile »in« war. Betti wandte sich Nell Tate zu, auch die beiden Frauen tauschten Küßchen aus, dann bestieg die Chinesin ihren Hubschrauber, und die Türen wurden geschlossen.

»Hier ist jetzt bald Feierabend«, sagte Burden. »Wie spät haben wir es?«

»Halb fünf. Furchtbar stickige Luft, es wird ein Gewitter geben.«

»In so einem Vogel möchte ich bei Gewitter nicht sitzen.«

Surrend und summend erhob sich der Hubschrauber in die Lüfte. Betti Ho lehnte sich heraus und schwenkte winkend einen gelben Seidenärmel. Die Fans drängten langsam wieder in den Park, angelockt durch elektronisch verstärkte Gitarrenklänge. Die Greathearts, eine Drei-Mann-Gruppe, waren auf die Bühne gekomrnen. Zum erstenmal während des Pop-Festivals ließ Burden so etwas wie Zustimmung erkennen. Spezialität der Greathearts waren Parodien von Schlagern aus den Kriegsjahren, aber Burden hatte noch nicht mitgekriegt, daß es Parodien waren, und ein halb sentimentales, halb mißtrauisches Lächeln spielte um seine Lippen.

Martin Silk saß auf einem Klappstuhl an einem heruntergebrannten Feuer und unterhielt sich mit dem Jungen im gescheckten Mantel. Für Jacken, geschweige denn für Pelzmäntel war es viel zu warm und feucht, aber der Afrikaner hatte sich, wie Wexford festgestellt hatte, seit seiner Ankunft nicht von dem Kleidungsstück getrennt. Vielleicht war seine bronzefarbene Haut an tropischere Temperaturen gewöhnt.

Silk sah auf. »Was hab ich gesagt? Kein einziger Zwischenfall, alles Friede, Freude, Eierkuchen.«

»Ganz so würde ich das nicht sagen. Ein Zelt ist abgebrannt, ein Fahrrad als gestohlen gemeldet worden, und der Mann, der die T-Shirts verkauft, hat eine Menge Schwund.«

»Unternehmer darf man beklauen, das ist völlig okay«, sagte der Afrikaner mit sanfter Stimme.

»Vielleicht sieht Ihre Weltanschauung das vor. Aber die hat sich bei uns bisher noch nicht so recht durchgesetzt.«

»Warten Sie's nur ab, Mann, warten Sie's nur ab. Es lebe die Revolution.« Seit seiner Jugend in den dreißiger Jahren hatte es Wexford nicht mehr erlebt, daß jemand von der versprochenen Revolution als einer ernstzunehmenden Möglichkeit gesprochen hätte, aber manche Leute waren demnach immer noch auf der alten Rille.

»Dann dürfte es aber wohl kaum noch Unternehmer geben, wie?«

Der Afrikaner lächelte nur nachsichtig. »Louis studiert Philosophie an der University of the South«, erläuterte Silk stolz. »Er vertritt eine ganz bemerkenswert politische Theorie und ist durchaus bereit, für seine Überzeugungen ins Gefängnis zu gehen.«

»Für seine Überzeugungen wird bei uns keiner eingesperrt«, sagte Wexford. »Wenn er nicht gerade öffentliche Ruhestörung begeht.«

»Louis ist der älteste Sohn eines bedeutenden Stammesfürsten. Louis Mbowele wird einmal ein Name sein, mit dem man in den jungen afrikanischen Staaten wird rechnen müssen.«

»Das kann ich mir gut vorstellen«, sagte Wexford überzeugt. Vor seinem geistigen Auge sah er schon die Schlagzeilen. Blut, Katastrophen, Tyrannei – und alles gutgemeint. »Doktor der Philosophie, politische Theorie, britisches Gefängnis – die nötigen Voraussetzungen hat er ja bald zusammen. Na, dann viel Glück! Gedenke mein, wenn du in dein Reich kommst.«

»Friede sei mit dir«, sagte der Afrikaner feierlich.

Burden stand mit Superintendent Letts, seinem Kollegen von der Schutzpolizei, zusammen.

»Jetzt haben wir's bald überstanden, Reg«, meinte Letts. »Ich will ja nicht unken, aber je schneller wir es hinter uns haben, desto lieber ist es mir. Und zwar ohne Zoff.«

»Ja, und möglichst noch vor dem Unwetter. Wie wir die Leute bei strömendem Regen aus dem Park rauskriegen sollen, daran mag ich gar nicht denken.«

Der Himmel über dem Herrenhaus von Sundays hatte

sich indigoblau verfärbt, das Haus selbst war in jenes gespenstischfahle Licht getaucht, das unter der Wolkendecke hervorleuchtet, wenn ein Gewitter droht. Die Hainbuchen der Allee, standfeste, kegelförmig zugespitzte Bäume, boten dem stärker werdenden Wind keine wesentliche Angriffsfläche, aber die tief herabhängenden Zedernzweige streiften raschelnd über den Rasen, und die Koniferen am Haus erschauerten.

Der Wind wehte noch warm, und als Zeno Vedast die Bühne betrat, war er nach wie vor halbnackt. Noch einmal sang er vor einer schweigenden, in der Schwüle nervös-gespannten Menge die Ballade vom Wunschtraumbild.

Wexford war wieder ein paar Schritte weitergegangen und stand ganz nah an der Bühne, direkt neben Nell Tate. Vedast sang ohne Begleitung, Nell hielt seine Mandoline oder Okarina oder was immer es sein mochte. Daß ihre Augen den Sänger nicht losließen, war nichts Besonderes bei einer Menge von siebzig- oder achtzigtausend Augenpaaren, die auf ihn gerichtet waren. Während aber in den Blicken der anderen Begeisterung, Bewunderung, kritische Anerkennung lagen, hatte ihr Blick etwas Verzehrendes, fast Gieriges. Die maulbeerrot glänzenden Lippen waren geöffnet, den Kopf hatte sie in sehnsuchtsvoll-schwanengleicher Haltung zurückgelegt. Wexford, den der Song schon ein bißchen anödete, unterhielt sich damit, die junge Frau zu beobachten, und plötzlich drehte sie sich um und wandte ihm ihr Gesicht zu.

Es gab ihm einen regelrechten Ruck. Sie sah aus, als habe man ihr soeben endgültig den größten Wunsch ihres Lebens abgeschlagen. Der Jammer war durch das dick verkleisterte Make-up, das rosige Rouge, die grünblauen Lidschatten hindurch zu erkennen, und auch die albernen Glitzersteine, die sie sich um die Augen herum geklebt hatte, vermochten nicht darüber hinwegzutäuschen, daß sie litt. Warum wohl, dachte er. Sie war älter, als er zunächst gedacht hatte, aber immerhin höchstens achtundzwanzig. War sie in Vedast verliebt und konnte ihn nicht haben? Sehr wahrscheinlich war es das nicht. Nach seinem ersten Song trat Vedast an den Rand der Bühne, hockte sich hin, nahm Nell das komische Saiteninstrument aus der Hand und küßte sie langsam und leidenschaftlich auf den Mund. Als er danach wieder anfing zu singen, wirkte sie ruhiger, die glitzernden Lider senkten sich kurz über die Augen.

»War's das?« fragte Wexford, als er wieder bei Burden angekommen war. »Ich meine – ist das Konzert zu Ende?«

Burden betätigte sich widerspruchslos als Experte in Sachen Pop, obschon man sich einen weniger überzeugenden oder weniger engagierten Gewährsmann wohl kaum vorstellen konnte. »Noch zwei Songs von den Greathearts«, sagte er, »dann können wir alle nach Hause gehen. Die ersten ziehen schon ab, die wollten wohl nur noch den nackten Affen mitnehmen.«

»Bitte, keine Majestätsbeleidigung, Mike. Ich fand ihn eigentlich recht gut. Schauen Sie mal den rosa- und orangefarbenen Wagen da drüben, über und über mit Graffiti bepinselt.«

Die Zelte wurden abgebaut, Gaskocher und Kessel und die Dosen mit Kaffeepulver in Rucksäcken verstaut, ein barfüßiges Mädchen suchte in den Abfallhaufen nach den Schuhen, die sie vor vierundzwanzig Stunden ausgezogen hatte. Das künftige Oberhaupt eines afrikanischen Entwicklungslandes hatte seine Volksreden zunächst eingestellt, um sich prosaischerem Tun, nämlich dem Zusammenrollen seines Schlafsacks, zu widmen. Martin Silk schritt durch die Menge, lächelte huldvoll nach rechts und links und feixte Wexford in boshaftem Triumph an.

»Irgendwie können einem die Greathearts schon leid tun, da schaffen sie sich ab, und keiner hört hin. Die wissen doch bestimmt auch, daß die Leute nur wegen Vedast geblieben sind.«

Aber Wexfords Worte trafen auf taube Ohren. »Da sind die beiden, die wir gestern abend gesehen haben«, sagte Burden. »Das Mädchen und ihr Gespiele, sie kommen offenbar direkt aus dem Steinbruch. Hat sich wohl ausgeflittert bei den beiden, die scheinen sich verkracht zu haben, oder vielleicht hat sie auch was gebissen. Es heißt ja immer, daß es im Park von Sundays Schlangen gibt.«

»Das käme Ihnen wohl zupaß«, sagte Wexford scharf. »Die gerechte Strafe für ein Treiben, das im Garten Eden etwas ganz Natürliches ist.« Er hatte nicht den Eindruck, daß die beiden sich gestritten hatten oder verletzt waren, sie hielten sich an der Hand und rannten wie Sprinter bei der Olympiade. In dem uniformen Jeans- und T-Shirt-Look, schmutzig und ramponiert, das lange Haar windverweht, war von der unberührten Schönheit der vergangenen Nacht keine Spur mehr geblieben, der Zauber, das Wunderbare waren dahin. Da lief ein ganz gewöhnliches junges Paar, außer Atem und – ja, voller Angst. In plötzlicher Sorge ging Wexford ihnen entgegen.

Sie blieben dicht vor ihm stehen. Das Mädchen war totenblaß, sie rang keuchend nach Atem.

»Sie sind doch von der Polizei, nicht?« fragte der Junge, ehe Wexford etwas sagen konnte. »Könnten Sie wohl bitte kommen und sich ansehen, was...«

»Im Steinbruch«, würgte das Mädchen. »Ach ja, bitte... Es war so entsetzlich. Im Steinbruch liegt eine Frau, und sie... sie ist tot. Ganz tot. Und ihr Gesicht... Blut... gräßlich... O mein Gott...« Sie warf sich dem Jungen in die Arme und schluchzte jämmerlich.

4

Das Schluchzen hatte sich zu einem hysterischen Kreischen gesteigert.

Wexford wandte sich an den jungen Mann. »Sagen Sie mir, was los ist.«

»Wir sind vor ungefähr zehn Minuten zum Steinbruch gegangen«, brachte er stammelnd und abgerissen heraus. »Ich... wir... ich bin mit einer Clique hier und Rosie mit einer anderen und... und wir sehen uns jetzt einen ganzen Monat nicht mehr, da wollten wir irgendwo für uns sein, aber es ist noch hell, und wir haben was gesucht, wo man uns nicht sieht. Bitte nicht, Rosie hör doch auf zu weinen. Können Sie denn nichts tun?«

Schon waren sie von Neugierigen umringt. Wexford wandte sich an eine junge Frau, die recht umsichtig zu sein schien. »Bringen Sie das Mädchen in eins der Zelte und machen Sie ihr einen Tee. Heiß und stark. Und einer von euch läuft mal rasch zu Mr. Silk. Fragt ihn, ob er Cognac hat. Sie erzählt Ihnen bestimmt alles, es wird sie erleichtern.«

Rosie stieß einen langgezogenen Schrei aus. Wexford sah sich in der Einschätzung der umsichtigen jungen Frau bestätigt, die dem blassen, verheulten Mädchen, das vor ihr stand, eine kräftige Ohrfeige verpaßte. Rosie würgte und machte große Augen.

»Na also«, sagte Wexford. »Ab ins Zelt mit Ihnen. Wenn Sie was Warmes getrunken haben, wird Ihnen gleich besser.« Er wandte sich wieder dem Jungen zu. »Sie heißen –«

»Daniel. Daniel Somers.«

»Und Sie haben im Steinbruch eine weibliche Leiche gefunden?« Unvermittelt fingen die Greathearts an zu röhren. »Herrgott, hört denn das immer noch nicht auf? Wo haben Sie die Frau gefunden?«

»Unter Büschen, eigentlich eher Bäumen, an der Seite, wo der Draht ist.« Daniel schauderte und riß die Augen weit auf. »Es war alles voller Fliegen«, sagte er. »Sie hatte jede Menge Blut im Gesicht, es war schon ganz angetrocknet, und die Fliegen krochen drüber weg.«

»Kommen Sie mit.«

»Muß das sein?«

»Es dauert nicht lange«, sagte Wexford freundlich. »Sie brauchen die Frau nicht noch einmal anzuschauen, wir wollen nur wissen, wo sie liegt.«

Inzwischen hatte sich dort, wo sie standen, schon herumgesprochen, daß Gefahr im Verzug war, Gerüchte verbreiteten sich wie Lauffeuer. Neugierige kamen aus den Zelten, andere, die draußen langgelegen hatten, richteten sich auf, die Greathearts sangen zunehmend ins Leere. Ängstlich fragte einer den anderen, ob das wohl der Auftakt zu einer Drogenrazzia war. Daniel Somers, ebenso bleich, ebenso starr blickend wie seine Freundin, hatte es offenbar eilig, die Sache hinter sich zu bringen. Behende kletterte er den Kalksteinabhang hinunter, und die Polizeibeamten folgten ihm nicht ganz so gelenkig. Zunächst war nichts, jedenfalls nichts Beängstigendes zu sehen. Unter dem drohendgrauen, purpurn überhauchten Himmel, durch den kein Fetzen Blau mehr drang, glänzte das Gras im Steinbruch intensiver, wirkte fast blaugrün. Das schräg einfallende, von Wolkenrändern seltsam gefilterte Licht schenkte den weißen Blüten der Heckenrosen und den silbrigen Unterseiten der Birkenblätter, die sich zitternd im Wind hoben, einen ganz eigenen Glanz. Die Glockenblumen auf der kleinen Rasenfläche schwangen hin und her wie richtige Glocken ohne Klang. Ein, zwei Meter vor einer jungen Birke, die sich aus einem mannshohen Geißblatt- und Hartriegeldickicht erhob, blieb Daniel stehen. Er zitterte, auch er war gefährlich nah daran, die Fassung zu verlieren.

»Da drin.« Er streckte die Hand aus. »Ich hab sie nicht angefaßt.«

Wexford nickte.

»Jetzt können Sie sich um Ihre Rosie kümmern.«

Das dornenlose Buschwerk ließ sich leicht hochheben. Es war wie ein Zelt, mit der Baumwurzel als Stange. Darunter, halb um die Wurzel gerollt, lag die Frau, gekrümmt wie ein Fötus, die Knie angezogen, die Arme übereinandergeschlagen, so daß die Hände unter dem Kinn aneinanderlagen.

Selbst Wexford, der doch einiges gewöhnt war, verspürte ein flaues Gefühl in der Magengrube, als er das Gesicht sah – oder das, was von ihm übriggeblieben war. Es war eine einzige, mit schwärzlichem Blut überkrustete Masse, von der sich träge summend ein Schwarm schwarzer Fliegen erhob, als sich das Blätterdach bewegte. Auch im Haar war Blut, streifig durchzog es die gelben Strähnen und klumpte hier und da in harten Knoten zusammen. Das Kleid war vermutlich ebenfalls blutbedeckt, aber der Stoff, dunkelrot wie geronnenes Blut, hatte den Lebenssaft aufgesogen und negativiert.

Der Auftritt der Greathearts war noch immer nicht zu Ende.

»Eine Frau ist ermordet worden«, sagte Wexford zu Silk. »Schicken Sie die Gruppe von der Bühne und geben Sie mir ein Mikro.«

Die jungen Leute murrten, als die Popgruppe mitten in einem Song abbrach und sich zurückzog, das Murren wurde bedrohlicher, als Wexford ihren Platz einnahm. Er hob eine Hand, aber das nützte nichts.

»Bitte Ruhe. Darf ich um Ruhe bitten.«

»Bullen raus, Bullen raus«, skandierte die Menge.

Also gut, dann eben mit der Holzhammermethode, vielleicht brachte sie das zum Schweigen. »Eine Frau ist ermordet worden«, verkündete Wexford mit weithin hallender Stimme. »Die Leiche liegt im Steinbruch.« Jeder Laut erstarb. »Danke. Wir wissen noch nicht, wer die Frau ist. Ohne meine Erlaubnis darf niemand hier weg, ist das klar?« Schweigen. Sie taten ihm ehrlich leid, das Fest war ihnen verdorben, Ernüchterung und Angst machten sich in den fröhlichen jungen Gesichtern breit. »Wenn ihr ein Mädchen aus einer eurer Cliquen vermißt, eine blonde junge Frau in rotem Kleid, meldet euch bitte bei mir.«

Silk tat geradeso, als habe Wexford höchstpersönlich die Frau umgebracht und sie in seinem Steinbruch deponiert. »Es lief doch alles so gut«, jammerte er. »Und plötzlich passiert so was! Darauf hat die alte Garde nur gewartet, damit haben sie wieder eine Handhabe, jede freie Entfaltung zu unterdrücken und die Jugend zu knebeln.« Besorgt sah er zum Himmel auf, wo von Westen her graue Wolkenmassen aufgezogen waren.

Wexford wandte sich einem jungen Mann zu, der ihn angetippt hatte. »In unserer Gruppe war eine, die seit heute früh verschwunden ist. Bisher haben wir gedacht, sie ist nach Hause gefahren, sie fand es nämlich nicht so toll hier.«

»Was hatte sie an?«

Der Junge überlegte. »Jeans, glaube ich, und ein grünes T-Shirt.«

»Helles Haar? Lila Strumpfhosen und Schuhe?«

»Keine Spur. Sie ist dunkel, und solche Klamotten zieht sie bestimmt nicht an.«

»Dann kann sie es nicht sein«, entschied Wexford.

Die Regenwand rückte näher. Er sah, wie in einem bösen Traum, Wasserfluten auf den Lagerplatz niedergehen, die den zertrampelten Rasen in Schlammflächen verwandelten und auf die zerbrechlichen Zelte trommelten. Und er sah sich und alle verfügbaren Kollegen in Nacht und Regen herumtappen, um durchweichte, verstörte Teenager zu vernehmen.

Die Fotografen waren eingetroffen. Wexford beobachtete, wie ihre Wagen über den Grasboden holperten und an der Holzbrücke hielten. Wenn sie die nötigen Aufnahmen gemacht hatten, konnte er die Tote wegbringen lassen und vielleicht einen ersten Versuch der Identifizierung machen. Er spürte einen kalten Spritzer auf der Hand, die ersten Tropfen fielen.

»Ich überlege mir, ob wir sie nicht im Haus unterbringen könnten...«, meinte Silk.

Achtzigtausend in einem Haus? Gut, es war ein ziemlich großer Kasten, aber trotzdem...

»Ausgeschlossen. Das schlagen Sie sich nur gleich aus dem Kopf.«

Eine junge Frau hinter ihm räusperte sich, um seine Aufmerksamkeit auf sich zu lenken, eine zweite stand neben ihr und hielt einen schwarzen Samtmantel in der Hand.

»Ja?« fragte er rasch.

»Wir haben unsere Freundin seit gestern abend nicht mehr gesehen. Sie hat den Mantel im Zelt gelassen und ist auf und davon. Wir können sie und ihren Freund nicht finden, und da haben wir gedacht...«

»...sie könnte die Tote sein, die wir gefunden haben? Beschreiben Sie mir doch bitte Ihre Freundin.«

»Sie ist achtzehn, sehr dunkles Haar, sehr hübsch, schwarze Jeans. Rosie heißt sie, und ihr Freund –«

»– heißt Daniel.« Die junge Frau riß vor lauter Staunen über Wexfords Allwissenheit die Augen auf. »Rosie ist nichts passiert«, sagte er. »Sie ist in dem Zelt dort drüben.« Er deutete hin.

»Gott sei Dank! Das war ein schöner Schreck.«

Wie viele Gespräche dieser Art, überlegte er, stehen mir noch bevor, bis ich einmal sagen muß: Ja, das könnte sie sein... Dann sah er die schlanke, drahtige Gestalt Dr. Crokkers zielstrebig auf sich zukommen. Der Polizeiarzt trug einen weißen Regenmantel und hatte nicht nur seine Arzttasche, sondern auch einen Regenschirm in der Hand.

»Ich habe den Rat der Polizei beherzigt, Reg, und bin übers Wochenende weggefahren, weil ich mit der ganzen Sache nichts zu tun haben wollte. Was liegt denn an?«

»Hat man Ihnen das noch nicht gesagt?«

»Nur so viel, daß ich gebraucht werde.«

»Im Steinbruch liegt eine Tote.«

»Ach, du liebe Güte... Eine von dieser Gesellschaft da?« Crocker deutete unbestimmt in die Menge.

»Keine Ahnung. Kommen Sie!«

Der Regen fiel, wie immer nach einer Trockenperiode, dünn und ungleichmäßig, als müsse sich jeder Tropfen mühsam aus den Wolken quälen. Drei Streifenwagen hatten es glücklich über das holprige Gelände bis zum Steinbruch geschafft und parkten am Hang. Im Steinbruch selbst hatten die Fotografen ihre Arbeit beendet, eine Zeltbahn schirmte die Tote vor den Blicken Neugieriger ab. Ein paar junge Leute hatten sich am Steinbruch hingehockt, glotzten und stellten Spekulationen an.

»Macht, daß ihr wieder in die Zelte kommt«, sagte Wexford. »Ihr werdet nur naß, und zu sehen gibt's hier doch nichts.« Langsam rückten sie ab. »Ein bißchen schneller, wenn ich bitten darf. Makabre Neugier ist was für die verknöcherten Gruftis, eure Generation hat doch damit angeblich nichts am Hut.«

Das wirkte. Ein oder zwei grienten verlegen. Als Wexford und der Arzt zu der kleinen Rasenfläche heruntergeklettert waren – die Glockenblumen lagen zerquetscht am Boden –, hatten sich die Zuschauer verlaufen. Crocker kniete neben der Toten nieder und untersuchte sie.

»Sie ist seit mindestens fünf Tagen tot.«

Wexford fiel ein Stein vom Herzen.

»Sie war schon tot, ehe das Tamtam hier losging«, sagte Crocker, »und sie war kein Teenager mehr. Ich schätze sie auf mindestens siebenundzwanzig, vielleicht sogar dreißig.«

Unter der Zeltbahn lärmte ein Fliegenschwarm. Wexford rollte die Leiche auf die Seite. Eine große Handtasche aus lila Lackleder kam zum Vorschein. Handtasche, Schuhe und Strumpfhosen waren farblich aufeinander, aber nicht auf das rote Kleid abgestimmt. Er öffnete die Tasche und schüttete den Inhalt auf eine Plastikfolie. Ein Umschlag, adressiert an Miss Dawn Stonor, Philimede Gardens 23, London S. W. 5, fiel heraus. Auf dem Briefblatt stand als Absenderadresse Lower Road, Kingsmarkham. *Liebe Dawn, daß Du am Montag mal kommen willst, ist ja ganz nett, aber so wie ich Dir kenne, machst Dus mal wieder kurz und bleibst nicht über Nacht, da bist Du Dir wohl zu gut zu. Der Oma gings mal wieder nicht so gut aber jetzt hat sie sich wieder gerappelt. Die lila Hose und Bluse hab ich von der Reinigung geholt, kannst sie mitnehmen. Macht 65 Pence nur das wirs nicht vergessen. Bis Montag also, schöne Grüße Mum.*

Er registrierte die Schnitzer und Ausrutscher, die unbeholfene Schrift. Und noch etwas fiel ihm auf, aber darüber konnte er sich später noch Gedanken machen. Wichtig war zunächst, daß die Tote schnell und mühelos hatte identifiziert werden können. »Sie können die Leiche wegbringen«, sagte er zu Sergeant Martin. »Und dann lassen Sie den Steinbruch absuchen.«

Er hatte Blut an der Hand, frisches Blut. Eigenartig, die Frau war immerhin schon seit fünf Tagen tot... Er sah noch einmal hin und erkannte, daß es sein eigenes Blut war, das aus einer kleinen Wunde am Handballen quoll.

»Überall Glassplitter«, sagte er nachdenklich.

»Fällt Ihnen das jetzt erst auf?« Crocker lachte kurz und ohne Heiterkeit. »Zumindest bleibt Ihnen die Suche nach einer Waffe erspart.«

Fröhlich lärmend, aus Autos und Zügen und Bussen quellend, waren sie gekommen, an einem Sommertag, um zusammen Musik zu hören und Musik zu machen. Still und bedrückt zogen sie ab, schleppenden Schrittes, in strömendem Regen. Die meisten hatten an diesem Wochenende alles in allem nicht mehr als zehn, zwölf Stunden geschlafen. Die blassen, schmutzigen Gesichter waren vom Schock gezeichnet.

Keiner rannte, keiner trieb fröhlichen Unfug. Sie bauten die nassen Zelte ab, schulterten ihr Gepäck und ließen grauweiße Müllberge zurück. Wie sie so in langer, regelloser Reihe zum Tor zogen, sahen sie aus wie Flüchtlinge, die einen Katastrophenort verlassen. Daniel und Rosie gingen nebeneinander, er hatte einen Arm um das Mädchen gelegt, mit dem anderen hielt er ein zusammengerolltes Zelt über der Schulter fest, das gegen seinen Rucksack schlug. Louis Mbowele durchschritt das Tor, ohne von dem Buch aufzusehen, in dem er las. Sie kauten Süßigkeiten und ließen Weinflaschen von Hand zu Hand gehen, ihrem von Trauer getrübten Wir-Gefühl galt es gleich, wer aß und trank und wer zahlte. Eng zusammengedrängt zündeten sie sich Zigaretten an, die Streichholzflammen vor dem strömenden Regen schützend.

Blitze zuckten über den Himmel bei Stowerton, im Westen grollte der Donner. Aus rasch ziehenden Wolken in Blau und Schwarz und grollendem Grau strömte der Regen und spülte die Menschen und ihre Habseligkeiten in die Allee hinaus wie Treibgut, das von der Flut fortgetragen wird. Die Zedern schlugen mit den schwarzen Ästen auf das, was einstmals Rasen gewesen war. Tausende von kräftigen jungen Füßen hatten das Gras zu Stoppeln und kahler Dürre hinuntergetreten. Der Regen fiel auf eine weite braune Steppe.

Ein zerrissenes rotes Zelt war zurückgeblieben, mit dem der Wind spielte wie mit einem ertrinkenden Riesenschmetterling, bis es sich mit Wasser vollgesogen hatte und am Unterbau der Bühne in sich zusammenfiel. Der Fluß begann zu steigen und nahm auf seinem Weg unter der Forbyer Straße hindurch eine wippende Sammlung von Papier, Blechdosen, Transistorradios und verlorenen Schuhen mit.

5

Der Regen hatte so etwas wie eine falsche Nacht gebracht, eine regenverhangene, frühe Dämmerung, die jedermann ins Haus trieb. Bis auf die scheidenden Festivalbesucher natürlich, die sich durch den Wolkenbruch nach Kingsmarkham hineinschleppten. Durchweicht und fröstelnd zogen sie in langer Reihe zu den Bussen und zum Bahnhof. Ein paar waren auf der Forbyer Straße zurückgeblieben in der Hoffnung, per Anhalter weiterzukommen, und ließen sich auch nicht entmutigen, als ein Auto nach dem anderen weiterfuhr, ohne anzuhalten, oder die Fahrer sie, abgeschreckt durch ihren abgerissenen Aufzug und die langen nassen Haare, kurzerhand zurückwiesen.

Sie marschierten in die Innenstadt ein und warteten wahllos auf jeden Bus, egal, in welche Richtung, die traurigen Schlangen zogen sich durch die ganze High Street. Die Jugend ballte sich im Zentrum, aber die Nebenstraßen und die Außenbezirke waren menschenleer. In der Lower Road, wo alle Fenster und Türen geschlossen und die Vorhänge vorgezogen waren und der Regen auf die Wagen trommelte, die in langer Reihe auf dem Gehsteig standen, konnte man meinen, im tiefsten Winter zu sein. Nur die Rosen in den Vorgärten der geduckten roten Backsteinhäuser, das schlaffe Laub der Kirschbäume deuteten darauf hin, daß von Rechts wegen die Sonne hätte scheinen müssen, daß es ein Juni-Abend war.

Nummer fünfzehn unterschied sich in nichts von seinen Nachbarn – auch hier rankte eine Dorothy Perkins-Kletterrose über der Haustür, biß sich das grelle Pink der Blüten mit dem ockerfarbenen Backstein, auch hier hingen über Kreuz wie Nachthemd-Oberteile drapierte weiße Tüllgardinen in den Fenstern. Ein Gitterwerk von Fernsehantennen sproß aus dem einzigen Schornstein und schwankte im Wind.

Wexford ging langsam den Gartenweg hinauf. Es regnete so stark, daß er selbst für die kurze Strecke vom Wagen zur Haustür den Schirm hatte aufspannen müssen. Er haßte es, Hinterbliebene vernehmen zu müssen, haßte sich selbst, weil er in ihren Kummer eindrang und weil er ungeduldig wurde – obschon er sich das meist nicht anmerken ließ –, wenn die Erinnerungen sie einholten und Tränen sie am Sprechen hinderten. Er wußte inzwischen, daß Dawn Stonor keinen Vater mehr gehabt hatte. Die Frau, die er vernehmen mußte, steckte tief im Ödland der Lebensmitte, sie war allein und vielleicht völlig gebrochen. Er klopfte leise.

Seine Kollegin Polly Davies ließ ihn ein.

»Wie geht es ihr, Polly?«

»Ganz leidlich, Sir. Ich habe den Eindruck, daß Mutter und Tochter sich nicht recht grün waren. Dawn wohnte schon seit zehn Jahren nicht mehr zu Hause.«

Wie schrecklich, wenn man Erleichterung verspürt, weil es an Liebe gefehlt hat. »Dann rede ich jetzt mal mit ihr.«

Ein Polizeifahrzeug hatte Mrs. Stonor zur Leichenhalle und wieder nach Hause gefahren. Jetzt saß sie, noch immer im Mantel, den roten Strohhut auf der Sessellehne, im Wohnzimmer und trank Tee. Sie war eine breite Frau von fünfundfünfzig mit rotem Gesicht und schlimmen Krampfadern. Die geschwollenen Füße hatte sie in Pumps gezwängt.

»Meinen Sie, daß Sie mir ein paar Fragen beantworten können, Mrs. Stonor? Es muß ein Schock für Sie gewesen sein.«

»Was wollen Sie wissen?« Sie sprach brüsk, mit abgehackter, schriller Stimme. »Warum sie in dem Steinbruch war, kann ich Ihnen nicht sagen. Schön zugerichtet hat er sie, was?«

Wexford war nicht geschockt. Er wußte, daß die meisten Menschen eine sadomasochistische Ader besitzen. Selbst die Hinterbliebenen eines Mordopfers haben einen makaber anmutenden Hang, in Gedanken mit genüßlichem Schauder bei den Verletzungen des oder der Toten zu verweilen. Ob sie darüber reden, hängt nicht so sehr vom Ausmaß ihres Kummers als von dem Grad der ihnen anerzogenen Repression ab.

»Wer war ›er‹, Mrs. Stonor?«

Sie zuckte die Schultern. »Irgendein Kerl. Einen Kerl hatte sie immer.«

»Was hat sie beruflich gemacht?«

»In einem Klub gekellnert. Der *Townsman* in London, irgendwo im Westen. Ich war nie da.« Mrs. Stonor warf ihm einen finster-herausfordernden Blick zu. »Da verkehren nur Männer. Die Mädels laufen in albernen Kostümen rum, so 'ne Art Badeanzug mit Röckchen, und zeigen alles, was sie haben. ›Widerlich‹, hab ich zu ihr gesagt. ›Erzähl mir bloß nichts davon, ich will's gar nicht wissen.‹ Ihr Papa hätt sich im Grab umgedreht, wenn er gewußt hätt, was sie getrieben hat.«

»Sie war am Montag hier?«

»Stimmt.« Mrs. Stonor zog den Mantel aus, und er sah jetzt, daß sie sehr stark und in ein enges Korsett gezwängt war. Ihr Gesicht wirkte grämlich und unzufrieden. Ob es heute grämlicher und unzufriedener aussah als gewöhnlich, vermochte Wexford nicht zu sagen. »Ein anständiges Mädel geht nicht mit 'nem Kerl in den Steinbruch«, sagte sie. »Hat er was mit ihr gemacht?«

Die Frage klang grotesk – schließlich hatten sie beide die Tote mit eigenen Augen gesehen –, aber er wußte, was sie meinte. »Ein Sittlichkeitsverbrechen schließen wir aus, es hat kein Geschlechtsverkehr stattgefunden.«

Sie lief dunkelrot an. Er wartete auf einen Protest wegen seiner unverblümten Ausdrucksweise, aber sie beeilte sich, seine Frage zu beantworten. »Sie ist mit dem Zug um halb zwölf gekommen. Ich hatte ihr was zum Mittag gemacht, ein Steak.« Die Stimme schwankte leicht. »Steak hat sie immer gern gegessen, die Dawn. Dann haben wir ein bißchen geredet. Im Grunde hatten wir uns nichts mehr zu sagen.«

»Könnten Sie mir in etwa schildern, worüber Sie geredet haben?«

»Jedenfalls nicht über Männer, wenn Sie das meinen. Sie war sauer, weil irgendein Fratz sich im Zug die klebrigen Finger an ihrem Kleid abgewischt hatte. Es war ein neues Kleid, ein Mini, die Beine sah man bis sonstwohin. Ich hab gesagt, daß sie was anderes anziehen muß, und das hat sie dann auch gemacht.«

»Das dunkelrote Kleid, in dem wir sie gefunden haben?«

»Ach wo, das hat nicht ihr gehört. Keine Ahnung, woher sie das hatte. Sie hatte einen lila Fummel hier, ich hatte ihn gerade aus der Reinigung geholt, Hosenanzug nennt man das wohl heutzutage, den hat sie angezogen. Die lila Schuhe, die sie anhatte, paßten dazu. Na ja, wie gesagt, wir haben ein bißchen geredet, dann ist sie raufgegangen zu ihrer Oma – das ist meine Mutter, sie wohnt bei mir –, und mit dem Zug um vier Uhr fünfzehn ist sie wieder los. Kurz vor vier ist sie hier weg.«

Wexford sah nachdenklich vor sich hin. »Und Sie waren der Meinung, daß sie direkt nach London zurückfahren würde?«

»Klar, das hat sie ja zu mir gesagt. Ich muß um sieben im Klub sein, hat sie gesagt. Das blaue Kleid hat sie in eine Tüte gesteckt und mitgenommen, und dann hat sie noch gesagt, daß sie sich beeilen muß, damit ihr der Zug nicht wegfährt.«

»Noch zwei Fragen, Mrs. Stonor, dann lasse ich Sie in Ruhe. Würden Sie mir bitte den Hosenanzug beschreiben.«

»Sehr auffällig, mehr wie 'n Schlafanzug wie was für die Straße. Hosen mit Schlag und darüber so was wie 'n Kasack. Lila Nylon, mit dunklerem Besatz um die Ärmel und unten am Kasack. Dawn trug gern ausgefallene Klamotten.«

»Haben Sie ein Bild von ihr?«

Mrs. Stonor beäugte ihn argwöhnisch. »In dem Fummel, meinen Sie?«

»Nein. Ein beliebiges Foto.«

»Sie hat mir eins zu Weihnachten geschickt. Komisches Weihnachtsgeschenk, hab ich noch gedacht. Das können Sie haben, wenn Sie wollen.«

Sie holte das Foto. Es war eine Porträtaufnahme, nicht gerahmt und so unberührt, als käme sie frisch aus der Kopieranstalt. Demnach, überlegte Wexford, hatte Mrs. Stonor das Bild nie voller Stolz bei Freunden und Bekannten herumgezeigt, sondern sogleich in einer Schublade verschwinden lassen. Dawn war eine ziemlich gewöhnlich wirkende junge Frau mit grobgeschnittenen Zügen gewesen. Auf dem Foto war sie stark geschminkt. Das blonde Haar war zu einer kompliziert gebauschten Lockenfrisur hochgetürmt, die Wexford an die Haaraufbauten einer Rokokoschönen erinnerte oder vielleicht an eine Schauspielerin in einem Kostümstück aus jener Zeit. Sie trug ein sehr tief ausgeschnittenes Abendkleid aus blauer Seide mit freizügig zur Schau gestelltem üppigem Busen und fleischigen Schultern.

Mrs. Stonor betrachtete das Bild voller Groll, und Wexford konnte durchaus verstehen, daß es für eine Mutter ihres Schlages ein enttäuschendes Geschenk gewesen sein mußte. Dawn war achtundzwanzig gewesen. Um der Mutter zu gefallen, hätte das Bild nicht nur die Tochter zeigen dürfen, sondern auch Enkel, an den steif posierenden Fingern hätte ein Trauring stecken und hinter der Gruppe sich der Umriß einer Doppelhaushälfte abzeichnen müssen, gepflegt und mit einer Hypothek erworben.

Leises Mitgefühl für diese Mutter, die keine Mutter mehr war, regte sich in ihm, doch die Aufwallung von Sympathie verflüchtigte sich rasch, als sie ihm zum Abschied mitgab:

»Hören Sie mal, dieser Hosenanzug...«

»Ja?«

»Er war fast neu, sie hatte ihn erst im Winter gekauft. Ich kenn da eine Dame, die würde mir fünf Pfund dafür geben.«

Wexford sah sie scharf an und versuchte, sich seine Abneigung nicht anmerken zu lassen.

»Wir wissen nicht, wo er abgeblieben ist, Mrs. Stonor. Vielleicht hat die Dame aber Interesse an den Schuhen und der Tasche. Beides wird man Ihnen zu gegebener Zeit zustellen.«

Der Exodus setzte sich fort. Inzwischen war die Dunkelheit gekommen, eine stürmische Nacht ohne Sterne, es regnete unerbittlich weiter. Wexford fuhr zurück nach Sundays, wo Streifenwagen rechts und links der Forbyer Straße das Gelände abfuhren oder in schwankenden schwarzen Wasserlachen parkten. Wenig später hatte Burden ihn entdeckt und setzte sich auf den Beifahrersitz.

»Hat sich schon was getan?«

»Nicht viel, Sir. An eine junge Frau in rotem Kleid kann sich bisher keiner erinnern. Aber am Montag nachmittag hat eine Frau aus der Sundays-Siedlung, eine gewisse Lorna Clarke aus der Hainstraße, angeblich eine blonde junge Frau beobachtet, auf die die Beschreibung zutrifft. Allerdings trug die –«

»– einen lila Hosenanzug?«

»Genau. Das war also Dawn? Ich hab's mir schon gedacht, weil Mrs. Clarke von lila Schuhen und einer lila Handtasche gesprochen hat. Wie ist sie dann aber an das rote Kleid gekommen?«

Wexford schüttelte den Kopf. »Sieht so aus, als ob sie am Montag gestorben ist. Am Montag nachmittag, kurz nach vier, hat sie das Haus ihrer Mutter verlassen. Wann und wo hat Ihre Mrs. Clarke sie gesehen?«

»Sie war in dem Bus, der um siebzehn Uhr fünfundzwanzig aus Kingsmarkham kam. Mrs. Clarke hat gesehen, wie sie ausstieg und über die Straße in Richtung Pathway ging.

Ein paar Minuten später hat jemand sie im Pathway beobachtet.«

»Die Rückfront der Häuser in dieser Straße gehen auf den Steinbruch hinaus. Und weiter?«

»Im Pathway stehen nur fünf Häuser, zwei ein- und drei zweigeschossige. Sie wissen ja, mehr hat man dort nicht gebaut, es hat einen ziemlichen Aufstand gegeben, und das Ministerium hat die Baugenehmigungen zurückgezogen. Dort ist sie von einer Frau gesehen worden, die in dem letzten Haus der Straße wohnt.«

»Etwa die Frau des aufgeregten Menschen, der uns am Samstag abend dieses Theater gemacht hat?«

Burden nickte. »Eine gewisse Mrs. Peveril. Die beiden sind tagsüber immer da. Er ist Graphiker und arbeitet zu Hause. Seine Frau sagt, sie habe um halb sechs eine blonde Frau in Lila gesehen, die sei ihre Straße hinunter zu dem Fußweg gegangen, der über die Felder nach Stowerton führt. Sie hat den Hosenanzug, die Schuhe und die Tasche sehr genau beschrieben. Natürlich konnte ich trotzdem nicht wissen, ob es Dawn war. Mich hat verunsichert, daß sie Lila trug. Mrs. Peveril hat ausgesagt, daß die Frau eine braune Tragetüte in der Hand hatte.«

»Ja, das muß sie gewesen sein. Sie hatte zuerst etwas Blaues an und hat sich dann umgezogen. Vermutlich hatte sie in der Tragetüte das blaue Kleid. Merkwürdig... Sie muß andauernd am Umziehen gewesen sein. Keine weiteren Hinweise aus dem Pathway?«

»Sonst hat niemand sie gesehen. Die Leute, die in den Bungalows wohnen – es ist jeweils nur eine Person –, waren zur fraglichen Zeit nicht da. Miss Mowler war früher Gemeindeschwester und ist jetzt in Pension, und am Montag war sie bis acht außer Haus. Dunsand lehrt an der University of the South, Philosophie oder so was, und ist erst nach halb sieben von seiner Vorlesung gekommen. Sonst habe ich niemanden auftreiben können, der sie am Montag oder zu irgendeinem anderen Zeitpunkt gesehen hat. Ich schätze, daß sie einen Typ aufgegabelt und sich an dem Abend irgendwo zwischen Sundays und Stowerton mit ihm verabredet hat.«

»Ja, so muß es wohl gewesen sein. Um vier ist sie bei ihrer Mutter weggegangen, demnach hat sie den Bus um 17.12 genommen. Nachmittags fahren ja nur zwei Busse nach Forby. Was hat sie aber in der Zwischenzeit – immerhin siebzig Minuten – gemacht? Wir müssen versuchen festzustellen, ob jemand sie auf der High Street gesehen hat. Auch in London müssen wir uns umhören, aber da hab ich schon einiges in Gang gesetzt.«

»Wollen Sie mit Mrs. Peveril sprechen?«

»Nicht jetzt, Mike. Heute abend wird sich nicht mehr viel tun. Ich will mal abwarten, was bei der Haus-zu-Haus-Befragung noch herauskommt. Vielleicht hat jemand sie später noch gesehen. Spekulationen bringen im Augenblick gar nichts.«

Burden stieg aus, legte sich den Regenmantel über den Kopf und kämpfte sich durch den Wolkenbruch. Wexford wendete und fuhr langsam und vorsichtig durch Sturm und Regen davon. Nur einmal noch sah er nach Sundays hinüber, wo gerade die letzten verregneten Nachzügler den Park verließen.

6

Am nächsten Morgen stand fest, daß Mrs. Margaret Peveril, wohnhaft Pathway Nr. 5, höchstwahrscheinlich als letzte Dawn Stonor lebend gesehen hatte. Am Montag, dem sechsten Juni, hatte Dawn den Fußweg nach Stowerton eingeschlagen, dann war sie verschwunden. Früh um neun waren Wexford und Burden wieder im Pathway. Gleichzeitig war im Gemeindesaal der Baptistenkirche ein provisorischer Vernehmungsraum eröffnet worden, in dem Sergeant Martin und etliche Kollegen auf Zeugen warteten, die Dawn möglicherweise an dem bewußten Montag nachmittag gesehen hatten. Das Foto war zur Gedächtnisauffrischung auf Poster-Format vergrößert worden, eine weitere Aufnahme zeigte Polly Davies mit blonder Perücke und in Kleidungsstücken, die so weit wie möglich Mrs. Stonors Beschreibung entsprachen.

Im Lauf der Nacht hatte der Regen aufgehört. Stadt und Umland sahen aus wie gewaschen, geschleudert und zum Trocknen aufgehängt. Mit dem Gewitter hatte sich auch die sommerliche Wärme verflüchtigt, statt dessen wehte ein scharfer Wind dicke Wolken über einen gräulich-blauen Himmel und sorgte für winterliche Temperaturen.

Auf Sundays war Martin Silk damit beschäftigt, die Abfallberge zu verbrennen, die achtzigtausend Menschen an einem Wochenende hinterlassen hatten. An der Mauer brannte ein Feuer am anderen, und der Wind wehte Schwaden von beißendem weißen Rauch über das Haus, die Forbyer Straße und die braune Dürre des Parks. Silks kleine Schwarzbunten-Herde war auf die gewohnten Weidegründe zurückgekehrt, die Tiere hatten sich, verunsichert durch den Rauch, unter den Zedern dicht zusammengedrängt.

Der Pathway glich einem Arm mit angewinkeltem Ellbogen, die Schulter war die Einmündung in die Forbyer Straße, Handgelenk und Hand – oder vielleicht einer der Zeigefinger – ein Fußweg, der durch hügelige Wiesen und kleine Gehölze nach Stowerton führte. An dem Arm selbst standen drei Häuser und zwei Bungalows, aber in der Armbeuge lagen nur offene Felder. Die Bungalows wirkten wie Zwillinge, es waren ziemlich große, rosafarben verputzte Flachbauten mit rotem Ziegeldach und getrennter Garage. Sie waren »umgeben von Gartenland«, wie die Makler zu formulieren belieben, wenn sie zum Ausdruck bringen wollen, daß ein Haus nicht nur vorn und hinten, sondern auch rechts und links ein Stückchen Garten hat. Der Abstand zwischen beiden Bungalows betrug etwa sechs Meter. Wiederum sechs Meter weiter stand ein zweigeschossiges Haus. Für dieses und die beiden anderen Häuser am »Oberarm« des Pathways war das gleiche Baumaterial verwendet worden – rote Ziegel, weißer Stein, Zedernholz –, aber sie unterschieden sich in der Größe und im Schnitt. Alle Gärten zierten dürftige Rasenflächen und Blumenbeete mit kümmernden Einjahresblumen.

»Zuerst sind die Peverils gekommen«, erläuterte Burden. »Ihr Haus ist im Januar fertig geworden, Miss Mowler und Mr. Dunsand sind im März eingezogen. Er hat vorher in Myringham gewohnt, Miss Mowler stammt von hier, die Peverils sind aus Brighton zugezogen. Die Robinsons sind aus London und wollen hier ihren Lebensabend verbringen, sie sind seit April hier, und die Streets sind letzten Monat aus dem Norden gekommen.«

»Führen alle Gartentore auf das Gelände am Steinbruch?« fragte Wexford.

»Nein, nur die von den Peverils und den beiden Bungalows. Hinter den Häusern sollte eigentlich ein Weg angelegt werden, aber irgendwer hat die Baubehörde aufgehetzt, und die hat den Weg nicht genehmigt.«

»Dann wollen wir uns mal Mrs. Peveril vornehmen.«

Sie war sehr nervös, fast atemlos vor Erregung. Wexford schätzte sie auf Ende Dreißig. Frisur und Kleidung waren aufwendig, aber nicht modisch. Sie schien in abgeänderter Form die Mode weiterzutragen, die sie aus ihrer Jugend gewöhnt war: ziemlich langer, weiter Rock und hohe, spitze Absätze. Er erkannte in ihr gleich einen ganz bestimmten, nicht einmal seltenen Typ, den der behüteten, konservativen Frau, die, kinderlos und emotional ganz auf den Ehepartner fixiert, andere Männer und die Außenwelt mit Argwohn zu betrachten pflegt. Solche Frauen sind im allgemeinen zu fast allem bereit, um ihre Sicherheit und den häuslichen Frieden zu bewahren, und Wexford war deshalb recht überrascht, daß Mrs. Peveril ihnen aus eigenem Antrieb Informationen über ein Mordopfer geliefert hatte.

»Scheußlich, dieser Rauch«, klagte sie, während sie die beiden Kriminalbeamten in ein geradezu erschreckend aufgeräumtes Wohnzimmer führte. »Da muß ich bestimmt noch Stunden warten, bis ich meine Wäsche aufhängen kann. Dieser Krawall übers Wochenende war schon schlimm genug, ich habe kein Auge zugetan. Unerträglich, dieser Lärm, es wundert mich gar nicht, daß dabei jemand ermordet worden ist.«

»Der Mord wurde schon ein paar Tage vor Beginn des Festivals begangen«, sagte Wexford.

»Ach ja?« sagte Mrs. Peveril ohne rechte Überzeugung. »Als ich hörte, daß es eine Tote gegeben hat, hab ich zu meinem Mann gesagt, da haben sie zuviel von diesem Drogenzeug genommen, das sie heute alle nehmen, und einer ist zu weit gegangen. Ach, würden Sie sich bitte nicht auf das Kissen da setzen? Ich habe es gerade frisch bezogen.«

Wexford zog auf einen Sessel mit anscheinend unverwüstlichem Lederpolster um. »Sie haben die Frau gesehen?«

»Ja, sicher, da gibt es gar keinen Zweifel.« Sie lachte kurz und nervös auf. »Ich kenne nicht viele Leute hier, befreundet bin ich nur mit einer Frau am anderen Ende der Siedlung, aber daß dieses Mädchen nicht von hier war, ist mir gleich klar gewesen, die Hiesigen ziehen sich nicht so an.«

»Was ist Ihnen denn an ihr besonders aufgefallen?«

»Wenn Sie mich alles mögliche fragen wollen, möchte ich gern meinen Mann dabeihaben. Er arbeitet, aber es macht ihm nichts aus, kurz zu unterbrechen. Wenn er nicht dabei ist, könnte ich... das Falsche sagen. Ich rufe ihn mal eben.«

Wexford zuckte die Schultern. Womöglich war das »Falsche« genau das, was er gern von ihr gehört hätte. Aber sie hatte ihren Mann verlangt, wie andere einen Anwalt, obgleich sie es vermutlich gar nicht nötig hatte. Weshalb sollte man ihr den Gefallen nicht tun? Mit verbindlichem Lächeln stand er auf, als Peveril das Zimmer betrat.

»Sie selbst haben das Mädchen nicht gesehen, Mr. Peveril?«

»Nein, ich habe gearbeitet.« Peveril gehörte zu jenen Zeitgenossen, die von der Arbeit reden, als sei sie ihnen allein als schwere Bürde auferlegt, während die übrige Menschheit süßem Nichtstun frönt. »Ich arbeite zehn Stunden am Tag, sonst könnte ich dieses Haus gar nicht halten. Von dem Mädchen habe ich zum erstenmal gehört, als meine Frau mir gestern abend sagte, sie hätte der Polizei Informationen geliefert.« Er warf Burden einen bösen Blick zu. »Ich saß bei der Arbeit, als Ihre Leute kamen.«

»Dann wollen wir Sie jetzt nicht aufhalten...«

»Bitte, geh nicht, Edward. Du hast doch gemeint, daß das, was ich gestern abend gesagt habe, dumm war, und jetzt...«

»Na ja, eine kurze Verschnaufpause ist vielleicht nicht schlecht«, räumte Peveril unwillig ein. »Ich schufte seit acht, bei dem Höllenspektakel am Wochenende habe ich rein gar nichts geschafft. Ich bin fix und fertig.«

Etwas beruhigt, aber unverändert nervös mischte seine Frau sich ein. »Es war reiner Zufall, daß ich zu Hause war. Eigentlich hatte ich ins Kino gehen wollen – mein Mann hatte den Film in London gesehen und gesagt, daß er sich lohnt –, aber weil der Nachmittag so schön war, bin ich dann doch am Fenster sitzen geblieben, und da habe ich gesehen, wie sie zum Fußweg gegangen ist.«

»Beschreiben Sie die Frau, bitte. So genau wie möglich.«

»Sie war ungefähr so groß wie ich und hatte lange, blondierte Haare, furchtbar zottelig geschnitten, wie das heute Mode ist.« Mrs. Peveril zupfte unruhig an ihrem stark dauergekrausten dunklen Haar herum. »Und sie war entsetzlich aufgetakelt, richtig nuttig. Sie trug einen Hosenanzug in knalligem Lila, die Augen konnten einem weh tun, an den Kanten in dunklerem Lila abgesetzt, und lila Lackschuhe mit hohen Absätzen. Die Handtasche war auch lila, ein Riesenapparat mit vergoldetem Bügel, außerdem hatte sie noch eine braune Tüte mit. Ich habe mir das alles so genau gemerkt, weil ich meinem Mann erzählen wollte, wie unmöglich sie aussah – er hat einen sehr exklusiven Geschmack, weil er doch so was wie ein Künstler ist –, und ich sammele immer ein paar Kleinigkeiten zum Erzählen, wenn er mit seiner Arbeit Schluß gemacht hat.«

»Aber Sie haben es ihm nicht erzählt, Mrs. Peveril?«

»Das muß ich glatt vergessen haben.« In den Worten schwang plötzlich Verlegenheit. »Warum hab ich es dir wohl nicht erzählt, Edward?«

Der Mann, den seine Frau als ›so was wie ein Künstler‹ bezeichnet hatte, zog die Mundwinkel herunter. »Weil ich zu erledigt war, um hinzuhören, schätze ich. Ist das alles? Ich muß nämlich so langsam wieder weitermachen.«

»Noch eine Frage, Mrs. Peveril. Wohin ist sie gegangen?«

»Über die Felder«, antwortete Mrs. Peveril prompt. »Den Fußweg entlang. Ich habe noch lange am Fenster gesessen, aber sie ist nicht zurückgekommen.«

Sie begleitete die Beamten zur Tür und beobachtete unruhig, wie sie in ihren Wagen stiegen. Wexfords Fahrer wurde, als er ahnungslos aufsah, von ihr mit einem so scharfen Blick bedacht, daß er rot wurde und sich abwandte.

»Ich weiß zwar noch nicht recht, was ich von den Peverils halten soll, Mike, aber ich habe den Eindruck, daß die Frau Dawn Stonor gesehen hat, sonst hätte sie keine so genaue Beschreibung geben können. Im Augenblick sieht es so aus, als ob Dawn über die Felder gegangen ist, um sich mit einem Mann zu treffen. Wo mag sie sich wohl mit ihm verabredet haben?«

»Vermutlich unterwegs irgendwo, zu einem Treffpunkt in Stowerton wäre sie nicht zu Fuß gegangen, die Busse fahren zwischen vier und sieben alle zehn Minuten. Bis Stowerton hat man keinerlei Sicht- und Wetterschutz, von Bäumen und dem alten Pumpwerk abgesehen.«

Wexford nickte. Burden meinte einen Schuppen mit stillgelegter Pumpausrüstung in einem Wäldchen am Ufer des Kingsbrook.

»Gute Idee«, sagte er. »Da schicken wir unsere Leute mal hin. Aber jetzt will ich erst wissen, was sich auf der High Street tut.«

Dort hatte sich einiges getan. Als Wexford den Gemeindesaal betrat, warteten schon zwei Zeugen auf ihn, aber was sie zu sagen hatten, war, wie sich herausstellen sollte, eher dazu angetan, den Fall noch weiter zu komplizieren.

Zuerst kam eine Mitarbeiterin der Schneeweiß-Reinigung in der High Street von Kingsmarkham an die Reihe, eine gutgelaunte Frau mittleren Alters, die Dawn Stonor seit deren Schulzeit kannte und sie gelegentlich traf, wenn Dawn einen ihrer seltenen Besuche in der alten Heimat machte.

»Wir kannten uns vom Sehen«, sagte sie. »Am letzten Montag, gegen Viertel nach vier, war sie bei uns im Geschäft.«

»In Lila?«

»Ja, in einem sehr schicken Hosenanzug, ich hatte ihn so um Ostern herum für sie gereinigt. Ich weiß nicht recht, ob sie mich erkannt hat, jedenfalls habe ich sie nach ihrer Mutter und ihrer Oma gefragt, und sie hat gesagt, daß alles in Ordnung ist. Sie hatte ein blaues Kleid mit, es sollte im Eilverfahren gemacht werden, weil sie es am nächsten Morgen wieder abholen wollte. ›Das klappt gerade noch‹, hab ich zu ihr gesagt, ›weil Sie's vor halb fünf gebracht haben.‹ Wer später kommt, kriegt seine Sachen nämlich erst am nächsten Nachmittag.

›Ich nehme morgen den Zug um 10.15‹, hat sie gesagt. ›Kann ich es um zehn haben?‹«

»Sie wollte es selbst abholen?« vergewisserte sich Wexford.

»Jedenfalls hat sie ›ich‹ gesagt, es war nicht davon die Rede, daß ihre Mutter es abholen würde, wie sonst manchmal. Ja, hab ich gesagt, das geht, und hab ihr einen Zettel ausgeschrieben. Sie können unseren Abschnitt sehen, ich hab ihn mitgebracht.«

Wexford nahm ihr dankend den Zettel ab und registrierte Namen und Datum.

»Aber sie hat das Kleid nicht abgeholt?«

»Nein. Ich hatte es schon rausgehängt, aber sie ist nicht

gekommen. Eigentlich wollte ich die Woche mal bei ihrer Mutter vorbeigehen und es abgeben, und dann hab ich gehört, was passiert ist. Schrecklich, nicht? Eiskalt ist es mir über den Rücken gelaufen.«

Danach sprach Wexford mit dem Marktleiter des *Luximart*, einem großen neuen Supermarkt zwischen dem *Dragon* und der Baptistenkirche, direkt neben der Bushaltestelle in Richtung Forby. Der junge Mann war eifrig und hilfsbereit.

»Die junge Dame kam um halb fünf. Am Montag haben wir so spät kaum noch Kunden, weil wir am Montag kein Fleisch verkaufen, und das Gemüse ist nicht frisch. Die meisten Leute essen die Reste vom Wochenende und gehen erst am Dienstag wieder einkaufen.

Sie war fast meine letzte Kundin, und als sie ging, hat sie eine gute halbe Stunde auf den Bus nach Forby gewartet, den um 17.12 Uhr. Hier vorn hat sie gestanden. Ich hätte mich ohrfeigen können, denn kaum war der Bus glücklich da, und sie war eingestiegen, da hab ich im Laden ausgefegt und den Abschnitt von der Reinigung gefunden.«

»Darf ich mal sehen?«

»Ich war ganz sicher, daß sie ihn verloren hatte, vorher war er bestimmt noch nicht da, und ich hab mir richtig Sorgen gemacht, weil ich mir dachte, daß sie nun vielleicht ihre Sachen nicht bekommt. Aber dann habe ich mir gesagt, daß sie sicher wiederkommt, und als ich die Plakate sah und den Namen hörte...«

»Sie kannten die Frau nicht?«

»Ich kann mich nicht erinnern, sie schon mal gesehen zu haben«, erwiderte der Marktleiter.

Wexford legte die beiden Abschnitte zusammen. *Miss Stonor*, las er, *15 Lower Road, Kingsmarkham. Blaues*

Kleid, Express-Reinigung, 45 Pence. »Beschreiben Sie mir bitte die Frau.«

»Gutaussehende Blondine. Sehr schick angezogen, Bluse und lange Hosen, irgendwas in Lila. Tut mir leid, mit Damensachen kenne ich mich nicht so aus. Ich glaube, sie hatte eine lila Tasche. Ich weiß noch, daß ich gedacht habe...« Der junge Mann sah verlegen auf und biß sich auf die Lippen. »Flotte Biene, hab ich gedacht, aber jetzt, wo sie tot ist, hört sich das irgendwie gemein an.«

»Was hat sie gekauft?«

»Ich hab mir gedacht, daß Sie danach fragen würden, und hab mir das überlegt. Ich war an der Kasse, und sie rief mich zur Tiefkühltruhe und fragte, wie die Erdbeerbecher sind. Eine Art Mousse in Pappbehältern. Die kann ich empfehlen, hab ich gesagt, und sie hat zwei in ihren Einkaufswagen getan. Warten Sie, ich versuche es mir gerade vorzustellen...«

Wexford nickte und faßte sich in Geduld. Er hielt viel von dieser Methode, eine Art freier Assoziation, und gab dem Mann Zeit, die Augen zu schließen, sich in die damalige Situation zu versetzen, sich neben die Frau zu stellen, in den fast leeren Einkaufswagen zu schauen.

»Sie hatte eine Dose in ihrem Wagen.« Er konzentrierte sich. »Jetzt weiß ich... es war eine dieser Suppen, die man warm oder auch kalt essen kann. So langsam kommt's mir wieder. Sie hat eine Dose Huhn vom Regal genommen und Tomaten – ja, eine Packung Tomaten. Ich glaube, sie hat Brot gekauft, Schnittbrot, vielleicht auch Butter, aber das könnte ich nicht beschwören. Und eine Flasche Wein, das weiß ich noch genau, es war die billigste Sorte, die wir führen, spanischer Beaujolais. Und Zigaretten. Sie hatte keine Einkaufstasche mit, ich habe ihr eine braune Tragetüte gegeben.«

Mehr Zeugen waren nicht gekommen. Wexford fuhr zurück zum Revier, wo Burden und der Arzt auf ihn warteten. Der Wind rüttelte an den Scheiben, leichter Regen sprühte an das Glas.

»Sie hatte vor, hier zu übernachten«, sagte er. »Das Kleid wollte sie erst am Dienstag vormittag abholen. Und sie hatte Lebensmittel in der Tüte, als Mrs. Peveril sie sah. Verpflegung für zwei.«

»Für sich und ihren Partner«, sagte Burden.

»Dann war es also keine Zufallsbekanntschaft. Ein Mann, dem es nur um eine schnelle Nummer ging, hätte sie entweder gar nicht zum Essen eingeladen oder wäre mit ihr in ein Restaurant gegangen. Eine Frau, die sich mit einem Unbekannten verabredet, läßt sich von ihm wohl kaum auftragen, ein Drei-Gänge-Menü für ein Picknick mitzubringen. Sie muß ihn gekannt, und zwar gut gekannt haben.« Wexford berichtete, was sie gekauft hatte. »Was ist das Interessanteste an diesen Sachen, Mike?«

»Daß man sie kalt oder warm essen kann. Mit anderen Worten, sie kann das Zeug ebensogut unter freiem Himmel oder – zumindest die Suppe und das Huhn – zum Aufwärmen im Haus gekauft haben.«

Der Arzt, der indessen auf die Rückseite von Wexfords Entwurf einer Direktive zur Verhütung von Straftaten einen Zwölffingerdarm gezeichnet hatte, sah auf. »Sie hat von den Sachen überhaupt nichts gegessen. Nach meinem vorläufigen Befund – der ausführliche Bericht der Experten kommt später – war ihr Magen eindeutig leer. Sie hatte seit fünf oder sechs Stunden nichts mehr zu sich genommen. Vielleicht hat ihr Liebhaber seinen Anteil allein verputzt.«

»Oder die Lebensmittel und der Wein und die Tragetüte sind irgendwo zusammen mit dem lila Hosenanzug versteckt.«

»Nicht der Wein.« Crocker hörte auf zu kritzeln und

machte ein grimmiges Gesicht. »Der Wein ist futsch. Erinnern Sie sich nicht an die Scherben, die Sie gefunden haben, Reg? Sie haben sich noch daran geschnitten. Ihr Gesicht und ihr Hals waren voller Glassplitter. Auf dem Kleid waren außer dem Blut auch Weinflecke. Es dürfte nicht zu dick aufgetragen sein, wenn ich sage, daß ihr Angreifer sich gebärdet hat wie ein Wahnsinniger. Vielleicht kriegen Sie und Mike ja noch heraus, was sie zu ihm gesagt oder was sie ihm angetan hat. Irgend etwas hat ihn um den Verstand gebracht. Er hat sie mit der Weinflasche erschlagen, und er hat in derartiger Raserei auf sie eingedroschen, daß das Glas an den Gesichtsknochen zersplittert ist.«

Es war dunkel in dem zur Hälfte mit schweren, rostigen Apparaturen gefüllten Schuppen, und die Männer arbeiteten im Licht der mitgebrachten Lampen. Vor dem Pumpwerk rauschte der Fluß, und der Wind schlug monoton die Tür gegen den morschen Rahmen.

»Wenn sie hier waren«, befand Wexford schließlich, »war es ein sehr kurzer Besuch. Kein Blut, keine Krümel, keine Kippen.« Er wischte sich eine Handvoll Spinnweben aus dem Haar. »Es ist eine dreckige Bude, nicht sehr verlockend für eine Frau wie Dawn Stonor, die Wert auf ihr Aussehen legte.« Er sah seinen Leuten zu, die alte Säcke hochhoben und in verrotteten Taurollen herumstöberten. »Wenn ich nur wüßte, weshalb sie das rote Kleid angezogen hat«, sagte er. »Ich habe so das Gefühl, daß wir damit den Schlüssel zu dem Fall in der Hand hätten.«

»Vielleicht weil sie sich hier schmutzig gemacht hat?« vermutete Burden.

»Wie denn? Sie haben nichts gegessen, nicht geraucht, nicht miteinander geschlafen. Höchstens miteinander geredet. Wo hat sie dann aber das Kleid her? Sie hatte es nicht mit. Vielleicht hat er es mitgebracht. Ich kann mir einfach nicht vorstellen, daß man sich an einem Tag zwei Kleider so schmutzig macht, daß man sie nicht mehr tragen kann. Das wäre ein zu großer Zufall. Daß er ein Kleid sozusagen als Reserve mitgebracht hat, ist auch nicht recht glaubhaft. Und wer war der Mann?«

»Vielleicht kriegen wir dazu Hilfe aus London.«

»Hoffentlich. Gehen wir? Ich für mein Teil habe hier schon genug Staub geschluckt.«

Während der Suche am Fluß war die Hilfe aus London bereits eingetroffen. Nicht in Form von Informationen, Daten, Zeugenaussagen, sondern in menschlicher Gestalt, in Gestalt einer attraktiven jungen Frau, die sich mit Dawn Stonor die Wohnung Philimede Gardens, Earls Court, geteilt hatte. Als Wexford den Vernehmungsraum betrat, in dem man sie hatte warten lassen, trank sie Tee und rauchte Kette. Der Aschenbecher, der vor ihr auf dem Tisch stand, war schon bis zum Rand mit Kippen gefüllt.

7

Sie hatte einen vertrauenerweckend festen Händedruck. »Mein Name ist Joan Miall. Heute vormittag war ein Inspektor bei mir und hat mir einen Haufen Fragen gestellt. Er hat auch gesagt, daß Sie mich sprechen wollen, und da hab ich mir gedacht, ich spare Ihnen einen Weg und komme gleich selbst.« Joan Miall hatte dunkles Haar, ein hübsches, intelligentes Gesicht und dunkelblaue Augen. Sie mochte etwa vierundzwanzig sein. »Ich kann noch immer nicht glauben, daß Dawn tot ist, es ist so unfaßbar.«

»Sehr nett von Ihnen, daß Sie gekommen sind, Miss Miall. Ich habe sehr viel mit Ihnen zu besprechen. Am besten gehen wir in mein Büro, da sitzen wir bequemer.«

Im Aufzug zündete sie sich stumm die nächste Zigarette an. Wexford vermutete, daß sie versuchte, sich mit dem starken Rauchen über den Schock hinwegzuhelfen. Sie bot ein erfreuliches Bild: knielanger Rock, rote Bluse, ein frisches, feingeschnittenes, nur ganz leicht geschminktes Gesicht, von langem, glänzendem, in der Mitte gescheiteltem Haar umrahmt. Die Nägel der unberingten Hände waren kurzgefeilt und blaßrosa lackiert. In seinem behaglichen Büro, das durchaus wohnlich wirkte, schien sie sich gleich wohler zu fühlen. Sie lockerte sich, lächelte und drückte ihre Zigarette aus. »Ich rauche zuviel.«

»Mag sein«, sagte er. »Sie hatten Dawn gern?«

Sie zögerte. »Ich weiß nicht recht... Wir haben vier Jahre zusammengewohnt, haben uns täglich gesehen, haben zusammen gearbeitet. Es war ein Schock.«

»Sie arbeiteten beide im *Townsman Club*?«

»Ja, dort haben wir uns kennengelernt. Wir waren damals beide ziemlich schlecht drauf. Dawn hatte gerade eine Beziehung mit einem fast krankhaft eifersüchtigen Mann hinter sich, und ich wohnte bei meiner Schwester, die sehr besitzergreifend ist. Da haben wir beschlossen, uns zusammenzutun, und haben verabredet, uns gegenseitig nicht zu nerven und kein Theater zu machen, wenn eine von uns abends mal nicht nach Hause kommen sollte. Deshalb hab ich mir auch keine Sorgen gemacht. Bis Samstag. Und dann...«

»Sie greifen vor, Miss Miall«, unterbrach Wexford. »Erzählen Sie erst, was sich am Montag abgespielt hat.«

Das war wieder eine kleine Belastung, die den Griff zur Zigarette nötig machte. Sie inhalierte und lehnte sich zurück. »Dawn hatte ab Samstag, dem 4. Juni, eine Woche Urlaub. Sie konnte sich nicht entschließen, ob sie verreisen sollte oder nicht. Ihr Freund – er heißt Paul Wickford und hat eine Tankstelle in der Nähe unserer Wohnung – wollte mit ihr ein bißchen in Devon herumfahren, aber am Montag morgen hatte sie sich noch nicht entschieden.«

»Sie hatten Miss Stonor am Montag abend zurückerwartet?«

»Ja, eigentlich schon. Als sie früh wegging, um mit dem Zug nach Kingsmarkham zu fahren, war sie ziemlich mieser Laune. Das war sie immer, wenn sie zu ihrer Mutter fuhr, die beiden hatten keinen Draht zueinander. Mit ihrer Großmutter kam Dawn besser zurecht.« Joan Miall machte eine kleine Pause und schien zu überlegen. »Gegen sechs kam Paul, aber als sie bis sieben noch nicht da war, hat er mich in den Klub gebracht und ist dann in unsere Wohnung zurückgefahren, um auf sie zu warten. Als sie am Dienstag und Mittwoch nicht aufkreuzte und Paul sich auch nicht sehen ließ, dachte ich mir, die beiden wären nun doch zusammen nach Devon gefahren. Zettel haben wir uns nie hingelegt, wir hatten ja diesen Nichteinmischungsvertrag.«

»Ihrer Mutter hat Dawn gesagt, daß sie am Abend wieder zum Dienst müßte.«

Joan lächelte leicht. »Kann ich mir denken! Aber das war nur eine Ausrede, um wegzukommen. Länger als vier oder fünf Stunden konnte sie ihre Mutter nicht ertragen.« Sie drückte die Zigarette aus und wischte sich sehr sorgfältig die Asche von den Fingern. »Am Samstag tauchte dann Paul wieder auf. Er war nicht in Devon gewesen. Seine Mutter war an dem bewußten Montag gestorben, und er hatte zur Beerdigung und Nachlaßregelung in den Norden fahren müssen. Wo Dawn steckte, wußte er genausowenig wie ich.

Gestern, als wir uns schon ernsthafte Sorgen machten – heute abend hätte Dawn wieder Dienst machen müssen –, kam die Polizei und hat mir gesagt, was passiert ist.«

»Als Dawn gefunden wurde«, sagte Wexford, »trug sie ein dunkelrotes Kleid.« Er registrierte ihren überraschten Blick, ging aber zunächst darüber hinweg. »Wir haben das Kleid hier. Es hat böse Flecken, aber ich möchte Sie trotzdem fragen, ob Sie Ihren Mut zusammennehmen und es sich ansehen könnten. Ich muß Sie warnen – ein erfreulicher Anblick ist es nicht. Würden Sie das für uns tun?«

Sie nickte. »Wenn es Ihnen weiterhilft... Ich kann mich nicht erinnern, Dawn je in Rot gesehen zu haben, die Farbe stand ihr nicht. Aber ich schau es mir an.«

Das Kleid aus dunkelroter Kunstfaser war antailliert, hatte Tütenärmel und einen Bindegürtel. Wegen der Farbe sah man auf dem Oberteil keine eigentlichen Flecken, sondern nur eine größere angetrocknete Stelle.

Joan Miall wurde blaß und preßte die Lippen zusammen. »Darf ich mal anfassen?« fragte sie leise.

»Ja.«

Ihre Hände zitterten ein bißchen, als sie über den Ausschnitt strich. Sie warf einen Blick auf das Etikett. »Das ist Größe achtunddreißig«, sagte sie. »Dawn war ziemlich üppig, sie hatte mindestens Größe vierzig.«

»Aber sie trug dieses Kleid.«

»Das hat nicht ihr gehört, es muß sehr eng gesessen haben.« Sie wandte sich unvermittelt ab und fröstelte. »Sie kennen sich da vielleicht nicht so aus, aber das Kleid ist total unmodern, so was trägt man seit mindestens sieben, acht Jahren nicht mehr. Dawn war sehr modebewußt.«

Wexford brachte sie zurück in sein Büro. Sie setzte sich, und langsam bekam ihr Gesicht wieder ein wenig Farbe. Er wartete noch eine Weile und machte sich so seine Gedanken darüber, wie schwer die Freundin etwas nahm, was die Mutter gleichgültig gelassen hatte. Dann sagte er: »Miss Miall, ich wäre Ihnen dankbar, wenn Sie mir Dawns Charakter etwas näher schildern könnten. Was war sie für ein Mensch, was für Bekannte hatte sie, wie reagierte sie auf andere Leute?«

»Ich will es versuchen«, sagte Joan Miall.

»Bitte, denken Sie nicht«, begann sie, »daß Dawn nicht nett war. Sie war sogar sehr nett. Aber sie hatte ein paar... nun ja, ein paar Eigenheiten.« Sie hob den Kopf und sah Wexford ernsthaft, fast herausfordernd an.

»Sie sollen ihr ja kein Leumundszeugnis ausstellen. Und was Sie mir sagen, bleibt unter uns, ich hänge es nicht an die große Glocke.«

»Nein, natürlich nicht. Nur – sie ist tot, und ich bin nun mal der altmodischen Ansicht, daß man über Tote nicht schlecht reden sollte. Aber wahrscheinlich denken Sie bei sich, daß eine dumme Pute, die in einem Klub Drinks serviert, sich keine Schwachheiten einbilden soll und überhaupt nicht das Recht hat, an anderen Leuten herumzukritisieren.«

Wexford antwortete nicht, er lächelte nur leicht und schüttelte den Kopf.

»Kritisieren wäre auch zuviel gesagt«, fuhr sie fort. »Nur ist es eben nicht immer einfach, mit einer gewohnheitsmäßigen Lügnerin zusammenzuleben. Bei solchen Leuten weiß man nie, woran man ist, im Grunde kennt man sie gar nicht, es ist eine irgendwie unwirkliche Beziehung. Irgend jemand hat zwar mal gesagt, daß selbst der ärgste Lügner öfter die Wahrheit spricht als die Unwahrheit, aber was wahr ist und was nicht, kann man bei solchen Leuten einfach nicht auseinanderhalten.«

Wexford lag die Frage auf der Zunge, was eine intelligente junge Frau wie Joan Miall im *Townsman Club* zu suchen hatte, aber er verkniff sie sich dann doch lieber.

»Dawn war also eine Lügnerin«, sagte er statt dessen und überlegte, daß seine Aufgabe damit nicht gerade leichter wurde. Er sah in die klaren, ehrlichen Augen der jungen Frau, die ihm gegenübersaß und die es bestimmt mit der Wahrheit genau nahm. »Was für Lügen hat sie denn erzählt?«

»Hauptsächlich hat sie sich wichtig gemacht und mit ihren Freunden und Bekannten angegeben. Sie hatte eine unglückliche Jugend hinter sich. Bei ihrem Vater setzte es Prügel auf den Körper, bei ihrer Mutter Prügel auf die Seele. Die hat ihr vorgeworfen, daß sie ein unmoralisches, nichtsnutziges Geschöpf sei, und im gleichen Atemzug gejammert, wie sehr Dawn ihr fehlt, und sie soll doch um Himmels willen wieder nach Hause kommen, heiraten und eine Familie gründen. Warten Sie, was hat Mrs. Stonor immer gesagt? Ja, richtig: ›Wir sind doch ganz einfache Leute‹, hat sie gesagt, und Dawn sollte bloß nicht so vornehm tun. Und im Grunde sei ihr Job doch nur eine bessere Anschaffe.

Ja, und deshalb brauchte Dawn Selbstbestätigung. Tut mir leid, wenn das ein bißchen nach Seelendoktorei klingt, aber so Sachen interessieren mich einfach. Ich habe versucht, dahinterzukommen, was in Dawn vorging. Als wir zusammenzogen, habe ich zuerst wirklich gedacht, sie kennt haufenweise Prominente. Einmal hat sie einen Hund mitgebracht, den sie angeblich vierzehn Tage betreuen sollte, solange sein Herrchen verreist war. Er gehörte einem berühmten Schauspieler, hat sie behauptet, einem ganz bekannten Typ, er ist ständig im Fernsehen.

Der Hund war längst wieder aus dem Haus, da hatten wir an einem Abend beide Dienst, und der Schauspieler kam herein. Ein Mitglied hatte ihn als Gast mitgebracht, und ich habe ihn natürlich erkannt. Er hatte Dawn noch nie gesehen. Es war nicht so, daß sie gestritten hätten und nicht mehr miteinander sprachen, nein, man merkte genau, daß er sie gar nicht kannte.« Joan zuckte die Schultern und steckte die Zigaretten in ihre Handtasche, die sie mit einer entschlossenen Bewegung zuklappte. »Wenn sie in der Zeitung ein Foto von irgendeinem Prominenten fand, hat sie gesagt, mit dem hätte sie schon mal gearbeitet oder schon mal geschlafen. Ich habe nie viel dazu gesagt, mir war das peinlich. Der bekannteste Name, mit dem sie sich wichtig gemacht hat, war der eines ganz berühmten Popsängers, den sie angeblich seit Jahren kannte und mit dem sie öfter mal zusammen war. Vor zwei Wochen läutete das Telefon. Dawn meldete sich, sah mich an und legte die Hand über den Hörer. Das sei der Mann, hat sie gesagt, aber als sie mit ihm sprach, hat sie ihn nicht ein einziges Mal angeredet, sondern nur ja und nein gesagt und ›Das wär toll!‹. Sie hat ihn nicht Zeno genannt. Und bei einem Anruf kann man ja dem, der das Gespräch nicht mitkriegt, Gott weiß was erzählen, nicht? Sie wußte ganz genau, daß ich nicht an unseren zweiten Apparat gehen und mithören würde.«

»Zeno?« wiederholte Wexford. »Sie hat behauptet, Zeno Vedast zu kennen?«

»Behauptet ist der richtige Ausdruck. Er ist nie in unsere Wohnung gekommen, ich habe die beiden nie zusammen gesehen. Nein, das war dieselbe Geschichte wie mit dem Fernsehstar, sie wollte nur mit ihm angeben.«

»War nach Ihrer Einschätzung Dawn eine Frau, die sich von einem Unbekannten hätte ansprechen lassen, um mit ihm die Nacht zu verbringen?«

Sie zögerte. »Denkbar wär's. Es klingt scheußlich, aber Dawn war sehr auf Geld aus. Als Kind hatte sie nie welches, nur ganz lächerliche Summen, einen Shilling die Woche oder so, und davon sollte sie noch die Hälfte in die Sparbüchse stecken, die man nicht aufmachen konnte. Als sie bei uns im Klub anfing, hat man ihr – wie uns allen – gesagt, daß sie mit sofortiger Entlassung zu rechnen hat, wenn sie sich von einem Gast einladen läßt. Die Mitglieder wissen das, aber ab und zu versucht doch mal einer, bei uns zu landen. Dawn hat trotz des Verbots eine Einladung von einem Gast angenommen. Er hatte ihr einen Pelzmantel versprochen, wenn sie übers Wochenende mit ihm wegfahren würde. Da hat sie sich breitschlagen lassen, und der Typ hat ihr zehn Pfund gegeben. Den Pelzmantel hat sie nie gesehen. Ich glaube, es hat sie sehr in ihrem Stolz getroffen, denn so was hat sie nie wieder gemacht. Sie ließ sich auch gern bewundern, und wenn ein Mann mit ihr schlafen wollte, hat sie gedacht... ja, sie hat wohl viel mehr hineingelesen, als eigentlich dran war. Wenn sie frei hatte, blieb sie manchmal über Nacht weg, und ich glaube, dann war sie mit einem Mann zusammen. In unsere Wohnung konnte sie ihn nicht mitbringen, weil Paul doch hin und wieder mal unangemeldet vorbeikam. Aber wir haben uns, wie gesagt, gegenseitig nie ausgefragt.«

»Dieser Mr. Wickford war Dawns fester Freund?«

Joan Miall nickte. »Die beiden gingen seit zwei Jahren miteinander. Ich denke mir, daß sie Paul früher oder später geheiratet hätte, obgleich er ihr im Grunde nicht reich oder berühmt genug war. Er ist um die fünfunddreißig, geschieden, ein netter Kerl. Das mit Dawn hat ihm sehr zugesetzt, der Arzt mußte ihm ein Beruhigungsmittel verschreiben. Sie hätte ihn bestimmt geheiratet, wenn sie nur diesen Tick mit ihren berühmten Freunden hätte loswerden können. Im Grunde war sie ein nettes Mädchen, großzügig, lustig, immer hilfsbereit. Nur eben diese ständigen Schwindeleien... Aber sie konnte wohl nicht aus ihrer Haut.«

»Noch ein letzter Punkt, Miss Miall. Dawn hat am Montag nachmittag in Kingsmarkham Lebensmittel eingekauft, eine Dose Suppe, eine Dose Huhn und zwei Becher Erdbeermousse. Kann es sein, daß diese Sachen für den Dienstag zum Mittagessen für Sie beide gedacht waren?«

»Ausgeschlossen!«

»Weshalb sind Sie da so sicher?«

»Erstens – denken Sie bitte nicht, daß mir Kingsmarkham nicht gefällt, es ist ein sehr hübsches Städtchen, aber da, wo Dawn wohnt – wohnte, meine ich – würde niemand auf den Gedanken kommen, von hier Lebensmittel mitzunehmen. Bei uns in der Gegend wimmelt es von Feinkostgeschäften und großen Supermärkten. Zweitens hätte sie nie für uns beide eingekauft. Ich bin ziemlich heikel mit meinem Essen, sehr gesundheitsbewußt.« Sie lachte ein bißchen. »Kaum zu glauben, wenn man mich rauchen sieht, was? Sachen aus Dosen kommen für mich nicht in Frage, und das wußte Dawn. Wir haben unser Essen immer getrennt gemacht, wenn es nicht gerade bei einer von uns einen Gemüseeintopf oder einen Salat gab. Dawn war es egal, was sie aß. Sie stand furchtbar ungern in der Küche und hat immer gesagt, daß sie nur ißt, um zu leben.« Bei dem letzten Wort, das sie gedankenlos und völlig automatisch gebraucht hatte, zuckte Joan zusammen. Sie schaute Wexford an, und er sah ungeweinte Tränen in ihren Augen.

»Aber es war kein sehr langes Leben, nicht?« sagte sie gepreßt.

Michael Burden war Witwer. Er hatte eine glückliche Ehe geführt und neigte deshalb dazu, sexuelle Beziehungen entweder in rosarotem Licht zu sehen oder – falls nicht durch einen Trauschein abgesegnet – als äußerst anstößig zu betrachten. Immerhin hatte die einzige Liebschaft, die er seit dem Tod seiner Frau gehabt hatte, seinen Horizont ein wenig erweitert. Inzwischen räumte er ein, daß sich zwei Menschen, die nicht miteinander verheiratet waren, durchaus lieben und diese Liebe auch körperlich vollziehen konnten, ohne sich ihrer Würde zu entäußern. Hin und wieder verführten ihn diese neuen, aufgeklärten Ansichten zu romantischen Theorien, und eine dieser Theorien legte er Wexford vor, als sie am Dienstag vormittag zusammen Kaffee tranken.

»Wir sind uns darüber einig«, fing er an, »daß Dawns Mörder keine Zufallsbekanntschaft gewesen sein kann – wegen der Sache mit den Lebensmitteln aus dem Supermarkt. Wir wissen, daß die Sachen nicht für sie und Joan Miall gedacht waren. Deshalb kannte sie den Mann, und zwar kannte sie ihn gut genug, um mit ihm zu verabreden, daß sie die Verpflegung einkaufen und sich mit ihm treffen würde, wenn er Feierabend machte. Der Zeitpunkt – zwischen halb sechs und sechs – deutet darauf hin, daß er tagsüber gearbeitet hat. Richtig?«

»Ich denke schon, Mike.«

»Ich habe mir nun überlegt, ob die beiden vielleicht eine dieser langjährigen innigen Freundschaften verband.«

»Langjährige innige Freundschaften? Ich verstehe kein Wort.«

»Sie kennen doch meine Schwägerin Grace...« Wexford nickte ungeduldig. Natürlich kannte er Grace, die Schwester von Burdens verstorbener Frau, die nach deren Tod Burdens Kinder betreut und sich später Hoffnungen gemacht hatte, die zweite Mrs. Burden zu werden. Doch daraus war nichts geworden. Grace hatte einen anderen Mann geheiratet und hatte jetzt selbst ein Kind. »Ich sage das deshalb«, erläuterte Burden, »weil mich das, was Grace erlebt hat, auf die Idee gebracht hat. Sie und Terry kannten sich seit Jahren. Die Verbindung zwischen ihnen ist nie abgerissen, auch wenn sie sich nicht oft trafen und beide andere – hm – Beziehungen hatten. Terry hat sich sogar mal mit einer anderen Frau verlobt.«

»Und Sie meinen, so könnte das bei Dawn auch gewesen sein?«

»Sie hat bis zu ihrem achtzehnten Jahr hier gelebt. Nehmen wir mal an, daß sie diesen Typ von damals kannte, daß die beiden ein Liebespaar gewesen waren und dann beide Kingsmarkham verließen, um sich anderswo Arbeit zu suchen. Oder er ist hiergeblieben, und sie ist nach London gegangen. Ich meine damit, daß sie in Verbindung blieben und sich trafen, wenn sie nach Hause kam oder er in London war, heimlich natürlich, weil er verheiratet und sie mit Wickford so gut wie verlobt war. Wenn Sie mich fragen, deckt das alle Aspekte des Falls ab und räumt sämtliche Schwierigkeiten aus dem Wege.«

Wexford rührte in seinem Kaffee, sah sehnsüchtig zur Zuckerdose hinüber und widerstand der Versuchung, sich noch einen Würfel zu nehmen. »Das Rätsel um dieses verdammte rote Kleid räumt Ihre Theorie aber nicht aus dem Wege«, sagte er gereizt.

»Doch – wenn sie sich in dem Haus des Mannes getroffen haben. Allerdings müßten wir da die Möglichkeit eines Zufalls gelten lassen – daß sie einen Fleck auf den lila Hosenanzug gemacht hat und ein Kleid von der Frau ihres Freundes angezogen hat.«

»Die – versteht sich – nicht daheim war. Dawn spaziert zu dem Haus ihres Freundes, er läßt sie ein. Und wo ist der lila Hosenanzug abgeblieben? Sie hatten nichts zu trinken, womit sie sich hätte bekleckern können, nichts zu essen, was ihr auf die Bluse hätte fallen können, sie haben sich nicht geliebt, so daß der Anzug – äh – hätte knittern können. (Ich will das mit Rücksicht auf Ihre empfindlichen Gefühle mal so ausdrücken.) Vielleicht hat das gute Stück gelitten, als er Dawn zur Begrüßung leidenschaftlich in die Arme schloß, und sie ist so pingelig, daß sie nach oben stürzt und sich in ein abgelegtes Kleid ihrer Rivalin wirft. Er ist derart empört darüber, daß sie mehr an ihre Klamotten als an ihn denkt, daß er hingeht und ihr mit der Flasche den Schädel einschlägt. So in der Art, ja?«

»Na ja, so ungefähr«, sagte Burden ziemlich steif. Daß Wexford ihn von den Höhenflügen seiner Phantasie unweigerlich mit einer kalten Dusche herunterholte, daran konnte er sich einfach nicht gewöhnen.

»Und wo soll dieses heimliche Liebesnest gewesen sein?«

»Am Rand von Stowerton, Richtung Forby. Sie ist über die Felder gegangen, weil er sich dort mit ihr verabredet hatte, um sie zu seinem Haus zu begleiten. Sie hatten das so abgemacht für den Fall, daß seine Frau es sich doch anders überlegt hatte und nicht weggegangen war.« Er verzog angewidert das Gesicht, sein Anstandsgefühl war im Augenblick entschieden stärker ausgeprägt als seine romantische Ader. »Es gibt genug Leute, die sich auf so was einlassen, glauben Sie mir.«

»Sie jedenfalls scheinen das felsenfest zu glauben. Wir brauchen jetzt also nur nach einem Mann zu suchen, der in einem Haus am Nordende von Stowerton wohnt, der mit Dawn Stonor schon in den Kindergottesdienst gegangen ist und dessen Frau am Montag abend aushäusig war. Ach ja, und seine Frau müssen wir mal eben fragen, ob sie ein rotes Kleid vermißt.«

»Sehr entzückt scheinen Sie nicht zu sein.«

»Bin ich auch nicht«, sagte Wexford unverblümt. »Mag ja sein, daß Sie Leute kennen, die sich auf so was einlassen, aber mir sind solche Typen noch nicht begegnet. Die Leute, die ich kenne, benehmen sich wie lebendige Menschen und nicht wie Chargen in einem Film, dem es nur um Sensationshascherei geht und nicht um die Schilderung menschlicher Zustände. Etwas Besseres fällt mir allerdings auch nicht ein. Also sollten wir wohl mal Mrs. Stonor fragen, was für einen Bekanntenkreis Dawn in Stowerton und Umgebung hatte und ob es da irgendwelche langjährigen ›Liebesbande‹ gab.«

8

»Unsere Leute«, sagte Mrs. Stonor, »waren der Dawn ja nicht gut genug. Sie hat die Nase verdammt hoch getragen, obgleich ich finde, daß sie dazu überhaupt keinen Grund hatte.«

Obschon sie aus ihren unmütterlichen Gefühlen keinen Hehl machte, trug Mrs. Stonor tiefe Trauer. Sie und die alte Dame, die sie als »meine Mutter, Mrs. Peckham«, vorstellte, hatten im Halbdunkel gesessen, denn die Vorhänge waren vorgezogen. Als die beiden Polizeibeamten das Zimmer betraten, wurde Licht gemacht. Ein Wandspiegel war mit einem schwarzen Tuch verhängt.

»Wir halten es für möglich«, sagte er, »daß Dawn sich am Montag abend mit einem alten Bekannten verabredet hatte. Überlegen Sie doch bitte mal, mit wem sie befreundet war, ehe sie ihr Elternhaus verließ, oder ob sie später einmal die Namen von irgendwelchen Bekannten erwähnt hat.«

Mrs. Stonor wandte sich an die alte Dame, die sich, ihre

beiden Gehstöcke umklammernd, begierig vorgebeugt hatte. »Du kannst dich jetzt wieder hinlegen, Mutter, das hier ist nichts für dich. Du bist sowieso schon zu lange auf.«

»Ich bin nicht müde«, sagte Mrs. Peckham. Sie war sehr alt, weit über achtzig, klein und hager, mit einem faltendurchfurchten Äffchengesicht. Das spärliche weiße Haar war auf dem Kopf zu einem Knoten zusammengezwirbelt und mit Haarnadeln gespickt. »Ich will nicht ins Bett, Phyllis. Gönn mir doch das bißchen Abwechslung.«

»Ich höre immer Abwechslung! Ist das eine Art zu reden, wenn ein Irrer daherkommt und Dawn den Schädel einschlägt? Komm schon, ich bring dich rauf.«

Wexford ritt der Teufel. »Lassen Sie Mrs. Peckham ruhig bleiben, vielleicht kann sie uns sogar behilflich sein«, sagte er – mehr, um Mrs. Stonor zu ärgern als in der Hoffnung, von ihrer Mutter irgendwelche Informationen zu erhalten.

Mrs. Peckham lächelte, erfreut über den Aufschub, fletschte ihr etwas zu groß geratenes Gebiß, bediente sich aus einer Bonbontüte, die neben ihr auf dem Tisch lag, und begann knirschend zu kauen. Ihre Tochter zog die Mundwinkel herunter und faltete die Hände.

»Wer käme da wohl in Frage, Mrs. Stonor?«

Mrs. Stonor war anzumerken, daß es ihr gegen den Strich ging, wenn jemand ihre Pläne durchkreuzte. Ziemlich unliebenswürdig sagte sie: »Ihr Papa hat ihr nie erlaubt, daß sie sich einen Freund anschafft, sie sollte ein anständiges Mädchen werden. Dawn hat uns Kummer genug gemacht mit ihren Lügengeschichten, und immer ist sie später nach Hause gekommen, als sie sollte. Mit allen Mitteln hat mein Mann versucht, ihr Anstand und Sitte beizubringen.«

»Hauptsächlich mit dem Riemen«, ergänzte Mrs. Peckham, der die Anwesenheit der Polizeibeamten Mut gemacht hatte, und lächelte ihrer Tochter triumphierend zu. Wie so viele alte Menschen, die völlig von einem ungeliebten Kind abhängig sind – Wexford kannte den Typ nur zu gut –, konnte sie, je nach Laune oder Bedarf, unterwürfig, duckmäuserisch, aufmüpfig oder bösartig sein. Als Mrs. Stonor auf diese Bemerkung nicht einging, sondern nur das Kinn hob, stieß ihre Mutter nach: »Du und George, ihr hättet überhaupt keine Kinder kriegen dürfen. Ständig habt ihr sie geprügelt und angebrüllt. Treib einen Teufel aus und zwei neue fahren drein, sag ich immer.«

Wexford räusperte sich. »Das bringt uns wohl kaum weiter. Es will mir nicht in den Kopf, daß Dawn nie von irgendwelchen Männerbekanntschaften gesprochen hat.«

»Hab ich ja auch nicht behauptet. Du kriegst wieder deinen sauren Magen, Mutter, wenn du die Finger nicht von den Drops läßt. Die Sache bei Dawn war einfach die, daß sie das Blaue vom Himmel heruntergelogen hat. Zum Schluß hab ich bloß noch auf Durchzug geschaltet, wenn sie mir was erzählen wollte. Diesen Wickford hab ich gekannt, weil sie ihn letztes Jahr mal mitgebracht hat. Sie sind nicht lange geblieben. Dawn hat wohl gemerkt, was ich von ihm gehalten hab. Ein Geschiedener mit 'ner Tankstelle –, was Besseres hat sie offenbar nicht gefunden.«

»Sonst war da niemand?« fragte Wexford kühl.

»Ich weiß es beim besten Willen nicht. Sie wollen mir doch nicht erzählen, daß einer sie kaltgemacht hat, mit dem sie zur Schule gegangen ist, wie? Denn sonst hat sie hier am Ort keine Jungen gekannt.«

Mrs. Peckham, die ihr letztes Bonbon nicht sorgfältig genug ausgewickelt hatte, klaubte sich Papierreste aus dem Mund. »Bis auf Harold Goodbody«, sagte sie.

»Sei nicht albern, Mutter. Als ob Harold sich mit einer

wie der Dawn einlassen würde. Über so was ist der doch raus.«

»Wer ist denn der Mann?« wollte Wexford wissen.

Mrs. Peckham brachte das Bonbon in einer schrumpeligen Backentasche unter und seufzte tief, aber nicht unglücklich. »Ein lieber Kerl, der Harold, alles was recht ist. Er und seine Eltern haben eine Straße weiter gewohnt. Ich war damals noch nicht hier, ich hatte selber ein Haus, aber ich kannte Harold von meiner Arbeit in der Schule her, da hab ich früher mal das Mittagessen ausgegeben. Das war einer, der Harold, immer am Witzereißen, das ganze Jahr über hat er die Leute in den April geschickt. Vom ersten Schultag an haben sie zusammengesteckt, er und unsere Dawnie. Später bin ich dann hierhergezogen, zu Phyllis und George, und Dawnie hat ihn zum Essen mitgebracht.«

»Das ist ja ganz was Neues«, sagte Mrs. Stonor scharf. »George hätte das nie erlaubt.«

»Der war ja nicht da. Und du hast hinter dem Ladentisch gestanden. Weshalb hätte Dawnie ihren Freund nicht mitbringen sollen?« Mrs. Peckham wandte ihrer Tochter den Rücken zu und schaute Wexford an. »Ausgesehen hat er wie 'ne Vogelscheuche, der Harold, nur Haut und Knochen, und sein Haar war fast so weiß wie meins jetzt. Mal hab ich harte Eier für uns drei gekocht, und als Dawnie und ich unsere aufschlagen wollten, waren's nur leere Schalen, die hatte Harold mitgebracht, um uns reinzulegen. Was haben wir mit dem Bengel für Spaß gehabt! Ein andermal war's ein nachgemachter Tintenfleck oder 'ne Gummispinne. Über die haben wir ganz schön gekreischt. Einmal hab ich ihn dabei ertappt, wie er am Telefon rumgemacht hat. Er wählte 'ne Nummer, und wie 'ne Frau sich meldet, sagt er, daß er von der Post ist. Es ist ein Notfall, hat er gesagt, sie soll kochendes Wasser in den Hörer gießen, es zehn Minuten stehenlassen und dann mit der Schere die Strippe durchschneiden. Das hätte die auch gemacht, die hat ihm aufs Wort geglaubt, aber da hab ich natürlich zwischengefunkt, obgleich ich mir den Bauch gehalten hab vor Lachen. Zum Quietschen war er, der Harold.«

»Ja, das glaub ich gern«, sagte Wexford. »Wie alt war er denn, als er sich diese Scherze geleistet hat?«

»So um die fünfzehn.«

»Und wohnt er noch hier in der Gegend?«

»Ach wo. Der Silk von Sundays hat sich dann ein bißchen um ihn gekümmert, und mit siebzehn ist er weg von zu Hause und ist nach London gegangen, und da ist er ja dann so berühmt geworden.«

Wexford blinzelte. »Berühmt? Harold Goodbody?«

Mrs. Peckham fuhr ungeduldig mit den gichtigen Händen durch die Luft. »Er hat einen anderen Namen angenommen, wie er mit der Singerei angefangen hat. Wie war der doch gleich? Ja, ja, das Alter, ich vergeß schon die einfachsten Sachen. Richtig, jetzt fällt's mir wieder ein. John Lennon hat er sich genannt.«

»Ich glaube kaum –«, setzte Wexford an.

Mrs. Stonor, die in stummer Verachtung zugehört hatte, zischte: »Zeno Vedast nennt er sich jetzt.«

»Dawn ist mit Zeno Vedast zur Schule gegangen?« fragte Wexford einigermaßen fassungslos. Demnach hatte sie diese Geschichte nicht ganz aus der Luft gegriffen. »Die beiden waren befreundet?«

»Hören Sie nicht auf Mutter«, sagte Mrs. Stonor. »Mag sein, daß Dawn manchmal mit ihm zusammen war, als sie noch zur Schule gingen. Aber in London haben sie sich nie getroffen.«

»Doch haben sie sich getroffen, Phyllis, das hat sie mir am

Montag noch erzählt. Mir hat sie Sachen erzählt, die sie dir nie sagen würde. Weil du ja doch nur alles runtergemacht hast.«

»Was hat sie Ihnen erzählt, Mrs. Peckham?«

»Ich hab im Bett gelegen, und sie ist zu mir ins Zimmer gekommen. Ob ich mich noch an Hal erinnere, hat sie gefragt. Wir haben ihn immer Hal genannt. Mit dem bin ich am Freitag essen gewesen, hat sie gesagt.«

»Und das hast du ihr abgenommen?« Mrs. Stonor lachte scheppernd. »Harold Goodbody war am Freitag abend in Manchester, im Fernsehen war eine Live-Aufnahme. Sie hat wieder mal geschwindelt, wie üblich.«

Mrs. Peckham kaute beleidigt an ihrem Drops. »Arme Dawnie... Hat sie sich eben im Tag geirrt.«

»Sei doch nicht so begriffsstutzig. Er ist ein berühmter Sänger. Wenn ich auch nicht kapiere, was so großartig an seiner Stimme sein soll. Richard Tauber, ja, *der* konnte singen...«

»Wohnen seine Eltern noch hier?« fragte Burden.

Am liebsten hätte wohl Mrs. Stonor auch ihm gesagt, er solle nicht so begriffsstutzig sein, aber sie nahm sich zusammen und erwiderte säuerlich: »Wie er reich geworden ist, hat er ihnen ein feudales Haus bei London gekauft. Manche Leute haben eben Glück. Ich bin immer anständig gewesen und hab meine Tochter anständig erzogen, und was hat sie für mich getan? Ich weiß noch, wie Freda Goodbody sich bei den Nachbarn ein Viertelpfund Tee geborgt hat, weil ihr Mann den ganzen Lohn beim Hunderennen gelassen hat. Harold hat nie mehr als ein Paar Schuhe auf einmal gehabt, und das waren abgelegte von seinem Vetter. ›Mein kleiner Schatz‹ hat sie immer gesagt, und ›mein liebster Hal‹, aber am Sonntag hat er von ihr Bohnen mit Tomatensoße aus der Dose gekriegt.«

Mrs. Peckham schlug plötzlich biblische Töne an. »Es ist besser ein Gericht Kraut mit Liebe denn ein gemästeter Ochse mit Haß.« Sie nahm sich den letzten Drops und lutschte ihn geräuschvoll.

»Hab ich's nicht gesagt?« meinte Burden, als sie wieder im Wagen saßen. »Eine langjährige Freundschaft.«

»Ganz so haben Sie es nicht gesagt, Mike. Zeno Vedast wohnt nicht in Stowerton, er ist nicht verheiratet, und ich glaube kaum, daß er sich allzuoft mit Kellnerinnen zu Picknicks aus Dosen niederläßt. Daß er sie gekannt hat, ist allerdings wirklich interessant. Es bestätigt das, was Joan Miall gesagt hat, daß nämlich selbst chronische Lügner öfter die Wahrheit als die Unwahrheit sagen. Wir kennen alle die Geschichte von dem Jungen, der so lange die Leute mit dem Ruf ›Wolf, Wolf!‹ erschreckte, bis eines Tages der Wolf leibhaftig vor ihm stand. Dawn Stonor war auf der Jagd nach Löwen – Partylöwen, wohlgemerkt –, und diesen einen scheint sie tatsächlich erlegt zu haben. Wir haben keinerlei Hinweise darauf, daß Vedast am letzten Montag mit ihr zusammen war. Es sieht so aus, als ob er da noch in Manchester gesteckt hat. Im Augenblick kann ich nur so viel sagen, daß es eine merkwürdige Geschichte ist.«

»Aber Sie sind doch bestimmt auch der Meinung, daß wir mit ihm sprechen müßten?«

»Natürlich. Wir müssen uns alle Männer vornehmen, die Dawn kannte, es sei denn, sie hätten für den bewußten Montag ein hieb- und stichfestes Alibi. Wir wissen auch noch nicht, was Wickford nach sieben Uhr gemacht hat.« Der Chief Inspector tippte dem Fahrer auf die Schulter. »Zurück ins Revier bitte, Stevens.«

Der Fahrer machte eine halbe Drehung zu Wexford hin. Er war erst vor kurzem aus Brighton zu ihnen versetzt worden und ziemlich schüchtern. Als Wexford ihn ansprach, wurde er so rot wie neulich unter Mrs. Peverils Blick.

»Wollten Sie etwas sagen?« fragte Wexford freundlich.

»Nein, Sir.«

»Gut, zurück zum Revier also. Wir können nicht den ganzen Tag hier sitzen.«

Am Mittwoch stand fest, daß Paul Wickford unverdächtig war. Nachdem er Joan Miall im *Townsman Club* in der Hertford Street abgesetzt hatte, war er in ein Pub am Shepherd Market gegangen, hatte dort einen Wodka-Tonic getrunken und war dann nach Earls Court zurückgefahren. Dort erwartete ihn sein Bruder mit der Nachricht, daß seine Mutter schwerkrank war. Paul müsse sofort mit ihm nach Sheffield fahren. Paul bat den Mieter im zweiten Stock, die Milch und die Zeitung für ihn abzubestellen und – falls er Dawn Stonor sehen sollte – ihr auszurichten, wohin er gefahren war. Die beiden Brüder trafen kurz nach Mitternacht im Haus ihrer Mutter in Sheffield ein, am nächsten Morgen war sie tot.

Obgleich nicht viel dafür sprach, daß Dawns Mörder in oder bei Stowerton wohnte, war am Dienstag nachmittag eine Haus-zu-Haus-Befragung im ganzen Bezirk durchgeführt worden. Niemand hatte Dawn gesehen. Niemand hatte eine junge Frau in Lila und in Herrenbegleitung gesehen. Nur zwei Ehefrauen waren an dem bewußten Abend nicht zu Hause gewesen, eine war mit ihrem Mann ausgegangen, die andere hatte ihn zur Betreuung ihrer vier Kinder zu Hause gelassen. Keine Ehefrau war die ganze Nacht weggeblieben, keine vermißte ein rotes Kleid. Wexfords Leute suchten die Felder nach dem Hosenanzug und den Lebensmitteln ab. Es war ein mühsames Geschäft, denn es regnete in Strömen, man befürchtete schon eine Überschwemmung.

Außer Mrs. Clarke und Mrs. Peveril hatte nach wie vor niemand Dawn nach 17.20 Uhr gesehen. Mrs. Peveril war noch immer die letzte, die sie – mit Ausnahme des Mörders – lebend gesehen hatte. Wexford konzentrierte sich auf die beiden Frauen und vernahm sie eingehend, und schon sehr bald kam ihm etwas an ihrer Aussage nicht recht geheuer vor. Auf den Gedanken, daß die beiden sich womöglich persönlich kannten, verfiel er allerdings erst, als er in Mrs. Clarkes Wohnzimmer saß und hörte, wie sie am Telefon sagte:

»Ich kann jetzt nicht reden, Margaret, ich ruf später zurück. Hoffentlich geht es Edward bald wieder besser.«

Wer sie angerufen hatte, verriet sie nicht. Warum auch? Mit einem breiten, unaufrichtigen Lächeln setzte sie sich wieder hin. »Entschuldigen Sie vielmals. Was sagten Sie gerade?«

»Haben Sie eben mit Mrs. Peveril gesprochen?« fragte Wexford streng.

»Wie sind Sie bloß darauf gekommen? Ja, es war Mrs. Peveril.«

»Sie erwähnte neulich, daß sie nur mit einer Frau hier in der Gegend befreundet ist. Dann sind Sie das?«

»Die arme Margaret. Sie ist so neurotisch, und sie hat es furchtbar schwer mit Edward. Ja, ich bin wohl ihre einzige Freundin, sie schließt sich nicht schnell an.«

»Wenn ich nicht irre, sind Sie am Sonntag abend wegen Dawn Stonor vernommen worden, Mrs. Clarke. Wir haben zuerst die Bewohner auf dieser Seite der Siedlung befragt.«

»Das müßten Sie eigentlich besser wissen als ich.«

Sie wirkte leicht pikiert, gelangweilt, aber nicht erschrokken. Wexford überlegte. Burden, Martin und Gates hatten um sieben in diesen Häusern mit der Befragung begonnen. In den Pathway waren sie erst um neun gekommen. »Haben Sie am Sonntag abend vor neun mit Mrs. Peveril telefoniert?« Sie ging merklich in die Defensive. »Also ja«, stellte er fest. »Sie haben ihr erzählt, daß Sie vernommen wurden und der Polizei einen Hinweis geben konnten. Es lag ja nahe, daß Sie mit Ihrer Freundin darüber gesprochen haben. Vermutlich haben Sie ihr die junge Frau beschrieben und ihr erzählt, in welche Richtung sie gegangen ist.«

»War das verboten?«

»Zurückhaltung wäre klüger gewesen, aber lassen wir das. Geben Sie mir doch bitte eine Beschreibung von Dawn Stonor.«

»Aber das habe ich jetzt schon hundertmal gemacht«, ereiferte sich Mrs. Clarke. »Immer und immer wieder.«

»Tun Sie mir den Gefallen. Zum letztenmal!«

»Ich wollte zum Bus nach Kingsmarkham und sah, wie sie aus dem Bus stieg, der aus der Gegenrichtung kam. Sie überquerte die Straße und ging in den Pathway.« Mrs. Clarke sprach langsam und bedächtig wie eine Mutter, die einem nicht besonders intelligenten Kind zum zehntenmal die Pointe einer simplen Geschichte erklärt. »Sie hatte helles Haar, sie war um die zwanzig, und sie hatte einen lila Hosenanzug und lila Schuhe an.«

»Das haben Sie auch Mrs. Peveril erzählt?«

»Ja, und Ihnen und Ihren Leuten. Mehr kann ich nicht sagen, weil ich nicht mehr weiß.«

»Die große lila Tasche mit dem goldenen Bügel ist Ihnen nicht aufgefallen? Oder daß der Anzug an den Rändern dunkler abgesetzt war?«

»Nein, und daran kann ich mich auch jetzt nicht erinnern, wo Sie es sagen. Tut mir leid, aber ich habe Ihnen alles erzählt, was ich weiß.«

Wexford schüttelte den Kopf. Nicht, weil er Zweifel an ihrer Aussage hegte, sondern weil er mit sich selbst nicht im reinen war. Nachdem sie aufgelegt hatte, war er einen Augenblick davon überzeugt gewesen, daß Mrs. Peveril Dawn überhaupt nicht gesehen hatte, daß sie nach dem Anruf ihrer Freundin eine Möglichkeit gesehen hatte, sich wichtig zu machen, an einer Sensation teilzuhaben. Sie hatte zwar gesagt, sie habe sich das Aussehen der jungen Frau genau eingeprägt, um ihrem Mann von ihr zu erzählen, hatte ihm aber nichts erzählt. Inzwischen stand für ihn fest, daß sie Dawn gesehen haben mußte. Wie sonst hätte sie – und nur sie! – die Tasche und den dunkler abgesetzten Rand des Kasacks beschreiben können?

9

Drei Häuser grenzten mit ihren Grundstücken an das Gelände von Sundays, drei Gartenpforten führten auf einen schmalen Streifen Land, hinter dem der Steinbruch lag. Die Gärten waren durch hohe Flechtzäune voneinander abgegrenzt, der Streifen Land war mit dichtem Buschwerk und ziemlich hohen Bäumen bewachsen. Man hätte mühelos, überlegte Wexford, des Nachts eine Leiche aus einem dieser Häuser tragen und in den Steinbruch werfen können. Hätte aber Dawn eins dieser Häuser betreten und nicht den Weg über die Felder eingeschlagen, hätte Mrs. Peveril sie dabei beobachtet und wäre von Sensationsgier erfaßt worden – wäre es dann nicht eine viel größere Sensation gewesen, bei der Polizei mit einer solchen Auskunft herauszurücken?

»Ich dachte, Sie würden mich in Ruhe lassen, nachdem ich Ihnen die Wahrheit gesagt habe«, quengelte Mrs. Peveril. »Wenn Sie mich plagen, werde ich krank. Gut, es stimmt, daß Mrs. Clarke mich angerufen hat. Das bedeutet aber doch noch nicht, daß ich die Person nicht gesehen habe. Ich hab sie gesehen, ganz genau hab ich gesehen, wie sie über die Felder gegangen ist.«

»In einem dieser Häuser hätte sie sowieso nicht verschwinden können, Sir«, sagte Burden. »Höchstens in dem von Mrs. Peveril. Und dann hätte die Gute bestimmt nichts davon verlauten lassen, daß sie Dawn gesehen hat. Zu Dunsand oder zu Miss Mowler kann Dawn nicht gegangen sein. Wir haben uns in Myringham erkundigt, an der Uni, da ist Dunsand erst gegen sechs weggefahren, und dann war er bestenfalls um halb sieben zu Hause, eher zwanzig vor sieben. Miss Mowler war bis Viertel vor acht bei einer Freundin in Kingsmarkham.«

Sie gingen zurück zum Revier und standen schon vor dem Aufzug, als Wexford an einem scharfen Zugwind merkte, daß jemand die Doppeltür zur Eingangshalle aufgerissen hatte. Er wandte sich um. Was er sah, war erstaunlich genug. Der Mann war ein Riese, bedeutend größer als Wexford, der über eins achtzig war, und hatte buschiges, pechschwarzes Haar. Er trug einen knöchellangen geschecktten Mantel aus kurzgeschorenem Fell und hatte eine durchweichte Leinentasche in der Hand, aus der es auf den Fußboden tropfte. In der Halle blieb er stehen, sah sich selbstsicher um und ging zielbewußt auf Sergeant Camb zu, der hinter seinem Tresen saß und Tee trank. Wexford trat ihm in den Weg. »Mr. Mbowele, wenn ich nicht irre? Wir sind uns schon einmal begegnet.« Wexford streckte seine Hand aus, die sogleich in dem schmerzhaften Griff einer kupferfarbigen Tatze verschwand. »Was kann ich für Sie tun?«

Der junge Afrikaner sah auffallend gut aus. Er besaß diese unwiderstehliche männliche Ausstrahlung, die Modeschöpfer, Model-Agenturen und Fotografen dazu veranlaßt haben, sich den Slogan »Black is beautiful« anzueignen. Er sah Wexford aus sanften dunklen Augen an, gab seine Hand frei, ließ die durchweichte Tasche zu Boden fallen und knöpfte den Mantel auf. Darunter kam eine nackte Brust zum Vorschein, auf der eine Kette aus kleinen grünen Steinen hing.

»Ätzend, dieser Regen, Mann«, sagte er und schüttelte sich Wassertropfen aus dem Haar. »Und so was nennt ihr Juni?«

»Für das Wetter kann ich nichts.« Wexford deutete auf die Tasche. »Und für das da kann der Regen auch nichts – es sei denn, die Sintflut hätte schon begonnen.«

»Hab ich aus dem Wasser gefischt«, sagte Louis Mbowele. »Nicht hier. In Myringham. Euer Kingsbrook hat sich ja im Augenblick zu einem richtigen Fluß gemausert. Ich geh jeden Morgen dort spazieren, am Wasser kann ich denken.« Er reckte die Arme. Man konnte sich gut vorstellen, wie er mit langen Schritten an dem lebhaft dahinrauschenden Fluß entlangging, seine Gedanken in ebenso lebhafter Bewegung, sein Körper strotzend vor federnder Kraft. »Ich habe über Wittgensteins Atomizitätsprinzip nachgedacht...«

»Über *was*?«

»Für ein Referat. Aber das nur nebenbei. Und wie ich so ins Wasser sehe, schwimmt da dieser Fummel aus lila Seide...«

»*Der* ist in der Tasche?«

»Haben Sie's noch nicht gerafft? Natürlich hab ich gleich gewußt, was es ist, Mann, ich les schließlich Zeitung. Ich wate also rein und fisch das Ding raus und greif mir eine Tasche – sie gehört meiner Freundin – und bring es her.«

»Sie hätten es nicht anrühren dürfen, Mr. Mbowele.«

»Louis, Mann, Louis. Wir sind schließlich alle Freunde.

Ich hab nichts gegen die Bullen. In einem ordentlichen Staat haben auch die Bullen ihren Platz. Ich bin kein Anarchist.«

Wexford seufzte. »Na gut, dann kommen Sie mal mit nach oben. Nehmen Sie die Tasche mit.«

Im Büro machte es sich Louis sogleich gemütlich, indem er den Fellmantel auszog und sich mit dem Futter die Haare abtrocknete. Er setzte sich in einen Sessel wie jemand, der eher gewohnt ist, auf dem Boden zu sitzen, ein langes Bein hatte er von sich gestreckt, das andere ließ er über die Sessellehne hängen.

»An welcher Stelle haben Sie das gefunden, Louis?«

»Im Fluß zwischen der Mill Street und dem Campus. Muß von hier flußabwärts geschwommen sein. Jetzt flippen Sie bloß nicht aus, Mann. Hätt ich's nicht rausgefischt, wär's jetzt schon irgendwo im Meer. Immer cool bleiben.«

Wexford mußte lachen. »Ich bleib ja cool. War sonst noch was im Fluß?«

»Fische.« Louis feixte. »Und Stöcke und Steine und 'ne Masse Wasser.«

Es hatte keinen Sinn, nach einer Tüte mit Lebensmitteln zu fragen. Welche Papiertüte, welcher Pappbecher hätten sich zehn Tage lang und zwanzig Kilometer weit in einem reißenden Fluß gehalten? Die Konserven, das Glas mochten noch intakt sein. Aber es wäre ein Wunder, wenn sie an genau derselben Stelle angetrieben worden wären wie der Hosenanzug, den Louis Mbowele ihm gebracht hatte. Vielleicht waren im Wittgensteinschen Prinzip solche Zufälle vorgesehen, aber Wexford hütete sich, diesen Gedanken weiter auszuspinnen. Die Tasche und zum Teil auch der Mantel durchweichten seinen Teppich.

»Ich bin Ihnen sehr dankbar, soviel Gemeinsinn ist wirklich erfreulich.« Mit großer Selbstüberwindung streckte Wexford dem Afrikaner erneut die Hand hin und brachte es fertig, nicht zu zucken, als der eiserne Griff sich um sie schloß. »In zehn Minuten geht ein Bus nach Myringham, den könnten Sie noch erwischen.«

»Muß ich auch, wenn ich Lens Tutorium mitnehmen will.« Er sah zum Fenster. Es goß in Strömen. »Waren Sie schon mal in Marumi?«

»In Marumi?«

»Das ist mein Land. Manchmal regnet's da drei Jahre hintereinander nicht. Verdammt trocken, Mann. Mögen Sie Sonne?«

»Wäre zur Abwechslung gar nicht schlecht«, sagte Wexford.

»Wie haben Sie neulich gesagt? Gedenke mein, wenn du in dein Reich kommst. Na ja, Reich ist vielleicht zuviel gesagt, aber Bullen hat auch ein kleines Land nötig, und ich könnte Sie gebrauchen. Sie müssen bloß noch Ihre Komplexe über Bord werfen. Na, war das nicht scharf?«

»Bis dahin bin ich zu alt, Louis.«

»Jeder«, verkündete der Philosoph, »ist so alt, wie er sich fühlt.« Wexford schätzte ihn auf etwa zwanzig. »Es dauert gar nicht mehr so lange, ehrlich. Überlegen Sie sich's, Mann. Wär echt stark.«

Vom Fenster aus sah Wexford ihm nach, wie er, die nasse, leere Tasche schwenkend, die Straße überquerte. Er lachte leise vor sich hin. Als Burden hereinkam, sah er von den lila Fetzen auf, die er gerade untersucht hatte.

»Man hat mir gerade einen Job angeboten, Mike.«

»Und was sollen Sie da machen?«

»Mein eigenes Ding, Mann, mein eigenes Ding. Wenn ich hier vor Regen und Langeweile ausflippe, kann ich in einem schwarzen Ruritanien Polizeichef werden. Stellen Sie sich mal vor, wie ich da herumstolziere – mit goldenen Epauletten, eine Mauser an jeder Hüfte…«

»Du liebe Güte!« Burden zupfte mit spitzen Fingern an dem zerrissenen Stoff herum. »Ist das der gesuchte Hosenanzug?«

Wexford nickte. »Genau so, wie ihn unsere akkurate Mrs. Peveril beschrieben hat, einschließlich der dunkler abgesetzten Ränder. Louis Mbowele hat ihn im Kingsbrook gefunden, in Myringham. Er ist offenbar durch die starken Regenfälle so weit flußabwärts getrieben worden.«

»Von den Feldern?«

»Aus unserer Gegend jedenfalls. Sie ist hier umgebracht worden, das weiß ich ebenso gewiß, wie ich weiß, daß aus mir niemals der Maigret von Marumi wird.«

Wexford kannte Miss Mowler noch aus der Zeit, als sie Gemeindeschwester in Kingsmarkham gewesen war. Als seine Frau sich den Knöchel gebrochen hatte, war Miss Mowler dreimal in der Woche vorbeigekommen, um sie zu baden und nach ihrem Gips zu sehen. Sie begrüßte ihn wie einen guten alten Freund.

»Mrs. Wexford turnt hoffentlich nicht mehr auf Leitern herum? Und was machen Ihre reizenden Töchter? Letzte Woche hab ich Sheila im Fernsehen gesehen, sie ist ja schon enorm bekannt. Ein erstaunlich gutaussehendes Mädchen.«

»Erstaunlich, wenn man bedenkt, wie der Vater aussieht, was?«

»Aber, Mr. Wexford! Sie wissen ganz genau, daß ich es nicht so gemeint habe.« Miss Mowler errötete und wand sich vor Verlegenheit. Sie versuchte ihren Ausrutscher mit umständlichen Erklärungen wiedergutzumachen, aber Wexford lachte nur und unterbrach sie.

»Ich komme wegen des Mordes, Miss Mowler.«

»Da kann ich Ihnen leider nicht helfen, ich war ja nicht zu Hause.«

»Nein, aber später am Abend waren Sie da. Wenn Ihnen irgend etwas aufgefallen ist, irgend etwas Ungewöhnliches, und sei es auch nur eine Kleinigkeit…«

»Ich kann Ihnen wirklich nicht helfen«, versicherte sie. »Ich wohne erst seit einem Vierteljahr hier und kenne noch kaum meine Nachbarn.«

»Erzählen Sie mir, was Sie über Ihre Nachbarn wissen. Besonders interessieren mich die Peverils.«

Die Diele des Bungalows war mit einem grellbunten Teppichboden ausgelegt, Schwarz- und Goldtöne dominierten. Der Fußbodenbelag war am Rand hochgezogen und ging in eine außergewöhnlich häßliche Tapete über. Wexford überlegte, ob die mit lippenstiftroten Blüten gezierten Zweige mit gewundenen schwarzen Stengeln und goldglänzenden Blättern wirklich Miss Mowlers Geschmack entsprachen. Er sagte es nicht laut, aber sein Gesicht sprach offenbar Bände, denn sobald Miss Mowler ihn ins Wohnzimmer geführt hatte, fing sie bezeichnenderweise sofort an, sich wortreich zu entschuldigen.

»Scheußlich, nicht? Die Baugesellschaft hat die Bungalows schlüsselfertig und komplett tapeziert übergeben. Haarsträubender Geschmack. Hier im Wohnzimmer hab ich blaue Vögel und orangefarbene Lilien an der Wand. Und bei Mr. Dunsand nebenan ist es ganz genauso. Soviel ich weiß, will er in den Ferien neu tapezieren. Aber für eine alleinstehende Frau wie mich ist das zu teuer und zu anstrengend. Dummerweise ist es eine sehr gute Tapete, problemlos abwaschbar. Ob es bei den Peverils ebenso aussieht, weiß ich nicht, ich glaube, sie konnten sich die Tapeten selber aussuchen, aber ich war nie dort.«

»Mrs. Peveril ist eine eigenartige Frau.«

»Sehr neurotisch, finde ich. Ich hab sie mal im Garten mit ihrem Mann streiten hören. Sie hat hysterisch geheult.«

»Worüber haben sie gestritten, Miss Mowler?« fragte Wexford.

»Sie warf ihm vor, ihr untreu zu sein. Ich habe alles mitbekommen, ich konnte gar nichts dagegen machen.« Wexford, der eine weitere Abschweifung mit einer Flut von Entschuldigungen fürchtete, schüttelte lächelnd den Kopf. »Na ja, wenn man der Polizei so was erzählt, ist es ja kein Klatsch, nicht? Mrs. Peveril spricht mich manchmal auf der Straße an. Ich kenne sie kaum, aber das hindert sie nicht daran, die – die intimsten Sachen zu sagen. Ich finde es nicht gut, wenn der Mann zu Hause arbeitet, was meinen Sie?«

»Warum nicht, Miss Mowler?«

»Solche Ehepaare hocken ständig beieinander. Und wenn die Frau besitzergreifend und eifersüchtig ist, nimmt sie es übel und schöpft Verdacht, sobald er doch mal ohne sie weggeht. Mrs. Peveril scheint total auf ihren Mann fixiert zu sein, und natürlich verkraftet der Ärmste das nicht. Wer täte das schon? Ich glaube, er wollte nicht hierherziehen, sie war die treibende Kraft dabei. Sie ist eine von denen, die immer wegläuft, wenn Sie wissen, was ich meine.«

»Geht sie denn nie ohne ihren Mann aus?«

»Frauen wie sie begreifen einfach nicht, daß das, was dem einen recht ist, dem anderen auch billig sein müßte. Am Montagabend hat sie ihren Nähkurs, und manchmal geht sie abends noch einmal mit Mrs. Clarke aus.«

»Sie haben sicher Dawn Stonor gekannt?«

Jede Andeutung, sie sei mit einem Mordopfer bekannt gewesen, hätte eigentlich bei einer Frau von Miss Mowlers Veranlagung der Auslöser für weitschweifige Rechtfertigungsversuche sein müssen. Aber sie verzog nur den Mund und machte ein pikiertes Gesicht. »Eine sehr egoistische, oberflächliche Person. Ich kenne die Familie gut. Natürlich schaue ich immer noch hin und wieder bei ihrer Großmutter, Mrs. Peckham, herein. Es hätte der alten Frau unheimlich gutgetan, wenn Dawn sich hätte überwinden können, öfter mal nach Hause zu fahren. Aber so ist die Jugend von heute... Als ich noch nicht im Ruhestand war, habe ich das Dawn auch gesagt, aber sie wurde immer gleich ausfallend. Sie könne unsere Stadt und ihre Mutter nicht riechen, hat sie gesagt und von einer unglücklichen Jugend gefaselt. Wenn ich das schon höre! Sie kommen alle mit ihrer unglücklichen Jugend daher, Mr. Wexford, wenn sie was angestellt haben.« Sie warf den Kopf zurück. »Ich habe sie schon zwei, drei Jahre nicht mehr gesehen und kann nicht behaupten, daß es mir leid tut.«

Es war völlig untypisch für Miss Mowler, daß ihr etwas nicht leid tat. Dawns Ausfälligkeiten hatten sie demnach tief getroffen. Wexford bedankte sich und ging. Dunsands Bungalow bot den unzugänglich-abweisenden Anblick eines Hauses, das tagsüber meist unbewohnt ist. Die Fenster waren geschlossen, auf der Schwelle stand eine Milchflasche, unter die ein Zettel geschoben war. Nebenan goß Mrs. Peveril, angetan mit einer blütenweißen Kittelschürze, einen Blumenkasten. Sie sah Wexford, tat, als habe sie ihn nicht bemerkt, lief ins Haus und schlug die Tür hinter sich zu.

Mrs. Peveril war ziemlich massiv und vorzeitig in die Breite gegangen. Sie mochte zehn, zwölf Kilo mehr wiegen als die fünfundzwanzig Jahre ältere Miss Mowler. Mit Sicherheit hatte sie nicht Größe achtunddreißig, eher schon vierundvierzig. Aber in sieben Jahren können Frauen einiges an Gewicht zulegen. Und Joan Miall hatte gesagt, das Kleid sei mindestens sieben Jahre alt...

Er ließ sich in die Lower Road fahren. Dabei fiel ihm wieder die nervöse Unruhe seines Fahrers, des jungen Stevens, auf. Er hatte schon seit ein paar Tagen den Eindruck, daß der

Junge etwas auf dem Herzen hatte und es nicht herausbrachte. Er sagte wohl »Ja, Sir« und »Nein, Sir«, aber es klang nie ganz endgültig, immer schwang in den Antworten ein vages Zögern mit, oft folgte eine geistesabwesende Pause, ehe er sich abwandte und den Wagen anließ. Wexford erkundigte sich ein paarmal, was los sei. Nachdem er als Antwort immer wieder nur ein respektvolles Kopfschütteln bekommen hatte, dachte er sich, daß Stevens privaten Kummer haben mochte, über den er liebend gern gesprochen hätte, wenn er nur seine Schüchternheit hätte überwinden können.

Mrs. Stonor stand in der Küche und bügelte, ihre Mutter saß in einem Schaukelstuhl daneben. Der Schaukelstuhl quietschte bei jeder Bewegung, und Mrs. Peckham, deren boshafte Munterkeit an diesem Tag noch ausgeprägter war, schaukelte fleißig hin und her, freute sich diebisch an dem Geräusch – es heißt, daß einem selbst erzeugte Geräusche nicht auf die Nerven gehen – und kaute an einer Pfefferminzstange.

»Peveril? Nein, den Namen hat sie nie erwähnt«, sagte Mrs. Stonor und ließ ihr Bügeleisen über ein Paar rosafarbene Interlockschlüpfer gleiten, die nur ihrer Mutter gehören konnten, aber so voluminös waren, daß sie die kleine, dürre Person komplett hätten aufnehmen können. »Sie war richtig stolz darauf, daß sie keinen hier aus der Gegend kannte, Provinzheinis hat sie uns genannt, reizend, nicht? In unserer Reinigung ist eine unheimlich nette Frau, die kennt Dawn von klein auf, aber die Dawn hat immer völlig fremd getan, als ob sie die Frau noch nie gesehen hat. Wie finden Sie das?«

Wexford mußte seine Meinung für sich behalten. Wieder einmal machte er sich so seine Gedanken über gewisse gängige Irrtümer. Die Ansicht, die Liebe der Kinder zu ihren Eltern sei naturgegeben, hat sich wohl allmählich überlebt. Nach wie vor aber ist die Auffassung weit verbreitet, Eltern liebten ihre Kinder gewissermaßen automatisch, durch dick und dünn, ungeachtet aller Enttäuschungen und Ernüchterungen. Er selbst hatte bis vor kurzem geglaubt, der Verlust eines Kindes sei das unerträglichste Los, das einen Menschen treffen konnte. Wann würde die Welt begreifen, daß der Tod eines Sohnes oder einer Tochter, der die Eltern der Notwendigkeit enthebt, das Gesicht zu wahren, vor den Nachbarn zu schwindeln, eine Lebenslüge durchzuhalten, eine Wohltat sein kann?

»Hätte sie sich in einen Hiesigen verliebt«, sagte er vorsichtig, »wäre diese vorgefaßte Meinung vielleicht nicht so ins Gewicht gefallen.« Noch während er es sagte, begriff er, daß diese Ausdrucksweise für Mrs. Stonor eine Fremdsprache war.

Sie griff sich den einen Punkt heraus, mit dem sie etwas anfangen konnte. »Die Dawn konnte überhaupt nicht lieben.«

Mrs. Peckham schnaubte. Mit erstaunlichem psychologischen Gespür sagte sie: »Vielleicht hat sie nicht gewußt, wie man's macht. Kinder, die selber nicht geliebt werden, lernen's auch nicht. Ist mit Hunden genauso.« Sie reichte Wexford die Bonbontüte und lächelte grimmig, als er eine Pfefferminzstange nahm. »Und mit Affen auch«, fügte sie hinzu. »Hab ich im *Reader's Digest* gelesen.«

»Wir überlegen, Mrs. Stonor, ob sie zu einem Mann ins Haus gegangen ist.« Bei einer anderen Mutter, die gerade erst die Tochter verloren hat, hätte er es schonender ausgedrückt, hier war Takt offenbar nur sentimentaler Ballast. »Wir halten es für denkbar, daß sie sich mit einem Hiesigen verabredet hatte, während seine Frau aus dem Haus war.«

»Würde ich ihr ohne weiteres zutrauen. Sie war eine

durch und durch unmoralische Person. Aber zu einem Kerl ins Haus wär sie nicht gegangen, das begreif sogar ich. Wär doch bescheuert, wo sie 'ne eigene Wohnung hatte. Da macht sich doch die eine gern dünne, wenn die andere 'ne krumme Tour vorhat.« Das war, wenn auch haarsträubend ausgedrückt, unwiderlegbar. »Dawn hatte noch nicht mal den Anstand, mir so Sachen zu verschweigen«, sagte Mrs. Stonor giftig. »Sie hat mir erzählt, daß sie mit Männern zusammen war. Aufrichtigkeit hat sie das genannt und das Recht auf ihr eigenes Leben. Aufrichtigkeit? Daß ich nicht lache. Ich wär lieber gestorben, als der eigenen Mutter so was zu erzählen.«

Mrs. Peckham stieß ein schrilles Gekakel aus. »Du hast ja auch nichts zu erzählen, Phyllis, du bist überhaupt keine Frau aus Fleisch und Blut.«

»Sei nicht albern, Mutter. Der Sergeant wird sich schön bedanken, daß du dich ständig reinhängst, und überhaupt ist es Zeit für deinen Mittagsschlaf. Seit heute vormittag dieser junge Schnösel da war und dir Honig ums Maul geschmiert hat, bildest du dir wer weiß was ein.«

Wexford, der sich zu seiner Belustigung unerwartet um zwei Stufen degradiert sah, hatte sich schon erhoben, um zu gehen. Jetzt lächelte er der Alten verschwörerisch zu. »Ein Enkel, Mrs. Peckham?«

»Nee, ich hab keine Kinder gehabt außer Phyllis. Ein Jammer.« Das hörte sich nicht so an, als sehne sie sich nach einer zweiten Mrs. Stonor, sondern vielleicht eher nach deren Antithese. »Obgleich er in mancher Beziehung wie ein Enkel für mich war, der Hal.«

»Jetzt tu mir den Gefallen, Mutter, und leg dich hin.«

»Ja doch, Phyllis, ja. Ich geh ja schon.« Der Gedanke, daß sie ohne ihre Tochter kein Dach über dem Kopf und nichts zu essen hätte, stimmte Mrs. Peckham etwas milder, aber lange hielt das nicht an. Sie hievte sich hoch und griff nach den Bonbons. »Du kannst den armen Hal bloß nicht leiden, weil er zu dir nicht so ist wie zu mir. Geküßt hat er mich«, verkündete sie stolz.

»Gehe ich recht in der Annahme, Mrs. Peckham, daß Zeno Vedast Sie besucht hat? Während des Festivals? Das haben Sie mir bisher noch nicht erzählt.«

Sie stützte sich auf ihre Gehstöcke und zog die schmalen Schultern hoch. »Heut vormittag war er da. Er will sich ein Haus hier in der Gegend kaufen, einen dieser großen Kästen, Herrenhäuser haben wir sie genannt. Mächtig rausgemacht hat er sich, der Hal. In dem vornehmen Hotel im Forest hat er 'ne ganze Suite, aber um die alte Oma Peckham zu besuchen und ihr zu sagen, wie leid ihm das mit Dawnie tut, dazu war er sich nicht zu gut. In einem großen goldenen Auto ist er vorgefahren, einen Kuß hat er mir gegeben und 'ne Zweipfundpackung Pralinen hat er mir mitgebracht.« Ihre Augen glitzerten begierig bei dem Gedanken an das Konfekt, das vielleicht in ihrem Zimmer auf sie wartete. Sie seufzte zufrieden. »Jetzt geh ich und mach mein Nickerchen«, sagte sie.

10

Burdens Kinder waren jetzt alt genug, um sich selbst etwas zum Abendessen zu machen, wenn sie in das leere Haus zurückkamen. Häufiger allerdings gingen sie direkt von der Schule zu ihrer Tante Grace, und in den Ferien verbrachte Pat Burden fast den ganzen Tag dort und spielte mit dem Baby. Ihr Bruder streunte nach Art aller Halbwüchsigen mit einer kleinen Clique Gleichaltriger herum. Zusammen streiften sie über die Felder, fischten im Kingsbrook oder ließen im *Carousel*, ihrem Stammcafé, die Musikbox dudeln. Burden wußte genau, daß das Leben seines Sohnes nur wenig anders verlaufen wäre, wenn es in dem Haus in der Tabard Road noch eine Mutter gegeben hätte. Er hatte Verständnis dafür, daß Mädchen eine erwachsene Frau als Vorbild brauchen, und wußte, daß Pat dieses Vorbild in Grace gefunden hatte. Trotzdem war er ständig in Sorge um seine Kinder. Würde John in die Kriminalität abgleiten, wenn er sich nach neun Uhr abends noch draußen herumtrieb? Würde Pat bleibenden Schaden erleiden, weil man ihr mit dreizehn gelegentlich abverlangte, eine Konservendose aufzumachen oder Tee zu brühen? War das Taschengeld, das sie von ihm bekamen, zu reichlich oder zu knapp bemessen? War er es seinen Kindern schuldig, eine zweite Ehe einzugehen? Obgleich er sich im Grunde keiner Schuld bewußt war, plagten ihn schwerste Gewissensbisse.

Er gab sich geradezu lächerliche Mühe, ihnen nicht etwas zuzumuten, was man zu Lebzeiten seiner Frau nicht von ihnen gefordert hatte. Deshalb ging er sehr oft mit ihnen essen oder kaufte teure Tiefkühlkost. Pat durfte die Strecke vom Haus ihrer Tante Grace bis zur Tabard Road – ein guter Kilometer – nie zu Fuß gehen. Zu Jeans Lebzeiten hätte er sich dabei überhaupt nichts gedacht. Ein mutterloses Kind aber mußte selbstverständlich in Vaters Wagen abgeholt werden. Er quälte sich mit schrecklichsten Selbstvorwürfen, wenn ein dringender Fall ihn festhielt und Pat eine Stunde warten oder gar den ganzen Abend bei ihrer Tante verbringen mußte.

Das alles war Wexford bekannt. Er hätte deswegen Burden zwar nie wichtige dienstliche Pflichten erlassen, aber er verzichtete – wenn auch ungern – auf die frühere Übung, nach dem Dienst mit dem Inspektor auf ein Bier ins *Olive and*

Dove zu gehen, um anstehende Probleme mit ihm zu besprechen. Als Diskussionspartner war Burden nicht mehr zu gebrauchen. Er ließ die Uhr nicht aus dem Auge, jedes Glas war »aber nun wirklich das letzte«, und von Zeit zu Zeit fuhr er hoch und fragte sich laut und sorgenvoll, ob wohl John schon zu Hause war.

Doch alte Gewohnheiten sind zählebig. Wexford hätte wesentlich lieber im Pub gesessen als in Burdens unordentlichem Wohnzimmer, dem zwei Teenager ihren Stempel aufgedrückt hatten. Er hatte ein schlechtes Gewissen, wenn Pat nicht fürs Ballett üben konnte und John den Plattenspieler abstellen mußte, aber hin und wieder mußte er einfach mit Burden reden, mußte auch außerhalb der Dienstzeit das eine oder andere mit ihm erörtern. Als er an jenem Abend zum Haus kam, hörte er schon von draußen das Dröhnen der Bässe, das Kreischen und Jaulen von Popmusik.

Burden war in Hemdsärmeln und hatte sich eine Plastikschürze umgebunden, die er eilig ablegte, als er sah, wer vor ihm stand. »Bin gerade mit dem Abwasch fertig«, sagte er. »Ich hol uns schnell noch Bier.«

»Nicht nötig, ich hab uns was mitgebracht. Was glauben Sie denn, was ich in der Tasche habe? Weitere Schätze aus dem Fluß? Wer ist der Sänger, John?«

»Zeno Vedast«, sagte John ehrfurchtsvoll und sah seinen Vater an. »Ich mach gleich aus…«

»Mich stört's nicht«, sagte Wexford. »Ich hör seine Stimme ganz gern.«

Vedast sang keins der Lieder vom Sundays-Festival, sondern einen älteren Hit, der so lange die Nummer Eins in den Charts gewesen war, daß sogar Wexford ihn kannte. Ein-, zweimal war es ihm sogar passiert, daß er die Melodie vor sich hin gesummt hatte. Es war ein sanfter Folk-Song über eine Hochzeit auf dem Lande.

»Dad will mir das Sundays-Album zum Geburtstag kaufen.«

»Da werden Sie einige Scheinchen los, Mike.«

»Sechs Pfund«, bestätigte Burden düster.

»Ich möchte wohl wissen, ob sich der eine oder andere dieser Songs halten wird. Wir vergessen gern, daß so manches Stück, das heute berühmt ist, zu seiner Zeit zur Popmusik zählte. Es heißt, daß Mozart nach der Uraufführung von *Figaros Hochzeit* hörte, wie die Laufjungen auf der Straße *Non piu andrai* pfiffen. Und heute ist es immer noch beliebt.«

»Tatsächlich?« sagte Burden ebenso höflich wie verständnislos. »Jetzt stell den Plattenspieler ab, John. Mr. Wexford ist nicht zu einem Schwatz über Zeno Vedast oder Goodbody oder wie er heißt gekommen.«

»Doch, eben deshalb bin ich gekommen.« Wexford ging in die Küche, griff sich ein Geschirrtuch und begann, ohne sich um Burdens Proteste zu kümmern, Gläser abzutrocknen. »Ich glaube, wir sollten, ehe wir weitere Ermittlungen anstellen, Dawns Löwen einen Besuch abstatten.«

»Wenn wir wüßten, wo er zur Zeit steckt.«

»Das ist kein Problem, Mike. Er steckt hier in der Gegend, genauer gesagt im *Cheriton Forest Hotel.*« Wexford trank das Bier, das Burden ihm eingeschenkt hatte, und berichtete dem Inspektor von seinem Gespräch mit Mrs. Peckham. »Möglich, daß die Sache völlig belanglos ist. Vielleicht ist es seine Masche, alte Damen mit seinem Besuch zu beglükken, so wie Unterhauskandidaten Babies auf den Arm nehmen, um sich bei der Bevölkerung im besten Licht zu zeigen. Vielleicht ist er auch nur ein lieber Mensch, dem es ein aufrichtiges Bedürfnis war, der Großmutter zu kondolieren. Allein daraus können wir noch nicht folgern, daß er vor kurzem mit Dawn zusammen war.«

John steckte den Kopf zur Tür herein. »Ich geh weg, Dad.«

Sofort geriet Burden in helle Aufregung. »Wohin? Warum? Was willst du denn jetzt noch draußen?«

»Nur ins *Carousel*.«

»Das trifft sich ganz gut, John«, sagte Wexford beschwichtigend, »wir müssen nämlich auch noch weg. Dein Vater kommt erst gegen halb elf zurück. Am besten läßt du dir den Schlüssel geben, denn du bist ja bestimmt früher wieder zurück.«

In stummer Verblüffung reichte Burden seinem Sohn den Schlüssel. Der nahm ihn entgegen wie einen kostbaren Schatz und verzog sich eiligst, damit sein Vater es sich nicht noch anders überlegen konnte. »Sie haben mit ihm geredet wie mit einem Erwachsenen«, sagte Burden argwöhnisch.

»Kein Bier mehr, Mike, ich möchte, daß Sie fahren.«

»Ins *Cheriton Forest* vermutlich?«

»Ganz recht. Vedast ißt heute im Hotel, ich habe mich erkundigt.« Wexford sah auf die Uhr. »Er müßte eigentlich inzwischen fertig sein.«

»Ich weiß nicht recht. Pat ist bei Grace, aber John…«

»Der Junge ist froh, daß Sie weggehen, ihm ist ein Stein vom Herzen gefallen, haben Sie das nicht gemerkt? Seinetwegen hocken Sie ständig zu Hause. Soll es so weit kommen, daß er Ihretwegen nicht mehr weggehen kann?«

»Wissen Sie, was ich manchmal glaube? Daß zwischenmenschliche Kontakte und Kommunikation einfach nicht machbar sind.«

»Und wissen Sie, was Sie sind? Ein Weihnachtsmann«, sagte Wexford, aber es klang durchaus freundschaftlich.

Der Cheriton Forest, ein großer Fichtenwald, liegt etwa drei Kilometer südlich von Kingsmarkham. Den Wald durchziehen eine Reihe von Schneisen und eine asphaltierte Straße, an der, auf einer großen heidekrautbewachsenen Lichtung, das *Cheriton Forest Hotel* steht.

Es ist neuer und sehr viel eleganter als das *Olive and Dove* in Kingsmarkham. Das Haupthaus aus den dreißiger Jahren ist einem Herrenhaus der Tudorzeit nachempfunden, aber es hat zu viele Balken und Pfosten, der Putz ist zu weiß, die Balken sind zu schwarz, die Holzarbeiten mehr Dekoration als integraler Teil des Baus. Mit der Zeit hätte das Haus vielleicht eine gewisse Patina angesetzt, aber eine riesige verglaste Bar und Reihen von Motel-Bungalows, die in den sechziger Jahren dazugekommen sind, haben es ein für allemal verschandelt.

Als Wexford und Burden eintrafen, war es noch hell, ein trüber Sommerabend, windig und kühl. Eine frische Brise bewegte die Bäume vor einem blassen Himmel, an dem graue, im Westen rötlich geränderte Wolken vorüberzogen, sich zusammenballten, auseinanderdrifteten, vom Wind verweht wurden.

Am Samstagabend hätten sich um diese Zeit auf dem Hof die Wagen und in der Bar die Gäste gedrängt. Heute, in der Wochenmitte, sah man durch die Tüllgardinen einige wenige gesetzte Dinnergäste und Kellner, die ohne Eile mit Tabletts an den Tischen entlanggingen. Das Fenster des *Speisesaals* war geschlossen wie alle anderen Fenster im Haus, bis auf eine Glastür im ersten Stock. Sie führte auf einen Balkon, der überhaupt nicht zum Stil des Hauses paßte. Der Wind schlug die Tür mit den Antikglasscheiben zu und ließ sie wieder aufspringen, hin und wieder erfaßte er auch die Samtvorhänge und zog und zerrte an ihnen wie an Wäschestücken auf der Leine.

In den Parkbuchten war reichlich Platz für die fünf, sechs Wagen, die dort standen. Auf dem eigentlichen Vorplatz war nur ein Wagen zu sehen, ein goldener, schräg geparkter

Rolls-Royce. Die silberne Schnauze seiner Kühlerhaube hatte sich in eine Blumenrabatte gebohrt und die Geranienblüten zerquetscht.

Wexford besah sich das Gefährt aus den Fenstern seines Wagens, den Burden ordentlich, wie man das von einem pflichtbewußten Staatsdiener erwarten durfte, in eine leere Parkbucht manövrierte. Gehört hatte er schon von der Mode, Autokarosserien mit einem pelzigen, wie Fell oder grober Samt wirkenden Überzug zu versehen, gesehen hatte er so etwas bis jetzt allerdings nur auf den Anzeigenseiten der Hochglanzmagazine, noch nie mit eigenen Augen. Der Rolls hatte ein goldgelbes Fell, kräftig sandfarben wie eine Löwenmähne, mit einem sanften, satten Glanz, und auf der Haube, direkt über dem Kühlergitter, war die Figur eines springenden Löwen angebracht, der aus massivem Gold zu sein schien.

»Schon wieder das Raubtiermotiv«, sagte er und trat an den Wagen heran. In diesem Augenblick öffnete sich die Fahrertür, und eine Frau stieg aus. Es war Nell Tate.

»Guten Abend«, sagte er. »Wir sind uns schon einmal begegnet.«

»So? Ich wüßte nicht...« Sie hatte offenbar Übung darin, den Star vor aufdringlichen Fans abzuschirmen.

»Auf dem Festival.« Wexford stellte sich und Burden vor. »Ich möchte gern mit Mr. Vedast sprechen.«

Nell Tate sah ihn erschrocken an. »Sie können nicht zu Zeno, er ruht, wahrscheinlich schläft er gerade. Wir versuchen alle, uns heute abend etwas zu erholen. Ich bin nur heruntergekommen, weil ich etwas aus dem Wagen brauchte.«

Nell Tate, angetan mit einem engen Gewand aus Silberspitze, offensichtlich ohne etwas darunter, schweren Platinschmuck an Hals und Handgelenken, sah in der Tat erholungsbedürftig aus. Sie wirkte erschöpft und abgehetzt. Das linke Auge unter der silbern-violetten Schminke war dick angeschwollen und blutunterlaufen. Wexford, der sie unauffällig musterte, dachte bei sich, daß es beträchtlicher Selbstüberwindung bedurfte, um an dieses wunde Häutchen falsche Wimpern zu kleben.

»Es hat keine Eile«, sagte er beschwichtigend. »Wir können warten. Wohnen Sie im Motel?«

»Aber nein.« Ihre künstliche Sicherheit geriet sichtlich ins Wanken. »Wir haben die sogenannte Elisabethensuite. Können Sie mir sagen, worum es geht?«

»Um Dawn Stonor. Richten Sie ihm aus, daß wir mit ihm über Dawn Stonor sprechen wollen.«

Sie bemühte sich gar nicht erst, Verständnislosigkeit zu heucheln, fragte nicht, wer Dawn Stonor sei. »Gut, ich sag's ihm. Könnten Sie nicht morgen kommen?«

»Wir warten lieber«, sagte Wexford. Burden und er folgten ihr in die Hotelhalle. Ein Portier war hochgeschnellt und riß ihr die Tür auf. Als Wexford sah, wie sie mit hocherhobenem Kopf und wiegenden Schultern ohne ein Wort oder ein Nicken an dem Mann vorbeirauschte, verhärtete er sein Herz. »Wir geben Ihnen eine Viertelstunde, dann kommen wir nach.«

Sie ging zum Aufzug. Den Portier schien die Abfuhr nicht zu stören. Er sah ihr bewundernd nach. Als sie in der Aufzugkabine stand, warfen die Spiegelwände ihr Bild dreifach zurück. Vier silbrig glitzernde Blondinen, vier verschwollene Augen funkelten Wexford böse an, dann schlossen sich die Türen, und sie entschwebte nach oben.

»Astrein«, sagte der Portier aus tiefstem Herzen.

»Was machen die Herrschaften denn hier?« fragte Wexford.

»Mr. Vedast möchte einen Landsitz erwerben, Sir.«

Jeder normale Mensch, dachte Wexford, würde sich

schlicht und einfach ein Haus kaufen. Er angelte nach Kleingeld, erwischte aber nur ein Fünfzig-Pence-Stück. »Schon was gefunden?«

»Vielen herzlichen Dank, Sir. Sie fahren jeden Tag los, Sir, er und Mr. und Mrs. Tate. Ein paar Fans haben versucht, ihn abzufangen, aber die haben kein Glück gehabt, weil Mr. Vedast immer in seiner Suite ißt.«

»Sie hat einen Heidenschrecken bekommen, als Sie ihr gesagt haben, wer wir sind«, meinte Burden, als der Portier außer Hörweite war.

»Ich weiß, aber vielleicht scheut sie sich nur, ihn zu stören. Wer mag ihr wohl zu dem blauen Auge verholfen haben?«

»Ich tippe auf ihren Mann, den armen Hund. Wenn das keine *ménage à trois* ist… Was meinen Sie, ob die Suite zwei Schlafzimmer hat oder nur eins?«

»Für jemanden, der sich als Puritaner sieht, haben Sie ein höchst ungesundes Interesse an solchen Dingen, Mike. Hier haben Sie die *Nova* zum Lesen, mir können Sie *The Fields* rüberreichen.«

Eine Viertelstunde blätterten sie in den Hochglanzzeitschriften, die in der Shakespeare Lounge auslagen. Ein betagtes Paar kam herein. Die beiden schalteten den Fernseher ein. Als der Bildschirm farbig flimmerte und der Ansager Cricket-Ergebnisse herunterspulte, sahen sie nicht mehr hin und vertieften sich in ihre Romane. Ein Dalmatiner kam herein, lief ein bißchen in der Lounge herum und ließ sich dann mit einem dumpfen Plumps vor den kalten Elektrokamin fallen.

»Es ist soweit«, sagte Wexford. »Auf in die Höhle des Löwen.«

11

Die Suite war im ersten Stock. Die Tür öffnete ihnen nicht Nell, sondern ein kleiner, brünetter Mensch um die Dreißig, der sich als Godfrey Tate vorstellte und sie mit einem kargen Lächeln bedachte. Er hatte überhaupt etwas Karges, Sparsames an sich, von dem ziemlich langen, dünnen, schwarzen Haar und der Andeutung eines Schnurrbärtchens bis zu den auffallend kleinen Füßen, an denen er Schnürschuhe trug. Er hatte schwarze Röhrenhosen an und ein sehr kurzes, enges Hemd, und vermittelte den Eindruck, daß er sich in seinen Bewegungen, seinen Worten und seinem Benehmen auf das Mindestmaß dessen beschränkte, was sich in unserer Gesellschaft gerade noch vertreten läßt.

»Zeno kann zehn Minuten für Sie erübrigen.«

Sie standen in einem kleinen Vorraum, der voller Blumen war, Gestecken mit Rosen, Wicken und Stephanotis, deren Duft schwer und süßlich in der Luft hing. Als Burden eine der Vasen streifte, fiel eine Rose heraus. Er fluchte leise. Der Salon hatte ganz und gar nichts Elisabethanisches, sondern glich mit seinen rosafarbenen Spiegeln an den Wänden, den Alkoven mit weiteren Blumengestecken in vergoldeten Urnen und einer Glastür mit Samtvorhang, die auf einen Balkon führte, eher einem provinziellen Spielkasino. Hier war die Luft weder stickig noch einschläfernd. Sämtliche Türen standen offen, man konnte in ein Badezimmer sehen, in dem nasse Handtücher herumlagen, und in zwei Schlafzimmer, eins mit einem breiten Doppelbett und das andere mit zwei einzelnen Betten. Das zerwühlte Bettzeug ließ darauf schließen, daß beide bis vor kurzem noch benutzt worden waren, aber wer mit wem in welchem gelegen hatte, ließ sich nicht ausmachen. In den Schlafzimmern lagen – wie im

Salon auch – getragene Kleidungsstücke, Zeitschriften und Schallplatten herum, überquellende Koffer standen im Wege. Ein kräftiger Wind blies durch die geöffneten Fenster, rüttelte an den Blumen und ließ die geblähten Vorhänge flattern.

Nell Tate war blau vor Kälte und hatte Gänsehaut an den Armen. Ihr Gespiele hingegen saß mit nackter Brust an einem Tisch am Fenster und vertilgte mit der Hingabe eines Menschen, der in seiner Kindheit von Bohnen mit Tomatensoße gelebt hat, einen Entenbraten.

»Guten Abend, Mr. Vedast. Entschuldigen Sie, daß wir Sie beim Essen stören.«

Vedast stand nicht auf, aber über sein haarloses, wie poliert wirkendes Gesicht, das nur aus Haut und Knochen zu bestehen schien und einen fast slawischen Schnitt hatte, ging ein breites Grinsen. »Hallo. Guten Abend, miteinander. Kaffee?« Seine Stimme klang nicht affektiert, sie verriet noch immer die hiesige Mischung aus schnarrendem Sussex-Dialekt und Cockney-Anklängen. »Laß noch Kaffee kommen, Nello, und nimm das da weg.« Mit einer umfassenden Geste wies er auf die anderen beiden Teller mit erkaltetem, fast unberührtem Essen, die Schüsseln, das Körbchen mit Toast. »Los, sag dem Zimmerservice Bescheid.« Auch die Nachspeise hatte noch niemand angerührt. Vedast nahm kurzerhand die Schüssel auf den Schoß.

»Vielleicht möchten die Herren lieber was trinken«, sagte Godfrey Tate.

»Im Klartext: Du möchtest was trinken, Goffo. Weißt du nicht, daß ihnen Alkohol im Dienst verboten ist?«

Vedast löffelte die Nachspeise und griente Wexford an. Er hatte ein bei aller Häßlichkeit attraktives Gesicht, sehr blaß und seltsam nackt. Seine hellbraunen Augen wirkten manchmal fast gelb. »Das Schlimme bei Nello und Goffo ist, daß sie nichts lesen«, sagte er. »Sie sind nicht gebildet. Jetzt los, Kinder, ans Telefon und an die Flasche.«

Wie verdrossene Sklaven taten die Tates, was er verlangte. Tate nahm eine fast leere Flasche Brandy aus einem auf Louis-Quinze gequälten Schränkchen und kippte den Rest in ein Glas. Er trank im Stehen und betrachtete mit finsterer Miene seine Frau, die den Kaffee bestellte. Vedast lachte.

»Setz dich doch. Es ist dir hoffentlich nicht zu kalt?« Er streckte Nell eine Hand hin und winkte ihr, die Lippen wie zu einem Pfiff spitzend. Nell Tate kam bereitwillig – allzu bereitwillig – zu ihm herüber. Sie zitterte vor Kälte, nur mit Mühe brachte sie es fertig, nicht mit den Zähnen zu klappern. »Frische Luft ist gut für Nello und Goffo. Wenn ich nicht auf ihre Gesundheit achte, würden sie den lieben langen Tag im warmen Stall hocken wie die Hühner. Ich glaube fast, wir gehen morgen zu Fuß auf Haussuche, Nello.«

»Ohne mich«, sagte Tate.

»Ich bin untröstlich! Du hast aber sicher nichts dagegen, wenn Nello mich begleitet?« Vedast, der hager und ausgehungert wirkte, machte die für drei Personen gedachte Schüssel leer. »Vielleicht können unsere Besucher uns ein paar Tips geben, was hier an hübschen Häusern zum Verkauf steht?«

»Wir sind keine Grundstücksmakler, Mr. Vedast«, sagte Burden, »und wir sind hier, um Ihnen Fragen zu stellen, nicht um sie zu beantworten.«

Der Kaffee kam, ehe Vedast etwas erwidern konnte. Tate sah nur kurz hin, leerte sein Glas und suchte im Schrank nach einer neuen Flasche. Während seine Frau Kaffee einschenkte, fand er eine, sie war ganz hinten versteckt und offen, aber noch voll. Er goß sich einen großzügigen Schuß ein und nahm einen tiefen Zug.

Gleich darauf krümmte er sich, würgte und legte eine Hand vor den Mund.

»Pfui Deibel!« Feucht rann es durch seine Finger. »Das ist kein Brandy. Was, zum Teufel, ist das für ein Zeug?«

Vedast lachte mit schiefgelegtem Kopf. »Methylalkohol und kalter Tee, Goffo. Nur ein kleines Experiment, wollte mal sehen, ob du den Unterschied schmeckst.« Nell kicherte und schmiegte sich an den Sänger. »Den Brandy hab ich ins Klo geschüttet, da gehört er nämlich hin.«

Tate sagte nichts. Er ging ins Badezimmer und knallte die Tür hinter sich zu.

»Armes Kerlchen. Dafür nehmen wir ihn morgen mit in das tolle Restaurant in Pomfret. Küßchen, Nello? So ist's recht. Und nichts für ungut, Schätzchen, ich spiel deinem Alten eben zu gern einen Streich. Wie ist der Kaffee, Chief Inspector?«

»Zumindest scheint es Kaffee zu sein, Mr. Vedast. Offenbar ist es nicht ungefährlich, bei Ihnen etwas zu trinken.«

»Ich würde mich nie trauen, Ihnen was in den Kaffee zu tun, dazu hab ich viel zu großen Respekt vor der Polizei.«

»Das freut mich«, sagte Wexford trocken. »Dann haben Sie sicher nichts dagegen, mir zu verraten, welcher Art Ihre Beziehung zu Dawn Stonor war.«

Vedast schwieg einen Augenblick, schien aber nicht beunruhigt. Er wartete, während Nell Sahne in seine Tasse goß und vier Würfel Zucker hineingab.

»Danke, Liebling. Jetzt lauf und spiel schön mit deinem Malkasten. Dein armes Auge könnte sicher was daraus gebrauchen.«

»Muß ich?« fragte Nell wie ein Kind, das erfahren hat, daß ein Besuch beim Zahnarzt droht.

»Aber natürlich, wenn Zeno es sagt. Je eher du drangehst, desto schneller hast du's hinter dir. Jetzt lauf.«

Sie gehorchte – kein Kind mehr, sondern eine erwachsene Frau mit einem blauen Auge, die vor Kälte zitterte. Vedast lächelte nachsichtig. Er ging zur Badezimmertür und lauschte. Man hörte, wie Tate Wasser laufen ließ und sich die Zähne putzte. Dann kam Vedast zurück, stieß im Vorbeigehen die Tür des Barschranks zu und legte sich der Länge nach auf das rote Samtsofa.

»Sie fragen nach Dawnie«, sagte er. »Demnach haben Sie mit Mama Stonor oder gar mit Oma Peckham gesprochen?«

»Die beiden sagen, daß Sie mit Dawn zur Schule gegangen sind.«

»Stimmt. Aber da war noch ein Haufen anderer Leute. Weshalb picken Sie gerade mich heraus?«

»Weil«, sagte Wexford nachdrücklich, »Dawn ihrer Wohnungsgenossin gesagt hat, daß der Kontakt zwischen Ihnen seit der Schulzeit nicht abgerissen ist. Und ihrer Großmutter hat sie erzählt, Sie seien mit ihr an dem Freitag vor ihrem Tod zum Essen gewesen. Wir wissen, daß das nicht stimmen kann, weil Sie an dem Tag in Manchester waren, aber wir möchten wissen, wie gut Sie Dawn kannten und wann Sie sie zuletzt gesehen haben.«

Vedast nahm sich ein Stück Zucker und lutschte daran. Er schien völlig entspannt, ein Bein war nachlässig über das andere geschlagen. Wexford und Burden war nicht besonders warm, obgleich sie ihre Mäntel anhatten, aber den nahezu nackten Vedast schien der kalte, feuchte Wind nicht zu stören. Die goldenen Haare auf seiner Brust lagen unter der goldenen Kette flach auf der Haut.

»Als wir beide noch hier wohnten, war sie meine Freundin«, sagte er.

»Sie waren ein Liebespaar?«

Vedast nickte und lächelte verbindlich. »Ich war ihr erster Liebhaber. Wir waren sechzehn. Rührend, nicht? Dann hat Martin Silk mich entdeckt, und ich habe alle möglichen aufregenden Sachen erlebt, die Sie mit Sicherheit nicht interessieren würden. Dawnie und ich haben uns aus den Augen verloren, ich habe sie erst in diesem Jahr wiedergesehen.«

»Und wo, Mr. Vedast?«

Vedasts Antwort kam prompt. »Im *Townsman Club*. Ein Bekannter hatte Nello und Goffo und mich als Gäste mitgebracht. Und wen seh ich da? Dawnie als Kellnerin. Meine arme kleine Dawnie in gelber Satincorsage und Strumpfhosen. Ich hätte am liebsten laut losgelacht, aber das wäre nicht nett gewesen. Sie setzte sich an unseren Tisch, und wir haben lange über alte Zeiten geredet. Sie wußte sogar noch, was ich gern trinke, Orangensaft mit Zucker drin.«

»Hatten Sie danach noch mit ihr Verbindung?«

»Nur einmal«, sagte Vedast leichthin, fast unbeteiligt. Seine Finger spielten mit der goldenen Kette. »Nello und Goffo waren zu Goffos Mama gefahren, und ich war ein bißchen einsam, es war ganz komisch, so mutterseelenallein zu sein.« Er lächelte – der unverdorbene Star, der kleine arme reiche Junge. »Dawnie hatte mir die Telefonnummer von diesem Klub aufgeschrieben. Nello fand das übrigens gar nicht lustig, das können Sie sich ja vorstellen. Ja, und da habe ich mir gedacht, eigentlich könntest du Dawnie mal anrufen.«

»Und haben Sie Ihre Absicht ausgeführt?«

»Natürlich.« Vedasts Lächeln war jetzt entschuldigend und ein bißchen wehmütig, das Lächeln des unverdorbenen Stars, der zu gern von den Gefährten seines früheren, einfachen Lebens als der schlichte Junge vom Land behandelt werden möchte, der er im Grunde seines Herzens geblieben ist. »Aber es gibt Leute, vor denen man sich nicht retten kann, die einen immerzu anhimmeln und das finde ich ziemlich unsympathisch, können Sie das verstehen?«

»Mit anderen Worten – sie ist Ihnen auf den Wecker gegangen«, sagte Burden schroff.

»Das hört sich reichlich herzlos an, finde ich. Sagen wir so: Ich hielt es für besser, eine Beziehung, die tot und begraben war, nicht wiederzubeleben. Pardon, das war keine sehr geschmackvolle Formulierung. Ich habe Dawnie abgewimmelt. Es wäre wirklich nett, wenn wir uns wieder mal treffen könnten, habe ich zu ihr gesagt, aber im Augenblick habe ich einfach zu viel zu tun.«

»Wann hat dieses Telefongespräch stattgefunden, Mr. Vedast?«

»Vor drei, vier Wochen. Nur ein kleiner Schwatz, aus dem sich nichts weiter ergeben hat. Und Dawnie hat Oma Peckham erzählt, wir hätten uns getroffen? Nicht zu glauben... Nello und Goffo können Ihnen sagen, wann sie weggefahren sind.« Er sah Wexford aus schmalen, gelben Katzenaugen an, in denen ein durchtriebenes Glitzern stand. »Die beiden werden Ihnen auch sagen, wo ich am 6. Juni war, denn das dürfte Ihre nächste Frage sein.«

»Und wo waren Sie, Mr. Vedast?«

»In meinem Haus in Duvette Gardens, South Kensington. Mit Nello und Goffo. Wir waren am Sonntag spät aus Manchester gekommen und haben den ganzen Montag nur geschlafen und gefaulenzt. Da ist ja Goffo, schön sauber, wie frisch gereinigt, der wird es Ihnen bestätigen.«

Godfrey Tate war aus dem Badezimmer gekommen. Sein Gesicht war ausdruckslos, beherrscht und wachsam, aber offenbar trug er Vedast den demütigenden Schabernack nicht nach. »Wer lästert da über mich?« witzelte er matt.

»Sag den Herren, wo ich am 6. Juni war, Goffo.«

»Mit mir und Nell zusammen.« Das kam so prompt und

so geläufig, daß das Alibi ganz offenkundig geprobt war. »Wir waren den ganzen Tag und die ganze Nacht in Duvette Gardens. Nell kann Ihnen das bestätigen. Nell!«

Wexford war davon überzeugt, daß sie gehorcht hatte, denn sie schrie leise auf, als ihr Mann die Tür aufmachte, offenbar hatte sie sich gestoßen.

»Natürlich waren wir alle da«, sagte sie. Sie hatte einen langen Mantel übergezogen, fror aber immer noch und ging zum Fenster, um es zu schließen. Als Vedast lächelnd den Kopf schüttelte, setzte sie sich gehorsam hin und wickelte sich in den Mantel. »Wir sind den ganzen Tag nicht aus dem Haus gegangen. Nach Manchester waren wir fix und fertig«, sagte sie, seinem auffordernden Blick folgend. Sie hob eine Hand, als wolle sie das geschwollene Auge berühren, die Hand verharrte einen Augenblick zögernd und fiel dann in ihren Schoß zurück.

»Und jetzt«, verlangte der Sänger, »sag den Herren, wann du mit Goffo seine Mutter besucht hast.«

Wenn Tate nur gekonnt hätte, dachte Wexford, hätte er jetzt wohl am liebsten gewedelt. Wie ein dressierter Hund, der seinen Herrn liebt, aber auch fürchtet, und der völlig in seinem Bann steht, setzte er sich auf und hob eifrig den Kopf.

»Es muß etwa einen Monat her sein, nicht?« half Vedast nach.

»Am zweiundzwanzigsten Mai sind wir hingefahren«, sagte Nell, »und –«

»– am Mittwoch, dem fünfundzwanzigsten, sind wir zurückgekommen«, ergänzte ihr Mann.

Vedast machte ein zufriedenes Gesicht. Einen Augenblick sah es aus, als wolle er seinen Hunden den Kopf kraulen, dann aber lächelte er Tate nur zu und schenkte Tates Frau einen Luftkuß. »Da hören Sie es, Chief Inspector! Wir führen ein sehr ruhiges Leben. Ich habe Dawnie nicht aus Leidenschaft umgebracht. Goffo hat sie nicht auf mein Betreiben umgebracht – obgleich er sicher dazu bereit gewesen wäre, wenn ich es von ihm verlangt hätte –, und Nello hat sie nicht aus Eifersucht umgebracht. Somit können wir Ihnen nicht helfen. Wir müssen heute abend noch eine Menge Papierkram von unseren Maklern durchsehen. Wenn Sie nichts dagegen haben, würden wir gern die Suche nach unserem Haus fortsetzen.«

»Ich habe nichts dagegen, Mr. Vedast. Allerdings kann ich nicht versprechen, daß dies mein einziger Besuch bleibt.«

Vedast erhob sich geschmeidig. »Das brauchen Sie auch nicht, ich würde mich sehr freuen, Sie wiederzusehen. Es war wirklich ein nettes Gespräch. Wir haben nicht viele Bekannte, man muß ja so vorsichtig sein.« Herzhaft schüttelte er Wexford die Hand. »Bring sie hinaus, Goffo, und schließ den Wagen ab.«

»Viel Erfolg bei Ihrer Suche, Mr. Vedast«, sagte Wexford.

John Burden lag schon im Bett. Er hatte seinem Vater einen Zettel hingelegt: Pat würde bei ihrer Tante übernachten. Der Schlüssel lag unter einem Blumentopf, was Burden aus dienstlicher Sicht empörte, während er als Vater einen fast lächerlichen Stolz ob dieser Umsicht an den Tag legte. Er nahm die Vedast-Scheibe vom Plattenteller.

»Einer der Songs heißt: ›Wenn du pfeifst, komm ich zu dir, mein Schatz‹«, sagte er.

»Sehr passend.« Wexford warf einen Blick auf die Plattenhülle. »Den muß er als Kennmelodie für die Tates geschrieben haben.«

»Weiß Gott. Weshalb lassen sie sich das bloß gefallen?«

»Ihr geht's um Liebe, ihm ums Geld. Beiden um einen Abglanz des Ruhms. Vedast hat den Nagel auf den Kopf getroffen, als er sagte, ›Goffo‹ hätte Dawn umgebracht, wenn er es von ihm verlangt hätte. ›Das ist des Sklaven Art, daß ihm die Fessel, die langgewohnte, unentbehrlich wird.‹ Aber nicht nur Liebe und Geld und Ruhm sind im Spiel, sondern auch Vedasts starke persönliche Ausstrahlung. Die ganze Situation ist übel und unerfreulich. Unter diesen Umständen ist das Alibi keinen Pfifferling wert. Ein von Sklaven geliefertes Alibi ist keins. Die Römer haben auf dem Gipfel ihrer Macht Aussagen von Sklaven nur sehr sparsam als Beweismittel zugelassen.«

Burden lachte vor sich hin. »Wahr gesprochen, Cäsar. Woher wußte er übrigens, daß er ein Alibi für den 6. Juni brauchte? Wir haben es ihm nicht gesagt.«

»Vielleicht hat er es von Mrs. Stonor oder Mrs. Peckham erfahren. Auch die Presse hat sich in dem Sinn geäußert, daß wir den 6. Juni für den mutmaßlichen Todestag halten. Im Grunde glaube ich nicht, daß er etwas mit der Sache zu tun hat. Er hat einfach Spaß daran, mit uns zu spielen, bewegt sich gern ein bißchen am Rande der Legalität. Und vor allem hat er Freude daran, seinen Mitmenschen angst zu machen.« Und mit den Worten des Herzogs von Wellington fügte Wexford hinzu: »Bei Gott, mir graut vor diesem Menschen.«

12

Die Innenausstattung von Leonard Dunsands Bungalow war genauso wie bei Miss Mowler. Die gleiche Tapete mit den roten Punkten an den Dielenwänden, die gleichen Vögel und Lilien im Wohnzimmer taten dem Auge weh. Miss Mowler aber hatte ungeachtet ihrer abfälligen Bemerkungen über den verantwortlichen Innenarchitekten der Baugesellschaft selbst kaum einen besseren Geschmack bewiesen und das Haus mit billigen Möbeln und fließbandgefertigten Bildern vollgestopft. Dunsands tristes Mobiliar, die braunen Lederklubsessel und spätviktorianischen Tische und vor allem die vielen Regale voll gelehrter Bücher sahen hier geradezu unmöglich aus. Töpfe mit verschrumpelten Kakteen, leblosen grünlichbraunen Nadelkissen, zierten die Fensterbänke. In der Diele stand nur ein kahler Mahagonitisch, auf dem Boden lag kein Teppich. Es war das typische Heim eines intellektuellen Junggesellen und fiel nur insofern aus dem Rahmen, als hier ebenso peinliche Sauberkeit herrschte wie bei Mrs. Peveril und daß auf einem Tisch im Wohnzimmer ein Stapel von Reisekatalogen lag, deren Titelbilder in noch grelleren Farben leuchteten als die Tapete.

Dunsand, der gerade von der Hochschule zurückgekommen war, bat sie mit ausdrucksloser, aber gebildeter Stimme, Platz zu nehmen. Er war um die vierzig, hatte dünnes, mausfarbenes Haar und einen für das teigig auseinanderlaufende Gesicht überraschend schmalen Mund. Hinter den starken Brillengläsern schwammen verzerrt vorstehende Augen. Er trug einen makellosen, stockkonservativen dunklen Anzug mit weißem Hemd und dunklem Binder. Dunsand wiederholte – weder störrisch noch schmeichlerisch – das, was er schon Burden gesagt hatte: daß er am 6. Juni gegen 18.40 nach Hause gekommen und daß ihm an dem Abend nichts Ungewöhnliches in seiner Straße aufgefallen sei.

»Ich habe mir etwas zu essen gemacht«, sagte er, »und dann das Haus geputzt. Es ist sehr häßlich, aber deshalb braucht man es ja nicht verkommen zu lassen.«

»Haben Sie etwas von Ihren Nachbarn gesehen?«

»Mrs. Peveril ist um halb acht die Straße hinuntergegangen. Sie besucht irgendeinen Handarbeitskurs, soviel ich weiß.«

»Sie selbst sind nicht aus dem Haus gegangen? Es war ein schöner Abend.«

»Soso«, sagte Dunsand höflich. »Nein, ich bin nicht aus dem Haus gegangen.«

»Stehen Sie auf freundschaftlichem Fuß mit Ihren Nachbarn, Mr. Dunsand?«

»O ja, durchaus.«

»Sie machen dort gelegentlich einen Besuch? Oder laden sie ein?«

»Nein. Da habe ich Sie wohl mißverstanden. Ich meinte damit nur, daß wir uns zunicken oder mal ein Wort miteinander reden, wenn wir uns auf der Straße begegnen.«

Wexford seufzte lautlos. Dunsand deprimierte ihn, und seine Studenten taten ihm leid. Er wußte – auch wenn er nicht viel davon verstand –, daß zur Philosophie nicht nur Ethik, witzige Syllogismen und Anekdoten über Pythagoras gehören, sondern daß sie auch etwas mit Logik zu tun hat, mit abstruser Mathematik, mit Argumenten und Exempeln, epistemologischen Prämissen. Man stelle sich einmal diesen Typ bei einer zweistündigen Vorlesung über Wittgenstein vor...

»Sie können uns also nichts über Mr. und Mrs. Peverils Lebensrhythmus, ihre Gewohnheiten, Besucher oder dergleichen sagen?«

»Nein, nichts«, erwiderte Dunsand in unverändert farblosem Ton, aber Wexford meinte, für einen kurzen Moment eine leise Regung in seinen Augen gesehen zu haben, ein Zeichen von Leben, vielleicht eine Spur von Schmerz. Dann war es vorbei, die schwimmenden Augen blickten ausdruckslos. »Ich kann wohl sagen, Chief Inspector, daß ich keines Menschen Privatleben kenne – bis auf mein eigenes.«

»Und das ist...« Wexford zögerte.

»Was Sie hier sehen.« Dunsand räusperte sich. »Es regnet schon wieder. Wenn Sie keine Fragen mehr haben, fahre ich meinen Wagen in die Garage.«

»Sind Sie hin und wieder auch mal in London, Mr. Peveril?«

»Natürlich, aus beruflichen Gründen«, erwiderte Peveril mürrisch und mit gereizter Betonung der letzten Worte. Schon wieder hatte man ihn aus seinem Atelier geholt, seine Finger waren voller Tinte. Wexford drängte sich der Verdacht auf, daß die Tinte absichtlich aufgetragen, das Haar absichtlich zerzaust war und zu Berge stand. »Ich fahre öfter mal hin, alle vierzehn Tage oder einmal im Monat.«

»Und dann übernachten Sie dort?«

»Manchmal schon.«

»Wann waren Sie zuletzt in London?«

»Das muß am ersten Juni gewesen sein. Ich bin nicht über Nacht geblieben.« Peveril warf einen Blick auf die geschlossene Tür, die seiner Frau den Zugang verwehrte. »Es gibt Szenen«, sagte er steif, »wenn ich es wage, eine Nacht nicht im ehelichen Nest zu verbringen.« Er war ein typischer Misanthrop, und wenn auch sein Gebaren deutlich erkennen ließ, daß ihm die bohrenden Fragen gegen den Strich gingen, mochte er sich die Chance, boshafte Enthüllungen zum Besten zu geben, nicht entgehen lassen. »Eigentlich müßte doch eine Frau, die ein so schönes Leben führt, die sich einen Mann geangelt hat, bei dem sie nicht einen Penny mitverdienen muß, gern bereit sein, dem Ernährer auch mal ein paar freie Stunden zu gönnen. Aber nein, wenn ich nach London fahre, muß ich sie anrufen, sobald ich angekommen bin, und ihr eine Nummer hinterlassen, unter der sie mich erreichen kann, wann immer sie Lust dazu verspürt, und daß heißt ungefähr dreimal an einem Abend.«

Wexford zuckte die Schultern. Ehen, wie Peveril sie geschildert hatte, waren nichts Ungewöhnliches. Er war nur einer von vielen, die sich freiwillig dazu entschlossen hatten, die mühsamste und längste aller Reisen mit einem eifersüchtigen Widerpart zurückzulegen. Aber warum sprach er darüber? Weil er ihnen damit einreden wollte, daß die Bewachung ihn von anderen Frauen fernhielt? Über eine derartige Naivität konnte Wexford nur müde lächeln. Er wußte, daß gutaussehende, unzufriedene und kinderlose Männer vom Typ Peveril, die ihre Ehefrauen schon lange nicht mehr lieben, mit der Geschicklichkeit eines Zauberkünstlers häuslichen Banden zu entschlüpfen pflegen. Er schwenkte auf ein anderes Thema um.

»An dem bewußten Montag«, sagte er, »ist Ihre Frau zu einem Abendkurs gegangen. Was haben Sie gemacht, als sie aus dem Haus war?«

»Ich habe mich im Atelier an die Arbeit gesetzt und mich nicht von der Stelle gerührt, bis meine Frau um elf zurückkam.«

»So spät abends fahren keine Busse mehr. Hat sie Ihren Wagen genommen?«

In Peverils Ton schwang leise Verachtung. »Sie fährt nicht Auto. Sie ist zu Fuß nach Kingsmarkham gegangen, und eine Bekannte hat sie mit dem Wagen zurückgebracht.«

»Auf den Gedanken, sie hinzufahren, sind Sie demnach nicht gekommen. Es war ein schöner Abend, und es ist nicht weit.«

»Herrgott noch mal!« Peverils Jähzorn brach sich Bahn. »Weshalb, zum Teufel, sollte ich sie zu einem blödsinnigen Klatschverein fahren, in dem die Weiber doch nichts lernen? Ja, wenn sie einen Job hätte, dringend benötigtes Geld nach Hause bringen würde...« Mürrisch fügte er hinzu: »Aber sonst fahre ich sie meistens, das stimmt schon.«

»Und warum nicht an dem Abend?«

»Auch der Wurm krümmt sich, wenn er getreten wird«, sagte Peveril. »Darum. Und jetzt wäre ich Ihnen dankbar, wenn ich mich wieder an meine Arbeit setzen könnte.«

Am Freitag konzentrierte sich Wexford auf das rote Kleid. Er rief Burden, Dr. Crocker, Sergeant Martin und Polly Davies zu einer halboffiziellen Besprechung zu sich. Sie saßen im Kreis in seinem Büro, das Kleid lag auf dem Schreibtisch. Damit alle es während der Beratung besser sehen konnten, verfiel Wexford auf die Idee, es an die Decke zu hängen. Polly holte einen Kleiderbügel, und wenig später baumelten Kleid und Bügel an der Schnur von Wexfords Deckenlampe.

Im Labor war das Kleid genau untersucht worden. Es bestand aus Synthetikfasern und war häufig – wahrscheinlich immer von der gleichen Person – getragen worden, einer Weißen mit braunem Haar und heller Haut. Die Armbeugen wiesen keine Schweißflecken auf. Im Stoff hatten sich Spuren eines nicht identifizierten Parfums, von Talkumpuder, Antiperspirant und Tetrachlorkohlenstoff, einem Reinigungsmittel, nachweisen lassen. Weitere Nachforschungen hatten ergeben, daß das Kleid vor acht oder neun Jahren in einer Fabrik im Norden Londons angefertigt und an einen kleinen Konfektionär geliefert worden war, der hauptsächlich Kleidung der mittleren Preisklasse vertrieb. Es konnte in London, Manchester, Birmingham oder vielen anderen Städten auf den Britischen Inseln seinen Käufer gefunden haben. In Kingsmarkham gab es kein Geschäft, das Kleidung dieser Konfektionsfirma führte, aber in Brighton konnte man sie damals wie heute kaufen.

Das Kleid war dunkelrot mit einem kräftigen Blaustich. Es war antailliert, hatte einen schlichten runden Ausschnitt, dreiviertellange Ärmel, Bindegürtel und einen

Rock in knieumspielender Länge. Demnach war es für eine Frau gekauft worden, die etwa 1,67 m groß und schlank, wenn auch nicht übertrieben schlank gewesen war, es handelte sich um eine Größe achtunddreißig. Dawn Stonor war das Kleid zu knapp gewesen, und bei ihrer Größe hätte es für sie weder vor sieben, acht Jahren noch jetzt die modische Länge gehabt.

»Ich darf um Stellungnahmen bitten«, sagte Wexford.

»Machen Sie den Anfang, Polly, Sie sehen aus, als hätten Sie etwas zu sagen.«

»Ich hab mir nur gerade überlegt, daß sie darin bestimmt wie 'ne Grufti ausgesehen hat.« Polly war eine temperamentvolle junge Frau mit schwarzem Haar, die Miniröcke, flippige Westen und Samtbaretts bevorzugte. Da sie sich darüber hinaus den Mund erdbeerrot zu schminken und zwei kreisrunde rote Rougeflecken auf die Wangen zu klecksen pflegte, wirkte sie weniger intelligent, als sie in Wirklichkeit war. Sie sah an Wexfords Stirnrunzeln, daß die unpräzise Bezeichnung sein Mißfallen erregt hatte, und korrigierte sich schleunigst. »Es hat ihr bestimmt nicht gestanden, meine ich, sie muß grauenhaft spießig darin ausgesehen haben, eine richtige Vogelscheuche. Ich weiß, das klingt gemein – als sie gefunden wurde, sah sie natürlich furchtbar aus, ich will damit nur sagen, daß sie in dem Kleid immer furchtbar ausgesehen haben muß.«

»Würden Sie sagen, daß das Kleid an sich reizlos ist? Ich frage speziell Sie, Polly, weil Sie eine Frau sind und solche Sachen besser erkennen als unsereins.«

»Schwer zu sagen, Sir, wenn ein Kleid erst mal aus der Mode ist. Mit Schmuck und so weiter hätte es einer Brünetten, der es gut saß, vielleicht ganz gut gestanden, aber nicht Dawn mit ihrem rotblonden Haar, die in dem Kleid gesteckt haben muß wie die Wurst in der Pelle. Daß sie es freiwillig angezogen hat, kann ich mir beim besten Willen nicht vorstellen. Aber weil Sie meinen, Sir, daß ich solche Sachen besser erkenne... Ich würde Sie alle gern etwas fragen, nur so interessehalber: Hätte Ihnen so ein Kleid an Ihrer Frau gefallen?«

»Was meinen Sie, Doktor?«

Crocker, der die langen, schlanken Beine übereinandergeschlagen hatte, legte den Kopf schief. »Es ist nicht einfach, das Kleid von seinen unerfreulichen Assoziationen zu trennen, aber ich will es versuchen. Ich würde sagen, daß es ein ziemlich *braves* Kleid ist. Oder anders ausgedrückt: Wenn meine Frau es tragen würde, könnte ich mich überall mit ihr sehen lassen. Es hat, wie man wohl sagt, eine ›schlichte Linienführung‹ und zeichnet die weibliche Figur diskret nach. Wenn ich allerdings der Typ wäre, der gern mal fremdgeht, wäre ich vermutlich nicht begeistert, meine Freundin beim Rendezvous darin zu sehen. Es wäre mir nicht... nicht unternehmungslustig genug.«

»Mike?«

Burden hatte keine Frau mehr, aber mittlerweile hatte er diesen Zustand akzeptiert und konnte von Ehefrauen ohne geheimen Schmerz oder äußerlich erkennbare Befangenheit sprechen. »Ich bin ganz der Meinung des Doktors, daß es einem gegen den Strich geht, sich eine nahestehende Person darin vorzustellen, wegen der Begleitumstände und so weiter. Wenn ich versuche, es so zu betrachten wie ein Kleid, das im Schaufenster ausgestellt ist, würde es mir durchaus gefallen. Ich habe wahrscheinlich keinen Schimmer von Mode, aber ich finde es schick. Wenn ich – äh – verheiratet wäre, würde ich meine Frau gern darin sehen.«

»Sergeant?«

»Ein flottes Kleid, Sir«, sagte Martin eifrig. »Meine Frau hat ein ganz ähnliches, auch eine ähnliche Farbe. Ich habe es ihr zu Weihnachten selbst ausgesucht. Meine Tochter – sie ist zweiundzwanzig – sagt, daß sie es nicht geschenkt nehmen würde, aber Sie wissen ja, wie diese jungen Dinger sind, entschuldigen Sie schon, Polly. Es ist ein nettes, flottes Kleid. Oder war es mal.«

»Gut, dann will ich auch meinen Senf dazugeben«, meinte Wexford. »Mir gefällt das Kleid. Es sieht bequem aus und praktisch für alle Tage. Als Mann würde ich mir angenehm beständig und irgendwie geborgen vorkommen, wenn ich abends mit einer Frau zusammensäße, die dieses Kleid anhat. Und ich glaube, der richtigen Frau würde es stehen. Es zeichnet, wie der Doktor sagt, die natürlichen weiblichen Formen nach. Es ist nicht gewagt oder sensationell oder peinlich, es ist konservativ. So, Polly, da haben Sie unsere Meinung. Was sagen Sie dazu?«

Polly lachte. »Daß ich dadurch mehr über Sie als über das Kleid erfahren habe«, meinte sie ein bißchen vorlaut. »Aber soviel ist doch herausgekommen: Es ist ein Männerkleid. Ich meine, es ist ein Kleid, das ein Mann aussuchen würde, weil es der Figur schmeichelt und schlicht ist und irgendwie, wie Sie sagen, ein Gefühl der Geborgenheit vermittelt. Dr. Crocker sagt, daß er seine Freundin nicht gern darin sehen würde. Das alles deutet meiner Meinung nach darauf hin, daß es ein Kleid für eine verheiratete Frau ist, das ihr Mann ausgesucht hat, weil er spürte, daß sie darin wie eine brave Ehefrau aussieht und anderen Männern signalisiert, daß sie nicht zu haben ist.«

»Mag sein«, sagte Wexford nachdenklich. Das Fenster stand offen, und das Kleid drehte sich im Wind. Wenn ich weiß, wem es gehört, dachte er, ist der Fall schon fast gelöst. »Das ist eine intelligente Einschätzung, Polly, aber was bringt sie uns? Sie haben mich davon überzeugt, daß das Kleid früher einmal einer verheirateten Frau gehört hat, die es kaufte, um ihrem Mann eine Freude zu machen. Wir wissen bereits, daß es nicht Dawns Kleid war. Vielleicht hat die Besitzerin es zu einem Basar gegeben, der Frau von der Reinigung geschenkt oder es in einen Dritte-Welt-Laden gebracht.«

»Wir könnten uns mal umhören, Sir.«

»Ja, Sergeant, das müssen wir sogar. Mrs. Peveril leugnet, daß das Kleid ihr gehört, Mike?«

»Kann sein, daß sie lügt. Als wir es ihr zeigten, hab ich gedacht, sie fällt in Ohnmacht. Der Fleck ist ja wirklich kein schöner Anblick, und da sind, wie wir sagten, die Assoziationen. Aber sie hat sehr heftig reagiert. Andererseits wissen wir, daß sie nervös ist und zur Hysterie neigt, vielleicht ist so eine Reaktion da naheliegend.«

»Haben Sie noch einmal mit Mrs. Clarke gesprochen?«

»Sie sagt, daß ihre Freundin im letzten Jahr eine Art Nervenzusammenbruch hatte und stark abgenommen hat, es sieht also nicht so aus, als ob sie je schlank genug war, um das Kleid tragen zu können. Aber Mrs. Clarke kennt sie erst seit vier Jahren.«

»Vor acht Jahren«, sagte Wexford nachdenklich, »könnten bei den Peverils durchaus noch rosarote Zeiten geherrscht haben. Vielleicht hat er damals Sachen für sie ausgesucht, die ihm besonders gut an ihr gefielen. Aber ich bin ganz Ihrer Meinung, auf Grund der Größe ist das unwahrscheinlich. Ich will Sie nicht länger aufhalten. Was ich vorhabe, ist eine ziemlich umfangreiche Aktion, aber ich glaube, es ist der einzig gangbare Weg. Irgendwie müssen wir es fertigbringen, sämtliche Frauen zwischen dreißig und sechzig in Kingsmarkham und Stowerton zu vernehmen, ihnen das Kleid zu zeigen und ihre Reaktion zu beobachten. Jede einzelne muß gefragt werden, ob das Kleid ihr gehört oder ob sie es je an einer anderen Frau gesehen hat.«

Auf diese Ankündigung reagierten alle Anwesenden mit hörbarem Stöhnen – bis auf den Doktor, der sich rasch entfernte, weil er, wie er sagte, im Krankenhaus erwartet wurde.

13

Die Reaktion auf Wexfords Appell erfolgte prompt und umfassend. Vor dem Gemeindesaal der Baptistenkirche standen die Frauen Schlange wie am Morgen des ersten Schlußverkaufstages. Alles pflichtbewußte Staatsbürgerinnen? Wexford überlegte, daß diese Hilfsbereitschaft wohl eher dem Bedürfnis entsprang, auch einmal – und sei es noch so kurz – eine wichtige Rolle zu spielen. Der Mensch läßt sich nicht ungern in den Strudel eines aufsehenerregenden Falles hineinziehen, besonders, wenn er darin nicht bloße Masse ist, sondern kurzfristig ein Einzelwesen, das beachtet, angehört, ernst genommen wird. Bereitwillig gibt er Namen und Adresse preis und läßt sich registrieren. Wahrscheinlich weideten sie sich auch gern an dem Relikt einer Gewalttat. Und war das so schlimm? War es abartig, wie die jungen Festivalbesucher wohl gesagt hätten? Oder äußerte sich darin nicht vielmehr eine starke menschliche Vitalität, eine Neugier, die alles sehen, alles erfahren, und die nicht viel anders ist als der Wissensdrang, den – verfeinert und mit einem wissenschaftlichen Mäntelchen versehen – Historiker und Archäologen für sich in Anspruch nehmen?

Schon lange setzte er weniger auf Hoffnung als auf Erfahrung. Er rechnete nicht damit, daß eine Frau sich melden und aussagen würde, ihr Mann habe sich an dem bewußten Montag abend unerwarteter- und unerklärlicherweise das bewußte Kleid bei ihr ausgeliehen. Auch dramatische Szenen im Saal sah er nicht voraus, eine schreiende oder ohnmächtig zu Boden sinkende Ehefrau etwa, die das Kleid erkannt und gleichzeitig begriffen hatte, was dieses Erkennen bedeutete. Wer so eine Gewissenslast mit sich herumschleppte, würde gar nicht erst in den Gemeindesaal kommen. Doch auf irgend etwas hoffte er trotzdem. Eine dieser Frauen würde aussagen, daß sie das Kleidungsstück bei einer Freundin oder einer Bekannten gesehen hatte, würde zugeben, daß sie es besessen und dann verschenkt oder verkauft hatte.

Nichts dergleichen geschah. Den ganzen Freitag tappten sie in langer Reihe über die Dielenbretter des Korridors, in dem es nach Gesangbüchern und Pfadfindern roch, betraten den tristen braunen Saal, saßen auf den Stühlen des Frauenkreises und besahen sich die Anschläge mit den Einladungen zum Morgenkaffee und zu geselligen Abenden. Dann traten sie nacheinander hinter die Wandschirme, wo Martin und Polly das Kleid auf einem Tapeziertisch ausgebreitet hatten. Eine nach der anderen kam wieder heraus, mit dem frustrierten, mißvergnügten Ausdruck von Weltverbesserern, denen das Schicksal die Chance, sich wieder einmal nützlich zu machen, nicht gegönnt hat.

»Es wäre allenfalls noch denkbar«, sagte Burden, »daß ein Autofahrer sie mitgenommen hat. Nach vorheriger Verabredung natürlich. Der kann von Gottweißwo gekommen sein.«

»Warum hat sie dann aber einen Bus nach Sundays genommen und ist über die Felder gegangen? Mrs. Peveril sagt, sie habe Dawn über die Felder gehen sehen, und ihre Beschreibung ist so präzise, daß wir sie ihr wohl oder übel abnehmen müssen. Es könnte natürlich sein, daß Dawn zu früh dran war – es war, wie gesagt, der einzige Bus um diese

Zeit –, daß sie über den Feldweg gegangen ist, sich irgendwo hingesetzt und gewartet hat und umgekehrt ist. Weit ist sie dabei dann aber nicht gekommen.«

»Wieso?«

»Zwischen vier Uhr, als sie das Haus ihrer Mutter verlassen hat, bis halb sechs, als sie über die Felder ging, haben vier Zeugen sie beobachtet. Trotz aller Aufrufe und Befragungen haben wir niemanden gefunden, der sie *nach* halb sechs noch gesehen hat. Deshalb steht so gut wie fest, daß sie irgendwann kurz nach halb sechs in einem Haus verschwunden ist.«

Burden runzelte die Stirn. »In der Sundays-Siedlung, meinen Sie?«

»Ja, und ich will es noch weiter einengen: Im Pathway. Die Leiche lag im Steinbruch, Mike. Sie ist getragen oder geschleift und nicht mit einem Auto transportiert worden. Sie wissen ja, wieviel Mühe es uns gekostet hat, unsere Fahrzeuge dorthin zu bugsieren. Bei geschlossenem Tor kommt kein Wagen auf das Gelände.« Wexford sah auf die Uhr. »Es ist halb sechs, das *Olive* hat wieder auf. Können wir nicht für heute Martin seinem Schicksal überlassen und uns auf einen Drink zusammensetzen? Bei einem Bier läßt sich das alles viel besser bereden.«

Burdens Stirnfalten vertieften sich. Er biß sich auf die Lippen. »Und was ist mit Pat? Sie müßte sich ihr Abendessen selber machen und zu Fuß zur Ballettstunde gehen. John ist dann ganz allein im Haus.«

In einem Ton, den der Sprachgebrauch als geduldig bezeichnet, der aber in Wirklichkeit einen hohen Grad an beherrschter Ungeduld verrät, sagte Wexford: »Der Junge ist eins achtzig groß und fünfzehn Jahre alt. Mein Vater hatte in seinem Alter schon seit eineinhalb Jahren eine feste Arbeitsstelle. Was spricht dagegen, daß er seine Schwester zur

Ballettstunde bringt? Natürlich nur, sofern man davon ausgeht, daß die Entführer schon an der nächsten Ecke lauern, wenn sie an einem hellen Sommerabend dreihundert Meter ohne Begleitung zu Fuß geht.«

Burden lächelte verlegen. »Ich ruf sie an.«

Die Bar des *Olive and Dove* war fast leer und wirkte recht düster und wenig einladend, wie man es oft in niedrigen Räumen hat, wenn draußen die Sonne scheint. Wexford ging mit den Gläsern in den Garten, wo unter einer Pergola hölzerne Tische und Stühle aufgestellt waren. Weinlaub und Clematis bildeten ein Blätterdach. Es ging auf den Feierabend zu, um diese Zeit wurde die friedliche Stimmung hier draußen meist durch Brems- und Schaltgeräusche beeinträchtigt, mit denen sich der Verkehr über die Brücke des Kingsbrook quälte.

Heute übertönte das Rauschen des Flusses, der sich an dem terrassenförmig angelegten Garten hinzog, die Geräuschkulisse aus der Menschenwelt. Es war ein stetiges leises Brausen, konstant und unveränderlich, aber wie alle Naturlaute weder störend noch hinderlich bei der Unterhaltung. Es war ein beruhigender Laut. Er kündete von zeitlosen Kräften, die rein und unzähmbar in einer Welt der Abscheulichkeit und der Gewalt dem unbekümmert die Erde verschmutzenden Menschen widerstanden. Während Wexford dem Brausen nachhorchte, machte er sich seine Gedanken über diese Abscheulichkeit, über einen Weltenplan, in dem es möglich war, daß eine junge Frau erschlagen und wie Unrat weggeschafft wurde – in eine grüne Laube, die für die Liebe gemacht und die zur Liebe benutzt worden war.

Er fröstelte. Nie war es ihm ganz gelungen, sich an all das Schreckliche zu gewöhnen, das auf der Welt geschah, an ihren Irrwitz und ihre Sinnlosigkeit. Jetzt aber ging es um eine praktische Frage: Wie und warum war es zu diesem speziellen Fall von Abscheulichkeit gekommen, und als Burden an den Tisch kam, sagte er:

»Sie haben – im Gegensatz zu mir – mit den Bewohnern der anderen beiden Häuser im Pathway gesprochen. Würden Sie sagen, daß wir sie ausschließen können?«

»Die Streets sind verheiratet und haben vier Kinder, die alle den ganzen Abend bei ihren Eltern zu Hause verbracht haben. Keiner aus der Familie hat Dawn gesehen. Mrs. Street hat beobachtet, wie Miss Mowler um acht nach Hause kam. Ansonsten haben sie an dem Abend nichts von ihren Nachbarn gesehen oder gehört. Von etwa sechs bis zehn haben sie sich in den vorderen Räumen aufgehalten. Mrs. Streets Küche geht nach vorn hinaus.

Die Robinsons sind ältere Leute, er ist bettlägerig, und sie haben eine grimmig auf Anstand bedachte alte Haushälterin. Mr. Robinsons Schlafzimmer geht auf Sundays, aber nicht auf den Steinbruch hinaus. Mrs. Robinson hat den Abend wie gewöhnlich bei ihrem Mann verbracht und ist um halb zehn auf ihr Zimmer gegangen. Sie hat nichts gesehen und nichts gehört. Die Haushälterin hat Dunsand um zwanzig vor sieben und Miss Mowler um acht nach Hause kommen sehen. Die Peverils hat sie nicht gesehen. Sie selbst ist um zehn schlafen gegangen.«

Wexford nickte. »Und Silk?«

»War vom 6. bis 8. Juni in London, um letzte Vorbereitungen für das Festival zu treffen. Er selbst sagt aus, daß er Sundays am Abend des 6. verlassen hat.«

»Kann das jemand bestätigen?«

»Seine Frau und seine beiden erwachsenen Kinder sind in Italien, und zwar schon seit Ende Mai. Silk sagt, daß sie im Sommer immer für zwei Monate ins Ausland gehen, aber ich habe den Eindruck, daß sie nicht so scharf auf die Popszene sind wie er.«

»Und es ist sein Steinbruch«, sagte Wexford nachdenklich, »der für ihn besonders leicht zugänglich sein dürfte. Vermutlich ist er häufig in London. Er ist wohl nicht mit Dawn zur Schule gegangen?«

»Kaum«, sagte Burden. »Er ist in Ihrem Alter.« Großzügig fügte er hinzu: »Aber er wirkt bedeutend älter.«

Wexford lachte. »Sehr beruhigend. Dann brauche ich mir also nicht die Haare über den Kragen wachsen zu lassen. Es ist demnach wohl nicht sehr wahrscheinlich, daß Dawn etwas mit ihm angefangen hat. Oder aber sie wäre gleich zum Herrenhaus gegangen und hätte nicht versucht, sich hintenherum einzuschleichen. In Sundays gab es ja keine Ehefrau, vor der sie sich hätte verstecken müssen.«

»Und keinen ersichtlichen Grund für sie, Picknickverpflegung mitzubringen.«

»Nein, Silk können wir wohl ausschließen – auf Grund seines Alters und weil er auch sonst nicht in Frage kommt. Bleiben die Peverils, Dunsand und Miss Mowler. Peveril war um halb sechs nicht allein im Haus, und Miss Mowler und Dunsand waren gar nicht daheim. Aber wer außer den Bewohnern in einem der drei Häuser hätte Dawns Leiche unbemerkt in den Steinbruch schaffen können?«

Burden sah verstohlen auf die Uhr und rutschte unruhig auf seinem Stuhl herum. »Wir gehen also davon aus, Sir, daß sie kehrtmachte und in eins der Häuser eingelassen wurde. Von wem aber? Gewiß nicht von Dunsand oder Miss Mowler. Von Mr. oder Mrs. Peveril? Das würde bedeuten, daß die Peverils Dreck am Stecken haben. Warum hat dann aber Mrs. Peveril zugegeben, daß sie die Frau gesehen hat? Warum hat sie überhaupt etwas gesagt?«

»Vielleicht, weil sie wirklich unbeteiligt ist. Weil sie Dawn tatsächlich über die Felder gehen sah und von der Beziehung zwischen Dawn und ihrem Mann nichts wußte.

Dawn nahm diesen Bus, weil es der einzige war, der in Frage kam. Sie bummelte zwei Stunden im Freien herum – es war ja ein schöner, sonniger Tag – und betrat Peverils Haus, *nachdem* Mrs. Peveril zu ihrem Abendkurs gegangen war. Möchten Sie noch ein Glas?«

»Nein, danke«, sagte Burden rasch. »Besten Dank, wirklich nicht.«

»Dann gehen wir am besten zu Ihnen, dieses ständige Auf-die-Uhr-Sehen macht mich ganz verrückt.«

Die Schlange vor der Baptistenkirche war noch länger geworden. Die Hausfrauen, die inzwischen nach Hause gegangen waren und sich um das Abendessen kümmerten, waren von Berufstätigen abgelöst worden, die aus den Geschäften und Büros kamen.

»Ich will nur schnell noch was Nettes für die Kinder zum Abendessen holen«, sagte Burden, der Mustervater. »Am Freitag hat der Luximart länger auf. Essen Sie mit uns?«

»Nein danke. Meine Frau macht mir gegen acht etwas zurecht.«

Der Marktleiter erkannte sie sofort wieder. Er bestand darauf, ihnen persönlich zu zeigen, was Dawn damals gekauft hatte – von den sechs Tomaten in Plastikfolie bis zu der billigen Flasche Wein. Das Geschäft war voll und die Stimme des Marktleiters weithin hörbar, als versuche er aus einer besonders makabren Form der Werbung Kapital zu schlagen.

»Tomatenarie für eine Tote«, sagte Wexford angewidert.

Burden machte einen weiten Bogen um den Gemüsestand und sah weg, als die Erdbeerbecher in sein Blickfeld kamen. »Sie haben bei Ihrer Theorie die Lebensmittel vergessen«, flüsterte er. »Peveril hatte doch schon gegessen. Seine Frau hat ihm bestimmt sein Abendessen gemacht, ehe sie wegging.«

Ohne Rücksicht auf den Preis nahm er drei Pakete *Bœuf bourguignon* aus der Tiefkühltruhe. »Und Sie haben auch vergessen, daß sie über Nacht bleiben wollte. Oder hatte Peveril vor, sie in seinem Atelier zu verstecken, wenn seine Frau um elf zurückkam?«

»Alles in Ordnung, Sir?« fragte der Marktleiter. »Möchten Sie nicht eine Flasche Wein dazu?«

»Nein, danke.« Burden zahlte, und sie machten, daß sie wegkamen. Zehn, zwölf neugierige Augenpaare folgten ihnen. Die Sonne schien noch immer, der Wind war frisch. Martin befestigte ein neues, größeres Poster mit Dawns Bild an der Kirchentür.

»Schon Erfolg gehabt?« fragte Wexford.

»Es waren fünfhundert Frauen da, Sir, aber nicht eine einzige hat uns einen Hinweis geben können.«

»Machen Sie morgen weiter.«

Sie gingen die High Street entlang und bogen links in die Tabard Road ein. An dieser Stelle beschleunigte Burden stets den Schritt. Erst wenn er sicher war, daß kein Feuerwehrauto und kein Krankenwagen die Straße vor seinem Bungalow versperrte, atmete er auf und wurde ruhiger.

»Wollte Peveril sie die ganze Nacht verstecken?« fragte er. »Oder vielleicht ist sie durchs Speisekammerfenster in Dunsands Haus geklettert. Das wär doch was: Der arme Dunsand, der sich, wie ich, mühsam mit rasch noch vor Feierabend gekaufter Tiefkühlkost durchschlagen muß... Miss Mowler muß sie persönlich gekannt haben, Gemeindeschwestern kennen ja Gott und die Welt. Vielleicht hat sich Dawn bis acht in ihrem Garten versteckt und aus lauter Langeweile ein Kleid anprobiert, das sie in Miss Mowlers Geräteschuppen gefunden hat?«

»Für Ironie bin ich zuständig, Mike. Dieser Rollentausch verunsichert mich.« Wexford betrachtete mit erhobenen

Brauen die drei Fahrräder, die am Gartentor lehnten, und das Moped, das am Gehsteig geparkt war. »Sieht nicht aus, als ob Ihr Sohn allein zu Hause sitzt und Trübsal bläst. Nur gut, daß er so klug war, die Fenster zuzumachen.«

Die sechs Teenager, die in Burdens Wohnzimmer energische Verrenkungen vollführten, blieben leicht bedeppert stehen, als die Polizeibeamten hereinkamen, und Pat, die den Plattenspieler bediente, schaltete auf Reject. Vedasts Zeile *Kann es für uns ein Wir denn nicht mehr geben...* endete mit einem leisen Jaulen, das letzte Wort verröchelte in melancholischem Stöhnen.

Wexford lächelte. »Die Ballettstunde findet wohl heute zu Hause statt?«

Die beiden jungen Burdens stammelten hastige Entschuldigungen, während ihre Freunde sich mit einer Eile zur Tür bewegten, die den Verdacht der Fahnenflucht nahelegte, in Wirklichkeit aber eine Loyalitätsbekundung war, weil die jungen Leute, mit elterlichen Vorwürfen vertraut, wohl wußten, daß sie sich ohne Zeugen besser ertragen ließen. Wexford fand, daß sie sich für ein so harmloses Vergnügen eigentlich nicht zu entschuldigen brauchten, und unterbrach Burdens halbherzige Vorhaltungen.

»Spiel's doch bitte noch mal, Pat.«

Geschickt, ohne auf die Plattenhülle sehen zu müssen, fand sie die richtige Rille auf der Langspielplatte und senkte behutsam den Tonarm.

»So was macht man nicht«, sagte John. »Das gibt Kratzer auf der Scheibe.«

»Gibt es nicht. Meine Platten halten immer länger als deine, ätsch.« Die beiden kabbelten sich ständig und ließen selten eine Gelegenheit aus, sich gegenseitig eins auszuwischen. »Und überhaupt ist der Song echt Asche. Kitschiger Kiki-Kram. Bei Folk muß immer eine Aussage mit drin sein, und Zeno Vedast hat nie eine Aussage.«

»Was meinst du mit Aussage, Pat?«

»Na, daß man gegen den Krieg ist oder daß man alle Menschen lieben soll und nicht bloß eine blöde Tussi. Oder gegen die ganze Umweltschweinerei wie Betti Ho. Der Zeno Vedast singt immer bloß für sich selber.«

Wexford hatte interessiert zugehört, aber Burden bemerkte säuerlich: »Alle Menschen lieben, das sagt sich so leicht.« Er zog die Nase hoch. »Ich halte nichts von dieser Weltverbesserungsmasche.«

»Dann dürften Sie nicht bei der Polizei sein«, meinte Wexford. »Laß hören, Pat.«

Der Song begann mit einem kleinen knirschenden Kratzen, und John runzelte die Stirn und machte schmale Lippen. Dann schwirrten Vedasts Saiten, und die klare, ungekünstelte Stimme begann zu singen:

»Ihr Haar im Wind, ihr Lächeln kann ich missen,
Fernsein und Warten stören mich nicht mehr...«

»Schreibt er die Texte für seine Lieder selbst?« flüsterte Wexford.

»Ja, immer«, sagte John ehrfürchtig. »Der hier ist zwei Jahre alt, aber es ist sein bester.«

»Ist doch lahm.« Pat duckte sich hinter den Plattenspieler, um dem Zorn ihres Bruders zu entgehen.

Es war nicht lahm. Wexford hatte, als er sich die kleine, zarte Story anhörte, die in den Versen und dem Refrain erzählt wurde, ganz deutlich das Gefühl, daß der Sänger eine wahre Geschichte zum Besten gab.

Die Begleitung wurde jäh lauter, und Vedasts Stimme klang bitter und klagend:

»Der harsche Morgen hat sie fortgenommen,
Die Nacht mag nichts verraten, füg dich drein,
Mir bleibt das Warten, Hoffen auf ihr Kommen
Und ihren Wunsch, erneut ganz mein zu sein.

Sei mir nah, komm zu mir
Und erklär mir, wofür
Die einen
Nur weinen,
des andren beschieden
Die Lüge, die Not,
Das Sterben, der To-hod.«

Burden brach das Schweigen. »Ich mach mal das Essen warm.« Er ging in die Küche, aber Wexford blieb im Wohnzimmer stehen.

»Schreibt er auch hin und wieder Scherzlieder, John?«

»Scherzlieder?«

»Ich meine – es ist vielleicht nicht vergleichbar, aber Haydn und Mozart haben sich in ihrer Musik hin und wieder einen Spaß gemacht. Wer im Privatleben gern Schabernack treibt, tut das auch in seinen Werken. Kennt ihr die Symphonie mit dem Paukenschlag?«

»Hatten wir in der Schule«, sagte Pat. »Da ist die Musik eine Weile ganz zart und leise, und plötzlich kommt ein Riesenlärm, daß dir fast die Ohren abfliegen.«

Wexford nickte. »Ich überlege mir, ob Vedast…«

»Ja, bei manchen seiner Lieder ist es so ähnlich«, sagte John. »Plötzlich ganz laute Stellen oder ein komischer Tonartwechsel. Und alle Songs sind angeblich echte Erlebnisse von irgendwelchen Leuten oder haben eine spezielle Bedeutung für seine Freunde. Ich kann Ihnen noch mehr vorspielen…«

»Nicht jetzt.« Burden kam zurück, um den Tisch zu dekken. Pat versuchte, ihm die Bestecke aus der Hand zu nehmen, aber die Tochter, die gerügt worden war, weil sie nicht genug Liebe hatte erkennen lassen, durfte nun zur Strafe dem Vater nicht zur Hand gehen. Er hielt Messer und Gabeln fest und schüttelte mit Leidensmiene den Kopf. »In fünf Minuten ist das Essen fertig, wascht euch die Hände und setzt euch schon an den Tisch.«

Wexford folgte ihm in die Küche.

»Ich habe ein paar interessante Einzelheiten über unseren Sklaventreiber erfahren. Wie lange mag er unserer Gegend wohl noch erhalten bleiben?«

»Für immer«, sagte John. »Sie glauben doch nicht im Ernst, daß er etwas mit der Sache zu tun hatte?«

Wexford zuckte die Schultern. »Der Mann fasziniert mich, und sein Lied geht mir nach. Ich glaube, ich kaufe mir morgen die Single.«

Burden schaltete den Backofen aus. »Wir könnten sie bei Ihnen im Büro spielen«, sagte er sarkastisch. »Dann holen wir uns noch zwei Kolleginnen zum Tanzen und feiern eine rauschende Fete. Wenn keiner das Kleid identifiziert hat, haben wir ja sonst nichts zu tun.«

»Ich schon.« Wexford wandte sich zum Gehen. »Ich fahre nach London und rede noch mal mit Joan Miall.«

14

Wexford kaufte sich für die Bahnfahrt eine Lokalzeitung. Der *Kingsmarkham Courier* erschien immer freitags, und Dawns Leiche war am Montag gefunden worden, so daß die Nachricht selbst für Provinzverhältnisse abgestanden war.

Chefreporter Harry Wild hatte immerhin noch Wexfords Appell zur Identifizierung des roten Kleides zu einer Schlagzeile verarbeitet, aber hauptsächlich verbreitete sich die Titelseite über Zeno Vedast. Ein großes Bild, von einem nicht allzu befähigten Fotografen des *Courier* aufgenommen, zeigte den Sänger mit den Tates, alle drei lehnten an der Haube des goldenen Rolls. Nell lächelte heiter und streichelte mit einer Hand den goldenen Löwen. Wild hatte seine beiden Titelgeschichten miteinander verknüpft, indem er in seine Bildunterschrift Vedasts offenes Geständnis eingebaut hatte, daß er mit Dawn Stonor zur Schule gegangen war. Während er las, war Wexford mehr denn je davon überzeugt, daß Vedast nichts mit Dawns Tod zu tun haben konnte, daß er nichts zu verbergen hatte. Warum war er dann aber immer noch in Cheriton Forest, obgleich er inzwischen ein ihm zusagendes Haus gefunden hatte und die Verkaufsverhandlungen bereits liefen? Konnte es sein, daß er blieb, um den Fall auszusitzen, das Ergebnis abzuwarten?

Joan Miall wohnte im zweiten Stock eines hohen, schäbigen Hauses zwischen der Earls Court Road und Warwick Road. Die Wohnung selbst war alles andere als schäbig, sondern schick, ja, gewagt eingerichtet, die Decken waren in kühnen dunklen Farben gehalten, um den Zimmern etwas von ihrer Höhe zu nehmen. Ein aufmerksamer Beobachter hätte erkannt, daß die meisten Möbel aus zweiter Hand waren, aber die beiden jungen Frauen hatten die Sessel frisch bezogen, alte Rahmen mit neuen Bildern versehen und die Regale mit bunten Taschenbüchern bestückt. Es gab viele Topfpflanzen, die offenbar gut gepflegt wurden, denn sie prangten in üppigem Grün. Joan empfing ihn ohne Feierlichkeit oder besondere Vorbereitungen. Sie trug lange rote Hosen, einen rotgepunkteten Kittel und war nicht geschminkt. Ein großer, alter, vielleicht von wohlhabenden

Verwandten ausrangierter Staubsauger war neben der Eingangstür angeschlossen. Wexford hatte beim Klingeln gehört, wie das Jaulen verstummte.

Sie hatte ihn schon erwartet und stellte den Kessel für das Kaffeewasser auf. »Dawn fehlt mir«, sagte sie. »Besonders um die Mittagszeit, da waren wir eigentlich regelmäßig zusammen. Immer wieder denke ich, gleich muß sie aus dem Schlafzimmer rufen: Ich fall tot um, wenn ich nicht gleich eine Tasse Kaffee kriege. Tot umfallen... was man so für Sachen sagt... Aber den Ausdruck hat sie oft benutzt, tot umfallen vor Langeweile, tot umfallen, wenn nicht bald was zu trinken anrollt...«

»Ich weiß so wenig über Dawn. Wenn ich mehr wüßte, könnte ich vielleicht das Wie und das Warum begreifen. Sehen Sie, Miss Miall bei Mordopfern unterscheiden wir zwei Kategorien. Eine, die von Unbekannten aus Gewinnsucht oder aus obskuren pathologischen Gründen umgebracht wird, und eine zweite, bei der die Täter keine Unbekannten, sondern vielleicht mit dem Opfer befreundet sind oder waren. In diesen Fällen müssen wir den größten Wert darauf legen, soviel wie möglich über den Charakter, Neigungen und Eigenheiten des oder der Toten zu erfahren.«

»Ja, das leuchtet mir ein.« Sie hielt stirnrunzelnd inne. »Aber jeder Mensch ist doch eine kleine Welt für sich mit Tiefen und Schichten, einer Fülle fremder Länder gewissermaßen. Ich möchte Ihnen nicht das falsche Land zeigen...«

Das Kaffeekochen war eine längere Aktion, und Wexford erinnerte sich, daß Joan Miall es sehr genau nahm mit dem, was sie aß und trank. Er hörte und roch, wie sie die Bohnen frisch mahlte – gemahlenen Kaffee aus der Packung lehnte sie natürlich ab –, und als sie mit dem Tablett hereinkam, sah er, daß der Kaffee in einer Steinzeugkanne war. Aber sobald sie sich gesetzt harte, zündete sie sich eine Zigarette an und seufzte genüßlich, während sie den Rauch ausstieß. Er mußte an ihr Bild von den fremden Ländern denken. Sie hatte nichts von den Widersprüchen gesagt, die einem, wenn man sich näher mit dem Wesen eines Menschen befaßt, zuweilen ebenso große Rätsel aufgeben wie das Unbekannte in ihm.

»Arbeiten Sie jeden Abend im *Townsman*?« fragte er.

»So einfach läßt sich das nicht beantworten. Bei uns können die Mitglieder auch zu Mittag essen, und zwar zwischen zwölf und drei. Wir arbeiten entweder tagsüber, von elf bis fünf, oder von sieben Uhr abends bis zwei Uhr morgens. Wenn man die Nachtschicht hat, steht fest, daß man am nächsten Tag mittags keinen Dienst zu machen braucht, aber sonst ist die Einteilung ziemlich willkürlich. Wir haben in der Woche zwei ganze Tage frei, natürlich nicht unbedingt den Samstag und den Sonntag. Dawn und ich haben oft zusammen Dienst gemacht, aber ebenso oft auch nicht. Sie war häufig allein hier und hatte Besucher und Anrufe, von denen ich nichts wußte.«

»Von dem bewußten Anruf, von dem Sie mir erzählt haben, einmal abgesehen...«

»Ja«, bestätigte sie. »Darüber habe ich seither viel nachgedacht, und da sind mir alle möglichen Sachen eingefallen, die ich Ihnen nicht erzählt habe, die Ihnen aber kaum weiterhelfen werden. Die beweisen nämlich alle bloß, daß es nicht Zeno Vedast war, der sie angerufen hat.«

»Das macht nichts. Erzählen Sie nur...«

»Ich hatte vergessen, Ihnen zu sagen, daß sein Name lange vor dem Anruf zur Sprache kam. Es muß März oder April gewesen sein. Wir hatten ihn uns natürlich im Fernsehen angeschaut und in der Zeitung über ihn gelesen, und Dawn hatte gesagt, daß sie ihn seit Jahren kannte, aber daß sie sich mit ihm traf, davon war nie die Rede gewesen.

Dann, an einem Vormittag – es war Ende März –, erzählte sie, er sei am Abend zuvor im Klub gewesen. Ich hatte meinen freien Tag gehabt und – also ehrlich, ich habe es ihr zuerst gar nicht abgenommen. Ich wußte, daß er nicht Mitglied bei uns ist. Dann habe ich eins der anderen Mädchen gefragt, und die hat gesagt, Zeno Vedast sei dagewesen und hätte ein bißchen mit Dawn geschwätzt. Ich war noch immer nicht überzeugt und bin es auch jetzt noch nicht – was die Freundschaft zwischen den beiden betrifft, meine ich. Wir haben oft Prominente im Klub, und die quatschen manchmal auch die Bedienung an, aber dazu sind wir ja da.«

»Wann kam der Anruf, Miss Miall?«

»Es war ein Montag.« Sie runzelte die Stirn und dachte angestrengt nach. »Dawn hatte frei, ich war mittags im Dienst gewesen. Warten Sie, es war nicht der letzte Montag im Mai, ich glaube, es war der 13., abends gegen halb neun. Wir waren beide allein in der Wohnung und saßen vor dem Fernseher. Das Telefon läutete, und Dawn hob ab. Sie meldete sich, und dann sagte sie so was wie: ›Toll, daß du anrufst.‹ Sie legte die Hand über das Mundstück und flüsterte, ich solle den Fernseher leiser stellen. Dann sagte sie: ›Es ist Zeno Vedast.‹ Ich fand das peinlich. Ganz schön neurotisch, diese Spinnereien, hab ich gedacht.«

Wexford ließ sich eine zweite Tasse Kaffee einschenken. »Wie würden Sie reagieren, Miss Miall, wenn ich Ihnen sagen würde, daß Vedast Dawn Stonor im Klub erkannt hat, daß tatsächlich er es war, der sie an jenem Abend angerufen hat?«

»Ich würde antworten, daß ich Dawn gekannt habe und Sie nicht«, erwiderte Joan Miall eigensinnig. »Daß er im Klub war, weiß ich. Und auch, daß er sich mit ihr unterhalten hat. Mit mir hat sich mal abends ein Maharadscha eine halbe Stunde lang unterhalten, aber dadurch sind wir noch nicht Freunde fürs Leben geworden. Ich will Ihnen auch sagen, weshalb ich so sicher bin, daß es nicht Zeno Vedast war, der angerufen hat. Wenn irgendein Prominenter – ein Filmstar vielleicht – wirklich mal Notiz von Dawn genommen hat, sprach sie tagelang davon. Wenn sie nur so tat als ob, wenn sie sich ein Wunschtraumbild ausmalte, wie es in diesem Song heißt, wenn sie auf einem Foto oder im Fernsehen einen angeblichen Bekannten entdeckt hatte, sagte sie das, schwelgte ein bißchen in Erinnerungen, und das war's dann. Nach dem Anruf war sie kein bißchen aufgekratzt. Sie meinte nur: ›Ich hab dir ja gesagt, daß ich ihn kenne‹, und dann war sie richtig deprimiert, wie nach einem der gemeinen Briefe ihrer Mutter, oder wenn ein Typ sie versetzt hatte.«

»Wer hat sie denn Ihrer Meinung nach angerufen?«

»Ein neuer Freund«, erklärte Joan Miall überzeugt. »Einer, dem sie gefiel, der aber nicht so reich oder bekannt war, daß Dawn mit ihm hätte angeben können.« Ein Schatten ging über ihr hübsches Gesicht. »Dawn wurde allmählich ein bißchen alt für unser Geschäft, sie verbrauchte sich rasch. Ich weiß, das klingt lächerlich, sie war erst achtundzwanzig. Aber es hat sie sehr bedrückt, daß sie in ein, zwei Jahren weg vom Fenster sein würde. Sie würde sich einen anderen Job suchen – oder Paul heiraten müssen. Verzweifelt versuchte sie, sich und den anderen zu beweisen, daß sie noch genauso attraktiv wie früher war, und nach ihrer Ansicht war eine Frau um so attraktiver, je mehr erfolgreiche Männer sich fanden, die sie ausführten.«

Wexford seufzte. Für einen Fünfundzwanzigjährigen ist jemand mit dreißig alt, das ist durchaus in Ordnung so und liegt in der Natur der Sache. Aber müßte einem nicht, wenn man vierzig ist, eine Dreißigjährige jung vorkommen? Es widerte ihn an, daß diese junge Frau und ihresgleichen sich in einer Welt bewegten, in der für einen Fünfundzwanzigjährigen eine Achtundzwanzigjährige »weg vom Fenster« war.

»Sie haben aber keinen konkreten Beweis dafür«, sagte er, »daß es diesen neuen Freund tatsächlich gegeben hat, nicht wahr? Nur dieses Telefongespräch, das in Wirklichkeit Vedast geführt hat...«

»Doch. Sie ist in der Woche darauf mit ihm ausgegangen.«

»Das hätten Sie mir schon längst sagen müssen«, erklärte Wexford ziemlich streng. »Gehört das zu den Sachen, die Ihnen wieder eingefallen sind und die mir angeblich nicht weiterhelfen?«

»Eine der Sachen, die beweisen, daß es nicht Vedast war, ja. Aber ich weiß nicht, wie er heißt. Ich weiß nicht einmal, ob ihn Dawn sich nicht auch nur ausgedacht hat.«

Auf dem Kaminsims stand ein gerahmtes Bild, das vergrößerte Amateurfoto zeigte einen brünetten jungen Mann und eine junge Frau an einem Strand. Wexford nahm das Bild in die Hand und betrachtete es genau.

»Das ist Paul«, sagte Joan Miall.

Es dauerte einen Moment, bis er begriffen hatte, daß das Mädchen Dawn war. In Shorts, Bluse und mit windverwehtem Haar hatte sie nur wenig Ähnlichkeit mit dem geschminkten, aufgeputzten Wesen, dessen Porträt überall in Kingsmarkham auf Anschlägen prangte wie Werbung für einen Nachtklubstar. Endlich dachte er, hatte sie es zu einer – wenn auch zweifelhaften – Berühmtheit gebracht, stand posthum im Licht der Öffentlichkeit. Auf dem Schnappschuß wirkte sie glücklicher. Nein, das war nicht das richtige Wort. Zufrieden, ruhig – und vielleicht eine Spur gelangweilt? Sie hatte es nicht als erregend, als beglückend empfunden, mit einem ganz gewöhnlichen Verlobten am Strand herumzulaufen. Das war Mrs. Stonors Schuld. Indem sie ihre Tochter herabsetzte, unvorteilhafte Vergleiche mit anderen Mädchen zog, ihr Liebe versagte, hatte sie ihre Persönlichkeit verbogen, so daß normale Zuneigung Dawn nichts bedeutete. Für Dawn war Liebe nur noch etwas, was mit Geld und Erfolg verknüpft war, und deshalb wünschte sie sich die Liebe eines Mannes, der sie reich machen und ihren Namen in die Schlagzeilen bringen würde. Und dieser letzte Wunsch war ja nun in Erfüllung gegangen…

Wexford legte das Foto aus der Hand. »Erzählen Sie weiter, Miss Miall.«

»Der Tag, von dem ich Ihnen erzählen will, war der 1. Juni, ein Mittwoch, und Paul hatte Geburtstag.«

Wexford horchte auf.

»Am Dienstag, dem Tag davor, hatten Dawn und ich frei gehabt, und nachmittags war Dawn losgegangen und hatte sich das blaue Kleid gekauft, in dem sie zu ihrer Mutter gefahren ist. Ich weiß noch, daß ich sie gefragt habe, ob sie es für den Urlaub mit Paul haben wollte. Sie wüßte noch nicht, sagte sie, ob sie mit Paul Urlaub machen würde, wollte mir aber nicht sagen, warum nicht, sie meinte nur, es könnte langweilig werden. Sie hatten sich nicht gestritten. Paul verbrachte den Abend bei uns und blieb über Nacht bei Dawn, sie machten einen sehr glücklichen Eindruck.«

»Und was war nun am 1. Juni?«

»Paul ging zur Arbeit, ehe wir aufgestanden waren. Er wollte mittags zurück sein, Dawn wollte ein Geburtstagsessen für ihn machen und dann den Nachmittag freinehmen. Dawn und ich waren für die Abendschicht eingeteilt. Sie ging einkaufen – es sollte Steak und Salat geben, ich hatte auf frische Sachen bestanden –, und nachdem sie zurückgekommen war und gerade den Tisch deckte, läutete das Telefon. Ich hob ab, und ein Mann meldete sich und wollte Dawn sprechen. Ich habe nicht nach seinem Namen gefragt, und er hat ihn nicht genannt. Ich gab den Hörer an Dawn weiter und beschäftigte mich in der Küche mit den Vorbereitungen zum Essen. Als sie zu mir kam, war sie erhitzt und erregt, aber auch... ein bißchen sauer. Ich kann das schlecht erklären, aber ich erinnere mich noch deutlich daran. Sie war aufgeregt, und dabei auch verstimmt. Ich merkte, daß sie nicht sagen mochte, wer angerufen hatte, deshalb habe ich sie nicht gefragt.«

»Und Sie haben es auch später nicht herausbekommen?«

»Nein. Aber die Geschichte geht noch weiter. Um halb zwei sollte Paul kommen. Um Viertel vor zwölf war alles vorbereitet, wir brauchten, wenn Paul da war, nur noch die Steaks zu grillen. Dawn war schon angezogen und geschminkt, aber um zwölf ging sie in ihr Zimmer und zog sich um, und als sie wieder herauskam, trug sie das neue Kleid, hatte sich die Haare hochgesteckt und noch mehr Lidschatten aufgelegt, sie hatte sich mächtig aufgetakelt und viel zuviel Parfum genommen. Ich saß im Wohnzimmer und las eine Zeitschrift. Sie kam herein und sagte: ›Ich muß mal eine Stunde weg. Wenn Paul vorher kommt, erzähl ihm irgendwas. Sag, ich hätte den Wein vergessen oder so.‹ Wie gesagt, wir haben einander nie ausgefragt. Aber ich fand es nicht sehr gut, Paul anzuschwindeln. Der Wein stand schon auf dem Tisch, mit der Ausrede war es also nichts. Ich hoffte nur, daß sie bald wieder da sein würde.«

»Und war sie bald wieder da?«

»Sie ging zwischen zwölf und halb eins. Paul hatte sich ein bißchen verspätet. Er kam um zwanzig vor zwei, da war sie immer noch nicht zurück. Ich sagte, sie hätte in letzter Minute noch was besorgen müssen, aber ich merkte, daß er eingeschnappt war. Immerhin hatte er Geburtstag, und sie waren mehr oder weniger verlobt.«

»Wann ist Dawn denn gekommen?«

»Zehn nach drei. Ich weiß das so genau, weil ich ihr anmerkte, daß sie in einem Pub gewesen war, und die machen um drei zu. Sie hatte mehr getrunken, als sie vertragen konnte. Ihr Gesicht war verquollen, und sie sprach mit etwas schwerer Zunge. Paul ist ein sehr gutmütiger Mensch, aber inzwischen war er fast ausgeflippt.«

»Wo war sie denn angeblich gewesen?«

»Sie hätte eine Bekannte getroffen, erzählte sie, eine frühere Kollegin aus dem Klub, die Model geworden sei – die arme Dawn mußte einfach alles immer eine Nummer größer haben –, sie seien in ein Pub gegangen und hätten sich verplaudert.«

»Und das haben Sie ihr nicht abgenommen?«

»Natürlich nicht. Als Paul weg war, schrieb Dawn an ihre Mutter, daß sie am Montag der folgenden Woche kommen würde.«

»Und Sie haben den Besuch im Pub nicht mit dem Brief in Verbindung gebracht?«

»Damals noch nicht«, sagte Joan nachdenklich. »Jetzt schon. Spontane Entscheidungen sahen Dawn nämlich gar nicht ähnlich, wenn es um ihre Mutter ging. Daß sie hin und wieder nach Kingsmarkham fahren mußte, war ihr schon klar, aber meist fing sie Wochen vorher an, die Sache mit sich selbst zu bereden. Sie wissen schon, sie sagte, daß sie wohl fahren müßte, aber gar keine Lust hätte, und vielleicht könnte sie es noch ein paar Wochen aufschieben. Dann schrieb sie einen Brief und zerriß ihn wieder und schimpfte vor sich hin. Es dauerte Wochen, bis sie den Schrieb dann endlich zustande gebracht und zur Post gegeben hatte. Diesmal war das anders, sie setzte sich hin und machte den Brief in einem Zug fertig.«

»Hat sie Ihnen später mal verraten, was am 1. Juni geschehen war?«

Joan nickte und machte ein unglückliches Gesicht. »Am Samstag, ihrem ersten Urlaubstag, da hat sie gesagt: ›Was würdest du von einem Typ halten, der sagt, daß er tot umfallen würde, wenn er dich nicht wiedersehen kann, und der dich dann auf ein paar Drinks in ein Pub einlädt?‹ Sie ging zu dem Spiegel dort drüben, ganz dicht ging sie heran, betrachtete sich genau und zupfte an der Haut unter ihren Augen. ›Bei einem Mann, nach dem du wirklich verrückt wärst‹, sagte sie, ›wär dir das egal, stimmt's? Du würdest einfach mit ihm zusammensein wollen. Du würdest dir keine Gedanken darüber machen, daß er zuviel Schiß hat oder zu geizig ist, um für eine Nacht mit dir ins Hotel zu gehen.‹

Ich wußte nicht recht, ob sie mich oder sich meinte. Vielleicht spricht sie von mir, hab ich gedacht, weil mein Freund kein Geld hat. Dann hat Paul sie abgeholt, und ich war der Meinung, daß sie nun doch mit ihm Urlaub machen wollte.«

Joan Miall seufzte. Sie griff nach der nächsten Zigarette, aber die Packung war leer. Das Zimmer war blau vor Rauch. Wexford bedankte sich und ging. In einem Schallplattengeschäft in der Earls Court Road kaufte er die »Wunschtraumbild«-Single.

15

Das rote Kleid war wieder in Wexfords Büro gelandet. Mehrere tausend Frauen hatten es vor Augen und in der Hand gehabt und waren beim Anblick der dunklen Verfärbung zurückgewichen. Keine einzige hatte es erkannt. Es lag auf der Rosenholzplatte, zu der es im Ton paßte, ein schäbiges altes Fähnchen, zerknittert und schmutzig, und bewahrte eisern sein Geheimnis.

Wexford fuhr über den Stoff, warf noch einen Blick auf das Etikett und die weißen Talkumspuren um den Ausschnitt herum. Dawn hatte das Kleid getragen, aber es hatte ihr nie gehört. Sie hatte es in Kingsmarkham gefunden und aus irgendeinem unerfindlichen Grund angezogen, sie, die so modebewußt war, daß sie Kleid, Schuhe und Tasche farblich aufeinander abzustimmen pflegte. Sie hatte es in Kingsmarkham gefunden, aber keine Frau aus Kingsmarkham oder Stowerton hatte – wenn die Polizei nicht belogen worden war – es je besessen. Ein Kleid, das eine Frau einmal getragen hat, bleibt ihr unvergeßlich, sie wird es nach fünfzig Jahren noch wiedererkennen. Um wieviel leichter aber muß ihr das fallen, wenn sie es erst vor sieben oder acht Jahren abgelegt hat!

Burden kam ins Büro, warf einen Blick auf Wexford und betrachtete das Kleid böse, als wollte er sagen: Wozu die Mühe? Weshalb muß uns dieses dumme Ding immer noch aufhalten und in die Irre führen? Laut sagte er: »Was haben Sie bei der Miall erfahren?«

»Es sieht so aus, als habe Dawn noch einen Freund gehabt. Ich überlege mir, Mike, ob das Peveril gewesen sein könnte. Er war am 1. Juni in London, und an dem Tag hat sich Dawn mit einem Mann in einem Pub getroffen. Sie ist heimlich hingegangen, obgleich sie zu Hause fest verabredet war. Dieses Rendezvous fand nur fünf Tage vor ihrem Todestag statt.«

»Und weiter?« fragte Burden gespannt.

»Dawn war Ostern in Kingsmarkham. Ostern wohnten die Peverils schon im Pathway. Nehmen wir an, Peveril hat sie irgendwo in Kingsmarkham aufgegabelt, mit ihr was getrunken, sich ihre Telefonnummer geben lassen…«

»Hat er sie nie angerufen?«

»Nach der Aussage von Joan Miall hatte Dawn am Montag, dem 23. Mai, ein ziemlich mysteriöses Telefongespräch mit einem Mann, der Peveril gewesen sein könnte. Am Montagabend ist seine Frau nicht zu Hause, da hätte er es riskieren können.«

»Hört sich vielversprechend an.«

»Ist es aber leider nicht. Wir wissen, daß um diese Zeit Zeno Vedast bei Dawn angerufen hat, das gibt er offen zu, und Dawn hat zu Joan Miall auch gesagt, daß er es war. Joan hat ihr das nicht abgenommen, weil Dawn hinterher nicht glücklich oder aufgeregt war. Aber Vedast selbst sagt, daß er sie mit vagen Versprechungen abgewimmelt hat. Dawn war nicht dumm, sie merkte, daß sie ihm auf die Nerven ging, und das hat sie so sehr getroffen, daß sie es nicht einmal mehr fertigbrachte, mit der Bekanntschaft zu prahlen oder eins ihrer Märchen zu erzählen. Daraus müssen wir wohl folgern, daß es Vedast war, der sie an jenem Abend angerufen hat, und daß Vedast danach keinerlei Kontakt mehr mit ihr hatte. Er ist demnach aus dem Schneider. Das bedeutet aber noch nicht, daß Peveril sie nie angerufen hat, er konnte das ohne weiteres tun, wenn Joan nicht da war.

An dem Wochenende nach dem Treff im Pub, an dem Wochenende vor ihrem Tod, gab sie Joan zu verstehen, daß sie sich mit einem Mann eingelassen hatte, der zu geizig oder zu ängstlich war, um mit ihr in ein Hotel zu gehen. Diese Beschreibung würde auf Edward Peveril passen. Peveril hat ein Haus, das an jedem Montagabend auf ein paar Stunden so was wie eine sturmfreie Bude ist. Peveril paßte uns auf dem Festival ab und versuchte, sobald er herausbekommen hatte, wer wir waren, unsere Aufmerksamkeit von dem Steinbruch abzulenken. Peveril macht sich nichts mehr aus seiner Frau und geht nach Miss Mowlers Aussage gelegentlich fremd.«

Burden überlegte. »Was hat sich also Ihrer Meinung nach an dem bewußten Abend abgespielt?«

»Was es auch war – Mrs. Peveril muß davon wissen.«

»Sie wollen doch nicht sagen, daß sie mitgemacht hat, Sir?«

»Bei den Vorbereitungen bestimmt nicht. Möglich, daß sie einen Verdacht hatte. Vergessen Sie nicht, daß sie um halb sechs nur per Zufall im Haus war. Ihr Mann hatte ihr nahegelegt, sie solle nachmittags nach Kingsmarkham ins Kino und von dort aus gleich in ihren Kurs gehen. Warum ist sie seinem Vorschlag nicht gefolgt? Weil ihr seine Motive nicht recht geheuer vorkamen? Er hatte offenbar fest damit gerechnet, sie überreden zu können, und hat deshalb Dawn gebeten, für sie beide etwas zu essen mitzubringen. Aber Mrs. Peveril tat ihm nicht den Gefallen, sie blieb im Haus. Sie hat Dawn zu der zwischen Dawn und Mr. Peveril verabredeten Zeit, um halb sechs, gesehen – und Dawn hat Mrs. Peveril gesehen und mit ihrer Lebensmitteltüte im Freien gewartet, bis sie sich auf den Weg nach Kingsmarkham machte.

Danach hat Peveril Dawn ins Haus gelassen, sie machte sich an die Vorbereitungen zum Abendessen und zog dazu ein altes Kleid an, das Peveril ihr gab, um das gute lila Stück zu schonen. Noch vor dem Abendessen aber fragte sie Peveril, ob sie über Nacht bleiben könne. Natürlich wußte er, daß das nicht ging, aber weil er Dawn unbedingt an sich fesseln wollte, hatte er es ihr versprochen. Als er ihr nun sagte, daß daraus nichts werden könne, gerieten sie sich in die Haare, sie drohte dazubleiben und ein offenes Wort mit seiner Frau zu sprechen. Er drehte durch und brachte sie um.«

»Und als Mrs. Peveril heimkam«, nahm Burden den Faden auf, »lieferte er sich ihr auf Gnade und Barmherzigkeit aus. Er brauchte sie ja – zum Saubermachen und zum Wegschaffen der Leiche.«

»Also sehr überzeugend kommt mir diese Theorie nicht vor, Mike. Wieso hat Mrs. Peveril dann überhaupt zugegeben, daß sie Dawn gesehen hat? Bei diesem Beweisstand bekomme ich nie einen Haussuchungsbefehl. Aber morgen frage ich Peveril, ob er uns erlaubt, sein Haus zu durchsuchen. Morgen ist Sonntag, und Sie haben frei.«

»Keine Sorge, ich komme mit.«

»Nein, nein, genießen Sie nur den Tag mit den Kindern. Wenn wir etwas finden, sage ich Ihnen sofort Bescheid.«

Wexford sah noch einmal auf das Kleid herunter, das eine Lichtbahn der Abendsonne anstrahlte wie ein Bühnenscheinwerfer. Er versuchte, sich Margaret Peveril schlanker und jünger vorzustellen, aber er sah sie nur in ihrer jetzigen Gestalt vor sich, größer und breiter als Dawn, mit einer Figur, der man ansah, daß sie dieses Kleid seit ihrer Teenagerzeit nie hätte tragen können. Er zuckte die Schultern.

Er versuchte gar nicht erst, sich einen Haussuchungsbefehl ausstellen zu lassen, sondern fuhr mit Martin und drei Constable am nächsten Tag direkt in den Pathway. Es war ein dunstiger, kühler Morgen, der einen schönen Tag versprach. Der Sonnenschein hing wie ein goldfarbiges Satintuch unter einem dünnen Tüllschleier.

Peveril murrte zwar, weil er meinte, seine Unterlagen würden durcheinanderkommen, erklärte sich aber ohne wesentlichen Widerstand bereit, die Durchsuchung über sich ergehen zu lassen, sehr zu Wexfords Enttäuschung, der mit Feindseligkeit, ja Aggression gerechnet hatte. Sie hoben den Teppichboden hoch, untersuchten Scheuerleisten und Vorhangsäume. Mrs. Peveril sah ihnen nägelkauend zu.

Nach dieser empörenden Entweihung ihres Heims hatte sie sich in Apathie und Schweigen zurückgezogen. Ihr Mann war in seinem Atelier sitzen geblieben, während Wexfords Leute auf dem Boden herumkrochen und unter die Schränke spähten. Er zeichnete Kringel und Zickzacklinien auf seinen Zeichenbogen, sinnlose Skizzen, die nie einen Käufer finden würden.

Miss Mowler, die aus der Kirche kam, trat zu Wexford ans Gartentor und erkundigte sich, ob sie Tee für seine Leute machen solle. Wexford lehnte ab. Wieder einmal fiel ihm auf, daß Kirchgängerinnen, für die es gewiß bequemer wäre, das Gesangbuch in der Handtasche mitzuführen, es statt dessen stets ostentativ in der Hand halten – ein äußeres und sichtbares Zeichen geistlich-frommer Überlegenheit. Dunsand mähte seinen Rasen und füllte den Rasenschnitt in eine grüne Schubkarre. Wexford ging wieder ins Haus. Als er aus dem Fenster schaute, sah er zu seiner Überraschung Louis Mbowele, der auf Dunsands Haus zuging. Sein Mantel stand offen, die sanfte Sommerluft streichelte seine braune, perlenbehängte Brust. Louis betrat Dunsands Garten, der Rasenmäher wurde abgestellt, und die beiden gingen zusammen ins Haus. Besonders verwunderlich war der Besuch im Grunde nicht, schließlich studierte Louis an der Uni von Myringham Philosophie, an der Dunsand als Philosophieprofessor tätig war.

»Wie kommt ihr voran?« fragte er Martin.

»Hier ist sie nicht umgebracht worden, Sir. Allenfalls im Badezimmer. Da könnten Sie vermutlich ein Schwein abstechen, ohne daß Spuren nachbleiben.«

»Tja, dann rücken wir am besten wieder ab, und ich verbringe den Rest meines Sonntags zu Hause.«

»Da wäre noch eine Sache, Sir... Stevens möchte Sie sprechen, ehe er heimgeht. Er wartet im Revier. Das hat er mir schon gestern abend gesagt, aber durch unseren Einsatz hatte ich es ganz vergessen. Irgendwas drückt ihn, aber mir gegenüber hat er nichts rausgelassen.«

Im Haus wurde die Ordnung wiederhergestellt. Wexford entschuldigte sich ziemlich knapp bei Mrs. Peveril. Sie sah ihn halb eingeschüchtert, halb vergrätzt an. »Ich hab Ihnen doch gesagt, daß sie nicht hier war. Sie ist in die andere Richtung gegangen. Über die Felder.«

Wexford setzte sich neben Martin in den Wagen. »Immer wieder stimmt sie diese alte Leier an. Ich kann's schon nicht mehr hören.« Er schlug die Tür zu. Martin zog ein höflich-aufmerksames Gesicht, war aber in Gedanken bei seinem Sonntagsessen, das auf ihn wartete. »Warum sagt sie das, wenn es nicht stimmt«, murrte Wexford.

»Vielleicht stimmt es ja wirklich, Sir.«

»Warum hat dann nach halb sechs niemand mehr Dawn Stonor gesehen? Um sechs kommen in der Sundays-Siedlung und in Stowetton die Männer haufenweise zum Essen nach Hause. Die hätten sie sehen müssen. Eine Frau wie sie macht Eindruck auf Männer.«

Das Stichwort ›Essen‹ schien Martins ohnehin nicht allzu schnelle Auffassungsgabe zusätzlich zu bremsen. »Vielleicht hat sie stundenlang da draußen rumgesessen. Bis es dunkel wurde.«

»Quatsch«, sagte Wexford grob. »Wenn sie stundenlang hätte warten müssen, hätte sie sich zu ihrer Mutter gesetzt, oder wenn sie das nicht ertragen hätte, wäre sie in Kingsmarkham ins Kino gegangen.«

»Aber der letzte Bus, Sir?«

»Sie hatte nur einen Kilometer zu gehen, Mann, sie war eine kräftige, gesunde Frau. Bestimmt wäre sie lieber später zu Fuß gegangen, als irgendwo herumzusitzen wie bestellt und nicht abgeholt.«

»Demnach hat Mrs. Peveril sie überhaupt nicht gesehen.«

»O doch. Sie hat Dawn sogar ganz genau beobachtet, in allen Einzelheiten.«

Der Wagen hielt. Martin begab sich zu einem ausgedehnten, verdienten Abendessen, Wexford zu Stevens, der schon in seinem Büro saß. Der schüchterne, wortkarge junge Polizeibeamte stand stramm, was Wexford in noch schlechtere Laune versetzte und ihn gleichzeitig zum Lachen reizte. Er forderte Stevens auf, Platz zu nehmen, der aber fühlte sich auf dem Sessel sichtlich unbehaglicher als in strammer Haltung.

Wexford verbiß sich das Lachen. Er sagte freundlich: »Wir haben einen Sozialarbeiter, Stevens, für den Fall, daß unsere Leute private Probleme haben, die ihnen beim Dienst in die Quere kommen.«

»Aber es ist was Dienstliches, was mir beim Dienst in die Quere kommt«, stotterte Stevens.

»Das müssen Sie mir schon ein bißchen genauer erklären.«

Stevens schluckte. »Sir.« Er verstummte. »Sir«, sagte er noch einmal, und dann stieß er hervor: »Mrs. Peveril, Sir. Ich hab Ihnen das schon seit Tagen sagen wollen, ich mochte mich bloß nicht vordrängen, ich hab einfach nicht gewußt, was ich machen soll.«

»Wenn Sie etwas über Mrs. Peveril wissen, was für mich wichtig ist, müssen Sie es mir gleich sagen, Stevens, das wissen Sie doch. Jetzt los, Mann, reißen Sie sich zusammen.«

»Letztes Jahr bin ich von Brighton hierher versetzt worden, Sir.« Er wartete, bis Wexford ihm ermutigend, wenn auch eine Spur ungeduldig zunickte. »Dort hatten wir letzten Sommer einen Bankraub. Mrs. Peveril hat den Überfall gesehen, und sie... sie ist freiwillig zur Polizei gekommen, um eine Aussage zu machen. Der Superintendent hat sie lange vernommen, und sie sollte versuchen, die Täter zu identifizieren. Wir haben die Burschen nie gekriegt.«

»Sie haben die Frau wiedererkannt? Ihren Namen? Ihr Gesicht?«

»Ihr Gesicht, Sir, und als ich den Namen hörte, fiel mir die Sache wieder ein. Sie hat mich auch erkannt. Sie war sehr hysterisch, Sir, eine schlechte Zeugin, ständig hat sie gesagt, daß sie krank davon wird. Es hat mir die ganze Woche auf der Seele gelegen, und dann habe ich mir gesagt, na wenn schon, sie hat ja schließlich die Bank nicht überfallen. Aber zuletzt war es so, daß ich gedacht habe... ja, also dann mußte ich es Ihnen einfach sagen, Sir.«

Wexford seufzte. »Sie müssen noch viel lernen, Stevens. Aber Schwamm drüber, jetzt haben Sie ja reinen Tisch gemacht. Gehen Sie ruhig essen, ich lasse mir die Einzelheiten aus Brighton geben.«

Nach und nach konnte er sich zusammenreimen, was geschehen war. Aber ehe er dem Haus im Pathway einen weiteren Besuch abstattete, mußte er Gewißheit haben. Für ihn würde das Sonntagsessen heute ausfallen.

Die Peverils hatten es gerade hinter sich. Wexford fiel auf, daß er Peveril heute zum erstenmal nicht bei der Arbeit sitzend oder auf dem Weg von der oder zurück zu seiner Arbeit erlebte.

»Was gibt's denn jetzt schon wieder?« Peveril sah von seinem traditionellen Roastbeef auf.

»Entschuldigen Sie, daß ich Sie beim Essen störe, Mr. Peveril. Ich möchte mit Ihrer Frau sprechen.«

Peveril griff eilfertig nach seinem Teller, steckte sich die Serviette in den Pulloverausschnitt, holte sich noch den Senftopf und steuerte die Tür zu seinem Atelier an.

»Laß mich nicht allein, Edward«, bat seine Frau mit hoher, dünner Stimme. Ein wenig mehr Lautstärke – und es wäre ein Schrei geworden. »Ich habe überhaupt keinen Halt an dir, das war schon immer so. Am Ende werde ich wieder krank. Ich vertrage diese Vernehmungen einfach nicht. Ich habe Angst.«

»Du mit deiner albernen Angst. Häng dich nicht immer an mich.«

Er schob sie weg. »Du siehst doch, daß ich einen Teller in der Hand habe.«

»Begreifst du nicht, was er von mir will, Edward? Ich soll sagen, wer es war, er wird mich zwingen, mit dem Finger auf jemanden zu zeigen.«

»Setzen Sie sich, Mrs. Peveril, bitte setzen Sie sich. Ich wäre Ihnen dankbar, wenn Sie bleiben würden, Sir. Es steht mir nicht zu, mich einzumischen, aber ich meine, Mrs. Peveril müßte vielleicht nicht so große Angst haben, wenn sie an Ihnen den Halt fände, den sie sich wünscht. Wenn ich also bitten darf...«

Wexford hatte sehr scharf und bestimmt gesprochen, und die Tonart tat ihre Wirkung. Maulhelden knicken rasch ein, wenn man sie ein bißchen hart anfaßt. Peveril näherte sich zwar seiner Frau nicht und gönnte ihr keinen Blick, aber er setzte sich, stellte seinen Teller an den Tischrand und schlug mürrisch die Arme übereinander. Mrs. Peveril schlängelte sich an ihn heran, blieb zaudernd stehen und kaute am Daumennagel. Sie warf Wexford den halb verschlagenen, halb verzweifelten Blick einer Hysterikerin zu, die ihre Neurose bedroht sieht.

»Ich möchte Sie beide bitten, mich ganz ruhig anzuhören.« Wexford wartete. Sie schwiegen. »Ich will Ihnen jetzt schildern, Mrs. Peveril, was sich meiner Meinung nach zugetragen hat. In Brighton wurden Sie Zeugin eines Banküberfalls.« Sie machte große Augen und murmelte etwas Unverständliches. »Das war ein sehr belastendes Erlebnis für Sie, aber Sie haben sich anerkennenswerterweise bei der Polizei gemeldet, um auszusagen, was Sie mit angesehen hatten. Sie waren eine wichtige Zeugin. Natürlich wurden Sie eingehend vernommen. Sie fühlten sich bedrängt und bekamen Angst, wurden vielleicht krank vor Angst, sowohl durch die ständigen Besuche der Polizei als auch durch die Vorstellung, daß man sich möglicherweise an Ihnen rächen könnte, weil Sie der Polizei Auskünfte gegeben hatten. Um alldem zu entkommen, zogen Sie hierher. Ist das soweit richtig?«

Mrs. Peveril schwieg, aber ihr Mann, der sich nie eine Gelegenheit für spitze Bemerkungen entgehen ließ, bestätigte: »Allerdings! Wo ich meine Wurzeln, meine Kontakte, mein ideales Atelier hatte, war ja unwichtig. Die gnädige Frau wollte Reißaus nehmen, also nahmen wir Reißaus.«

»Ich bitte Sie, Mr. Peveril!« Wexford wandte sich Mrs. Peveril zu. Er spürte, daß er jetzt sehr vorsichtig, sehr schonend vorgehen mußte. Ihre Reglosigkeit, das zwanghafte Nägelkauen, die tief eingekerbten Gesichtsfalten verhießen nichts Gutes. »Sie waren erst wenige Monate hier, als Ihnen auf Grund einer Beobachtung klar wurde, daß Sie in Kürze bei einer weiteren, womöglich noch weit folgenschwereren Ermittlung würden aussagen müssen. Wir wissen, daß Sie Dawn Stonor am Montag, dem 6. Juni, gesehen haben. Sie haben die Frau genau beschrieben, genauer als alle anderen Zeugen. Ich behaupte nun – bitte regen Sie sich nicht auf –, daß Sie die Frau entweder ins Haus ließen oder beobachteten, wie sie ein anderes Haus betrat. Sie haben uns gesagt, Sie hätten Dawn Stonor über die Felder gehen sehen, weil Sie glaubten, damit am besten die gefürchtete Aufmerksamkeit der Polizei von Ihnen und Ihrer unmittelbaren Umgebung ablenken zu können.«

Es hätte noch alles gutgehen können. Sie nahm die Hand vom Mund, biß sich auf die Lippen, sprach leise vor sich hin. Es war wie ein Anlauf. Es hätte gutgehen können, wenn Peveril nicht aufgesprungen wäre und seine Frau angeschrien hätte: »Herrgott noch mal, ist das wahr? Du dumme Kuh! Ich hab mir doch gleich gedacht, daß da was faul ist, ich hab's ja gewußt. Du hast die Polizei angeschwindelt und mich beinah auch noch reingezogen. Hat man so was schon erlebt...«

Sie begann zu schreien. »Ich hab sie überhaupt nicht gesehen, ich hab sie nie gesehen.« Eine Ohrfeige hätte vielleicht geholfen. Statt dessen begann ihr Mann sie zu schütteln, so daß die Schreie zu einem erstickten Keuchen wurden. Sie sackte zusammen und fiel zu Boden. Peveril wich zurück, er war kalkweiß geworden.

»Holen Sie Miss Mowler«, fuhr Wexford ihn an.

Als Peveril mit der Krankenschwester zurückkam, lag seine Frau im Sessel und stöhnte leise. Miss Mowler lächelte sonnig.

»Wir bringen Sie ins Bett, Schätzchen, und dann mach ich Ihnen eine schöne, starke Tasse Tee.«

Mrs. Peveril duckte sich. »Gehen Sie weg. Ich will Sie nicht, ich will Edward.«

»Schon gut, Schätzchen, ganz wie Sie wollen. Edward kann Sie ins Bett bringen, ich mach inzwischen den Tee.«

Peveril zog ein böses Gesicht, als Miss Mowler so einfach seinen Vornamen benutzte, aber er reichte seiner Frau den Arm und half ihr die Treppe hoch. Miss Mowler ging geschäftig hin und her, räumte das erkaltete Essen ab, setzte den Kessel auf, suchte nach Aspirin. Die kleine, dünne Person arbeitete schnell und umsichtig. Dabei redete sie ununterbrochen und entschuldigte sich für eingebildete Vergehen. Ein Jammer, daß sie nicht gleich zur Stelle gewesen war, als »es« passierte. Wäre sie zum Beispiel im Garten gewesen... Wie ärgerlich, daß sie sich noch die Hände waschen und die Kittelschürze ausziehen mußte, ehe sie mit Mr. Peveril herüberkommen konnte. Wexford sagte nicht viel. Er überlegte bedrückt, daß er aus Mrs. Peveril heute kaum mehr etwas herausbekommen würde.

Miss Mowler brachte den Tee nach oben. Peveril ließ sich nicht mehr sehen. Wexford begleitete Miss Mowler in ihren Bungalow, wo der Teppich in der Diele mit Zeitungen abgedeckt war und offenbar ein verspäteter Frühjahrsputz stattfand.

»Ich hab eine Tasse Kakao fallen lassen und die ganze Wand bespritzt. Ein Segen, daß die Tapete abwaschbar ist. Was werden Sie von mir denken – Hausputz am Sonntagnachmittag...«

Wexford widersprach höflich. »Was du heute kannst besorgen, das verschiebe nicht auf morgen. Ich möchte mich noch einmal im Steinbruch umsehen, Miss Mowler. Darf ich durch Ihren Garten gehen?«

Das wurde ihm gestattet, aber erst, nachdem er nachdrücklich den angebotenen Tee, Kaffee und Sherry sowie einen Imbiß abgelehnt hatte. Als er Miss Mowler überdies glaubhaft versichert hatte, er brauche weder ihre Begleitung über den Gartenweg noch Hilfe beim Öffnen des Gartentors, machte sie sich wieder an die Arbeit.

Wexford betrat den schmalen Streifen Niemandsland, der die Siedlung von Sundays trennte.

16

Nach den heftigen Regenfällen herrschte wieder herrlicher Sonnenschein. Aber noch zeigte sich kein frisches Grün, keine Spur des grünen Teppichs, der bis zum Herbst wieder die dürre Ebene bedecken würde, in die der Park von Sundays sich verwandelt hatte. Wexford setzte sich an den Rand des Steinbruchs. Hier hatte die Natur sich schon wieder erholt, denn nur fünf, sechs Fußpaare hatten Blumen und Büsche, das zarte und doch saftige Junigrün, zertrampelt. Neue Rosen, neue Glockenblumen waren neben den zerstörten Blumen aufgeblüht. Wexford besah sich den niedergetretenen Drahtzaun, die Mauer, die drei Gartenpforten, aber die Betrachtung brachte ihm keine neuen Erkenntnisse, und allmählich wehte die sonnenwarme, weiche, duftende Luft ihm alle dienstlichen Gedanken aus dem Kopf. Ein Zitronenfalter flatterte gemächlich an ihm vorbei und ließ sich auf einer Rose nieder, deren Blütenblätter heller und zartfarbiger waren als die dottergelben Flügel. Es gab heutzutage weniger Schmetterlinge als zu seiner Kinderzeit. Als seine Töchter klein waren, hatte es noch mehr gegeben. Er ertappte sich dabei, daß er leise eine Melodie summte. Zuerst dachte er, es sei dieser verflixte Song von Vedast, der sich in seinem Hirn eingenistet hatte und ihn nicht in Ruhe ließ, dann aber wurde ihm klar, daß es eine von Betti Hos Balladen war, in der sie prophezeite, daß ihre Kinder Schmetterlinge nur noch im Museum würden sehen können. Der Zitronenfalter flog wieder auf, hing in der Luft, schwebte...

»Privatgrundstück, Betreten verboten! Wußten Sie das nicht?« Wexford sprang auf und kehrte mit einem Ruck in die Wirklichkeit zurück.

»Betreten verboten«, wiederholte Silk nur halb im

Scherz. »Andauernd trampeln die Polizisten auf meinem Grund und Boden herum, das brauche ich mir nicht gefallen zu lassen.«

Wexford sah zu dem verärgerten weißen und dem lächelnden schwarzen Gesicht hoch. »Von Trampeln kann bei mir zumindest nicht die Rede sein. Ich habe dagesessen und nachgedacht. Was brüten Sie beide denn aus? Pläne für das nächste Festival?«

»Nein, wir wollen versuchen, in den Semesterferien hier eine Kommune aufzuziehen. Louis und ich und seine Freundin und noch fünf, sechs Leute. Louis möchte gern sehen, wie so was läuft, er will nämlich in Marumi ein Kibbuz-System einführen.«

»Ah, so«, sagte Wexford verblüfft. Die Einquartierung einer Handvoll junger Leute in einem voll möblierten und mit allem Notwendigen versehenen Herrenhaus schien ihm als Generalprobe für ein Kibbuzleben in Äquatorialafrika nicht recht geeignet, aber diesen Gedanken behielt er für sich. »Tja, dann will ich mal weitertrampeln.«

»Ich auch«, erklärte Louis unerwartet. Er beglückte Silk mit seinem strahlenden Lächeln und tätschelte den grauen Kopf, der ihm knapp bis zur Schulter reichte. »Friede sei mit dir.«

Sie gingen am Zaun der Peverils entlang durch den Pathway in Richtung Hauptstraße. In Mrs. Peverils Schlafzimmer waren die Vorhänge zugezogen. Dunsand rupfte mickrige Unkräuter aus seinen Rabatten, in denen nichts blühte. Neben Miss Mowlers Wagen stand ein Eimer mit seifigem Wasser. Es war ein strahlender, heißer Tag. Engländer pflegen nicht in ihren Vorgärten im Liegestuhl herumzuliegen, und bis auf die gebückte Gestalt des Philosophieprofessors war kein Mensch zu sehen. Louis winkte ihm huldvoll zu.

»Soll ich Sie nach Kingsmarkham mitnehmen?« fragte Wexford.

»Gern«, sagte Louis. »Dann krieg ich vielleicht noch den Fünfzehn-Uhr-dreißig-Bus nach Myringham.«

Wexfords Wagen war nicht klein, aber um Louis Mbowele bequem unterzubringen, wäre wohl – vielleicht mit Ausnahme von Vedasts Rolls – kein Fahrzeug geräumig genug gewesen. Lachend wickelte er sich in seinen gescheckten Mantel und schob den Beifahrersitz so weit wie möglich zurück.

»Werden Sie, wenn Sie in Ihrer Heimat ans Ruder kommen, die Leute *zwingen*, in Kommunen zu leben?«

»Was anderes ist bei uns gar nicht drin, Mann.«

»Und ihnen allgemeine Gleichheit verordnen, ihnen die Form ihrer Häuser und die Studienfächer vorschreiben, die Zensur einführen und andere politische Parteien verbieten?«

»Auf Zeit, Mann, nur auf Zeit. Es muß sein. Meine Leute haben noch viel zu lernen. Wenn sie erst gerafft haben, daß das alles so funktioniert, und wenn die neue Generation herangewachsen ist und wir Frieden und volle Bäuche haben, können wir alles lockerer sehen. Man muß sie zu ihrem Glück zwingen, im Augenblick sind sie einfach noch zu dämlich, um es aus eigener Kraft zu erreichen.«

»Es gibt da einen Ausspruch von James Boswell, vielleicht kennen Sie ihn: ›Wir haben kein Recht, die Menschen gegen ihren Willen glücklich zu machen…‹«

Louis nickte. Er lächelte nicht mehr.

»Kenn ich, Mann, und ich kenn auch den Zusammenhang. Ihm ging's um den Sklavenhandel. Die Sklavenhändler haben sich damit herausgeredet, daß meine Leute auf Plantagen glücklicher wären als im Busch. Das hier ist was anderes, das ist 'ne reelle Sache. Und es ist ja nur auf Zeit.«

Wexford bog auf die Forbyer Straße ein. »Ach, Louis, das sagen sie alle.«

Schweigend fuhren sie nach Kingsmarkham hinein. Die Hitze und die Tatsache, daß der Fall nicht von der Stelle kam, nervten Wexford. Für den Nachmittag blieb ihm nun wohl nichts weiter übrig, als heimzufahren, ein aufgewärmtes Sonntagsessen zu verdrücken und vielleicht eine kleine Siesta zu halten. Als sie sich der Bushaltestelle näherten, wurde ihm das anhaltende Schweigen seines Beifahrers bewußt. Hatte er den jungen Afrikaner gekränkt? Louis sah aus, als habe er einen gesunden Appetit, und das Sonntagsessen im *Olive and Dove* war recht ordentlich...

»Haben Sie schon gegessen?« fragte er.

»Ja, ich hab bei Len Brot und Käse geschnorrt.«

»Geschnorrt? Ist Mr. Dunsand nicht gastfreundlich?«

Louis griente. Offenbar war er nicht gekränkt, sondern nur müde von der Sonne. »Er ist ein Einsiedlertyp«, sagte er. »Mit Kommunikation tut er sich schwer. Ich hab ihn vor einiger Zeit – Mittwoch vor vierzehn Tagen war das – in Myringham zum Essen eingeladen, da hatte ich wohl noch was bei ihm gut.«

»Komisch. Man sollte doch denken, daß ein Philosophieprofessor...«

»...wissen müßte, wo's langgeht? Daß er sich selbst gefunden hätte?«

Louis sprang aus dem Wagen und ging zu Wexfords Tür hinüber. »Ein weit verbreiteter Irrtum, Mann. Leben lernt man nur durch das Leben – das Leben in seiner ganzen Breite – und nicht durch die Philosophie. Die Philosophie lehrt dich nur das Denken.«

Der Bus hatte Verspätung. Louis verschmähte es, sich in die Warteschlange einzureihen, und hockte sich statt dessen auf die Stufen der Schneeweiß-Reinigung. Wexford ließ den Wagen am Randstein stehen und folgte ihm.

»Wie kommen Sie mit ihm aus?«

Louis überlegte. Die zehn, zwölf Wartenden musterten ihn mit schlecht verhehlter Neugier. Hier in der Provinz gab es noch nicht viele dunkelhäutige Männer und Frauen. Für die Leute in der Schlange mochten der Mantel, die Perlen, der um den Kopf gewundene grüne Seidenschal, die im Grunde nur von Schwarzen wie von Weißen getragenes modisches Beiwerk waren, Zeichen einer bestimmten Stammeszugehörigkeit sein. Er quittierte die Blicke mit dem huldvollen Lächeln eines regierenden Fürsten und sagte zu Wexford:

»Als Lehrer ist er okay, in seinem Fach hat er was drauf. Aber Menschen scheint er nicht zu mögen, er hat Angst vor ihnen.«

»Wovor sollte man auch sonst Angst haben?« Wexford war diese profunde Erkenntnis ganz unversehens gekommen, wie ein Blitz aus heiterem Himmel. »Außer vielleicht vor Gewittern und Überschwemmungen, vor höherer Gewalt, wie die Versicherungen es nennen. Wenn jemand behauptet, Angst vor Bomben oder vor dem Krieg zu haben, sind es ja letztlich Menschen, die Bomben und Krieg produzieren.«

»Stimmt, Mann, aber es gibt sehr viele Menschen, und alle haben sie Angst. Und es ist noch schlimmer, wenn einer von den Menschen, vor denen du Angst hast, du selber bist.«

Louis sah in den Glast der Nachmittagssonne. »Irgendwer hat mir mal erzählt, daß Len besser drauf war, als er seine Frau noch bei sich gehabt hat. Damals ist er noch auf Urlaub gefahren, auf den Rummel in Mallorca, an den Costa Brava-Grill. Jetzt kennt er bloß noch Lesen und Renovieren und Rasenmähen. Aber daß er *die* zur Frau gehabt hat, ist ja auch leicht abartig, was?« Louis stand auf und hob die Hand. »Da ist der Bus.«

»Kennen Sie denn seine Frau?«

Louis streckte einen kräftigen Arm aus, um einer zerbrechlich wirkenden alten Dame in den Bus zu helfen. Errötend, kichernd, völlig aufgelöst, bot sie das Bild einer Frau, deren Mädchenträume, einmal in die Gewalt eines Scheichs zu geraten, endlich wahr geworden sind. Die anderen Fahrgäste rissen die Augen auf und flüsterten miteinander. »Mach schon«, sagte der Fahrer. »Wir haben nicht den ganzen Tag Zeit.«

Louis, der die anderen Fahrgäste um Haupteslänge überragte, zahlte feixend. Über den Hut eines dürren Weibleins hinweg sah er Wexford an.

»Kennen wär zuviel gesagt. Silk hat mir auf dem Festival gesagt, wer sie ist, er hat sie mir gezeigt, als Zeno Vedast seinen Auftritt hatte. Sie haben neben ihr gestanden, Mann.«

»Ich?«

Der Bus fuhr an.

»Friede sei mit dir«, rief Louis.

»Und mit dir«, rief Wexford zurück.

Der goldene Wagen war nicht da, er hätte wohl auch nicht damit rechnen dürfen. An einem so schönen Nachmittag waren sie sicher alle zu dem Haus gefahren, das Vedast sich ausgesucht hatte. Auf dem nahezu leeren, in dem gleißenden Sonnenlicht fast aschefarbenen Vorplatz nahm sich Wexfords Wagen geradezu verloren aus. Das *Cheriton Forest Hotel* machte einen verschlafenen Eindruck, der Portier aber, der Nell Tate so bewundert hatte, war noch nicht entschlummert. Er saß in der leeren Hotelhalle, las den *Sunday Express* und rauchte eine Zigarette, die er rasch ausdrückte, als Wexford zu ihm trat.

»Leider nein, Sir«, antwortete er auf dessen Frage. »Mr. Vedast und Mrs. Tate sind nach dem Essen in Mr. Vedasts Wagen weggefahren.«

»Und Sie haben keine Ahnung, wann sie zurück sein wollten?« Die Erinnerung an ein leicht verdientes Fünfzig-Pence-Stück aktivierte das Gedächtnis des Portiers. Er mochte Wexford offenbar nicht enttäuschen. »Mr. Tate nimmt seinen Kaffee im Garten, Sir. Soll ich...«

»Nein, ich gehe selbst.«

»Wie Sie wünschen, Sir«, sagte der Portier und besah sich gefaßt den geringeren Betrag, den ihm sein Entgegenkommen eingebracht hatte.

Wexford ging langsam um das Haus mit seinen Giebelchen, Erkern, tüllverhangenen Fenstern und Kletterrosen. Kein Mensch war zu sehen. Vögel sangen schläfrig in den Laubbäumen am Rande des Fichtenwäldchens. Auf der Terrasse hinter dem Haus ruhten die beiden Alten, mit denen er in der Shakespeare Lounge zusammengesessen hatte, sanft schnarchend in Liegestühlen. Ein Kiesweg schlängelte sich zwischen Rosenbeeten hindurch zu einem Rasenrondell, auf dem unter einem Sonnenschirm ein Tisch und ein Sessel standen. In dem Sessel saß, mit dem Rücken zur Terrasse, ein Mann. Der Portier, ein taktvoller Domestik, hatte gesagt, Tate nehme seinen Kaffee im Garten, und tatsächlich stand auf dem Tisch – weitgehend unbeachtet – ein zierliches Täßchen, während Tate fleißig Gehaltvollerem zusprach. Er hatte gerade die Hand nach der Courvoisierflasche ausgestreckt, um das noch halbvolle Glas aufzufüllen.

»Guten Tag, Mr. Tate.«

Wenn Wexford gehofft hatte, Tate einen gelinden Schrekken einzujagen, sah er sich getäuscht. Völlig ungerührt schenkte Tate sich ein und schraubte die Flasche wieder zu. »Hallo! Trinken Sie was?«

Wexford, der noch fahren mußte und mittags nichts gegessen hatte, verzichtete dankend. »Ich möchte mit Ihnen reden. Haben Sie was dagegen, wenn ich mir einen Stuhl heranrücke?«

»Nein«, sagte Tate einsilbig.

Wexford holte sich einen Liegestuhl und stellte ihn unter den Schirm. Tate schwieg. Mit ausdruckslosem Gesicht sah er auf das leicht ansteigende Wäldchen, das schwarzgezackt unter einem wolkenlos blauen Himmel lag. Er war nicht beduselt, Alkoholiker sind das nie. Und eben dies, überlegte Wexford, war wohl Tates Unglück – daß er so viel und so chronisch trank, daß er, auf Dauer alkoholisiert, nie mehr die Seligkeit jenes Zustands genießen konnte, den man im allgemeinen einen Schwips nennt. Seine Haut war rauh und rötlichgrau, die Augen rot geädert, die Augenränder entzündet und feucht. Dabei war er noch relativ jung, schlank und faltenlos, mit einem durchaus attraktiven Gesicht und ohne eine Spur von Grau im Haar.

»Eigentlich wollte ich mit Ihrer Frau sprechen, Mr. Tate.«

»Sie ist mit Zeno weggefahren, sie wollen sich das neue Haus ansehen.«

»Mr. Vedast hat also etwas gefunden, was ihm zusagt?«

Tate bejahte. Er nahm einen Schluck Cognac. »Es heißt *Cheriton Hall.*«

»Ich glaube, das Haus kenne ich. Auf der anderen Seite des Wäldchens, Richtung Pomfret. Und Sie werden alle dort wohnen?«

»Wir sind immer da, wo Zeno ist.«

Wexford wagte einen Schuß ins Blaue. »Und Ihre Frau stört sich nicht daran, daß sie dann relativ nah bei ihrem früheren Mann wohnt?«

Tates Gesicht nahm eine noch ungesundere Farbe an, es war jetzt mehr grau als rot. Er sagte nichts, sondern sah Wexford nur aufsässig und etwas verblüfft an.

»Es stimmt doch, daß Ihre Frau früher mit Mr. Dunsand verheiratet war?« Tates Schulterzucken signalisierte nicht Zweifel, sondern Gleichgültigkeit. »Seit einer Woche«, fuhr Wexford fort, »bemühe ich mich, Verbindungen zwischen Dawn Stonor und Bewohnern der Sundays-Siedlung, besonders der vom Pathway, aufzuspüren, bislang ohne Erfolg.«

»Die Welt ist klein«, sagte Tate mit offenkundigem Unbehagen.

»Finden Sie? Ich finde sie im Gegenteil sehr, sehr groß. Ich finde es erstaunlich, daß Dawn zuletzt lebend im Pathway gesehen wurde, wo Mrs. Tates geschiedener Mann wohnt. Besonders eigenartig erscheint mir diese Tatsache, nachdem ich weiß, daß Dawn früher eng mit Zeno Vedast befreundet war, der jetzt ein – äh – guter Freund Ihrer Frau ist. Und da sagen Sie, die Welt ist klein...«

Tate hob erneut die Schultern. »Zeno und Nell und ich waren an dem Abend, den Sie meinen, in Duvette Gardens.« Wexford nahm interessiert zur Kenntnis, daß er Vedasts Namen vor dem seiner Frau nannte. »Wir waren alle zusammen, und gegen zehn kam Silk vorbei, um irgendwas wegen des Festivals mit uns zu besprechen.« Finster fügte er hinzu: »Wir haben Ihr dämliches Nest nicht mal von weitem gesehen.«

»Aber während des Festivals haben Sie es gesehen, und zwar aus beträchtlicher Nähe. Hat Ihre Frau Ihnen nicht Mr. Dunsands Haus gezeigt?«

Der schwerfällige Tate tappte prompt in die Falle. »Das da ist Lens Haus, ja, so was hat sie gesagt.«

Wexford schlug zu. »Sie kannte es also? Er wohnt erst seit wenigen Wochen in seinem neuen Haus, aber sie kannte es.

Nicht nach dem Straßennamen und der Hausnummer, sondern vom Aussehen her.«

»Ihren Job möcht ich nicht haben. Ewig im Privatleben fremder Leute rumschnüffeln – pfui Deibel!«

»Ihren Job hätte ich auch nicht gern, Mr. Tate«, schoß Wexford zurück. Er lehnte sich über den Tisch und zwang Tate, ihn anzusehen. »Ist Nell eigentlich Ihre Frau, oder gehört sie diesem Popstar, vor dem Sie katzbuckeln? Oder gar dem Mann, von dem sie geschieden ist? Was ist das für ein Arrangement bei Ihnen? Oder machen Sie stets das, was man von Ihnen verlangt... lügen, kuppeln, die Arbeit der Polizei behindern, kurzum alles, was die beiden Ihnen auftragen?«

Um auf diese Vorwürfe entsprechend zu reagieren, hätte Tate nicht so sehr den Geist des Weines als seinen eigenen bemühen müssen. Er fuhr sich mit der Hand über die glasigen Augen, als habe er Kopfschmerzen, und sagte säuerlich, aber hörbar eingeschüchtert: »Regen Sie sich bloß ab, Mann. Mit meiner Frau werd ich schon allein fertig.«

»Indem Sie ihr ein Veilchen verpassen?«

»Hat sie Ihnen das gesteckt? Aber wie's dazu gekommen ist, das hat sie Ihnen nicht verraten, woll 'n wir wetten?«

»Weil Sie herausbekommen haben, daß sie bei Dunsand gewesen ist, schätze ich. Auf dem Festival, als sie Ihnen sein Haus zeigte, ist bei Ihnen der Groschen gefallen. Die Sache mit Vedast störte Sie nicht, das war was anderes. Möglicherweise haben Sie mitbekommen, daß sie einen Schlüssel für Dunsands Haus hatte, haben sie zur Rede gestellt und sie grün und blau geschlagen.«

Tate rang sich ein leichtes Lächeln ab. Es war ein Lächeln widerwilliger Bewunderung, wie man es bei Menschen findet, die es gewöhnt sind, sich einem überlegenen Intellekt unterzuordnen. Er langte in die Hosentasche und legte einen Schlüssel auf den Tisch. »Den hab ich in ihrer Handtasche gefunden. Bei Ihnen ist er besser aufgehoben. Sie luchst ihn mir womöglich wieder ab und treibt weiter Unfug damit.« Er stand unvermittelt auf, griff sich die Flasche, ging sehr behutsam und ohne Schwanken die Terrassenstufen hinauf und verschwand im Hotel.

Wexford steckte den Schlüssel ein. Er ging auf Zehenspitzen an dem alten Paar vorbei und durch einen kühlen, schattigen Gang zum Hoteleingang. Als er sah, daß der goldene Wagen inzwischen eingetroffen war, verzog er sich wieder in die Halle und wartete.

Hell und Zeno Vedast stiegen aus. Nells Auge war abgeschwollen, das geschminkte Gesicht wirkte fast heiter. Das frisch gewaschene Haar umwallte das Gesicht wie eine gelbe Wolke, aber in dem gleißenden Licht war der dunklere Ansatz zu erkennen. Vedast, in Jeans und einer dünnen gestickten Weste, ging mit federndem Schritt auf Wexfords Wagen zu und betrachtete ihn lächelnd, mit schiefgelegtem Kopf. Er machte ein Gesicht wie in dem Augenblick, ehe Tate den gepanschten Brandy getrunken hatte.

»Was meinst du, sollen wir ihm unseren Strafzettel unter die Windschutzscheibe klemmen?« fragte er Nell.

»Wozu?«

»Aus Spaß, Schätzchen. Er wird sehr schnell merken, was los ist, aber überleg mal, was der im ersten Augenblick für eine Wut haben muß. Hol den Wisch, Nell, er liegt auf dem Rücksitz.«

Sie öffnete die hintere Tür des Rolls und brachte ihm, willfährig und unterwürfig wie immer, den Strafzettel. Doch als er einen der Scheibenwischer hochhob, brach es aus ihr heraus:

»Ich hab die Späße satt. Können wir nicht endlich erwachsen werden und uns wie normale Menschen benehmen? Ich hab die Nase voll von der ewigen Ulkerei.«

»Wirklich, Nello? Du bist schon ein merkwürdiges Mädchen.« Lachend schob Vedast den Strafzettel unter den Scheibenwischer und warf das Haar zurück. Die gelben Augen glühten. »Das nehm ich dir nicht ab. Ich schätze, daß dir die komische Verkleidung Spaß gemacht hat, daß du es lustig gefunden hast, das brave Weibchen zu spielen.« Er nahm ihre Hand und gab ihr einen flüchtigen Kuß auf die Wange. »Deshalb verstehen wir beide uns ja so gut, wir mit unserem Hang zum Fabulieren. Jetzt komm, wir wollen Goffo aus seinem Sonntagstran wecken.«

Sie nickte und hakte sich bei ihm ein. Arm in Arm gingen sie zum Rosengarten hinüber. Als sie außer Sicht waren, verließ Wexford sehr nachdenklich die Halle. Da er prinzipiell etwas gegen Umweltverschmutzung in Form von herumliegendem Papier hatte, steckte er den Strafzettel dem goldenen Löwen unter die Pfoten. Dann fuhr er los.

17

Ein Gutes hatte Mrs. Peverils hysterischer Anfall immerhin gehabt. Die Auskünfte, mit denen sie jetzt herausrückte, kamen zu spät, um noch viel zu nützen – das meiste wußte Wexford bereits –, aber ihre Verzweiflung war für ihren Mann doch ein heilsamer Schock gewesen.

»Sie haben sich wirklich sehr anständig verhalten und viel Geduld bewiesen«, sagte er ernst. »Mir war bis dahin gar nicht klar, wie schlimm es um sie stand. Wird sie als Zeugin auftreten müssen?«

»Das kann ich noch nicht sagen, Mr. Peveril. Noch weiß

ich ja nicht in allen Einzelheiten, was sie gesehen hat. Ich muß ein letztes Mal mit ihr sprechen.«

»Wenn sie vor Gericht erscheinen muß, begleite ich sie, dann fällt es ihr nicht so schwer. Ich habe mich einfach zu sehr von meiner Arbeit vereinnahmen lassen. Die Sache in Brighton mußte sie allein durchstehen, und das war zuviel für sie. Wenn diese Geschichte hier überstanden ist, kratze ich unser Bares zusammen und mache mit ihr einen schönen Urlaub.«

Wexford wußte wohl, daß Peveril die Rolle des besorgten Ehemannes nicht lange würde durchhalten können. In einer Ehekrise kommt es schon mal zu einer Läuterung, aber nur im Liebesroman wird sie zum Dauerzustand.

Peveril selbst ließ erkennen, wie oberflächlich sein Sinneswandel war, als er Wexford auf der Treppe zuflüsterte: »Manche Frauen brauchen eben ein ganzes Leben lang ein Kindermädchen. Wenn Sie mich in der nächsten halben Stunde nicht brauchen, kann ich vielleicht ein bißchen was von meiner Arbeit aufholen.«

Mrs. Peveril saß blaß, aber gefaßt im Bett. Sie hatte einen bestickten Morgenmantel an, der einmal bessere Tage gesehen hatte. »Es war so, wie Sie gesagt haben«, gab sie zu. »Ich wollte den Eindruck erwecken, daß sie in eine ganz andere Richtung gegangen ist, weil ich meine Ruhe haben wollte. Erst habe ich Edward von ihr erzählen wollen, aber das hab ich dann gelassen, weil er so böse wird, wenn ich tratsche, wie er es nennt. Ich schufte den lieben langen Tag für dich, sagt er, und du hast nichts Besseres zu tun, als aus dem Fenster zu starren und über die Nachbarn zu tratschen.« Sie stieß einen tiefen Seufzer aus. »Als Mrs. Clarke mich dann am Sonntag abend anrief und erzählte, daß Sie überall herumgehen und Fragen stellen, hab ich mir vorgenommen zu sagen, daß sie über die Felder gegangen ist. Hätte ich gesagt, daß sie in dem Haus nebenan verschwunden ist, hätten Sie mich immer weiter geplagt. Und hätte ich gesagt, daß ich sie überhaupt nicht gesehen habe, wäre das wohl eine Falschaussage gewesen.«

Wexford schüttelte den Kopf. Es war sinnlos, ihr erklären zu wollen, daß sie sich mit ihrer vorherigen Auskunft ebenso einer Falschaussage schuldig gemacht hatte.

»Sie haben also Miss Stonor zu Mr. Dunsand gehen sehen, nicht wahr? Um welche Zeit?«

»Um halb sechs, das hab ich ja gesagt«, erklärte Mrs. Peveril, eifrig darauf bedacht, ihre Unbescholtenheit wiederherzustellen. »Ich hab sie um halb sechs gesehen, ganz genau hab ich sie gesehen. Sie ist bis zur Haustür gegangen, und irgendwer muß sie hereingelassen haben, denn sie ist nicht wieder herausgekommen.« Einmal aus der Reserve gelockt, war Mrs. Peveril in ihrer verspäteten Aussagefreude kaum zu bremsen. Wexford spürte, daß sie jetzt die Wahrheit sagte. »Das hat mich sehr interessiert, ich konnte mir nämlich beim besten Willen nicht erklären, wer das sein mochte. Mr. Dunsand hat nie Besuch, nur der eine oder andere von seinen Studenten kommt hin und wieder vorbei.«

»Nie?« vergewisserte sich Wexford.

»Nein, das wäre mir aufgefallen«, versicherte sie naiv. »Ich sitze viel am Fenster, wenn Edward in seinem Atelier ist, und jetzt, wo es abends noch so hell ist, sieht man ja alles. Deshalb hat mich diese Frau ja auch so fasziniert.« Dann aber bekam sie es erneut mit der Angst zu tun und wirkte wieder matt und schwach. »Sie werden mich beschützen, nicht? Ich meine, wenn ich im Prozeß ausgesagt habe, daß es Mr. Dunsand war, passen Sie doch auf, daß mir nichts passiert...«

»Wenn Sie im Prozeß die Wahrheit gesagt haben, Mrs. Peveril«, stellte Wexford richtig, »werden wir für Ihre Sicherheit sorgen.«

Er warf noch einen nachdenklichen Blick auf Dunsands Bungalow mit den an diesem schönen Sommerabend geschlossenen Fenstern, dann fuhr er zur Tabard Road. Burden und die Kinder hielten sich – ausnahmsweise ohne musikalische Untermalung – im Garten auf. Als konservativer Mensch mit stark ausgeprägtem sozialen Gewissen hätte Burden nie erlaubt, daß Plattenspieler oder Transistorradios im Freien dudelten. Die Kinder saßen an einem Korbtisch, kabbelten sich und erledigten ziemlich lustlos ihre Hausaufgaben. John, in dessen Augen der Chief Inspector ein Verbündeter und Freund der unterdrückten Jugend war, holte ihm einen Stuhl.

»Ob Sie mir wohl ein bißchen helfen könnten, Mr. Wexford? Ich muß einen Aufsatz über die Französische Revolution schreiben, und Paps ist dazu nicht zu gebrauchen, der hat keine Bildung.«

»Na hör mal!« empörte sich Burden. »Was soll denn diese Frechheit…«

Sein Sohn kümmerte sich gar nicht um ihn. »Ich hab mein Buch in der Schule liegenlassen und kann mich nicht mehr an die neuen Namen erinnern, die der Nationalkonvent für die Monate eingeführt hat. Die brauch ich aber, und da hab ich gedacht…«

Wexford überlegte. »Zur Zeit haben wir *Messidor*, das ist der Juni. Eigentlich fängt man wohl mit dem September an. Mal sehen… *Vendemiaire, Brumaire, Frimaire; Nivose, Pluviose, Ventose;* dann *Germinal* wie der Roman von Zola, *Floreal und Prairial; Messidor, Thermidor* und… warte mal…«

»*Fructidor*«, ergänzte John.

Wexford lachte. »Vielleicht interessiert dich auch, wie

Zeitgenossen das ziemlich boshaft übersetzt haben: ›Der Schluck, der Schnief, der Bibber, der Rutsch, der Tropf, der Braus, Keim, Blüten, Wiese, Ernte – da kenn sich einer aus.‹ Wenn du das in deinem Aufsatz bringst, kriegst du vielleicht eine Eins.« Er wehrte ab, als John sich bedanken wollte. »Eine Hand wäscht die andere. Jetzt brauche ich nämlich deine Hilfe.«

»Meine?«

»Ja. Und zwar im Zusammenhang mit Zeno Vedast, oder vielmehr mit Godfrey Tate. Über den weißt du sicher auch Bescheid, du hast ja deinem Vater erzählt, wer seine Frau ist.«

»Das hab ich im *Musical Express* gelesen«, sagte John. »Die bringen doch alles, was mit Zeno zu tun hat.« Er legte den Kugelschreiber aus der Hand und warf seinem Vater einen triumphierenden Blick zu. »Was möchten Sie denn wissen, Mr. Wexford?«

»Alles über Zeno, was du so gelesen hast.«

»Zeno hat sie mit seinem Rolls überfahren...«

»Das darf ja nicht wahr sein...«

»Also das war so: Er ist nach Myringham gekommen, um ein Konzert zu geben, Sponsor war dieser Silk, Silk Enterprises, und hinterher war ein Riesenrummel vor dem Konzertsaal, und sie ist ihm vor den Wagen gelaufen und hat sich verletzt. In der Zeitung stand, daß Silk Enterprises für sie das Einzelzimmer gezahlt und ihr Blumen und Obst und so Sachen geschickt hat. Zeno hat sich wohl Publicity davon versprochen. Es muß vor zwei oder drei Jahren gewesen sein. Dad erlaubt nicht, daß ich die alten Zeitschriften aufhebe«, vermerkte John grollend. »Ich soll das Zeug nicht horten, sagt er. Sie war damals mit einem anderen Mann verheiratet. Dunn hieß er oder so ähnlich.«

»Und weiter?«

»Als sie wieder geheiratet hat, stand das in der Zeitung, weil Zeno zu der Hochzeit gekommen ist und der Silk auch. Wahrscheinlich hätte sie lieber den Zeno geheiratet.«

»Das glaube ich auch, John, aber als der sie nicht wollte, hat sie den Zweitbesten genommen. Wer hat, der hat.«

»Verdammt zynische Ansichten, die Sie da verbreiten«, sagte Burden verärgert. »Muß das sein?«

Wexford zwinkerte dem Jungen übertrieben zu und ließ das Thema zunächst auf sich beruhen. Er überdachte die karge Geschichte, die er gehört hatte. Die zahlreichen Lükken darin vermochte nur jemand mit mehr Lebenserfahrung auszufüllen. Nell war noch jung. Als sie Dunsand geheiratet hatte, mußte sie blutjung gewesen sein. Wie war es wohl zu der Verbindung zwischen so ungleichen Partnern gekommen? Was hatte Nell bewogen, sich für den introvertierten, gehemmten Hochschullehrer zu entscheiden? Eine unglückliche Kindheit wie bei Dawn Stonor? Das Bedürfnis, einem tristen Provinznest zu entkommen? Dabei war sie aus dem Regen in die Traufe geraten. Er versuchte, sie sich in Gesellschaft der Professorenfrauen vorzustellen, die um Jahrzehnte älter waren als sie, oder an den langen Abenden zu Hause mit Dunsand, seinen Klubsesseln, Wittgenstein, dem Rasenmäher... Im Grunde war sie ja noch immer nicht ganz erwachsen, sie mußte sich nach jüngeren Menschen, nach Musik, nach Abwechslung gesehnt haben. Andererseits hatte sie etwas von einer Sklavin an sich. War sie auch Dunsands Sklavin gewesen? Viellcicht. Aber sie war ihm entflohen – in ein Leben voller Aufregung, Luxus, Glanz und Glitzer, das dennoch Sklaverei bedeutete. Etwa zwei Jahre war das her – und vor zwei Jahren war auch der Song entstanden.

»Sei mir nah, komm zu mir
Und erklär mir, wofür
Die einen
Nur weinen,
Indes andren beschieden
Die Lüge, die Not,
Das Sterben, der Tod.«

Er hatte die Zeilen laut gesungen, und die anderen sahen ihn mit großen Augen an. Pat gickerte.

»Große Klasse, Mr. Wexford«, sagte John.

»Viel Kohle würde ich damit nicht machen können, John«, gab Wexford zurück. »Erstens kann ich nicht singen, zweitens hab ich nicht die entsprechende Figur.« Er hievte seinen massigen Körper aus dem Sessel und sagte ziemlich scharf zu Burden: »Kommen Sie mit ins Haus.«

»Als erstes«, sagte Wexford, »möchte ich Sie bitten, morgen einen Haussuchungsbefehl für Dunsands Bungalow zu beantragen.«

»Noch ein Schuß in den Ofen?«

»Vielleicht haben wir diesmal mehr Erfolg.«

Burden räumte Pats Ballettschuhe von einem und Johns Tennisschläger von einem zweiten Sessel. »Können Sie mir mal verraten, wie ich den Antrag begründen soll?«

»Wenn wir Mrs. Peverils Aussage glauben dürfen, verschwand Dawn Stonor in Dunsands Haus. Sie wurde zuletzt davor beobachtet, niemand hat sie wieder herauskommen sehen, niemand hat sie hinterher irgendwo gesichtet. Er dürfte von allen Anwohnern den kürzesten Weg vom Garten zum Steinbruch haben. Sie ist in seinem Haus umgebracht worden, Mike.«

»Werden Sie erst Dunsands Erlaubnis einholen?«

»Ja, aber ich rechne mit einer Ablehnung. Ich werde ihn auch ersuchen, morgen nicht in die Uni zu fahren. Ende der Woche fangen die Semesterferien an, da kann eigentlich für ihn nicht mehr viel Dringendes anliegen.«

Burden machte ein ziemlich ratloses Gesicht. »Bei Peveril waren Sie sich Ihrer Sache ebenso sicher. Wollen Sie behaupten, sie hätte Dunsand gekannt, hätte sich am 1. Juni in dem Pub mit Dunsand getroffen?«

»Nein, das nicht. Dunsand war am 1. Juni in Myringham. Das weiß ich von Louis Mbowele.«

»Und Dunsand kann sie am Montag nicht hereingelassen haben, er war um halb sechs nicht daheim. Wir können ziemlich sicher sein, daß sie Dunsand nicht kannte. Halten Sie es für vorstellbar, daß er eine Frau anspricht und sie sich ins Haus bestellt?«

»Bedenken Sie, daß Dunsand nicht der einzige ist, der sie hereinlassen konnte. Nell Tate hatte einen Schlüssel.«

»Hat sie öfter Besuche bei ihrem Mann gemacht?« fragte Burden skeptisch.

»Kaum. Das hätte Mrs. Peveril beobachtet, und Mrs. Peveril hat sie vorher nie zu Gesicht bekommen. Vielleicht hat er ihr den Schlüssel geschickt, weil er sich Hoffnungen auf einen Besuch machte. Daß sie einen Schlüssel hatte, steht jedenfalls fest, sie kann um halb sechs in Dunsands Haus gewesen sein. Haben Sie das Alibi in Duvette Gardens nachgeprüft?«

Burden sah ihn leicht gekränkt an. Er war gewissenhaft und stolz auf seine Gründlichkeit. »Natürlich. Obgleich es nach Ihrem Interesse an Peveril nicht sehr sinnvoll schien. Ich hab die Londoner Kollegen draufgesetzt.«

»Und?«

»Vedasts Wagen parkte den ganzen Tag und die ganze Nacht vor dem Haus, er hat die üblichen Strafzettel kassiert. Ob die drei tatsächlich daheim waren oder einer aus dem Trio sich vielleicht draußen irgendwo herumtrieb, läßt sich nicht sagen.«

Wexford nickte. »Die Tates würden das Blaue vom Himmel herunterschwindeln, um ihren Herrn und Meister zu schützen, und er hätte im Interesse seiner lieben Kleinen bestimmt auch keine Hemmungen, die Unwahrheit zu sagen. Allerdings habe ich den Eindruck, daß ihm ›Goffo‹ sehr viel mehr am Herzen liegt als ›Nello‹. Wenn ich nur ein Motiv erkennen könnte! Es wäre denkbar, daß Nell eifersüchtig auf Dawns Beziehung zu Zeno Vedast war, nur gab es ja diese Beziehung nicht mehr. Oder daß Vedast sich irgendwo in der Gegend mit Dawn verabredet hatte, daß Nell es herausbekam und sie ins Haus lockte, um sie umzubringen. Was halten Sie von dieser Theorie?«

»Nicht viel.«

»Tate könnte sich bei einem Besuch im *Townsman Club* in Dawn verliebt und seiner Frau den Schlüssel geklaut haben, um Dunsands Haus als Liebesnest zu benutzen, woraufhin Vedast Dawn umbrachte, um die für ihn so bequeme heilige Dreieinigkeit nicht zu gefährden. Ist Ihnen das lieber?«

»Bei diesen Typen ist wahrscheinlich alles drin.«

»Stimmt. Noch eine Möglichkeit: Nell hat sich mit Dawn dort verabredet, weil ihr wegen Dunsands Vereinsamung das Gewissen schlug. Sie sah in Dawn eine passende zweite Ehefrau – jedenfalls nicht weniger passend als die erste –, aber als Dawn gestand, daß Vedast sie angerufen und Interesse an ihr gezeigt hatte, geriet Nell in Wut. Ja, und außerdem hatte sie Dawn gebeten, ein abgelegtes rotes Kleid mitzubringen, weil Dunsand abgelegte Kleider schätzt, Rot seine Lieblingsfarbe ist und er es knalleng liebt.«

»Ich weiß nicht recht, was das soll, Sir«, sagte Burden

ziemlich ablehnend. »Mir scheint, Sie führen hier eher ein Selbstgespräch. *Sie* wollen das Haus durchsuchen, nicht ich.«

»Recht haben Sie, Mike. Ich habe keine Ahnung, wie das alles zusammenhängt, aber zweierlei weiß ich bestimmt: Wir werden morgen in Dunsands Haus Blutspuren finden, und Dunsand wird den Mord an Dawn Stonor gestehen – ein Ritter ohne Fehl und Tadel, der sich vor seine noch immer sehr geliebte Ex-Frau stellt. Es dürfte ein harter Tag werden, da fahre ich am besten jetzt erst mal nach Hause.«

18

Während seine Leute den Bungalow auf den Kopf stellten, saß Wexford mit Dunsand in dessen düsterem Wohnzimmer. Sie hatten ihm den Haussuchungsbefehl gezeigt, und er hatte ihn langsam und gründlich gelesen, ohne ein Wort zu sagen. Dann hatte er stumm die Schultern gezuckt, hatte genickt und war Wexford ins Wohnzimmer gefolgt. Am Fenster war er kurz stehengeblieben, um eine Blüte von einer der dürren Kakteen zu zupfen. Dann hatte er sich hingesetzt und angefangen, in einem Reiseprospekt zu blättern, als säße er beim Arzt im Wartezimmer. Das Licht ließ die dicken Brillengläser aufblitzen und machte die Augen dahinter unsichtbar, der breite Mund war geschlossen, so daß das Gesicht völlig ausdruckslos wirkte. Doch als er beim Blättern an eine Seite geriet, an deren Rand ein paar Worte mit Bleistift notiert waren, spannten sich die schlaffen Wangen wie in jähem Schmerz.

»Ihre Frau hatte einen Schlüssel zu diesem Haus, Mr. Dunsand.«

Er sah auf. »Ja, den habe ich ihr geschickt. Aber sie ist nicht mehr meine Frau.«

»Ich bitte um Verzeihung. Wir glauben, daß sie oder eine Bekannte von ihr sich am 6. Juni in diesem Haus aufgehalten hat.«

»Nein«, sagte er. »Bestimmt nicht.«

Wexford hatte das Gefühl, daß Dunsand die Augen geschlossen hatte. Es war erschreckend still im Zimmer. Die Stille war so tief, daß die Geräusche aus der Diele und über ihrem Kopf sie noch unterstrichen. Dunsand hatte äußerlich und vom Verhalten her ganz und gar keine Ähnlichkeit mit Godfrey Tate, aber die eigenartig zurückgenommene Art war beiden gemeinsam. Nell Tates erster Mann besaß genau wie ihr zweiter die seltene Gabe, eine bohrende Frage mit einem lakonischen Ja oder Nein zu beantworten. Hatte Nell sich deshalb für diese Männer entschieden – oder hatte sie die beiden erst zu dem gemacht, was sie waren? Hatte sie überhaupt eine bewußte Wahl getroffen? *Einen* Mann, dachte Wexford, hat sie sich ganz bestimmt bewußt ausgesucht, und der ist gesprächig wortgewandt, extrovertiert – vielleicht auch charmant. Das war allerdings Geschmackssache.

Er machte einen neuen Anlauf. »Treffen Sie sich gelegentlich mit Ihrer früheren Frau?«

»Nein.«

»Überhaupt nicht, Mr. Dunsand?«

»Jetzt nicht. Das ist vorbei – ein für allemal.«

»Sie wußten, daß sie im *Cheriton Forest Hotel* wohnt?«

»Ja, es stand in der Zeitung, sie haben ein Foto von ihr gebracht mit einem Haufen Blumen. Sie hatte immer das Haus voller Blumen.« Er warf einen Blick auf die kümmerlichen Kakteen, dann griff er sich wieder seinen Prospekt vom Stapel. Darunter kamen ein Katalog für Geschirrspülmaschinen und einer für Gartengeräte zum Vorschein. »Entschuldigen Sie, aber ich möchte jetzt nicht mehr reden.« Und mit einem seltsamen Unterton fügte er hinzu: »Ich bin doch nicht verpflichtet, etwas zu sagen, oder?«

Wexford ging in eins der Schlafzimmer, wo Bryant, Gates und Loring auf dem Teppich herumkrochen.

»Hat er Damenkleidung im Schrank?«

»Nein, Sir, und wir finden kein Blut. Wir sind im ganzen Haus durch, das ist das letzte Zimmer, wir waren sogar im Dach.«

»Ich hab's gehört. Was mit dem Kühlschrank?«

»Leer. Er hat ihn abgetaut. Der Mann muß einen richtigen Putzfimmel haben. Falls Sie das wegen der Lebensmittel fragen, die sie gekauft hat – seit dem 6. Juni war die Müllabfuhr schon zweimal da.«

Bestürzt und plötzlich entmutigt stieß Wexford hervor: »Ich weiß, daß sie hier umgebracht worden ist.«

»In der Diele liegt ein flüssig und fugenlos aufgebrachter Kunststoffbelag. Wir könnten ihn natürlich aufnehmen lassen. Das gleiche gilt für die Kacheln im Bad.«

Wexford ging zu Dunsand zurück. Er räusperte sich und merkte plötzlich, daß er nicht recht wußte, was er sagen sollte. Er sah Dunsand an, aber sein Blick begegnete nicht Dunsands Augen, sondern den dicken Gläsern, die wie ein Schutzschild waren. Dunsand stand auf und gab ihm zwei identische Schlüssel.

»Der eine gehört mir«, sagte er ruhig und nüchtern. »Den anderen habe ich meiner früheren Frau geschickt, und sie hat ihn mir mit der Post zurückgesandt.« Der eine Schlüssel war verkratzt, man sah ihm an, daß er täglich benutzt wurde, der andere war so gut wie neu. »Mrs. Tate war nie hier«, betonte Dunsand. »Das möchte ich ausdrücklich festhalten.« Es läuft also tatsächlich ungefähr so, wie ich es erwartet habe, dachte Wexford. Dunsand schluckte und sah zu Boden. »Ich fand die Frau hier vor, als ich am 6. Juni zurückkam. Sie muß durch ein Fenster eingedrungen sein. Das Oberlicht in der Küche stand offen. Ich sah sie, sobald ich aufgeschlossen hatte. Sie hat wohl die Lage gepeilt, wie man so sagt. Wir gerieten aneinander, und ich – ich tötete sie. Ich schlug mit einer Weinflasche auf sie ein, die sie auf dem Tisch in der Diele abgestellt hatte.«

»Mr. Dunsand...«, begann Wexford fast bittend.

»Nein, lassen Sie mich ausreden. Sie hatte außer dem Wein noch dies und das mitgebracht, Lebensmittel in einer Tüte und etwas an Kleidung. Vielleicht dachte sie, mein Haus sei leer, und wollte sich hier einnisten. Hausbesetzungen sind ja sehr beliebt heutzutage. Nach Anbruch der Dunkelheit habe ich die Leiche in den Steinbruch geschafft und die Sachen, die sie mitgebracht hatte, an der Brücke in den Fluß geworfen. Dann habe ich Fußboden und Wände abgewaschen.« Er sah Wexford einen Augenblick wartend an, dann sagte er schroff: »Wo bleibt die Rechtsbelehrung? Brauchen Sie nicht Zeugen, wenn das alles protokolliert wird?«

»Sie bestehen darauf, dieses Geständnis abzulegen?«

»Natürlich. Es ist die Wahrheit. Ich habe die Frau umgebracht. Ich wußte, daß meine Verhaftung nur eine Frage der Zeit sein würde.« Er setzte die Brille ab und putzte sie an seinem Ärmel. Die ungeschützten Augen wirkten beängstigend. Etwas Schreckliches, aber Undefinierbares stand in ihrer Tiefe, ein Licht, das von Leidenschaft, von einem rücksichtslosen Fanatismus hinter dem laschen Äußeren künden mochte. Das Unterweisen lag ihm im Blut, und in lehrhaftem Ton fuhr er fort:

»Das beste wird jetzt sein, wenn ich auf der Polizeiwache meine Aussage zu Protokoll gebe.« Er setzte die Brille wieder auf und wischte sich ein paar Schweißtropfen von der linken Augenbraue. »Ich kann meinen Wagen nehmen oder auch mit Ihnen fahren, wenn Sie das für besser halten. Ich bin bereit.«

»Sie lagen also richtig«, sagte Burden mit widerwilliger Anerkennung.

»Nur bis zu einem gewissen Grade. Wir haben keinerlei Blutspuren gefunden.«

»Er muß verrückt oder ein Heiliger sein, wenn er das alles auf sich nimmt, um eine Frau wie Nell Tate zu schützen.« Burden lief in steigender Erregung im Zimmer auf und ab. »Seine Aussage paßt auch nicht im entferntesten zu den Tatsachen. Erstens: Jemand muß Dawn ins Haus gelassen haben, wir wissen, daß sie nicht durchs Fenster geklettert ist. Zweitens: Weshalb sollte sie sich eingebildet haben, daß Dunsands Haus leer, ich meine unbewohnt war? Außerdem gab es für sie überhaupt keinen Grund, dort zu kampieren, sie hatte ja noch ihr Elternhaus. Können Sie sich vorstellen, daß Dunsand eine Frau totschlägt, weil er den Verdacht hat, sie sei bei ihm eingestiegen? Crocker sagt, der Mörder sei rasend vor Wut gewesen. Dieser Phlegmatiker und rasend?«

»Möglicherweise«, sagte Wexford, »sind er und Tate nur scheinbar phlegmatische Typen, stille Wasser, die nicht nur tief sind, sondern unter Umständen gefährliche Strudel haben. Es ist doch eigenartig, daß Dunsand keinen Anwalt verlangt, sich überhaupt nicht zur Wehr gesetzt hat. Ein fast fatalistisches Verhalten. Diese Frau vernichtet die Männer, an denen ihr nichts liegt, aber bei dem Mann, den sie haben will, kann sie nichts ausrichten.«

Burden schüttelte ungeduldig den Kopf. »Und wie geht es jetzt weiter?«

»Wir werden wohl noch einmal zu Dunsand fahren, uns

dort umsehen und ein bißchen mit den Schlüsseln experimentieren müssen.«

Der Pathway lag im Schein der heißen Mittagssonne, es war der bisher wärmste Tag des Jahres, das einen Jahrhundertsommer zu liefern versprach. In Miss Mowlers Garten hatte die Sonne rosa Blütchen hervorgelockt. Auf den Wiesen in der »Armbeuge« der Straße schnitten Bauern Heu und Blumen, die weit saftiger und lebenskräftiger waren als die vom Menschen herangezogenen. Das flirrende Licht hatte das grelle Pink von Dunsands Bungalow zu rosiger Blässe gemildert.

Wexford ging zur Haustür und probierte Dunsands Schlüssel aus. Beide paßten. Der dritte Schlüssel, den Tate ihm gegeben hatte, sah anders aus. Was er vermutet hatte, traf ein: Mit Tates Schlüssel ließ sich die Haustür nicht öffnen.

»Der Schlüssel ist ein viel älteres Modell«, sagte Burden. »Hat sich Tate einen Scherz mit uns erlaubt?«

»Gehen wir hinein.«

Das Haus war schon einmal von oben bis unten durchsucht worden, aber neulich hatten sie nach Spuren eines Verbrechens, nicht nach Spuren eines Lebens gefahndet. Wexford fiel ein, daß Dunsand hatte renovieren wollen, und hielt den Gedanken fest, er war gewiß von Bedeutung. In einer Woche wären vielleicht diese häßlichen Tapeten, die sich windenden schwarzen Stengel, die goldenen Blumen verschwunden. Dunsand hätte sie heruntergerissen und durch andere Muster ersetzt. Aber Dunsand hatte gestanden...

Zögernd, weil ihm die Aufgabe widerstrebte, ging Wexford ins Wohnzimmer, wo die Kakteen standen, wo Dunsand gesessen und blicklos in seinen Prospekten geblättert hatte, und trat an den Schreibtisch heran. Keine Briefe, keine Fotoalben, nur Rechnungen. Immerhin entdeckte er in einem kleinen Fach unter dem Rolldeckel Dunsands Adreßbuch, einen braunen Lederband mit sehr spärlichen Eintragungen. Unter dem Buchstaben T stand eine Londoner Telefonnummer, dahinter ein Bindestrich und der Name Helen. Wexford nahm den Code zur Kenntnis. Möglicherweise war das Vedasts Anschluß. Er sah unter S und D nach, fand aber keinen Hinweis auf Dawn Stonor.

Plötzlich kam ihm in den Sinn, daß diese Tote, die doch die Ermittlungen erst ausgelöst hatte, seit ein paar Tagen mehr und mehr in den Hintergrund gedrängt wurde. Es war, als habe sie, die doch ein lebendiger Mensch, eine eigene Persönlichkeit gewesen war, ihre Bedeutung verloren, als suche er jetzt nach dem Weg aus einem rätselhaften Labyrinth, in dessen Verästelungen ihr Tod sich mehr oder weniger zufällig zugetragen hatte. Und er sah sie – deutlich, aber nur kurz – als ein Bauernopfer, ein ausgenutztes Wesen, dessen Leben anderen, helleren Existenzen in die Quere gekommen und durch Torheit und Eitelkeit ausgelöscht worden war.

Dann verblaßte das Bild, und er war nicht klüger als zuvor. Erneut tastete er die Schreibtischfächer ab und wurde schließlich doch noch fündig. Die Fotos waren in einem Umschlag, der in einem Schlitz an der Seite des Rolldeckels steckte. Die meisten zeigten einen wesentlich jüngeren Dunsand, offenbar mit seinen Eltern, darunter aber waren zwei größere Aufnahmen, mit denen Wexford ans Fenster trat. Das helle Licht fiel auf ein Hochzeitsbild. Der junge Dunsand strahlte eine Braut im schlecht sitzenden Hochzeitskleid an. Der Schleier wehte im Wind, magere junge Hände krampften sich um ein braves Rosenknospenbukett. Wenn er nicht zweimal Hochzeit gehalten hatte, mußte die Braut Nell sein. Die Jahre – acht? Zehn? – und die Kniffe der

Kosmetik hatten sie fast bis zur Unkenntlichkeit verändert. Auf dem Foto hatte sie dunkles, kurzgeschnittenes Haar, ein frisches, kindliches Gesicht. Aber es war Nell, kein Zweifel, Nell mit ihren großen, sehnsüchtigen Augen und der kurzen, schon damals verdrießlich gekräuselten Oberlippe.

Er griff nach der letzten Aufnahme des Stapels. Wieder Nell, nur wenig älter, das Haar noch immer kurz und locker, die Haut offenbar ungeschminkt. Es war ein in alten Porzellanfarben getöntes Porträt – rosenrot, sepia, eisblau, pflaumenfarben. Nells Trauring hob sich messinggelb von dem stumpfen Rot des Kleides ab, und auf dem schlichten Oberteil, knapp unterhalb des runden Ausschnitts, hing ein Perlenanhänger an einer goldenen Kette.

Mit schweren Schritten ging Wexford in die Diele hinaus.

19

Burden kroch auf allen vieren auf dem Boden herum und besah sich die scheußliche Tapete mit dem Muster aus kleinen goldenen Blüten und regelmäßig verteilten scharlachroten Blättchen, die sich ohne Scheuerleiste direkt an den Fußbodenbelag anschloß.

»Steh auf, Mike, es ist sinnlos. Das haben wir alles schon durchexerziert.«

»Irgendwas muß man ja machen«, sagte Burden gereizt. Er erhob sich und klopfte sich den Staub von den Händen. »Haben Sie was gefunden?«

»Das hier.«

»Das Kleid! Aber wer ist die Frau?«

»Nell Tate.«

Burden betrachtete ungläubig das Porträt. Dann hielt er es neben das Hochzeitsbild und nickte. »Mir hätte sie so, wie sie auf dem Bild war, besser gefallen«, meinte er sachlich.

»Den meisten Männern hätte sie so besser gefallen, aber vielleicht weiß sie das nicht.« Wexford steckte die beiden Bilder wieder in den Umschlag. »Ich habe das komische Gefühl, Mike, daß ich den Kontakt mit Dawn Stonor verliere, daß sie mir entgleitet und dafür etwas Seltsameres in den Vordergrund tritt, etwas, was fast noch abscheulicher ist als ihr Tod. Es muß viele Mordopfer geben«, fügte er hinzu, »die in den Tod gehen, ohne daß sie eine Ahnung davon haben, weshalb sie sterben.«

»Die meisten, würde ich sagen. Giftopfer, alte Leute, die in ihrem Laden überfallen werden und wissen, daß die Kasse leer ist, alle Kinder...«

»Sie war kein Kind«, sagte Wexford. »Vielleicht ist Ihre Liste nicht ganz vollständig. Eine komische Situation, Mike. Ich träume nur und komme nicht weiter. Ein düsterer Kasten, dieses Haus. Riesige Fenster, und trotzdem hat man den Eindruck, daß nicht genug Licht hereinkommt. Natürlich ist das Einbildung, irgendwie hängt es mit dem stumpfen, glanzlosen Wesen dieses Dunsand zusammen.«

Sie gingen zurück ins Wohnzimmer, wo die Bücher mit strengem Blick auf die blauen Vögel und orangefarbenen Lilien an den Wänden sahen.

»Also ich habe ja mit Träumen nicht viel am Hut«, sagte Burden. »Mir wäre wohler, wenn ich das mit den Schlüsseln begreifen würde, wenn ich wüßte, wie Dawn in dieses Haus gekommen ist.«

»Jemand hat sie hergebeten und eingelassen, als sie um halb sechs eintraf. Aber es war nicht Dunsand.«

»Aber Dunsand hat den Dreckskram weggeputzt. Er

mußte die Leiche loswerden, die er gefunden hatte, als er heimkam.«

»Mag sein. Aber wo ist der Dreck, Mike? Wo sind seine Spuren? Ist das der erste Mörder, den wir kennenlernen, der ein derart blutiges Verbrechen begehen kann, ohne Spuren zu hinterlassen? Das glaube ich einfach nicht.«

»Wir werden das Haus auseinandernehmen müssen.« Burden betrat das Badezimmer. »Wenn die Tat ohne sichtbare Spuren begangen worden ist, muß sie hier geschehen sein.« Er betrachtete die blitzenden Armaturen, das fleckenlose Waschbecken. Selbst in der gleißenden Sonne sah man keine Staubschicht auf den Gläsern, keine Fingerabdrücke auf den Spiegeln.

Wexford nickte. »Ja. Wir müssen die Kacheln abschlagen und die Leitungen herausnehmen. Und wenn das nichts bringt, müssen wir es in der Küche genauso machen.«

»Vielleicht kapituliert Dunsand und verrät uns, was er bisher noch eisern verschweigt.«

»Wenn er etwas zu verschweigen hat.«

»Na, hören Sie mal! Er muß mehr wissen als das, was er uns gesagt hat. Er muß wissen, warum seine Frau eine Unbekannte in seiner Wohnung umgebracht hat, muß den Tatablauf, die Umstände kennen.«

»Meinen Sie?« sagte Wexford. »Weiß er mehr, als daß seine Frau – denn das ist Nell Tate für ihn im Grunde immer noch – möglicherweise in Gefahr ist? Ich glaube, er weiß sehr wenig, Mike, so wenig wie die Frau, die sterben mußte.«

Er sah zur Decke auf und ließ seinen Blick prüfend über die glatten, glänzenden Wände gleiten. Überall roch es nach Seife, nach makelloser Sauberkeit.

»Stolpern Sie nicht«, warnte Burden. »Ihr Schnürsenkel ist aufgegangen. Dort hinauf brauchen Sie gar nicht zu schauen. Wenn sie hier umgebracht worden ist, hat jemand ganze Arbeit geleistet.«

Wexford bückte sich, um den Schnürsenkel neu zu binden. Ein heller Kringel, ein durch eine Scheibe gebrochener Sonnenstrahl, tanzte an der Wand neben seinem linken Bein. Er sah auf das zitternde Licht. Die goldenen Blüten waren in senkrechten Reihen in etwa fünf Zentimeter Abstand auf der Tapete verteilt, ein dünner schwarzer Streifen trennte sie, und die birnenförmigen roten Blätter waren in Dreiergruppen zwischen jeder Blüte angeordnet. Blüte, Blätter, Blüte folgten einander gleichmäßig bis hinunter zum Fußbodenbelag. Das Muster war leicht verwischt, als sei die Tapete abgewaschen worden, aber getilgt war nichts. Drei Blätter, eine Blüte, drei Blätter...

»Mike, Sie sehen besser als ich. Schauen Sie sich das mal an«, sagte Wexford.

»Ich war vorhin gerade dabei, aber Sie haben ja gemeint, daß es nichts bringt. Die Tapete ist abgewaschen worden. Na und?«

»Sie wollten herausbekommen, ob jemand die Tapete abgewaschen hat, haben vielleicht nach einem fehlenden Musterstück gesucht. Schauen Sie noch einmal hin.«

Ungeduldig ging Burden in die Knie und konzentrierte sich auf den Lichtkringel.

»In dem Muster fehlt kein einziges Blatt«, sagte Wexford. »Im Gegenteil. Die unterste Gruppe hat nicht drei Blätter, sondern vier.«

Sie hockten jetzt nebeneinander und betrachteten die Dielentapete.

»Sehen Sie«, sagte Wexford aufgeregt, »hier und hier und hier, überall drei birnenförmige Blättchen, wie bei einer Schwertlilie. Aber bei dieser Gruppe sitzt unter dem mittleren Blatt noch ein viertes.«

»Und es nicht hat nicht die gleiche Farbe, es ist dunkler. Mehr braun.«

»Es ist Blut«, sagte Wexford und fügte nachdenklich hinzu: »Ein kleiner Tropfen Blut.«

»Soll ich…«

»Nein, rühren Sie nichts an. Die Fachleute sollen herkommen und selber ihre Proben nehmen. Der Fleck ist viel zu kostbar, als daß wir daran herumpfuschen dürften. Ist Ihnen klar, Mike, daß das unser einziges brauchbares Beweisstück ist?«

»Wenn es Blut ist, stammt es von ihr.«

»Ja, ich weiß.«

Sie traten vor die Tür, wo die Sonne auf die Straße brannte, den Teer aufweichte und dort, wo der Asphalt endete und die Felder begannen, eine Luftspiegelung schuf, die aussah wie ein schimmernder Wasserschleier. Der Wagen war heiß wie ein Backofen, an den Sitzen konnte man sich fast die Finger verbrennen. Burden rollte an seiner Seite das Fenster herunter und fuhr in Hemdsärmeln.

»Jetzt zu dem Schlüssel«, sagte Wexford.

»Welchen meinen Sie, Sir? Den, der nicht gepaßt hat?«

»Ja. Ich schätze, wir werden eine Tür finden, die er uns öffnet.« Wexford, der heftig schwitzte, klappte die Sonnenblende herunter. »Aber das ist ein simpler Auftrag, etwas für Martin.«

»Da komm ich nicht mehr mit.« Burden hielt sich hinter einem Bus, der, mit Fahrgästen aus der Sundays-Siedlung besetzt, über die besonnte Straße nach Kingsmarkham rollte. »Ich habe keine Ahnung, welche Tür Sie damit aufsperren wollen.«

Wexford lächelte. »In meinem Kopf springen nach und nach alle möglichen Türen auf, Mike. Zunächst aber habe ich es auf eine ganz spezielle Tür abgesehen, sie ist in Myringham und führt zu dem Haus, in dem Dunsand gewohnt hat, ehe er hierherzog.«

Im Lauf des Nachmittags wurde es immer heißer, und gegen vier war es an die dreißig Grad. Wexford hatte sich bei offenen Fenstern und heruntergelassenen Jalousien in sein Büro zurückgezogen. Er saß allein, wartend, in Gedanken versunken, und weil es besser ist, ein Problem, dessen Lösung sich einem hartnäckig versagte, beiseite zu legen und sich später wieder vorzunehmen, machte er sich wieder an die Richtlinie zur Verhütung von Straftaten, die seit Beginn des Festivals unbeachtet auf seinem Schreibtisch gelegen hatte.

Dann liefen allmählich die Rückmeldungen ein. Es war menschliches Blut und Dawn Stonors Blutgruppe. Der Schlüssel, den Tate ihm im Garten des Hotels gegeben hatte, paßte in das Haustürschloß von Leonard Dunsands früherem Haus in Myringham. In der Sundays-Siedlung aber, wo den ganzen Nachmittag die Hausfrauen vernommen worden waren, hatte sich niemand gefunden, der Nell Tate je gesehen oder sie bei einem Besuch in Dunsands Haus beobachtet hatte.

Der Siebzehn-Uhr-zwölf-Bus hielt vor der Baptistenkirche, die Fahrgäste stiegen ein. Aus dem Luximart kam eine junge Frau mit einer braunen Papiertüte. Sie trug nicht Lila, sie hatte nicht die geringste Ähnlichkeit mit Dawn, und sie fuhr in ihr neues Haus in der Siedlung, nicht in den Tod. Wexford rief im *Cheriton Forest Hotel* an. Ja, Mr. Vedast sei noch da, er wolle am Abend abreisen. Mehr mochte man an der Rezeption nicht sagen. Falls Wexford von der Presse war, hatte man vielleicht schon zuviel gesagt...

Er drehte seine Richtlinie mit der Schriftseite nach unten. Während es sich langsam abkühlte und die Sonne sank, wandte er sich wieder seinem Problem zu. Um sieben ging er ins *Carousel* hinüber, wo Burden und seine Kinder bei Steak und Salat saßen, während Emmanuel Ellermans Hit »High Tide« aus den Lautsprechern dröhnte.

»Schade, daß Sie schon gegessen haben. Ich wollte Sie zum Abendessen ins *Cheriton Forest* einladen.« Er bestellte ein Sandwich. »Dann trinken wir statt dessen eben unseren Kaffee bei Zeno Vedast.«

»Könnte ich vielleicht...«, setzte John vorsichtig an.

»Nein, John, tut mir leid, aber du kannst nicht mitkommen. Das ist eine Dienstfahrt und ein ernstes Geschäft.«

»Pat und ich wollten in der High Street auf ihn warten, er fährt heute abend nach London zurück.«

»Ich fürchte, so schnell wird er dort nicht auftauchen«, sagte Wexford.

20

Die Angestellte in der Rezeption fragte in der Elisabethensuite nach. »Mr. Vedast läßt Sie bitten zu warten, er ist zur Zeit beschäftigt.« Sie war jung und hätte vom Alter her durchaus zu Vedasts Fangemeinde gepaßt. »Wenn Sie inzwischen in der Shakespeare Lounge Platz nehmen möchten, sie ist drüben in...«

»Wir kennen uns aus«, sagte Wexford.

Die Lounge war leer, nur der Hund erhob sich von seinem Ruheplatz, als sie hereinkamen, bedachte sie mit einem trübsinnigen Blick und streckte zwei Meter weiter erneut alle viere von sich.

»Ich verstehe überhaupt nichts mehr.« Burden winkte ungeduldig ab, als Wexford ihm ein paar Zeitschriften offerierte. »Wollen Sie mir nicht verraten, wozu wir hier sind?«

Wexford seufzte. »Wozu wohl? Um Fragen zu stellen, Schlüsse zu ziehen, Erkenntnisse zu gewinnen, den Schuldigen zu fangen – wie immer. Nur liegen die Dinge diesmal ein bißchen anders.«

»Sie mit Ihren Rätseln und philosophischen Betrachtungen. Was ich wissen möchte, ist –«

»Moment, Mike.«

Godfrey Tate war sehr leise hereingekommen. Er war, wie üblich, in modisches Schwarz gekleidet, in dem er schmal und schlaksig aussah wie ein Halbwüchsiger.

»Zeno sitzt mit diesem Silk zusammen«, sagte er ohne Gruß und ohne Vorrede. »Ich soll Sie fragen, was Sie wollen.«

»Ich will ihm sagen, was ich von ihm halte«, gab Wexford ruhig zurück.

Tate war deutlich alkoholisiert, aber der Alkoholkonsum hatte sein Stimmungsbarometer nicht in die Höhe getrieben, sondern in grundlose Tiefen stürzen lassen, er wirkte stumpf, benommen, fast wie ein Schlafwandler. »Soll ich ihm das ausrichten?«

»Was Sie ihm ausrichten, Mr. Tate, ist mir ehrlich gesagt völlig einerlei. Weshalb ist Silk bei ihm?«

»Er hat von Dunsands Festnahme erfahren und wollte es Nell sagen.«

»Und jetzt feiern Sie?«

Tate blinzelte. Dann machte er kehrt und schlurfte zur Tür.

Wexford sah auf die Uhr. »In zehn Minuten sehen wir uns wieder.«

Doch noch vor Ablauf der zehn Minuten – Burden hatte eine Zeitschrift nach der anderen in die Hand genommen und wieder weggelegt, Wexford hatte reglos dagesessen und die Hotelhalle im Auge behalten – kam Martin Silk aus dem

Aufzug. Ältere Herren mit langen Haaren erinnern einen häufig an Staatsmänner aus dem vorigen Jahrhundert, aber bei Silk endete diese Ähnlichkeit am Hals. Er trug ein weißes T-Shirt mit einer Weintraubenapplikation. An der Rezeption straffte er sich wie ein Teenager und wiegte sich in den Hüften, aber sobald er vorbei war, verfiel er in einen raschen Zuckeltrab – ein alter Mann, der es eilig hat, sich aus einer Gefahrenzone abzusetzen.

»Mr. Silk!«

Silk blieb stehen und zwang sich zu einem Lächeln, das sein Gesicht in tausend Knitterfalten legte und die Augen in pergamentfarbenen Hautsäcken verschwinden ließ.

»Hoffentlich haben wir Sie nicht vertrieben«, sagte Wexford. »Von uns aus hätten Sie gern bleiben können.«

Silk betrat zögernd die Shakespeare Lounge und setzte sich auf eine Sessellehne. Sein Kniegelenk knackte, als er ein Bein baumeln ließ.

»Ein reiner Höflichkeitsbesuch«, sagte er. »Ich bin vorbeigekommen, um Zeno zu sagen, daß ihn jede Menge Leute in Kingsmarkham erwarten, um Abschied von ihm zu nehmen. Wir werden uns jetzt natürlich häufig sehen, nachdem er bei uns seßhaft geworden ist.«

»Wenn ich nicht irre, haben Sie ihn immer häufig gesehen, Mr. Silk. Man könnte fast sagen, daß Sie so was wie seine graue Eminenz waren«, fügte Wexford mit einem bezeichnenden Blick auf Silks lange Mähne hinzu. »Oder gehören Sie auch zu seiner Sklavenschar?«

»Was soll denn das nun wieder heißen?«

»Ohne Sie wäre er noch immer Harold Goodbody, hätte er Nell Dunsand nie kennengelernt.«

Silk sah ihn groß an. »Ich habe es gut gemeint. Wer kann denn ahnen, daß völlig harmlose Handlungen zu Tragödien führen können? Ich habe der Jugend einen musikalischen

Genius geschenkt. Wenn Dunsand ausgeflippt ist, wenn gewisse Leute… nun… entbehrlich waren…«

»So sehen Sie das also, Mr. Silk? Sie mischen sich zu viel ein, sind zu viel am Organisieren. Ich warne Sie: Lassen Sie Louis Mbowele in Ruhe, sonst tragen Sie am Ende noch die Schuld an einem Krieg.«

»Na hören Sie mal! Sie sind wohl nicht ganz dicht? Sie haben ja einen Sprung in der Schüssel, Mann. Kein Wunder in Ihrem Alter.« Er feixte höhnisch. »Typisch für die Grufti-Generation!«

»Zu der wir beide gehören«, schoß Wexford zurück. »Wir sind gleichaltrig – mit dem Unterschied, daß ich das weiß und akzeptiere und Sie nicht. Ich akzeptiere, daß es Zeit ist, auf sogenannte Jugendstreiche zu verzichten. Und wenn ich denke, was manche Leute unter Jugendstreichen verstehen, tu ich das auch gern.«

Silk verzog gepeinigt das Gesicht, als Wexford ihn an sein Alter erinnerte. Spiegel zeigen uns gewöhnlich das, was wir zu sehen wünschen, nur wenn wir in einen lebendigen, in einen Menschenspiegel schauen, hat für kurze Zeit das Wunschdenken ein Ende. Wexford war dick, Silk war hager, der eine trug einen verknautschten alten Anzug, der andere T-Shirt und Jeans, beide aber waren sie sechzig Jahre alt, und der Spiegelvergleich machte Silk sein fortgeschrittenes Alter, seine schlaffen Muskeln und müden Knochen schmerzlich bewußt.

»Was tun Sie hier überhaupt?« fragte er schrill.

»Im Augenblick rede ich mit Ihnen. Und in Kürze werden wir mit Ihrem Genius reden.«

»Und was ist mit Dunsand? Zeno war gar nicht hier in der Gegend, ich habe mit ihm und den Tates in Kensington zusammengesessen. Sie haben Dunsand doch schon eingelocht.«

»*Der* Ausdruck ist nun wirklich aus der Opa-Kiste«, spottete Wexford. »Fällt Ihnen dazu nichts aus der Szene ein? Kommen Sie, Mike, wir haben genug Zeit vertrödelt.«

Sie gingen zu Fuß hinauf. Silk sah ihnen nach, hin und her gerissen zwischen der Sorge um seinen Schützling und der Angst, weitere unangenehme Wahrheiten über sein Alter zu hören.

»Der Mann weiß nichts«, stellte Wexford fest. »Er ist womöglich noch ahnungsloser als Dunsand.« Er lächelte grimmig. Dann klopfte er an die Tür der Elisabethensuite.

Sie waren beim Packen. Endlich ging es nach Hause. Tate lag mit hochrotem Gesicht auf den Knien und bemühte sich, einen übervollen Koffer zu schließen, während Vedast mit gekreuzten Beinen auf einem Lackschränkchen saß und ihm zusah. Nell führte sie wortlos durch das Gewirr von aufgetürmten Gepäckstücken und Bergen von Kinkerlitzchen, Zeitschriften und Schallplatten.

In hohen Haufen lagen welke Blumen auf dem Balkon, die einen durchdringenden Fäulnisgeruch verströmten. Auch an diesem Tag noch, vielleicht erst an diesem Nachmittag, waren frische Blumen – Rosen, Lilien und Nelken – angekommen, aber auch die welkten bereits. Niemand hatte sich die Mühe gemacht, sie ins Wasser zu stellen.

Nell Tate, sorgfältig gekleidet und geschminkt wie immer, wirkte durch die Anstrengung in der Hitze etwas aufgelöst. Es war immer noch sehr warm, kein Windhauch bewegte die Abendluft, die Sonne stand wie ein scharlachrot glühender Ball über dem Wald. Nell sah die Polizeibeamten böse an, begegnete Vedasts unbewegtem Blick und stellte sich rasch vor einen Spiegel, um sich prüfend zu betrachten. Vedast lachte auf.

»Mach endlich den Koffer zu, Goffo. Beeilt euch ein bißchen, Kinder. Du könntest Kaffee kommen lassen, Nello.« Mit einer geschmeidigen Bewegung wandte er sich Wexford zu und fügte an, als sei Nell gar nicht im Zimmer: »Bei dieser Gelegenheit kann sie gleich ihr ramponiertes Äußeres etwas restaurieren.«

Burden, der sich, Wexfords Beispiel folgend, eine Sitzgelegenheit freigeschaufelt hatte, sagte barsch: »Keinen Kaffee für uns.«

»Wie Sie wünschen.« Vedast winkte Nell, die, noch immer vor dem Spiegel stehend, apathisch an ihrem Haar herumzupfte und dabei die Polizeibeamten beobachtete, mit einem Fingerschnippen zu sich. Sie fuhr herum, als habe er ihr einen Stoß versetzt, holte seinen Orangensaft und reichte ihm das Glas mit einem flehenden Blick. Er angelte einen Eiswürfel heraus und leckte daran. »Warum schaut ihr eigentlich alle so miesepetrig drein?« Er ließ seinen Blick über die vier Gesichter gehen. »Sie machen meinen lieben Kleinen angst, Chief Inspector. Reden wir nicht lange um den heißen Brei herum. Ich weiß, was gelaufen ist, und Sie wissen es inzwischen offenbar auch. Hat ganz schön lange gedauert, bis Sie draufgekommen sind. Aber Sie können mir nichts beweisen. Ich mache Ihnen einen Vorschlag: Beglückwünschen wir uns gegenseitig zu einem Unentschieden bei unserem Katz- und Mausspiel, und dann ziehen Sie wieder ab.«

Wexford zitierte leise: »Was soll uns Furcht vor denen, die es wissen, wenn keiner unsere Macht gefährden kann?«

Die Tates betrachteten ihn verständnislos, und Nell rückte ein Stück näher an Vedast heran. »Macbeth«, sagte der. »Manchmal reizt mich der Gedanke durchaus, ans Theater zu gehen, ein richtiger Schauspieler zu werden. Angebote hab ich genug.« Er schluckte den zusammengeschmolzenen Eiswürfel herunter. »Aber damit muß man ja nicht gerade heute anfangen. Für ein Drama sind wir zur Zeit wohl alle nicht gut genug drauf.«

»Soll das heißen, daß Sie genug haben, daß Sie Ihrer selbstverfaßten Tragödie müde sind? Auftrag der Tragödie ist es bekanntlich, Mr. Vedast, durch Mitleid und Schauder zu läutern. Lassen Sie mich das bei Ihnen – oder auch bei Ihren Freunden – einmal versuchen. Setzen Sie sich, Mr. Tate, und Sie auch, Mrs. Tate, und hören Sie gut zu.«

Die beiden sahen Vedast fragend an. Er nickte leicht. »Tut, was er sagt, Kinder.«

Nell warf einen Haufen schmutziger Wäsche und einen Stapel Fanpost vom Sofa und setzte sich. Tate schlängelte sich, ein gefülltes Glas in der leicht zitternden Hand, an sie heran.

Sie machte eine kleine, abwehrende Bewegung, wandte sich halb um und breitete den weiten, reich bestickten Rock aus, so daß für Tate kein Platz an ihrer Seite blieb. Er warf ihr aus rotgeäderten, verschwollenen Augen einen bitterbösen Blick zu. Das Glas umklammernd wie einen Schutz versprechenden Talisman, ließ er sich auf der Sofalehne nieder.

Der Popstar nahm leicht amüsiert den blinden Gehorsam der beiden zur Kenntnis. Er selbst glitt von dem Schränkchen herunter und stellte sich unter die geöffnete Balkontür. Die Sonne ging allmählich unter, und ein leichter Wind war aufgekommen, der Vedasts Haar erfaßte, so daß es seinen Kopf umstand wie eine goldene Gloriole. Die Farbe des Himmels wechselte von Blau zu einem flamingorot gefederten Violett. Das beschlagene Glas mit Orangensaft glühte in seiner Hand wie eine Lampe. Er stand da, als wolle er anfangen zu singen, das Kinn erhoben, die Hüften vorgeschoben, regungslos, aber ohne jede Anspannung.

»Es handelt sich«, sagte Wexford, »um eine Tragödie in zwei Teilen und um zwei Menschen, denen dank ihres Aussehens und ihrer Ausstrahlung geradezu abgöttische Liebe entgegengebracht wurde. Um Sie, Mr. Vedast, und um Sie, Mrs. Tate. Bitte mißverstehen Sie das nicht als Kompliment. Es ist kein Verdienst, *so* geliebt zu werden, und nach meiner Erfahrung sind Menschen, denen das widerfährt, meist oberflächlich, narzißtisch und selbstbezogen.«

»Hör dir das an, Godfrey«, sagte Nell schrill. »Muß ich mir das gefallen lassen?«

Tate hatte den Kopf eingezogen, hielt sich an seinem Glas fest und sah sie finster an, ohne zu antworten. Ein Schauer überlief ihn in dem leichten Wind, die dunklen Haare an seinen Handgelenken standen hoch.

»Das Bedürfnis, auf diese Art zu lieben, liegt im Charakter der Liebenden begründet, die sich meist an den erstbesten begehrenswerten Menschen klammern, der ihnen begegnet, und ihn nach Möglichkeit nicht mehr loslassen. Leider spekuliert das Objekt ihrer Begierde meist genau darauf und nutzt diese Neigung für eigene Zwecke – zu Grausamkeiten und Schikanen. Für den Fall, daß Mrs. Tate sich im Hinblick auf den Mann, der sie abgöttisch liebt, einem Irrtum hingibt, für den Fall, daß sie so begriffsstutzig ist zu glauben, ich spräche von Mr. Vedast, möchte ich ausdrücklich darauf hinweisen, daß ich ihren ersten Mann, Leonard Dunsand, meine. Einen törichten, intelligenten, gelehrten, langweiligen, konservativen Mann von nicht eben imposanter Körpergröße, der sie liebte, seit sie mit achtzehn Jahren seine Frau geworden war.«

Frauen wie Nell schlucken anstandslos jede Beleidigung, sofern sie – und sei es auch nur ganz leicht – in Schmeichelei verpackt ist. Auch jetzt konnte sie der Versuchung nicht widerstehen, die Nase hochzutragen. Sie schlug die langen, sehr ansehnlichen Beine übereinander und warf Vedast einen verstohlenen Blick zu. Vedast strich über seine Halskette und ließ die Perlen durch die Finger gleiten.

Wexford fuhr fort: »Er dürfte auf Dauer der einzige Mann in Ihrem Leben sein, Mrs. Tate, der ein so großes Maß an Selbsttäuschung aufbrachte, daß er Sie ehrlich geliebt hat und noch liebt.« Er wartete auf eine Reaktion von Nells derzeitigem Ehemann. Tate reagierte wie immer, wenn eine Krise eingetreten war oder auch nur drohte. Er langte, ohne aufzustehen, nach der Brandyflasche. »Sie können dem Schicksal nicht dankbar genug sein, Mr. Tate, daß es Sie mit einer größeren Portion Weltgewandtheit und einem klareren Blick ausgestattet hat. Ein Jammer, daß Sie sich ständig mit diesem Zeugs zuschütten.«

»Ich kann schon für mich selber sorgen«, sagte Tate leise.

»Mir ist noch nie ein Mann begegnet, der dazu weniger in der Lage gewesen wäre als Sie – abgesehen vielleicht von Mr. Dunsand.«

»Ich werde für Goffo sorgen.« Vedast wandte sich lässig um, die Hände streichelten zärtlich das kühle Glas. »Verraten Sie uns doch, wer mich liebt, die Neugier bringt mich fast um.«

»Tausende, möchte ich meinen. Die Frau, von der ich spreche, ist tot. Die Liebe zu Ihnen hat sie umgebracht, lange Zeit in übertragenem und zuletzt im Wortsinne. Sie waren ihr erster Liebhaber. Eine solche Beziehung soll ja für eine Frau etwas ganz Besonderes sein, und bei Dawn Stonor traf das in der Tat zu. Ich frage mich, wie weit Mr. und Mrs. Tate die Geschichte kennen...« Während Vedast den Blick wieder zum Himmel hob, an dem inzwischen blasse Sterne aufgezogen waren, wandte sich Wexford an die Tates. »Sie sind zusammen zur Schule gegangen, Dawn und ein gewisser Harold Goodbody, der sich von der Großmutter seiner Freundin durchfüttern ließ, weil es bei ihm zu Hause nur Bohnen in Tomatensoße gab, und der die abgelegten Schuhe seines Vetters trug. Harold Goodbody, dessen Vater das Haushaltsgeld beim Windhundrennen verspielte, Harold, der seine Freunde mit endlosen Streichen zum Lachen brachte und der bestimmt Dawn die Schultasche getragen hat. Eine ländliche Idylle, nicht wahr? Dawn Stonor und Harold Goodbody, ihr erster Galan.«

»Es wäre mir lieb, wenn Sie mich nicht so nennen würden.« Zum erstenmal hörte Wexford eine Spur von Ärger in der Stimme des Stars.

»Es wäre Ihnen lieb, wenn ich gehen würde, aber diesen Gefallen werde ich Ihnen nicht tun«, schoß Wexford zurück. »Die Neugier bringt Sie fast um, haben Sie vorhin gesagt. Nun gut, sie soll befriedigt werden.« Er lehnte sich zurück. Mit einiger Genugtuung stellte er fest, daß Nell Unbehagen zu erkennen gab und Tate sich duckte. »Sie verließen Ihre Freundin«, sagte er zu Vedast, »und gingen nach London. Für Sie war die Idylle vorbei. Wenig später ging auch Dawn nach London, aber an ihren Jugendfreund kam sie schon nicht mehr heran. Dawn hat Sie nie vergessen. Sie machte ihren Bekannten und sich selbst vor, Sie seien noch immer ihr Liebhaber, es gäbe eine feste Beziehung zwischen Ihnen.« Wexford nickte Burden leicht zu und zollte ihm damit Anerkennung für eine Idee, über die er sich zunächst lustig gemacht hatte. »Fast zehn Jahre vergingen«, fuhr er fort, »bis es zu einem Wiedersehen kam. Inzwischen waren Sie, Mr. Vedast, sehr berühmt geworden und hatten Aufregendes erlebt. Was Dawn erlebt hatte, war kaum der Rede wert. Sie war Kellnerin in einem Klub geworden, dort arbeitete sie noch immer. Es war ausgesprochenes Pech, daß es Sie in diesen Klub verschlug. Sonst wäre Dawn vielleicht noch am

Leben und könnte jetzt mit ihrem Verlobten Hochzeitspläne schmieden. Warum sind Sie hingegangen?«

Vedast zuckte die Schultern. »Der Typ hatte uns eingeladen, wir hatten nichts Besseres zu tun.«

»Sie hätten kaum etwas Schlimmeres tun können.«

»Ich hab sie nicht umgebracht, ich hab sie überhaupt nicht angerührt.«

Wexford wandte sich den Tates zu. Godfrey Tate hatte die rotgeäderten Augen weit aufgerissen.

21

»Ich will jetzt«, sagte der Chief Inspector, »von einem Punkt Ihrer bemerkenswerten Karriere sprechen, von dem ich allerdings bezweifeln möchte, daß Sie selbst ihn bei der Abfassung Ihrer Memoiren als einen der Höhepunkte Ihres Lebens bezeichnen würden. Ich meine Ihre erste Begegnung mit Mrs. Tate. Dazu aber muß ich noch einmal auf die andere Liebesgeschichte zurückkommen.«

Vedast warf Nell einen Blick zu, die daraufhin aufstand und die Lampen mit den rosafarbenen Schirmchen anknipste. Sie bewegte sich steif und schimpfte leise, als sie über einen roten Reisekoffer stolperte. Vedast reichte ihr sein leeres Glas, sie schenkte ihm nach, und er nahm es ohne ein Wort des Dankes entgegen wie ein Herzog, der sich beim Zimmerservice einen Drink bestellt hat.

»Eis, Nello«, sagte er.

Sie angelte mit dem Löffel zwei Würfel aus einer Schale, die auf dem Schränkchen stand und hauptsächlich Wasser enthielt. Tate saß geduckt über seinem Brandy und sah in die goldfarbene Flüssigkeit. Das rosige Licht dämpfte das harte Schwarz seiner Haare. Als Nell Vedast das Glas zurückgab, umfaßte sie es mit beiden Händen, so daß seine Finger die ihren berühren mußten, wenn er es ihr abnahm. Fremd und flüchtig streifte seine Hand die ihre. Man sah ihr an, wie gern sie bei ihm auf dem kühlen, dunklen Balkon geblieben wäre, dessen Geländer, von der untergehenden Sonne rot umspielt, in schwarzem Filigran hinter dem Berg verwelkter Blumen stand.

»Geh weg, Nello, du machst mich nervös.«

Mit gesenktem Kopf trat sie ein paar Schritte zurück und ließ sich dicht am Balkon mit schlaff herabhängenden Armen auf einen Stuhl fallen.

»Sehr gut, Mrs. Tate, setzen Sie sich so, daß ich Sie im Auge behalten kann. Sie sind eine sehr gutaussehende Frau, aber Sie haben sich seit Ihrer ersten Eheschließung stark verändert. Sie haben Ihr Haar gefärbt. Dunkelrot dürfte Ihnen heute nicht mehr stehen.

Mr. Dunsand mochte Ihre Kurzhaarfrisur, er sah Sie am liebsten in schlichten, fraulichen Kleidern. Nach dem, was ich heute in Myringham in Erfahrung bringen konnte, kannte man Sie als eine stille, durchaus sympathische kleine Frau, die gut kochen konnte, Blumen und ihr Heim liebte, sich aber in den Kreisen, in denen Ihr Mann verkehrte, langweilte. Die Kollegenfrauen waren alle so viel älter als Sie, viel lieber wären Sie mit den Studenten Ihres Mannes zusammengewesen. Die Vormittagskaffees, die leeren Nachmittage gaben Ihnen nichts. Schlimmer noch waren die Abende, denn Sie mußten, nachdem Sie Mr. Dunsand ein Essen vorgesetzt hatten, das er mochte, stundenlang allein mit ihm zusammensitzen. Der Plattenspieler schwieg, und er plante mit Ihnen den Jahresurlaub, sprach das Haushaltsbudget durch und legte fest, was Sie sich in diesem Jahr an Haushaltsgeräten würden leisten können.

Etwas Schöneres als dieses Leben konnte Dunsand sich überhaupt nicht vorstellen. Ich möchte annehmen, daß Sie Ihre Rolle gespielt haben. Frauen Ihres Schlages tun das meist, und dabei warten sie auf die Chance zur Flucht. Ihre Chance kam, als Ihr Idol Zeno Vedast ein Konzert in Myringham gab. Vermutlich wollte Mr. Dunsand Sie nicht zu diesem Konzert gehen lassen. Die Vorstellung, daß seine Frau – eine Frau, die er finanziell völlig in der Hand hatte – sich unter einem Haufen von Teenagern bei einem Popkonzert vergnügte, kann ihm nicht angenehm gewesen sein. Nein, es war ihm gewiß nicht recht, daß Sie zusammen mit seinen Studenten toben und schreien würden, aber Sie gingen hin. Wären Sie nicht hingegangen, wäre Dawn Stonor heute am Leben.

Ich glaube nicht, daß Sie sich absichtlich vor Mr. Vedasts Wagen warfen, dazu dürfte Ihnen der Mut gefehlt haben. Es war vermutlich ein unbewußter Drang, den Sie nicht beherrschen, dem Sie nicht widerstehen konnten.

Mr. Vedast zahlte das Einzelzimmer im Krankenhaus, und natürlich war es Ihr sehnlichster Wunsch, er selbst möge mit den Trauben, mit dem Konfekt ins Zimmer treten. Sie kannten ihn nicht, und Sie kennen ihn inzwischen auch nicht besser. Er schickte seinen Lakaien. Sie, Mrs. Tate, brauchten einen Hafen im Sturm und konnten nicht wählerisch sein. Aber glauben Sie ja nicht, daß Sie ein Einzelfall sind. So mancher hohe Herr hat eine adrette Frauensperson mit seinem Diener verheiratet, um sich ohne Angst vor Folgen mit ihr vergnügen zu können.«

»Sie haben nicht das Recht, mich zu beleidigen«, fuhr Nell auf. Sie rechnete wohl damit, daß ihr Mann ihr zu Hilfe kommen würde. Als er schwieg – Vedast nippte indessen lächelnd an seinem Orangensaft –, sagte sie:

»Wieso hätte ich meinen Mann nicht verlassen sollen?

Wieso hätte ich nicht wieder heiraten sollen? So was machen schließlich viele Frauen heutzutage. Ich hatte das Leben mit Len einfach satt.«

Vedast wandte sich um. »Wie heißt es in Richterkreisen doch so schön? Wir sitzen hier nicht über die Moral zu Gericht, Mr. Wexford.«

»O doch. Darüber sollten wir wohl richten dürfen, wenn wir schon auf ein ordentliches Gericht verzichten müssen.«

Nell stand auf. »Aber nicht mit mir. Komm, Zeno, er kann uns hier nicht festhalten.«

»Mach, was du willst, Nello.« Vedast warf ihr einen durchtriebenen Blick zu. Sie konnte nicht machen, was sie wollte, sie hatte es nie gekonnt. »Meinetwegen kannst du dich verdrücken«, sagte er in seinem gewohnten Ton, der samtweich und lieblos zugleich klang. »Ich bleibe. Das ist doch alles ganz faszinierend. Wie steht's mit dir, Goffo? Begleitest du deine Frau, oder bleibst du und stehst deinem alten Kumpel bei?«

»Mr. Tate bleibt«, sagte Burden scharf.

Wexford sah ihn mit erhobenen Augenbrauen an. »Machen wir eine kleine Verschnaufpause. Wenn ich eine bessere Stimme hätte, würde ich Ihnen etwas vorsingen, aber in dieser Gesellschaft...« Er zögerte einen Augenblick, dann fuhr er fort: »Sie kennen das Lied alle. Es entstand, als Mrs. Tate zum zweitenmal heiratete. Natürlich handelt es sich dabei um eine wahre Geschichte, um das Leiden eines lebenden Menschen. Jede andere Auslegung wäre naiv. Es heißt, daß Dichter aus ihrem großen Leid kleine Lieder machen.« Er sah den Mann in der Balkontür an. »Sie, Mr. Vedast, haben zu Ihrer Unterhaltung und um Ihren bereits beträchtlichen Reichtum zu mehren, aus eines anderen Menschen Leid ein Lied gemacht.«

Vedast wandte sich rasch um und kam ins Zimmer zurück. Die gelben Augen waren schmale Schlitze.

»Ich singe es Ihnen vor«, sagte er. »Meiner Stimme fehlt nichts.«

Wexford nickte. Er wußte, was Burden dachte. Daß sein Sohn, daß sämtliche Fans auf jenem Festival einen Wochenlohn, ein Monatsstipendium, einen Semesterwechsel gegeben hätten, um jetzt hier zu sein. Vedast, der Tausende für ein Konzert verlangen konnte, gab ihnen eine Privatvorstellung. Er hatte ein flaues Gefühl in der Magengegend.

In dem rosig-weichen Licht sah Vedast sehr jung aus, fast selbst wie ein Teenager. Er stand in einer Ecke, die nackten Ellbogen auf ein Regal gestützt, von dem Rosenknospen hingen, vor kurzem geschnittene Rosenknospen, verdorrt, verdurstet, noch ehe sie sich geöffnet hatten. Wie wartend blieb er einen Augenblick in der Abendstille, der Waldesstille stehen, die sie umgab. Der erste Ton kam laut, wie ein Ton, der von einer Saite schwirrt, dann wurde die klare, helle Stimme ein wenig leiser und erfüllte das Zimmer mit süßer Bitternis.

Nell betrachtete den Sänger anbetend und klopfte während der ersten Strophe, des ersten Refrains mit der Schuhsohle den Takt. Wexford sah sie stirnrunzelnd an. Sie warf den Kopf zurück und ließ sich schmollend in die Polster zurückfallen. Das flaue Gefühl in Wexfords Magen legte sich. Er horchte den Worten nach, als höre er sie zum erstenmal, als habe er die Bedeutung der Verse noch nie in ihrer ganzen Tragweite erfaßt.

Denk doch, mein Liebling, an mein leeres Leben,
Das Licht nicht mehr, das Blüten nicht erfüllt.
Kann es für uns ein Wir denn nicht mehr geben?
O komm, web mit an meinem Wunschtraumbild.

Sei mir nah, komm zu mir
Und erklär mir, wofür
Die einen
Nur weinen,
Indes andren beschieden
Die Lüge, die Not,
Das Sterben, der Tod.

Es gab keinen Beifall. Vedast senkte kurz den Kopf, dann warf er das lange Haar zurück.

»Danke«, sagte Wexford nüchtern. »Dieser Song enthält Mr. Dunsands ganzen Jammer. Er hat Sie vermutlich angefleht, nicht ganz mit ihm zu brechen, Mrs. Tate, sein Leben nicht völlig jeden Sinns zu berauben, ihm wenigstens ab und zu die Illusion des Wir zu schenken. Und Sie haben Mr. Vedast von diesen Gesprächen erzählt und ihm damit eine hochwillkommene Vorlage für einen Song geliefert.«

Tate sah mit gerunzelter Stirn auf. Ein Brandyrinnsal lief an seinem Kinn herunter. Er wischte sich den Mund am Ärmel ab. »Warum haben Sie getan, worum Mr. Dunsand Sie bat?«

»Ich wollte ihm nicht allzu weh tun«, murmelte Nell. Burden entfuhr ein bitteres Lachen ohne Heiterkeit, in das überraschenderweise Tate einstimmte. Wexford lachte nicht. »Da muß ich mich aber doch sehr wundern, Mrs. Tate. Wann haben Sie sich je daran gestört, wem Sie weh taten? Im allgemeinen verstehen Sie sich doch nur zu gut darauf, die Träume anderer Menschen zu zertreten. Wenn Sie mir den wahren Grund nicht sagen wollen, muß ich raten.«

»Sie wollte mich auf die Palme bringen«, ließ sich Tate vernehmen.

»Aber Sie haben von der Sache erst nach dem Festival erfahren«, widersprach Wexford.

»Stimmt auch wieder«, sagte Tate verblüfft. »Sie war zwei- oder dreimal im Jahr bei ihm, in seinem Haus, sogar geschlafen hat sie mit ihm. Wie sie's mir gesagt hat, hab ich ihr ein Ding verpaßt.«

»Ja, das haben Sie mir erzählt. Und Sie haben mir einen Schlüssel gegeben. Nur war es nicht der Schlüssel zu Mr. Dunsands Haus im Pathway, sondern zu seinem früheren Heim in Myringham. Mrs. Tate hat das Haus im Pathway nie betreten, sie kannte es nur aus Mr. Dunsands Beschreibung. Er hatte ihr am Telefon gesagt, es sei das mittlere Haus einer Dreiergruppe. Den Schlüssel hatte er ihr geschickt, weil er hoffte, sie würde das Spiel fortsetzen, das sie in Myringham miteinander getrieben hatten.«

»Spiel? Was für ein Spiel?« wiederholte Tate langsam. »Ich versteh nur noch Bahnhof.«

»Ich nehme Ihnen ab, Mr. Tate, daß Sie von den Besuchen Ihrer Frau erst nach dem Festival erfuhren, als ihr allmählich doch Bedenken kamen. Allerdings waren ihre Bedenken nicht so stark, daß sie es für nötig gehalten hätte, Ihnen alles zu gestehen. Sie erzählte Ihnen nur, sie hätte ihren geschiedenen Mann besucht. Ich glaube, daß Sie sich in keinem Punkt der Beihilfe zu diesem Verbrechen schuldig gemacht haben. Sie tappten, wie vermutlich in vielen Dingen, völlig im dunkeln.« Tate zuckte verlegen die Schultern. Der Pegelstand der goldgelben Flüssigkeit in seiner Flasche sank stetig. Er schenkte sich nach und schwieg. »Ich glaube auch nicht, daß Sie mitgemacht hätten, wenn Ihnen die Wahrheit bekannt gewesen wäre.

Mr. Vedast tappte nicht im dunkeln. Er wußte Bescheid. Mrs. Tate hatte ihm erzählt, daß sie versprochen hatte, sich gelegentlich Dunsand… wie soll ich sagen… leihweise zur

Verfügung zu stellen. Damit komme ich zu ihrem Motiv. Warum hat sie sich darauf eingelassen? Sie sind nicht sehr glücklich, nicht wahr, Mrs. Tate? Scheinbar haben Sie alles, was sich eine Frau nur wünschen kann – aber eben nur scheinbar. Sie haben vermutlich sehr bald nach Ihrer zweiten Eheschließung begriffen, daß sie Ihnen zwar Luxus und Abwechslung bescherte, daß diese Annehmlichkeiten aber einen hohen Preis hatten. Der Mann an Ihrer Seite war wenig anregend – ich bitte um Verzeihung, Mr. Tate! –, wenn auch entgegenkommend. Vedast, Ihr Herr und Meister, behandelte Sie herablassend und verteilte Freundlichkeit gleichsam als Belohnung, sofern Sie ihm gehorchten. Ein Besuch bei Mr. Dunsand war für Sie ein Kontrastprogramm. Die wenigen Abende und Nächte, die Sie mit ihm verbrachten, führten Ihnen immerhin vor Augen, daß Ihr jetziges Leben Ihrer früheren Ehe vorzuziehen war. Nach einer Nacht in Myringham waren Sie nur zu gern wieder in London, im alten Europa, auf den Bermudas – gestärkt durch die Erinnerung an das, was Sie als Alternative erwartete.«

»Stimmt das, Nello? Das wußte ich ja gar nicht.«

»Ich freue mich, daß ich Ihnen doch noch etwas Neues habe sagen können, Mr. Vedast. Aber Sie wußten von der Rolle, die sie dort spielte, nicht wahr? Mrs. Tate hat Ihnen gewiß alle Einzelheiten berichtet, Ihnen die Kulissen, die Kostüme geschildert, hat Ihnen von dem kleinen Stück erzählt, das dort zwei- oder dreimal im Jahr über die Bühne ging, dem Ritual, das immer nach dem gleichen Muster ablief – Eheleben à la Dunsand. Ja, ich bin sogar sicher, daß sie Ihnen davon erzählt hat, denn sonst hätten Sie Ihren – Jux – ja gar nicht in Szene setzen können.«

»Ich brauch einen Drink, Godfrey«, sagte Nell.

»Nimm dir selber was.«

Sie griff sich eine Flasche, klirrend stieß der Flaschenhals gegen das Glas, Vermouth schwappte auf die helle Stickerei des weißen Leinenrocks, der rote Fleck sah aus wie Blut.

»Sie fanden das sicher alles sehr lustig, Mr. Vedast«, fuhr Wexford fort. »Bis zu dem Tage, da das Stück Ihre Pläne zu stören drohte. Vor etwa einem Monat erzählte Ihnen Mrs. Tate, daß sie am Nachmittag des 6. Juni, einem Montag, zum erstenmal Mr. Dunsand in seinem neuen Haus besuchen würde. Das aber paßte Ihnen nicht ins Konzept, denn Sie hatten ein Konzert in Manchester, von dem Sie und Mr. und Mrs. Tate erst an dem Tag zurückkommen wollten.«

Tate schüttelte den Kopf. »Nein, das stimmt nicht. Eigentlich wollte er bis Montag bleiben, ich hab dann im letzten Augenblick gesagt, das wäre zu anstrengend für ihn.«

Wexford seufzte. »Ah so. Um so besser... oder schlechter. Als Mrs. Tate sich Ihnen anvertraute, Mr. Vedast, hatten Sie es demnach so geplant, daß Sie und Ihre beiden Sklaven am 6. Juni gar nicht in Südengland gewesen wären.« Er betrachtete Nell, die mit hochrotem Gesicht dasaß und keine Anstalten machte, den roten Fleck von ihrem Rock zu putzen. »Warum haben Sie nicht einfach mit Ihrem Ex-Mann ein anderes Datum ausgemacht, Mrs. Tate? Der Besuch hätte sich doch sicher auch um ein paar Tage verschieben lassen?«

Einen Augenblick sah es aus, als überlege sie sich krampfhaft eine Ausrede. Sie streckte eine zitternde Hand nach Vedast aus, doch der legte nur den Kopf schief, feixte und sah über Nells Hand hinweg.

»Weil das Mr. Dunsand ›weh getan‹ hätte?« fuhr Wexford erbarmungslos fort. »Oder haben Sie, wie gewohnt, blind Mr. Vedast gehorcht?«

»Ich hab alles Zeno überlassen«, sagte sie leise und gepreßt.

»Sie haben alles Zeno überlassen. Er sollte sich also mit

Mr. Dunsand in Verbindung setzen? Er, ein weltberühmter Popstar, sollte Mr. Dunsand anrufen, ihm mitteilen, daß Sie verhindert seien, und ihn fragen, ob es nicht auch am Mittwoch ginge?«

Nell Tate war den Tränen nah. Sie hatte die Hände ineinandergekrampft, so daß die Nägel, von denen der Lack blätterte, sich in das Fleisch bohrten. »Sie wissen ganz genau, daß es nicht so gelaufen ist, Sie wollen mich nur quälen.«

»Nicht jeder ist so besorgt wie Sie um die Gefühle seiner Mitmenschen, Mrs. Tate. Nicht jeder bemüht sich, so geflissentlich durchs Leben zu gehen, ohne anderen Schmerz zuzufügen, so wie Sie das von sich behaupten. Aber Sie haben recht: Ich weiß, wie es gelaufen ist.« Wexford erhob sich und ging zu Vedast hinüber, der in Yogastellung am offenen Fenster auf dem Boden saß. Er baute sich vor dem Sänger auf und sah auf ihn herunter, die grauen Augen begegneten den bernsteinfarbenen.

»Nein, Mr. Vedast«, sagte er. »Für einen Menschen Ihres Schlages war es weit amüsanter, an dem Datum festzuhalten, nicht den Tag zu wechseln, sondern die Protagonistin.«

Tate brach das Schweigen.

»Da komm ich nun wirklich nicht mehr mit. Prota... Was heißt denn das?«

Wexford ging zu ihm hinüber und sagte behutsam: »Es heißt, Mr. Tate, daß Ihr Arbeitgeber eine Möglichkeit sah, Mrs. Tate den bewußten Besuch und vielleicht weitere Besuche dieser Art zu ersparen und gleichzeitig einen famosen Ulk zu veranstalten.

Er beschloß, Dunsand statt Ihrer Frau gewissermaßen eine zweite Besetzung ins Haus zu schicken. Zunächst hat er wohl an ein Callgirl gedacht. Dann aber mag er sich gesagt haben, daß er sich den Aufwand sparen könnte, wenn er statt dessen Dawn Stonor hinschickte, die er vor ein paar Wochen wiedergesehen und am 23. Mai angerufen hatte.«

22

Wexford nahm mitten im Zimmer Platz und wandte sich direkt an Vedast. »Warum Sie an jenem Abend Dawn angerufen haben, weiß ich nicht, ich möchte aber annehmen, daß Sie ähnliche Beweggründe hatten wie Mrs. Tate für die Besuche bei ihrem geschiedenen Mann. Wahrscheinlich haben Sie im *Townsman Club* Vergleiche zwischen Dawns eingeschränkten Verhältnissen und Ihrem Erfolgsmenschendasein angestellt und überlegt, daß Sie beide einen ähnlichen Werdegang hatten, daß Sie sich mit den gleichen Ausgangschancen auf die Suche nach Ruhm und Reichtum gemacht, daß aber nur Sie das Ziel erreicht hatten.

Am 23. Mai waren Mr. und Mrs. Tate nicht im Haus, Sie langweilten sich, waren vielleicht sogar verunsichert. Da kamen Sie auf die Idee, Dawn anzurufen, vielleicht alte Erinnerungen aufzufrischen, um sich nachher um so mehr an dem zu freuen, was Sie geworden waren, besonders, wenn Sie bedachten, was unter weniger günstigen Umständen aus Ihnen hätte werden können. Das Telefongespräch dürfte Ihnen das gewünschte Erfolgserlebnis beschert haben. Dawns Überschwang allerdings wurde Ihnen bald zuviel, und Sie legten auf, nachdem Sie vage in Aussicht gestellt hatten, sich ›irgendwann einmal‹ mit ihr zu treffen – ein Versprechen, das Sie natürlich nicht zu halten gedachten.

In jener Woche hat Ihnen vermutlich Mrs. Tate von dem geplanten Besuch in Dunsands neuem Haus erzählt. Am Telefon hatten Sie Dawn gegenüber mit dem Haus bei Kingsmarkham geprahlt, das Sie kaufen wollten. Bot sich da nicht der größte Schelmenstreich Ihrer bisherigen Karriere geradezu an?«

»Ganz so«, sagte Vedast, »läuft mein Denkprozeß nicht ab. Tanz nicht herum, Nello, setz dich irgendwohin.«

Nell aber wollte nicht irgendwo sitzen, sondern neben Vedast. Sie blickte auf das Sofa, auf dem ihr Mann hockte, auf die beiden belegten Sessel und die freien Sitzgelegenheiten, die entweder in der Nähe ihres Mannes oder in der Nähe der Polizeibeamten standen. Und wie ein Insekt mit empfindlichen Fühlern und bunten Flügeln flatterte, tanzte sie ratlos herum und landete schließlich mit klickenden Absätzen fast an derselben Stelle, von der er sie verscheucht hatte. Die Motte war wieder zum Licht zurückgekehrt.

Wexford hatte nach Vedasts Einwurf innegehalten, nahm aber bis auf ein kurzes Nicken von Nell Tate keine Notiz.

»Am 1. Juni«, fuhr er fort, »hatte der Mann Geburtstag, den Dawn höchstwahrscheinlich geheiratet hätte, wenn Sie die Finger von ihr gelassen hätten. Sie wartete zu Hause mit dem Essen auf ihn, als Sie anriefen. Das wußten Sie nicht. Hätte es Sie gekümmert? Sie verabredeten sich mit ihr auf einen Drink.« Burden bewegte sich unruhig auf seinem Sessel und machte große Augen. »Sehr begeistert war sie nicht. Vielleicht war ihr klar, daß ein reicher Mann wie Sie, der Londons teuerste Restaurants besuchen konnte, ohne mit der Wimper zu zucken, eine Frau auf einen Drink ins Pub nur einlädt, wenn er sie verachtet, wenn er meint, daß sie mehr nicht wert ist. Trotzdem zog sie die Sachen aus, die für einen gewöhnlichen Verlobten gut genug gewesen wären, und machte sich sehr sorgfältig für Sie zurecht.

Später, als die Aufregung des mittäglichen Rendezvous abgeebbt war, fragte sie sich – und ihre Wohnungsgenossin –, ob sie tatsächlich verachtet wurde, ob Sie deshalb nur zu einer klammheimlichen Affäre bereit waren und sie in einem Haus verstecken wollten, von dem noch niemand wußte, daß Sie es gekauft hatten, statt mit Ihnen in ein Hotel zu gehen.

Bei dem Treffen im Pub zwischen eins und drei haben Sie Dawn Stonor den Vorschlag gemacht – sicherlich nicht, ohne ihr vorher ein wenig geschmeichelt und schöngetan zu haben –, den Montag der folgenden Woche mit Ihnen in Ihrem neuen Haus zu verbringen. Natürlich sagte sie zu. Sie hatte ohnehin eine Urlaubswoche eingeplant, sie würde ihre Mutter besuchen und dann zum Pathway gehen. Daß Dawn und Dunsand menschliche fühlende Wesen waren, ist Ihnen nie in den Sinn gekommen, nicht wahr? Was die beiden empfanden, war Ihnen völlig gleichgültig. Daß Mrs. Tate bei diesen Besuchen ihrem Mann eins seiner Lieblingsgerichte zu kochen pflegte, daß sie guten Wein und schöne Blumen mitbrachte – als Ausgleich für die Leere in seinem Leben? –, kümmerte Sie nicht. Sie brauche sich beim Einkaufen keine Umstände zu machen, sagten Sie zu Dawn, es solle nur ein schneller Imbiß für Sie beide sein, mit irgendeinem Wein, dem billigsten, den sie bekommen konnte.

Dawn sollte zuerst zum Haus gehen. Sie gaben ihr den Schlüssel, den Dunsand an Mrs. Tate geschickt und den Mrs. Tate Ihnen ausgehändigt hatte. Nur keine Verantwortung, Mrs. Tate, nicht wahr? Alles Zeno überlassen…« Wexford wandte sich wieder an Vedast. »Sie wollten um halb sieben nachkommen. Wenn sie im Haus war, sollte sie nach oben gehen, dort würde sie ein rotes Kleid finden.

Dieses Kleid hatte Dunsand aufs Bett gelegt. Es war sein Lieblingskleid gewesen, als Mrs. Tate noch mit ihm verheiratet gewesen war. Wenn sie es jetzt trug, sich mit ihm zum Essen setzte, sich erzählen ließ, wie er den Tag verbracht hatte und selbst von ihren Erlebnissen berichtete, konnte er sich einbilden, der ›harsche Morgen‹ könne ihm nichts anhaben, und er sei wieder glücklich und geborgen bei seiner Frau.

Dawn wußte das nicht, und niemand weihte sie ein. Sie, Mr. Vedast machten ihr weis, das Kleid erinnere Sie an die schöne Zeit, als Sie beide noch ein Paar gewesen waren.«

Tate erhob sich schwankend. Er sah elend aus. Alle Farbe war aus seinem Gesicht gewichen. Er ging um das Sofa herum zu Vedast. »Stimmt das?«

»Wir haben es nicht böse gemeint.«

»Nicht böse gemeint? Das darf ja wohl nicht wahr sein. Du hast die Sache eingefädelt, und sie hat davon gewußt. Ich hab das Gefühl, als ob ich euch überhaupt nicht kenne, als ob ich euch heute zum erstenmal sehe...«

»Godfrey...« Nell streckte zögernd die Hand nach ihm aus. »Ich hab doch gar nichts gemacht. Ich hab ihm nur erzählt...«

»Gieß dir noch ein Glas ein, Goffo«, näselte Vedast.

»Ich mag nichts mehr trinken.« Tates schien selbst erstaunt darüber zu sein. Er fuhr zu Wexford herum. »Los, sagen Sie schon, wie es weiterging. Was geschah dann? Der da...« Er deutete auf Vedast, als bringe er seinen Namen nicht über die Lippen. »Die beiden waren an dem Abend mit mir zusammen, ehrlich. Die können sie nicht umgebracht haben.«

»Wer mordet, Mr. Tate? Derjenige, der das Messer hält, derjenige, der ›Stich zu!‹ ruft oder derjenige, der das Opfer an die verabredete Stelle schickt? Welche der drei Parzen hat unser Schicksal in der Hand, die Parze, die den Faden spinnt, diejenige, die ihn abschneidet, oder diejenige, die nur die Schere hält?« Wexford sah an Tates ratlos-leerer Miene, daß das zu hoch für ihn war. »Vielleicht könnte Mr. Dunsand es uns sagen, er ist der Philosoph.« Er sah Burden so beschwörend an, daß der auf jede Äußerung der Überraschung verzichtete. »Natürlich hat er sie getötet. Er hat es zugegeben. Ein Mann wie er hält Ausflüchte nicht lange durch. Nur aus Ritterlichkeit hat er in einigen Punkten gelogen, um seine geliebte Ex-Frau nicht mit hineinzuziehen.« Ein verächtlicher Blick traf Nell Tate.

»Ich will Ihnen sagen, wie es weiterging. Er schloß, voller Vorfreude auf den Abend, auf die Nacht, zwanzig Minuten vor sieben seine Haustür auf. Inzwischen muß Dawn sich recht unwohl in ihrer Haut gefühlt haben. Es gab vieles, was ihr mit Sicherheit nicht recht geheuer vorkam – die bescheidene Größe des Hauses, die sparsame Möblierung, die Fülle gelehrter Bücher. Und das Kleid, das ihr zu klein und zu eng war und ihr nicht stand. Natürlich war ihr unbehaglich zumute. Natürlich kam sie, als sie das Schließen hörte, schüchtern aus dem kleinen Wohnzimmer. Wartend, wortlos stand sie da.

Statt Vedast sah sie einen eher klein geratenen Mann mittleren Alters. Statt seiner Frau sah Dunsand – wen, Mrs. Tate?«

»Dawn Stonor«, sagte sie leise und verdrossen.

»Keineswegs. Eine Dawn Stonor gab es für Dunsand nicht, er kannte sie nicht einmal dem Namen nach. Er sah seine Frau und doch nicht seine Frau, eine Frau im Alter seiner Frau, aber größer, gröber, noch stärker geschminkt, mit noch heller blondierten Haaren, die sein Lieblingskleid trug.

Vielleicht traute er seinen Augen nicht. Selbst ein ausgeglichenerer Mensch als Dunsand hätte das, was da bedrohlich in der kleinen Diele stand, für eine Halluzination halten müssen. Für ihn war diese Erscheinung nicht einfach eine Travestie seiner Frau, es war eine Art Sukkubus, etwas, was sein kluges, abartiges Hirn ihm vorgaukelte, um ihn zu quälen. Er wollte diese Erscheinung zerstören, und das ist ihm gelungen. Er attackierte sie mit der erstbesten Waffe, die ihm in die Hand fiel, mit der Weinflasche, die seine seltsame Besucherin auf dem Dielentisch abgestellt hatte.«

Vedast stand auf, hob mit einem Ruck den Kopf, wie auf dem Festival, und schüttelte die Löwenmähne. »Woher sollte ich wissen, daß die Sache sich so entwickeln würde?« Er streckte das Glas aus. »Mach mir noch einen Drink, Goffo.«

»Mach dir deinen Scheißdrink selber«, gab Tate zurück.

»Na, na, was sind denn das für Ausdrücke...« Die goldenen Brauen hoben sich, in einem andeutungsweisen Lächeln zeigte Vedast die Zähne.

»Können Sie ihm das nicht heimzahlen?« fragte Tate. »Er hat sie umgebracht, er ist der wahre Mörder.«

»Ich weiß, Mr. Tate, aber ich kann es ihm nicht heimzahlen, wie Sie es ausdrücken. Wie denn auch? Er ist in seiner Art ebenso abartig wie Dunsand – ein Größenwahnsinniger, der nur seinen Hirngespinsten lebt.«

»Kommen Sie mir bloß nicht mit so was. Umlegen müßte man ihn, der Strick ist zu gut für so einen.«

»›Denn alles auf der Welt hat seine Grenzen, und von der Lieb zum Haß ist's nur ein kleiner Schritt...‹ Niemand zwingt Sie, mit den beiden zu verkehren, Mr. Tate. Nur weil Sie Nell geheiratet haben, brauchen Sie nicht wie ihr erster Mann den edlen Ritter zu spielen.«

»Da ist was dran.« Der Schock hatte Tate jäh ernüchtert. Er hockte sich hin, griff sich ein paar Bündel Sachen, stopfte sie in den roten Reisekoffer und einen kleineren Koffer und stand auf. »Mir reicht's, ich zieh Leine.« Er wandte sich an

Vedast. »Ich krieg noch hundert Pfund von dir. Schick sie an meine Mutter, die da kennt die Adresse.«

»Du kannst nicht weg.« Jetzt endlich spielte Vedast keine Rolle mehr, die Stimme hatte ihren unbeteiligten Klang verloren. »Wir sind seit acht Jahren zusammen. Was soll ich denn ohne dich machen?«

»Häng dich auf – aber knüpf die da erst an den Nebenast.« Tate streckte Wexford die Hand hin. »Sie und Ihresgleichen waren für mich früher bloß die Bullen, und vielleicht denk ich später wieder mal so. Aber jetzt möcht ich mich bedanken. Sie haben mir einen echten Gefallen getan. Durch Sie hab ich's geschafft, von denen da loszukommen. Vielleicht schaff ich es jetzt sogar, das Saufen zu lassen.« Dann sagte er zum erstenmal, seit Wexford ihn kannte, etwas halbwegs Kultiviertes. Aber der Chief Inspector wußte, daß Tate den Satz in der Szene aufgeschnappt hatte und nur wie ein Papagei wiederholte. »Sie hätten mich gänzlich zerstört.«

»Das glaube ich allerdings auch, Mr. Tate.«

Als er die Tür der Suite lautstark hinter sich geschlossen hatte, packte die verbleibende Sklavin Vedasts Arm. »So, den wären wir los. Ich bin richtig erleichtert. Du nicht auch?«

Vedast antwortete nicht. Verdrossen griff er zum Telefon und bestellte einen Pagen. Wie aufs Stichwort stopfte Nell Kleidungsstücke in Koffer, Reise- und Tragetaschen. Machtlos sahen Wexford und Burden zu. In fünf Minuten war alles verstaut. Vedast stand mit undeutbarem Gesichtsausdruck am Fenster. Einmal beugte er sich über das Geländer, vielleicht blickte er dem scheidenden Tate nach. Der Page kam herein, nahm zwei Koffer in die Hand und klemmte sich noch einen unter den Arm. Nell warf sich einen weißen Mantel um.

»Uns brauchen Sie wohl nicht mehr...«

»Sie werden als Zeuge bei Mr. Dunsands Prozeß benötigt, vorher müssen Sie Ihre Aussagen zu Protokoll geben.«

»Ich soll vor Gericht erscheinen?« fragte Vedast. »Ausgeschlossen!. So was ist total ungünstig fürs Image. Warum mußte Goffo bloß gehen? Der hätte gewußt, was man da machen kann.«

»Ich erledige das schon«, sagte Nell zärtlich. »Jetzt komm, es ist fast Mitternacht, wir müssen langsam los.«

Er schob sie weg. »Ich fahre allein«, sagte er. »Du kannst dir ein Taxi zum Bahnhof nehmen, wenn's so was in diesem Nest überhaupt gibt.«

»Aber wir haben doch den Wagen.«

Quengelig wie ein kleiner Junge sagte er: »Es ist mein Wagen, in dem hast du nichts zu suchen. Klipp und klar, Nello: Ohne Godfrey kann ich mit dir nichts anfangen. Er war meine rechte Hand. Na ja, und dann bist du auf der Bildfläche erschienen...« Sein Gesicht erhellte sich ein wenig. »Du warst eine ganz nette Dekoration.«

Nells Gesicht verfiel. Die Lippen zuckten, um die weit aufgerissenen Augen sprangen Falten auf. »Das kann doch nicht dein Ernst sein! Verlaß mich nicht, Zeno! Schon mit zwanzig hab ich dich angebetet, ich hab nie einen anderen Mann gewollt als dich.«

»Nein, Schätzchen, ich weiß. Die anderen hast du bloß geheiratet.«

Während der Page zurückkam, um das restliche Gepäck zu holen, versuchte Vedast, ihre Hände von seinen Schultern zu lösen. »Komm, Nello, laß mich los. Ich zahle die Rechnung, und dann fahre ich.« Er trat zu Wexford und versuchte einen leichten Ton anzuschlagen, aber das, was er zu sagen hatte, und die Anwesenheit des neugierigen Pagen machten es ihm nicht leicht. »Wir brauchen diese Sache doch nicht an die große Glocke zu hängen, was?« Die lange, hagere Hand deutete eine Bewegung zur Hosentasche an. »Ich schätze –«

»Wir gehen, Mr. Vedast.«

»Ich komme mit herunter.«

»Zeno«, kreischte Nell. »Zeno, ich liebe dich.«

Die beiden Polizeibeamten waren mit angewidertem Gesicht ein paar Schritte zurückgetreten. Nell stürzte sich auf Vedast, der Mantel rutschte ihr von den Schultern. Sie hängte sich an seinen Hals, fuhr ihm mit den Fingern durch das goldblonde Haar und drückte sich an ihn.

»Wo soll ich denn hin? Was soll ich denn machen?«

Er versuchte sie abzuschütteln. »Du kannst ja zu Godfreys Mutter. Mach, was du willst, nur laß mich los. Loslassen, sage ich! Herrgott, da wär ich ja mit Dawn Stonor noch besser bedient gewesen. Läßt du jetzt endlich los?«

Es war wie beim Freistilringen. Nell kreischte und klammerte sich an ihn, Vedast, kräftig und muskulös, aber doch nicht kräftig genug, trat und stieß, zerrte an Nells Haar und riß es ihr büschelweise aus. Sie stolperten und fielen zu Boden, wälzten sich zwischen welken Blumen und leeren Flaschen auf dem Boden und stießen das Saftglas um, das in tausend Scherben ging.

»Kommen Sie, Mike«, sagte Wexford knapp.

Im Gang schauten verschlafene Gäste aus vorsichtig geöffneten Türen. Auf der Treppe kamen Wexford und Burden vier, fünf Hotelangestellte der Nachtschicht entgegen, die, alarmiert durch das Geschrei und Gepolter, nach oben eilten. Lichter gingen an, das Hotel erwachte.

Die Nacht war so klar, so sanft blauviolett wie während des Festivals, nur schien jetzt ein abnehmender Mond. Und zu hören waren keine Balladen, nicht die schwirrenden Laute eines mit beherrschter Kraft gespielten Saiteninstruments. Vedasts Stimme erhob sich zu einem hohen, irren

Schrei, einem Laut, den keiner seiner Fans erkannt hätte. Statt des vibrierenden Schwirrens der Saiten erklang das Splittern von Holz, statt einer Melodie Nells hysterisches Schluchzen, statt des Beifalls die flehentliche und völlig wirkungslose Bitte des Hoteldirektors an seine Gäste, endlich Ruhe zu geben.

»Vielleicht bringen sie sich noch gegenseitig um«, meinte Burden, als sie an dem goldbepelzten Wagen vorbeigingen.

»Vielleicht. Und wenn schon...« Wexford seufzte. »Vedast wird es im Gerichtssaal nicht gefallen. Ob das seiner Karriere schadet?«

Wieder wandte er sich an Burden als den Fachmann in derlei Dingen. »Glaube ich kaum«, sagte der, während er den Motor anließ. »Diese Popstars haben ständig irgendwelche Prozesse wegen Drogenmißbrauchs am Hals. Haben Sie schon mal gehört, daß danach der Absatz ihrer Platten zurückgegangen ist?«

»Das ist etwas anderes. Wenn man sich nicht als Dealer betätigt, schadet man mit Drogen nur sich selbst. Aber im Augenblick hat es die Jugend wieder sehr mit der Nächstenliebe, der Friedfertigkeit und vor allem mit der Forderung, im Menschen den Menschen zu sehen. Ich glaube kaum, daß unsere jungen Leute sehr erbaut sein werden, wenn sie erfahren, daß ihr Idol das vergessen oder sich darüber hinweggesetzt hat.«

»Und was wird aus dem armen Dunsand?«

»Seine Karriere ist natürlich zu Ende. Im Gefängnis wird er wohl nicht landen, vielleicht aber für Jahre in einer Anstalt. Ob das viel besser ist? Er hat einen Sukkubus umgebracht. Nur wissen wir ja leider, daß das, was manche für einen Teufel in Weibsgestalt halten, immer aus Fleisch und Blut ist.«

In Burdens Bungalow brannte nur hinter einem Fenster

noch Licht. John lag mit zerzaustem Haar schlafend in einem Sessel im Wohnzimmer, ein halbleeres Glas Milch neben sich. Das rote Lämpchen am Plattenspieler leuchtete noch.

»Herrgott, bei all der Aufregung hab ich ganz die Kinder vergessen.« Burden beugte sich zärtlich über seinen Sohn, aber der rührte sich nicht. »Er wollte auf mich warten«, sagte er verwundert.

Wexford lächelte recht wehmütig. »Armer John. Ich glaube kaum, daß er jetzt das Sundays-Album zum Geburtstag bekommt.«

»Das fehlte noch!« Als Burden sah, was auf dem Plattenteller lag, wurde er rot vor Zorn. Mit einer heftigen Bewegung griff er nach dem »Wunschtraumbild« und war drauf und dran, die Platte zu verdrehen und zu verbiegen. Doch Wexford legte ihm warnend die Hand auf den Arm.

»Nein, Mike, tun Sie das nicht. Überlassen Sie es John und… und den anderen. Sie sollen das Urteil fällen.«